岳麓書社

读 名 著　选 岳 麓

诗 经

吴广平 彭安湘 何桂芬 导读 注译

岳麓書社·长沙

前　言

　　中国是诗的国度。而"诗"这种文体与"诗人""诗歌""歌诗"这些诗学范畴都是由中国古老的诗歌总集《诗经》奠定原型和基础的。从汉代开始，《诗经》就被列入儒家的经典，无论是儒家的"五经"，还是儒家的"六经"（又称"六艺"），抑或是儒家的"十三经"，都收录了《诗经》。《诗经》是儒家经典著作中唯一一部诗歌总集，由此可见《诗经》在中国传统文化中的神圣地位。

　　众所周知，远古时期的原始歌谣，大都是二言诗。从西周初年到春秋中叶，大约 500 年间，则是四言诗发展的黄金时代。这些四言诗在春秋时期被编辑成书，这就是我国第一部诗歌总集《诗经》。《诗经》在先秦通称为《诗》，或称"《诗》三百"，到西汉才出现《诗经》之名。它收集了上自西周初年（公元前 11 世纪）、下迄春秋中叶（公元前 6 世纪）约 500 年间的诗歌 305 首。另《小雅》中有《南陔》《白华》《华黍》《由庚》《崇丘》《由仪》6 首笙诗，有目无辞，不算在内。《诗经》最后编订成书，大约是在公元前 6 世纪。《诗经》产生的地域十分辽阔，遍布黄河中下游流域及江汉地区，包括今陕西、山西、河南、河北、山东及湖北北部一带。《诗经》各篇的作者包括从贵族到平民的社会各个阶层，绝大部分诗篇的作者已不可考。可见，《诗经》是众多作者在广大地域上进行创作并经漫长时间形成的文化积淀。《诗经》的形成时间是如此之漫长，产生地域是如此之辽阔，创作的作者是如此之复杂，肯定是经过有目的的搜集整理才编订成书的。

汉代的班固在《汉书》的《食货志》和《艺文志》中说，周代设有专门采诗的官，叫作"行人"，他们在每年春季第一个月，摇着木铃，到各地收集民歌。"行人"采集的民歌经过朝廷的乐官（太师）进行音乐整理加工后，就献给天子听，以便天子了解民情风俗、政治得失。又《春秋公羊传注疏》卷十六"宣公十五年"东汉的何休注说，周代规定，男子六十岁、女子五十岁，没有子女的，朝廷给他们吃的、穿的，让他们到各地收集民歌。收集的民歌，先由乡村交到城市，再由城市交到国都，然后给天子听。这些说法的具体情形曾有人怀疑过，但我们认为这并非完全出于后人的主观推测。《诗经》305 首的韵部系统和用韵规律基本上是一致的，形式上基本上是整齐的四言诗；而它产生的地域又很广。在古代交通不便、语言互异的情况下，不经过有意识、有目的的采集和整理，像《诗经》这样体系完整、内容丰富的诗歌总集的出现，恐怕是不可能的。《诗经》中的民歌（包括《国风》中的全部诗歌和《小雅》中的部分诗歌）就是采诗之官从民间采集来的。

据《国语》中的《周语》和《晋语》记载，周朝有献诗的制度，规定"公卿列士"（大臣和有地位的士人）在特定的场合给天子献诗，以便天子了解下情和考查政治得失。《大雅》中的全部诗歌和《小雅》中的部分诗歌以及《颂》中的大部分诗歌，可能就是公卿列士所献的诗。换言之，《诗经》中的贵族诗歌是公卿列士所献的诗。

《诗经》与音乐、舞蹈关系密切，是礼乐文明的光辉结晶。《墨子·公孟》载："诵《诗》三百，弦《诗》三百，歌《诗》三百，舞《诗》三百。"可见，《诗经》305 首本来是既有歌词，又有旋律，还有动作的。它既是 305 首诗，可以吟诵，也是 305 首歌，可以演唱和演奏，还是 305 个舞蹈，可以手舞足蹈来表演。遗憾的是，由于年代久远，《诗经》只流传下了歌词，音乐旋律和舞蹈动作都失传了。

《诗经》分为《风》《雅》《颂》三类，这本是按音乐标准分类的。《诗经》各篇最初是可以合乐歌唱的，所以《墨子·公孟》说"弦《诗》三百，歌《诗》三百"，司马迁也说孔子曾弦歌三百五篇。《诗经》原来都是乐歌，《诗经》的诗原来都是配乐的歌词，所以《风》《雅》《颂》三类应是以音乐为标准区分的，它们原来都是音乐曲调的名称。宋代郑樵说："风土之音曰风，朝廷之音曰雅，宗庙之音曰颂。"（《通志·总序》）"风"就是音乐曲调，国风就是各地区的音乐曲调。"雅"即正，指朝廷正乐，是西周王畿即靠近国都所在地的音乐曲调。雅分大、小雅，也可能是音乐上的区别。颂是宗庙祭祀配合舞蹈的音乐曲调，音乐可能比较舒缓。《诗经》的音乐后来都失传了，只剩下歌词，风、雅、颂就由音乐的分类变成了诗歌的分类。

《风》又叫《国风》，亦称《邦风》，包括《周南》《召南》《邶风》《鄘风》《卫风》《王风》《郑风》《齐风》《魏风》《唐风》《秦风》《陈风》《桧风》《曹风》《豳风》，合称"十五国风"（其中的《周南》《召南》，又合称"二南"），共 160 首。其中《周南》11 首、《召南》14 首、《邶风》19 首、《鄘风》10 首、《卫风》10 首、《王风》10 首、《郑风》21 首、《齐风》11 首、《魏风》7 首、《唐风》12 首、《秦风》10 首、《陈风》10 首、《桧风》4 首、《曹风》4 首、《豳风》7 首。"十五国风"的"国"是地区、方域的意思。"十五国风"中的"周南""召南""豳"都是地名，"王"是指东周王畿洛阳，其余是诸侯国名。"十五国风"中，《豳风》全部是西周作品，其他除少数产生于西周外，大部分是东周作品。

《雅》分作《大雅》《小雅》，合称"二雅"。《大雅》《小雅》亦称《大夏》《小夏》。《雅》105 首，其中《大雅》31 首，《小雅》74 首。《大雅》是西周的作品，大部分作于西周初期，小部分作于西周末期。《小雅》中，除少数篇目可能是东周作品外，其余都是西周晚期的作品。《大雅》的作者，主要是上层贵族；《小雅》的作者，既有上层贵族，也有下层贵族和地位低微者。

《颂》分作《周颂》《鲁颂》《商颂》，合称"三颂"。《颂》40 首，其中《周颂》31 首，《鲁颂》4 首，《商颂》5 首。《周颂》是西周初期的作品。《鲁颂》产生于春秋中叶鲁僖公时，都是颂美鲁僖公的作品。《商颂》大约是殷商中后期的作品。《周颂》不同于其他诗的体例，不是由数章构成，而是每首只有一章。《鲁颂》中的《泮水》《闷宫》体裁近乎《雅》诗，而《有驷》《驷》则近于《国风》。由此可见《颂》诗演变的轨迹。《商颂》的前三首不分章，后两首分章，风格近于《雅》，可能比前三首晚出。《商颂》从内容上可分为两类：《那》《烈祖》《玄鸟》主要是写歌舞娱神和对祖先的赞颂，明显是祭歌；《长发》《殷武》主要写商族的历史传说和神话，祭祀意味不浓，可能是一种祝颂诗。

《诗经》的流传时间很早，春秋时代部分诗篇已广为流传，特别是外交场合，往往赋诗言志，《诗经》作为一种特殊语言工具成为贵族士大夫所必须掌握的"沙龙"语言。《论语·子路》记孔子的话说："诵《诗》三百，授之以政，不达；使于四方，不能专对。虽多亦奚以为？"认为《诗经》不但要读得熟，而且在外交场合要善于灵活运用。《文心雕龙·明诗》说："春秋观志，讽诵旧章，酬酢以为宾荣，吐纳而成身文。"表明春秋时代许多士大夫为了互相观摩，常常在外交场合朗诵《诗经》的某些章节。这样通过互相酬答，来表示对于客人的荣宠；通过诗句的吞吐，来显示自己的辞采。春秋时代，谁赋《诗》言志娴熟，能够自然贴切地用《诗》，就被认为是温恭知礼的君子。相反，谁不善于用《诗》，或者赋引不当，那不仅丧尽斯文，有辱国体，甚至会招灾引祸，以致危及自身、邦家、社稷。《荀子·大略》中说："善为《诗》者不说。"这就是说善于用《诗》的人，可以省却语言的表达。《诗》几乎代替了语言，这在春秋时代似乎是一个事实。孔子说："不学《诗》，无以言。"（《论语·季氏》）又说："人而不为《周南》《召南》，其犹正墙面而立也与！"（《论语·阳货》）

春秋末期，《诗经》成了当时贵族子弟必须学习的教科书。孔子很重视《诗经》，他谆谆告诫自己的弟子："小子！何莫学夫《诗》？《诗》，可以兴，可以观，可以群，可以怨。迩之事父，远之事君。多识于鸟兽草木之名。"（《论语·阳货》）孔子号召自己的弟子认真学习、研究《诗经》，认为学习、研究《诗经》可以培养联想力，可以提高观察力，可以锻炼合群性，可以学得讽刺方法。近呢可以运用其中的道理来侍奉父母，远呢可以用来服侍君上，而且还可以多认识鸟兽草木的名称。如此看来，在孔子眼里，《诗经》简直是一部无所不包的百科全书。

到了战国时代，《诗经》已经成为儒家学派尊崇的典籍，如孟子、荀子都惯于引《诗》作为立论的依据。在他们那里《诗》已成为金科玉律，仿佛句句都是真理，是阐述先王思想的最可靠的依据和最有力的思想武器。私家著述引《诗》以论述哲学、政治、道德命题，成为当时普遍现象。《诗》成了诸子包医百病的灵丹妙药，尤以儒家为甚。

在秦代，《诗经》虽然遭到焚毁，但由于学者口头传授，仍然得以流传保存。

到了汉代，传授《诗经》的有四家：齐国的辕固、鲁国的申培、燕国的韩婴、赵国的毛苌。或取国名，或取姓氏，而简称齐鲁韩毛四家。齐鲁韩三家（合称"三家诗"）汉武帝时已立为博士，成为官学，《毛诗》晚出，未得立。毛氏说《诗》，事实多联系《左传》，训诂多同于《尔雅》，属于古文经学。其余三家则属于今文经学。自东汉末年儒学大师郑玄为《毛诗》作笺后，学习《毛诗》的人逐渐增多。其后三家诗亡，仅存《韩诗外传》六卷，独《毛诗》得以流行于世。

秦汉时鲁人毛亨（俗称"大毛公"）所传授、汉初赵人毛苌（俗称"小毛公"）所著的《毛诗诂训传》（亦作《毛诗故训传》，简称《毛传》）三十卷，魏晋后与郑玄笺注（通称《郑笺》）二十卷并行，历来为研究《诗经》的人所重视，唐代孔颖达《毛诗正义》（通称《孔疏》）四十卷即依据《毛传》《郑笺》为《诗经》作疏解。《毛传》《郑笺》《孔疏》是古代训释《诗经》经典的三部著作。此外，宋代朱熹《诗集传》二十卷，清代姚际恒《诗经通论》十八卷、马瑞辰《毛诗传笺通释》三十一卷、陈奂《诗毛氏传疏》三十卷、方玉润《诗经原始》十八卷等，都是较有价值的著作。同时，由于清代辑佚之风兴起，对"三家诗"的辑佚整理也取得了较好的成绩，王先谦的《诗三家义集疏》是较完备的一种。晚近学者，总结前人的研究成果，排除汉、宋门户之见，进一步从文学、史学、社会学、考古学、文化人类学等角度阐释《诗经》，将《诗经》研究推进到一个新的阶段。

《诗经》的思想内容非常丰富，有《关雎》《蒹葭》《静女》《氓》这样的反映爱情婚姻的爱情诗、婚姻家庭诗、弃妇诗，有《生民》《公刘》《绵》《皇矣》《大明》这样的歌颂祖先功德、叙述部族历史的祭歌和史诗，有《凯风》《蓼莪》这样的歌颂母爱、悼念父母的孝道诗，有《七月》《大田》《噫嘻》《臣工》这样的反映农业生产生活的农事诗，有《兔罝》《驺虞》《车攻》《吉日》这样的反映狩猎生活的狩猎诗，有《鹿鸣》《常棣》《伐木》《宾之初筵》这样的反映君臣、亲朋欢聚宴飨的宴飨诗，有《伐檀》《硕鼠》《新台》《墙有茨》《相鼠》《南山》《株林》这样的反映丧乱、针砭时政的怨刺诗，有《君子于役》《无衣》《采薇》这样的反映战争和徭役的战争诗、徭役诗。《诗经》是我国最早的富于现实精神的诗歌集，真实而形象地反映了商周时代的社会面貌，为后世留下了立体的、具象的历史画卷，是一部丰富生动的上古时代百科全书。

《诗经》不但思想内容丰富，而且艺术上也取得了很高的成就。《诗经》创立了赋、比、兴的表现手法。赋就是铺陈，是直接叙事和直接抒情的表达方式，近乎不假修饰的白描手法和直白表达。赋在《诗经》中是一种常见的、基本的艺术表现手法，在《雅》《颂》里用得最多，《国风》中也不少。《诗经》中不仅大量运用"赋"的艺术表现手法，而且在其运用上呈现出一种变化无端、千姿百态的气象，为人们展现了许许多多艺术上的绝妙境界！《诗经》中"赋"法在描绘景物、展现场面、刻画人物形象等方面取得了显著的艺术效果。如《君子于役》对乡村景物的描绘、《芣苢》对劳动场景的再现、《氓》对人物形象的刻画，就都是运用了"赋"的艺术表现手法，都取得了极佳的艺术效果。比就是比喻，即以彼物比此物，就是以更具体形象而又比较熟悉、易于理解的事物来打比方。"或喻于声，或方于貌，或拟于心，或譬于事"（《文心雕龙·比兴》），从而使形象更加鲜明。如《硕鼠》用大老鼠来比喻剥削者的可憎可鄙，《氓》用桑树从繁茂到凋谢来比喻夫妻感情的变化，《新台》用癞蛤蟆比喻卫宣公。《硕人》用柔嫩的白茅芽、冻结的油脂、白色长身的天牛幼虫、白而整齐的瓠瓜子、宽额的蝼蛄、蚕蛾的触须来分别比喻卫庄公夫人（庄姜）的手指、皮肤、脖子、牙齿、额头、眉毛，形象细致地塑造了庄姜这位美女的形象。兴就是起兴，就是借助其他事物作为诗歌的发端，以引起所歌咏的内容。《诗经》中起兴情况比较复杂。有的起兴兼有比喻的含义，如《关雎》的"关关雎鸠，在河之洲"；有的起兴具有象征暗示的作用，如《桃夭》的"桃之夭夭，灼灼其华"；有的起兴似乎与下文意思无关，如《晨风》的"鴥彼晨风，郁彼北林"，与下文"未见君子，忧心钦钦"云云，很难发现彼此间的意义联系。赋、比、兴三种艺术表现手法，在《诗经》中往往交相使用，共同创造诗歌的艺术形象，抒发诗人的情感。《诗经》大体是四言诗，亦有少量杂言诗。也就是说基本上是四言一句，其间杂有二言、三言、五言、七言以至八言的句子，长短参差、错落有致。二节拍的四言句节奏鲜明而略显短促，带有很强的节奏感，是构成《诗经》整齐韵律的基本单位。《诗经》中有大量的四言诗，以四言为主，四句独立成章。《诗经》是四言诗的一个高峰。重章叠句是《诗经》中常用的章法。重章是一首诗中同一诗章重叠，有时只变换少数几个词。叠句是在同一诗章或不同诗章中叠用相同诗句。《诗经》各篇大都分章，除《周颂》31 首、《商颂》3 首不分章之外，其他诗篇少则二章，多则十六章。分章的诗篇，特别是民歌，各章句数、字数基本相等，因而形成了整齐、匀称的形式美。同时，由于入乐的需要，各章只更换少数几个词，同样的字句反复出现，回环复沓，不仅便于围绕同一旋律反复咏唱，而且能充分发挥抒情表意的作用，收到回旋跌宕的艺术效果。《诗经》的语言形象生动、朴素自然而富有音乐美。《诗经》中的民歌是古代劳动人民触物兴感、随口唱出的歌，日常的生活内容，里巷歌谣的自然韵律，因物赋形，因情成咏，不假雕琢，因而其语言具有形象生动、朴素自然而富有音乐美的特点。《雅》《颂》中的许多优秀文人诗受民歌的影响，也具有这一特点。总之，《诗经》现实主义的创作方法，赋、比、兴的表现手法，整齐而又灵活多变的句法形式，重章叠句的章法特点，朴素自然的艺术风格，都显示了它在艺术上所取得的巨大成就。

　　《诗经》在中国文学史上具有崇高的地位和深远的影响。《诗经》奠定了中国的抒情诗传统。《诗经》中，抒情诗占了绝大部分，叙事诗只是小部分，而且，叙事诗中除了个别的优秀篇章之外，大都比较拙直、稚嫩，而抒情诗则显得比较成熟、老练，并已有许多杰作。中国文学重抒情不重叙事、重表现不重再现、重写意不重写实的传统，是由《诗经》奠定和开创的。从此以后，抒情诗就成为中国诗歌的主要形式。《诗经》也奠定了中国诗歌关注现实、反映现实的优良传统。在中国文学史上，每当文学创作出现脱离现实的倾向时，进步文人便号召大家继承《诗经》关注现实、反映现实的优良传统，这就使我国古代文学总是沿着反映现实的道路前进，从而成为社会的一面镜子。《诗经》还创立了我国古代诗歌最具特色的比兴表现手法。《诗经》开创的比兴成了中国古代诗歌的传统手法。比兴有助于增强诗歌的形象性和含蓄性，能使诗歌含蓄蕴藉、韵味无穷，因而成为中国古代诗歌最具有民族特色的表现手法。在中国古代，比兴成了诗歌的形象思维的代名词。《诗经》为后代提供了众多的诗歌样式。如爱情诗、婚姻家庭诗、弃妇诗、祭祀诗、史诗、孝道诗、农事诗、狩猎诗、宴飨诗、怨刺诗、战争诗、徭役诗，等等。《诗经》开创了中国诗歌偶句用韵的基本押韵方式。中国诗歌的偶句用韵，既参差又整齐，韵律优美。《诗经》的四言句式，成为汉语最常用的短语形式，汉语成语基本上就是四言短语，辞赋、骈文里四言句式也很多（骈文又叫四六文，就是由四言句和六言句组成）。《诗经》中的许多词语至今还是常用词语，如"优哉游哉""秋水伊人""夙兴夜寐""白头偕老"等，已成为常用的成语。这不仅说明《诗经》语言的丰富凝练，也说明它对我国民族语言的发展做出了极大贡献。

　　《诗经》是中国文学的光辉起点与中华民族的永恒经典。为了让大家继承《诗经》的优良文学传统，走进这部古老的诗歌经典，我们以阮元嘉庆刻本《毛诗正义》为底本，对每首诗进行了精要的解题、详细的注释、通俗的翻译，希望有助于各位读者更为轻松、愉快地学习、研究《诗经》。

吴广平

湖南科技大学中国古代文学与社会文化研究基地

2020 年 12 月 20 日

目　录

风

周南

召南

邶风

鄘风

卫风

王风

郑风

齐风

雅

小雅

大雅

颂

周颂

鲁颂

商颂

风

诗经

周南

关雎

导读 这是一首青年男子热烈追心爱女子的诗。相传关雎朝夕为伴，情意专一，鸟类尚且多情，何况那风华正茂的青年男女呢？诗以"雎鸠"起兴，引出男女之间相互爱慕乃人之常情，娴静美好的"淑女"正是"君子"最好的配偶。接下来诗又以采摘荇菜起兴，引出男子对女子展开的热烈追求。男子追求女子的过程就如那弯弯曲曲的河道，充满艰难险阻，望而不及便成牵挂，求而不得便生思念，此种恼人又撩人的情思让男子辗转难眠，备受煎熬。然而，正是女子的高贵矜持与求而不得以及男子的痛苦思念与执着追求才营造出了这沉醉千年的美好情境。"君子"在当时是对贵族男子的通称，而"淑女"就相当于大家闺秀，诗中"君子"对"淑女"的感情虽然浓烈，但却表现得有礼有节，在追求女子的过程中，或以美妙的琴声打动她，或以快乐的钟鼓取悦她，即使对女子思念成疾也只是在梦中把她追求，可见本诗虽写男女之情，但它所呈现的却是一种谨慎克制、因循守礼的爱情，"君子"与"淑女"的结合宣扬了一种为当时社会所普遍看好的理想婚姻，从这个层面来看，《毛诗序》将此诗的主旨阐发为"《关雎》，后妃之德也，《风》之始也，所以风天下而正夫妇也"，亦不无道理。本诗语言优美，情感浓烈，意境如梦似幻，格调悠远绵长，给人无尽遐想。

【原诗】

关关雎鸠[1],在河之洲[2]。
窈窕淑女[3],君子好逑[4]。

参差荇菜[5],左右流之[6]。
窈窕淑女,寤寐求之[7]。

求之不得,寤寐思服[8]。
悠哉悠哉[9]！辗转反侧[10]。

参差荇菜,左右采之。
窈窕淑女,琴瑟友之[11]。

参差荇菜,左右芼之[12]。
窈窕淑女,钟鼓乐之。

【译诗】

雎鸠关关和鸣唱,相伴水中小洲上。
美丽端庄好姑娘,正是君子好对象。

参差不齐水中荇,或左或右采摘忙。
美丽端庄好姑娘,日思夜想盼成双。

设法追求得不到,日夜想念思断肠。
轻吁短叹情思长,辗转难眠梦里想。

参差不齐水中荇,或左或右采摘忙。
美丽端庄好姑娘,弹琴鼓瑟动情肠。

参差不齐水中荇,或左或右采摘忙。
美丽端庄好姑娘,敲钟击鼓喜成双。

【注释】 1 关关:鸟叫声。雎鸠:鸟名,相传此鸟朝夕为伴,情意专一。2 洲:水中的小块陆地。 3 窈窕:娴静美好的样子。淑女:贤良美好的女子。 4 逑:配偶。 5 参差(cēncī):长短不一。荇(xìng)菜:多年生草本植物,叶略呈圆形,浮在水面,根生水底,全草可入药。 6 流:采取。7 寤寐:日夜。寤,醒来。寐,睡着。 8 思服:思念。 9 悠哉:形容思念绵长的样子。悠,长。 10 辗转反侧:形容心中有事,在床上翻来覆去睡不着。 11 琴:古代乐器,最初是五根弦,后加至七根弦,七根弦的琴亦称"七弦琴",通称"古琴"。瑟:古代乐器,和琴相似,长近三米,古有五十根弦,后为二十五根或十六根弦。 12 芼(mào):挑拣。

葛覃

[导读] 这是一首写女子准备归宁的诗。本诗三章描写了三幅动人的图景。诗的第一章写幽深的山谷中，一片片青翠的葛藤悄悄蔓延，在这碧绿如染的景色中忽然飞起一只黄色的小鸟，它鸣唱着动人的歌曲轻轻降落在茂密的灌木丛中，此番情景定格成了一幅颜色亮丽、生机盎然、意境幽美的山谷春景图，奠定了本诗和乐的气氛。诗的第二章写女子将成熟的葛藤割回家，一边泡一边煮，待葛藤脱出纤维的时候，将其一一捞起，织成一匹匹或粗或细的葛布，这就是女子沤麻织布图，在这幅图中我们可以看到年轻女子进进出出的身影以及熟练麻利的动作，也可以感受到女子穿上自己所制新衣的喜悦与自豪之情。第三章写这位年轻的女子将自己的归思告知女师，得到批准后，她欢天喜地地忙里忙外，洗完内衣洗外衣，动作变得越来越轻快，一想到马上就要回家见到父母，她激动万分，这不就是一幅栩栩如生的女子归宁图吗？在此我们不禁被女子喜悦而急切的情感感染，忍不住心生期待。本诗虽篇幅短小，语言简练，但诗意轻快，趣意傲然，塑造了一位可爱羞涩、勤劳能干的年轻女子形象，描绘了一幅幅充满生活气息的古风图景，给人愉快的审美体验。

[原诗]

葛之覃兮[1]，施于中谷[2]，
维叶萋萋[3]。黄鸟于飞[4]，
集于灌木，其鸣喈喈[5]。

葛之覃兮，施于中谷，
维叶莫莫[6]。是刈是濩[7]，

[译诗]

葛藤条儿真绵长，蔓延幽深谷中央，
枝繁叶茂生机旺。黄雀成群展翅翔，
灌木丛中齐落降，歌声婉转鸣欢唱。

葛藤条儿真绵长，蔓延幽深谷中央，
枝繁叶茂生机旺。割取回家烧水烫，

为绤为绤 [8]，服之无斁 [9]。　　粗布细布编织忙，穿上身来喜欢畅。

言告师氏 [10]，言告言归 [11]。　　女师耳旁诉衷肠，想回娘家去探望。

薄污我私 [12]，薄浣我衣 [13]。　　贴身内衣洗清爽，罩衫外套怎能忘。

害澣害否 [14]？归宁父母 [15]。　　哪件该洗心思量，急着回家看爹娘。

注释　1 葛：多年生草本植物，茎可编篮做绳，纤维可织布，块根肥大，称作"葛根"，可制淀粉，亦可入药。覃：延长。　2 施(yì)：蔓延。中谷：即谷中。　3 维：句首语气助词。萋萋：草木茂盛的样子。　4 黄鸟：即黄雀，也叫黄鹂、黄莺、鸧鹒，身体黄色，和麻雀一般大小，声音婉转动听。5 喈喈(jiē)：象声词，禽鸟的鸣声。　6 莫莫：茂密的样子。　7 刈：割。濩(huò)：煮。"是刈是濩"的意思是将葛割来后放到热水里面煮泡，取其纤维，用以织布。　8 绤(chī)：细葛布。绤(xì)：粗葛布。　9 服：穿。斁(yì)：厌倦。　10 言：句首语气助词。师氏：指女师，在古代女师主要是抚育贵族女子并教授其女德。　11 归：古代称女子出嫁为"归"，这里指回娘家。　12 薄：句首语气助词。污：洗掉污垢。私：内衣。　13 浣：洗。　14 害：通"曷"，何。　15 归宁：在古代，已嫁女子回家看望父母叫做"归宁"。

卷耳

导读　这是一首家中妻子思念远征丈夫的诗。女主人公来到野外采摘卷耳，采了半天都不满小小一筐，原来这位女子是因为想起了离家远征的丈夫，故而心不在焉，无心劳动，想着想着她不知不觉地走到了大路旁,而这条大路就是当年丈夫离开的地方。女子思夫心切,渴望能够和丈夫相聚,然而,她左盼右盼都是徒劳,忧伤之余,无奈之下,她只得在脑海里面一遍又一遍想象丈夫在远方的情景。想着想着,她的眼前仿佛出现了丈夫骑着马儿登上高高的石山也在眺望故乡的情景。画面中,这位远行的征人满腔愁怨,心情抑郁之下只得自斟自酌,聊以自慰。征人越过一座又一座高山,试图找一个离家更近的地方遥望到故乡的影子,然而,马儿已经疲劳成疾,仆人也精疲力尽,征人只得就此作罢。此时心头埋藏已久的忧思瞬间决堤,征夫的身体也跟疲惫的马儿一样随即倒了下来,喉咙里还发出沙哑而绝望的哀号,嘶喊声在高山之巅久久回荡,不忍听闻。本诗感情极为浓郁,抒情手法也颇为高超,使人读罢心情悲戚,不禁对诗中思念成狂的女子深表同情。

[原诗]	[译诗]
采采卷耳[1],不盈顷筐[2]。	采呀采呀采卷耳,许久未满一小筐。
嗟我怀人,置彼周行[3]。	所念之人在远方,竹筐搁在大路旁。
陟彼崔嵬[4],我马虺隤[5]。	登上高高石土山,马儿疲惫腿发软。
我姑酌彼金罍[6],维以不永怀。	且把金罍来斟满,聊以自慰莫想念。
陟彼高冈,我马玄黄[7]。	登上山冈放眼望,马儿疲惫毛焦黄。
我姑酌彼兕觥[8],维以不永伤。	兕觥浅斟饮酒浆,聊以自慰莫忧伤。
陟彼砠矣[9],我马瘏矣[10],	登上崎岖石土山,马儿疲惫不能前,
我仆痡矣[11],云何吁矣[12]!	仆人累极双腿软,内心忧伤解脱难。

[注释] 1 采采:采了又采的意思。卷耳:又称苍耳,一年生草本植物,野外荒地均可见,果实倒卵形,有刺,可入药。 2 盈:满。顷筐:前低后高的斜口竹筐。 3 置:放下。周行:大路。 4 陟:登。崔嵬:高大的石

土山。　5 虺隤(huītuí)：累得像患了病的样子。　6 姑：姑且。酌：饮酒。金罍(léi)：古代一种盛酒的容器，深腹小口，广肩圈足，上面有盖。"金罍"表明这种盛酒容器乃青铜所制。　7 玄黄：马生病的样子。　8 兕觥(sìgōng)：古代酒器，腹部为椭圆形或方形，盖一般成带角兽头形。　9 砠(jū)：上面多石的土山。　10 瘏(tú)：疲劳致病。　11 痡(pū)：疲劳至极。　12 云：句首语气助词。何：多么。吁：叹息。

樛木

导读　这是一首祝福新郎的诗。《诗经》中常以树木比喻男子，以藤蔓比喻女子，本诗就是以葛藟缠绕樛木而生喻女子嫁给男子，二人结为夫妇。诗虽三章，每章四句，但其中所写高高樛木让人仿佛看到了"君子"挺拔的身躯与端庄的仪态，而缠满大树的葛藤则让人忽觉眼前出现了一位身影婀娜多姿、面容年轻、朝气蓬勃的女子，极富画面感。葛藟又称千岁藟，故而又有长寿祝福之意，诗人希望新郎能够像被郁郁苍苍的青藤覆盖的高高的樛木一样，福禄随身，在今后的婚姻中快乐幸福，在未来的生活中成就辉煌。本诗语言朴素，感情真挚，气氛热烈，让人仿佛置身于一场喜气洋洋的古时结婚宴席之上。

原诗

南有樛木[1]，葛藟累之[2]。
乐只君子[3]，福履绥之[4]。
南有樛木，葛藟荒之[5]。

译诗

南方樛木枝丫弯，葛藟藤蔓缠绕它。
幸福快乐君子啊，天赐福禄安定他。
南方樛木枝丫弯，葛藟藤蔓覆盖它。

乐只君子,福履将之⁶。	幸福快乐君子啊,天赐福禄佑助他。
南有樛木,葛藟萦之⁷。	南方樛木枝丫弯,葛藟藤叶旋绕它。
乐只君子,福履成之⁸。	幸福快乐君子啊,天赐福禄成就他。

注释 1 樛(jiū)木:树枝向下弯曲的高树。 2 葛藟(lěi):植物名,又叫千岁藟,落叶木质藤本,叶广卵形,夏季开花,果实黑色,可入药。累(léi):缠绕。 3 只:语气助词。君子:在这里指结婚的新郎。 4 福履:福禄。绥:安定。 5 荒:覆盖。 6 将:扶助。 7 萦:缠绕。 8 成:成就。

螽斯

导读 这是一首颂祝多子多孙的诗。螽斯多子,繁殖能力极强,诗以螽斯起兴,表达对多子多孙者的祝贺。"多子多福"是中国人自古承袭的生命理念。子孙,不仅是生命的延续,人类的希望,还承载着繁衍的职责,是家族兴旺最显著的标志。早在远古时期,人们就开始崇拜螽斯,本诗吟诵螽斯极强的生命力,赞美螽斯强大的繁殖力,实质上就是希望自己的家族能像螽斯一样兴旺昌盛、世代绵长,螽斯寄托了先民们繁衍不息的美好愿望,体现了先民们对生殖能力的狂热崇拜。中国古代社会对自然界生命力的崇拜以及对生殖方面创造力的强调是由当时人们的生存环境所决定的,一方面中国古代社会是典型的农耕社会,人力是最重要的资源,另一方面先民们对自然灾害的抵抗能力很弱,随随便便一场灾难就可能会造成人口减少、家族衰落,所以唯有多子多孙才能绵延不息、兴旺发达。艺术上,本诗最大的特色在于叠词的运用,六组叠词,整齐精练,读之铿锵有力而音韵绵长。

原诗	译诗
螽斯羽[1]，诜诜兮[2]。	蝗虫展翅翔，齐聚在一方。
宜尔子孙[3]，振振兮[4]。	子孙多无量，繁盛聚一堂。
螽斯羽，薨薨兮[5]。	蝗虫展翅翔，齐飞嗡嗡响。
宜尔子孙，绳绳兮[6]。	子孙多无量，兴旺聚一堂。
螽斯羽，揖揖兮[7]。	蝗虫展翅翔，群聚飞舞忙。
宜尔子孙，蛰蛰兮[8]。	子孙多无量，和睦聚一堂。

注释 1 螽(zhōng)斯：蝗虫的一种，中国北方称其为蝈蝈，身体多为草绿色，善跳跃，吃农作物，翅膀摩擦能发出响亮的鸣声，是一种繁殖能力很强的昆虫。 2 诜诜(shēn)：盛多的样子。 3 宜：多。 4 振振：众多的样子。 5 薨薨(hōng)：象声词，众多昆虫齐飞的声音。 6 绳绳：绵延不绝的样子。 7 揖揖(jí)：群聚的样子。 8 蛰蛰：群聚和谐的样子。

桃夭

导读 这是一首祝贺新嫁娘的诗。本诗久负盛名，其中"桃之夭夭，灼灼其华"二句，千百年来，吟诵不绝。清代学者姚际恒说，此诗"开千古词赋咏美人之祖"，细细品读，当知其绝妙之处。本诗三章，反复吟咏，但又不尽相同，各有侧重，第一章就重在一个"华"字。诗人以桃树的婀娜多姿象征少女的美好体态，以鲜艳灿烂的桃花象征少女的娇美容颜；其中"灼灼"二字，给人以明亮逼人之感，进一步表示这位娇艳多姿的少女今天出嫁了,盛装打扮的她明艳动人,让人睁不开眼睛,此时你的眼前是否浮现出了一个充满青春气息像花一样鲜艳的少女呢?枝头上一簇簇盛开的桃花仿佛一团团粉红的云彩,连着姑娘身上的嫁衣与醉人的笑脸让人不禁沉溺在一派和美与喜庆之中。"之子于归,宜其室家",诗人希望这位像花一样的新娘也将快乐和美丽带给夫家,婚后家庭美满和睦,幸福像花儿一样。第二章重在一个"实"字。花开结果,乃自然规律,诗人正是用这个自然规律表达对新娘的美好祝愿,希望她婚后生儿育女,家庭美满。然而,有花有果在古人看来还不算圆满,所以第三章写"叶"之茂盛旨在进一步传达多子多福、兴旺昌盛的美好希冀。全诗三章,诗意层层递进,在一种喜气洋洋的气氛中展现了先民们对生命的激情,传达了他们对美好生活的热爱,对家庭和睦的追求。本诗且不论艺术上的技巧与特色,单那种喜庆的气氛,生命的热度以及美好的祝愿就能让人沉醉在最朴素、最纯洁的情韵中,久久不愿醒来。

[原诗]

桃之夭夭[1],灼灼其华[2]。
之子于归[3],宜其室家[4]。

桃之夭夭,有蕡其实[5]。
之子于归,宜其家室。

桃之夭夭,其叶蓁蓁[6]。
之子于归,宜其家人。

[译诗]

桃树婀娜姿态妙,桃花朵朵开正好。
这位姑娘要出嫁,愿她婚后生活好。

桃树婀娜姿态妙,果实硕大满树梢。
这位姑娘要出嫁,愿她婚后家庭好。

桃树婀娜姿态妙,色彩浓郁叶正茂。
这位姑娘要出嫁,婚后幸福又美好。

[注释] 1 夭夭:绚丽茂盛的样子。 2 灼灼:鲜明耀眼的样子。华:同"花"。 3 之子:这位姑娘。于:语气助词。归:出嫁。 4 宜:善。室家:家庭。 5 蕡(fén):果实多而大。 6 蓁蓁(zhēn):枝叶茂盛的样子。

兔罝

[导读] 这是一首赞美武士威武雄壮的诗。在古代狩猎是士兵们必备的技能之一,本诗正是描写了一位武士布网狩猎的情景。他选取了一张眼儿细密的大网,打好桩子牢牢固定之后,将其施布在猎物最有可能出现的地方,一切都是那么井然有序,经验丰富的武士胸有成竹。诗并没有继续写狩猎的情况,而是赞美武士威武雄壮,似乎有脱节之嫌,但是一想到这位武士所猎之物是凶猛大虎,而他却表现得不慌不忙,一切就不言而喻了。猛虎都不足畏惧,何况是战场杀敌,这样的勇士自然是公侯的好保镖、好助手、好搭档,真不愧是"赳赳武夫"。诗每章的最后一句皆从不同的方面赞美武士的神勇、能干以及忠诚,因为先秦时代战乱频繁,烽火连天,能保家卫国、英勇杀敌同时又忠诚守信的武士当然是人们极力赞美的对象。

[原诗]	[译诗]
肃肃兔罝[1],椓之丁丁[2]。	眼儿细密结虎网,打桩布网地上放。
赳赳武夫[3],公侯干城[4]。	武士英勇气势壮,公侯护卫好屏障。
肃肃兔罝,施于中逵[5]。	眼儿细密结虎网,往那交叉路口放。
赳赳武夫,公侯好仇[6]。	武士英勇气势壮,公侯助手卫国邦。
肃肃兔罝,施于中林[7]。	眼儿细密结虎网,往那密林深处放,
赳赳武夫,公侯腹心[8]。	武士英勇气势壮,公侯心腹好搭档。

[注释] 1 肃肃:网眼细密的样子。兔:在这里指老虎。罝(jū):指捕捉鸟兽的网。 2 椓(zhuó):敲打。丁丁(zhēng):伐木的声音。 3 赳

赳:威武雄壮的样子。武夫:武士。　4 干城:盾牌和城墙,比喻捍卫者。
5 中逵:道路交错之处。　6 仇:配偶,这里指帮手。　7 中林:即林中。
8 腹心:即心腹。

芣苢

导读　这是一首采摘车前草时所唱的歌谣。此诗未写一人,读之却能强烈感觉到处处皆人、处处有声。风和日丽,三五妇女,或郊野之外,或山坡之上,相互对歌,笑声阵阵,这是一幅多么惬意的妇女采摘图呀。简明的语句营造欢快的气氛,轻快的节奏谱写民歌的余音,本诗在回环往复中再现了一群古代妇女兴高采烈采摘车前草直至满载而归的情景。本诗为何会写采摘芣苢呢,据说原因有二,其一是因为芣苢多子,古人歌之以示对多子多孙的企盼,其中之意与《螽斯》差不多;其二是因为车前草也是一种药材,古人认为它可以治疗不孕不育或者麻风。不过抛开这两种原因不说,诗人写采摘车前草是再平常不过的事了,因为在当时,生活水平低下,物质生活匮乏,获取自然界的资源成为当时的人们解决生存问题的重要手段,在野外采摘野菜更是他们普通的劳动之一,车前草平常易得,自然成为先民们采摘的对象。

原诗	**译诗**
采采芣苢[1],薄言采之[2]。	采呀采呀车前草,大家快来摘起它。
采采芣苢,薄言有之。	采呀采呀车前草,大家快来采取它。
采采芣苢,薄言掇之[3]。	采呀采呀车前草,大家快来拾起它。

采采芣苢，薄言捋之 ⁴。　　采呀采呀车前草，大家快来捋取它。

采采芣苢，薄言袺之 ⁵。　　采呀采呀车前草，大家快来装起它。

采采芣苢，薄言襭之 ⁶。　　采呀采呀车前草，大家快来兜起它。

注释　1 芣苢(fúyǐ)：车前草。　2 薄言：句首语气助词。　3 掇：拾。　4 捋(luō)：用手握物向一端抹。　5 袺(jié)：用衣襟兜着。　6 襭(xié)：用衣襟兜起来。

汉广

导读　这是一首男子追求所恋女子而不得的民歌，抒发了男子的惆怅之情。本诗的主旨十分明晰，就是求女不得，也就是诗中所说"汉有游女，不可求思"，至于为何求而不得，作者马上给出了答案，因为"汉之广矣，不可泳思。江之永矣，不可方思"：汉水宽广，想要游过简直妄想，波浪涛涛，想要筏渡亦是无望。当然，也就是这种求而不得才更加让人难以忘怀，这也是彰显诗意的关键所在。因为求而不得，所以痛苦，男子只能望着滔滔江水倾注自己满腔的愁绪；因为求而不得，所以思念缠身，男子唯有绞尽脑汁找寻见到心爱女子的办法；因为求而不得，所以梦魂牵绕，现实的阻隔让男子无法如愿，他便在脑海里幻想女子如果哪天出嫁了，自己一定要准备好充足的薪柴，将马儿也喂得饱饱，因为自己就是那个幸福的新郎。男女之间的感情是任何东西都不能阻挡的，即使现实的鸿沟隔开了他们的身体，但永远也无法斩断纷繁缠绕的情思，千古以来，皆是如此。本诗三章，每章最后四句重复吟唱，唱出了男子无边的惆怅，也唱出了本诗沉醉千年的爱恋。

[原诗]

南有乔木[1]，不可休思[2]。

汉有游女[3]，不可求思。

汉之广矣，不可泳思。

江之永矣[4]，不可方思[5]。

翘翘错薪[6]，言刈其楚[7]。

之子于归，言秣其马[8]。

汉之广矣，不可泳思。

江之永矣，不可方思。

翘翘错薪，言刈其蒌[9]。

之子于归，言秣其驹。

汉之广矣，不可泳思。

江之永矣，不可方思。

[译诗]

南方有树高又高，荫少行人懒停靠。

汉水那边好姑娘，想要娶她做新娘。

汉水宽广浪滔滔，想要游过是妄想。

长江水面长又长，乘筏渡过亦无望。

错杂丛生柴草高，砍伐荆条选最茂。

姑娘哪天要出嫁，我将马儿先喂饱。

汉水宽广浪滔滔，想要游过是妄想。

长江水面长又长，乘筏渡过亦无望。

错杂丛生柴草高，砍伐白蒿选最茂。

姑娘哪天要出嫁，我将马儿先喂饱。

汉水宽广浪滔滔，想要游过是妄想。

长江水面长又长，乘筏渡过亦无望。

[注释] 1 乔木:高大的树木。 2 思:语气助词。 3 汉:汉水。游女:出游的女子。 4 江:长江。永:长。 5 方:竹木制的筏子,这里用作动词,撑筏渡江。 6 翘翘:高高翘起的样子。错薪:错杂的柴草。 7 楚:植物名,落叶灌木或小乔木,茎干坚劲,广布于我国长江以南各省,亦称牡荆。 8 秣(mò):喂马。 9 蒌(lóu):多年生草本植物,多生于水滨,又叫白蒿。

汝坟

导读 这是一首思妇诗。诗一开篇便描绘了一幅凄凉的妇女砍柴图,这位妇人行走在汝水岸边,瘦弱无力的她只能砍下树上低垂的枝条或者新生的嫩柳,一阵忙活之后,她放下柴刀,眺望远方,脸上尽是愁容。看到这里不禁让人纳闷,伐樵砍柴不是男子应该承担的劳动吗,为何让一个瘦弱的女子来担负? 原来,这位妇女的丈夫常年在外行役,她不得不挑起生活的重担,即使辛苦劳作但还是忍饥挨饿,大清早便空着肚子出来砍柴,她不知道有没有下顿,只知道家里的公婆还得靠自己供养。思妇悲痛之余不禁生出些许怨念,那个在她心中盘旋很久的问题终于破土而出:官家事务急如火,但家中事儿谁来管? 她私心想着,如果丈夫哪天回来,无论如何也不能再让他离开,因为她衰弱的身体已承担不起思念的折磨与生活的重压。先秦时期,役务繁重,诗中的思妇就是当时千万妇女的缩影,男耕女织对她们来说都是一个奢侈的梦,她们不得不以一人之躯扛下生活的重担,而且时时刻刻活在恐慌与绝望之中,因为很可能和丈夫一朝相别就是天人永隔。本诗深刻反映了当时人们生存处境之艰难,读罢让人怆然落泪。

原诗	译诗
遵彼汝坟[1],伐其条枚[2]。	沿着汝水岸边走,砍伐堤上垂杨柳。
未见君子,惄如调饥[3]。	不见丈夫泛思愁,如同早饥心难受。
遵彼汝坟,伐其条肆[4]。	沿着汝水岸边走,砍伐堤上嫩黄柳。
既见君子,不我遐弃[5]。	夫若归家把他留,恐再远行心忧愁。
鲂鱼赪尾[6],王室如毁[7]。	鳊鱼尾巴红又红,官家事务如火同。
虽则如毁,父母孔迩[8]。	虽然公事急如火,父母穷困谁来供。

【注释】 1 遵:沿着。汝:汝水,在今河南省东南部。坟:岸堤。 2 条枚:树的枝条。 3 惄(nì):忧愁。调:通"朝",早晨。 4 条肄:砍而又生的嫩枝。 5 遐:远。 6 鲂(fáng)鱼:即鳊鱼。赪(chēng):红色。 7 毁(huǐ):火。 8 孔:很。迩:近。

麟之趾

【导读】 这是一首赞美贵族公子的诗。麒麟是传说中的神兽,自古以来都是祥瑞的象征,民间有谚语说:"摸摸麒麟头,万事不发愁;摸摸麒麟嘴,夫妻不吵嘴;摸摸麒麟背,荣华又富贵;摸摸麒麟尾,长命又百岁。"同时,麒麟也常用来指代才能杰出的人,代表至高无上的荣誉,比如汉代的麒麟阁(汉宣帝时曾将霍光等十一位功臣的画像置于阁上,以表扬其功绩),至此封建时代多将功臣画像挂于麒麟阁之上表示卓越功勋和最高荣誉。麒麟在古人心中有着崇高的地位,不能随便使用,在当时只有王孙公子才能与麒麟并称,所以诗中称"公子""公姓""公族"。诗中的公子不仅宽广仁厚而且才能杰出,诗人赞美他们振奋有为,堪比麒麟,并希望公族兴旺昌盛,永享祥瑞。在这简单的旋律与朴素的语言中,我们依稀能捕捉到原始先民们真诚的祝福与淳朴的情感。

【原诗】

麟之趾¹,振振公子²。
于嗟麟兮³!
麟之定⁴,振振公姓⁵。

【译诗】

麒麟蹄儿真粗壮,公子仁厚吉瑞祥。
哎呦麒麟多美好!
麒麟额头真宽广,公孙仁厚福瑞祥。

于嗟麟兮!	哎哟麒麟多美好!
麟之角,振振公族⁶。	麒麟角儿弯又长,公族仁厚福禄旺。
于嗟麟兮!	哎哟麒麟多美好!

[注释] 1 麟:麒麟,古代传说中的一种动物,形状像鹿,头上有角,全身有鳞甲,尾像牛尾。古人认为麒麟是仁兽、瑞兽,把它当作祥瑞的象征。 2 振振:仁厚的样子。 3 于嗟:叹词,这里表示赞美。于,通"吁"。 4 定:额。 5 公姓:诸侯国君的孙子,即公孙。 6 公族:诸侯的同族。

召南

鹊巢

导读 这是一首祝颂新娘的诗。喜鹊在树上建巢，鸤鸠前来安家，诗人
独具匠心，由此引出姑娘今天出嫁，即将住进夫家。在这里，喜鹊比喻男
子也就是诗中的新郎，而鸠指代女子也就是诗中出嫁的姑娘，喜鹊建巢，
鸤鸠安家，此乃天性，在古人看来男娶女嫁犹如鸠居鹊巢，亦是天性。姑
娘出嫁，住进夫家，是中华民族根深蒂固的传统，先民们称其为天性也不
无道理。从"百两御之""百两将之""百两成之"来看，迎亲车队庞大，
婚礼场面甚为壮观，这绝非普通的民间婚礼，而是一场诸侯贵族的婚礼。
一个"御"字、一个"将"字、一个"成"字，简洁地概括了迎亲、送亲、礼成
的婚礼过程。诗虽未对婚礼场面进行过多地描述，但依然能够强烈感受
到隆重而喜庆的气氛，有一种很强的即视感，陪嫁人员之多、围观群众之
多、场面之热闹、乐声之高扬，仿佛就在眼前。全诗三章，回环复沓，传达
着人们对新娘的美好祝愿。

原诗

维鹊有巢¹，维鸠居之²。
之子于归，百两御之³。

维鹊有巢，维鸠方之⁴。

译诗

喜鹊树上筑鸟巢，鸤鸠前来居住它。
姑娘今天要出嫁，百辆车子迎接她。

喜鹊树上筑鸟巢，鸤鸠前来占据它。

之子于归,百两将之⁵。 ‖ 姑娘今天要出嫁,百辆车子欢送她。

维鹊有巢,维鸠盈之⁶。 ‖ 喜鹊树上筑鸟巢,鸠鸠前来住满它。

之子于归,百两成之⁷。 ‖ 姑娘今天要出嫁,百辆车子成全她。

注释 1 维:句首语气助词。鹊:喜鹊。 2 鸠:鸠鸠,即八哥。 3 两:同"辆"。御:同"迓(yà)",迎接。 4 方:占有。 5 将:送。 6 盈:满,言陪嫁人员之多。 7 成:成就,完成,指礼成。

采蘩

导读 这首诗描写宫女为公侯祭祀之事日夜奔波劳累不得休息。一大清早宫女们便匆匆来到沙洲池沼、山谷小溪采集白蒿,她们没有嬉戏打闹也没有稍作停歇,只是不断重复手中的动作,采集这么多白蒿做什么呢?原来公侯祭祀要用它。采完白蒿之后的宫女们又马不停蹄地来到了庙堂,准备供祭。"被之僮僮"再一次揭示了这群宫女的身份,同时与下面的"被之祁祁"形成鲜明对比,表明宫女们从早到晚,没有片刻歇息,连发饰松散了都没工夫整理。拖着疲倦的身体,顶着散乱的头发,在一天的辛勤劳动后,宫女们终于可以回家了。此时她们的表情可能是欣喜的,因为马上就可以好好休息了;也可能是心酸的,因为繁重而长时间的劳作让她们几近崩溃,更重要的是她们不是为自己劳动而是为公家进行无偿贡献;当然,她们的表情也可能是麻木的,因为日复一日年复一年的生活已经让她们习以为常,根本不会再有任何念想。由此来看,本诗仿佛在侧面讽刺公侯祭祀神灵、祈求福祉,只是从自身利益出发,丝毫没有为苍生祈福之心。

原诗

于以采蘩[1]? 于沼于沚[2]。
于以用之? 公侯之事[3]。

于以采蘩? 于涧之中[4]。
于以用之? 公侯之宫[5]。

被之僮僮[6],夙夜在公[7]。
被之祁祁[8],薄言还归[9]。

译诗

将往哪儿去采蒿? 山郊野外池塘旁。
采来白蒿有何用? 公侯家中祭祀忙。

将往哪儿去采蒿? 山郊野外涧溪旁。
采来白蒿有何用? 公侯祭祀陈庙堂。

发饰美丽多光亮,日夜奔波在公堂。
发饰已呈松散貌,这才得空往家跑。

注释 1 于以:即到哪儿。蘩:即白蒿,又名艾蒿,俗呼蓬蒿,古人常用来祭祀。 2 沼:水池。沚:水中的小块陆地。 3 事:指祭祀之事。 4 涧:山间的小溪。 5 宫:宫室,这里指庙堂。 6 被:当时妇女所用的一种发饰,相当于今天的假发。僮僮:盛美的样子。 7 夙夜:早晚。公:公庙。 8 祁祁:舒缓的样子。 9 薄言:句首语气助词。

草虫

导读 这是一首抒写思妇情怀的诗,女主人公在登山采蕨时想起了远行的夫君,不禁泛起思愁。诗开头描绘了这样一幅画面:天色渐晚,草丛里的虫儿们不停地鸣唱,眼前时不时蹦过几只蚱蜢,黄昏中妇人清瘦的身体被夕阳拉得很长,她面带愁容,望向远方,一阵秋风掠过,妇人的衣袂轻轻飘起,一幅落日秋思图跃然纸上,让人忍不住心生悲凉。随着天色渐暗,耳畔一阵高过一阵的鸣叫将默默驻足的思妇从沉思中拉回现实,思妇轻声叹息:如果远行的夫君能够陪伴身侧,自己也不会终日苦闷心不在焉了。秋去春来,并不意味着苦尽甘来,思妇在春光明媚的日子里来到山中采摘蕨菜,然而,这美好的春光只是增添一道明媚的忧伤,形单影只的她在这大好时光里焦躁万分。春日渐长,来到山上采薇的妇人愈发郁郁寡欢,她眉头紧蹙,神情抑郁,忽然她的脸上掠过一丝笑容,原来她在脑海里再一次幻想丈夫远行而归日夜陪伴身旁,这当然让她心神安定,心情舒畅。春秋代序,岁月流转,这位孤独的妇人仿佛游离于时间之外,也许无情岁月只会笑人痴狂,思妇唯有在未知与惶恐中继续等待继续张望继续遐想。

原诗	译诗
喓喓草虫[1],趯趯阜螽[2]。 未见君子,忧心忡忡。 亦既见止[3],亦既觏止[4], 我心则降!	山野之中虫鸣唱,眼前蚱蜢蹦又跳。 许久未见心上郎,焦躁不安心忧伤。 如果见到心上郎,日夜陪伴他身旁, 我的心儿才能放!
陟彼南山,言采其蕨[5]。 未见君子,忧心惙惙[6]。 亦既见止,亦既觏止, 我心则说[7]!	登到高高南山上,山中蕨菜采摘忙。 许久未见心上郎,郁郁寡欢心忧伤。 如果见到心上郎,日夜陪伴他身旁, 我的心儿才欢畅!
陟彼南山,言采其薇[8]。 未见君子,我心伤悲。 亦既见止,亦既觏止, 我心则夷[9]!	登到高高南山上,山中薇菜采摘忙。 许久未见心上郎,抑郁万分心忧伤。 如果见到心上郎,日夜陪伴他身旁, 我的心儿才安详!

[注释] **1** 喓喓(yāo):虫叫声。草虫:泛指草木间的昆虫。 **2** 趯趯(tì):

跳动的样子。阜螽(fùzhōng)：蝗类昆虫，即蚱蜢。　3 亦：如果。止：他。
4 觏(gòu)：遇见。　5 蕨：即蕨菜，多年生草本植物，根茎长可制淀粉，
嫩叶可食，其纤维可制绳缆，全株可入药，多生于森林和山野的阴湿地
带。　6 惙惙(chuò)：忧郁的样子。　7 说：同"悦"。　8 薇：一种野菜，
俗称"野豌豆"，结荚果，荚果中有五六粒种子，可食用，其嫩茎和嫩叶可
做蔬菜。9 夷：平。

采蘋

导读　这是一首女子祭祀祖先神灵的诗。这次祭祀的主持是一位妙龄
少女，从诗中所说"有齐季女"来看，这位少女虽然年纪尚小，但美丽娴
静，恭谨端庄，想必对祭祀之事也十分熟悉，不过，她还是丝毫不敢有所
松懈，小心谨慎地准备着祭品。少女来到山间的溪水边捞取浮萍，来到
积水的池沼边采择水藻，然后用身后的圆篓方筐盛好背回家，再找来锅
子釜儿慢慢煮好，最后将祭品小心安放在祠堂那边的窗户底下。流畅的
诗句将少女准备祭品的整个过程表现得栩栩如生，极富画面感，仿佛依
稀能看到妙龄少女轻巧灵动的身影，严肃认真的神情。虔诚祷告的众人、
安放整齐的祭品、美丽端庄的祭祀主持，相信祖宗神灵定会心情愉悦，赐
下福祉。少女主祭在《诗经》中并不多见，本诗提供了一个观照先秦祭祀
文化的窗口，也有一定的民俗价值。

原诗

于以采蘋¹？南涧之滨。

于以采藻？于彼行潦²。

于以盛之？维筐及筥³。

于以湘之⁴？维锜及釜⁵。

于以奠之⁶？宗室牖下⁷。

谁其尸之⁸？有齐季女⁹。

译诗

哪儿可以采浮萍？在那南面涧水滨。

哪儿可以采水藻？在那积水的池沼。

将用什么来盛放？圆篓方筐来帮忙。

将用什么来煮好？锅儿釜儿能用上。

祭品将往哪儿放？宗庙窗下陈列好。

什么人儿来主事？妙龄少女将上场。

注释 1 蘋：浮生在水面上的一种草本植物，即浮萍，其叶扁平，呈绿色，叶下生须根，可食用，也可入药。 2 行潦(hánglǎo)：沟中的积水。 3 筥(jǔ)：盛物的圆形竹筐。 4 湘：煮。 5 锜(qí)：三脚锅。釜：无脚锅。 6 奠：置放。 7 宗室：这里指宗庙。牖(yǒu)：窗户。 8 尸：古代祭祀时，代表死者受祭的人，这里指主持祭祀。 9 齐：通"斋"，恭敬美好的样子。季女：少女。

甘棠

导读 这是一首怀念召伯的诗。召伯虎是周宣王的得力大臣，曾率军平定了淮夷之乱，《毛诗序》云："《甘棠》，美召伯也。召伯之教，明于南国。"相传，召伯南巡，为了不干扰百姓，所到之处都只在甘棠树下结草住宿，休憩整顿，也就是在甘棠树下召伯听讼决狱，让乡邑百姓大为感动。为了感怀召伯，追思其德，人们将召伯停留过的甘棠树保护起来，不砍不伐,呵护备至,此乃郑笺所云:"召伯听男女之讼,不重烦百姓,止舍小棠之下而听断焉,国人被其德,说其化,思其人,敬其树。"诗人没有用任何华丽的辞藻来夸饰召伯卓越的功绩与美好的德行,甚至没有正面对召伯进行丝毫的描写与形容,只是反复提到那高大繁茂的甘棠树是召伯曾经休憩的地方,然而,我们却能强烈感受到人们充满崇敬与感恩的情怀,召伯厚德仁慈的形象屹然脑际。召伯体恤百姓,关心民生疾苦,倾听民声,为民众排忧解难,人们对他的德政教化铭记于心,甘棠树代表了人们对他的追思与感激。随着时间的流逝,甘棠树会越来越高大,枝叶会越来越繁茂,召伯的仁德也会永远传播下去,无怪乎孔子评价《甘棠》曰:"吾于《甘棠》,宗庙之敬甚矣,思其人必爱其树,尊其人必敬其位,道也。"(《孔子家语·好生》)

原诗	译诗
蔽芾甘棠[1],勿剪勿伐[2], 召伯所茇[3]。	棠梨枝叶真繁茂,不剪不砍细心养, 召公曾在此落脚。
蔽芾甘棠,勿剪勿败[4], 召伯所憩[5]。	棠梨枝叶真繁茂,不剪不毁细心养, 召公曾在此休调。
蔽芾甘棠,勿剪勿拜[6], 召伯所说[7]。	棠梨枝叶真繁茂,不剪不拔细心养, 召公曾在此歇脚。

[注释] 1 蔽芾(fèi):茂盛的样子。甘棠:树名,又叫棠梨,落叶乔木,叶长圆形或菱形,花白色,果实小,俗称野梨。 2 剪:砍伐,截断。 3 召伯:周宣王的得力大臣,名虎,姬姓,因为被周宣王封在名叫召的地方,授伯爵,所以称其为召伯。茇(bá):在草舍住宿。 4 败:毁坏。 5 憩:休息。6 拜:拔掉。 7 说:通"税",歇息。

行露

[导读] 这是一首女子拒绝已婚男子的求婚而陷入官司的诗,表现了女子顽强的抗争精神。诗虽篇幅短小,且皆为女子内心陈诉,但丝毫不影响读者对整个事件的把握,从女子的控诉中,我们能清楚得知,诗中男子或有一定权势或倚仗官府势力想要逼迫女子成婚,女子深知男子早有家室并非真意,于是坚决反抗,最后竟被男子要挟打官司。"谁谓雀无角?何以穿我屋?谁谓女无家?何以速我狱?"这是女子极度气愤之下的声泪控诉,此四句反复吟唱,表明女子内心之坚决以及对男子早已成家但还是欺骗她的感情、逼迫她与之成婚的深恶痛绝。显然,诗中女子并非逆来顺受、畏惧权贵的柔弱之辈,"虽速我狱,室家不足""虽速我讼,亦不女从",女子心硬如铁,宁可吃官司、进监狱也绝不会就此屈服。短短几句,女子不畏强暴、敢于反抗的形象跃然纸上,让人不得不为她强烈的斗争意识所折服。同时,男子横行霸道逼迫女子、恼羞成怒威胁女子的反面形象也深入人心,正如那破屋之雀、穿墙之鼠,让人心生厌恶。

[原诗]	[译诗]
厌浥行露[1],岂不夙夜,谓行多露[2]。	夜深露重沾湿道路,何曾不想趁夜逃去,无奈露多无法赶路。
谁谓雀无角[3]?何以穿我屋?	谁说麻雀没有利嘴?凭啥啄穿我的房屋?
谁谓女无家[4]?何以速我狱[5]?	谁说你还没有成家?凭啥害我蹲进监狱?
虽速我狱,室家不足[6]。	即使害我蹲进监狱,成婚理由还是不足。

谁谓鼠无牙？何以穿我墉⁷？	谁说老鼠没有利齿？凭啥穿透我的墙屋？

谁谓鼠无牙？何以穿
我墉⁷？
谁谓女无家？何以速
我讼⁸？
虽速我讼，亦不女从。

谁说老鼠没有利齿？凭啥穿透我的
墙屋？
谁说你还没有成家？凭啥害我蹲进
监狱？
即使害我蹲进监狱，我也绝不对你让步。

注释 1 厌浥(yì):潮湿。行:道路。 2 谓:通"畏",惧怕。 3 角:鸟嘴。 4 女:通"汝"。无家:没有成家。 5 速:招致。狱:打官司。"速我狱",害我蹲监狱。 6 室家不足:要求结婚的理由不充足。 7 墉(yōng):墙。 8 讼:诉讼。"速我讼",使我吃官司。

羔羊

导读 这是讽刺统治阶级奢侈生活的诗。官员们身穿细丝交叉缝纫的羊羔皮袄，早早上完朝后成群结伴地来到供应公餐的地方开始享受今日的佳肴，酒足饭饱之后，这群老爷们挺着肚子优哉游哉地摇晃着，甚是惬意。诗虽无一斥责之词，但却能强烈体会到诗人的讽刺与斥责之意。试想，当这群官老爷们每日身着华贵而考究的服饰时，老百姓们穿的是粗布麻衣甚至衣不蔽体；当官老爷们每日在朝堂官府悠闲办公时，老百姓们在寒风烈日下辛勤劳作不得片刻休息；当官老爷们每顿享受美味佳肴的时候，老百姓们粗茶淡饭甚至忍受饥饿，这强烈的对比胜过万千控诉的语言。统治阶级们不劳而获，享受着百姓辛勤劳动的成果，每日锦衣玉食，过着无比奢侈的生活，这怎能不让生活艰难的底层老百姓们寒心。

诗人看似是以冷静的笔调描写官员们的日常生活与饮食穿着,但"委蛇委蛇"所刻画的官员形象暴露了诗人内心真实的情感,厌恶讽刺之情显露无遗。

原诗	译诗
羔羊之皮,素丝五紽[1]。 退食自公[2],委蛇委蛇[3]。	羔羊皮袄穿上身,白丝交错细细缝。 美味佳肴公家供,悠闲自得多从容。
羔羊之革[4],素丝五緎。 委蛇委蛇,自公退食。	羔羊皮袄穿上身,白丝交错细细缝。 悠闲自得多从容,公家供食尽享用。
羔羊之缝,素丝五总。 委蛇委蛇,退食自公。	羔羊皮袄穿上身,白丝交错细细缝。 悠闲自得多从容,美味佳肴公家供。

注释 1 素丝:即白丝。五:通"午",交午,纵横交错的意思。紽(tuó):缝。下文的"緎(yù)""总(zōng)"也都是缝的意思。 2 退食自公:意思是从公家用完餐之后退席。 3 委蛇:即逶迤,悠闲自得的样子。 4 革:去了毛的兽皮。

殷其雷

导读 这是一首思妇诗。天雷隆隆作响,声音此起彼伏,一会儿在南山阳坡,一会儿在南山旁侧,一会儿在南山脚下,看到这大雨即将倾盆而至的情景,家中的妻子不胜担忧。此时,她或倚在门框上或坐在窗台下,凝视这电闪雷鸣的气象,想起了在外奔波的丈夫,这般恶劣的天气,丈夫是

否有避容之所。"何斯违斯?"想着想着,妻子不禁埋怨丈夫为何此时要
远行在外,惹自己担惊受怕,接着她又立马为丈夫辩解,因为公事繁忙,
不敢耽搁。这也许是思妇的善解人意,也许是丈夫每次远行前对妻子的
解释之辞,无论怎样,我们都不难看到这其中萦绕的浓浓深情。虽然丈
夫常年在外,但在妻子心目中,他乃"振振君子",勤奋仁厚,年轻有为,每
每想到他,妻子心中就会涌起无限甜蜜,为自己的丈夫感到骄傲,然而,
不管丈夫是公务繁忙也好,是努力奋斗也罢,她还是希望丈夫能够早日
回家团聚。本诗最大的特色在于将思妇九曲回肠的心思表达得惟妙惟
肖,生动感人,让人能够设身处地体会到思妇的深情与矛盾。

原诗	译诗
殷其雷¹,在南山之阳²。	雷声轰轰声音响,在那南山向阳方。
何斯违斯³? 莫敢或遑⁴。	为何此时去远方? 不敢偷闲事儿忙。
振振君子⁵,归哉归哉!	我那仁厚好丈夫啊,快快归来聚一堂!
殷其雷,在南山之侧⁶。	雷声轰轰声音响,在那南边高山旁。
何斯违斯? 莫敢遑息⁷。	为何此时去远方? 不敢稍息事儿忙。
振振君子,归哉归哉!	我那仁厚好丈夫啊,快快归来聚一堂!
殷其雷,在南山之下。	雷声轰轰声音响,在那南边山下方。
何斯违斯? 莫或遑处⁸。	为何此时去远方? 不敢安住事儿忙。
振振君子,归哉归哉!	我那仁厚好丈夫啊,快快归来聚一堂!

注释 1 殷:震动声。 2 阳:山南水北谓之阳。 3 何斯违斯:为
何在此时离开。斯,此时。违,离开。斯,此地。 4 或:有。遑:闲暇。
5 振振:仁厚的样子。 6 侧:指南山的旁边。 7 息:休息。 8 处:住,
指在家里安居。

摽有梅

[导读] 这是一首待嫁女子思春求爱的诗。第一章写暮春时节,树上的梅子纷纷坠落,此情此景让适婚女子无比伤感。想当初,树上梅子缀满枝头,而今却落得只剩七成,女子不禁感叹:光阴易逝,时不我待,那有心追求我的良人呐,为何还不向我表白。第二章写树上的梅子落得只剩三成,女子再一次在心里呼唤:有心追求我的青年呀,切莫耽误良辰吉日。第三章写树上梅子皆已坠落,树下的人们纷纷以浅筐盛掇,此时,女子心急如焚,她向所有适婚青年呼喊:如若有心,则无需再等。"其实七兮""其实三兮""顷筐塈之",树上的梅子一天天坠落,不复之前的繁茂与生机,风华正茂的女子犹如这枝头的梅子,如若任岁月流逝,终会衰落成泥,徒自伤悲,诗中的女子正是思及于此故而心急如焚,她渴望爱情、渴望婚姻、渴望不负青春岁月。时令流转,自得其理,人作为自然界的一员,当然也受自然规律所牵引,妙龄少女追求爱情、适婚女子寻觅良人乃原始力量的驱动,只有在最美好的年华做最恰当的事情才不会浪费青春留下生命的遗憾。本诗清新质朴,以梅子成熟坠落起兴,引出妙龄少女对婚姻爱情的追求,同时,诗意层层递进,表达了女子唯恐青春逝去而佳婿未得的急切心情。

[原诗]

摽有梅[1],其实七兮。
求我庶士[2],迨其吉兮[3]!

摽有梅,其实三兮。
求我庶士,迨其今兮[4]!

[译诗]

梅子纷纷坠落,而今还剩七成。
追求我的众人,不要耽误良辰!

梅子纷纷坠落,而今还剩三成。
追求我的众人,趁着今日良辰!

摽有梅,顷筐塈之⁵。　梅子纷纷坠落,用那浅筐来盛。
求我庶士,迨其谓之⁶!　追求我的众人,表白无须再等!

注释 1 摽(biào):落。有:语气助词。 2 庶:众多。 3 迨(dài):趁着。
吉:好日子。 4 今:现在。 5 顷筐:前低后高的斜口筐。塈(jì):取。
6 谓:告诉。

小星

导读 这是一首小吏暗自抱怨的诗。天色朦胧,三五颗小星在东方闪烁,匆匆赶路的小吏倍感心酸,像他这样早起贪黑忙于公事的人,只能抱着被子床单赶路,指不定下一次又将在哪里歇脚。短暂的睡眠让小吏十分疲惫,也许此时脑袋还是懵的,也许才暖和起来的身子又被瑟瑟寒风吹冷,但双脚却不能停,无奈之下,小吏只得自怨自艾,感叹"实命不同""实命不犹"。为何自己的命运如此艰难?为何自己就这么命不如人?小吏的感叹折射出了他内心微妙的情感,确实,他不会控诉等级社会的不公,也不会思考劳逸不均的根本原因,但他的怨叹却隐透着对统治阶级的埋怨,当然,这种埋怨是浅层次的、直观的,他只是在想为什么贵族阶级就能不劳而获、每日悠闲,自己怎么就不是生而为贵族呢?诗中的小吏就如天边闪着微光的小星,他们虽然数量繁多,但却是最无助最弱势的群体,然而,这饱经苦难的底层人民却最是善良淳朴的,他们面对苦难的人生只会默默承受、默默忍耐,顶多也只是自我伤感,寻求精神的发泄。

原诗

嘒彼小星¹,三五在东。
肃肃宵征²,夙夜在公。
实命不同³!

嘒彼小星,维参与昴⁴。
肃肃宵征,抱衾与裯⁵。
实命不犹⁶!

译诗

小小星辰闪弱光,三个五个在东方。
匆匆赶路天未亮,日日夜夜为公忙。
彼此命运不一样!

小小星辰闪弱光,参星和昴星在上方。
匆匆赶路天未亮,抱着衾裯赶路忙。
命不如人空惆怅!

注释 1 嘒(huì):微弱的样子。 2 肃肃:急匆匆的样子。宵:夜。征:行。 3 实:确实,的确。 4 参(shēn)、昴(mǎo):星宿名,参星和昴星。 5 衾:被子。裯:被单。 6 不犹:不如。

江有汜

导读 这是一首弃妇诗。诗共三章,每章开头分别为"江有汜""江有渚""江有沱",皆言长江广阔多支流,接下来诗便写妇女控诉丈夫久别回到故里却又抛下自己独自离开,原来作者是以长江多支流引出诗中男子有二心。丈夫远行而归乃家中妻子日夜所盼,而当归家的丈夫不来相聚甚至都不来见上一面时,妻子作何感想,是何滋味。丈夫的决绝离开无疑又给了这名妇女莫大的打击,她知道丈夫彻底抛弃了自己,可能再也不会回来了。无缘无故被抛弃的妻子怎能对丈夫不充满怨恨,她左思右想,就是想不通丈夫为何会离自己而去,越想恨意越浓,当恨意达到极点时,弃妇不禁在脑海里幻想有朝一日绝情的丈夫一定会后悔,到时候也让他尝尝痛苦的滋味。从某种意义上来说这名弃妇还挺痴情，自己被抛弃后竟还幻想丈夫日后也会受到感情惩罚，但从"其后也悔""其后也处""其啸也歌"来看，弃妇恨意的逐步加深都是伴随着痛苦与挣扎的。从表面上来看，全诗皆是弃妇指责丈夫薄情寡义并断言日后丈夫一定会悔恨不已，但恨与怨的背后是爱与无奈，女子越是指责丈夫薄情越是对他难以割舍，女子对丈夫的恨意越是浓烈就越是表明她还是深爱着丈夫，悔恨的背后隐藏着弃妇的绝望与软弱。这就是本诗的精妙之处，以浅白的语言表达曲折深晦的情感，体现出了高超的艺术水平。

原诗	译诗
江有汜[1]，之子归[2]， 不我以[3]。不我以， 其后也悔。	长江广阔多支流，这人回到家里头， 却不带我一起走。你不带我一起走， 将来后悔心莫愁！
江有渚[4]，之子归， 不我与。不我与， 其后也处[5]。	长江广阔多水洲，这人回到家里头， 不来相聚就出走。你不相聚就出走， 来日心伤让你愁！
江有沱[6]，之子归， 不我过。不我过， 其啸也歌[7]。	长江广阔多岔流，这人回到家里头， 不见我面又远走。你不见我又远走， 日后哭号空自愁！

注释　1 汜(sì)：先从主流分出最后又流入的水。　2 之子：这个人。归：回到家里。　3 以：用。"不我以"是"不以我"的倒文，意思是不要我了。4 渚：水中的小块陆地。　5 处：忧伤。　6 沱：沱江，长江的支流，位于今四川省中部。　7 啸也歌：即啸歌，悲痛号哭的意思。

野有死麕

导读 这首诗描写了一个青年猎人将所射之鹿送给心爱女子最终获得芳心的爱情故事。本诗古朴自然,趣意横生,为我们讲述了一段美丽动人的男女之情。诗中的男子乃一个年轻健美的猎人,他将所射的小鹿用洁白的茅草捆扎好送给自己心爱的女子,白茅既代表了少女的纯洁与美好,又代表了青年对少女纯真的感情以及对心爱之人的无比珍视。从男子以鹿相赠之举联系第一章的"有女怀春,吉士诱之"、第二章的"白茅纯束,有女如玉"可以看出,二人的感情还处于青涩而懵懂的阶段。到了第三章,二人的情感有了阶段性的发展,男子示爱成功后便急不可耐地想要和姑娘有进一步的接触,他来到姑娘的身边,企图掀起姑娘的围裙,急切慌张的动作差点惹得狗儿汪汪大叫,姑娘措手不及只得轻声连呼:"舒而脱脱兮!无感我帨兮!无使尨也吠!"真是有趣至极、生动至极也!"有女怀春",此乃自然之情,"吉士诱之"更显自然之性,本诗以自然朴素的语言描绘了一段自然纯真的爱情,给人无限美好与遐想。

原诗

野有死麕[1],白茅包之。

有女怀春,吉士诱之[2]。

林有朴樕[3],野有死鹿。

白茅纯束[4],有女如玉。

"舒而脱脱兮[5]!无感我帨兮[6]!无使尨也吠[7]!"

译诗

野外有只死香獐,洁白茅草把它绑。

有位姑娘春心荡,美好青年把话挑。

林子深深多小树,郊野之外有死鹿。

洁白茅草把它束,年轻少女美如玉。

"动作舒缓别惊慌!莫让我的围裙晃!

别惹狗儿叫汪汪!"

注释 1 麕(jūn):獐子。 2 吉士:美好青年。 3 朴樕(sù):丛生的小树。
4 纯束:捆扎。 5 舒:舒缓。脱脱:舒缓的样子。 6 感:通"撼",撼动。
帨(shuì):配巾,相当于今天的围裙。 7 尨(máng):多毛的狗。

何彼襛矣

导读 这是描写周平王的外孙女、齐侯的女儿出嫁时的诗。这是一个
美好的日子,棠棣花开,艳丽繁茂,桃李绽放,色彩鲜妍,王姬今日出嫁,
气氛热闹,喜气洋洋。王姬如此貌美,她风华正茂,面容如花般娇艳美丽,
身上的嫁衣犹如七彩祥云,耀眼夺目;王姬身份何等尊贵,她是周平王的
外孙女,是齐侯的女儿,真乃天之骄女;王姬的婚礼如此盛大,陪嫁的随
从排成长队,迎亲的车辆犹如长龙。王姬天人之姿,尊贵无比,她出嫁的
隆重场面令围观的百姓折服,人们赞美她的容貌,赞美她的高贵。本诗
虽写王族婚嫁,但显然出自民间,"其钓维何?维丝伊缗",在百姓的眼中,
男女双方门当户对,婚姻自然稳固,百姓们真诚祝愿王姬婚后幸福,家庭
美满。

原诗

何彼襛矣[1]? 唐棣之华[2]。
曷不肃雍[3]? 王姬之车[4]。

何彼襛矣? 华如桃李。
平王之孙[5],齐侯之子[6]。

译诗

什么花儿如此鲜亮? 棠棣花儿开得正好。
为何仪仗有欠端庄? 那是王姬出嫁车辆。

什么花儿如此鲜亮? 桃李花儿开得正好。
平王外孙今日出嫁,齐侯女儿喜做新娘。

其钓维何？维丝伊缗[7]。	什么绳子钓鱼最好？细丝搓成一定牢靠。
齐侯之子，平王之孙。	齐侯女儿风华正茂，平王外孙花般美貌。

注释 1 襛(nóng)：花木繁盛的样子。 2 唐棣：即郁李，落叶小灌木，春季开花，花为淡红色，果实小球形，暗红色。 3 曷：何。肃雍(yōng)：庄严雍容。 4 王姬：周王的女儿叫作王姬。 5 平王之孙：周平王的外孙女。 6 齐侯之子：齐侯的女儿。 7 缗(mín)：钓鱼绳。

驺虞

导读 这是赞美猎人射技高超的诗。诗中所赞美的猎人不是一般的猎人，而是天子园囿中掌管鸟兽的官员。春光和煦，大地一片生机勃勃，经过一个冬天的蛰伏，动物们纷纷出巢走动，这正是狩猎的大好时机。当然，春雨润物，草木繁盛，那茂密的芦苇丛，那遍布原野的飞蓬也正是野兽们藏身的好去处。不过，这对于技艺高超的猎手来说不值一提，他无论是在茂密的丛林中还是在广阔的原野上都能箭无虚发，母猪小猪皆难逃其手，让人不得不赞叹："于嗟乎驺虞！"诗虽简短却把猎手的神勇表现殆尽，语言平易却影射猎手淡定从容，实在精巧。

原诗

彼茁者葭[1]，壹发五豝[2]。
于嗟乎驺虞[3]！

译诗

芦苇青青刚破土，箭箭射向母野猪。
猎手技高人叹服！

彼茁者蓬[4],壹发五豵[5]。　　飞蓬青青刚破土,箭箭射向小野猪。

于嗟乎驺虞!　　　　　　　猎手技高人叹服!

[注释]　1 茁:草刚冒出土地的样子。葭:芦苇。　2 壹:句首语气助词。五:虚词,表示多。豝(bā):母猪。　3 驺(zōu)虞:天子园囿中掌鸟兽的官。4 蓬:多年生草本植物,花白色,中心黄色,叶似柳叶,子实有毛,亦称飞蓬。　5 豵(zōng):小猪。

邶风

柏舟

导读 这首诗抒发了女主人公处境艰难却无处诉说的悲愤之情。诗开篇以"泛彼柏舟,亦泛其流"起兴,将柏舟在水中漂漂荡荡比喻女子身似浮萍、无依无靠。同时,舟船晃荡亦如女子内心百转千回,"耿耿不寐,如有隐忧",她辗转难眠、夜不能寐,心中不知积蓄了多少忧愁苦闷。她也并非不是没有解闷的法子,只是即使喝得酩酊大醉也无法化解心中的"隐忧",那就姑且漫无目的地自我游走吧,让灵魂有个暂时喘息的空间。从此章的叙述来看,女子比漂浮的柏舟更让人心酸,因为她有心有情、有念有怨,情感才是最伤人的利剑。第二章,女子苦闷至极,内心充满委屈,她第一时间想起了娘家的兄弟,此乃人之常情,不求亲人为自己讨回公道只希望他们能够倾听自己的烦恼,理解自己的忧愁。然而,"亦有兄弟,不可以据",女子含怨前往,却"逢彼之怒",女子忧伤之余更感无助,因为连自己的亲兄弟都如此冷漠、如此无情,那人世间还有温情可言? 那些和自己毫无血缘关系的人又将如何对待自己? 女子愁苦、无助甚至绝望,她知道没有人能够帮助自己,也没有人理解自己,但她绝不会因为这样就放弃自己,于是在第三章,女子在心底奋起反击,自我宣示:"我心匪石,不可转也。我心匪席,不可卷也。"虽然孤独无依,虽然无所凭靠,但并不意味着自己就可以被人随便玩弄,任意践踏。"威仪棣棣,不可选也",她一定会坚守自己的底线,维护自己的原则,不让别人恣意侵犯自己最后的尊严。读到这里，我们不得不被女主人公坚强的内心所打动，现实的环境让她别无选择，只能默默忍受，但她却从未丧失过自己的尊严与坚守。第四章，女子回忆所受的委屈，想想自己"觏闵既多，受侮不少"又再一次陷入无尽的忧愁，梦里醒来，不由地捶胸自叹。第五章，女子苦极呼天，"日居月诸，胡迭而微"，高高在上的日月啊，此时为何黯淡无光？对上天的拷问影射了女子内心深处最绝望的呐喊，忧怨太深，无法解脱，女子只能直呼苍天也！"静言思之，不能奋飞"，女子哀叹，太过沉重的灵魂是无力奋飞的，到此为止，不禁为女子悲痛的遭遇与苦闷的灵魂所深深打动。此篇语言凝练，表达委婉，感情深沉，全诗五章，一气呵成，更令人称赞的是诗人对多种修辞手法的运用炉火纯青，体现出了高超的艺术技巧，正如俞平伯《读诗札记》评价所言："通篇措词委婉幽抑，取喻起兴巧密工细，在朴素的《诗经》中是不易多得之作。"

【原诗】

泛彼柏舟¹，亦泛其流。
耿耿不寐²，如有隐忧³。
微我无酒⁴，以敖以游。

我心匪鉴，不可以茹⁵。
亦有兄弟，不可以据⁶。
薄言往诉⁷，逢彼之怒。

我心匪石，不可转也。
我心匪席，不可卷也。
威仪棣棣⁸，不可选也⁹。

忧心悄悄¹⁰，愠于群小¹¹。
觏闵既多¹²，受侮不少。

【译诗】

柏木船儿水中流，随水漂荡晃悠悠。
焦灼难眠心神游，内心苦闷多烦忧。
并非无酒解心愁，姑且遨游以忘忧。

我心并非如明镜，岂能容纳世间影？
虽然也有亲兄弟，谁知他们难依凭？
赶去娘家把苦诉，恰逢他们在发怒。

我心并非如卵石，岂能任人去转移？
我心并非如草席，岂能翻卷随你意？
端庄娴静有威仪，怎能屈从任你欺？

忧思深重难解除，小人怨恨难对付。
所受患难恐难书，身心受辱更无数。

静言思之,寤辟有摽 13。	静心思考到深处,梦醒拍胸忽觉悟。
日居月诸 14,胡迭而微 15?	日月高高在天上,为何交替暗无光?
心之忧矣,如匪浣衣 16。	忧思重重心儿伤,如同未洗脏衣裳。
静言思之,不能奋飞。	静下心来细细想,不能奋翅高飞翔。

[注释] 1 泛:漂荡。柏:常绿乔木,木质坚硬,纹理致密,可供建筑及制造器物之用。"柏舟"就是柏木作的船。 2 耿耿:内心焦虑不安的样子。 3 隐忧:痛苦忧愁。 4 微:不是。 5 茹(rú):容纳。 6 据:依靠。 7 薄言:句首语气助词。 8 威仪:仪容举止。棣棣:雍容闲雅的样子。 9 选:屈从退让。 10 悄悄:忧愁的样子。 11 愠:怨恨。 12 觏(gòu):遇到,遭受。闵:忧患。 13 寤:醒来。辟(pì):通"擗",用手拍打胸口。摽(biào):捶胸的样子。 14 居、诸:皆语气助词。 15 迭:交替更迭。微:昏暗无光。 16 浣(huàn):洗。

绿衣

[导读] 这是一首思念亡妻的诗。妻子已故,丈夫看到妻子生前所缝制的衣物,悲从中来。他细细端详着手上的衣服,发现针脚是如此细密、布料是如此平整、尺寸是如此合身,可见当时妻子是多么仔细地在做这些事情啊。这些衣服凝结了妻子的爱与关怀,陪伴着丈夫走过春夏秋冬、严寒酷暑。然而,诗人也就是在妻子亡故后,睹物思人,细细回想方才领悟妻子深情,思及此,他悲痛之余又添悔恨,当初自己可曾对妻子无微不至的关怀表示过回应?风起天凉,诗人又往身上加了一件衣服,但依

然感觉寒风瑟瑟、不堪忍受。想当初，自己还未察觉气候变化，妻子就早已将应季的衣服准备好，当自己还未感到天气转凉，妻子就早已将衣服披上他的身——种种情景，此时一股脑儿地浮现眼前，我们仿佛能看到诗人徘徊的身影、颤抖的双肩和悲戚的眼神。为何这些曾经为自己抵御严寒带给自己温暖的衣服如今穿上身来却倍感凄凉？因为贤妻已不在，更因为诗人再也没有机会对她表示爱与感谢。诗人对亡妻的情感之真、思念之深，令人动容，这放在当时的社会环境来看更显可贵。纵观全诗，感情深切，悲怆动人，不仅塑造了一个情深意重的男子形象，还为后代文学提供了艺术借鉴。

原诗	译诗
绿兮衣兮,绿衣黄里。	绿衣裳呀绿衣裳,外衣绿色里衣黄。
心之忧矣,曷维其已¹？	心忧伤呀心忧伤,什么时候才能忘？
绿兮衣兮,绿衣黄裳²。	绿衣裳呀绿衣裳,上衣绿色下衣黄。
心之忧矣,曷维其亡？	心忧伤呀心忧伤,什么时候才能忘？
绿兮丝兮,女所治兮³。	绿衣裳呀绿衣裳,是你亲手缝制好。
我思古人⁴,俾无訧兮⁵。	贤妻虽故心念想,使我无忧怎能忘？
绵兮绤兮⁶,凄其以风。	细葛布呀粗葛布,穿上身来心凄凉。
我思古人,实获我心⁷。	贤妻虽故心念想,如此贴心怎能忘？

注释 1 曷:何。维:语气助词。已:停止。 2 裳:下衣,形如裙子。 3 女:通"汝"。治:缝制。 4 古人:故人,已经亡故的人。 5 俾:使。訧:同"尤",过失,过错。 6 绵(chī):细葛布。绤(xì):粗葛布。 7 获:得。

燕燕

[导读] 这是一首国君送妹远嫁的诗。诗中的寡人应当是卫国君主,而远嫁的则是他的二妹。"燕燕于飞,差池其羽""燕燕于飞,颉之颃之""燕燕于飞,下上其音",诗人以群燕蹁跹起兴,一开篇便描绘了一番生机勃勃的春天景象,群燕翱翔,燕儿们自由舒展着自己的双翅,相互嬉戏,欢快鸣唱,这是个如此美好的日子,诗人的二妹也就是在今天这个良辰吉日出嫁了。迎亲的队伍敲锣打鼓地接走妹妹,诗人的礼队也欢天喜地地送走新娘,然而,诗人的双眼却模糊了,和煦的春风此时就像是一道道滚烫的火焰,灼伤了他的眼睛,诗人"泣涕如雨"。他望着远去的人群,在逐渐消散的喧嚣中感怀自己与妹妹手足深情,不由自主地跟随远去的队伍追了一路又一路,"远送于野""远送于南",诗人久久不愿离去。迎亲的队伍还是慢慢远离了追望的视线,诗人"瞻望弗及",只得"伫立以泣",他伸出自己的双手,不知是妄图抓住妹妹飘散在风中的身影,还是对妹妹道一声又一声的珍重。二妹的身影愈行愈远,而诗人却还是不愿离去,站在无边的旷野上,他不禁回想起妹妹的种种美德与美好性情。自己的妹妹是如此温柔贤良,她性格和顺,端庄谨慎,更可贵的是她深谋远虑、真诚可信,是那么聪慧贤良、心思玲珑,她谨记先王遗教,对自己时常叮嘱、勉励,不仅是自己最亲最爱的好妹妹,还是自己政治生活上的好帮手。妹妹此番远嫁,不知下次相聚又是何时,诗人的内心仿佛一下子空出了一个角落,也许诗人前不久还在打趣妹妹早日嫁得良婿,早日寻得婆家。此篇为我们描绘了一幅缠绵悱恻的送别图,兄妹情深,感人肺腑。

原诗	译诗
燕燕于飞[1]，差池其羽[2]。	燕子空中任飞翔，羽翼参差展翅膀。
之子于归[3]，远送于野。	妹子今日嫁他方，远远相送情意长。
瞻望弗及，泣涕如雨。	渐行渐远难瞻望，泪流满面如雨降。
燕燕于飞，颉之颃之[4]。	燕子空中任飞翔，忽高忽低穿梭忙。
之子于归，远于将之[5]。	妹子今日嫁他方，远远相送心忧伤。
瞻望弗及，伫立以泣。	渐行渐远难瞻望，长久伫立泪沾裳。
燕燕于飞，下上其音[6]。	燕子空中任飞翔，上下呢喃声低昂。
之子于归，远送于南[7]。	妹子今日嫁他方，远远相送到南方。
瞻望弗及，实劳我心[8]。	渐行渐远难瞻望，我心悲伤思断肠。
仲氏任只[9]，其心塞渊[10]。	二妹诚信又温良，深谋远虑有主张。
终温且惠[11]，淑慎其身[12]。	温柔和顺性情好，为人谨慎又善良。
先君之思[13]，以勖寡人[14]。	常把先王挂心上，叮咛之声耳边响。

注释 1 燕燕:燕子。 2 差池:不齐的样子。 3 于归:出嫁。 4 颉(xié):向下飞。颃(háng):向上飞。 5 将:送。 6 下上其音:意思是群燕上下翱翔,发出鸣声。 7 南:指卫国的南边。 8 实:是。劳:因思念而劳神。 9 仲氏:二妹。仲,第二。任:信任。只(zhǐ):语气助词。 10 塞:诚实。渊:深。 11 终:既。惠:随和。 12 淑:善良美好。慎:谨慎。 13 先王:已故国君。 14 勖(xù):勉励。寡人:卫国君主的自称。

日月

导读 这是一首抒发弃妇幽愤之情的诗。日月在天,光芒普照大地,弃妇慷慨陈诉:太阳月亮的光辉让世间一切阴暗污秽无所遁形,负心人哪,你的忘恩负义与薄情寡义也将暴露无遗。日月昭昭,丈夫却能做出如此背德之事,他抛弃妻子,心无定数,绝情弃爱,声名狼藉,女主人公不得不反复控诉"乃如之人兮"。然而,弃妇虽然看似正义凛然、气势十足,但丈夫的无情还是让她陷入了无尽的痛苦与哀怨,她一遍又一遍地思考,自己为什么会被抛弃?丈夫为什么全然不顾夫妻情分,对自己没有丝毫的留恋?想想丈夫此前从未对自己表示过任何的关心与照顾,日月临照,为何自己的心却仿佛处在无尽的黑暗中,永远见不到光明?在接下来的第二、三章,弃妇反复陈诉,一咏三叹,悲痛万分的她不知该如何是好。第四章,女主人在无可奈何之下高呼父母,自叹悲戚身世。司马迁曰:"人穷则反本,故劳苦倦极,未尝不呼天也;疾痛惨怛,未尝不呼父母也。"(《史记·屈原贾生列传》)此乃人之常情,也是人在无奈绝望之下最后的呻吟,然而,父母却不在她的身边,况且自己也再无脸去面对双亲。诗中生动刻画了弃妇内心的痛苦,呈现了女主人公复杂纠结的内心世界,她无辜被弃惹人同情,她的悲痛与哀伤令人动容,但她直冲苍穹的愤怒更让人为之一惊。面对苍茫大地,弃妇仰望日月,高呼父母,只希望天行有常,天理昭昭,能够为自己做主,能够惩罚无情的负心人。此篇虽为弃妇诉怨之诗,但女主人公慷慨陈词,语调铿锵有力,言语论及天地日月,视野苍茫,有震撼人心的效果,这在弃妇诗中不得不说独具特色。

原诗

日居月诸[1],照临下土。

乃如之人兮,逝不古处[2]。

胡能有定[3],宁不我顾[4]。

日居月诸,下土是冒[5]。

乃如之人兮,逝不相好。

胡能有定,宁不我报[6]。

日居月诸,出自东方。

乃如之人兮,德音无良[7]。

胡能有定,俾也可忘[8]。

日居月诸,东方自出。

父兮母兮,畜我不卒[9]。

胡能有定,报我不述[10]。

译诗

太阳月亮入我目,它的光辉照疆土。

天下竟有此人物,不如以前好相处。

他的心性无定数,竟然不把我照顾。

太阳月亮入我目,它的光辉照疆土。

天下竟有此人物,以往恩情全抛除。

他的心性无定数,我的感受全不顾。

太阳月亮入我目,从那东边徐徐出。

天下竟有此人物,声名狼藉该天诛。

他的心性无定数,让我把他快遗忘。

太阳月亮入我目,从那东边徐徐出。

仰天长呼父与母,为何爱我有变故。

他的心性无定数,我也不愿再陈诉。

注释 1 居、诸:皆语气助词。 2 逝:句首语气助词。古处:像以前一样相处。 3 胡能有定:指男子的心性没有定数。 4 宁:竟然。顾:顾念。 5 下土是冒:意思是阳光普照大地。冒,覆盖。 6 报:答,这里是回应的意思。 7 德音无良:即名声不好。德音,好名声。 8 俾:使。 9 畜:爱。卒:终。 10 述:哭诉。

终风

[导读] 这是一首描述女子被男子玩弄后遭抛弃的诗。诗中女子禁不住男子的诱惑爱上了他,但男子却只是把女子当作玩弄的对象,他"谑浪笑敖",行为轻佻,没有一丝真心,男子的一时玩弄带给了女子莫大的伤害,女子"中心是悼",痛苦不已。"顾我则笑",男子离开时嘴角还带笑并且回头对女子挤眉弄眼,女子时常想起这一幕,她知道男子粗痞放荡,但是她还是幻想着男子是爱自己的,而且女子坚信他一定会再回来的。男子一去不复返,女子这才意识到自己被玩弄了,被抛弃了,她对男子既有抑制不住的思念,又有无尽的怨恨,思来想去,女子辗转难眠,她只希望男子能够在打喷嚏的时候想到自己,知道自己对他的想念。本诗虽未对负心男子有任何直接刻画,但从女子的言语中,一个放荡不羁、恣意调笑、玩弄女性的痞男形象跃然纸上。读完全诗,这才体会到诗人以大风起兴是如此独具匠心,大风既比喻男子的放荡狂妄,又暗示男子心性不定、毫无伦常。"终风且曀,不日有曀""曀曀其阴,虺虺其雷",恶劣的天气成为女子悲惨心境的外在背景,在这种阴沉昏暗、雷电交加的时候,女子独自神伤,把那负心人想了又想,念了又念,这不能不说是当时女性难以跨越的悲哀。

[原诗]

终风且暴[1],顾我则笑[2]。
谑浪笑敖[3],中心是悼[4]。

终风且霾[5],惠然肯来[6]。
莫往莫来,悠悠我思。

[译诗]

大风既起呼呼响,那人回头对我笑。
放肆调戏真放荡,莫名心伤又烦恼。

大风既起尘土扬,倘若爱我会来到。
至今还是没来往,相思绵长不能忘。

终风且曀⁷，不日有曀⁸。　大风既起天阴暗，阴晴不定转眼变。

寤言不寐⁹，愿言则嚏¹⁰。　长夜漫漫难入眠，愿他喷嚏知我念。

曀曀其阴¹¹，虺虺其雷¹²。　大风既起天阴暗，雷声轰隆又闪电。

寤言不寐，愿言则怀¹³。　长夜漫漫难入眠，愿他喷嚏把我念。

[注释] 1 终：既。暴：疾风。 2 则：而。 3 谑：戏谑。浪：放浪。敖：放纵。 4 中心：即心中。悼：伤心。 5 霾(mái)：刮大风时空中落下沙土，尘土飞扬。 6 惠然肯来：意思是倘若爱我的话就会来看我。惠，爱。然，语气助词。 7 曀(yì)：天气阴沉而有风。 8 不日：不到一日。有：又。 9 寤：醒来。言：语气助词。不寐：睡不着。 10 愿言则嚏：意思是女子希望男子打喷嚏时知道自己对他的想念。言，语气助词。嚏，打喷嚏。民间认为打喷嚏就是有人想念。 11 曀曀：阴沉昏暗的样子。 12 虺虺(huǐ)：雷声。 13 怀：思念。

击鼓

[导读] 这是一首远征士兵思念妻子的诗。诗开篇映入眼帘的是军队战鼓雷雷、士兵挥刀舞枪的情景，看似气势昂扬，热血沸腾，然而，诗人笔锋一转，"土国城漕，我独南行"，陡生无限悲凉。修筑漕城的士兵们确实辛苦，但是他们毕竟是在国内，不像自己，远征在外，独自南下。原来诗中士卒跟随统帅孙子仲，前去调停陈国和宋国的战事，久久不得归家，终日营宿在外，这怎不叫人"忧心有忡"。一路上他跌跌撞撞，不知接下来又将在哪儿安营扎寨，心不在焉，左思右想，马儿竟不知何时挣脱了缰绳跑

掉了,该去哪儿寻找自己的战马呢?士卒最终在树林里找到了它。诗中的征夫就如随时想着逃跑的战马,不知归期的征程让他无心战事,他内心极度渴望逃离这种没有希望的生活,彻底结束自己永无止境的烦恼。想想自己离家不知有多久了,久到自己可能将对妻子的承诺变成无谓的空谈,他愧对妻子,愧对曾经对妻子立下的铮铮誓言,此时他只有一个最简单的愿望,就是和妻子团聚,无论生死,两人再也不分离,就这样一直白头到老。但就是这简单不过的愿望对征夫来说却是一个遥遥无期的美梦,夫妻携手到老美得像梦,但也不真实得像梦,辽阔的边境上,征夫长歌当哭,迎风洒泪。本诗文笔细腻,叙事生动,情感真切,写征夫之悲,催人泪下,其中"死生契阔,与子成说。执子之手,与子偕老"成千古名句。

原诗	译诗
击鼓其镗¹,踊跃用兵²。	擂动战鼓镗镗响,士兵踊跃舞刀枪。
土国城漕³,我独南行。	别人国内修城墙,唯我独自下南方。
从孙子仲⁴,平陈与宋⁵。	跟随统帅孙子仲,前去调停陈和宋。
不我以归⁶,忧心有忡⁷。	不能归家外地宿,忧愁烦闷心忡忡。
爰居爰处⁸?爰丧其马⁹?	哪儿扎寨哪安家?我在何处丢战马?
于以求之¹⁰?于林之下。	我往哪儿去找它?就在那片树林下。
死生契阔¹¹,与子成说¹²。	生死永远不离弃,这是你我的约定。
执子之手,与子偕老。	紧握你手两相依,白头到老在一起。
于嗟阔兮¹³,不我活兮¹⁴。	可叹分别太遥远,使得你我难会面。
于嗟洵兮¹⁵,不我信兮¹⁶。	可叹相距太久远,不能兑现那誓言。

注释 1 镗(tāng):击鼓声。 2 踊跃用兵:士兵舞动兵器,激情昂扬。兵,兵器。 3 土国城漕:大兴土木筑漕城,"土"和"城"在这里都用作

动词。　**4** 孙子仲:卫国的将军,此次南征的将领。　**5** 平陈与宋:调解陈国与宋国的矛盾。平,调停。　**6** 不我以归:"不以我归"的倒文,不准我回来。　**7** 有忡:即忡忡,忧愁烦闷的样子。　**8** 爰:在哪儿。居、处:安家。　**9** 丧:丢失。　**10** 于以:到何处。以,何。　**11** 契:合。阔:离。　**12** 成说:成约,订约。　**13** 于嗟:表感叹。于,通"吁"。　**14** 活:相聚。　**15** 洵:指离别太久。　**16** 信:兑现承诺。

凯风

导读　这是一首歌颂母亲并自我谴责的诗。诗第一章以凯风吹拂酸枣的嫩芽起兴,将母亲比作那温柔的和风,棘心比作初生的儿子,"棘心夭夭,母氏劬劳",为了养育七口小儿,母亲独自操劳,万分辛苦。当弱小的酸枣树在和风的吹拂中一天天粗壮起来的时候,孩子们也慢慢长大了,母亲贤良淑德,明辨事理,悉心教导孩儿,希望他们长大后都能有出息、有作为,至少,做一个有行有德之人。但孩子们却没有完成母亲的心愿,有负母亲的一片苦心,诗人深表自责,对母亲的愧疚之情溢于言表。第三章诗又以寒泉滋养浚城起兴,将母亲比作清甜的泉水,她操持整个家务,养育七个孩子,无怨无悔。然而,母亲虽然育有七子,含辛茹苦了一辈子,但儿子们却没能好好孝敬她,直到七个儿子都一一长大了,她还是不得安享晚年。试想,连林间的黄鹂都有美妙动人的歌声,而作为儿子的自己却不能让操心一辈子的母亲稍感宽慰,诗人无比自责,更觉无地自容。也许,"我无令人"乃诗人自谦之词,但正是因为他目睹了母亲是怎样用自己温暖的双手将七个儿子拉扯大的,所以他才更加深切地感受到母亲的艰辛,也就觉得无论做什么自己都无法回报母亲莫大的恩德。本篇诗意流畅,比喻贴切,用情真挚,表达了孝子对母亲的无尽感恩与一片深情。

|原诗|

凯风自南¹,吹彼棘心²。
棘心夭夭³,母氏劬劳⁴。

凯风自南,吹彼棘薪⁵。
母氏圣善⁶,我无令人⁷。

爰有寒泉⁸,在浚之下⁹。
有子七人,母氏劳苦。

睍睆黄鸟¹⁰,载好其音¹¹。
有子七人,莫慰母心。

|译诗|

南方和风吹来到,吹在酸枣树心上。
树心娇嫩欠粗壮,母亲实在太辛劳。

南方和风吹来到,风中酸枣长粗壮。
母亲明理又贤良,我不成器负她望。

寒泉之水真清凉,滋养浚城润四郊。
儿子七个真不少,母亲终日苦操劳。

林间黄雀婉转鸣,歌声美妙又动听。
纵然生子共有七,不能慰藉慈母心。

|注释| 1 凯风:和风。 2 棘心:指酸枣树刚发出的嫩芽。棘,即酸枣树,枝上有刺,叶长椭圆形,花黄绿色,果实较枣小,味酸。 3 夭夭:娇弱的样子。 4 劬(qú)劳:辛苦劳累。 5 棘薪:长到可以当柴烧的酸枣树。 6 圣善:贤良明理。 7 令:善。 8 爰:句首语气助词。寒泉:卫国泉水名,因泉水清冽,故称寒泉。 9 浚(xùn):卫国地名,浚城。 10 睍睆(xiànhuàn):形容鸟声清和婉转。黄鸟:即黄雀,也叫黄鹂、黄莺、鸧鹒,身体黄色,和麻雀一般大小,声音婉转动听。 11 载:句首语气助词。

雄雉

导读 这是一首家中妻子思念远役丈夫的诗。雄野鸡拍打着双翅，上下飞腾，它展示自己华丽多彩的羽毛吸引雌性，女子看到求偶的野鸡想起了远征在外的丈夫，离愁别绪忽上心头。身旁的雄鸡鸣叫不停，声音忽高忽低，女子被这求偶的叫声闹得心烦，"展矣君子，实劳我心"，远去的丈夫啊，可知自己这绵长的思念。仰望天空，女子对日月诉说自己的思情，这望不到边的茫茫苍穹犹如自己与丈夫相隔的万千距离，他们望不到彼此的容颜，甚至收不到对方的信息。"百尔君子，不知德行。不忮不求，何用不臧"可谓神来之笔，女子并非不担心丈夫出行是否平安、身体是否康健，而是每日无休无止的思念让她早已将丈夫的衣食住行思忖数遍，于是进而思虑到了丈夫的品德修行方面。同时，由于两人相别太久、相距太远，女子担心丈夫没有自己在身边叮嘱勉励会做出有违道德之事而受到责罚，诗意至此，我们焉能体会不到女子对丈夫深切的关心。

原诗

雄雉于飞，泄泄其羽[1]。
我之怀矣，自诒伊阻[2]。

雄雉于飞，下上其音。
展矣君子[3]，实劳我心。

瞻彼日月，悠悠我思。
道之云远[4]，曷云能来？

百尔君子[5]，不知德行。
不忮不求[6]，何用不臧[7]。

译诗

雄雉空中展翅翔，鼓动羽翼真舒畅。
我的思念太深广，自取烦恼致忧伤。

雄雉空中展翅翔，忽高忽低自鸣唱。
思念夫君心忧伤，让我难过空惆怅。

太阳月亮放眼望，我的思念真绵长。
距离遥遥隔两方，何时回到这故乡？

天下男人都一样，不知德行和修养。
不去害人不去贪，事事岂会不顺当。

注释 1 泄泄(yì):鼓动翅膀舒畅的样子。 2 自诒:自找,自取。诒,遗留。伊:这。阻:烦恼忧愁。 3 展:诚。实在。君子:指丈夫。 4 云:语气助词。 5 百:所有的。 6 忮(zhì):狠心,害人。求:贪求。 7 何用:为何。臧:善,好。

匏有苦叶

导读 这是一首年轻女子等待情人来迎娶的诗。古代婚礼中有一种仪式,就是将匏瓜剖开,分为两瓢,新婚夫妇各执一瓢,斟酒以饮,称为"合卺",所以后来多以"合卺"代指成婚。由此来看,诗人以匏瓜起兴可谓寓意深刻,秋天匏瓜成熟,这不就是暗示意中人勿忘婚期,早做准备吗?同时,从"济有深涉"等诗句来看,男女双方隔着一条渡河,在古代,人们还以匏系于腰间,用以渡水,叫作"腰舟"。在这里,女主人公是在进一步提醒男子做好渡河准备,早日迎娶自己。济水岸边的草丛里野鸡鸣唱不已,它们以歌求偶,叫声此起彼伏,这无疑惹得女主人公心猿意马,她满怀希冀,等候婚期。晴空万里,大雁齐飞,女子此时已经按捺不住了,内心开始变得焦躁,她对天呼喊:你若真想娶我,就赶紧趁着这美好的日子,趁着这河里的流水还未结冰。"招招舟子,人涉卬否。人涉卬否,卬须我友",她天天来到济水岸边痴痴张望,看心上人有没有过来,这不就像《卫风·氓》中"乘彼垝垣,以望复关"的痴心女子吗?船家看到岸边徘徊的女子以为她要过河,故而频频招手,可这个少女只是每日来到此处却从未打算过河。本诗生动活泼,塑造了一个天真烂漫、痴心等待的少女形象,将她内心的喜悦、期盼与焦躁描绘得淋漓尽致。

[原诗]

匏有苦叶 [1],济有深涉 [2]。
深则厉 [3],浅则揭 [4]。

有弥济盈 [5],有鹭雉鸣 [6]。
济盈不濡轨 [7],雉鸣求其牡 [8]。

雍雍鸣雁 [9],旭日始旦 [10]。
士如归妻 [11],迨冰未泮 [12]。

招招舟子 [13],人涉卬否 [14]。
人涉卬否,卬须我友 [15]。

[译诗]

秋来匏瓜藤叶黄,济水渡口深难望。
要是水深连衣渡,要是水浅提裙蹚。

济水涨满水茫茫,岸丛野鸡鸣欢畅。
水满车轮未浸到,野鸡求偶把歌唱。

大雁齐飞和鸣唱,旭日东升放光芒。
你若娶妻要赶早,趁着河水尚流淌。

船夫频频招手唤,别人渡河我等待。
别人渡河我等待,等着恋人来相爱。

[注释] 1 匏(páo):草本植物,果实比葫芦大,对半剖开可做水瓢。古人还以匏系于腰间,用以渡水,叫作腰舟。同时在古代婚礼仪式中,将匏一分为二,新婚夫妇各执一瓢,斟酒以饮,称合卺。苦:通"枯"。 2 济:济水,源于今河南省,流经山东省入渤海。深涉:深水渡口。 3 厉:连衣渡水。 4 揭:提起下衣渡水。 5 弥(mí):水满的样子。 6 鹭(yǎo):雌雉的叫声。 7 濡:浸湿。轨:车轴的两端。 8 牡:雄雉。 9 雍雍(yōng):鸟和鸣的声音。 10 旦:天明。 11 归妻:娶妻。 12 迨(dài):趁着。泮(pàn):融解。 13 招招:招手呼唤的样子。舟子:摆渡的人。 14 卬(áng):我。 15 须:等待。

谷风

[导读] 这是一首弃妇哭诉丈夫变心的诗。从诗的叙述来看,女主人公不怕艰难与家境贫苦的丈夫结为夫妻,他们共同奋斗,生活也逐渐好了起来,本以为二人从此能够幸福生活,没想到丈夫却变心了,对她拳打脚踢,肆意辱骂,最后还迎娶了新人,将曾经同甘共苦的结发妻子彻底冷落抛弃。弃妇满腔忧愤,痛不欲生,终于在新人进门之日,将内心郁积的情绪一股脑儿地发泄出来。诗开头以山谷吹来的大风与阴雨绵绵的天气营造出本诗愁苦而悲愤的意境,漫天飘洒的雨水犹如弃妇凄惨心境下流出的眼泪,接下来诗人以抛弃蔓菁和萝卜的根茎来暗指丈夫背信忘本,全然不顾同甘共苦的结发妻子以及自己曾经立下的誓言。第二章女子回忆当初和丈夫共同经历的苦日子,也许在别人看来犹如荼菜苦涩难咽,但她却觉得犹如荠菜甘甜可口,丈夫此时新婚燕尔和新人亲密无间,这对女子来说才是最难忍受的痛苦。第三章弃妇表示,就算丈夫无情地诽谤自己,她也会坚守内心,"毋逝我梁,毋发我笱",此刻她只想用繁重的劳动麻醉自己,也希望丈夫看到自己如此辛勤劳动不要再说伤人的话语。第四章女子回顾以往生活,想想她为这个家付出了多少! 她想方设法解决困难,家中大小事情一并扛起,哪怕是街坊邻里有困难她也尽力相助,女子想不通自己还有哪里做得不好,这样的自己怎么就得不到丈夫疼惜? 第五章女子悲叹丈夫如今将自己当成仇敌一般,当成难以售出的货物一般,当成害人的毒物一般,真是痛彻心扉。第六章女子看到丈夫喜结新欢,把生活的重担全部压给自己,甚至对自己拳脚相向,她觉得此时的自己对丈夫而言根本就不是妻子而是随意打骂的奴仆,回想她和丈夫往日的情意,简直就像空梦一场。本诗多方譬喻,反复吟诵,深度揭示了女子难以愈合的精神创伤,这刻骨铭心的爱与痛、恨与怨感人至深。

　　诗中女子在爱情中的悲惨遭遇虽得以陈诉却未得以解脱,她不幸成为男子婚姻中无辜的牺牲品,这折射了当时普遍的社会现实,虽然这是时代难以摆脱的困境,但人们还是为这名勤劳苦命的女子感到痛心,对男子无良粗暴的行径感到无比愤怒。

[原诗]

习习谷风 [1],以阴以雨 [2]。
黾勉同心 [3],不宜有怒。
采葑采菲 [4],无以下体 [5]。
德音莫违 [6],及尔同死。

行道迟迟 [7],中心有违 [8]。
不远伊迩 [9],薄送我畿 [10]。
谁谓荼苦 [11]?其甘如荠 [12]。
宴尔新昏 [13],如兄如弟。

泾以渭浊 [14],湜湜其沚 [15]。
宴尔新昏,不我屑以 [16]。
毋逝我梁 [17],毋发我笱 [18]。
我躬不阅 [19],遑恤我后 [20]。

就其深矣,方之舟之 [21]。
就其浅矣,泳之游之。
何有何亡 [22]?黾勉求之。
凡民有丧 [23],匍匐救之 [24]。

不我能慉 [25],反以我为仇 [26]。
既阻我德 [27],贾用不售 [28]。

[译诗]

山谷大风呼呼响,乌云满天雨水降。
夫妻同心相依傍,不该发怒把人伤。
蔓菁萝卜采取到,却将根部丢一旁。
往日誓言不要忘,生死相依相伴长。

脚步迟缓行于道,心有怨恨自惆怅。
远远相送不奢望,哪知就送家门旁?
谁说荼菜苦断肠?我觉甜似荠菜样。
甜蜜快乐新婚好,亲如兄弟真欢畅。

渭水入注泾水黄,水底清澈可瞻望。
甜蜜快乐新婚好,诬我不洁乃诽谤。
我的鱼坝别来往,也别碰我捕鱼筐。
自身尚且不见好,身后更是不做想。

好比河水深又广,筏子小舟用上场。
好比河水清且浅,游泳即可渡来往。
缺啥有啥日操劳,全心全意持家忙。
邻居有难必到场,尽心尽力去相帮。

你不爱我倒罢了,反视我为仇敌样。
一片好意拒绝掉,就像货物难售掉。

昔育恐育鞫²⁹,及尔颠覆³⁰。　　以往生活穷且慌,有难你我一同当。

既生既育,比予于毒³¹。　　　　而今生活渐变好,你却把我当毒抛。

我有旨蓄³²,亦以御冬。　　　　美味腌菜我储藏,漫长冬季可抵挡。

宴尔新昏,以我御穷³³。　　　　你们新婚多欢畅,用我挡穷心忧伤。

有洸有溃³⁴,既诒我肄³⁵。　　发怒动粗拳脚上,还有重活日夜忙。

不念昔者,伊余来塈³⁶。　　　　不念旧情且罢了,你我恩爱梦一场。

注释　1 习习:风声。谷风:来自山谷中的风。　2 以:又。　3 黾(mǐn)勉:勉励,努力。　4 葑(fēng):菜名,即蔓菁,也叫芜菁,一年生或两年生草本植物,根部粗大。菲(fěi):指芜菁一类的植物,或以为萝卜。　5 以:用。下体:指根部。　6 德音:这里指丈夫曾经说过的甜言蜜语。　7 迟迟:缓慢的样子。　8 中心:即心中。违:怨恨惆怅。　9 伊:是。迩:近。　10 薄:句首语气助词。畿(jī):门槛。　11 荼(tú):一种苦菜。　12 荠:甜菜。　13 宴:快乐。昏:同“婚”。　14 泾、渭:泾水和渭水。　15 湜湜(shí):水清澈的样子。沚:水底。　16 不我屑以:即不以我为屑。屑,洁。　17 逝:去,往。梁:鱼坝。　18 发:打开。笱(gǒu):竹制的捕鱼器具。　19 躬:自身。阅:容纳。　20 遑:如何。恤:顾及。后:以后的境况。　21 方:筏子,这里指撑筏渡河。方、舟在这里皆用作动词。　22 亡:没有。　23 民:这里指街坊邻居。丧:难事。　24 匍匐:这里是尽力的意思。　25 不我能慉:“能不慉我”的倒文。能,乃。慉(xù),爱惜。　26 仇:仇敌。　27 阻:拒绝。　28 贾(gǔ)用不售:意思是把我当作难以脱手的货物。贾,卖,用,货物。不售,卖不出去。　29 育:生活。恐:恐慌。鞫(jū):穷困。　30 及尔颠覆:与你共患难。　31 于毒:如毒物。　32 旨蓄:美味腌菜。　33 御穷:抵御贫穷。　34 洸(guāng):动武的样子。溃:发怒的样子。　35 诒:遗留。肄(yì):繁重的工作。　36 来:语气助词。塈(jì):爱。

式微

[导读] 这首诗抒发了服劳役者的痛苦心情以及对统治阶级的怨恨。诗开头以设问的形式陈诉服役者内心的愤懑,夜幕早已降临,为何他还不能回家? 接下来诗人又以反问的语气回答上面的问题,如果不是为君王服务,又哪会风餐露宿? 设问中叠加反问,效果强烈,表现了在外服役者的艰难处境并传达了他们最真实的心声。第二章重复咏叹,再次表达服役者满腔的怨愤与痛苦。诗虽短短两章,但结构精巧,言简意赅,且每章换韵,流畅自然,意味深长,给人丰富的审美体验,后代许多文人就从这只言片语中品出了不同的义理。

[原诗]

式微式微¹,胡不归?
微君之故²,胡为乎中露³?

式微式微,胡不归?
微君之躬⁴,胡为乎泥中?

[译诗]

天边早已降夜幕,为何有家回不去?
如果不是为君主,哪会夜深露中宿?

天边早已降夜幕,为何有家回不去?
如果不是为君主,哪会走这泥水路?

[注释]　1 式:句首语气助词。微:天黑。　2 微:非,不是。　3 胡为:何以。中露:露中。　4 躬:身体。

旄丘

导读 这是一首抒发流亡卫国者满腔怨恨的诗。诗第一章写流亡卫国的人们登上高高的山丘翘首等待着援兵，然而，当葛藤都蔓延了整个山坡，援兵还是没有到来，流亡者直呼："叔兮伯兮，何多日也？"在第二章，苦苦等待的人们内心无比急躁，他们不是没有想过最坏的可能性，只是他们不愿意去想，宁可怀着那微弱的希望抓住最后的救命稻草，为迟迟未到的援兵寻找借口：也许他们是在等待同盟所以才居家不出，也许他们是有难言的苦衷所以拖到现在。第三章，流亡者们看到救兵还是没有赶到这才慢慢意识到卫国无意救援，他们最后的希望也破灭了。流亡者们对卫国熟视无睹的做派深表愤恨，于是直言责斥卫国这些贵族老爷没有同情心，"叔兮伯兮"用在此种情景中不免令人颇觉讽刺。第四章写流亡者们因为长时间的漂泊迁移早已衣衫褴褛，绝望无助之下他们自嘲"琐兮尾兮，流离之子"，而那些卫国的贵族们却对苦难者的哀号充耳不闻。本诗四章联系紧密，生动反映了流亡者们的复杂情感和生存状态，随着他们的生活处境由狐裘破败到衣衫褴褛，他们的内心也由满怀希望、痴痴等待到焦躁不安、充满疑虑，到最后彻底醒悟、心寒愤懑。本诗情感曲折，凄婉动人，极具画面感，仿佛在看到流亡者们生活窘迫、饱受苦难的画面同时，还能听到他们从心底深处发出的最绝望的呼喊。

原诗

旄丘之葛兮[1]，何诞之节兮[2]？
叔兮伯兮[3]，何多日也[4]？

何其处也[5]？必有与也[6]。

译诗

葛藤蔓延山坡上，它的枝节如何长？
卫国诸臣可知道，为何拖延这么长？

为何居家不出门？一定是在等同盟。

何其久也？必有以也⁷。　为何拖拉长滞留？其间一定有缘由。

狐裘蒙戎⁸，匪车不东⁹。　出行狐裘已蓬松，车子为何不往东。

叔兮伯兮，靡所与同¹⁰。　卫国诸臣可听闻，没人同情心悲痛。

琐兮尾兮¹¹，流离之子¹²。　我们位低身卑贱，流离失所无人怜。

叔兮伯兮，褎如充耳¹³。　卫国诸臣不为念，充耳不闻惹人怨。

注释　1 旄（máo）丘：前高后低的山丘。葛：葛藤。　2 诞：延长。节：指葛藤的枝节。　3 叔、伯：对卫国贵族的尊称。　4 何多日：指时间之长。 5 处：安居不出。　6 与：同伴。　7 以：原因。　8 蒙戎：蓬松，杂乱。 9 匪：通"彼"。东：流亡者落脚的地方。　10 靡：没有。　11 琐：细小。尾：卑微。　12 流离：流亡漂泊。　13 褎（yòu）：盛服。充耳：塞住耳朵。

简兮

导读　这是一首女子对万舞表演者心生爱慕之情的诗。诗的第一章描绘了一幅豪迈壮阔、激动人心的情景：鼓声震天，红日当空，那人蓄势待发，直立在舞队的上前方，隆重的万舞表演马上就要开始。第二章作者写这位舞师的武舞部分。他身材魁梧，身姿矫健，手中的缰绳被他舞得像飘飞的丝带，舞师的神勇吸引了围观少女的目光，让她心跳不已。第三章作者接着写舞师的文舞部分。他左手拿着籥管吹出悠扬的曲调，右手握着雉羽挥举自如，他满面红光，风度翩翩，公爵赐下美酒以作嘉奖。

试想如此勇猛有力而又风度优雅、气质沉稳的男子怎能不让情窦初开的少女梦魂萦绕呢？第四章诗人以"山有榛，隰有苓"寄托男女情思，点明女子对舞师的爱慕之情，"彼美人兮，西方之人兮"，那人离去，远在西方，留下无尽相思。本诗手法不凡，全诗的氛围随着舞师的动作不停变化，刚开始他直立舞队前方，氛围豪迈庄严；接着他以壮美的身姿开始了万舞的武舞部分，气氛持续高涨；接下来男子身姿一转，开始了万舞的文舞部分，气氛也由此逐渐舒缓；随着男子领酒离开，这位被他迷倒的女子也陷入了绵长的相思，此时的氛围婉转低回，缥缈悠远，给人无限遐想。细细分析，每次情调的转变诗人都预先做好了铺垫，缓慢流转，自然入境。同时诗人的描写重点明晰，武舞时突出男子的雄壮有力，文舞时突出男子的雍容姿态，种种技巧竟融于这短短四章之中，作者可谓功力深厚。

[原诗]	[译诗]
简兮简兮[1]，方将万舞[2]。	鼓声震天咚咚响，万舞即将要上场。
日之方中，在前上处。	太阳正好当头照，他在前面上处方。
硕人俣俣[3]，公庭万舞。	身材魁梧又健壮，公庭前面万舞扬。
有力如虎，执辔如组[4]。	力大如虎气势强，缰绳舞如丝飘荡。
左手执籥[5]，右手秉翟[6]。	左手握笛声吹响，野鸡尾巴右手扬。
赫如渥赭[7]，公言锡爵[8]。	脸色红润如赤矿，公爵赐杯饮酒浆。
山有榛[9]，隰有苓[10]。	榛树长在高山上，湿地甘草长势茂。
云谁之思[11]？西方美人[12]。	日夜思念作何想？西方美人心牵绕。
彼美人兮，西方之人兮。	美人虽去难相忘，远在西方独惆怅。

[注释] **1** 简：鼓声。 **2** 方将：将要。万舞：古代的舞名。先是武舞，舞者手拿兵器；后是文舞，舞者手拿鸟羽和乐器。 **3** 硕：高大。俣俣(yǔ)：

身材高大魁梧。　**4** 辔(pèi):马缰绳。组:丝带。　**5** 籥(yuè):乐器名,形状像笛子。　**6** 翟(dí):古代乐舞用的雉羽。　**7** 赫:红色。渥(wò):滋润。赭(zhě):红褐色矿石。　**8** 公:公爵。言:语气助词。锡:赐予。爵:古代饮酒的器皿,三足,以不同的形状显示使用者的身份。　**9** 榛(zhēn):落叶灌木或小乔木,结球形坚果,比板栗小,称榛子。　**10** 隰(xí):低湿的地方。苓(líng):甘草。　**11** 云:语气助词。　**12** 西方:指西周地区,因为卫国在东,其西边为周。美人:指诗中跳舞的青年。

泉水

导读　这是远嫁的卫国女子思念故乡的诗。诗的第一章写泉水叮咚彻夜流淌直到注入淇水,以此导出远嫁他国的女子日夜思念,渴望回到卫国。这位远嫁的女子思乡心切,终日闷闷不乐,但她不知道该怎么办,在这异国他乡只有陪嫁的姑娘们能让她稍感亲切。在她眼中,家乡的人有着最美的面孔,在她手足无措的时候,她第一时间想到去找她们,和她们一起商讨,为自己出出主意,哪怕无计可施也可互诉衷肠,聊以自慰。第二章女子回想当年出嫁的情景,心中满是思念幽愁,她知道女子长大嫁人是常理,但还是感到依依不舍,因为一下子离开曾经朝夕相伴的父母兄弟来到一个陌生的地方,怎能不叫人忧伤,想着想着,当时和诸位姑母们以及大姐告别的情景又历历在目。第三章,女子说出了内心冲动的想法,思乡心切的她恨不得马上准备好马车火速赶回卫国,这样就不用日夜空自落泪了。女子虽安慰自己"不瑕有害",但还未丧失理智的她深知这样做是不可以的,可能会招致灾祸,所以也就作罢。第四章,归家不成的女子一边想着卫国的土地一边长久地叹息,当内心的苦闷再也抑制不住的时候,她驾起马儿外出游玩,以此消解内心愁苦。本诗虚实相生,情感缠绵,意境缥缈,文气斐然。

[原诗]

毖彼泉水[1],亦流于淇[2]。
有怀于卫,靡日不思。
娈彼诸姬[3],聊与之谋[4]。

出宿于泲[5],饮饯于祢[6]。
女子有行[7],远父母兄弟。
问我诸姑[8],遂及伯姊[9]。

出宿于干[10],饮饯于言[11]。
载脂载辖[12],还车言迈[13]。
遄臻于卫[14],不瑕有害[15]?

我思肥泉[16],兹之永叹[17]。
思须与漕[18],我心悠悠。
驾言出游[19],以写我忧[20]。

[译诗]

泉水流淌连昼夜,一直流到淇水内。
远方卫国梦里回,没有一日不思归。
同姓姑娘当真美,共同商讨以自慰。

当时出嫁宿在泲,远行饯别在祢地。
长大出嫁是常理,远离父母与兄弟。
走访诸姑话别离,大姐当然没忘记。

回家定宿干那头,言地饯别我心愁。
上好车轴抹好油,掉头就往家里走。
飞快赶路朝卫国,应该不会有灾祸。

卫国肥水上心头,长叹不息思更稠。
想念须漕望回国,抑郁苦闷心儿忧。
驾起马车去外游,姑且宣泄心中愁。

[注释] **1** 毖(bì):通"泌",泉水流淌的样子。泉水:卫国水名。 **2** 淇:卫国河名,在今河南省。 **3** 娈(luán):美好。诸姬:陪嫁的同姓女子。 **4** 聊:姑且。谋:商讨。 **5** 泲(jǐ):卫国地名。 **6** 饮饯:以酒饯行。祢(nǐ):卫国地名。 **7** 有:语气助词。行:出嫁。 **8** 问:告别慰问。诸姑:各位姑母们。 **9** 伯姊:大姐。 **10** 干:卫国地名。 **11** 言:卫国地名。 **12** 载:句首语气助词。脂:膏油。辖(xiá):穿在车轴两端孔内的键。"脂"和"辖"在这里均用作动词。 **13** 还车:回车。迈:远行。 **14** 遄(chuán):疾,迅速。臻:到。 **15** 瑕:何。 **16** 肥泉:卫国地名。 **17** 兹:通"滋",

更加。永叹:长久叹息。 **18** 须、漕:卫国地名。 **19** 驾言出游:即驾车出游。 **20** 写:通作"泻",消解,宣泄。

北门

导读 这是一首在外奔波劳累、在家又受责备的小官吏抒发内心苦闷的诗。一路走出城门,冷风吹得人心寒,小官吏此时满腔愁怨,因为他家境穷困,生活艰苦,此种痛苦无人体会更无处申诉,小官吏只得仰天长叹:天命如此。"已焉哉!天实为之,谓之何哉"道出了他心底最真实、最无奈的悲哀。走着走着,家门就在不远处,可诗中的主人公却没有一丝欣喜,按理说,办完公事回到家中不是一天中最期盼的事情吗?此时小官吏道出了缘由,他政务繁忙,终日不得空闲,回到家中还被家人挖苦、数落、责备,他感到天地之大竟没有自己的容身之所,如此,他除了仰天长叹、自怨自艾,别无他法。诗中的主人公确实令人倍感同情,他地位卑下,工作繁重,收入微薄,在家中还被家人嘲讽愚蠢无用,不能养家糊口,可有谁知道他内心的痛苦呢?他的身体因长期劳作已然疲惫不堪,但内心还要时刻受着煎熬,被他最亲的人嘲讽,被他辛辛苦苦付出的人指责,他忧愁哀伤之余更觉自己的尊严受到沉重的打击,在这广阔天地间,他不知如何自处。本诗最大的亮点在于写出了小官吏来自工作与家庭的双重压力,生动反映了他所承受的身体与精神的双重痛苦,即便对我们现代人来说也是深有感触。

原诗

出自北门,忧心殷殷¹。
终窭且贫²,莫知我艰。
已焉哉! 天实为之,
谓之何哉!

王事适我³,政事一埤益我⁴。
我入自外,室人交遍谪我⁵。
已焉哉! 天实为之,
谓之何哉!

王事敦我⁶,政事一埤遗我。
我入自外,室人交遍摧我⁷。
已焉哉! 天实为之,
谓之何哉!

译诗

北门出来冷风响,满腔愁怨心忧伤。
家境穷困又潦倒,无人懂我空惆怅。
既然如此那算了! 老天既已安排好,
那我还能作何想!

国家差事派给我,政务一并加上身。
我从外面入家门,家人骂我是蠢人。
既然如此那算了! 老天既已安排好,
那我还能作何想!

国家差事逼迫我,政务日增齐上身。
我从外面入家门,频遭讥讽好难忍。
既然如此那算了! 老天既已安排好,
那我还能作何想!

注释 1 殷殷:忧伤的样子。 2 终:既。窭(jù):贫穷。 3 适:派给。 4 一:全部。埤(pí)、益:都是增加的意思。 5 室人:家人。交遍:轮番。谪:责备。 6 敦:逼迫。 7 摧:讥讽,挖苦。

北风

导读 这是不堪本国虐政的卫国贵族召唤朋友一同逃亡的诗。《毛诗序》曰:"《北风》,刺虐也。卫国并为威虐,百姓不亲,莫不相携持而去焉。"北风其凉,雨雪其雱",诗开头便描绘了一幅北风凛冽、大雪纷飞的景象,令人悚然心惊,然而,在这极为恶劣的天气里,大批百姓们却正在呼朋唤友、备车鞍马,打算携同出逃。飘忽的风雪加重了局势的急迫,在这个狂风暴雪的日子里,大家共同商讨着出逃的计划,随着北风一阵紧过一阵,飘雪一场大过一场,大家心里越发急切。人群中有人高呼"其虚其邪,既亟只且",告诉大家丝毫不能犹豫,片刻不能再等,此番逃亡迫在眉睫。到底为何出逃,又为何如此急切? "莫赤匪狐,莫黑匪乌",诗人以邪恶的狐狸和黑暗的乌鸦比喻卫国暴虐的政治,前后呼应,点出百姓们逃离的原因。本诗善于以景造势、叠唱煽情,呼啸的北风和漫天飘舞的雪花渲染了紧张的气氛,展示了逃亡的情景,同时强调百姓们离去的决心,"其虚其邪,既亟只且"的反复咏叹表明了逃亡者们迫切离去的心理以及对本国虐政的惧怕,进一步表明逃离意向之坚决,加重了局势的紧张。

[原诗]

北风其凉,雨雪其雱[1]。
惠而好我[2],携手同行。
其虚其邪[3],既亟只且[4]!

北风其喈[5],雨雪其霏[6]。
惠而好我,携手同归[7]。
其虚其邪,既亟只且!

莫赤匪狐[8],莫黑匪乌[9]。
惠而好我,携手同车[10]。
其虚其邪,既亟只且!

[译诗]

北风呼呼天气凉,大雪纷飞满天扬。
你我友爱好朋友,携手同路共逃亡。
岂能慢慢悠悠晃,事情紧急国将亡。

北风呼呼猛吹到,大雪纷飞漫天扬。
你我友爱好朋友,携手同路共逃亡。
岂能慢慢悠悠晃,事情紧急国将亡。

没有狐狸不赤红,没有乌鸦不漆黑。
你我友爱好朋友,携手同路共逃亡。
岂能慢慢悠悠晃,事情紧急国将亡。

注释 1 雱(pāng):雪下得很大的样子。 2 惠而:友爱。 3 其虚其邪:意思是事情紧急不能慢慢悠悠。虚,"舒"的假借字,舒缓。邪,"徐"的假借字,慢。 4 亟:急。只且:语气助词。 5 嚏(jiē):疾速的样子。 6 霏:雪花飘扬的样子。 7 同归:意思是一同奔向别国,寻求好归宿。 8 莫:没有。赤匪:非,不是。狐:狐狸。 9 乌:乌鸦。 10 同车:一同乘坐马车逃亡。

静女

导读 这是痴情小伙等待心上人前来相会的诗。第一章写年轻的小伙子和美丽的姑娘相约在城墙角落会面,为了能早点见到心上人,小伙子迫不及待地来到相约的地点等候,他一遍又一遍眺望远处,想第一时间捕捉姑娘的身影,然而,视线却总被眼前的房屋瓦舍、树木丛林所遮挡,小伙子急得像热锅上的蚂蚁,他怕姑娘突然来到自己措手不及、表现失态,他更怕姑娘忘记赴约或者不愿赴约。小伙子在城角来回徘徊,不知如何是好,急得搔头挠耳。第二章小伙子看着手上姑娘所赠的彤管,心下一喜,紧张急切之情慢慢平复下来,他心想着,姑娘以彤管相赠表明她对自己也是有意的,越想小伙子越是开心,望着彤管美丽鲜亮的色泽,他想起了姑娘明媚娇艳的容颜。第三章小伙子回忆姑娘曾经送给自己的柔荑是她特意在郊野采摘的,实在是别出心裁呀,这美丽的柔荑因为姑娘相赠而更显华彩,也因为是姑娘相赠让他倍加珍惜,想着想着,小伙子陷入了无尽的甜蜜。本诗将年轻小伙子热恋时的复杂心理刻画得入木三分,在墙角痴痴等待时他身心紧张、万分急切,看到手中彤管美丽的色泽时他想到同样美丽的姑娘因而心下欢喜、爱慕不已,想到姑娘亲自从郊野给自己采来柔荑时他内心得意、欣喜若狂。年轻小伙的徘徊等待与内心焦躁以及对姑娘所赠之物的异常喜爱无不体现了他对姑娘满满的爱意与浓浓的深情,这份纯洁而真挚的爱情如此美好,令人感动。本诗的形象刻画与意境营造极为成功,让我们对痴情的小伙印象深刻,对从未现身的姑娘遐想不已。

[原诗]

静女其姝[1],俟我于城隅[2]。
爱而不见[3],搔首踟蹰[4]。

静女其娈[5],贻我彤管[6]。
彤管有炜[7],说怿女美[8]。

自牧归荑[9],洵美且异[10]。
匪女之为美[11],美人之贻。

[译诗]

姑娘娴静又漂亮,说好等我城角旁。
视线遮蔽望不到,急得抓头心慌张。

姑娘娴静又美好,送我彤管意绵长。
彤管色泽真漂亮,我爱彤管为姑娘。

郊野归来送柔荑,确实美丽又奇异。
不是柔荑太美丽,美人相赠倍珍惜。

[注释] 1 静:娴静。姝:美丽。 2 俟:等待。城隅:城角。 3 爱:通"薆",隐蔽。 4 踟蹰:徘徊。 5 娈:美好。 6 贻:赠送。彤管:杆身赤红的笔。 7 炜(wěi):色泽鲜亮。 8 说:同"悦",喜欢。怿(yì):喜爱。女:通"汝",指姑娘。 9 牧:野外。归:通"馈",赠。荑(tí):初生的白茅。 10 洵:实在,确实。异:特别。 11 匪:非。女:通"汝",指荑。

新台

导读 这是讽刺卫宣公抢夺儿媳的诗。卫宣公蔑视礼教,荒唐丑恶,他曾和父亲卫庄公的姬妾夷姜私通并生下儿子公子伋,因宠爱夷姜故将公子伋立为太子。后来,宣公替公子伋迎娶齐国女子宣姜为妻,还没有成婚,卫宣公看到宣姜长得很漂亮心生喜欢,于是在黄河边修筑新台把宣姜娶过来据为己有,这就是有名的新台丑闻。卫国百姓对卫宣公的无耻行径感到十分厌恶,故作诗讽刺,本诗是通过假借宣姜口吻来达到讽刺目的的。诗的第一章,宣姜自陈心事,"燕婉之求,籧篨不鲜",本想嫁个美少年,没想到竟碰上这个"籧篨"一样的丑老汉。高耸的新台流光溢彩,色泽鲜亮,在阳光底下闪闪发亮,然而,如此气派的宫室竟是抢夺儿媳妇的丑汉所建,真是令人愧惜,新台的华美越发映衬了宣公的丑陋和他所干的丑事。第二章和第一章重章叠唱,反复咏叹新台的宏伟壮观以及卫宣公的丑陋外形,表现了宣姜内心的反感和厌恶以及对这桩婚事的极度不满。第三章,诗人以撒网捕鱼起兴,表明宣姜想要嫁得如意郎君的愿望。美好的婚姻憧憬被残酷的现实击倒,宣姜感到无比幻灭,只得再一次哀叹"燕婉之求,得此戚施"。本诗借宣姜之口,控诉了卫宣公违背伦常,鲜廉寡耻,对这个丑陋至极的老汉心生厌恶。

原诗

新台有泚[1],河水弥弥[2]。
燕婉之求[3],籧篨不鲜[4]。

新台有洒[5],河水浼浼[6]。
燕婉之求,籧篨不殄[7]。

译诗

新台建成色鲜亮,河水涨满水茫茫。
想嫁温雅公子郎,碰上丑汉真不祥。

新台高峻又宽敞,河水涨满汪洋洋。
想嫁温雅公子郎,碰上丑汉没好相。

鱼网之设,鸿则离之[8]。　　设好渔网心欢畅,哪知蛤蟆掉入网。

燕婉之求,得此戚施[9]。　　想嫁温雅公子郎,碰上丑汉未料想。

[注释] 1 新台:卫宣公为抢夺儿媳所建之台,故址在今河南临漳黄河旁。泚(cǐ):色彩鲜明。 2 河:指黄河。弥弥:水满的样子。 3 燕婉:安顺美好。 4 籧篨(qúchú):粗竹席围成的器物,这里比喻有鸡胸不能弯腰的人。鲜:善。 5 洒(cuǐ):高峻的样子。 6 浼浼(měi):水盛的样子。 7 殄(tiǎn):通"腆",善。 8 鸿:指蛤蟆。离:通"罹",遭受,遭遇。 9 戚施:本义是蟾蜍四足踞地,没有脖子,不能仰视,这里比喻驼背而不能抬头的人。

二子乘舟

[导读] 这是家中亲友思念两个乘舟远行的年轻人的诗。诗开头以白描的手法描绘了一幅水边送别的情景。两个离家远行的青年在河边与家中亲友作别,船儿晃荡,漂向远方,亲友们在岸边久久伫立,船儿慢慢消失在天际,二子的背影也逐渐模糊,但送别者们还是踮足远望,不愿离去。第二章写家中亲友们对二子的担忧。一方面他们思念漂泊在外的孩子们,但另一方面他们更担心孩子的安危,不知道他们此行是否顺利,在外面是不是会遭遇灾祸,想着想着,越发坐立难安。本诗语言质朴,但感情深切,全诗虽无过多铺饰,但叠词的运用营造了无穷诗意。"泛泛"描绘了船儿在水中漂漂荡荡的姿态,有一种颠沛流离、无所依靠之感,无形之中描绘了二子的远行,衬托了亲友们深深的牵挂。"养养"则生动传

达了亲友们的不舍与思念,当然,还有无休无止的担忧。当家中的亲友们越想越难安,越想越恐惧的时候,他们只得在心中默默祈祷,祝愿远行的孩子一路平安、无灾无祸。本诗短小,言简意赅,但传递的深情却是如此动人。

[原诗]

二子乘舟,泛泛其景[1]。
愿言思子[2],中心养养[3]。

二子乘舟,泛泛其逝。
愿言思子,不瑕有害[4]。

[译诗]

你们两个坐船上,船儿漂荡去远方。
每每念及思断肠,叫我如何不忧伤。

你们两个坐船上,船儿漂荡去远方。
每每念及思断肠,恐遭灾祸心难放。

[注释]　1 泛泛:船在水面漂荡的样子。景:通"憬",远行的样子。　2 愿:每当。言:语气助词。　3 中心:心中。养养:忧伤的样子。　4 瑕:无。

鄘风

柏舟

导读 这首诗写的是待嫁女子的心仪对象不被母亲看好而被逼分手，抒发了女子的愤懑无奈之情。"髧彼两髦，实维我仪"，尚未加冠成年的少年郎是诗中女子心仪的对象，他头发下垂，活泼讨喜，洋溢着青春的朝气，只要一想到他，女子就会情难自已。"之死矢靡它"，女子情根深种，她认定男子是自己结婚的好对象，发誓此生非他不嫁，对他的感情至死不渝。然而，母亲大人却不顾念自己的心意，逼迫自己与心爱的少年分手另嫁他人。女子想不明白为什么不能嫁给自己喜欢的人，她更想不明白自己为何要嫁给不喜欢的人，她高声呼喊："母也天只，不谅人只！"这声呐喊里面包含着埋怨、愤怒与无奈。她愤怒，因为自己早已心有所属并且至死不渝，母亲为何要阻挠自己，为何要逼迫自己分手，嫁给不喜欢的人；她埋怨，因为母亲也曾年轻过，也曾情窦初开过，为何就不能体会自己的感受；她无奈，因为自古以来婚姻大事乃父母之命，媒妁之言，由不得做子女的有半点儿想法，那份美丽的爱情只能永久的埋在心底了。当然，这掷地有声的呐喊同时也传达了女子不愿屈服的反抗意识，虽然婚姻大事乃父母之命，媒妁之言，由不得自己做主，但她决心维护自己的爱情，坚守自己的内心，这无疑是向传统礼教发出挑战，向封建代表——母亲宣示。诗中女子虽然年纪尚轻，在强大的家长势力面前倍显弱小，但她身上蕴藏着强大的力量，她敢于表达自己心声，敢于反对不公平的安排，有着强烈的抗争精神。

原诗

泛彼柏舟¹,在彼中河²。

髧彼两髦³,实维我仪⁴。

之死矢靡它⁵。母也天只⁶,

不谅人只⁷!

泛彼柏舟,在彼河侧。

髧彼两髦,实维我特⁸。

之死矢靡慝⁹。母也天只,

不谅人只!

译诗

柏木船儿悠悠晃,河水中央漂荡荡。

头发分垂少年郎,是我心仪好对象。

至死不会变心肠。我的天呀我的娘,

我的感受不体谅!

柏木船儿悠悠晃,河岸旁边漂荡荡。

头发分垂少年郎,和我匹配好对象。

至死不会把手放。我的天呀我的娘,

我的感受不体谅!

注释 1 泛:船漂荡的样子。柏舟:即柏木做的舟。 2 中河:河中。 3 髧(dàn):头发下垂的样子。两髦:古代男子未成年时的发式,发分垂两边至眉,谓之两髦。 4 仪:对象。 5 之死矢靡它:意思是到死都不会有他念。之,至。矢,誓。靡,无。它,其他。 6 也、只:语气助词。 7 谅:体谅。 8 特:配偶。 9 慝(tè):通"忒",更改。

墙有茨

导读 这是一首卫国百姓讽刺其统治阶级无耻行径的诗。《毛诗序》曰:"《墙有茨》,卫人刺其上,公子顽通乎君母,国人疾之而不可道也。"在这里,"君母"是指宣姜,而公子顽,是卫宣公的庶子。卫国统治阶级的丑闻真是层出不穷,先是卫宣公和父亲卫庄公的姬妾夷姜私通,生下儿子公子伋,宣公为公子伋娶妻,见新娘宣姜貌美又占为己有。宣公死后,又

有庶子公子顽与宣姜私通,生下齐子、戴公、文公、宋桓夫人、许穆夫人。卫国王氏蔑视伦常、荒唐无道的无耻行径令卫国百姓深恶痛绝,人们特作此诗加以讽刺。本诗是以一种口语的形式诉说,有种茶余饭后,人们三五成群,低声议论的意味,细细品读,还能看出主讲人时不时卖个关子吊人胃口的情态。诗人以"墙有茨"起兴,将蒺藜爬上墙因而始终不可清除干净比喻卫国统治阶级荒淫无耻丑闻层出不穷,无论怎样都无法掩盖。诗中大量使用"也"字乃一大特色,"也"字用在句末,即有停歇语气之意又有连贯语句之用,读起来节奏舒缓,朗朗上口,同时,"也"字的大量使用拖长了语音,加强了语气,有一种娓娓道来的架势,充分表达了王室秘辛的不可言尽、不能细说、不便张扬,诗意绵长,给人无尽猜想。

[原诗]

墙有茨¹,不可扫也²。
中冓之言³,不可道也。
所可道也,言之丑也。

墙有茨,不可襄也⁴。
中冓之言,不可详也⁵。
所可详也,言之长也。

墙有茨,不可束也⁶。
中冓之言,不可读也⁷。
所可读也,言之辱也。

[译诗]

蒺藜爬上墙,不可扫除掉。
宫中秘密话,不可来相告。
如若来相告,说来真害臊。

蒺藜爬上墙,不可清除掉。
宫中秘密话,不可详细讲。
如若详细讲,说来话太长。

蒺藜爬上墙,不可清除光。
宫中秘密话,不可乱宣扬。
如若乱宣扬,说来人耻笑。

[注释] 1 茨(cí):即蒺藜,一年生草本植物,茎横生在地面上,开小黄花,有刺,可食用,也可以入药。 2 扫:扫除。 3 中冓(gòu):内室,宫廷内部。 4 襄:除去。 5 详:细说。 6 束:清扫。 7 读:宣扬。

君子偕老

导读 这是一首讽刺宣姜的诗，诗中极言其服饰仪容之美用以反衬宣姜的丑陋之行。宣姜本是卫宣公之子公子伋的妻子，但宣公贪其美貌故而将其霸占，二人生下公子寿、卫惠公。宣公死后，宣姜又与宣公的庶子公子顽私通，生下齐子、戴公、文公、宋桓夫人、许穆夫人。无论在政治上还是在私人生活上，宣姜皆可谓劣迹斑斑，故《毛诗序》云："《君子偕老》，刺卫夫人也。夫人淫乱，失事君子之道，故陈人君之德，服饰之盛，宜与君子偕老也。"宣姜先是被宣公霸占，后又与公子顽私通，诗却以"君子偕老"开头，真是寓意深刻，发人深思，一开始便定下讽刺的基调。"副笄六珈。委委佗佗，如山如河，象服是宜"，此四句描写了宣姜出嫁时的服饰之绚丽、仪态之端庄，辞藻华丽，极尽夸张之能事，突出表现宣姜的尊贵地位。而此章结尾二句"子之不淑，云如之何"有如当头棒喝，在前面的层层渲染之后诗人直言宣姜品性之丑陋，反差巨大，效果强烈，让人感到吃惊的同时更深觉惋惜，没想到如此尊贵如此美貌的女子竟然心性不善、品行不端。第二章，诗人进一步从服饰、发饰、玉饰、容貌等方面赞美宣姜的雍容华贵与惊人美貌，宣姜的天人之姿令人直呼："胡然而天也？胡然而帝也？"在层层铺垫、极力渲染之后，全诗以"展如之人兮，邦之媛也"结尾，此二句意味深长，给人无限反思。本诗辞藻华丽，反衬鲜明，讽刺效果强烈，诗人越是浓墨重彩描绘宣姜服饰容貌之美越是凸显其内在品性之丑，正如朱熹《诗集传》所说："言夫人当与君子偕老，故其服饰之盛如此，而雍容自得，安重宽广，又有以宜其象服。今宣姜之不善乃如此，虽有是服，亦将如之何哉！言不称也。"

[原诗]

君子偕老¹，副笄六珈²。
委委佗佗³，如山如河⁴，
象服是宜⁵。子之不淑⁶，
云如之何⁷？

玼兮玼兮⁸！其之翟也⁹。
鬒发如云¹⁰，不屑髢也¹¹。
玉之瑱¹²也，象之揥也¹³，
扬且之皙也¹⁴。胡然而天也¹⁵？
胡然而帝也¹⁶？

瑳兮瑳兮¹⁷！其之展也¹⁸。
蒙彼绉絺¹⁹，是绁袢也²⁰。
子之清扬²¹，扬且之颜也²²。
展如之人兮²³，邦之媛也²⁴！

[译诗]

美人君子同到老，首饰玉簪头上晃。
举止雍容又端庄，沉稳犹如山河貌，
衣服得体色鲜亮。哪知品德不贤良，
你又拿她能怎样？

服饰绚丽又鲜亮，野鸡彩羽装点上。
头发黑密云一样，假发哪里用得上？
美玉充耳垂两旁，象牙发钗别头上，
肤色白皙容颜靓。莫非仙女从天降？
莫非帝女入凡壤？

服饰绚丽又鲜亮，白色礼服放光芒。
细葛汗衫罩身上，内衣轻薄夏日凉。
她的眼眸多清亮，光彩熠熠容颜靓。
世间竟有此美貌，风姿绝世动国邦！

[注释]　1 君子：指卫宣公。偕老：本意是夫妻恩爱、相伴到老，这里用以代指与君子结合的新娘，即宣姜。　2 副：古代妇女的一种头饰，用头发编成假髻，称"副"。笄(jī)：簪子。珈(jiā)：用簪子把假髻别在头上，上加玉饰，称"珈"。珈数的多少有表明身份的作用，"六珈"为侯伯夫人所用。　3 委委(wēi)佗佗(tuó)：雍容自得的样子。　4 如山如河：形容仪态端庄，如山般稳重，如河般深沉。　5 象服：古代贵妇所穿的衣服，上面绘有各种物象作为装饰。宜：得体。　6 子之：指宣姜。淑：善。　7 云：句首语气助词。如之何：奈之何。　8 玼(cǐ)：服饰鲜明的样子。　9 翟(dí)：绘有野鸡彩羽的衣服。　10 鬒(zhěn)：头发黑密。　11 不屑：用不着。髢(dí)：假发。　12 瑱(tiàn)：古人冠冕上垂在两侧的玉饰。　13 象之

掭(tì):象牙制成的发钗。　**14** 扬:形容脸上有光彩。且:语气助词。皙:白。　**15** 胡然而天也:意思是宣姜美如天仙。胡,为何。然,这样。而,如。天,天仙。　**16** 胡然而帝也:意思是宣姜美得像帝女降临人间。帝,帝女。　**17** 瑳(cuō):衣服色彩绚丽的样子。　**18** 展:白色的衣服。　**19** 蒙:罩。绉𫄨(zhòuchī):细葛布。　**20** 绁袢(xièpàn):亵衣,内衣。　**21** 清扬:眉目清秀。　**22** 扬且之颜也:意思是容颜光彩艳丽。　**23** 展:确实。　**24** 邦:国家。媛:美女。

桑中

导读　这是一首男子幻想与美女幽会的情诗。青年小伙一边采摘野菜,一边放声歌唱,嘹亮的歌声在空旷的郊野飘荡,小伙的思绪也随之飘向远方,想想如果自己此时有喜欢的人了,那这个人将会是谁呢? 应该是那姜家大姑娘吧,她长得漂亮,正是自己心仪的对象。小伙幻想着姜姓的女子也对他暗生情愫,迫不及待地在桑林中等待与他相见,然后又盛情邀请他去上官游玩,最后才依依不舍地在淇水话别。歌唱一段,爱情的女主角也随之转换,小伙幻想了与姜家长女的美妙情事后,又在脑海里幻想着与弋姓、庸姓女子的交往缠绵,小伙沉浸在自己的美梦中,无法自拔。本诗真切自然,表现了青年小伙的多情而率真,传达了正处于情窦初开的少年对爱情的强烈渴望。

原诗

爱采唐矣[1],沬之乡矣[2]。
云谁之思? 美孟姜矣[3]。

译诗

采摘菟丝在何方,就在卫国沬邑乡。
何人心中日夜想? 是那姜家大姑娘。

期我乎桑中,要我乎上宫[4],　　约我相会桑林中,邀我相聚在上宫,
送我乎淇之上矣[5]。　　　　　　淇水告别远相送。

爰采麦矣,沬之北矣。　　　　　采摘野麦在何方,就在沬城向北方。
云谁之思?美孟弋矣[6]。　　　　何人心中日夜想?是那弋姓大姑娘。
期我乎桑中,要我乎上宫,　　　约我相会桑林中,邀我相聚在上宫,
送我乎淇之上矣。　　　　　　　淇水告别远相送。

爰采葑矣[7],沬之东矣。　　　　采摘蔓菁在何方,就在沬城向东方。
云谁之思,美孟庸[8]矣。　　　　何人心中日夜想?是那庸姓大姑娘。
期我乎桑中,要我乎上宫,　　　约我相会桑林中,邀我相聚在上宫,
送我乎淇之上矣。　　　　　　　淇水告别远相送。

[注释]　1 爰:在什么地方。唐:即菟丝子,一种蔓生植物,茎细长,缠绕于其他植物上,花淡红色,子可入药,亦称女萝。　2 沬(mèi):卫国地名。
3 孟姜:姜家的长女。孟,兄弟姊妹排行最大的。　4 要:通"邀"。上宫:楼名。　5 淇:卫国水名,在今河南省。　6 孟弋(yì):弋家的长女。弋,姓。
7 葑(fēng):野菜名,即芜菁,一二年生草本植物,块根肉质。　8 孟庸:庸家的长女。庸,姓。

鹑之奔奔

[导读]　这是一首讽刺卫国君主荒淫无耻的诗。卫宣公先是和父亲卫庄公的姬妾夷姜私通生下儿子公子伋,后又霸占本应为公子伋妻的宣姜,在宣姜和公子朔(宣公与宣姜之子)的唆使下,宣公又将公子伋残忍杀

害。本诗以鸟兽起兴,用鹌鹑雌雄相随、喜鹊相伴鸣唱暗讽宣公荒淫无道的可耻行径,诗人斥责宣公"人之无良",真是枉为人兄、枉为人君。本诗造句整齐,音律和谐,措辞精巧,短小精悍,独出心裁,寓意深刻,意味无穷。

原诗	译诗
鹑之奔奔[1],鹊之彊彊[2]。	鹌鹑双双展翅翔,喜鹊齐飞鸣欢畅。
人之无良[3],我以为兄。	那人品行不纯良,我竟尊他为兄长。
鹊之彊彊,鹑之奔奔。	喜鹊齐飞鸣欢畅,鹌鹑双双展翅翔。
人之无良,我以为君。	那人品行不纯良,我竟尊他为君王。

注释 1 鹑(chún):鹌鹑,体形似鸡,头小尾秃,羽毛赤褐色,杂有暗黄条纹,雄性好斗。奔奔:鸟类雌雄相随的样子。 2 鹊:喜鹊。彊彊(jiāng):鸟群飞相随的样子。 3 人:指讽刺对象,即卫宣公。

定之方中

导读 这是一首歌颂卫文公迁都楚丘励精图治大力建设的诗。全诗三章,叙述了卫文公迁都楚丘建宫室、相地形、劝农桑的情景。第一章写在楚丘开工动土、营造宫室。"定之方中,作于楚宫。揆之以日,作于楚室",当时的科技水平虽然低下,但百姓们充满着无穷的智慧,他们巧妙捕捉到了星宿和日影的运行规律,用以定向测位。在建造宫殿庙宇的时候,将要栽种的树木也一并计划好了,"椅桐梓漆",此四种树木都是制作琴瑟的好材料,种在宫庙旁边自然是十分合适的。第一章描绘了集体劳动的情景,大家充满热情,干劲十足,一切都井然有序按计划按规定执行着,呈现出生机勃发的复苏景象。第二章写卫文公考察楚宫地形的过程。他先是登上漕邑废墟眺望楚丘,然后又远望楚丘附近的堂邑,耐心而慎重,接着卫文公考察楚丘附近的山冈丘陵,并亲自下田勘察农桑,丝毫不见疏忽。一切都考察完毕安排妥当之后,文公又求神占卜、以测天意,当卦象显示吉兆的时候,君臣百姓都满心愉悦,蓄势而发。此章由远及近,场景广阔,凸显了卫文公的谨慎勤勉与英明睿智。第三章写卫文公亲劝农桑。"灵雨既零,命彼倌人。星言夙驾,说于桑田",好雨已停,天气转晴,这真是农耕的好时机呀,文公黎明时分便吩咐车夫备好马车,早早赶往农田桑林。此章和前两章不同的是,截取了一个日常细节来写文公,突出了文公夙兴夜寐,心系农事,真乃用心良苦,人们由衷赞叹"匪直也人,秉心塞渊",结尾"骒牝三千"表明在文公的治理下,卫国兵强马壮,日臻富强。全诗通篇叙事,但依然能强烈感觉到其中洋溢的饱满激情,能深刻体会到百姓对文公的崇敬与赞美。

[原诗]

定之方中[1],作于楚宫[2]。
揆之以日[3],作于楚室[4]。
树之榛栗[5],椅桐梓漆[6],
爰伐琴瑟[7]。

升彼虚矣[8],以望楚矣。
望楚与堂[9],景山与京[10]。
降观于桑[11],卜云其吉[12],
终然允臧[13]。

[译诗]

星宿营室当空照,楚丘动土新宫造。
按照日影定方向,楚丘造房开工忙。
榛树栗树种植好,椅桐梓漆屋边绕,
伐作琴瑟好材料。

登上漕邑废墟上,楚丘地形尽可望。
楚丘堂邑已看好,放目远山与高冈。
走下桑田考察忙,求神占卜有祥兆,
结果一定很美好。

灵雨既零 ¹⁴,命彼倌人 ¹⁵。　　一场好雨已下完,命令驾车小官员。
星言夙驾 ¹⁶,说于桑田 ¹⁷。　　天晴早早把车赶,停下歇息在桑田。
匪直也人 ¹⁸,秉心塞渊 ¹⁹,　　此人正直行又廉,内心充实又深远,
骙牝三千 ²⁰。　　　　　　　　　战马如云在眼前。

【注释】 1 定:星宿名,二十八宿之一,又叫营室。方中:正中。 2 作:开始。于:相当于"为"。楚宫:楚丘的宫殿。楚丘在今河南省滑县。 3 揆(kuí):度量,测量。日:日影。 4 楚室:与"楚宫"同义。 5 榛(zhēn):落叶灌木或小乔木,结球形坚果,比板栗小,称榛子。栗:落叶乔木,果实为坚果,称栗子,味甜,可食。 6 椅:落叶乔木,木材可以制器物,亦称山桐子。桐:即梧桐。梓:落叶乔木,木材可供建筑及制造器物之用。漆:落叶乔木,树皮内富含树脂,与空气接触后呈褐色,即生漆,可制涂料,液汁干后可入药。椅、桐、梓、漆这四种树木都是做琴瑟的好材料。 7 爰:于是。 8 升:登。虚:"墟"的古字,这里指漕墟。漕邑与楚丘邻近。 9 堂:地名,在楚丘的旁边。 10 景山:远山。京:高丘。 11 降:从上而下。观:这里指考察。桑:桑田。 12 卜:古人用火灼龟甲,认为从灼开的裂纹就可以推测出行事的吉凶。"卜云其吉"意思是占卜得出祥兆。 13 允:确实。臧:善,好。 14 灵雨:好雨。零:落。 15 倌人:主管驾车的小官。 16 星:晴。言:语气助词。夙驾:早上驾车。 17 说:通"税",歇息。 18 匪:通"彼"。直也人:正直的人。 19 塞渊:充实而深远。 20 骙(lái)牝三千:言良马之多,暗指国力之盛。骙,七尺以上的马。牝,母马。

蝃蝀

导读　这是一首女子追求婚姻自由而受当时舆论指责的诗。《毛诗序》曰:"《蝃蝀》,刺奔也。"诗中女子违背父母之命不顾媒妁之言与情人私奔,这在当时被视为败坏纲常,乃罪大恶极之举。古人将彩虹视为淫秽之气,认为虹的产生是因为婚姻错乱,阴阳不和,所以本诗乃以"蝃蝀在东"起兴,引出对女子批判,同时人们认为虹是不可以用手去指的,否则手指将红肿生疮,这就是诗中所言"莫之敢指"。诗人认为,男女的结合应该合乎礼教规范,遵循父母之命,适龄女子出嫁远离父母兄弟也是自然伦常,但如果已嫁女子有失妇道,那就是不守父母之命,抛弃贞洁,败坏婚姻。"乃如之人也,怀婚姻也。大无信也,不知命也。"显然,诗人对女子的大胆行为深恶痛绝,代表了当时社会的普遍观念,这让身在当今的我们对那位敢于反抗的女子深表同情。

原诗

蝃蝀在东¹,莫之敢指。
女子有行²,远父母兄弟。

朝隮于西³,崇朝其雨⁴。
女子有行,远兄弟父母。

乃如之人也,怀婚姻也⁵。
大无信也⁶,不知命也⁷。

译诗

彩虹高挂在东方,没人胆敢去指它。
适龄女子要出嫁,远离父母兄弟家。

彩虹出现在西方,这雨下了一早上。
适龄女子要出嫁,远离父母兄弟家。

说起眼前这姑娘,败坏婚姻和礼教。
贞洁理性脑后抛,父母之命全忘掉。

注释　1 蝃蝀(dìdōng):彩虹。　2 有行:出嫁。　3 隮(jī):虹。　4 崇朝:整个早上。　5 怀:通"坏",败坏。　6 大:太。信:贞洁。　7 命:父母之命。

相鼠

导读 这是讽刺卫国统治阶级不讲礼仪、鲜廉寡耻的诗。前面的诗篇《新台》《墙有茨》《君子偕老》已多次提到卫国统治阶级的丑恶行径,但总体上是以暗讽的方式进行批判,如果说这些诗篇对卫国王室的揭露与抨击还尚留余地话,那本篇则不遗余力,将统治阶级的鲜廉寡耻、罪恶勾当批判得体无完肤。老鼠历来遭人厌恶,"老鼠过街,人人喊打",然而,本诗却说"相鼠有皮,人而无仪",有些人竟然连老鼠都不如,"人而无仪,不死何为?"既然不顾脸面,不知羞耻,那还活着干什么?第二章诗人以"相鼠有齿,人而无止"进一步反映统治阶级没有节制、丑闻不断,"人而无止,不死何俟?"语气凌厉,诗人的批判力度加强。第三章诗人以"相鼠有体,人而无礼"抨击统治阶级蔑视礼教、放荡无形,"人而无礼,胡不遄死?"如利剑刺喉,痛快人心。诗人语言直白,毫不避讳,用力之猛令人惊叹,表明卫国百姓对统治阶级的丑恶行径痛心疾首、忍无可忍。

原诗

相鼠有皮[1],人而无仪[2]。
人而无仪,不死何为[3]?

相鼠有齿,人而无止[4]。
人而无止,不死何俟[5]?

相鼠有体,人而无礼。
人而无礼,胡不遄死[6]?

译诗

看那老鼠有皮毛,这人一点没仪表。
为人如果没仪表,为何还不去死掉?

看那老鼠有牙齿,这人一点不节制。
为人如果不节制,还不快死待何时?

看那老鼠有肢体,这人一点不守礼。
为人如果不守礼,赶快去死莫迟疑?

注释 1 相:看。 2 仪:威仪。 3 何为:即为何。 4 止:节制。 5 俟:等。 6 遄(chuán):快。

干旄

导读 　这首诗通过描写卫大夫带着良马外出访贤来赞美卫文公为振兴卫国求贤若渴。卫国大夫驾着马车徐徐赶路，后面跟着良马数匹，马车上插着旄尾彩旗，五彩羽旗迎风高展，旗上的鹰雕图案威严尊贵，如此仪仗是为何事？马车一路赶到浚邑城郊，原来这位出行的大夫是在寻访贤士。"彼姝者子，何以畀之？"贤才呀贤才，该拿什么来把你招纳？从表面上看此乃卫大夫自言自语，无疑而问，因为他带出的良马正是用来招聘贤才的，然而，情况并非如此，卫大夫外出访贤肯定是受国君之命，卫文公求贤若渴，尊重人才，他唯恐怠慢贤才有负圣意，故而发此一问。诗中极力渲染访贤队伍的威严壮阔，突出表现卫国君主对贤才的重视，同时出访大夫的认真谨慎也进一步传达了君王对贤才的极度渴求。本诗重章叠句，反复吟咏，以曲折幽深地方式赞美卫文公为复兴卫国招纳贤士，求才若渴。

原诗

孑孑干旄[1]，在浚之郊[2]。
素丝纰之[3]，良马四之。
彼姝者子[4]，何以畀之[5]？

孑孑干旟[6]，在浚之都[7]。
素丝组之[8]，良马五之。
彼姝者子，何以予之？

孑孑干旌[9]，在浚之城。
素丝祝之[10]，良马六之。
彼姝者子，何以告之[11]？

译诗

旄尾羽旗高飘扬，驾车徐徐到浚郊。
旗帜边沿白丝镶，四匹好马随后跑。
那位贤才真美好，该拿什么去征招？

鹰纹旗子高飘扬，浚城附近徐徐跑。
白色丝线镶旗上，五匹好马随后跑。
那位贤才真美好，怎样征招才恰当？

五彩羽旗高飘扬，浚城周边慢慢绕。
旗上白丝缝结好，六匹好马随后跑。
那位贤才真美好，如何相告把他招？

[注释] 1 孑孑(jié)：特出、独立的样子。干旄(gànmáo)：旌旗的一种，以牦牛尾饰旗杆，作为仪仗。 2 浚：卫国都邑。 3 素丝：白丝。纰(pí)：在衣冠或旗帜上镶边。 4 姝：美好。 5 畀(bì)：给予。 6 干旟(yú)：画有或绣上鹰雕之类图形的旗子。 7 都：近城。 8 组：编织。 9 干旌：旌旗的一种，以五色鸟羽饰旗杆，竖于车后，作为仪仗。 10 祝：通"属"，附着，联结。 11 告：诉说。

载驰

[导读] 这是许穆夫人哀悼卫侯的诗，抒发了她对祖国的忧思之情。许穆夫人被誉为世界历史上第一位女诗人，也是中国历史上第一位杰出的爱国诗人。许穆夫人是卫宣公的庶子公子顽与被卫宣公强占的宣姜私通所生，许穆夫人自幼天资聪颖，才华横溢，美貌多姿，各诸侯国都派使者前来求婚，在许国重礼的打动下，许穆夫人的父母便将她嫁给许国国君许穆公为妻，所以称为许穆夫人。北狄入侵卫国，卫国被占领，许穆夫人得知此消息悲痛万分，恨不得马上前往卫国吊唁卫侯，报仇雪恨。然而，许穆夫人势单力薄，她向许穆公求助，希望他能够出手救援，但许穆公胆小怕事，不肯施救，于是悲恨交加的许穆夫人带着当初陪嫁的同姓女子，快马加鞭赶赴漕邑。许国大臣得知情况后纷纷赶来漕邑阻止，他们指责许穆夫人不顾身份擅自行动，有失体统，同时，许国大臣们怕许穆夫人的行为会为许国带来灾祸，故而极力劝阻，想把许穆夫人截回来。许穆夫人毫不动摇，毅然决然，她坚信自己的决定是对的，于是写下了千古名篇《载驰》，表明自己归国救援的决心，痛斥许国的无情无义，传达了一名女子热爱祖国、保卫祖国的信念。诗的第一章叙述许穆夫人赶往漕

邑吊唁,刚到不久许国大夫便前来阻止。第二章写本来悲痛万分的许穆夫人此时气恨交加,许国不肯救援倒也算了,竟然还要阻止自己的救国行动,许穆夫人怒不可遏,于是斥责许国大夫"既不我嘉,不能旋反。视尔不臧,我思不远。既不我嘉,不能旋济。视尔不臧,我思不閟"。第三章,内心苦闷的许穆夫人,"陟彼阿丘,言采其蝱"。望着远处的高山丘陵,许穆夫人细细思索,虽然许国大臣责骂自己,但自己的做法是正确,于是她更加坚定了自己的决心。第四章,从山上下来的许穆夫人沿着田野一边前行一边深思,她深知仅凭一己之力无法复兴祖国、平息战乱,可是该向谁去陈诉苦衷,请求救援呢? 末章,许穆夫人重申心志,表明自己回国救亡的决心。后来齐桓公得知此事后,立即派兵救援卫国,使卫国避免了一场灾祸。从诗的叙述来看,许穆夫人刚强果敢,有情有义,乃女中豪杰,同时,她才华横溢,诗思敏捷,令人佩服。

[原诗]

载驰载驱[1],归唁卫侯[2]。

驱马悠悠[3],言至于漕[4]。

大夫跋涉[5],我心则忧。

既不我嘉[6],不能旋反[7]。

视尔不臧[8],我思不远[9]。

既不我嘉,不能旋济[10]。

视尔不臧,我思不閟[11]。

陟彼阿丘[12],言采其蝱[13]。

女子善怀[14],亦各有行[15]。

许人尤之[16],众稚且狂[17]。

我行其野[18],芃芃其麦[19]。

[译诗]

驾起车来快快走,匆忙回国吊卫侯。

策马飞驰路遥远,到达漕邑不停留。

许国大夫来追我,知晓来意心发忧。

虽不赞成我主张,返回许地是妄想。

比起你们心不好,思念祖国难相忘。

既不赞成我主张,无法渡河归故乡。

比起你们心不好,怀念宗国情意长。

登上那座高山冈,采集贝母解忧伤。

女子多愁善怀想,道理烦恼不一样。

许国众人把我怨,说我幼稚又疯狂。

走在卫国原野上,麦苗青青长势茂。

控于大邦²⁰，谁因谁极²¹？｜欲往大国去赴告，谁会相帮谁可靠？

大夫君子²²，无我有尤²³。｜许国大夫众君子，不要怨我且怒指。

百尔所思²⁴，不如我所之²⁵。｜你们纵有百遍思，不如我去走一次。

注释 1 载：句首语气助词。驰、驱：策马奔驰。 2 归：回国。唁(yàn)：吊丧。 3 悠悠：形容路途遥远。 4 言：句首语气助词。漕：卫国地名。 5 大夫：即前来漕邑阻拦的许国大臣。跋涉：即跋山涉水。 6 嘉：赞许。 7 旋反：返回。反，同"返"。 8 视：比。臧：善，好。 9 远：忘。 10 济：渡河。 11 閟(bì)：闭塞。 12 阿丘：四边高的土山。 13 蝱(méng)：即贝母，多年生草本植物，其鳞茎供药用，有止咳化痰、清热散结之功。 14 善：多。怀：思。 15 有行：道理。 16 许人：许国大臣。尤：责备。 17 众：通"终"，既。稚：幼稚。狂：疯狂。 18 野：郊外原野。 19 芃芃(péng)：茂盛的样子。 20 控：赴告。大邦：大国。 21 因：依靠。极：至，指别国前来救援。 22 大夫君子：即许国的大臣们。 23 无：通"毋"。不要。有：又。尤：责备。 24 百尔所思：意思是多次反复考虑。 25 之：到。

卫风

淇奥

导读 这是赞美君子学问精湛、品行兼优的诗。绿竹向来是高洁品性的象征,诗人以"绿竹猗猗"起兴,引出对高雅君子的赞美,深意浅出,自然流畅。诗人首先概述君子才华品性:"有匪君子,如切如磋,如琢如磨。瑟兮僩兮,赫兮咺兮。"他学问精湛,品性纯良,仪态端庄,胸怀宽广,地位显赫,光明正大,如此君子当然令人一见难忘。第二章诗人着重描写君子的服饰:"有匪君子,充耳琇莹,会弁如星。"精美玉饰垂在耳旁,宝石镶帽闪闪发光,君子衣着精美,雍容华贵,显然是一个地位显赫之人,诗人通过描写君子的华丽衣着旨在衬托君子的无比尊贵,为下文埋下铺垫。第三章写君子的学问与品德:"有匪君子,如金如锡,如圭如璧。"君子学问精湛如金锡,品德纯洁如圭璧,他在车上倚木的姿态是那么从容那么端庄。然而,就是这么个才华横溢、德行纯正、端庄典雅、地位显赫的君子谈吐竟是如此风趣幽默,他爱开玩笑,但从不恶语伤人,真是令人舒服自在,不胜喜爱。诗人从各个方面对君子进行不遗余力地渲染刻画,塑造了一个才学渊博、宽广醇厚的完美形象。值得一提的是,本诗措辞精巧,将君子的形象塑造得十全十美而又生动活泼,可见功力匪浅。

【原诗】

瞻彼淇奥¹,绿竹猗猗²。
有匪君子³,如切如磋⁴,
如琢如磨⁵。瑟兮僩兮⁶,
赫兮咺兮⁷。有匪君子,
终不可谖兮⁸。

瞻彼淇奥,绿竹青青。
有匪君子,充耳琇莹⁹,
会弁如星¹⁰。瑟兮僩兮,
赫兮咺兮。有匪君子,
终不可谖兮。

瞻彼淇奥,绿竹如箦¹¹。
有匪君子,如金如锡,
如圭如璧¹²。宽兮绰兮¹³,
猗重较兮¹⁴。善戏谑兮¹⁵,
不为虐兮¹⁶。

【译诗】

淇水湾头水流淌,竹林碧绿一行行。
君子风流文采好,学问切磋互研讨,
德行琢磨取各长。仪表端庄胸宽广,
光明正大又善良。君子风流文采好,
牢记心中永难忘。

淇水湾头水流淌,竹林青翠又繁茂。
君子风流文采好,精美玉饰垂耳旁,
宝石镶帽闪星光。仪表端庄胸宽广,
光明正大又显耀。君子风流文采好,
牢记心中永难忘。

淇水湾头水流淌,绿竹丛丛真繁茂。
君子风流文采好,学问金锡般精良,
德行圭璧般洁好。胸襟开阔又旷达,
从容倚木真端庄。说话风趣爱谈笑,
从不刻薄把人伤。

【注释】 1 淇:卫国水名,在今河南省。奥:水边弯曲处。 2 猗猗:美丽茂盛的样子。 3 匪:通"斐",形容有文采。 4 切、磋:器物加工的工艺名称,后用以比喻道德学问方面共同研讨互相勉励。 5 琢、磨:器物加工的工艺名称,后用以比喻道德学问方面共同研讨,取长补短。 6 瑟:矜持端庄的样子。僩(xiàn):胸襟开阔的样子。 7 咺(xuān):光明显耀的样子。 8 谖(xuān):忘记。 9 充耳:古代挂在冠冕两旁的饰物,下垂及耳,可以塞耳避听,也叫瑱。琇(xiù)莹:美石。 10 会弁(biàn):接缝处镶有玉石的皮帽。 11 箦(zé):堆积。 12 圭:古代帝王或诸侯

在举行典礼时拿的一种玉器,上圆(或剑头形)下方。璧:平圆形中间有孔的玉,古代在典礼时用作礼器,亦可作饰物。　**13** 宽:宽广。绰:温柔。**14** 猗:通"倚",依靠。重较:指古代卿士所乘车厢前左右伸出的可供倚攀的横木。　**15** 戏谑:说话诙谐有趣。　**16** 虐:刻薄伤人。

考槃

导读　这是一首赞美隐居生活愉快闲适的诗。诗中隐士身形伟岸,心胸宽广,虽独自生活在山林之中但自得其乐、潇洒自如。山林四周幽静,远离尘世喧嚣,在此居住,可以随心所欲,让自己回归最真实的状态。无论是在山间放声歌唱、静坐沉思还是独自徘徊,都是那么惬意,隐士喜欢这样的生活。"永矢弗谖""永矢弗过""永矢弗告"隐士反复咏叹,表达内心的快乐,余音袅袅,意味无穷。

原诗

考槃在涧[1],硕人之宽[2]。
独寐寤言[3],永矢弗谖[4]。

考槃在阿[5],硕人之薖[6]。
独寐寤歌,永矢弗过[7]。

考槃在陆[8],硕人之轴[9]。
独寐寤宿,永矢弗告[10]。

译诗

山涧击槃放声唱,形象高大心宽广。
独居生活真逍遥,此间乐趣永不忘。

山阿击槃放声唱,形象伟岸心宽广。
独居生活真欢畅,此间乐趣誓不忘。

平陆击槃放声唱,闲适自得心宽广。
独居生活自在好,此间妙处难相告。

注释 1 考:击,敲。槃(pán):器名。 2 硕人:形象高大的人。宽:闲适。 3 独寐寤言:指独自一人生活。寐,睡眠。寤,睡醒。 4 矢:誓。谖(xuān):忘记。 5 阿:山中凹曲处。 6 薖(kē):高大的样子。 7 过:忘记。 8 陆:高出水面的土地。 9 轴:宽舒。 10 弗告:意思是隐居的乐趣不可告于世人。

硕人

导读 这是卫国人赞美卫庄公夫人庄姜的诗,历来备受推崇,被誉为称颂美人的千古绝唱。诗的第一章写美人的出身:"齐侯之子,卫侯之妻,东宫之妹,邢侯之姨,谭公维私。"庄姜家族显赫,三亲六戚皆为列国权势,她的父亲是齐王,夫君是卫侯,兄长是太子,她是邢侯的小姨,她的姐夫是谭公,其身份尊贵至极,令人惊叹。第二章写庄姜的容貌:"手如柔荑,肤如凝脂。领如蝤蛴,齿如瓠犀。螓首蛾眉。"纤纤细手,眉毛弯弯,脖颈修长,牙齿整齐,肌肤洁白,脸庞丰满,真是千娇百媚,光彩照人,作者对庄姜的外形进行了无比精细地刻画,呈现出一幅雍容华贵、容貌惊人的美人图。"巧笑倩兮,美目盼兮"可谓神来之笔,使这位倾倒众人的美人从画里活过来,绽放耀眼光芒,摄人魂魄。第三章写庄姜出嫁的情景:"四牡有骄,朱幩镳镳。"婚礼隆重,场面盛大,庄严喜气。第四章写陪嫁随从:"庶姜孽孽,庶士有朅。"陪嫁的姑娘们个个标致,陪嫁的男子们仪表堂堂,婚礼之隆重与盛大、庄姜之美貌与地位可窥见一斑。本诗动静结合,虚实相生,正面描写与侧面描写巧妙转换,层层渲染,反复铺张,精刻细描,将庄姜的天人之姿以及显赫身世凸显无疑,对后代文学创作产生了深远的影响,清人姚际恒评价此诗"千古颂美人者,无出其右,视为绝唱"。

原诗	译诗
硕人其颀¹，衣锦褧衣²。	美人高大身修长，穿着细麻單衣裳。

原诗

硕人其颀[1]，衣锦褧衣[2]。
齐侯之子[3]，卫侯之妻[4]，
东宫之妹[5]，邢侯之姨[6]，
谭公维私[7]。

手如柔荑[8]，肤如凝脂[9]。
领如蝤蛴[10]，齿如瓠犀[11]。
螓首蛾眉[12]，巧笑倩兮[13]，
美目盼兮[14]。

硕人敖敖[15]，说于农郊[16]。
四牡有骄[17]，朱幩镳镳[18]。
翟茀以朝[19]，大夫夙退[20]，
无使君劳[21]。

河水洋洋[22]，北流活活[23]。
施罛濊濊[24]，鳣鲔发发[25]。
葭菼揭揭[26]，庶姜孽孽[27]，
庶士有朅[28]。

译诗

美人高大身修长，穿着细麻單衣裳。
她的父亲是齐王，嫁与卫侯做新娘，
太子是她亲兄长，邢侯小姨也是她，
谭公正是她姊丈。

双手柔嫩像茅荻，肌肤润滑真白皙。
脖颈优美如蝤蛴，齿若瓠子真整齐。
双眉细长似蚕蛾，笑颜倩丽动人心，
眼睛黑亮如点漆。

美人高大又苗条，停车歇息在野郊。
四匹雄马真健壮，马嚼系上红布条。
乘坐华车来上朝，大夫今日早退朝，
莫使国君太操劳。

黄河之水真浩荡，日夜奔流向北方。
渔网下水哗哗响，鳇鱼鲟鱼水中跳。
岸边芦荻高又高，陪嫁众女着盛装，
护送人员真强壮。

注释　1 硕人：身材高大的美人。颀：修长。　2 衣锦褧(jiǒng)衣：穿着锦制的罩衣。前一个"衣"字用作动词，解释为穿。褧，古代用细麻布做的套在外面的罩衣。　3 齐侯：齐庄公。子：指女儿。　4 卫侯：卫庄公。　5 东宫：太子居住的地方，这里指齐国太子。　6 邢：国名，在今山东省邢台市。姨：妻子的姊妹。　7 谭：国名，在今山东省济南市历城区。私：古代女子对姊妹丈夫的称呼。　8 柔荑：白茅初生的嫩芽，多用来比喻女子柔嫩洁白的手。　9 凝脂：凝结的油脂，比喻光洁白润的皮肤。　**10** 蝤蛴(qiúqí)：天牛的幼虫，色白身长，借以比喻妇女脖颈之美。
11 瓠(hù)犀：葫芦瓜的子，比喻美女的牙齿洁白整齐。　**12** 螓(qín)首：
喻指女子的额角方广。螓，一种小蝉，方头广额。蛾眉：蚕蛾触须细长而
弯曲，比喻女子美丽的眉毛。　**13** 倩：笑得很好看的样子。　**14** 盼：
眼睛黑白分明的样子。　**15** 敖敖：高大的样子。　**16** 说：通"税"，停
歇。　**17** 有骄：健壮的样子。　**18** 朱幩(fén)：马嚼环两旁的红色扇汗
用具，亦用作装饰。镳镳(biāo)：盛多的样子。　**19** 翟茀(dífú)：古代贵
族妇女所乘的一种车子，车帘两边或车厢两旁以野鸡尾为饰。朝：朝见。
20 夙退：早点退朝。　**21** 无使君劳：不要让君王太劳累。　**22** 洋洋：
水势浩荡的样子。　**23** 活活：水流声。　**24** 施：设。罛(gū)：大渔网。
濊濊(huò)：撒网入水声。　**25** 鳣(zhān)：鳇鱼。鲔(wěi)：鲟鱼。发发(bō)：
鱼跳跃声。　**26** 葭菼(tǎn)：芦和荻。揭揭：高高的样子。　**27** 庶姜：
指为庄姜陪嫁的众女子。孽孽：装饰华丽的样子。　**28** 庶士：指护送庄
姜的诸臣。揭(qiè)：勇武，壮健。

氓

导读 这是一首弃妇诗，女主人公以自身的痛苦经历诠释古代典型的
婚姻悲剧，哀怨之余表现出了一定的反抗精神。诗的第一章追叙了男女
主人公相识相恋的过程。男子是来自乡野的农民，他以买丝为由向情窦
初开的少女表露心迹，女子纯洁天真，她又喜又羞，手足无措，只好以"子
无良媒"为借口，送走男子，男子面露不悦，女子为了安抚他，便与其约定
秋天成婚。此章虽是叙述男女结婚过程，但女子的天真善良与男子虚假
面孔一开始便为这桩失败的婚姻埋下伏笔。第二章写女子的思念与等

待。"乘彼垝垣,以望复关",自从和男子约定好婚期之后,女子便日夜等着男子来娶她,她登上毁坏的墙头遥望远方的情郎,"不见复关,泣涕涟涟。既见复关,载笑载言",看不到情郎的身影,女子伤心落泪,终于等到了思念已久的情郎,女子有说有笑。女主人公青春年少,纯情至极,对男子情根深种的她再也等不及了,只想男子快点准备好结婚事项,早日将她迎娶过门。第三、四章,女子陈诉男子变心的过程。桑叶未落之时繁茂润泽,诗人以此起兴,比喻女子青春靓丽,而当桑叶纷纷坠落的时候,满目枯黄,女子经过岁月的洗涤也日渐失去光泽。女子沉溺爱情犹如斑鸠贪食桑葚,终会自食恶果,女子嫁到夫家多年,吃苦受累,任劳任怨,但丈夫却三心二意,变幻无常,目睹丈夫日渐表露本性,日渐疏远自己,女子方才渐渐醒悟,"于嗟女兮,无与士耽。士之耽兮,犹可说也。女之耽兮,不可说也"。第五章,女子诉说自己这些年在夫家的痛苦生活。她和丈夫结婚那么多年,每天起早贪黑,承担里外一切家务,所吃的苦,所受的累,连自己也记不清了,然而,无情的丈夫在达到自己的目的之后对她日益凶残。女子赶往娘家,声泪俱下诉说自己内心的痛苦,但不知内情的兄弟们却只是对她恣意取笑,女子有苦难言,只得黯然伤神。第六章女子回想起当年和丈夫一起度过的美好岁月。那时他们都还年少,她还依稀记得丈夫对她许下誓言的样子,没想到如今却会变成这样,她也曾想过和丈夫相伴白头、恩爱到老,但如今丈夫已经变心,那自己也没必要再苦苦纠结,一切就这样结束吧!本诗叙述了女主人公痛苦的婚姻经历,塑造了一个坚强隐忍、敢爱敢恨的人物形象,同时展现了一出典型的时代婚姻爱情悲剧,其中弃妇对男女爱情的总结令人深思。

[原诗]

氓之蚩蚩¹,抱布贸丝²。
匪来贸丝,来即我谋³。
送子涉淇⁴,至于顿丘⁵。

[译诗]

农家小伙真敦厚,换丝来到乡里头。
原来不是换生丝,找我商量嫁娶事。
送过淇水另一头,一直陪你到顿丘。

匪我愆期 [6]，子无良媒。　　并非有意误时候，没有媒人是原由。
将子无怒 [7]，秋以为期 [8]。　　请你不要怒上头，约定婚期在秋后。

乘彼垝垣 [9]，以望复关 [10]。　　登上那面坏墙上，来把复关殷勤望。
不见复关 [11]，泣涕涟涟 [12]。　　不见情郎过城墙，眼泪直流心暗伤。
既见复关，载笑载言 [13]。　　看到情郎过城墙，又说又笑真欢畅。
尔卜尔筮 [14]，体无咎言 [15]。　　快去卜卦问吉祥，没有凶兆喜洋洋。
以尔车来，以我贿迁 [16]。　　驾起马车飞快跑，搬运我那好嫁妆。

桑之未落，其叶沃若 [17]。　　桑叶未落的时候，枝叶繁盛缀满头。
于嗟鸠兮 [18]，无食桑葚 [19]。　　那些斑鸠可知否，桑葚不能吃太多。
于嗟女兮，无与士耽 [20]。　　年轻姑娘可知否，爱恋男子不可过。
士之耽兮，犹可说也 [21]。　　男子沉浸爱里头，尚有办法可解脱。
女之耽兮，不可说也。　　女子沉浸爱里头，岂能轻易就摆脱。

桑之落矣，其黄而陨 [22]。　　桑树叶儿纷纷落，坠落在地色枯黄。
自我徂尔 [23]，三岁食贫 [24]。　　自我嫁到你家后，多年都把苦来尝。
淇水汤汤 [25]，渐车帷裳 [26]。　　淇水还似当年样，河水沾湿车帷裳。
女也不爽 [27]，士贰其行 [28]。　　我做妻子无错挑，男人行为却两样。
士也罔极 [29]，二三其德 [30]。　　你的心思没准则，三心二意变无常。

三岁为妇，靡室劳矣 [31]。　　多年为妻守妇道，家务繁重一肩扛。
夙兴夜寐 [32]，靡有朝矣 [33]。　　早起晚睡勤操劳，没有一天不这样。
言既遂矣 [34]，至于暴矣 [35]。　　你的目的已达到，逐渐对我施家暴。
兄弟不知，咥其笑矣 [36]。　　兄弟不知我情况，只是对我哈哈笑。
静言思之 [37]，躬自悼矣 [38]。　　静下心来仔细想，独自伤悼把泪抛。

及尔偕老 [39]，老使我怨 [40]。　　本想与你同到老，而今思及怨满腔。
淇则有岸，隰则有泮 [41]。　　淇水洋洋终有岸，沼泽再宽终有疆。

总角之宴 ⁴²，言笑晏晏 ⁴³。 ｜ 回想儿时多欢畅，有说有笑喜洋洋。

信誓旦旦 ⁴⁴，不思其反 ⁴⁵。 ｜ 山盟海誓诚恳貌，而今行为变了样。

反是不思 ⁴⁶，亦已焉哉 ⁴⁷！ ｜ 违反誓言不思量，既然如此莫再想。

[注释] 1 氓：指农民。蚩蚩：笑嘻嘻的样子。 2 布：古代货币。 3 谋：商量婚事。 4 淇：卫国水名，在今河南省。 5 顿丘：地名。 6 愆(qiān)：耽误。 7 将(qiāng)：请。 8 秋以为期：将秋天定为婚期。 9 乘：登。 垝垣(guǐyuán)：毁坏的墙。 10 复关：男子居住的地方。 11 复关：这里指男子。 12 泣涕：眼泪。涟涟：泪流不止的样子。 13 载：又。 14 卜：用火灼龟甲，以灼开的裂纹推测出行事的吉凶。筮：用蓍草占卦。 15 体：卦象。咎言：不吉利的话。 16 贿：财物。 17 沃若：润泽的样子。 18 于：通"吁"，叹词。鸠：斑鸠。 19 桑葚(shèn)：桑树的果实。 20 耽：过分沉溺。 21 说：通"脱"，解脱。 22 陨：落。 23 徂：往。 24 三岁：意思是多年。"三"在这里是虚数，并非实指。 25 汤汤：水势盛大的样子。 26 渐(jiān)：沾湿。帷裳：车旁的帷幔。 27 爽：差错。 28 贰：偏差。行：行为。 29 罔极：反复无常，没有准则。 30 二三其德：三心二意。 31 靡：无，没有。室劳：家务劳动。 32 夙兴夜寐：早起晚睡。 33 靡有朝矣：没有一天不是这样。 34 言：句首语气助词。既：已经。遂：指目的达到。 35 暴：粗暴。 36 咥(xì)：大笑的样子。 37 言：语气助词。 38 躬：自己。悼：哀伤。 39 及：和。偕老：夫妻相伴到老。 40 老：指上文携手到老之事。 41 隰(xí)：低湿的地方。泮：同"畔"，岸，水边。 42 总角：古代未成年男女把头发扎成髻，这里指童年时期。宴：欢乐。 43 晏晏：和悦的样子。 44 旦旦：诚恳的样子。 45 不思：想不到。反：违背。 46 是：指誓言。 47 亦已焉哉：也就算了吧。已，止。

竹竿

导读　这是远嫁的卫国姑娘思念故土的诗。《毛诗序》曰："《竹竿》,卫女思归也。"女子远嫁他国,日夜思念故土,想归家而不得的她脑海里不停地浮现出当年在卫国生活的情景。"籊籊竹竿,以钓于淇""巧笑之瑳,佩玉之傩",那时的她们青春年少,无忧无虑,经常来到淇水游玩,坐岸垂钓,嬉戏打闹,粉脸娇笑,环佩叮当,在卫国女子度过了一生中最美好的岁月。"女子有行,远兄弟父母",她深知长大嫁人,远离父母兄弟是为妇道,但这岂能抑制住内心的牵挂与思念? 女子划着船儿在水上遨游,希望找回当年在淇水游玩的感觉,以此发泄心中的忧愁,抚慰自己的归思。

原诗

籊籊竹竿[1],以钓于淇。
岂不尔思[2],远莫致之。

泉源在左[3],淇水在右。
女子有行[4],远兄弟父母。

淇水在右,泉源在左。
巧笑之瑳[5],佩玉之傩[6]。

淇水滺滺[7],桧楫松舟[8]。
驾言出游,以写我忧[9]。

译诗

钓鱼竿儿细又长,当年垂钓淇水上。
怎么做到不念想,距离遥远难还乡。

朝歌左边是泉源,朝歌右边是淇水。
女子一旦远嫁去,父母兄弟难相聚。

朝歌左边是泉源,朝歌右边是淇水。
女子巧笑微露齿,佩玉环绕柔美姿。

淇水悠悠向东流,桧木船桨松木舟。
划着船儿水上游,姑且宣泄心中忧。

注释　1 籊籊(tì):长而尖细的样子。　2 尔:你,指淇水。　3 泉源:水名,在朝歌北,水以北为左,南为右,所以说"泉源在左"。　4 行:出嫁。

5 瑳(cuō):巧笑露齿的样子。 **6** 傩(nuó):行走姿态柔美。 **7** 潨潨(yōu):水流动的样子。 **8** 桧(guì)楫:桧木做成的船桨。 **9** 写:通作"泻",宣泄。

芄兰

导读 　这是女子恼怒心爱男子故作成熟对她疏远的诗。诗中男子为了表现自己的成熟与老练在身上佩觽,以为这样就可以彰显自己的男子汉气概,和男子青梅竹马的少女看到佩觽之后的男子神气十足不再和自己亲近,心中恼怒,于是偏要再三称呼男子为"童子"。"容兮遂兮,垂带悸兮",男子神气傲慢、故作成熟的形象跃然纸上;"虽则佩觽,能不我知?""虽则佩韘,能不我甲?"女子似娇还嗔、嘲讽戏弄的情景如在眼前。本诗通俗短小,诗人三言两语便勾画了青年男女之间懵懂微妙的情愫以及他们在青春期时的心理变化,生动有趣,回味无穷。

原诗

芄兰之支 [1],童子佩觽 [2]。
虽则佩觽,能不我知?
容兮遂兮 [3],垂带悸兮 [4]。

芄兰之叶,童子佩韘 [5]。
虽则佩韘,能不我甲 [6]？
容兮遂兮,垂带悸兮。

译诗

芄兰结荚缀满枝,童子而今已佩觽。
虽然身上已佩觽,就不与我同嬉戏?
神情闲适又正经,衣带摇摆好神气。

芄兰枝上长满叶,童子而今已佩韘。
虽然身上已佩韘,就不与我再亲热?
神情闲适又正经,衣带摇摆好神气。

注释 　**1** 芄(wán)兰:植物名,多年生蔓草,结子荚形如羊角。支:通"枝"。

2 觿(xī):古代一种解结的锥子,用骨、玉等制成,也用作佩饰。 3 容:仪态雍容的样子。遂:走路悠闲的样子。 4 悸:衣带下垂摆动的样子。 5 韘(shè):古代射箭时戴在拇指上的扳指。 6 甲:通"狎",亲昵。

河广

[导读] 这是一首描写住在卫地的宋人思归不得的诗。身在卫国的宋人思家心切,恨不得立马回到自己的故乡,内心迫切的思念与极强的愿望使得挡在他归家路上的一切障碍都自行消解。"谁谓河广? 一苇杭之""谁谓河广? 曾不容刀",世人眼中宽广的黄河在他眼中是如此狭窄,一条苇筏即可渡航,一艘小船尚且难容;"谁谓宋远? 跂予望之""谁谓宋远? 曾不崇朝",自己心心念念的宋国只要踮起脚跟就可以望见,只要一个早上即可抵达。因为与故土之间有着强烈的情感羁绊,虽然身处远方,但依然感到和故土只有一线之遥,然而,即使牵挂已久的家园和自己仅有一河之隔,张目可望,却还是不能回去,这才是他最大的悲哀呀! 本诗句式奇特,想象大胆,情感强烈,恣肆汪洋,将思乡之情表达得淋漓尽致,我们虽然不知道这位思乡者不能回家的原因到底是什么,但却被他那种急切的乡情所深深打动。

[原诗]

谁谓河广? 一苇杭之¹。
谁谓宋远? 跂予望之²。

谁谓河广? 曾不容刀³。
谁谓宋远? 曾不崇朝⁴。

[译诗]

谁说黄河宽又广? 一条苇筏可渡航。
谁说宋国在远方? 踮起脚跟可张望。

谁说黄河宽又广? 小船尚且难通航。
谁说宋国在远方? 一个早上便还乡。

注释 1 苇:芦苇。这里指芦苇编成的筏子。杭:通"航",渡水。 2 跂(qǐ):踮起脚跟。予:而。 3 曾:竟。刀:小船。 4 崇朝:一个早上。崇,终。

伯兮

导读 这是女子思念远征夫君的诗。第一章是思妇对远征丈夫的深情叙述,他威武雄壮,才能杰出,是侯王的先锋,是国家的英雄,女子想象着手执兵器的丈夫在战场上是何等英勇,何等威风,自豪之情溢于言表。第二章,女子自陈自从夫君东征之后,自己便再无心思打扮,每日蓬头垢面,懒于梳洗,女为悦己者容,心爱的丈夫不在身边,女子便再无动力去装扮自己,即使将自己打扮得光鲜亮丽也只会徒增伤悲,平添哀愁。第三章写女子思念丈夫以致头痛欲裂但还是不愿停止,因为只有在想着丈夫的点点滴滴之时,心才会感到片刻畅快。第四章,女子日思夜念,忧郁成疾,她幻想着如果世上真有传说中的忘忧草,那她一定设法求来,届时将满屋都种上,以解心中的忧愁。本诗情感曲折,思妇内心的矛盾情感乃本诗一大亮点,一方面她为远征的丈夫感到无比自豪,另一方面却希望丈夫早日归来,陪伴左右。因为思念,女子无心妆容头发散乱;因为思念,女子头痛不已但仍觉甘之如饴;因为思念,女子暗自神伤忧思成疾。诗意层层递进,哀婉动人。

原诗

伯兮朅兮[1],邦之桀兮[2]!
伯也执殳[3],为王前驱[4]。

译诗

我那大哥真威风,保家卫国是英雄。
手执木杖长又长,为我大王打前锋。

自伯之东⁵,首如飞蓬⁶。　　自从大哥去东征,头发散乱如飞蓬。
岂无膏沐⁷?谁适为容⁸。　　难道没有润发油?为谁装扮我颜容。

其雨其雨⁹?杲杲出日¹⁰。　　心盼大雨从天降,却见日升自东方。
愿言思伯¹¹,甘心首疾¹²。　　一心把那大哥想,即使头痛也欢畅。

焉得谖草¹³?言树之背¹⁴。　　哪儿可求忘忧草?房屋北面来种上。
愿言思伯,使我心痗¹⁵。　　一心只把大哥想,忧思成疾空自伤。

[注释]　1 伯:女子对丈夫的昵称。桀(qiè):勇武。　2 邦:国家。桀:通"杰",才能杰出的人。　3 殳(shū):古代的一种武器,用竹木做成,有棱无刃。 4 前驱:前锋。　5 之:往。　6 飞蓬:指枯后根断遇风飞旋的蓬草,比喻蓬乱的头发。　7 膏沐:润发的油脂。　8 适:主。　9 其:句首语气助词,在这里表示祈求的语气。　10 杲杲(gǎo):明亮的样子。　11 愿言:思念的样子。　12 甘心:即心甘,情愿。首疾:头痛。　13 谖(xuān)草:即萱草,又称忘忧草。　14 言:乃。背:这里指屋子的北面。　15 痗(mèi):忧思成疾。

有狐

[导读]　这是家中妻子担心远行在外的丈夫无衣无裳的诗。狐狸在淇水岸边缓缓独行,它神情疏懒,皮毛光亮,女子由此联想到远行在外的丈夫,不知道他有没有衣裳可穿,不知道他也可曾好好的休息休息。女子深情款款,细心体贴,她遥想丈夫远离故土奔波劳累,生活一定十分艰苦,从她关心丈夫的衣着可以看出她对丈夫不仅是浓浓的思念还有深切的担忧。

原诗

有狐绥绥¹,在彼淇梁²。
心之忧矣,之子无裳。

有狐绥绥,在彼淇厉³。
心之忧矣,之子无带⁴。

有狐绥绥,在彼淇侧⁵。
心之忧矣,之子无服。

译诗

狐狸慢行舒缓貌,走在淇水石桥上。
我心感到很忧伤,怕你身上无衣裳。

狐狸慢行舒缓貌,走在淇水浅滩上。
我心感到很忧伤,怕你衣带不像样。

狐狸慢行舒缓貌,走在淇水岸边上。
我心感到很忧伤,怕你衣薄会受凉。

注释 1 绥绥:缓缓走路的样子。 2 淇梁:淇水上面的石桥。 3 厉:水边的浅滩。 4 带:衣带。 5 侧:岸边。

木瓜

导读 这是一首男女赠物定情的诗。诗中男女两情相悦,爱意绵绵,他们相互赠答,互表情愫。女子送给男子木瓜,男子回赠女子琼琚;女子赠送男子木桃,男子回报女子琼瑶;女子赠与男子木李,男子回赠女子琼玖,二人情意缠绵,意味深长。这里的“报”并非简单的回报、报答,而是男女之间情感上的相互交流相互融合,女子赠与心爱的男子花草瓜果表达爱意,男子回赠心爱的女子玉佩以表深情乃当时的风俗,这对后世影响深远,比如男子赠玉定情的传统就和这种原始风俗渊源甚深。本诗语句通俗,情境美好,是《诗经》中广泛传诵的名篇,有着珍贵的文学价值和民俗价值。

原诗

投我以木瓜¹,报之以琼琚²。
匪报也,永以为好也。

投我以木桃³,报之以琼瑶。
匪报也,永以为好也。

投我以木李⁴,报之以琼玖。
匪报也,永以为好也。

译诗

她以木瓜来相送,我用琼琚作回报。
并非仅仅作回报,表示永远和她好。

她以木桃来相送,我用琼瑶作回报。
并非仅仅作回报,表示永远和她好。

她以木李来相送,我用琼玖作回报。
并非仅仅作回报,表示永远和她好。

注释 1 投:赠予。木瓜:一种落叶灌木,果实长椭圆形,色黄而香,味酸涩,经蒸煮或蜜渍后供食用,可入药。 2 报:回报。琼琚(jū):美玉,喻指还报的厚礼。下文的"琼瑶""琼玖(jiǔ)"也是相同的意思。 3 木桃:果名,即楂子,小于木瓜,味酸涩。 4 木李:果名,又叫木梨。

王风

黍离

导读 这是一首忧时思国的诗。关于本诗的主旨,《毛诗序》说:"黍离,闵宗周也。周大夫行役,至于宗周,过故宗庙宫室,尽为禾黍。闵周室之颠覆,彷徨不忍去,而作是诗也。"宗周,也就是西周。西周经历了周幽王之乱而灭亡,自周平王迁都洛邑后,周王室日益衰微,已无力掌控诸侯,其地位与列国等同,其诗不能复《雅》,也就等同于《国风》,这就是"王风"的由来。诗中主人公正是经历了平王东迁,周室衰微,故而感慨万千,不胜忧思。诗人路过西周都城镐京,满目所见,尽是黍苗,昔日的宫殿城阙已经没有了,曾经的繁华都市也不见踪影,此时只有绿苗尽情生长,仿佛往日的繁华鼎盛都只是一场了无痕迹的美梦。"行迈靡靡,中心摇摇""行迈靡靡,中心如醉""行迈靡靡,中心如噎",诗人一步一伤,感慨万千,眼前的凄凉之景化为沉郁的哀伤之情,呈铺天盖地之势席卷了他的整个身心,他跌跌撞撞,昏沉如醉,"知我者,谓我心忧;不知我者,谓我何求",旷世的沧桑,旷古的悲凉,何人能解!芳草萋萋覆盖了曾经的盛世繁华,也遮掩了曾经的满目疮痍,面对眼前的这片青绿,诗人迷失了,"悠悠苍天,此何人哉!"他不知道自己此时是谁,也不知道自己该前往何方,他觉得自己就像是天地间孤独的行者,世事变迁,岁月沧桑,只容得下一声长叹,一首悲歌。本诗情景交融,感情悲切,有一种旷古的悲凉感,极易引起读者的共鸣。

原诗	译诗
彼黍离离[1]，彼稷之苗[2]。	看那黍子长势繁茂，稷子苗儿抽得高高。
行迈靡靡[3]，中心摇摇[4]。	远行脚步如此迟缓，心神不定忧思难消。
知我者，谓我心忧；	理解我的人，说我满腔忧伤。
不知我者，谓我何求。	不理解我的人，说我为何烦恼！
悠悠苍天，此何人哉！	苍天神灵高高在上，告知此人该往何方！
彼黍离离，彼稷之穗。	看那黍子长势繁茂，稷子穗儿抽得高高。
行迈靡靡，中心如醉。	远行脚步如此迟缓，昏沉如醉忧思难消。
知我者，谓我心忧；	理解我的人，说我满腔忧伤。
不知我者，谓我何求。	不理解我的人，说我为何烦恼！
悠悠苍天，此何人哉！	苍天神灵高高在上，告知此人该往何方！
彼黍离离，彼稷之实。	看那黍子长势繁茂，稷子穗儿抽得高高。
行迈靡靡，中心如噎[5]。	远行脚步如此迟缓，郁结于心忧思难消。
知我者，谓我心忧；	理解我的人，说我满腔忧伤。
不知我者，谓我何求。	不理解我的人，说我为何烦恼！
悠悠苍天，此何人哉！	苍天神灵高高在上，告知此人该往何方！

注释　1 黍：一年生草本植物，叶线形，子实淡黄色，去皮后称黄米，比小米稍大，煮熟后有黏性。离离：繁盛的样子。　2 稷：高粱。　3 行迈：行走，这里有远行的意思。靡靡：迟缓的样子。　4 中心：心中。摇摇：心神不定的样子。　5 噎(yē)：气息不顺而呼吸困难，这里是指心中郁结苦闷难受的意思。

君子于役

[导读] 这是家中妻子思念远役丈夫的诗。"鸡栖于埘,日之夕矣,羊牛下来。"太阳下山了,鸡群回到了栖息的墙洞,牛羊也从山坡上缓缓下来,回到了牧场的圈棚。"君子于役,如之何勿思?"在远方服役的丈夫啊,此情此景下怎能不把你想念!牛羊鸡群纷纷回巢,傍晚的乡村炊烟袅袅,一片安谧,这农家一天中最美好的时刻,因为外出劳作的人们终于可以回家休息,一家人在此时得以团聚。在这个温情脉脉的傍晚时候,女子格外思念丈夫,他在外服役,离家已久,女子渴望他能早日归来,渴望一家团聚。丈夫长久没有音信,也不知归期,女子在迷茫中等待,在等待中迷茫,她担心丈夫是否挨饿受冻,是否疲倦劳累,两人相隔千里,她唯有默默祈祷丈夫身体安康、一切安好。本诗描绘了一幅古朴简约的黄昏村景图,清新自然,别有风味,能轻易感染着每一个有心的读者。

[原诗]

君子于役¹,不知其期,
曷至哉²?鸡栖于埘³,
日之夕矣,羊牛下来⁴。
君子于役,如之何勿思⁵?

君子于役,不日不月⁶,
曷其有佸⁷?鸡栖于桀⁸,
日之夕矣,羊牛下括⁹。
君子于役,苟无饥渴¹⁰!

[译诗]

丈夫服役去远方,不知期限时日长,
何时才能返归乡?鸡群回窝进洞墙,
天色渐晚日昏黄,牛羊下坡离牧场。
丈夫服役去远方,怎能不把他来想?

丈夫服役去远方,离家日月难计量,
何时返归聚一堂?鸡群回窝栖木桩,
天色渐晚日昏黄,牛羊下坡归圈忙。
丈夫服役去远方,无饥无渴安无恙!

注释 1 君子:指女子的丈夫。于:往。 2 曷至哉:什么时候回来。曷,何时。 3 埘(shí):墙壁上挖洞做成的鸡窝。 4 下来:指牛羊下坡回圈。 5 如之:像这样。何勿思:怎能并不思念。 6 不日不月:意思是长期在外,不知归期。 7 佸(huó):相聚。 8 桀:鸡栖息的木桩。 9 括:至。 10 苟:表希望的口气。

君子阳阳

导读 这首诗描写的是舞师与乐工共同歌舞的场景。诗中所说的"由房"乃房中之乐,故而曲调欢快。乐工演奏"由房""由敖",轻松自如,舞师执五彩羽扇,翩翩起舞,二人歌舞相配,自得其乐,场面喜气洋洋。东周衰微,统治者却苟且偷安,照常享乐,不仅诗不复雅,乐也不复雅。

原诗

君子阳阳¹,左执簧²,
右招我由房³。其乐只且⁴!

君子陶陶⁵,左执翿⁶,
右招我由敖⁷。其乐只且!

译诗

看那舞师多欢畅,左手握着大笙簧,
右手招我奏"由房"。场面欢乐喜洋洋!

看那舞师乐陶陶,五彩羽毛左手摇,
右手招我奏"由敖"。场面欢乐喜洋洋!

注释 1 君子:指舞师。阳阳:快乐自得的样子。 2 簧:乐器名,笙簧。 3 由房:一种房中之乐。 4 只且:语气助词。 5 陶陶:和乐的样子。 6 翿(dào):用羽毛做成的扇形舞具。 7 由敖:舞曲名。

扬之水

[导读]　这是一首远戍他乡的士卒思念家中妻子的诗。关于本诗的主旨，《毛诗序》曰："《扬之水》，刺平王也。不抚其民而远屯戍于母家，周人怨思焉。"周平王迁都洛邑后，周王室日益衰微，而南方的楚国则日渐强大，周平王的母亲是申国人，为了保证母亲故国的安全，平王就从周朝派遣部分军队戍守申国，申、甫、许三国邻近，唇齿相依，为了防止楚国的侵扰，平王也派兵驻守，这些被远派的周朝士兵远离故土，长久得不到调换，内心苦闷而愤恨，这就形成了本诗的情感基调。诗以"束薪""束楚""束蒲"起兴，暗指夫妻关系，因为自男女结为夫妻，二人的命运从此就捆在了一起，犹如成捆的薪柴。"扬之水"则暗指将二人分开的外力，"不流束薪""不流束楚""不流束蒲"，表明情感忠贞，无论是家中的妻子，还是远征的丈夫都坚定不移，诗意反复吟咏表明服役者对妻子思念深切。士兵牵挂家中的情况，担心家人的平安，可自己到底什么时候才能重归故土和家人团聚？离家的辛酸与思念的痛苦交织，士兵仰天直呼："怀哉怀哉，曷月予还归哉？"着实震撼人心，感人至深。

[原诗]

扬之水[1]，不流束薪[2]。
彼其之子[3]，不与我戍申[4]。
怀哉怀哉[5]，曷月予还归哉[6]？

扬之水，不流束楚[7]。
彼其之子，不与我戍甫[8]。
怀哉怀哉，曷月予还归哉？

[译诗]

河面泛波水流缓，难冲成捆干木柴。
忽然想起那人来，不能同我戍申寨。
日夜思念难开怀，何时才能把家还？

河面泛波水流缓，难冲成捆干柴草。
忽然想起那人来，不能同我戍甫寨。
日夜思念难开怀，何时才能把家还？

扬之水,不流束蒲⁹。　　　　河面泛波水流缓,难冲成捆蒲柳条。

彼其之子,不与我戍许¹⁰。　　忽然想起那人来,不能同我戍许寨。

怀哉怀哉,曷月予还归哉?　　日夜思念难开怀,何时才能把家还?

[注释] 1 扬:水流缓慢的样子。　2 不流束薪:意思是水缓冲不走成捆的薪柴。束薪,成捆的薪柴。　3 彼其之子:那个人。　4 申:古国名,在今河南省南阳市东南。　5 怀:想念。　6 曷:何。　7 楚:荆条。　8 甫:古国名,在今河南省南阳市西。　9 蒲:蒲柳。　10 许:古国名,在今河南省许昌市东。

中谷有蓷

[导读] 这是一首弃妇诗。"有女仳离"乃本篇的诗眼,表明诗的主旨是被弃女子的自我哀悼。"中谷有蓷,暵其干矣""暵其修矣""暵其湿矣"山中的益母草久旱之后干枯发黄,仿佛马上就会被烤焦,被丈夫抛弃已久的女子就如这焦枯的益母草,身形消瘦,面容枯黄,诗以益母草起兴比喻女子被丈夫抛弃之后的状态。女子居无定所,到处漂泊,在这萧条乱世,无家可归的她倍感无助,绝望的她泪水滔滔,独自长叹"遇人之艰难矣""遇人之不淑矣",然而,纵使百般追悔也是徒劳,那声声泣血的啸声在死寂的空谷回荡,让人不忍听闻。世道艰难,再加上不幸遭遇,女子日后的生活着实堪忧,乱世荒年,天灾人祸,让人忍不住对这位被弃的女子产生深深的同情。

原诗

中谷有蓷¹，暵其干矣²。

有女仳离³，慨其叹矣⁴。

慨其叹矣，遇人之艰难矣。

中谷有蓷，暵其修矣⁵。

有女仳离，条其啸矣⁶。

条其啸矣，遇人之不淑矣。

中谷有蓷，暵其湿矣⁷。

有女仳离，啜其泣矣。

啜其泣矣，何嗟及矣⁸。

译诗

山谷之中益母草，久旱之下渐枯焦。

这位女子被夫抛，独自哀叹声声号。

独自哀叹声声号，遇人不淑苦煎熬。

山谷之中益母草，久旱不雨渐枯焦。

这位女子被夫抛，独自长啸声声号。

独自长啸声声号，遇人不淑苦煎熬。

山谷之中益母草，暴晒不雨渐枯焦。

这位女子被夫抛，抽泣不停泪滔滔。

抽泣不停泪滔滔，后悔莫及空徒劳。

注释 1 蓷(tuī)：益母草。 2 暵(hàn)：干枯。 3 仳(pǐ)离：妇女被丈夫遗弃而离去。 4 慨：感慨。 5 修：干枯。 6 条：长。 7 湿：晒干。 8 何嗟及矣：意思是就算后悔也于事无补。

兔爰

导读 这是一首哀叹时势艰难的诗。罗网铺在山林中，兔子悠闲自得，巧妙避开，而雉鸡却不幸落网，无从逃脱，诗人由此想到了自己。"我生之初，尚无为""尚无造""尚无庸"，诗人遥想自己出生之前，正是西周鼎盛的时期，那时社会安定，无灾无祸，更没有这永无止境的兵役、劳役、徭役，百姓安居乐业，生活富足，如果出生在那样一个时代，自己或许也可以无忧无虑、自由自在地生活。然而,"我生之后,逢此百罹""逢此百忧""逢此百凶",放眼当今社会,诸国混乱,战争频发,百姓流离失所,苦不堪言,看到种种天灾人祸,诗人心情沉重,深感悲凉,只得自叹生不逢时。他多么希望自己能长睡不醒,能做到"无吪""无觉""无聪",这样就可以不用经历乱世的苦难,不用目睹世间的灾祸。本诗抒发了诗人消极厌世、忧时伤怀的情感,风格悲凉。

[原诗]

有兔爰爰[1],雉离于罗[2]。
我生之初,尚无为[3];
我生之后,逢此百罹[4]。
尚寐无吪[5]!

有兔爰爰,雉离于罦[6]。
我生之初,尚无造[7];
我生之后,逢此百忧。
尚寐无觉[8]!

有兔爰爰,雉离于罿[9]。
我生之初,尚无庸[10];
我生之后,逢此百凶。
尚寐无聪[11]!

[译诗]

野兔悠闲自在样,雉鸡不慎落入网。
在我生前那时候,没有兵役乐无忧;
自从我出生后,灾祸成堆心中愁。
姑且长睡不开口!

野兔悠闲自在样,雉鸡不慎落入网。
在我生前那时候,没有徭役乐无忧;
自从我出生后,灾祸成堆心中愁。
姑且长睡眼不瞅!

野兔悠闲自在样,雉鸡不慎落入网。
在我生前那时候,没有劳役乐无忧。
自从我出生后,灾祸成堆心中愁。
姑且长睡耳不闻!

[注释] 1 爰爰:悠闲自在的样子。 2 离:通"罹",遭遇。罗:网。 3 为:指兵役。 4 罹:忧。 5 寐:睡着。吪(é):开口说话。 6 罦(fú):一种捕鸟的网,鸟入网后,能自动将鸟罩住。 7 造:为,指徭役。 8 觉:清醒。 9 罿(chōng):一种捕鸟的网,即罦。 10 庸:指劳役。 11 聪:听,闻。

葛藟

[导读] 这是一首在外流浪者求助无门的悲歌。诸国混乱,战争频发,百姓流离失所,纷纷外逃,诗人正是这逃难大军中的一员。地面上的葛藤四处蔓延,一直爬到那远离陆地的河岸旁边,诗人触景生情,悲从中来,想想自己外出逃难,远离兄弟亲人,孤寂之情无人诉说。漂泊在外,无依无靠,为了寻求帮助,喊人父亲、母亲,称人亲兄亲弟,但还是得不到一丝援助,感受不到一点怜悯。没有问候,没人同情,诗人感到彷徨、无助、绝望,人情的冷漠与漂泊的凄苦让他加倍怀念自己的故乡,加倍思念自己的亲人。诗人自抒身世,反复咏叹,感情悲切,感人至深。

[原诗]

绵绵葛藟¹,在河之浒²。
终远兄弟³,谓他人父⁴。
谓他人父,亦莫我顾⁵。

绵绵葛藟,在河之涘⁶。
终远兄弟,谓他人母。
谓他人母,亦莫我有⁷。

绵绵葛藟,在河之漘⁸。
终远兄弟,谓他人昆⁹。
谓他人昆,亦莫我闻¹⁰。

[译诗]

葛藤绵延陆地上,蔓延到那河水旁。
远离兄弟去异乡,叫人父亲求帮忙。
叫人父亲求帮忙,无人理睬空自伤。

葛藤绵延陆地上,蔓延到那河水旁。
远离兄弟去异乡,叫人母亲求帮忙。
叫人母亲求帮忙,无人佑助空悲伤。

葛藤绵延陆地上,蔓延到那河水旁。
远离兄弟去异乡,叫人兄长求帮忙。
叫人兄长求帮忙,无人问候空彷徨。

[注释] **1** 绵绵:绵延不绝的样子。葛藟(lěi):植物名,又叫千岁藟,落叶木质藤本,叶广卵形,夏季开花,果实黑色,可入药。 **2** 浒:水边。 **3** 终:

既。　**4** 谓:叫。　**5** 顾:理睬。　**6** 涘(sì):水边。　**7** 有:通"佑",佑助。　**8** 漘(chún):水边。　**9** 昆:兄长。　**10** 闻:问。

采葛

[导读]　这是一首热恋中的男子思念心爱女子的情诗。采摘艾蒿的少女是男子梦魂萦绕的心上人,男子的整颗心都被她占据了,时时刻刻想着的是她,时时刻刻念着的也是她,只要一闭上眼,脑海里全是女子的身影,浮现的全是女子的一颦一笑。即使分离短短一日,男子也无法忍耐,仿佛三月、三秋、三年之久。对女子的思念不停地折磨着男子,对他而言,不能与心爱之人呆在一起的日子是如此难熬,如此漫长,他无法镇定,也无法思考任何事情,他的心底深处只有一个呼声,就是快点见到心上人,分离的痛苦让男子几近疯狂,他恨不得与心爱之人朝夕厮守,一刻也不分开。本诗语言清新质朴,感情真挚浓烈,诗意层层递进,道出了千百年来无数热恋中人的真实心声,极具感染力,故而传诵不衰。

[原诗]

彼采葛兮[1],一日不见,
如三月兮!

彼采萧兮[2],一日不见,
如三秋兮!

彼采艾兮[3],一日不见,
如三岁兮!

[译诗]

那位采葛好姑娘,一日未见心里想,
好像三月那么长!

那位采蒿好姑娘,一日未见心里想,
好像三秋那么长!

那位采艾好姑娘,一日未见心里想,
好像三年那么长!

【注释】 1 葛:多年生草本植物,茎可编篮做绳,纤维可织布,块根肥大,称葛根,可制淀粉,亦可入药。 2 萧:即艾蒿。古人用来祭祀。 3 艾:多年生草本植物,嫩叶可食,老叶制成绒,供针灸用。

大车

【导读】 这首诗表达了热恋女子的强烈爱意。奔驰的大车发出隆隆的响声,车内身穿青色毛衣的男子正是女主人公的心上人,马车飞奔而来,女子心潮澎湃,虽然深爱男子,但她却不敢表露自己的爱意,因为她不知道男子内心的想法,她害怕男子不敢跟她私定终身。马车的声音依旧在耳边回响,男子的身影挥之不去,女子恨不得与男子一起私奔,这样就可以朝夕相处,永不分离,可是女子又担心男子不敢和自己私奔,她越想越烦,心如乱麻,痛苦万分。从第一章到第二章可以看出,随着女子的思念越来越浓烈,和男子终身厮守的愿望也越来越强烈,与此同时,心中的苦恼也越来越深重,她知道在没有父母之命、媒妁之言的情况下,二人的结合是不被允许的,但即便如此,女子还是决定坚守初衷。第三章女子朝天起誓:生不能同寝,死后也要同穴。马车隆隆作响,女子心中百转千回,本诗情感强烈,情景交融,独具特色。

【原诗】

大车槛槛[1],毳衣如菼[2]。
岂不尔思[3]? 畏子不敢。

大车啍啍[4],毳衣如璊[5]。

【译诗】

大车驶过声音响,青色毛衣穿身上。
岂是我不把你想? 怕你不敢结永好。

大车驶过声音响,红色毛衣穿身上。

岂不尔思？畏子不奔⁶。	岂是我不把你想？怕你不敢共奔逃。
穀则异室⁷，死则同穴。	你我生前难同寝，但求死后能共穴。
谓予不信，有如皦日⁸。	你若不信我誓言，太阳为证在上天。

注释 1 槛槛(jiàn)：车奔走的声音。 2 毳(cuì)衣：皮毛所制的衣服。菼(tǎn)：指芦荻，多年生草本植物，生在水边，颜色青绿，茎可以编席箔。 3 尔：指男子。 4 啍啍(tūn)：迟重缓慢的样子。 5 璊(mén)：赤色的玉。 6 奔：私奔。 7 穀(gǔ)：活着。 8 皦(jiǎo)：明亮。

丘中有麻

导读 这是女子回想与心上人定情过程的诗。第一章女子回想她和情郎的第一次幽会。那时，山坡上的大麻茂密成片，情郎从远处缓缓走来，二人亲密交谈，情意绵绵。第二章写女子请男子来家里吃饭。那时，田里的麦苗郁郁青青，长势喜人，二人的情感也有了飞速进展，女子兴冲冲请男子来家吃饭，可见二人的感情得到了双方家长的认可。第三章写男子赠玉定情。山中李林硕果累累，沉甸甸的果实压得枝头微微颤动，男子将精美的玉佩赠与女子以表情意，二人结为永好。女子回想和男子结合的过程，心中十分甜蜜，也许此时她正把玩着二人定情的玉佩，久久不能回神。

【原诗】

丘中有麻,彼留子嗟[1]。
彼留子嗟,将其来施[2]。

丘中有麦,彼留子国[3]。
彼留子国,将其来食。

丘中有李,彼留之子。
彼留之子,贻我佩玖[4]。

【译诗】

山坡大麻层层叠,心爱情郎刘子嗟。
心爱情郎刘子嗟,缓缓赴约情深切。

田里麦苗高人头,心爱情郎刘子国。
心爱情郎刘子国,请他吃饭屋里头。

李树结果枝微颤,刘氏公子来会面。
刘氏公子来会面,赠我玉佩结姻缘。

【注释】 1 留:姓氏,即古"刘"字。子嗟:人名。 2 施:缓缓走来的样子。
3 子国:人名。 4 玖:似玉的黑石,可制成佩饰。

郑风

缁衣

导读 这是一首赠衣诗。缁衣是古代卿大夫的朝服,诗中的赠衣者与穿衣者应是夫妻关系。抒情主人公的丈夫乃朝中大夫,他每天穿着黑色的朝服前往官舍办公,朝服大方得体,十分合身,望着丈夫的身影,女主人公发出由衷的赞叹,"缁衣之宜兮""缁衣之好兮""缁衣之席兮"。从妻子的反复赞叹中我们能捕捉到她内心的得意,因为这称身的朝服是她亲手缝制,她赞美丈夫衣服得体,当然心里也会涌起无限甜蜜。再好的衣服也总有破的一天,但女子再三强调,就算衣服破了,她还可以另外缝制一套,等丈夫从官署回来了,就给他试试自己制作的新衣,从此我们亦可以体会到妻子对丈夫无微不至的关心以及对自己手艺的满满自信。本诗温情脉脉,温馨感人,言语间处处流露着妻子对丈夫无尽的关爱,特别是抒情女主人公的温柔贤惠、心灵手巧以及略带可爱让人印象深刻。

原诗

缁衣之宜兮[1],敝,予又改为兮[2]。适子之馆兮[3],还,予授子之粲兮[4]。

缁衣之好兮,敝,予又改造兮。

译诗

黑色朝服真合适,破了我再做一身。公务在身去官舍,回来给你新衣试。

黑色朝服真是好,破了我再做一

适子之馆兮，还，予授子之粲兮。

缁衣之席兮[5]，敝，予又改作兮。适子之馆兮，还，予授子之粲兮。

套。公务在身去官房，回来试那新衣裳。

黑色朝服真宽松，破了我再做一身。你到官舍去办公，回来再把新衣送。

注释 1 缁衣：黑色的衣服。宜：合适。 2 敝，予又改为兮：意思是衣服破了又重新做的。敝，破。改为，另制新衣。 3 适：往。馆：官舍。 4 授：给予。粲：鲜明。 5 席(xí)：宽大。

将仲子

导读 这是一首女子出于礼教原因而拒绝与男子私会的诗。从诗的叙述来看，这对青年男女应该正处于热恋之中，男子不忍与心爱的女子分离，情急之下失去理智做出了有违礼法之事，女子被男子疯狂的行为吓到了，她惊呼"将仲子兮，无逾我里，无折我树杞"。女子一方面阻止男子翻墙私会，另一方面她心里也非常希望见到情郎，这种痛苦折磨着她，她不知如何是好，只得急切地向男子解释，她其实是深爱着他的，但是她更清楚地知道爹娘得知此事后一定会斥责自己，想想都害怕极了。然而，热恋中的男子已然丧失了理智，他不顾女子的劝阻一次次想方设法接近她，与她见面，每次女子见到日夜思念的情郎出现在眼前，心里又惊又喜，但是她心底的恐慌与惧怕却与日俱增，她担心男子一次次偷翻自家的院墙迟早会让众兄长察觉，迟早会惊动周围邻里。礼教的法网舆论的压力是女子柔弱的身躯所无法承担的,在爱情与理智的矛盾冲突下,女子备受煎熬。本诗反映了当时社会男女婚姻恋爱的不自由以及礼教的森严可怕。

[原诗]

将仲子兮[1],无逾我里[2],
无折我树杞[3]。岂敢爱之[4]?
畏我父母。仲可怀也,
父母之言,亦可畏也。

将仲子兮,无逾我墙,
无折我树桑。岂敢爱之?
畏我诸兄。仲可怀也,
诸兄之言,亦可畏也。

将仲子兮,无逾我园,
无折我树檀[5]。岂敢爱之?
畏人之多言。仲可怀也,
人之多言,亦可畏也。

[译诗]

二哥请你要体谅,不要翻越我门房,
别把杞树也折伤。哪是爱惜不忍伤?
而是惧怕爹和娘。二哥让我日夜想,
父母的话不可忘,想想心里惧又慌。

二哥请你要体谅,不要翻越我围墙,
别把桑树也折伤。哪是爱惜不忍伤?
而是惧怕众兄长。二哥让我日夜想,
兄长的话不可忘,想想心里惧又慌。

二哥请你要体谅,不要翻越我院墙,
别把檀树也折伤。哪是爱惜不忍伤?
惧怕邻里嘴舌长。二哥让我日夜想,
邻里闲语在耳旁,想想心里惧又慌。

[注释] 1 将:请。仲子:男子在兄弟间排行老二。 2 逾:越过。里:居住的地方。 3 杞:树名,俗称刀柳。 4 爱:吝惜。 5 檀:落叶乔木,木质坚硬,有香气,可制器物及香料,又可入药。

叔于田

导读 这是一首女子赞美心爱男子的诗。本诗是通过男子外出狩猎后女子的内心感受来抒发赞美之情的,从女子的心灵独白来看,她的心上人是一位年轻的猎人,在她心中,男子异常优秀,无人能比。第一章写男子去了猎场,巷子里空不见人,"岂无居人? 不如叔也",男子俊美非凡、宽厚仁爱,女子眼里再也看不到其他任何人的身影。第二章写冬天的弄巷里一个喝酒的人都没有,在这个农闲的时节本该是街道上最热闹的时候,而今却空空荡荡,不见人影,"岂无饮酒? 不如叔也",男子外出冬狩,女子便再无心思关注他人了,因为她的情郎是如此俊朗优秀。第三章主要是夸赞男子的骑术。在女子心中,男子不仅丰神俊朗而且英勇刚强,自他去郊外打猎后,巷子里便再也没人敢骑马了。女子的赞美之言处处流露出对男子的满满爱意,言辞越是夸张,情感就越是浓烈。

原诗

叔于田¹,巷无居人。
岂无居人? 不如叔也,
洵美且仁²。

叔于狩³,巷无饮酒。
岂无饮酒? 不如叔也,
洵美且好。

叔适野⁴,巷无服马⁵。
岂无服马? 不如叔也,
洵美且武⁶。

译诗

心爱小伙去猎场,巷子变得空荡荡。
哪是没人居住呀? 没人能像他那样,
实在俊美又贤良。

心爱小伙去冬狩,巷子不见人饮酒。
哪是没人饮酒呀? 没人能和他比斗,
实在俊美又优秀。

心爱小伙去野外,巷子不见人骑马。
哪是没人骑马呀? 没人技术能及他,
俊美英勇人人夸。

[注释] **1** 叔:女子对心爱男子的称呼。田:打猎。 **2** 洵:确实。仁:宽厚仁爱。 **3** 狩:冬季打猎叫狩。 **4** 适:往。野:郊外。 **5** 服马:骑马。 **6** 武:英勇。

大叔于田

[导读] 这是一首赞美青年猎手技艺精湛、英勇无双的诗。诗的第一章开门见山,直接描写大叔打猎的经过。他驾着马儿,早早启程,驾车的动作如此娴熟,手中的马缰绳被他舞得像飘飞的丝带,两骖齐头奔跑像舞蹈般整齐。他驱马来到野草茂密之处,那儿是野兽躲藏的好地方。大叔经验丰富,待四周隐藏的士兵点燃手中的火把,他便冲入草丛与那只被困的猛虎赤身搏斗,他徒手将猛虎打死,扛起献给公侯。这英勇的一幕在围观的士兵看来惊险刺激,但对深爱猎人的人来说却让人担忧,"将叔无狃,戒其伤女",女子在心底呼唤,大叔呀,千万小心,不要让猛虎伤着你了。第二章进一步描写大叔打猎的情景,突出表现其射御的本领。第三章写打猎完毕的后续工作,突出大叔从容不迫、闲适自在的气度。本诗手法夸张,层层铺垫,生动描写了大叔骑马射箭、空手打虎的情景,使人身临其境,同时塑造了一个年轻有为、本领高超的贵族猎人形象,令人印象深刻。

[原诗]

叔于田,乘乘马[1]。
执辔如组[2],两骖如舞[3]。
叔在薮[4],火烈具举[5]。

[译诗]

大叔打猎启程早,驾着四马向前跑。
手持马缰如丝绦,两骖整齐像舞蹈。
深入沼泽野草茂,烈火齐点熊熊烧。

禩褐暴虎⁶,献于公所。　赤膊斗虎英勇貌,猎物献给诸侯王。

将叔无狃⁷,戒其伤女⁸。　大叔以后别这样,小心猛虎把人伤。

叔于田,乘乘黄⁹。　大叔打猎驱前方,四马前行毛色黄。

两服上襄¹⁰,两骖雁行。　两匹服马头高昂,两匹骖马如雁翔。

叔在薮,火烈具扬。　大叔来到沼泽旁,熊熊烈火齐高扬。

叔善射忌¹¹,又良御忌¹²。　大叔射艺这样好,驾车技术也高超。

抑磬控忌¹³,抑纵送忌¹⁴。　时而勒马止前跑,时而纵马任翱翔。

叔于田,乘乘鸨¹⁵。　大叔打猎真雄壮,四马色杂驱前方。

两服齐首¹⁶,两骖如手¹⁷。　服马齐头向前跑,骖马如手在两旁。

叔在薮,火烈具阜¹⁸。　大叔冲往沼泽地,烈火高举火苗旺。

叔马慢忌,叔发罕忌¹⁹。　胯下马儿缓缓跑,大叔射艺世无双。

抑释掤忌²⁰,抑鬯弓忌²¹。　打开盖筒箭放好,收弓入袋整行装。

[注释] **1** 叔:即大叔。此泛指贵族青年猎手。乘乘(chéngshèng)马:驾着四匹马拉的车。乘(shèng),四马一车叫作乘。 **2** 组:丝带。 **3** 两骖:四马拉车,两侧的马匹叫两骖。 **4** 薮(sǒu):多草的湖泽。 **5** 火烈:打猎时放火烧草以断绝野兽的逃路。举:起。 **6** 禩褐(tǎnxī):赤膊。暴虎:空手和老虎搏斗。 **7** 将(qiāng):请,愿。狃(niǔ):重复。 **8** 戒:警惕。女:通"汝",指大叔。 **9** 黄:黄马。 **10** 两服:一车四马中的中间两匹。襄:高昂,仰起。 **11** 忌:语气助词。 **12** 御:驾车。 **13** 抑:句首语气助词。磬控:骋马曰磬,止马曰控。泛指驭马时操纵自如。 **14** 纵送:纵马奔驰。 **15** 鸨(bǎo):杂色的马。 **16** 齐首:齐头并进。 **17** 两骖如手:意思是两匹骖马像双手一样自由奔腾。 **18** 阜(fù):旺盛。 **19** 发:发箭。罕:少。 **20** 释:打开。掤(bīng):箭筒盖子。 **21** 鬯(chàng):弓箭袋子。这里用作动词。

清人

导读 这首诗是以含蓄的手法讽刺驻扎在郑国边境的清邑军队及其统率高克。据《左传·闵公二年》记载:"郑人恶高克,使帅师次于河上,久而弗召,师溃而归,高克奔陈。郑人为之赋《清人》。"意思是郑文公讨厌高克,为防止狄人入侵郑国,就派他率兵驻扎在黄河边上,久而不召,致使军队松散,无所事事,最后惨败而归,统帅高克也逃往了陈国。本诗写清邑军队驻扎在彭地、消地、轴地,战马强壮,兵器齐备,却整日闲逛逍遥,无所事事,他们的主帅武姿英豪却也只是以练武为消遣。本诗旨在讽刺清邑士兵无所事事、军纪败坏,主将虚张声势、毫无作为,语言含蓄,寓意深刻。

原诗	**译诗**
清人在彭¹,驷介旁旁²。	清邑军队守彭防,披甲驷马真强壮。
二矛重英³,河上乎翱翔。	缨饰长矛插两旁,黄河边上任翱翔。
清人在消,驷介麃麃⁴。	清邑军队守消防,披甲驷马真勇壮。
二矛重乔⁵,河上乎逍遥。	羽饰长矛插两旁,黄河边上任逍遥。
清人在轴,驷介陶陶⁶。	清邑军队守轴防,披甲驷马乐陶陶。
左旋右抽⁷,中军作好⁸。	身姿左转右抽刀,主帅武姿真真好。

注释 1 清人:清邑的人,这里指高克及其所率领的士兵。清,郑国邑名。"彭"与下文的"消""轴"皆为郑国地名,都在黄河边上。 2 驷介:四匹披甲的马。旁旁:强壮的样子。 3 二矛:插在战车两边的矛。重英:二矛上面的缨饰。 4 麃麃(biāo):勇武的样子。 5 乔:雉羽。 6 陶陶:

和乐的样子。 **7** 旋:转。抽:拔刀。 **8** 中军:古代行军作战分上、中、下三军,由主帅所居中军发号施令。作好:容好,指武姿好。

羔裘

[导读] 这是一首赞扬郑国贤臣的诗。诗人以"羔裘"起兴,由官员身上所穿的羊羔皮袄的色泽、纹饰联想到官员的品性、才能,由物及人,衔接自然。诗的第一章写官员正直挺拔,突出其坚贞。诗的第二章写官员威武有力,突出其英勇。第三章写官员衣着光鲜,仪表堂堂,突出其贤能。末章用三个"兮"将官员从容的气度、雍容的体态彰显无遗,流露出深深的赞美之情。

[原诗]

羔裘如濡¹,洵直且侯²。
彼其之子,舍命不渝³。

羔裘豹饰,孔武有力。
彼其之子,邦之司直⁴。

羔裘晏兮⁵,三英粲兮⁶。
彼其之子,邦之彦兮⁷!

[译诗]

羊羔皮袄闪润光,为人正直又美好。
这个人哪真贤良,至死也不变节操。

羊羔皮袄饰豹皮,为人勇武又有力。
这个人哪有豪气,主管监察弘正义。

羊羔皮袄色鲜亮,衣上饰物真漂亮。
这个人哪真贤良,国家才俊好榜样!

[注释] **1** 羔裘:羊羔皮袄。濡:润泽。 **2** 洵:确实。侯:美。 **3** 渝:改变。 **4** 司直:官名,掌管劝谏君主过失。 **5** 晏:鲜艳的样子。 **6** 三英:皮衣上的饰物。粲:鲜明的样子。 **7** 彦:有才学德行的人。

遵大路

导读 这是一首弃妇诗。本诗写的是被抛弃的女子哀求男子回心转意，关于事件的叙述虽不完整，但诗人选取了一个最有表现力的画面：大路上，女子拼命拉住男子的衣服恳求他不要将自己抛弃，男子不顾女子的苦苦哀求，头也不回地往前走，女子紧紧抓住男子的手，声泪俱下，希望男子念在往日的情分上不要和她分手。本诗篇幅短小但构思精巧，大量留白让人更能深入体会弃妇心底的悲哀。

原诗

遵大路兮，掺执子之袪兮 [1]。
无我恶兮 [2]，不寁故也 [3]。

遵大路兮，掺执子之手兮。
无我魗兮 [4]，不寁好也 [5]。

译诗

沿着大路往前走，拼命拉着你衣袖。
请你不要讨厌我，莫忘旧情轻分手。

沿着大路往前走，拼命拉着你的手。
请你不要嫌我丑，莫忘旧情把我丢。

注释 1 掺(shǎn)：持，拉。袪(qū)：袖口。 2 恶：厌恶。 3 寁(zǎn)：速绝，速去。 4 魗(chǒu)：通"丑"，丑恶，丑陋。 5 好：相好。

女曰鸡鸣

导读 这首诗展示了一对年轻夫妇情意相投、生活和美。诗的第一章描写了一对夫妻天亮起床的一段对话，亲切自然，很有生活气息。黎明鸡晓,女子提醒男子说:"鸡叫了,该起床了。"男子说:"天还没亮,不到起床时间。"女子接着说:"不信你看看窗外,启明星璀璨闪亮。"男子终于被女子劝服,说:"装好弓箭我出门晃,野鸭大雁逃不掉。"第二章是女子想象的情景。她想着丈夫射到了大雁,自己就将其做成下酒佳肴,二人琴瑟和鸣,那是何等幸福!第三章写男子赠玉表情。他深知妻子的情意,知道妻子是深爱自己的,为了回报妻子的体贴与真情,男子将玉佩赠与妻子以表心意。全诗皆为对话体,让人颇有身临其境之感,极富生活情趣,表现了夫妻二人之间平淡而浓烈的感情,赞美了琴瑟和鸣、美好和睦的夫妻生活。

[原诗]

女曰鸡鸣,士曰昧旦¹。
子兴视夜²,明星有烂³。
将翱将翔⁴,弋凫与雁⁵。

弋言加之⁶,与子宜之⁷。
宜言饮酒,与子偕老。
琴瑟在御⁸,莫不静好⁹。

知子之来之¹⁰,杂佩以赠之¹¹。
知子之顺之¹²,杂佩以问之¹³。
知子之好之¹⁴,杂佩以报之。

[译诗]

女说公鸡已鸣叫,男说天色还未亮。
你起床来把夜空望,启明星灿烂闪亮光。
装好弓箭我出门晃,野鸭大雁无处藏。

野鸭大雁射中了,我会为你烹饪好。
佳肴下酒饮欢畅,与你一起同到老。
琴瑟相和共鸣唱,生活和谐又美好。

知道你是体贴我,我以杂佩来相赠。
知道你是恋着我,我以杂佩表慰问。
知道你是深爱我,我以杂佩表心诚。

[注释] 1 昧旦:天还没有亮。 2 兴:起。视夜:观察夜色。 3 明星:即启明星。有烂:灿烂,明亮。 4 将翱将翔:本意是指天亮之后,宿鸟开始飞翔。这里指男子出去游猎。 5 弋(yì):用带绳子的箭射鸟。凫:野鸭。 6 言:语气助词。加:射中。 7 宜:烹煮菜肴。 8 御:用,奏。

9 静好:美好。　10 来:殷勤。　11 杂佩:总称连缀在一起的各种佩玉。
12 顺:柔顺。　13 问:赠送。　14 好:爱。

有女同车

[导读]　这是一首青年男女同车出游的情诗。"颜如舜华""颜如舜英",女子青春靓丽,娇艳欲滴,这如花般的美貌令男子倾倒,女子身上的环佩光泽鲜亮,更加衬托其美丽的容颜,男子沉醉于叮当作响的环佩声中,久久不能回神,嘴里痴痴地念着"彼美孟姜,洵美且都"。然而,更使男子难忘的是女子美好的品德,"彼美孟姜,德音不忘",女子美好的声誉让男子铭记于心。女子的美貌和品德得到了男子热情的赞美,言语间尽是柔情美意。

[原诗]

有女同车,颜如舜华[1]。
将翱将翔,佩玉琼琚[2]。
彼美孟姜[3],洵美且都[4]。

有女同行,颜如舜英。
将翱将翔,佩玉将将[5]。
彼美孟姜,德音不忘[6]。

[译诗]

和她同坐马车上,容颜好像木槿花。
马车飞奔似翱翔,身上佩玉闪亮光。
她是孟家大姑娘,娴静美丽真漂亮。

和她同坐马车上,容颜木槿花一样。
马车飞奔似翱翔,身上佩玉叮当响。
她是孟家大姑娘,声名美好永不忘。

[注释]　1 舜:木槿。华:同"花"。　2 琼琚:精美的玉佩。　3 孟姜:姜姓长女。后世亦用作美女的通称。　4 都:娴静美好。　5 将将:同"锵锵",玉石撞击所发出的声音。　6 德音:美好的声誉。

山有扶苏

导读　这是一首男女幽会时的戏谑之诗。《诗经》常以花象征女性,以树象征男性;以草象征女性,以木象征男性。山上有扶苏,水里有荷花;山上有青松,池里有水红,诗人以此起兴,暗指男女之事。诗中女子与情郎幽会,她打趣情郎说:"美男子没看到,到是碰见了你这个大傻瓜。"诗歌将男女之间的打情骂俏描写得生动传神,凸显了恋爱中女子的活泼狡黠。

原诗

山有扶苏[1],隰有荷华[2]。
不见子都[3],乃见狂且[4]。
山有乔松[5],隰有游龙[6]。
不见子充[7],乃见狡童。

译诗

山上扶苏枝叶茂,池里荷花开正好。
不见子都心怅惘,遇见你这大傻帽。
山有高大郁郁松,池有水红丛丛生。
美男子充没见到,遇见你这小狡童。

注释　1 扶苏:树名。　2 隰(xí):低湿的地方。华:同"花"。　3 子都:古代美男子,后成为美男子的通称。　4 狂且(jū):行动轻狂的人。　5 乔:高大。　6 游龙:水生植物,一年生草本,全株有毛,叶子阔卵形,花红色或白色,又叫水红。　7 子充:人名,指美好的人。

萚兮

[导读] 这是一首男女欢歌乐舞的民间歌谣。树叶枯黄,纷纷落地,秋风乍起,黄蝶蹁跹,在这个落叶飘飞的日子里,男男女女齐聚一堂,你唱歌我跳舞,你奏乐我来和,场面热闹非凡,其乐融融,尽显民歌本色。

[原诗]

萚兮萚兮[1],风其吹女[2]。
叔兮伯兮,倡予和女[3]。

萚兮萚兮,风其漂女[4]。
叔兮伯兮,倡予要女[5]。

[译诗]

树叶枯黄落满地,风儿吹动飘荡起。
各位兄弟来这里,你歌唱来我和起。

树叶纷纷转枯黄,风儿吹动空中飘。
各位兄弟快到场,你唱歌来我收腔。

[注释] 1 萚(tuò):草木脱落的皮或叶。 2 女:通"汝"。 3 倡:唱。 4 漂:通"飘"。 5 要:成,乐曲的收腔。

狡童

[导读] 这是一首情侣间闹别扭的诗。本诗描写女子因男子不和她说话、不和她共餐,故而寝食难安,内心苦闷。然而,细细体会,这场小小的感情风波处处体现着女子对男子深深的爱意,"彼狡童兮",似娇还嗔,斥责中流露真情。热恋中的男女通常十分敏感,高兴生气往往只在一瞬之间,

诗中的女子正是如此,她对男子又爱又怨,生动诠释了热恋中人的微妙情感,尽显小女儿情态。本诗质朴清新,传达了最平常也最真挚的男女之情。

【原诗】

彼狡童兮[1],不与我言兮。
维子之故[2],使我不能餐兮。

彼狡童兮,不与我食兮。
维子之故,使我不能息兮[3]。

【译诗】

你这小子太狡猾,为何不与我说话。
因为你这小花招,害我饭都吃不好。

你这小子心太坏,为何不与我共餐。
因为你这小花招,害我难以安息好。

【注释】 1 狡童:狡猾的小子。 2 维:因为。 3 息:安息。

褰裳

【导读】 这是一首女子责备情人的诗。诗中女子心有所属,但深爱的男子却长时间不来见她,女子因爱生怨。在女子看来,如果男子爱她思念她,就一定会前来相见,这不过是渡过一条河的事,女子越想越不对劲儿,她猜疑男子可能变心了所以才会对她不闻不问,女子越想越觉得是这么回事,于是在心里大声宣示:你这个疯癫狂妄的大傻帽,别以为你不喜欢我就没人喜欢我了。爱之深,责之切,女子越是怒骂男子越是表明她情根深种。

[原诗]

子惠思我¹,褰裳涉溱²。

子不我思,岂无他人?

狂童之狂也且³!

子惠思我,褰裳涉洧⁴。

子不我思,岂无他士。

狂童之狂也且!

[译诗]

你若爱我思念我,提起下衣渡溱河。

你若心下不念我,岂无他人情意合?

你这疯癫大傻帽!

你若爱我思念我,提起下衣渡洧河。

你若心下不念我,何愁无人情意合?

你这疯癫大傻帽!

[注释] 1 惠:爱。 2 褰(qiān):提起。裳:下衣。溱(zhēn):郑国水名,在今河南省境内。 3 狂童之狂:犹言男子的疯癫痴傻。也且(jū):语气助词。 4 洧(wěi):郑国水名,在今河南省境内。

丰

[导读] 这是一首女子后悔当初未能与心上人成婚的诗。诗开篇便是女子内心的悔恨独白:想想,你的面容是那么丰润,身体是那么强壮,迎亲时在巷口痴痴张望,见我迟迟未来便在堂内久久等待,我真后悔啊,当初怎么就没有接受你的迎亲,和你结为夫妻呢?女子拒绝了男子的婚事后,陷入了深深的懊恼,她一遍遍回想起男子英俊的外形,想起男子迎亲时的真诚。女子拒绝男子的原因不得而知,但女子内心的悔恨却如此强烈,她知道她和男子再也不可能了,是自己亲手将他推开,如今她只得在脑海里幻想自己穿上美丽的嫁衣,坐上男子迎亲的马车,一起飞奔回家。

女子先前的拒绝和事后的幻想形成鲜明的对比,人生如戏,婚姻爱情更是如此,这真是惹人心生无限感叹。

原诗	译诗
子之丰兮[1],俟我乎巷兮。	想你容颜多丰润,巷口等我去成婚。
悔予不送兮[2]!	后悔当时没跟从!
子之昌兮[3],俟我乎堂兮。	想你身体多强壮,等我成婚在堂上。
悔予不将兮!	后悔没有结永好!
衣锦褧衣[4],裳锦褧裳。	锦衣华服身上穿,外披轻薄白罩衫。
叔兮伯兮[5],驾予与行。	叔啊伯啊快快来,与你同车把路赶!
裳锦褧裳,衣锦褧衣。	外披轻薄白罩衫,锦衣华服身上穿。
叔兮伯兮,驾予与归。	叔啊伯啊快快来,与你同车把家还!

注释 1 丰:指容颜丰满。 2 送:与下文的"将",都是跟从的意思。 3 昌:身体健壮。 4 衣:穿。锦:有彩色花纹的丝制衣裳,女子出嫁时所穿。褧(jiǒng):用细麻布做成的罩衫。 5 叔、伯:古代女子对心爱男子的称呼。

东门之埠

导读 这是一首男女对唱的民间情歌。本诗两章,从每章前两句的描述来看,男子家就住在东门附近,东门的近郊有宽敞的广场,广场旁边的山坡上长满了茜草;离东门不远的野外有成排的板栗树,板栗树旁边的房屋陈列整齐。在这里诗人不仅是描写男子家周围的环境,同时以东门旁边有广场,东门附近有板栗树,暗示男子家和自家也相隔不远。然而,"其室则迩,其人甚远",这就是所谓人在眼前,心在天边,这才是最遥远的距离,女子思念男子,而男子却不和她亲近,也就是说男子无意于她。爱情的单相思让女子陷入无尽的痛苦,她唯有在脑海里一遍遍想着男子家旁的一草一木,一房一瓦,方能稍感宽慰。

[原诗]

东门之墠[1],茹藘在阪[2]。
其室则迩[3],其人甚远。

东门之栗,有践家室[4]。
岂不尔思[5]? 子不我即[6]。

[译诗]

东门附近有广场,山坡上面长茜草。
你家就在我近旁,人却远像天一方。

东门附近有板栗,房屋成排多整齐。
岂是我不思念你? 是你不和我亲近。

[注释] 1 墠(shàn):平坦的场地。 2 茹藘(rúlǘ):茜草,别名活血草,有凉血止血,行血活络,祛痰止咳的功效。阪(bǎn):山坡。 3 迩:近。 4 践:陈列整齐。 5 尔:你。 6 即:接近。

风雨

[导读] 这是一首夫妻久别重逢的诗。黎明前夕,疾风骤雨,天气阴暗,公鸡鸣声不断,叫得人心慌意乱,在这种恶劣的环境下,家中妻子意外迎来了离家已久的丈夫。"既见君子,云胡不夷?"见到丈夫平安归来,女

子不安的心渐渐平静下来;"既见君子,云胡不瘳?"往日里没有止境的牵挂与思念让女子平添恼人心病,而今终于盼到了日思夜想的人儿,心病也一下子全好了。"既见君子,云胡不喜?"久别重逢,夫妻团聚,女子喜不自胜。诗人独具匠心,将夫妻二人的团聚置于阴冷凄凉、让人心生绝望的环境中,由此突出女子情感的强烈,凸显二人重逢的喜悦。然而,本诗虽写重逢之喜,但在寒风凄雨所营造的阴暗气氛里,我们能依稀感受到社会动荡所造成的离别之苦以及抒情女主人公往日思念丈夫之痛。

【原诗】

风雨凄凄,鸡鸣喈喈[1]。
既见君子,云胡不夷[2]?

风雨潇潇,鸡鸣胶胶[3]。
既见君子,云胡不瘳[4]?

风雨如晦[5],鸡鸣不已。
既见君子,云胡不喜?

【译诗】

风雨凄凄天气凉,公鸡喔鸣把歌唱。
君子归还自远方,叫我怎能不安康?

风雨潇潇天阴凉,公鸡声声鸣欢唱。
君子归还自远方,心病怎会不全好?

天色昏暗风雨飘,公鸡鸣声耳边绕。
君子归还自远方,叫我怎不开怀笑?

【注释】 1 喈喈(jiē):鸡叫声。 2 云:句首语气助词。夷:平,指心里平静。 3 胶胶:鸡鸣声。 4 瘳(chōu):病愈。 5 晦:阴暗。

子衿

【导读】 这是一首抒发女子相思之情的诗。"青青子衿,悠悠我心""青青子佩,悠悠我思",男子青色的衣领和青色的佩带不停地在女子脑海里面回旋,念其衣就是想其人,女子对这位男子刻骨铭心,她天天盼望着能够和他再次见面,但日子一天天过去了,还是不见男子身影。"纵我不往,子宁不嗣音?"纵然我没有来见你,你就这样了无音信吗?"纵我不往,子宁不来?"就算我没来见你,你就不来见我吗?女子因爱生怨。表面上女子是在责怪男子不联系她,不来见她,实质上她心里更大的担忧是怕男子对自己爱得不深所以才会如此不主动。女子因思念而苦闷不堪,因猜测而焦虑难安,不得已之下她登上了高高的城楼,张望男子来见自己所必经之路,苦苦守候,望眼欲穿,可依然不见那人的身影,女子在城楼上独自徘徊,自言自语:"一日不见,如三月兮。"本诗言辞朴素轻盈,情意婉转绵长,余音袅袅,意味无穷,尤其是那句"青青子衿,悠悠我心",对后世影响深远。

[原诗]

青青子衿[1],悠悠我心。
纵我不往,子宁不嗣音[2]?

青青子佩[3],悠悠我思。
纵我不往,子宁不来?

挑兮达兮[4],在城阙兮[5]。
一日不见,如三月兮。

[译诗]

你的衣领青青色,我的心儿记挂着。
纵然没来见你人,你就没个音信么?

你的佩带青青色,我的心儿思念着。
纵然没来见你人,你就不来会我么?

来回走动勤张望,独自等候城楼上。
一天没有见你面,如隔三月那么长。

[注释] 1 衿:衣领。 2 嗣音:传寄音信。 3 佩:系佩玉的带子。 4 挑、达:来回走动的样子。 5 城阙:城门两旁的观楼。

扬之水

[导读] 这是女子劝说丈夫不要轻信流言的诗。"扬之水，不流束楚"，诗人以激扬的流水冲不走成捆的薪柴起兴，象征夫妻之间相依相守不会被轻易离间。抒情女主人公的丈夫应该是听到了一些有关妻子的流言蜚语故而心有不快，于是妻子便劝丈夫说："我娘家的兄弟本来就少，如今嫁给你了，我们夫妻二人就相依为命，外面的闲话你不要理睬，那都是无聊之人在挑拨离间，实在不能相信啊。"女子真情表白，耐心劝说，体现了她对丈夫的重视，对二人夫妻情感的维护。本诗语言浅易，风格通俗，如话家常，有独特的民歌风韵。

[原诗]

扬之水¹，不流束楚²。
终鲜兄弟³，维予与女。
无信人之言，人实迂女⁴。

扬之水，不流束薪。
终鲜兄弟，维予二人。
无信人之言，人实不信⁵。

[译诗]

河水激扬向前方，难漂成捆木荆条。
家里兄弟本就少，只有你我相依傍。
他人闲话不可靠，勿受欺骗心思量。

河水激扬向前方，难漂成捆干柴草。
家里兄弟本就少，你我二人相依傍。
他人闲话不可靠，切勿理睬中花招。

[注释] 1 扬：激扬。 2 楚：荆条。 3 终：既。鲜：少。 4 迂：通"诳"，欺骗。 5 信：可靠。

出其东门

[导读] 这首诗抒发了男子对意中人忠贞不渝的感情。男子走出东城门，外面美女如云，多如茅花，然而，面对众多美女男子仍然一心想着心中的爱人，她素衣彩巾，令自己难以忘怀。男子以夸张的手法极言美女之多，一方面表明自己忠贞不渝的爱情，另一方面也以众女子如花般的美貌来突出爱人的超凡脱俗。本诗色彩鲜明，情感浓烈，令人耳目一新。

[原诗]	**[译诗]**
出其东门，有女如云。	出那东城门，美女多如云。
虽则如云，匪我思存¹。	虽然多如云，非我心上人。
缟衣綦巾²，聊乐我员³。	白衣绿头巾，让我乐在心。
出其闉阇⁴，有女如荼⁵。	出了城门外，美女多如花。
虽则如荼，匪我思且⁶。	虽然多如花，非我心所怀。
缟衣茹藘⁷，聊可与娱⁸。	白衣红佩巾，快乐心相爱。

[注释] 1 匪：非。思存：思念之所在。 2 缟衣：白衣。綦(qí)巾：绿头巾。 3 聊：姑且。员：同"云"，语气助词。 4 闉阇(yīndū)：城外瓮城的重门，这里指城门。 5 荼(tú)：茅草的白花。 6 且(jū)：语气助词。 7 茹藘(rúlú)：茜草，其根可做绛红色染料。这里指绛红色的佩巾。 8 娱：娱乐。

野有蔓草

[导读] 这首诗写的是野外邂逅的青年男女互生情愫、暗自结好。郊外的原野青草绵延,草叶上的露珠晶莹透亮,在如此美妙的时刻,青年男女在此偶然相遇,女子身姿婉转,美目多情,男子一见倾心。陌生男女不期而遇,互生情愫,自由结合,浓情蜜意,唯美展现了先民婚恋的自由与美好。本诗环境如画,情意如歌,给人以美的享受,尤其是"有美一人,清扬婉兮",形象迷离而神情毕现,给人无限遐想,故而千古传诵,魅力无穷。

[原诗]

野有蔓草[1],零露漙兮[2]。
有美一人,清扬婉兮[3]。
邂逅相遇[4],适我愿兮[5]。

野有蔓草,零露瀼瀼[6]。
有美一人,婉如清扬[7]。
邂逅相遇,与子偕臧[8]。

[译诗]

郊外野草蔓延长,缀满露珠晶莹亮。
有位美丽好姑娘,眉清目秀真漂亮。
今日相遇是碰巧,恰合我意心爱上。

郊外野草蔓延长,露水浓多晶莹亮。
有位美丽好姑娘,眉目清秀容颜靓。
今日相遇是碰巧,与你携手结永好。

[注释] 1 蔓:蔓延。 2 零:降落。漙(tuán):露多。 3 清扬:眉目清秀。婉:美好。 4 邂逅:不期而遇。 5 适:适合。 6 瀼瀼(ráng):露水盛多。7 如:而。 8 臧:善,好。

溱洧

[导读]　这是一首描写郑国三月三上巳节青年男女手拿香草在水边游玩并互表心意的诗。上巳节,指农历三月的第一个巳日,俗称三月三,也是祓禊的日子。祓禊是指在水边河边沐浴,用兰草洗涤身上污垢,以求祛病消灾,即春浴日。先秦时代,通过沐浴洗涤以求消灾去病的风俗就已相当盛行,在周朝,"祓除衅浴"已成为一种国家规定的礼仪制度。除了祓除衅浴、水边祭祀等活动之外,郊外春游、互赠香草也是上巳节的重要环节之一。是日,青年男女们都会手握兰草去野外踏青,他们在水边嬉戏,自由择偶,并以芍药定情,《溱洧》正是反映了上巳节青年男女们结伴游玩,相互戏谑,互结情好之事。本诗描写了节日当天,春意盎然,溱洧河畔游人众多,少男少女相互谈笑的欢乐场景。诗人将镜头对准了一对互生情愫的青年男女,他们时而呢喃浅笑,时而你追我赶,最后互赠芍药,以结相好。本诗风格舒朗明快,语言清新灵动,展示了青年男女之间纯洁而动人的爱情。

[原诗]

溱与洧¹,方涣涣兮²。
士与女,方秉蕳兮³。
女曰观乎? 士曰既且⁴。
且往观乎⁵! 洧之外,
洵訏且乐⁶。维士与女,
伊其相谑⁷,赠之以勺药⁸。

溱与洧,浏其清矣⁹。

[译诗]

溱河洧河水流淌,春来河面碧波荡。
姑娘小伙聚此方,手拿兰草心欢畅。
姑娘轻问去看看? 小伙说已去一趟。
陪我再去玩一趟! 洧河之侧另一旁,
确实热闹又宽敞。姑娘小伙同玩赏,
行路缓缓互调笑,赠以芍药定情长。

溱河洧河水流淌,河水清澈碧波漾。

士与女,殷其盈矣¹⁰。　　　姑娘小伙聚此方,游人众多声喧嚷。
女曰观乎? 士曰既且。　　　姑娘轻问去看看? 小伙说已去一趟。
且往观乎! 洧之外,　　　陪我再去玩一趟! 洧河之侧另一旁,
洧讦且乐。维士与女,　　　确实热闹又宽敞。姑娘小伙同玩赏,
伊其将谑¹¹,赠之以勺药。　　　行路缓缓互调笑,赠以芍药定情长。

[注释]　**1** 溱(zhēn)、洧(wěi):郑国水名,皆在今河南省境内。　**2** 方:正。涣涣:水流盛大的样子。　**3** 蕑(jiān):兰草。　**4** 既:已经。且:同"徂",往。　**5** 且:再。　**6** 洵:确实。讦(xū):大。　**7** 伊:句首语气助词。相谑:相互调笑。　**8** 勺药:即芍药。　**9** 浏:水清澈的样子。　**10** 殷:多。盈:满。　**11** 将谑:相谑。

齐风

鸡鸣

[导读] 这是一首妻子催丈夫早起上朝的诗。黎明时,妻子听到窗外的鸡鸣声催促丈夫早起去上早朝,而丈夫则各种推脱,不愿起床。妻子晓之以情、动之以理,劝丈夫不要因为贪恋床笫而惹众人非议。本诗虽通篇采用对话体的形式,展现一对夫妻生活的小片段,但构思精巧,语言亲切,人物形象鲜明,贤惠的妻子和慵懒的丈夫深入人心,很有生活气息。

[原诗]	[译诗]
鸡既鸣矣,朝既盈矣[1]。	窗外公鸡喔喔鸣,大臣都已去朝廷。
匪鸡则鸣[2],苍蝇之声。	不是公鸡在啼鸣,那是苍蝇嗡嗡声。
东方明矣,朝既昌矣[3]。	东方已经蒙蒙亮,上朝大臣聚满堂。
匪东方则明,月出之光。	不是东方天色亮,那是天边明月光。
虫飞薨薨[4],甘与子同梦[5]。	蚊虫齐飞嗡嗡响,乐意与你同入梦。
会且归矣[6],无庶予子憎[7]!	朝会大臣将散场,愿你不要遭人憎!

[注释] 1 朝:朝廷。盈:满,指上朝的大臣都到了。 2 则:之,的。 3 昌:盛多。 4 薨薨(hōng):蚊虫群飞的声音。 5 甘:乐意。 6 会:朝会。且:将要。 7 无庶:即"庶无",希望不。庶,希望。予:给。子:你。憎:憎恶。

还

导读 这是一首猎人相遇互赞猎技的诗。这首诗描写了两名在猺山打猎的猎人偶然相遇,他们见对方追赶野兽动作娴熟、身手敏捷,彼此心生佩服之情,于是二人并驾齐驱,一同逐猎。诗中偶遇的猎人虽英勇威武,刚强豪迈,但他们相互作揖,互赞猎技,表现得有礼有节,尽显其胸怀之宽广,二人彼此欣赏,由衷赞美,大有英雄惺惺相惜之意。

全诗三章,句句以"兮"字收尾,音节舒缓,节奏起伏,读来韵味无穷。

原诗

子之还兮[1],遭我乎猺之间兮[2]。
并驱从两肩兮[3],揖我谓我儇兮[4]。

子之茂兮[5],遭我乎猺之道兮。
并驱从两牡兮[6],揖我谓我好兮。

子之昌兮[7],遭我乎猺之阳兮。
并驱从两狼兮,揖我谓我臧兮[8]。

译诗

瞧你身姿多矫健,你我相遇猺山间。
并马同把大兽赶,作揖夸我身手便。

瞧你射技多高超,你我相遇猺山道。
同追雄兽满山跑,作揖夸我身手好。

瞧你身姿多强壮,你我相遇猺山阳。
同追两头大野狼,作揖夸我身手妙。

注释 1 还:通"旋",敏捷。 2 遭:遇。猺(náo):齐国山名,在今山东省淄博市东。 3 从:追逐。肩:通"豜(jiān)",古代指三岁的猪,亦泛指大猪、大兽。 4 儇(xuān):机敏矫捷。 5 茂:这里指射技出众。 6 牡:雄兽。 7 昌:强壮有力。 8 臧:善,好。

著

[导读] 这是一首新郎来新娘家迎亲的诗。本诗是以新娘的视角展开描写的,迎亲这天她欣喜而紧张,在熙熙攘攘的人群中她只是将眼神锁定在即将和她共同生活的夫君身上,细细观察着他的一言一行,一举一动。随着迎亲队伍将她抬进夫家大门,她看到男子正在门屏间等待张望,女子娇羞万分,但故作镇定。绕过屏风来到庭院中央,她看到男子在院中迎面而立,耳旁的玉瑱随着他身体的细微动作而轻轻摇晃,闪着晶亮的光芒,女子连忙低头,心中波澜起伏。新娘在众人的搀扶下走向前堂,此时男子正在那里等着她,女子此时又是紧张又是兴奋,她很想看看即将和她拜堂的丈夫但又不敢抬头,她只能用眼睛的余光偷瞄,男子耳旁的玉瑱光彩夺目,映衬着他英俊的脸庞,越发显得他风度翩翩,器宇轩昂,女子脸上娇羞万分,但心里无比甜蜜。从大门到前堂,女子一路打量,眼中尽是一片娇羞柔情,体现了她对男子浓浓的爱意和对未来夫妻生活的美好期盼。

[原诗]

俟我于著乎而[1],充耳以素乎而[2],尚之以琼华乎而[3]。

俟我于庭乎而[4],充耳以青乎而,尚之以琼莹乎而。

俟我于堂乎而[5],充耳以黄乎而,尚之以琼英乎而。

[译诗]

等我在那门屏间,充耳丝线垂两边,上有美玉照人面。

等我在那庭中央,充耳青丝线两旁,上有美玉多晶亮。

等我在那前堂上,充耳黄线垂两旁,上有美玉多闪亮。

注释 1 著:通"宁",指古代贵族住宅大门和屏风之间的地方。乎而:语气助词。 2 充耳:古代挂在冠冕两旁的饰物,下垂及耳,可以塞耳避听,也叫"瑱"。素:白。这里指挂充耳的白色丝带。 3 尚:加上。琼:美玉。华:与下文的"莹""英"都是形容玉的光彩。 4 庭:庭院中央,在屏风和正房之间。 5 堂:前堂。

东方之日

导读 这首诗写的是女子进入男子室内表露爱意。根据诗意来看,本诗应为男子的自我回味。诗的第一章写男子回想美丽的姑娘在大白天主动来到自己房内向自己表白,她热情大胆,踩在男子膝盖上诉说自己的真心,男子心潮澎湃,二人嬉戏打闹,你推我,我推你,沉浸在激情与甜蜜之中。第二章写男子回忆女子有天晚上来到他的房间,踩着他的脚,自荐枕席。女子眼中一片柔情蜜意,男子为她的美丽与热情所倾倒,二人亲昵打闹。男子一边回味着和女子的亲密接触,一边喜不自胜,从他的叙述中不难看出他内心的得意之情。本诗向我们展示了一位俏皮而不轻佻,在爱情方面热情大胆、主动出击的女子,彰显了如火的青春。

原诗

东方之日兮,彼姝者子[1],
在我室兮。在我室兮,
履我即兮[2]。

东方之月兮,彼姝者子,

译诗

太阳初升自东方,有位姑娘真漂亮,
悄悄来到我内房。悄悄来到我内房,
靠近我来诉衷肠。

月亮高挂在东方,有位姑娘真漂亮,

在我闼兮³。在我闼兮，   悄悄来到内门旁。悄悄来到内门旁，
履我发兮⁴。   跟上我来表衷肠。

[注释]　1 姝:美丽。　2 履:踩。即:就,靠近。　3 闼(tà):门内。　4 发:即足。

东方未明

[导读]　这是一首小官吏埋怨整日忙于公家之事、早晚都不能好好休息的诗。诗的第一章写小官吏听到公家的召唤赶忙起床。这时候,天还未亮,但小官吏丝毫不敢拖延,他手忙脚乱地将衣服往身上穿,情急之下竟将上衣和裤子穿倒了。第二章叠唱,进一步凸显小官吏的慌忙与狼狈。诗的第三章写劳动者们在监工的怒视下埋头苦干,不敢有任何怠慢。本诗反映了劳动者们为公家服役时的紧急与繁忙,诗人截取慌乱地在黑暗中穿错衣服这个细节,将官家催促之急与小官吏心中之紧张表现得淋漓尽致,真是技法高超,令人叹服。

[原诗]　　　　　　　　　　[译诗]

东方未明,颠倒衣裳¹。　　东边天色还未亮,错穿裤子和衣裳。
颠之倒之²,自公召之³。　颠来倒去手脚忙,公家召唤怎不慌。

东方未晞⁴,颠倒裳衣。　　东边还未露曙光,错穿裤子和衣裳。
倒之颠之,自公令之。　　　颠来倒去手脚忙,公家号令怎不慌。

折柳樊圃⁵,狂夫瞿瞿⁶。 ‖ 折柳编篱围菜园,监工强悍瞪双眼。
不能辰夜⁷,不夙则莫⁸。 ‖ 不分白昼和黑夜,不是太早就太晚。

[注释] 1 颠倒衣裳:意思是在黑暗中手忙脚乱将衣服和裤子穿倒了。衣裳,古时衣指上衣,裳指下裙。 2 之:指衣裳。 3 自:从。 4 晞:破晓。 5 樊:篱笆。圃:菜园。 6 狂夫:指监工,"狂"凸显其凶狠。瞿瞿:瞪眼的样子。 7 辰:通"晨",在这里指白天。 8 夙:早。莫:"暮"的古字,晚。

南山

[导读] 这是一首讽刺齐襄公与鲁桓公的诗。本诗主旨明晰,《毛诗序》曰:"《南山》,刺襄公也。鸟兽之行,淫乎其妹,大夫(齐国大夫)遇是恶,作诗而去之。"据《左传·桓公十八年》记载,鲁桓公与夫人文姜(齐襄公同父异母的妹妹)同去齐国,本就与文姜有染的齐襄公又趁机与之私通。鲁桓公知道后斥责了文姜,文姜将此告之齐襄公,后来齐襄公宴请鲁桓公,将其灌醉后,派人驾车送他回国,在车上把鲁桓公杀死。正如《毛诗序》所说,齐襄公染指妹妹乃鸟兽之行,诗开头将淫邪的雄狐比喻齐襄公,以狐狸逡巡求偶暗指襄公与文姜私通,从生理的角度斥责襄公,厌恶之情溢于言表。第二章诗人以鞋子成双、帽带相配乃天经地义比喻男女的结合须履行一定的规范,从社会伦常方面讽刺襄公不顾廉耻觊觎出嫁的妹妹。第三、四章诗人以种大麻须先耕耘田土、砍柴须先备好斧头起兴,引出娶妻嫁女乃父母之命、媒妁之言,从婚姻礼教的角度进一步讽刺齐襄公。此诗多起兴比喻,表达曲折而深意愈出,令人记忆尤深。

[原诗]

南山崔崔[1]，雄狐绥绥[2]。
鲁道有荡[3]，齐子由归[4]。
既曰归止[5]，曷又怀止？

葛屦五两[6]，冠绥双止[7]。
鲁道有荡，齐子庸止[8]。
既曰庸止，曷又从止？

蓺麻如之何[9]？衡从其亩[10]。
取妻如之何？必告父母。
既曰告止，曷又鞠止[11]？

析薪如之何[12]？匪斧不克。
取妻如之何？匪媒不得。
既曰得止，曷又极止[13]？

[译诗]

齐国南山真高大，雄狐逡巡求偶伴。
鲁国大道真平坦，文姜当年从此嫁。
既然知道她已嫁，为何还要惦念她？

葛鞋一双并排放，衣帽穗带垂两旁。
鲁国大道真宽广，文姜从此嫁他方。
既知她已嫁他方，为何与她温旧好？

想种大麻要怎样？纵横耕耘莫嫌劳。
想要娶妻应怎样？必须报告爹和娘。
既已通过爹和娘，为何纵容她胡闹？

想要砍柴应怎样？没有斧头做不到。
想要娶妻应怎样？没有媒人办不了。
既已娶得那新娘，为何容她娘家跑？

[注释] 1 南山：齐国山名，又名牛山。崔崔：山高大的样子。 2 绥绥：缓行相随的样子。 3 有荡：即荡荡，平坦的样子。 4 齐子：指文姜。由归：从这儿出嫁。 5 止：语气助词。 6 葛屦(jù)：用葛草编成的鞋。五：同“伍”，并列。 7 冠绥(ruí)：古代公侯礼帽的帽穗绥，帽带的下垂部分。 8 庸：用。 9 蓺(yì)麻：种麻。蓺，种植。 10 衡从：纵横。南北为纵，东西为横。 11 鞠：穷，极力放纵。 12 析(xī)薪：砍柴。 13 极：至，到。

甫田

导读 这首诗抒发了对久别之人的思念之情。诗开头一、二句写大田里野草丛生,丝毫不见庄稼的踪影,接下来的三、四句写思念远方的人,心中忧愁不安,由此可知抒情主人公应为留守家中的妻子,她因为思念远方的丈夫故而无心耕种。同时,"甫田"突出了农田之大,进一步表明因为丈夫的离开,她一人无法完成如此沉重的农活,故而使得田间野草茂盛。第二章表达的意思与第一章无异,只是妻子心中的思念之情更加深切了。第三章乃思妇想象丈夫归家的情景,远方归来的丈夫已经成年而冠,想想当年他出去的时候还是一位扎着辫角的少年郎呀!昔日的小子已加冕成人,这中间不知道过去了多少年,家中苦苦等候的妻子又怎能不因思念而"劳心"呢。

原诗

无田甫田[1],维莠骄骄[2]。
无思远人,劳心忉忉[3]。

无田甫田,维莠桀桀[4]。
无思远人,劳心怛怛[5]。

婉兮娈兮[6],总角丱兮[7]。
未几见兮[8],突而弁兮[9]。

译诗

大田不可耕,野草长得旺。
勿念远方人,相思断人肠。

大田不可耕,野草长得高。
勿念远方人,忧思把人伤。

孩童多俊俏,辫角往上翘。
几天不见面,忽戴成人帽。

注释 1 田:佃,耕种。甫田:大田。 2 莠(yǒu):狗尾草,泛指野草。骄骄:草盛且高。 3 劳心:忧心。忉忉(dāo):忧思的样子。 4 桀桀:高高的样子。 5 怛怛(dá):忧伤的样子。 6 婉、娈:美好。 7 总角:古时儿童束发为两结,向上分开,形状如角,故称总角。艸(guàn):角辫上翘的样子。　**8** 未几:没多久。　**9** 弁(biàn):帽子。古时男子二十而冠,表示成年。

卢令

导读　这是一首称赞青年猎人的诗。本诗乃赞美猎人之作,然而,全诗三章每章诗人都从猎犬写起,由物及人,行烘云托月之实。黑色猎犬上的铁环发出清脆而急促的碰撞声,表明它正跟在主人的后面,逐猎狂奔,诗人虽未正面写猎人狩猎的场景但从跟随他的猎犬可以看出他的英勇威武,机敏矫健。而每章后两句诗人却说猎人"美且仁""美且鬈""美且偲",表明猎人不仅英勇雄壮而且善良、俊美、有才能。诗虽短小,但技艺高超,作者以实衬虚,侧面烘托,层层渲染,手法之纯熟令人惊叹。

原诗

卢令令[1],其人美且仁。

卢重环[2],其人美且鬈[3]。

卢重鋂[4],其人美且偲[5]。

译诗

猎犬颈环响叮当,那人俊美又善良。

猎犬颈上套双环,那人俊美头发卷。

猎犬颈上挂套环,那人俊美有才干。

注释　**1** 卢:黑色猎犬。令令:猎犬脖子上套的金属环发出的声音。**2** 重环:大环套小环,又称子母环。　**3** 鬈(quán):头发卷曲。　**4** 重鋂(méi):一个大环套上两个小环。　**5** 偲(cāi):有才能。

敝笱

[导读] 这是一首讽刺文姜的诗。《毛诗序》曰:"《敝笱》,刺文姜也。齐人恶鲁桓公微弱,不能防文姜,使至淫乱,为二国患焉。"鲁桓公软弱,不能阻止夫人文姜与齐襄公私会,国人皆为不满,情感流露,形成诗歌,就是《敝笱》。诗人以破旧的鱼篓没有用处、形同虚设比喻鲁桓公软弱无能不能阻止文姜的无耻行为,放任她带领众多随从大张旗鼓地回到齐国和襄公私会。诗人以文姜随从"如云""如雨""如水"衬托她回齐阵仗之宏大,凸显其鲜廉寡耻,文姜公开败坏礼教,做出严重有违其尊贵地位之事,令两国人民深恶痛绝。作者比喻精辟,寓意深刻,将文姜的可耻行为以及鲁桓公的软弱无能揭露无遗,讽刺意味极其强烈。

[原诗]

敝笱在梁¹,其鱼鲂鳏²。
齐子归止³,其从如云。

敝笱在梁,其鱼鲂鱮⁴。
齐子归止,其从如雨。

敝笱在梁,其鱼唯唯⁵。
齐子归止,其从如水。

[译诗]

破旧鱼篓置河梁,鳊鱼鲲鱼穿梭忙。
文姜回齐声势壮,随从如云真风光。

破旧鱼篓置河梁,鳊鱼鲢鱼穿梭忙。
文姜回齐声势壮,随从如雨真风光。

破旧鱼篓置河梁,鱼群相随穿梭忙。
文姜回齐声势壮,随从如水真风光。

[注释] 1 敝:破。笱(gǒu):竹制的捕鱼器具。 2 鲂鳏(fángguān):鳊鱼和鲲鱼。 3 齐子:指文姜。归:回娘家。 4 鱮(xù):鲢鱼。 5 唯唯:相随而行的样子。

载驱

[导读] 这也是一首讽刺文姜回齐与齐襄公私通的诗。诗的第一、二章主要描写文姜回齐的马车。宽广的鲁国大道上尘土飞扬,四匹雄壮的黑马急速飞驰,豪华的车厢内坐着地位尊贵的文姜,她急不可待地出发,想要快点回到齐国。诗的第三、四章主要描写围观行人。文姜的车队大摇大摆地招摇过市,路上的行人有如汶河之水,浩浩荡荡,往来不断,他们纷纷驻足观望,侧目而视。对于文姜的行为,诗中未有一言点破,只是通过描写文姜以盛装车服回齐从而暗示她与襄公私会的可耻行径。诗人以车马之盛与行人之多反衬了文姜的明目张胆与肆无忌惮,对比鲜明,讽刺效果强烈。

[原诗]	[译诗]
载驱薄薄[1],簟茀朱鞹[2]。	马车疾驰隆隆响,竹帘红盖真闪亮。
鲁道有荡,齐子发夕[3]。	鲁国大道真宽敞,文姜出发在晚上。
四骊济济[4],垂辔沵沵[5]。	四匹黑马真雄壮,缰绳柔软垂两旁。
鲁道有荡,齐子岂弟[6]。	鲁国大道真宽敞,文姜出发在早上。
汶水汤汤[7],行人彭彭[8]。	汶河水势真浩荡,行人纷纷驻足望。
鲁道有荡,齐子翱翔[9]。	鲁国大道真宽敞,文姜回齐去游晃。
汶水滔滔,行人儦儦[10]。	汶河浩荡浪滔滔,行人观望多如潮。
鲁道有荡,齐子游敖[11]。	鲁国大道真宽敞,文姜回齐去逍遥。

[注释] **1** 载:句首语气助词。薄薄:车马疾驰的声音。 **2** 簟茀(diànfú):

遮蔽车厢后窗的竹席。朱鞹(kuò)：红漆兽皮制的车盖。　3　发夕：晚上出发。　4　骊(lí)：纯黑色的马。济济：整齐美好的样子。　5　辔：马的缰绳。沵沵(nǐ)：柔软的样子。　6　岂弟(kǎitì)：天亮。　7　汶水：水名，流经齐鲁两国，即今天的大汶河。汤汤：水流盛大的样子。　8　彭彭：盛多的样子。9　翱翔：游逛。　10　儦儦(biāo)：众多的样子。　11　游敖：即遨游。

猗嗟

[导读]　这是一首赞美青年射手的诗。诗的第一章写射手的外貌：他个头高大，身材健壮，器宇轩昂，神采飞扬，从他那矫捷的身姿可以看出，他的射技一定很高超，诗人的欣赏之情溢于言表。第二章写射手的技艺：他双眼有神，目视前方，精神抖擞，瞄准靶心，每箭一出，定无虚发，言语中尽是浓浓的赞美之情。第三章写射手的动作：他行动潇洒，动作飘逸，身姿流转，力道强劲，实在是抵御外敌的好榜样。本诗层层深入，刻画了一个英姿勃发、技艺高超、抵御外邦的射手形象。

[原诗]

猗嗟昌兮[1]！颀而长兮[2]。
抑若扬兮[3]，美目扬兮。
巧趋跄兮[4]，射则臧兮[5]。

猗嗟名兮[6]！美目清兮。
仪既成兮[7]，终日射侯[8]。
不出正兮[9]，展我甥兮[10]。

[译诗]

这位青年多强壮！个头长得高又高。
额角丰满气轩昂，眼神炯炯神飞扬。
步履矫健身姿好，弯弓射箭最擅长。

这位青年真俊朗！眉目清纯有亮光。
射箭姿势已摆好，一天下来无倦样。
箭箭射在靶中央，外甥本领实在强。

猗嗟娈兮¹¹！清扬婉兮¹²。　　这位青年真美好！眉清目秀双眼亮。

舞则选兮¹³，射则贯兮¹⁴。　　动作潇洒舞姿妙，箭箭穿靶力道强。

四矢反兮¹⁵，以御乱兮¹⁶。　　连射靶心技艺高，抵御外敌好榜样。

注释　1 猗(yī)嗟：叹词，表示赞叹。昌：壮盛的样子。　2 颀(qí)：身材高大。　3 抑：通"懿"，美。扬：额角开阔。　4 趋跄：步伐矫健。　5 臧：好。　6 名：出众。　7 仪：射仪，射手在射箭之前的准备姿势。　8 侯：箭靶。　9 正：箭靶的中心。　10 展：确实。甥：外甥。　11 娈：美好。　12 清扬：眉目清秀。　13 选：形容舞蹈动作整齐潇洒。　14 贯：射穿。　15 反：反复，指连续射中靶心。　16 御：抵御。

魏风

葛屦

[导读] 这是一首缝衣女工因不满女主人的虐待而作诗讽刺的诗。诗仅两章,用对比的手法叙述了两个对立阶级的不同生活:一方面描写了女工辛勤劳作、受冻受累的痛苦处境,另一方面揭示了贵族妇女锦衣服华、养尊处优的富裕生活。

[原诗]

纠纠葛屦¹,可以履霜²。
掺掺女手³,可以缝裳。
要之襋之⁴,好人服之⁵。

好人提提⁶,宛然左辟⁷,
佩其象揥⁸。维是褊心⁹,
是以为刺¹⁰。

[译诗]

破旧草鞋穿上脚,靠它怎能御寒霜?
女工双手细又长,怎能替人缝衣裳?
衣带衣领忙提好,恭候主人试新装。

主人一副安详貌,回转身子避左旁,
象牙簪子戴头上。我这主人心胸小,
作诗刺她坏心肠。

[注释] 1 纠纠:绳索纠结缠绕的样子。葛屦(jù):夏天穿的用葛草织成的鞋。 2 可以:即"何以"。可,通"何"。 3 掺掺(shān):犹"纤纤"。形容女子的手纤细柔美。 4 要(yāo):裙子上端围在腰际的部分。此指系衣服的衣带。襋(jí):衣领。要、襋在这里皆用作动词,即提衣带、提

衣领的意思。 **5** 好人:美人,这里指女主人。服:穿。 **6** 提提:即"媞媞",安详舒适的样子。 **7** 宛然:转身的样子。辟(bì):同"避",闪开。 **8** 象揥(tì):象牙做的簪子。 **9** 维:因。褊(biǎn)心:心胸狭窄。 **10** 刺:讽刺。

汾沮洳

[导读] 这是一首女子赞美情人的诗。全诗三章,诗意层层递进,通过对男子美貌、仪态、品行的赞美,将这位虽无正面描写的男子描绘得栩栩如生,女子对男子的爱慕与痴恋也在对比烘托中表露无遗。

[原诗]	[译诗]
彼汾沮洳[1],言采其莫[2]。	在那汾水湿地上,鲜嫩酸模采摘忙。
彼其之子,美无度[3]。	看那年轻小伙儿,英俊潇洒真漂亮。
美无度,殊异乎公路[4]。	英俊潇洒真漂亮,君王公路比不上。
彼汾一方,言采其桑。	在那汾水岸边上,青嫩桑叶采摘忙。
彼其之子,美如英[5]。	看那年轻小伙儿,俊颜好似花一样。
美如英,殊异乎公行[6]。	俊颜好似花一样,君王公行比不上。
彼汾一曲[7],言采其藚[8]。	在那汾水弯曲旁,肥嫩泽泻采摘忙。
彼其之子,美如玉。	看那年轻小伙儿,仪容好似玉一样。
美如玉,殊异乎公族[9]。	仪容好似玉一样,君王公族比不上。

[注释] **1** 汾:水名,在今山西省中部地区,在西南注入黄河。沮洳(jùrù):

低湿的地方。　2 莫:野菜名,亦称酸模,俗名野菠菜,多年生草本植物,多生于沟谷溪边湿处,嫩茎、叶可食。　3 美无度:俊美无比。　4 殊异:非常不同。公路:官名,掌管君主的路车。　5 英:花。　6 公行:官名,掌管君主出行的兵车。　7 曲:河道弯曲的地方。　8 藚(xù):即泽泻,多年生草本植物,叶子椭圆形,开白色小花,生长在沼泽中,根可以入药,嫩叶可食。　9 公族:官名,掌管君主宗族事务。

园有桃

导读　这是一首士人感叹怀才不遇、知己难寻的悲歌。诗人心忧国家,不满现状,但无人理解,反遭指责,认为他傲慢狂放,散漫无常。诗人内心激愤不平,忧思难解,园中桃树、枣树的果实尚可供人食用,反观自己怀才不遇、处境艰难。诗人心迹无处可表,忧闷无法解脱,唯有作诗,聊以自慰。

原诗

园有桃,其实之殽[1]。
心之忧矣,我歌且谣[2]。
不知我者,谓我士也骄。
彼人是哉[3],子曰何其[4]?
心之忧矣,其谁知之?
其谁知之,盖亦勿思[5]!

园有棘[6],其实之食。

译诗

园中桃树真繁茂,果实可供饱饥肠。
我的心儿真忧伤,欲解烦闷把歌唱。
有人对我不明了,说我这人太狂妄。
那人对错难考量,你说我呀该怎样?
我的心儿真忧伤,又有何人能体谅?
又有何人能体谅,我又何必思断肠!

园中枣树真繁茂,果实可供充饥肠。

心之忧矣,聊以行国⁷。	我的心儿真忧伤,欲解烦闷国中逛。

心之忧矣,聊以行国 ⁷。 我的心儿真忧伤,欲解烦闷国中逛。
不知我者,谓我士也罔极 ⁸。 有人对我不明了,说我这人太无常。
彼人是哉,子曰何其? 那人对错难考量,你说我呀该怎样?
心之忧矣,其谁知之? 我的心儿真忧伤,又有何人能体谅?
其谁知之,盖亦勿思! 又有何人能体谅,我又何必思断肠!

[注释] 1 之:是。肴:同"肴",吃。 2 歌、谣:合乐曰歌,徒歌曰谣,这里泛指歌唱。 3 是:对。 4 何其:怎么办。 5 盖:通"盍",何不。 6 棘:酸枣树。 7 聊:姑且。行国:游走国中。 8 罔极:没有准则,反复无常。

陟岵

[导读] 这是一首征人思亲的诗。本诗开创了中国古代思乡诗的独特抒情模式,诗人本意是抒发自己对父母兄长的思念之情,但却从家人对自己的思念下笔,情感表达曲折细腻,独具创意,被称为千古羁旅行役诗之祖。

[原诗]
陟彼岵兮¹,瞻望父兮。
父曰:"嗟! 予子行役,
夙夜无已。上慎旃哉²,
犹来无止³。"

[译诗]
登上青葱山岗上,把我父亲来瞻望。
父亲声音响耳旁:"我儿行役在远方,
早晚不停事儿忙。身体定要爱惜好,
归来莫要留他乡。"

陟彼屺兮⁴,瞻望母兮。　　登上光秃山岗上,把我母亲来瞻望。

母曰:"嗟!予季行役⁵,　　母亲声音响耳旁:"小儿行役在远方,

夙夜无寐。上慎旃哉,　　没日没夜事儿忙。身体定要爱惜好,

犹来无弃。"　　归来莫要把娘忘。"

陟彼冈兮,瞻望兄兮。　　登上高高山岗上,把我兄长来瞻望。

兄曰:"嗟!予弟行役,　　兄长声音响耳旁:"我弟行役在远方,

夙夜必偕⁶。上慎旃哉,　　早晚要有伴相傍。身体定要爱惜好,

犹来无死。"　　归来莫要死他乡。"

[注释]　1 陟:登。岵(hù):多草木的山。　2 上:通"尚",表示劝勉、命令等语气。慎:谨慎。旃(zhān):语气助词,相当于"之"或"之焉"。　3 犹来:还是归来。无止:不要停留。　4 屺(qǐ):没有草木的山。　5 季:小儿子。6 偕:共同,在一起。

十亩之间

[导读]　这是一首采桑女呼唤同伴一起回家的诗。日暮降临,忙碌了一天的采桑女结伴回家,此诗就是她们在回家途中所唱之歌,反映了她们劳动了一天后的满足,抒发了她们愉快的心情。本篇质朴清新,民歌风味浓郁。

[原诗]

十亩之间兮[1]，桑者闲闲兮[2]。
行[3]，与子还兮。

十亩之外兮，桑者泄泄兮[4]。
行，与子逝兮[5]。

[译诗]

在那青绿桑林间，采桑姑娘真悠闲。
走吧，一边回家一边看。

在那青绿桑林外，采桑姑娘笑脸开。
走吧，一同嬉戏把家还。

[注释] 1 十亩：这里是虚数，不是实数。 2 闲闲：悠闲的样子。 3 行：走。 4 泄泄：闲散自得的样子。 5 逝：往。

伐檀

[导读] 这是一首歌颂劳动的诗。伐木工人们一边劳动，一边歌唱，流转的曲调反映了他们劳动的激情。本诗最独特的地方在于，用排比式的反问来抒写工人们劳动的自豪与满足的心情。

[原诗]

坎坎伐檀兮[1]，置之河之干兮[2]，
河水清且涟猗[3]。不稼不穑[4]，
胡取禾三百廛兮[5]？不狩不猎[6]，
胡瞻尔庭有县貆兮[7]？彼君子兮，
不素餐兮[8]？

坎坎伐辐兮[9]，置之河之侧兮[10]，

[译诗]

砍伐檀树声音响，棵棵拖到河岸旁，
河水清激微波荡。不见播种收割忙，
为何谷物成捆藏？不见打猎在野郊，
为何幼貉悬院梁？高贵君子操守好，
不吃白食品行良。

修造车辐声音响，造好放到河岸旁，

河水清且直猗 [11]。不稼不穑，胡取禾三百亿兮 [12]？不狩不猎，胡瞻尔庭有县特兮 [13]？彼君子兮，不素食兮？

河水清澈微波漾。不见播种收割忙，为何家有亿万粮？不见打猎在野郊，为何大兽悬院梁？高贵君子操守好，不吃白食品行良。

坎坎伐轮兮 [14]，置之河之漘兮 [15]，河水清且沦猗 [16]。不稼不穑，胡取禾三百囷兮 [17]？不狩不猎，胡瞻尔庭有县鹑兮 [18]？彼君子兮，不素飧兮？

修造车轮声音响，造好放到岸边旁，河水清澈细波荡。不见播种收割忙，为何谷满三百仓？不见打猎在野郊，为何鹌鹑悬院梁？高贵君子操守好，不吃白食品行良。

[注释] 1 坎坎：象声词，砍树的声音。 2 置：放。干：河岸。 3 涟：水面的波纹。猗(yī)：语气助词，相当于"兮"。 4 稼：播种。穑(sè)：收割。 5 胡：何，为什么。禾：谷类植物的统称。三百：极言其多，并非实数。廛(chán)：通"缠"，束，捆。 6 狩、猎：泛指打猎。冬猎叫狩，夜猎叫猎。 7 瞻：向上或向前看。县：同"悬"。貆(huán)：幼小的貉。 8 素餐：无功受禄，不劳而食。 9 辐：车轮上的辐条。 10 侧：旁边。 11 直：直波。 12 亿：古代十万曰亿。 13 特：三岁的兽，或曰四岁的兽，这里指大兽。 14 轮：车轮。 15 漘(chún)：水边。 16 沦：水上的波纹。 17 囷(qūn)：古代一种圆形谷仓。 18 鹑(chún)：鹌鹑。

硕鼠

[导读] 这是一首祈鼠辞。古代科学水平低，人们往往以祈求或诅咒的

方式来解除农事灾害。诗人辛勤劳动,但屡遭老鼠祸害,无奈之下,只得祈求老鼠不要偷吃自己的粮食,并且发誓如果老鼠还是不肯顾念自己就要离开这里寻找好去处,无奈之情转为愤慨之情。

[原诗]

硕鼠硕鼠[1],无食我黍[2]!
三岁贯女[3],莫我肯顾[4]。
逝将去女[5],适彼乐土。
乐土乐土,爰得我所[6]!

硕鼠硕鼠,无食我麦!
三岁贯女,莫我肯德[7]。
逝将去女,适彼乐国。
乐国乐国,爰得我直[8]!

硕鼠硕鼠,无食我苗!
三岁贯女,莫我肯劳[9]。
逝将去女,适彼乐郊。
乐郊乐郊,谁之永号[10]!

[译诗]

大老鼠啊大老鼠,不要吃我种的黍!
多年辛苦侍奉你,你却对我不照顾。
如今发誓要远去,前往那片安乐土。
安乐土啊安乐土,那才是我安身处!

大老鼠啊大老鼠,不要吃我种的麦!
多年辛苦侍奉你,你却对我不优待。
如今发誓要离开,去那乐国心畅快。
安乐国啊安乐国,那才是个好所在!

大老鼠啊大老鼠,不要吃我种的苗!
多年辛苦侍奉你,你却对我不慰劳。
如今发誓要远逃,去那乐郊心欢畅。
安乐郊啊安乐郊,那里还有谁哀号!

[注释]　1 硕鼠:大老鼠。　2 黍:一年生草本植物,叶线形,子实淡黄色,去皮后称黄米,比小米稍大,煮熟后有黏性。　3 三岁:多年,并非实指。贯:侍奉。女:通"汝"。　4 莫我肯顾:不肯关照我的意思。　5 逝:通"誓",发誓。　6 爰:于是,就。所:安身之处。　7 德:优待。　8 直:通"职",处所。一说解作价值、报酬。　9 劳:慰劳。　10 永:长。号:呼喊。

唐风

蟋蟀

[导读] 这是一首劝人勤勉的诗。诗人从"蟋蟀在堂",想到时序更易,忽生光阴易逝须及时行乐的感慨,但诗人并不停留于感物伤时,也不过分的追求享乐,他觉得不能忘却职责,不能荒废正业,应当自我勉励,居安思危,这才算得上是一位贤士。

[原诗]

蟋蟀在堂¹,岁聿其莫²。
今我不乐,日月其除³。
无已大康⁴,职思其居⁵。
好乐无荒⁶,良士瞿瞿⁷。

蟋蟀在堂,岁聿其逝。
今我不乐,日月其迈⁸。
无已大康,职思其外⁹。
好乐无荒,良士蹶蹶¹⁰。

蟋蟀在堂,役车其休¹¹。
今我不乐,日月其慆¹²。

[译诗]

蟋蟀进堂天气凉,转眼之间年关降。
享乐趁此好时光,岁月流金更替忙。
过分享乐不应当,本职工作要思量。
享受快乐事不荒,贤士勤谨好榜样。

蟋蟀进堂天气凉,岁月流逝年关降。
享乐趁此好时光,岁月消逝难追上。
过分享乐不应当,分外之事要思量。
享受快乐事不荒,贤士勤勉好榜样。

蟋蟀进堂天气凉,服役马车将收藏。
享乐趁此好时光,日月更新空惆怅。

无已大康,职思其忧。	过分享乐不应当,居安思危记心上。
好乐无荒,良士休休¹³。	享受快乐事不荒,贤士勤劳好榜样。

[注释] 1 堂:堂屋。蟋蟀从野地进入堂屋,预示着天气转寒。 2 聿(yù):语气助词。莫:"暮"的古字。 3 日月:这里指光阴。除:去。 4 已:甚,过度。大康:大乐。 5 职:应当。居:处,所处的位置、担任的职责。 6 好:爱好。荒:废弛。 7 瞿瞿:勤谨的样子。 8 迈:时光流逝。 9 外:本职以外的事。 10 蹶蹶(jué):勤勉的样子。 11 役车:服役的车子。休:停息。 12 慆(tāo):消逝。 13 休休:安闲自得、乐而有节的样子。

山有枢

[导读] 这是一首嘲讽守财奴的诗。讽刺对象应为唐地的贵族统治者,他热衷于收敛财富,家中衣物、车马、庭院、内堂、钟鼓、酒食、乐器样样俱全,但悭吝成性,舍不得享用,所以人们作诗嘲讽他终是为他人做嫁衣。

[原诗]

山有枢¹,隰有榆²。
子有衣裳,弗曳弗娄³;
子有车马,弗驰弗驱⁴。
宛其死矣⁵,他人是愉⁶。

山有栲⁷,隰有杻⁸。
子有廷内⁹,弗洒弗扫;

[译诗]

刺榆长在山坡上,白榆要从洼地找。
你有漂亮好衣裳,何不把它穿身上;
你有好车和骏马,何不骑乘要闲放。
他日待你命一倒,好处都由别人享。

栲树长在山坡上,檍树要从洼地找。
你有庭院和内堂,何不把它打扫好;

子有钟鼓,弗鼓弗考 [10]。　　　你的钟鼓皆成套,何不敲打要闲藏。
宛其死矣,他人是保 [11]。　　　他日待你命一倒,别人全占空一场。

山有漆 [12],隰有栗。　　　漆树长在山坡上,栗树要从洼地找。
子有酒食,何不日鼓瑟?　　你有美酒和佳肴,何不鼓瑟又宴飨?
且以喜乐 [13],且以永日 [14]。　姑且以此寻欢畅,姑且用它度时光。
宛其死矣,他人入室。　　　他日待你命一倒,别人进门乐逍遥。

[注释] 1 枢:即刺榆,落叶乔木,因枝干上长有短而硬的刺,所以叫作刺榆。 2 隰:低湿的地方。榆:白榆,落叶乔木,叶子呈椭圆状卵形,翅果成熟后为白黄色。 3 弗:不。曳:扯。娄(lú):拖,牵。曳、娄都是穿衣的动作。 4 驰、驱:车马快跑。 5 宛其:即宛然,形容枯萎倒下的样子。 6 愉:享受。 7 栲:常绿乔木,木材坚硬,可做船橹、轮轴等。树皮可制栲胶,又可制染料。 8 杻(niǔ):即檍树,叶子细长,白色,皮正赤,树干多曲少直,可用来制造弓弩。 9 廷:通"庭",庭院。内:内堂。 10 考:敲打。 11 保:占有。 12 漆:漆树,落叶乔木,汁液可做涂料。 13 且:姑且。 14 永日:指整日行乐。

扬之水

[导读] 据《史记·晋世家》记载,公元前 745 年,晋昭侯封他的叔父成师于曲沃,号为桓叔。曲沃是晋国的大邑,而桓叔又颇得民心,因此势力逐步强大。公元前 738 年,晋大夫潘父杀死了晋昭侯而欲纳桓叔,桓叔

想入晋时,晋人发起攻击,桓叔无力抵挡,败回曲沃。这首诗的作者极有可能是这场政变的知情者,他在桓叔和潘父密谋的时候写下此诗。

原诗	译诗
扬之水 [1],白石凿凿 [2]。	河水清清水激扬,水底白石色鲜亮。
素衣朱襮 [3],从子于沃 [4]。	白衣红领穿身上,沃城一行跟身旁。
既见君子 [5],云何不乐 [6]?	拜见桓叔夙愿偿,心里怎能不欢畅?
扬之水,白石皓皓 [7]。	河水清清水激扬,水底白石多晶亮。
素衣朱绣 [8],从子于鹄 [9]。	白衣绣领穿身上,鹄城一行跟身旁。
既见君子,云何其忧?	拜见桓叔夙愿偿,心里有何不欢畅?
扬之水,白石粼粼 [10]。	河水清清水激扬,水底白石映波光。
我闻有命 [11],不敢以告人。	政令听后放心上,不告于人严守好。

注释 1 扬:激扬。 2 凿凿:鲜明的样子。 3 襮(bó):绣有花纹的衣领。 4 从:尾随。沃:曲沃,在今山西省闻喜县东北。 5 君子:指桓叔。 6 云:句首语气助词。 7 皓皓:洁白的样子。 8 绣:衣领上绣上花纹。 9 鹄:即曲沃。 10 粼粼:清澈的样子。 11 命:政令。

椒聊

导读 这是一首以椒起兴恭贺妇女多子多孙的诗。在《诗经》所描述的时代,西北的妇女以身材高大、体态肥厚为美,因为此种体形的妇女意味着在劳动和生育方面会更有优势,所以诗中反复赞美妇女身材高大、体态健壮。古代以多子多孙为福,而花椒多子,这就是本诗以椒起兴的用意所在。

[原诗]

椒聊之实[1],蕃衍盈升[2]。
彼其之子,硕大无朋[3]。
椒聊且[4],远条且[5]。

椒聊之实,蕃衍盈匊[6]。
彼其之子,硕大且笃[7]。
椒聊且,远条且。

[译诗]

花椒结籽挂满梢,果实累累用升量。
那位妇人身形棒,身材高大世无双。
花椒好呀花椒好,芬芳香气飘远方。

花椒结籽挂满梢,果实累累捧捧量。
那位妇人身形棒,身材高大又肥壮。
花椒好呀花椒好,芬芳香气飘远方。

[注释] 1 椒:即花椒。果实球形,暗红色,种子黑色,可供药用或调味。聊:语气助词。 2 蕃衍:繁盛众多。盈:满。升:量器名。 3 硕:大。无朋:无比。 4 且:语气助词。 5 条:长。远条,指花椒的香气远飘。 6 匊:"掬"的古字,用两手捧。 7 笃:厚,肥厚。

绸缪

[导读] 这是一首祝贺新婚的诗。古代黄昏娶妻,以薪火照明,"束薪"遂成为一种婚俗礼仪,常用来比喻男女成婚。这首诗的语言风趣挑逗,有调侃戏谑新郎新娘之意,诗境热闹愉快,所以可能是闹新房时所唱的歌。

原诗

绸缪束薪[1]，三星在天[2]。

今夕何夕？见此良人[3]。

子兮子兮，如此良人何？

绸缪束刍[4]，三星在隅[5]。

今夕何夕？见此邂逅[6]。

子兮子兮，如此邂逅何？

绸缪束楚[7]，三星在户[8]。

今夕何夕？见此粲者[9]。

子兮子兮，如此粲者何？

译诗

紧捆柴木烧得旺，三星闪烁在东方。

今晚是啥好日子？得见如此俏新郎。

要问你呀要问你，怎样对待俏新郎？

紧捆柴草烧得旺，三星闪烁东南方。

今晚是啥好日子？如此良辰巧碰上。

要问你呀要问你，良辰怎样欢度好？

紧捆荆条烧得旺，三星闪烁在门上。

今晚是啥好日子？得见如此俏新娘。

要问你呀要问你，怎样对待俏新娘？

注释 1 绸缪：紧密缠绕的样子。束薪：捆扎起来的柴木。 2 三星：参星。天空中明亮而接近的三星，有参宿三星，心宿三星，河鼓三星。据近人研究，本诗第一章的"三星"指参宿三星，第二章的"三星"指心宿三星，末章的"三星"指河鼓三星。 3 良人：古时夫妻互称为良人，后多用于妻子称丈夫。 4 刍(chú)：喂牲畜的草。 5 隅：角落。 6 邂逅：会合，这里指夫妻结合的良辰。 7 楚：荆条。 8 户：门。 9 粲者：美女，指新娘。

杕杜

导读 这是一名流浪者自我伤怀的诗。诗人由路边独立的棠梨联想到自己，忽觉同病相怜，他流浪他乡，孤苦无依，内心急需慰藉，虽然也有同行之人,但却没有人关心他、援助他,诗人倍感心寒。诗人悲叹没有手足相助、兄弟相亲,孤立无援,只得在世态炎凉的现实中作诗抒怀。

原诗	译诗
有杕之杜¹,其叶湑湑²。	路边孤立棠梨树,长势茂盛叶密布。

原诗

有杕之杜[1],其叶湑湑[2]。
独行踽踽[3],岂无他人?
不如我同父[4]。嗟行之人[5],
胡不比焉[6]?人无兄弟,
胡不佽焉[7]?

有杕之杜,其叶菁菁[8]。
独行睘睘[9],岂无他人?
不如我同姓[10]。嗟行之人,
胡不比焉?人无兄弟,
胡不佽焉?

译诗

路边孤立棠梨树,长势茂盛叶密布。
独自行走心孤苦,难道没有人同路?
不如兄弟相爱护。感叹那些过路人,
为何不把我照顾?出门在外没兄弟,
为何不给我帮助?

路边孤立棠梨树,郁郁青青叶密布。
独自行走多孤独,难道没有人同路?
不如同族相爱护。感叹那些过路人,
为何不把我照顾?出门在外没兄弟,
为何不给我帮助?

注释 1 杕(dì):独立生长的样子。杜:即棠梨。落叶乔木,叶长圆形或菱形,花白色,果实小,略呈球形,有褐色斑点。 2 湑湑(xǔ):茂盛的样子。 3 踽踽(jǔ):孤独行走的样子。 4 同父:指同胞兄弟。 5 行:道路。 6 比:亲近。 7 佽(cì):帮助,资助。 8 菁菁:茂盛的样子。 9 睘睘(qióng):同"茕茕",独自行走,孤独无依的样子。 10 同姓:指同族兄弟。

羔裘

[导读] 这是一首朋友间怄气的诗歌。诗人应为诗中身着"羔裘豹祛"的男子的故友,可能是男子因为地位提高了变得盛气凌人起来,诗人对此非常反感,故作诗讽刺。

[原诗]

羔裘豹祛[1],自我人居居[2]。
岂无他人?维子之故[3]。

羔裘豹褎[4],自我人究究[5]。
岂无他人?维子之好。

[译诗]

皮袄袖口镶豹皮,对着我们耍傲气。
难道没人可相亲?只是顾念旧情义。

皮袄袖口镶豹皮,对待我们真无礼。
难道没人可相亲?只是顾念老交情。

[注释] 1 羔裘:羊皮袄。豹祛(qū):用豹皮制成的袖口。 2 自:对待。我人:我们。居居:同"倨倨",盛气凌人的样子。 3 故:老交情。 4 褎(xiù):同"袖"。 5 究究:傲慢无礼的样子。

鸨羽

[导读] 这是一首农民反抗繁重徭役的诗。服役的农民终年在外奔波,根本没有时间从事农业生产,也就不能赡养父母妻儿,内心怎能没有怨愤。这首诗反映了晋国黑暗的政治以及人们对统治者的强烈控诉。

[原诗]

肃肃鸨羽[1]，集于苞栩[2]。
王事靡盬[3]，不能艺稷黍[4]。
父母何怙[5]？ 悠悠苍天，
曷其有所[6]？

肃肃鸨翼，集于苞棘[7]。
王事靡盬，不能艺黍稷。
父母何食？ 悠悠苍天，
曷其有极[8]？

肃肃鸨行[9]，集于苞桑。
王事靡盬，不能艺稻粱。
父母何尝？ 悠悠苍天，
曷其有常[10]？

[译诗]

大雁展翅沙沙响，成群降落栎树上。
终年为那征役忙，家中农事顾不了。
爹娘依靠谁来养？ 自顾抬头问上苍，
何时才能回家乡？

大雁拍翅沙沙响，成群降落枣树上。
终年为那征役忙，家中农事顾不上。
赡养爹娘哪来粮？ 自顾抬头问上苍，
劳役何时才终了？

大雁展翅排成行，成群降落桑树上。
终年为那征役忙，家中农事管不了。
拿啥来把爹娘养？ 自顾抬头问上苍，
生活何时能正常？

[注释]　1　肃肃：鸟扑打翅膀的声音。鸨(bǎo)：鸟名，比雁略大，背上有黄褐色和黑色斑纹，不善于飞，而善于走，能涉水。　2　苞：草木丛生。栩(xǔ)：栎树，通称"柞树"。落叶乔木，叶子长椭圆形，结球形坚果，叶可喂蚕；木材坚硬，可制家具，供建筑用，树皮可鞣皮或做染料。　3　王事：指征役。靡：没有。盬(gǔ)：停止。　4　艺：种植。稷黍：泛指五谷。5　怙(hù)：依靠。　6　曷：何时。所：居所。　7　棘：酸枣树。　8　极：尽头。9　行：行列。　10　常：正常。

无衣

导读　这是一首感物伤怀之作。诗人衣服虽多,但没有一件比得上"子"为他缝制的,这位制衣者可能是诗人亡去的妻子,诗人由衣服想到做衣服的人,悲从中来。

原诗

岂曰无衣? 七兮 [1]。
不如子之衣 [2],安且吉兮 [3]。

岂曰无衣? 六兮。
不如子之衣,安且燠兮 [4]。

译诗

难道说我衣服少? 六套七套供我挑。
件件不如你的好,穿上舒适又漂亮。

难道说我衣服少? 七套六套供我挑。
件件不如你的好,穿上舒适又温暖。

注释　1 七:虚数,指衣服之多。　2 子:指缝制衣服的人。　3 安:舒适。吉:美好。　4 燠(yù):暖和。

有杕之杜

导读　这是一首情诗。诗人以路边独生的棠梨起兴,引出抒情女主人公的孤独处境。陷入爱河的女子热切希望自己爱恋的男子能够和她亲近,和她游乐,而当这种愿望没有实现的时候,内心难免会燃起忧伤之情。没能和所爱人在一起,女子思念心切,她甚至萌生了主动邀请男子共饮的想法,足见其深情。

[原诗]

有杕之杜¹,生于道左²。
彼君子兮,噬肯适我³?
中心好之⁴,曷饮食之⁵?

有杕之杜,生于道周⁶。
彼君子兮,噬肯来游⁷?
中心好之,曷饮食之?

[译诗]

路边棠梨孤立长,生在道路左侧旁。
所恋君子翩翩貌,为何不将我探望?
心系他牵肚肠,何不请他饮酒浆?

路边棠梨孤立长,生在道路右侧旁。
所恋君子翩翩貌,为何游玩不相邀?
心系于他牵肚肠,何不请他饮酒浆?

[注释]　1 杕(dì):独立生长的样子。杜:即棠梨。2 道左:道路的左边。
3 噬(shì):句首语气助词。适:往,到。　4 中心:心中。　5 曷:何不。
6 周:"右"的假借。　7 游:游乐。

葛生

[导读]　这是一首悼亡诗。诗人来到爱人所葬之地,看到藤草各有依附,
一方面让他回想起和爱人相偎相依的恩爱日子,另一方面又让他倍感此
时的孤独与凄苦,墓地周遭萧索凄凉的氛围,正是诗人惨淡心境的外化。
本诗情感真挚,语言悱恻,令人伤痛。

[原诗]

葛生蒙楚¹,蔹蔓于野²。
予美亡此³,谁与独处⁴!

[译诗]

葛藤攀沿荆条长,蔹草蔓延原野上。
爱人葬在这地方,无人相伴守空房!

葛生蒙棘,蔹蔓于域⁵。　　葛藤攀沿荆棘长,蔹草蔓延墓地旁。
予美亡此,谁与独息⁶!　　爱人葬在这地方,无人相伴睡空房!

角枕粲兮⁷,锦衾烂兮⁸。　　牛角枕头色鲜耀,锦缎被子闪亮光。
予美亡此,谁与独旦⁹!　　爱人葬在这地方,一人独睡到天亮!

夏之日,冬之夜。　　夏日白昼实在长,冬夜漫漫也难熬。
百岁之后,归于其居¹⁰。　　百年之后归何方? 与你墓穴再相傍!

冬之夜,夏之日。　　冬夜漫漫真难熬,夏日白昼也太长。
百岁之后,归于其室¹¹。　　百年之后归何方? 与你墓里再相傍!

[注释] 1 葛:多年生草本植物,茎可编篮做绳,纤维可织布,块根肥大,称葛根,可制淀粉,亦可入药。蒙:覆盖。楚:荆条。 2 蔹(liǎn):多年生蔓生草本植物,叶子多而细,五月开花,七月结球形浆果,根入药。蔓:蔓延。 3 予美:我的爱人。 4 谁与:谁和我一起。 5 域:指墓地。 6 独息:独自安寝。 7 角枕:角制的或用角装饰的枕头,用于枕尸首。粲:色彩鲜明的样子。 8 锦衾:锦缎制成的被子,殓尸所用。烂:光彩鲜明的样子。 9 独旦:独睡到天明。 10 居:死者所住的地方,即坟墓。 11 室:指坟墓。

采苓

[导读] 这是一首劝人不要听信谗言的诗。黄药、苦菜、芜菁都性味苦同时具有丰富的药用价值,造谣者动摇人心,谗言蛊惑人心,本诗别出心

裁,特以黄药、苦菜、芜菁三种意象来劝说世人忠言逆耳,良药苦口,谗言切不可听信,其间微妙关系,实在精妙。

原诗	译诗
采苓采苓[1],首阳之巅[2]。	采呀采呀采黄药,到那首阳山顶找。
人之为言[3],苟亦无信[4]。	有人专爱乱造谣,不要听信那一套。
舍旃舍旃[5],苟亦无然[6]。	都抛掉呀都抛掉,流言实在不可靠。
人之为言,胡得焉[7]!	有人专爱乱造谣,到头啥也捞不着!
采苦采苦[8],首阳之下。	采呀采呀采苦菜,到那首阳山下找。
人之为言,苟亦无与[9]。	有人专爱乱造谣,不要赞同他一套。
舍旃舍旃,苟亦无然。	都抛掉呀都抛掉,流言实在不可靠。
人之为言,胡得焉!	有人专爱乱造谣,到头啥也捞不着!
采葑采葑[10],首阳之东。	采呀采呀采芜菁,到那首阳东边找。
人之为言,苟亦无从[11]。	有人专爱乱造谣,不要听从那一套。
舍旃舍旃,苟亦无然。	都抛掉呀都抛掉,流言实在不可靠。
人之为言,胡得焉!	有人专爱乱造谣,到头啥也捞不着!

注释 1 苓:药名。即大苦,喜阴湿,多生于河谷边、山谷阴沟。沈括《梦溪笔谈·药议》说:"此乃黄药也。其味极苦,故谓之大苦,非甘草也。"所以大苦亦称黄药。 2 首阳:山名,在今山西省永济市蒲州镇南,又称雷首山,相传为伯夷、叔齐采薇隐居处。3 为言:伪言,谎言。为,通"伪"。4 苟:诚,实在。无:不要。 5 舍:舍弃。旃(zhān):文言助词,相当于"之"或"之焉"。 6 然:是。 7 胡:何。 8 苦:野菜名,茎叶嫩时均可食用,略带苦味,故而叫作苦菜。 9 与:赞同,许可。 10 葑(fēng):野菜名,指蔓菁,也叫芜菁。 11 从:听从。

秦风

车邻

导读 这是一首朋友相聚互乐的诗。诗人一路快马加鞭,见友心切,碰面之后,朋友奏乐款待,二人相聚甚欢,一番互诉衷肠、尽情欢乐之后二人又流露出光阴易逝、人生苦短的伤感。

原诗

有车邻邻[1],有马白颠[2]。
未见君子[3],寺人之令[4]。

阪有漆[5],隰有栗[6]。
既见君子,并坐鼓瑟[7]。
今者不乐[8],逝者其耋[9]。

阪有桑,隰有杨。
既见君子,并坐鼓簧[10]。
今者不乐,逝者其亡[11]。

译诗

大车驶过声音响,马有白额势昂昂。
未见友人心念想,命令侍者加快跑。

高大漆树山坡长,低湿洼地栗树茂。
见到友人心欢畅,同坐鼓瑟乐逍遥。
行乐若不趁今朝,往后年老空自伤。

成片桑树山坡长,低湿洼地有垂杨。
见到友人心欢畅,同坐鼓笙乐逍遥。
行乐若不趁今朝,往后老死徒悲伤。

注释 1 邻邻:同"辚辚",车行进的声音。 2 白颠:额有白毛。白颠马,也叫戴星马,是古代一种珍贵的名马,额正中有块白毛。 3 君子:指友人。 4 寺人:古代宫中的近侍小臣。 5 阪(bǎn):山坡。漆:漆树。

6 隰:低湿的地方。 **7** 并坐:同坐。 **8** 今者:今朝,现在。 **9** 逝者:往后,与"今者"相对。耋(dié):七八十岁的年纪,泛指年老。 **10** 簧:乐器里用金属或其他材料制成的发声薄片,这里代指笙。 **11** 亡:死去。

驷驖

[导读] 这是一首描写秦君带领众人冬猎的诗。这首诗语言有力,节奏紧凑,描绘了一幅场面壮观、生气虎虎的逐猎图,把秦人的尚武精神与气度风貌表现得淋漓尽致,从中也可以看出秦国的势力逐渐强大起来。本诗张弛有度,末章描写的猎后情景与前两章所渲染的紧张气氛对比鲜明而紧密结合,极富表现力。

[原诗]	[译诗]
驷驖孔阜¹,六辔在手²。	四匹黑马真肥壮,马缰六条手上扬。
公之媚子³,从公于狩⁴。	秦君宠儿伴身旁,跟随公爷到猎场。
奉时辰牡⁵,辰牡孔硕⁶。	猎官轰出应时兽,成群公兽乱奔走。
公曰左之⁷,舍拔则获⁸。	秦君指挥箭向左,发弓之后猎物收。
游于北园⁹,四马既闲¹⁰。	猎后休息在北园,四马脚步转悠闲。
辀车鸾镳¹¹,载猃歇骄¹²。	铃声悠扬车轻快,猎犬休息车中间。

[注释] **1** 驷:四匹马。驖(tiě):赤黑色的马。孔:很。阜:肥壮、强盛。 **2** 辔:马缰绳。六辔,古代一辆车有四匹马,每匹马二条缰绳,四匹马中在两边

的马的内侧的缰绳系在车厢前面用来当扶手的横木上,驾驭马车的人手里只执其他六条缰绳。 **3** 公:指秦君。媚子:指秦君宠爱的人。 **4** 从:跟随。狩:冬猎。 **5** 奉:供奉。这里指猎官驱出群兽,以供秦君猎射。时:是、这个。辰:应时。牡:雄性的鸟兽。 **6** 硕:肥壮。 **7** 左之:这里指向左边射箭。 **8** 舍:发出。拔:箭的尾部。获:获取猎物。 **9** 北园:供秦君狩猎后休息的苑囿。 **10** 闲:悠闲。 **11** 辀(yóu)车:古代一种轻便的车。鸾:通"銮",古代君王车驾上的铃铛。镳(biāo):马嚼子两端露出嘴外的部分。 **12** 猃(xiǎn):长嘴狗,猎犬的一种。歇骄:即猲獢,一种短嘴的猎犬。

小戎

导读 这是一首闺怨诗。守在家中的妻子万分思念远征的丈夫,在这深深的思念中,女子回忆起丈夫出征时的情景。还记得丈夫那时挥鞭驾车,气势昂扬,军队整装待发,场面壮观,至此女子浓浓的得意之情溢于言表,足见其对丈夫的仰慕与崇拜。然而,回忆带来的喜悦与幸福一闪而逝,女子思夫心切,难以入眠,想到丈夫远征的艰苦条件不禁忧伤至极。此诗虽为思妇诗,但诗中大量描写车马装置,风格慷慨,独具一格,尽显秦人风采。

原诗

小戎俴收[1],五楘梁辀[2]。
游环胁驱[3],阴靷鋈续[4]。

译诗

轻型战车上疆场,五条皮带缠辕上。
马装环扣不乱跑,引带镶铜闪亮光。

文茵畅毂[5]，驾我骐馵[6]。
言念君子[7]，温其如玉[8]。
在其板屋[9]，乱我心曲[10]。

虎皮坐垫车毂长，花马驾车气昂昂。
远征丈夫念心上，温雅如玉品行好。
木板搭屋做营房，思来不禁乱心肠。

四牡孔阜[11]，六辔在手[12]。
骐駵是中[13]，騧骊是骖[14]。
龙盾之合[15]，鋈以觼軜[16]。
言念君子，温其在邑[17]。
方何为期[18]？胡然我念之[19]？

四匹马儿真肥壮，六条马缰手上扬。
青马红马居中央，黄马黑马驾两旁。
龙纹盾牌并排放，内绳套环闪金光。
远征丈夫念心上，心态平和赴边疆。
何时才能归家乡？为何如此牵我肠？

俴驷孔群[20]，厹矛鋈镦[21]。
蒙伐有苑[22]，虎韔镂膺[23]。
交韔二弓[24]，竹闭绲縢[25]。
言念君子，载寝载兴[26]。
厌厌良人[27]，秩秩德音[28]。

薄甲战马步协调，三棱矛柄铜环套。
盾牌杂绘色鲜亮，虎皮弓袋花纹镶。
两弓交错套里放，弓檠紧夹绳缠绕。
远征丈夫念心上，忧深难以入梦乡。
夫君性情真温良，彬彬有礼名声好。

注释 1 小戎：小兵车。俴(jiàn)收：古代兵车车厢底部的横木，因为比平常的车短一些，所以叫俴收。俴，浅。 2 楘(mù)：古代用皮带绑扎加固车辕而成的装饰。梁辀(zhōu)：古代车上用以驾马的曲辕，形状为穹隆形，像屋梁，又像船，所以叫梁辀。 3 游环：古代马车驾具的一部分。用皮革制造，滑动在四驾马车的当中两匹马的背上，中穿旁边两匹骖马的缰绳，其作用是防止骖马外逸。胁驱：一种驾马的器具，在马的胁部装上皮扣，连在拉车的皮带上，用来防止马乱跑。 4 阴：车轼前的横板。靷(yǐn)：引车前进的皮带，一端套在车上，一端套在牲口胸前。鋈(wù)续：给马车饰以白色金属的革带环。 5 文茵：车中的虎皮坐褥。畅：长。毂(gǔ)：车轮中心的圆木伸出轮外的部分。 6 骐：有黑青色花纹的马。馵(zhù)：后左脚白色的马。 7 君子：指远征的丈夫。 8 温其如玉：

即温润如玉,用以形容人的性情。　9 板屋:用木板搭建的房屋。这里代指西戎(今甘肃一带)。　10 心曲:内心深处。　11 牡:雄性的鸟兽。孔:很。阜:肥壮、强盛。　12 辔:马缰绳。　13 骝(liú):同"骝",黑鬃黑尾巴的红马。中:指驾车四马中的中间两匹。　14 騧(guā):黑嘴的黄马。骊:纯黑色的马。骖:古代驾在车前两侧的马。　15 龙盾:画有龙纹的盾牌。合:两只盾牌合放在车上。　16 觼(jué):一种有舌的环,舌用以穿过皮带,使之固定。軜(nà):骖马内侧的缰绳。　17 邑:这里指秦国的边邑。　18 方:将。期:归期。　19 胡然:为什么这样。　20 俴驷:披薄甲的四马。孔群:很协调。　21 厹(qiú)矛:有三棱锋刃的长矛。镦(duì):矛柄末端的平底金属套。　22 蒙:指杂色。伐:指盾牌。苑:花纹。蒙伐有苑是盾牌上画有杂色花纹的意思。　23 虎韔(chàng):虎皮制的弓袋。镂膺:镶有花纹的弓袋。　24 交韔二弓:两张弓交错放置袋中。25 竹闭:弓檠(qíng),保护弓的竹片。绲(gǔn):绳。縢(téng):捆。　26 载寝载兴:指睡下又起来,起来又睡下,反反复复,不能安眠。　27 厌厌(yān):安静的样子。良人:指女子的丈夫。　28 秩秩:有礼的样子。德音:好名声。

蒹葭

[导读]　这是一首写苦苦追求意中人而不得的诗。诗人在深秋的芦苇丛中追寻意中人的身影,但那人近在眼前而又远在天边,可望不可即,越是如此,诗人内心越是焦虑、渴慕,诗篇将那种镜花水月与苦闷惆怅之情描写得酣畅淋漓,道尽了男女情感之微妙。本诗意境空灵,情感粗豪,描写

精妙绝伦,耐人寻味,千百年来吟诵不绝,深受人们的喜爱,不愧是《诗经》中的名篇。

[原诗]	[译诗]
蒹葭苍苍[1],白露为霜。	岸边芦苇苍茫茫,深秋白露凝成霜。
所谓伊人[2],在水一方。	意中人儿在何处?就在河水那一方。
溯洄从之[3],道阻且长[4]。	逆着水流去找她,道路艰难又漫长。
溯游从之[5],宛在水中央。	顺着水流去找她,仿佛在那水中央。
蒹葭萋萋[6],白露未晞[7]。	岸边芦苇真繁茂,叶上露珠闪晶光。
所谓伊人,在水之湄[8]。	意中人儿在何处?就在河水那一方。
溯洄从之,道阻且跻[9];	逆着水流去找她,道路艰险难攀升;
溯游从之,宛在水中坻[10]。	顺着水流去找她,仿佛在那沙洲上。
蒹葭采采[11],白露未已[12]。	岸边芦苇密又茂,白露未干映朝阳。
所谓伊人,在水之涘[13]。	意中人儿在何处?就在河水那一方。
溯洄从之,道阻且右[14];	逆着水流去找她,道路艰难又曲长;
溯游从之,宛在水中沚[15]。	顺着水流去找她,仿佛在那绿洲上。

[注释]　1 蒹葭(jiānjiā):芦苇,多年生草本植物,多生于水边、沼泽之地。蒹是没有长穗的芦苇,葭是初生的芦苇。苍苍:茂盛、众多的样子。　2 伊人:那人,即意中人。　3 溯洄:逆着河流往上走。洄,上水,逆流。从:接近。　4 阻:艰难。　5 溯游:顺着河流往下走。游,顺流,直流。　6 萋萋:茂盛的样子。　7 晞(xī):晒干。　8 湄(méi):河岸,水草交接的地方。　9 跻(jī):登,上升。　10 坻(chí):水中的小块高地。　11 采采:茂盛的样子。　12 已:止。　13 涘(sì):水边。　14 右:道路曲折的意思。　15 沚(zhǐ):水中的小块陆地。

终南

[导读] 这是一首赞美、劝诫秦君的诗。诗篇描写的是秦公刚被封为诸侯时的情景，他身着华服，所到之处环佩叮当作响，旧地遗民见到前来终南山祭祀的秦君，有喜有忧，故而有"其君也哉"的试探口吻。一方面，他们敬仰这位身穿显服、满脸威仪的新君，内心有一种由衷的赞美；另一方面，他们又不禁为自己的前途感到担忧，他们希望新君富贵长寿，但不要忘记周王的恩泽与这里的周朝遗民。这首诗感情复杂，"美中寓诫，非专颂祷"（方玉润），包含了周朝遗民对秦君的赞美、敬重、奉承以及祝福、期望和告诫。

[原诗]

终南何有¹？有条有梅²。
君子至止，锦衣狐裘³。
颜如渥丹⁴，其君也哉？

终南何有？有纪有堂⁵。
君子至止，黻衣绣裳⁶。
佩玉将将⁷，寿考不忘⁸！

[译诗]

终南山上何所有？高大山楸和梅树。
有位君子到此处，身着锦绣和华服。
红润好似把丹涂，是否为我好君主？

终南山上何所有？高大杞树和甘棠。
有位君子到此方，黑青上衣彩绣裳。
身上环佩叮当响，万寿无疆永不忘！

[注释] 1 终南：山名，又名太乙山、中南山、周南山，简称南山，是秦岭山脉的一段，主峰在今陕西省西安市南部。何有：有何。 2 条：树名，即楸树。梅：指梅树。 3 锦衣狐裘：当时的诸侯所穿的礼服。 4 颜：容颜。渥(wò)丹：形容脸色红润得像色泽光鲜的朱砂一样。渥，涂。丹，即朱砂。 5 纪："杞"的假借字，杞树。堂："棠"的假借字，棠梨。 6 黻(fú)衣：绣

有青黑色花纹的上衣,是古代的一种礼服。绣裳:彩色下衣,也是古代官员穿的礼服。 **7** 将将:同"锵锵",金玉撞击发出的声音。 **8** 寿考:长寿。

黄鸟

[导读] 这是一首控诉秦穆公以人殉葬,哀悼"三良"的诗。据《左传·文公六年》记载:"秦伯任(即秦穆公)好卒,以子车氏之三子奄息、仲行、鍼虎为殉,皆秦之良也。国人哀之,为之赋《黄鸟》。"《史记·秦本纪》也有关于此事的记载:"缪(穆)公卒,从死者百七十七人。秦之良臣子舆(车)氏三人名曰奄息、仲行、鍼虎,亦在从死之中。秦人哀之,为作歌《黄鸟》之诗。"殉葬制乃是远古社会的一种恶习,从诗篇可以看出,当时的人们已经认识到了这种制度的残酷,故而对"三良"的遭遇深感痛心,人们表以哀思的同时借此表达对殉葬制度的强烈控诉之情。

[原诗]	[译诗]
交交黄鸟¹,止于棘²。	黄鸟哀鸣声凄凉,酸枣树上急停靠。
谁从穆公³? 子车奄息⁴。	谁从穆公活殉葬? 子车奄息惹人伤。
维此奄息,百夫之特⁵。	子车奄息名声好,百人之中最贤良。
临其穴⁶,惴惴其栗⁷。	众人哀悼墓穴旁,战栗不已心恐慌。
彼苍者天,歼我良人⁸。	哀声成片呼上苍,坑杀好人不应当。
如可赎兮,人百其身⁹。	若可代他赴死场,百人甘愿来抵偿。
交交黄鸟,止于桑¹⁰。	黄鸟哀鸣声凄凉,桑树枝上急停靠。

谁从穆公？子车仲行。
维此仲行，百夫之防¹¹。

谁从穆公活殉葬？子车仲行惹人伤。
子车仲行名声好，俊才百人比不上。

临其穴，惴惴其栗。
彼苍者天，歼我良人。
如可赎兮，人百其身。

众人哀悼墓穴旁，战栗不已心恐慌。
哀声成片呼上苍，坑杀好人不应当。
若可代他赴死场，百人甘愿来抵偿。

交交黄鸟，止于楚¹²。
谁从穆公？子车鍼虎。
维此鍼虎，百夫之御¹³。

黄鸟哀鸣声凄凉，荆树枝上急停靠。
谁从穆公活殉葬？子车鍼虎惹人伤。
子车鍼虎名声好，百人之中谁能挡。

临其穴，惴惴其栗。
彼苍者天，歼我良人。
如可赎兮，人百其身。

众人哀悼墓穴旁，战栗不已心恐慌。
哀声成片呼上苍，坑杀好人不应当。
若可代他赴死场，百人甘愿来抵偿。

注释 1 交交:鸟鸣声。黄鸟:黄雀。 2 止:停落。棘:酸枣树。双关词，言"急"，有紧急之意。 3 从:从死，即殉葬。穆公:即秦穆公，春秋五霸之一。 4 子车奄息:人名。子车，复姓。下文的子车仲行、子车鍼虎，同此。 5 百夫:百人。特:杰出。 6 穴:墓穴。 7 惴惴(zhuì):恐惧的样子。栗:发抖。 8 良人:好人。 9 人百其身:意思是说愿意用一百人来换取死者的复生。表示对死者极沉痛的悼念。 10 桑:桑树。双关词，言"丧"，有悲伤之意。 11 防:比。 12 楚:荆树。双关词，言"痛楚"。 13 御:抵挡。

晨风

[导读] 这是一首女子等候与意中人重见的诗。女子痴心等候,但约期已过情郎还是没到,女子悲伤焦虑之时不禁心下猜测,情郎是否早已将自己忘掉,越想越心慌,越想越心痛,女子在无尽等待中忧思渐深,直至精神恍惚,那望穿秋水、独自徘徊的模样如在眼前。

[原诗]

鴥彼晨风[1],郁彼北林[2]。
未见君子,忧心钦钦[3]。
如何如何?忘我实多。

山有苞栎[4],隰有六驳[5]。
未见君子,忧心靡乐[6]。
如何如何?忘我实多。

山有苞棣[7],隰有树檖[8]。
未见君子,忧心如醉。
如何如何?忘我实多。

[译诗]

晨风疾飞天气凉,北林树丛真繁茂。
至今还未见情郎,心中忧思难相忘。
怎么办来才算好?莫非将我全忘掉。

山上栎树长得高,洼地梓榆真繁茂。
至今还未见情郎,心中忧思难欢畅。
怎么办来才算好?莫非将我全忘掉。

坡上棠棣成片长,洼地山梨挺拔好。
至今还未见情郎,心中忧思似醉倒。
怎么办来才算好?莫非将我全忘掉。

[注释] 1 鴥(yù):鸟疾飞的样子。晨风:鸟名,即鹯(zhān)鸟,鹯类猛禽。2 郁:草木茂盛的样子。 3 钦钦:忧思难忘的样子。 4 苞:丛生的样子。栎(lì):栎树。 5 隰(xí):低湿的地方。六:表示多数,非确指。驳(bó):驳马。树木名,即梓榆。其树皮青白驳荦,远看似驳马,故称。6 靡:没有。 7 棣:棠棣,又名郁李。 8 树:直立。檖(suì):山梨,果实像梨而较小,味酸,可以吃。

无衣

导读 这是一首秦军战歌,体现了秦人的刚毅品质与尚武精神。本诗豪情满怀、意气风发,意在鼓舞士兵协同作战、奋勇杀敌。全诗三章,重叠复沓,一气呵成,洋溢着一股勇往直前的战斗激情,读罢,使人不禁被诗句中同仇敌忾、慷慨激昂的气氛感染。

原诗

岂曰无衣?与子同袍[1]。
王于兴师[2],修我戈矛[3],
与子同仇[4]。

岂曰无衣?与子同泽[5]。
王于兴师,修我矛戟[6],
与子偕作[7]。

岂曰无衣?与子同裳[8]。
王于兴师,修我甲兵[9],
与子偕行。

译诗

何必要说没衣裳?你我共穿一件袍。
如若秦王要起兵,休整戈矛上战场,
你我杀敌在一道。

何必要说没衣裳?你我共穿一件衣。
如若秦王要起兵,休整矛戟上战场,
你我杀敌在一起。

何必要说没衣裳?你我共穿一条裙。
如若秦王要起兵,铠甲兵器休整好,
你我一道去从军。

注释 1 袍:古代男子穿的长袍,相当于今天的斗篷。 2 王:秦王。兴师:起兵。 3 修:休整。戈矛:古代的两种长柄兵器。 4 同仇:共同对敌。 5 泽:同"襗",贴身的衣服。 6 戟:古代一种戈、矛为一体的长柄兵器。 7 偕作:共同干。 8 裳:下衣,这里指战裙。 9 甲兵:铠甲和兵器。

渭阳

导读 这是一首外甥为舅父送别的诗,是秦穆公的儿子秦康公送舅父晋公子重耳回国时所作。《毛诗序》云:"《渭阳》,康公念母也。康公之母,晋献公之女。文公遭丽姬之难未返,而秦姬卒。穆公纳文公。康公时为太子,赠送文公于渭之阳,念母之不见也,我见舅氏,如母存焉。"诗的第一章写的是外甥与舅舅之间的惜别之情,第二章由甥舅情谊转向对母亲的思念。后人以"渭阳"来称呼舅舅,就是源于此诗。

原诗	**译诗**
我送舅氏[1],曰至渭阳[2]。	我送舅父归国去,转眼就到渭水阳。
何以赠之?路车乘黄[3]。	用何礼物送给他?大车一辆四马黄。
我送舅氏,悠悠我思[4]。	我送舅父归国去,思念悠悠想起娘。
何以赠之?琼瑰玉佩[5]。	用何礼物送给他?珠玉佩饰表衷肠。

注释 1 舅氏:即舅父。 2 曰:句首语气助词。渭:即渭水。阳:山南水北谓之阳,这里指渭水的北面。 3 路车:古代诸侯所乘坐的车子。乘黄:驾车的四匹黄马。 4 悠悠我思:指因送舅父而思念死去的母亲。5 琼瑰:泛指珠玉。

权舆

[导读] 这是一首没落贵族悲叹生活今不如昔的诗。诗中贵族过去吃的是美味佳肴,每顿皆丰盛无比,而今却连一顿饱饭都吃不上,前后对比实在悬殊,这强烈的落差让诗人难以接受。所以,歌者一开篇便直呼"於,我乎",诗中更是一唱三叹,悲慨不已,生动表现了没落贵族的失落、无奈以及悲观的情绪。

[原诗]

於,我乎¹!夏屋渠渠²,
今也每食无余。於嗟乎!
不承权舆³。

於,我乎!每食四簋⁴,
今也每食不饱。於嗟乎!
不承权舆。

[译诗]

唉,我呀!曾经大碗饭菜多么丰盛,
而今每顿吃完一点不剩。唉呀呀!
当初光景只能梦里相逢。

唉,我呀!曾经每餐四碗生活美好,
而今每顿吃完肚子不饱。唉呀呀!
当初光景只能梦里想想。

[注释] 1 於(wū):叹词。 2 夏屋:大的食器。渠渠:深广的样子。 3 承:继承。权舆:起始。 4 簋(guǐ):古代盛食物的器具,圆口,双耳。

陈风

宛丘

[导读] 这是一首男子向跳舞的巫女表达爱意的诗。陈地人民有崇信巫鬼的风俗。《汉书·地理志》说:"太姬(陈国第一任君主的夫人)妇人尊贵,好祭祀用巫。故俗好巫鬼,击鼓于宛丘之上,婆娑于枌树之下。有太姬歌舞遗风。"从诗中亦可以看出陈国四季巫舞不断,尚巫之风可窥见一斑。诗中女子是一个以巫为职业的舞女,无论寒冬炎暑都在街上旋舞,她舞姿绰约,热情奔放,令诗人心生爱慕,然而,男子自觉无望,只得将对女子的爱恋深藏心中,默默想念,不敢表露。

[原诗]

子之汤兮[1],宛丘之上兮[2]。
洵有情兮[3],而无望兮。

坎其击鼓[4],宛丘之下。
无冬无夏,值其鹭羽[5]。

坎其击缶[6],宛丘之道。
无冬无夏,值其鹭翿[7]。

[译诗]

你的舞姿摇曳奔放,在那宛丘高地之上。
我心实在把你牵绕,却知感情没有希望。

敲鼓之声咚咚作响,在那宛丘坡下舞场。
无论寒冬还是酷暑,手持鹭羽迎风高扬。

击缶之声坎坎作响,在那宛丘坡下道上。
无论寒冬还是酷暑,竖立羽旗迎风高扬。

[注释] **1** 汤(tàng):形容舞姿摇曳、热情奔放的样子。 **2** 宛丘:陈国

丘名,在陈国都城东南,即今河南周口市淮阳区。　**3** 洵:确实。　**4** 坎其:即坎坎,形容击鼓发出的声音。　**5** 值:持。鹭羽:白鹭的羽毛,古人用以制成舞具。　**6** 缶(fǒu):瓦盆,古代一种打击乐器。　**7** 翿(dào):古代羽舞或葬礼所用的旌旗。

东门之枌

[导读]　这是一首男女相爱、聚会歌舞的民间歌谣。朱熹《诗集传》说,陈国"好乐巫觋歌舞之事",诗中所说的良辰吉日就是祭祀狂欢日,祭社之时,男女老少都放下手中的活计,一起前来参加,场面热闹非凡。同时这是青年男女相会谈情的好时机,姑娘舞姿婆娑,小伙唱歌奏乐,他们相互赠答,互表爱意,那广阔的高原和秘密的树林便是他们幽会的好去处。此诗反映了陈国好祭祀尚巫鬼的古风以及男女之间奔放的情感。

[原诗]

东门之枌[1],宛丘之栩[2]。
子仲之子[3],婆娑其下[4]。

穀旦于差[5],南方之原[6]。
不绩其麻[7],市也婆娑[8]。

穀旦于逝[9],越以鬷迈[10]。
视尔如荍[11],贻我握椒[12]。

[译诗]

东边城门白榆挺,宛丘栎树绿茵茵。
子仲女儿真美丽,翩翩起舞身轻盈。

选择吉日喜前往,同到南边高地上。
手中麻线日后纺,闹市之中舞姿荡。

良辰吉日聚欢畅,手拿炊具喜前往。
看你有如葵花好,送我花椒气芬芳。

[注释] **1** 东门:陈国的东城门。枌(fén):榆树。 **2** 栩(xǔ):即栎树。 **3** 子仲:姓氏。子:女儿。 **4** 婆娑:形容盘旋舞动的样子。 **5** 穀旦:良辰吉日。于:语气助词。差(chāi):挑选,选择。 **6** 原:高平的地方。 **7** 绩:纺织。 **8** 市:闹市之中。 **9** 逝:前往。 **10** 越以:句首语气助词,即"于以"。鬷(zōng):古代一种锅类炊具。迈:往,去。 **11** 芨(qiáo):一种花草,即锦葵,叶子肾脏形,夏天开花,紫红色。 **12** 贻:赠送。握椒:成把的花椒。椒,应是巫女手中降神的香物。

衡门

[导读] 这是一首男子在已解相思之苦后抒发爱情哲理的情歌。《诗经》中常将性欲得不到满足称为"饥",闻一多《神话与诗·高唐神女传说之分析》:"其实称男女大欲不遂为'朝饥',或简称'饥',是古代的成语。"而"鱼"在《诗经》时代则是"配偶"的隐语,"食鱼"即男女"结合"。诗中男子与女子幽会恩爱后,难忘而满足,他此刻对身边的女子爱意至深,觉得这位女子就是他最好的选择,就是他的最爱,只要两情相悦,一样可以共度美好时光,何必在乎这简陋的房屋,何必在乎所娶之妻一定要是齐姜、宋子呢? 与其说男子的这番话是对身边女子所说的甜言蜜语,还不如说这是对爱情哲理最朴素的表达。

[原诗]

衡门之下¹,可以栖迟²。
泌之洋洋³,可以乐饥⁴。

[译诗]

搭起横木做门框,房屋简陋亦无妨。
泌泉之水轻流淌,慰我相思解愁肠。

岂其食鱼,必河之鲂⁵?	难道想要吃鱼汤,定要鲂鱼才算香?
岂其娶妻,必齐之姜⁶?	难道想要娶新娘,定要齐姜才算好?
岂其食鱼,必河之鲤?	难道想要吃鱼汤,定要鲤鱼才算香?
岂其娶妻,必宋之子⁷?	难道想要娶新娘,定要宋子才算好?

注释 1 衡门:横木为门,指简陋的房屋。 2 栖迟:栖息。 3 泌:原意是泉水流得轻快的样子,这里应为陈地泉水名。 4 乐饥:隐语,指爱欲得到满足。 5 鲂(fáng):与鳊鱼相似,银灰色,腹部隆起,生活在淡水中。 6 齐之姜:齐国的姜姓女子。姜,齐国的贵族姓氏。 7 宋之子:宋国的子姓女子。子,齐国的贵族姓氏。

东门之池

导读 这是一首男子向女子唱歌求爱的诗。青年男女们一起劳动,诗人对其中的一位女子心生爱慕,便以歌传情,表达心意。男子步步紧追,情歌即罢又伺机与女子攀谈,他火辣的情歌与热忱的爱语让原本繁重的沤麻活动变得轻松,整个场面充满了欢声笑语,全然忘记了劳动的艰辛。

原诗

东门之池¹,可以沤麻²。
彼美淑姬³,可与晤歌⁴。
东门之池,可以沤纻⁵。

译诗

东门城池静流淌,浸泡大麻活儿忙。
美丽善良好姑娘,我来与她对歌唱。
东门城池静流淌,浸泡苎麻活儿忙。

彼美淑姬,可与晤语⁶。 | 美丽善良好姑娘,与她相谈心欢畅。

东门之池,可以沤菅⁷。 | 东门城池静流淌,浸泡菅草活儿忙。

彼美淑姬,可与晤言⁸。 | 美丽善良好姑娘,与她共叙情意长。

注释 1 池:城池,相当于护城河。 2 沤(òu)麻:将麻茎或已剥下的麻皮浸泡在水中,使之自然发酵,达到部分脱胶的目的。 3 淑姬:善良美丽的姑娘。 4 晤歌:对歌。 5 纻(zhù):苎麻。 6 晤语:对话。 7 菅(jiān):多年生草本植物,多生于山坡草地,很坚韧,可做炊帚、刷子及造纸原料,纤维可以打绳子。 8 晤言:聊天。

东门之杨

导读 这是一首写男女相约黄昏见面而一方未至的诗。东门之外有茂密的白杨林,这里是约会藏身的好去处,诗中男女相约黄昏在此相聚。月上柳梢头,人约黄昏后,这本是最令情侣兴奋与期待的事,然而,一方早已在此等候,另一方却久久不见人影,叫人怎能不心生惆怅。诗人满怀思念与期待继续痴等,一直等到东方的启明星冉冉升起发出灿烂的星光,诗人的心情也由最初的激动兴奋渐渐转为焦虑、孤寂与失落。

原诗 | **译诗**

东门之杨,其叶牂牂¹。 | 东门之外有白杨,枝繁叶茂把身藏。

昏以为期²,明星煌煌³。 | 黄昏为期约定好,明星东升闪亮光。

| 东门之杨,其叶肺肺⁴, | 东门之外有白杨,枝叶茂密把身藏。 |
| 昏以为期,明星晢晢⁵。 | 黄昏为期约定好,明星闪闪在东方。 |

[注释] 1 牂牂(zāng):茂盛的样子。 2 昏:黄昏。期:约期。 3 明星:启明星天快亮时出现在东方。煌煌:明亮的样子。 4 肺肺:茂盛的样子。 5 晢晢(zhé):明亮的样子。

墓门

[导读] 这是一首讽刺统治者不良品性的诗。《毛诗序》曰:"《墓门》,刺陈佗也。"据《左传·桓公五年》记载,陈佗在陈桓公生病的时候杀了太子免,桓公死后他又自立为君,后来蔡国为了平息陈国之乱才诛杀陈佗。陈佗弑君窃国,倒行逆施,罪行昭著,国人对其无比痛恨,遂作诗讽刺告诫,指出多行不义必自毙。

[原诗]

墓门有棘¹,斧以斯之²。
夫也不良³,国人知之。
知而不已⁴,谁昔然矣⁵。

墓门有梅⁶,有鸮萃止⁷。
夫也不良,歌以讯之⁸。
讯予不顾⁹,颠倒思予¹⁰。

[译诗]

墓门之外有酸枣,扬起斧头要砍倒。
那人品性很不好,这个大家都知道。
恶行昭著不改好,很早以前就这样。

墓门之外有酸枣,猫头鹰儿来停靠。
那人品性很不好,唱支谏歌望知晓。
告诫话儿脑后抛,大祸临头才回想。

注释 1 墓门:墓道之门。棘:酸枣树。 2 斯:砍掉。 3 夫:指作者讽刺的对象。 4 已:停止。 5 谁昔:从前。然:这样。 6 梅:即棘。"梅"古文作"楳","楳"与"棘"形近,所以疑"棘"误作"楳"。 7 鸮(xiāo):猫头鹰。萃:栖息。 8 讯:告诉,告诫。 9 讯予:即予讯。 10 颠倒:跌倒,栽了跟头。

防有鹊巢

导读 这是一首担心爱人受人欺骗而离开自己的诗。从诗中可以看出,有人恶意欺骗诗人所爱之人,想要离间他二人感情,诗人心里很忧愁也很担心,他害怕爱人会听信谗言,疏远或者离开自己。但是诗人转念一想,自己与爱人情比金坚是不会轻易被人离间的,就像喜鹊不会在河堤上筑巢,紫云英不会长在土丘上,瓦片不会铺在庭中路,绶草不会出现在山坡。这首短诗生动描绘了抒情主人公细腻的心理活动,将爱情中的微妙感情刻画得淋漓尽致。

原诗

防有鹊巢[1],邛有旨苕[2]。
谁侜予美[3]?心焉忉忉[4]。

中唐有甓[5],邛有旨鷊[6]。
谁侜予美?心焉惕惕[7]。

译诗

河堤之上搭鹊巢,土丘旁边长苕草。
是谁欺骗我相好?内心忧愁又烦躁。

瓦片铺在庭中道,土丘旁边长绶草。
是谁欺骗我相好?内心不安又烦恼。

注释 1 防:堤防,河堤。 2 邛(qióng):土丘。旨:美味。苕(tiáo):

紫云英,一年生或二年生草本植物,茎细长,羽状复叶,花紫色,可做绿肥,俗称草子。 **3** 俦(zhōu):欺骗,蒙蔽。予美:我爱的人。 **4** 忉忉(dāo):忧愁思虑的样子。 **5** 中唐:大门至厅堂的路。甓(pì):砖瓦。 **6** 鹝(yì):绶草,多年生矮小草本,夏季开花,花白而带紫红色,根茎可入药,能滋阴益气、凉血解毒,一般长在阴湿之地。 **7** 惕惕:不安的样子。

月出

[导读] 这是一首睹月思人的诗。月光皎洁,普照万物,同时也照进了诗人柔软的内心,让他在月色中想起了心爱的女子,诱发了绵绵的情思。朦胧夜色中诗人仿佛看到了恋人娇美的容颜、窈窕的身姿,但这一切又终不过是诗人幻觉所致,诗人在美好的遐想中时而清醒时而迷离,惆怅之情、忧思之情在月色中泛滥。

[原诗]

月出皎兮[1],佼人僚兮[2]。
舒窈纠兮[3],劳心悄兮[4]。

月出皓兮[5],佼人懰兮[6]。
舒懮受兮[7],劳心慅兮[8]。

月出照兮[9],佼人燎兮[10]。
舒夭绍兮[11],劳心惨兮[12]。

[译诗]

明月东升亮皎皎,心中美人容颜俏。
体态婀娜又苗条,牵我情思心烦躁。

明月东升光普照,心中美人容颜姣。
体态优美又苗条,牵我情思心烦恼。

明月东升亮光照,心中美人容颜好。
体态轻盈又苗条,牵我情思心焦躁。

[注释] 1 皎：洁白的样子。 2 佼：美好。僚：姣美。 3 舒：舒缓娴静。窈纠：形容步履舒缓，体态优美。 4 劳心：忧心。悄：忧愁的样子。 5 皓：明亮的样子。 6 懰(liǔ)：美好。 7 懮(yǒu)受：形容步态优美。 8 慅(cǎo)：忧思的样子。 9 照：光明的样子。 10 燎：亮丽。 11 夭绍：轻盈多姿的样子。 12 惨：惆怅不安的样子。

株林

[导读] 这是一首讽刺陈灵公与夏姬通奸的诗。据《左传·宣公九年》记载，陈大夫夏御叔的妻子夏姬是出名的美人，陈灵公及其大臣孔宁、仪行父均与之私通。第二年，三人去夏姬家中饮酒作乐，当着夏姬之子夏南的面相互戏谑说夏南长得像对方，夏南受不了这样的侮辱便将陈灵公杀死，孔宁、仪行父逃往国外。本诗正是以委婉的方式揭露陈灵公的荒淫行径，讽刺他以找夏南为借口实则与夏姬私会之事，诗中所言"朝食"，便是二人苟且的隐语。本诗语言含蓄，但笔力锋刃，具有很强的反讽效果。

[原诗]

胡为乎株林¹？从夏南²。
匪适株林³，从夏南。

驾我乘马⁴，说于株野⁵。
乘我乘驹⁶，朝食于株⁷。

[译诗]

为何要去株邑近郊？只为把那夏南寻找。
不是要到株邑近郊，只为把那夏南寻找。

驾起四马飞快奔跑，株邑近郊稍作停靠。
驾起四驹飞快奔跑，赶到株邑早餐吃饱。

注释 1 胡为:为什么。株:陈国地名,夏姬儿子夏南的封邑,在今河南省西华县西南。林:郊野。 2 从:跟从,这里找寻的意思。夏南:夏徵舒的别名。夏徵舒字子南。 3 匪:不。 4 乘马:四匹马。古代一车四马为一乘。 5 说:通"税",停车休息。野:郊野。 6 驹:当作"骄",马高五尺以上称"骄"。 7 朝食:吃早饭。

泽陂

导读 这是一首女子临水思人的情诗。池塘岸边,蒲草荷花争相开放,清香沁人,行至于此的少女看到此情此景心中感触颇深,自己不就是像这盛开的香蒲与芙蓉吗?可是,花儿的美丽自有行人欣赏,而自己牵挂的人却不在身旁。这蓬勃生长的花草散发着旺盛的生命气息,女子在一片遐想中又忆起了情郎强壮的身姿以及芳草般的品德,女子越想越是对情郎心生喜爱,越是喜爱这思念亦越是深切,浓浓的思念中,女子日夜难眠,涕泪长流,成为一位孤独的忧愁患者。此诗情感深切,读之能深刻体会到抒情女主人公强烈而真挚的爱。

原诗

彼泽之陂[1],有蒲与荷[2]。
有美一人,伤如之何[3]!
寤寐无为[4],涕泗滂沱[5]。

彼泽之陂,有蒲与蕳[6]。
有美一人,硕大且卷[7]。

译诗

在那池塘堤岸旁,蒲草荷花溢馨香。
有位青年真俊朗,日夜思念牵肚肠!
辗转难眠睡不好,眼泪直流我心伤。

在那池塘堤岸旁,蒲草莲蓬溢馨香。
有位青年真俊朗,身材高大品性良!

寤寐无为,中心悁悁⁸。 | 辗转难眠睡不好,抑郁烦闷心忧伤。

彼泽之陂,有蒲菡萏⁹。 | 在那池塘堤岸旁,蒲草菡萏溢馨香。

有美一人,硕大且俨¹⁰。 | 有位青年真俊朗,身形高大又端庄!

寤寐无为,辗转伏枕。 | 辗转难眠睡不好,翻来覆去昼夜长。

[注释] 1 泽:池塘。陂(bēi):岸边,岸堤。 2 蒲:多年生草本植物,生池沼中,高近两米。根茎长在泥里,可食。叶长而尖,可编席、制扇,夏天开黄色花,亦称"香蒲"。荷:即莲花。 3 伤:因思念而忧伤。如之何:拿他怎么办。 4 寤寐无为:躺下起身都不成,指因思念而寝食难安。 5 涕泗:眼泪鼻涕。滂沱:本义是雨下得很大的样子,这里指流眼泪鼻涕像下大雨一样,形容哭得很伤心。 6 蕳(jiān):此指莲蓬。 7 卷:通"婘",美好。 8 悁悁(yuān):忧愁烦闷的样子。 9 菡萏(hàndàn):古人称未开的荷花为菡萏,即花苞。 10 俨:端庄威严。

桧风

羔裘

[导读]　这首诗是桧国大臣因桧国君主治国无道而被迫离去时所作。《毛诗序》曰:"大夫以道去其君也。国小而迫,君不用道。好洁其衣服,逍遥游燕,而不能自强于政治,故作是诗也。"桧国是周初时分封于溱水与洧水(在今河南省)之间的一个小国,平王东迁后不久,就被郑武公所灭。根据古代礼法,狐裘厚重,国君上朝时应穿此服,而游玩时则穿轻便的羔裘,从诗句"羔裘逍遥,狐裘以朝"可看出,桧国国君恰是颠倒为之,他蔑视礼法,不以国事为重,钟于逍遥,这让本就面积狭小的桧国处于更危险的局势,这叫桧国的大臣们怎能不感到忧心呢。而诗的第三章又写到羔裘在太阳照耀下发出油腻的光泽,这不禁让人联想到国君奢侈腐朽的生活,此番情景以桧国危险局势为背景,让人忧心之余更显愤怒。然而,诗人毕竟是桧国大臣,虽被迫离开,但对国家的牵挂与担忧是不由自主的,心烦之余又更添无奈。

[原诗]

羔裘逍遥¹,狐裘以朝²。
岂不尔思? 劳心忉忉³。

羔裘翱翔,狐裘在堂⁴。

[译诗]

穿着皮衣去闲荡,穿着狐皮去上朝。
怎不叫人牵肚肠,终日操心多烦恼。

穿着皮衣去游荡,穿着狐皮上朝堂。

岂不尔思？我心忧伤。　　怎不叫人牵肚肠,思来想去心忧伤。

羔裘如膏⁵,日出有曜⁶。　　皮衣色泽真鲜亮,太阳一照闪亮光。

岂不尔思？中心是悼⁷。　　怎不叫人牵肚肠,心念国家空自伤。

[注释]　1 羔裘:用羔皮制成的皮衣。古时为诸侯、卿、大夫的朝服。逍遥:游荡闲晃的样子。　2 狐裘:用狐皮制成的外衣。古时亦为诸侯、卿、大夫的朝服。朝:上朝。　3 劳心:忧心。切切(dāo):忧思的样子。　4 堂:朝堂。　5 膏:油。这里形容皮袄、狐裘光洁鲜亮的样子。　6 曜(yào):照耀,明亮。　7 悼:哀伤。

素冠

[导读]　这是一首妇女悼念亡夫的诗。看着穿戴整齐即将入殓的丈夫,抒情女主人公心里万分悲痛,眼前的丈夫不再是平日的模样,他头戴白帽,身着白衣、白裙,静静地躺在那里,这一切不仅刺痛了女子流泪的双眼,更刺痛了她凄惨愁苦的心,想到以后再也不能和丈夫一起相守,再也不能与之相见,女子恨不得和丈夫一同归去。也许是忆起了丈夫生前对自己的种种好,女子越发悲痛,她希望来世再与丈夫相遇,二人还要结为一体,做一对恩爱夫妻。

[原诗]

庶见素冠兮¹,棘人栾栾兮²,
劳心博博兮³。

[译诗]

看你头戴白帽,身心痛苦煎熬,
忧伤让我变老。

庶见素衣兮,我心伤悲兮,
聊与子同归兮 ⁴。

庶见素韠兮 ⁵,我心蕴结兮 ⁶,
聊与子如一兮 ⁷。

看你身穿白服,我心悲伤苦楚,
黄泉与你共赴。

看你身穿白裙,内心愁思淤积,
来世把你追寻。

[注释] 1 庶:幸。素冠:白色的帽子。此乃死者的服饰。 2 棘人:郑玄笺:"急于哀戚之人。""棘人"在此当为诗人自称。栾栾(luán):身体消瘦的样子。 3 慱慱(tuán):忧思的样子。 4 聊:愿。子:指丈夫。同归:一同死去。 5 素韠(bì):蔽膝,古代一种遮蔽在身前的皮制服饰,类似于今天的围裙。 6 蕴结:郁结,情绪、愿望等积聚在内心深处而不得发泄。 7 如一:结成一体。

隰有苌楚

[导读] 这是一首有感于生活的沉重、抒发内心烦恼的诗。湿地的羊桃长势茂盛,该开花时开花,该结果时结果,没有烦恼也没有忧愁,但反观自己,有来自家庭来自社会的种种压力,对此诗人深感心不由己。人非草木,孰能无情,然而,正是因为人有情有知觉才会为责任所累,为世事所累,无知无觉的草木无牵无挂倒显得比人类更逍遥自在,不会思考也就不会受累。人生在世有太多苦闷,活一天便有一天的烦恼,此种无奈唯有面对草木诉说,诗人虽未直言到底有何痛苦,但却传达了挣扎中的人们的普遍心声,直到今天,我们都能感同身受。

原诗

隰有苌楚¹,猗傩其枝²。
夭之沃沃³,乐子之无知⁴。

隰有苌楚,猗傩其华⁵。
夭之沃沃,乐子之无家⁶。

隰有苌楚,猗傩其实⁷。
夭之沃沃,乐子之无室⁸。

译诗

湿地成片长羊桃,枝条婀娜又妖娆。
叶儿柔嫩又丰茂,羡你无知没烦恼。

湿地成片长羊桃,花儿茂盛长得俏。
叶儿柔嫩又丰茂,羡你无家没烦恼。

湿地成片长羊桃,硕果累累挂枝条。
叶儿柔嫩又丰茂,羡你无家没烦恼。

注释 1 隰(xí):低湿的地方。苌(cháng)楚:即羊桃,蔓生植物,开紫红色花,果实如小桃,可食用。今人或以为猕猴桃。 2 猗傩:同"婀娜",柔美多姿的样子。 3 夭:茂盛美丽的样子。沃沃:丰茂而有光泽的样子。 4 乐:这里有羡慕的意思。子:指苌楚,羊桃。无知:没有知觉。 5 华:花。 6 无家:没有家室,这里有不用为家室所累的意思。 7 实:果实。 8 无室:义同"无家"。

匪风

导读 这是一首妻子为远征丈夫送行的诗。出发之日,寒风凛冽,军队在大风中急速前进,看着渐渐远去的战车,妻子唯有久久伫立,目送远行的丈夫,即使早已望不到他的身影,妻子还是不愿离去。风越刮越冷,军队越走越远,妻子眼神越来越迷茫,心也越来越痛,此去不知凶吉,不知何时才能相见,只愿日后常有西方归来的征人能带来丈夫安好的消息,妻子的难舍、悲痛与期望无不体现着她对丈夫一片深情。

原诗

匪风发兮[1],匪车偈兮[2]。
顾瞻周道[3],中心怛兮[4]。

匪风飘兮[5],匪车嘌兮[6]。
顾瞻周道,中心吊兮[7]。

谁能亨鱼[8],溉之釜鬵[9]。
谁将西归[10],怀之好音[11]。

译诗

大风吹得呼呼响,车马疾驰尘土扬。
把那大道遥相望,心中凄苦又悲伤。

大风吹呼天气凉,车马疾驰向前跑。
把那大道遥相望,心中凄苦谁知道。

烹制鱼儿谁最棒?我将锅具齐备好。
谁将归来自西方,带来消息解忧肠。

注释 **1** 匪:通“彼”,那。发:即发发,风吹的声音。 **2** 偈(jié):马车疾驰的样子。 **3** 顾瞻:远望。周道:大道。 **4** 中心:心中。怛(dá):忧伤,悲苦。 **5** 飘:风吹的样子。 **6** 嘌(piāo):急速轻快的样子。 **7** 吊:悲伤。 **8** 亨:“烹”的古字。烹鱼,有传信的意思。 **9** 溉:洗。釜(fǔ):锅子。鬵(xín):大锅。 **10** 西归:从西边归来。 **11** 怀:遗,送。好音:好消息。

曹风

蜉蝣

[导读] 这是一首感叹人生短暂不知身归何处的诗。蜉蝣朝生暮死,渺小脆弱,但却生得一对光彩夺目的翅膀,可不管羽翼如何光鲜,也终不过是昙花一现,归于尘土,而人又何尝不是这样呢?诗人从朝生夕死的蜉蝣联想到了人生的短暂以及生命的脆弱。红尘滚滚几十年,终是要面临消亡,人世间诸般繁华,终不过过眼云烟,世人皆无法抗拒生命的逝去,无论是衰老还是死亡,皆为生命的自然规律。敏感的诗人不禁对昙花一现的生命感到伤痛,对浮生若梦的年华感到怅惘,对魂归何处更是感到恐惧。诗中隐透着诗人对生命的无比眷念,对美好年华的依依不舍,全诗充满着感伤的情调,传达的应为没落贵族的消极情绪。

[原诗]

蜉蝣之羽[1],衣裳楚楚[2]。
心之忧矣,于我归处[3]。

蜉蝣之翼,采采衣服[4]。
心之忧矣,于我归息。

蜉蝣掘阅[5],麻衣如雪[6]。
心之忧矣,于我归说[7]。

[译诗]

蜉蝣翅膀真漂亮,整洁鲜亮如衣裳。
我的心里很忧伤,不知将要归何方。

蜉蝣羽翼真漂亮,色彩鲜亮如衣裳。
我的心里很忧伤,不知安息在何方。

蜉蝣出洞来逍遥,羽翼洁白如衣裳。
我的心里很忧伤,不知归结在何方。

【注释】 1 蜉蝣:虫名,亦作"蜉蝣",幼虫生活在水中,成虫褐绿色,翅膀轻薄半透明,生存期极短,一般是朝生暮死。 2 楚楚:整洁鲜明的样子。 3 于我:即于何。"我""何"古音相近,所以通用。 4 采采:色彩鲜明的样子。 5 掘阅:意思是蜉蝣初生时从洞穴里钻出来。掘,穿。阅,通"穴"。 6 麻衣:指蜉蝣半透明的翅膀。 7 说:通"税",停息。

候人

【导读】 这是一首讽刺居高位者身着华服而德行低劣的诗。曹共公远君子而近小人,执政之时,任命三百个新大夫,其中无德者居多,这些新贵趾高气昂,深受国君恩宠,但他们大多是才德平庸之辈,根本配不上他们的官爵以及显服。诗人对此无比憎恶而忍不住加以讽刺,认为这些人得宠的时间不会太长,而对于那些候人,诗人则是同情的,他们忙里忙外,累活重活一把扛,但即便这样他们年幼的小女儿还是忍饥挨饿、成长艰难,等级社会的不公正待遇在此凸显。

【原诗】	【译诗】
彼候人兮¹,何戈与祋²。	接待小官事儿忙,各种武器肩上扛。
彼其之子³,三百赤芾⁴。	那些新贵气焰高,身穿官服受嘉奖。
维鹈在梁⁵,不濡其翼⁶。	一群鹈鹕在鱼梁,觅食未曾湿翅膀。
彼其之子,不称其服⁷。	那些新贵气焰高,哪配身上大夫装。
维鹈在梁,不濡其咮⁸。	一群鹈鹕在鱼梁,大嘴未湿太反常。

彼其之子,不遂其媾⁹。　那些新贵气焰高,得宠时间不会长。

荟兮蔚兮¹⁰,南山朝隮¹¹。　云气弥漫七彩光,南山早上云雾绕。

婉兮娈兮¹²,季女斯饥¹³。　妙龄少女容颜好,忍饥挨饿真难熬。

注释　1 候人:古代掌管禁令、治安、边境出入、整治道路,或迎送宾客的小官。　2 何:通"荷",肩负。戈、祋(duì):都是兵器。祋,古代的一种兵器,即殳(shū),用竹木做成,有棱无刃。　3 彼:他。其:语气助词。之子:那些人,即穿赤芾的人,也就是曹共公执政之时所任命的三百个新大夫。4 赤芾(fú):红色皮制的蔽膝,大夫以上的官服。　5 鹈(tí):水鸟名,即鹈鹕,体型较大,嘴长,喜群居,以捕食鱼类为生。梁:鱼坝。　6 濡:沾湿。7 称:相称,匹配。　8 咮(zhòu):鸟嘴。　9 遂:长久。媾(gòu):宠爱。10 荟:云气盛多的样子。蔚:云气多彩的样子。　11 南山:曹地南边的山。朝:早晨。隮(jī):升。　12 婉:年轻。娈:美好。　13 季女:小女儿。饥:饿。

鸤鸠

导读　这是一首赞美君子美好德行的诗。传说布谷鸟养有七子,均平等对待,诗人以此起兴,赞美君子无偏无私、表里如一。诗中说到,君子应内修外美,不仅要仪表端庄、品德端正,还得心如磐石、坚定不移,这样方为四方的好榜样,百姓的好长官,这样才能平等待人、治国安邦。试想,有此贤君,百姓怎不会祝他万寿无疆呢!

原诗

鸤鸠在桑 [1]，其子七兮 [2]。
淑人君子 [3]，其仪一兮 [4]。
其仪一兮，心如结兮 [5]。

鸤鸠在桑，其子在梅 [6]。
淑人君子，其带伊丝 [7]。
其带伊丝，其弁伊骐 [8]。

鸤鸠在桑，其子在棘 [9]。
淑人君子，其仪不忒 [10]。
其仪不忒，正是四国 [11]。

鸤鸠在桑，其子在榛 [12]。
淑人君子，正是国人 [13]。
正是国人，胡不万年 [14]！

译诗

布谷筑巢桑树上，细心喂养小幼鸟。
仁善君子品行良，仪容整洁又端庄。
仪容整洁又端庄，心如磐石有节操。

布谷筑巢桑树上，幼鸟梅林欢歌唱。
仁善君子品行良，腰带边上白丝镶。
腰带边上白丝镶，皮帽青黑色鲜亮。

布谷筑巢桑树上，幼鸟枣林欢歌唱。
仁善君子品行良，仪表德行无二样。
仪表德行无二样，四方学习好榜样。

布谷筑巢桑树上，幼鸟榛林欢歌唱。
仁善君子品行良，百姓学习好榜样。
百姓学习好榜样，怎不祝他年寿长！

注释　1 鸤(shī)鸠:布谷鸟。　2 其子七:传说布谷鸟有七子。　3 淑人:善人。　4 仪:仪态。一:始终如一。　5 心如结:意思是用心专一,有操守。结:稳固,坚定。　6 梅:梅树。　7 带:腰带。伊:是。　8 弁(biàn):皮帽。骐:青黑色的马,这里指皮帽的颜色。　9 棘:酸枣树。　10 忒:差错。11 正:法则。四国:四方之国。　12 榛:落叶灌木,结球形坚果,称榛子。13 国人:全国百姓。　14 胡:何。

下泉

[导读]　这是一首曹人怀念周王朝并赞美晋大夫郇伯的诗。据《左传》记载，鲁昭公二十二年(前520)，周景王死，王子猛继位，是为悼王，王子朝因为没有被立为王而起兵作乱，想要攻杀猛，周王室发生内乱。晋文公派大夫荀跞率军攻打王子朝，迎立悼王，不久悼王死，王子猛弟王子匄(gài)被拥立即位，是为敬王。据《春秋》记载，周敬王居于狄泉，极有可能就是本诗中之的"下泉"。从诗的描述来看，当时的曹地一片萧条，让人们不禁怀念周王朝当年四海朝归的繁荣景象，所以《毛诗序》说："《下泉》，思治也。曹人疾共公侵刻下民，不得其所，忧而思明王贤伯也。"

[原诗]

冽彼下泉¹，浸彼苞稂²。
忾我寤叹³，念彼周京⁴。

冽彼下泉，浸彼苞萧⁵。
忾我寤叹，念彼京周。

冽彼下泉，浸彼苞蓍⁶。
忾我寤叹，念彼京师。

芃芃黍苗⁷，阴雨膏之⁸。
四国有王⁹，郇伯劳之¹⁰。

[译诗]

下泉之水太寒凉，久泡之后童粱凋。
睁眼醒来叹息长，周朝都城实难忘。

下泉之水太寒凉，久泡之后艾蒿凋。
睁眼醒来叹息长，周朝京都实难忘。

下泉之水太寒凉，久泡之后蓍草凋。
睁眼醒来叹息长，周朝京师实难忘。

黍苗蓬勃长势旺，阴雨滋润助生长。
四方之国朝周王，说来郇伯最繁忙。

[注释]　**1** 冽:寒冷。下泉:从地下涌出的泉水，又叫狄泉。　**2** 苞:丛生。稂(láng):有害于禾苗的杂草，又叫童粱、宿田翁。　**3** 忾(xì):叹息。寤:

醒来。　**4** 周京:周朝的京城。下文的"京周""京师"与此同义。　**5** 萧:艾蒿。　**6** 著(shī):多年生草本植物,全草可入药,茎、叶可制香料,古代用其茎占卜。　**7** 芃芃(péng):茂盛的样子。　**8** 膏:滋润,滋养。　**9** 四国有王:四方之国朝聘于天子。　**10** 郇伯:指晋大夫荀跞。

豳风

七月

导读　这是一首围绕节令叙述西周农民一年农事活动的诗,乃"风诗"中最长的一篇,它勾勒了一幅自然古朴的上古社会生活图景,反映了当时农民生活的各个方面,散发着浓郁的古风气息。本诗记录了农民一年的忙碌生活,从春耕、秋收、冬藏到采桑、绩织、狩猎再到修房、建宫、宴飨,春秋四季,毫无闲暇。农民所忙无非在"衣"在"食",为此他们一年到头无一日停歇,但即便如此他们还是吃不好穿不暖,反观"田畯""公子",他们乐悠悠地看着农民忙碌的情景,理所应当地享受着农民劳动的成果,外出劳作的年轻姑娘们还得时刻担心"公子"对她们进行人身侵略,可见当时的农民不仅是为公家进行无偿劳动,连作为人最基本的尊严都没有。"田畯""公子"只是贵族统治者的一个缩影,压在农民身上的大山何止这些。然而,身处上古社会的农民自然不会深入思考这些,他们毫无怨言井然有序地进行一年的农事活动,岁末将至,他们齐聚一堂,举杯对饮,祭祀祈福,也有一番属于自己的乐趣。抛开历史背景与阶级剖析,单从诗的艺术风格上来说,全篇语气平和,情绪轻快,采桑田猎、男耕女织的实况描述中充满了浓浓的古风情韵,倒像是在描写农家生活之乐,呈现出"乐而不淫,哀而不伤"的温柔敦厚之诗风,全篇洋洋洒洒,气象非凡,展现出极高的艺术成就,正如牛运震所云:此诗以编纪月令为章法,以蚕衣农食为节目,以预备储蓄为筋骨,以上下交相忠爱为血脉,以男女室家之情为渲染,以谷蔬虫鸣之属为点缀,平平常常,痴痴钝钝,自然充悦和厚,典则古雅。——此诗兼各种性情,一派古风,满篇春气。斯为诗圣大作手。

[原诗]

七月流火[1],九月授衣[2]。
一之日觱发[3],二之日栗烈[4]。
无衣无褐[5],何以卒岁[6]?
三之日于耜[7],四之日举趾[8]。
同我妇子[9],馌彼南亩[10],
田畯至喜[11]。

七月流火,九月授衣。
春日载阳[12],有鸣仓庚[13]。
女执懿筐[14],遵彼微行[15],
爰求柔桑[16]。春日迟迟[17],
采蘩祁祁[18]。女心伤悲,
殆及公子同归[19]?

七月流火,八月萑苇[20]。
蚕月条桑[21],取彼斧斨[22],
以伐远扬[23],猗彼女桑[24]。
七月鸣鵙[25],八月载绩[26]。
载玄载黄[27],我朱孔阳[28],
为公子裳。

四月秀葽[29],五月鸣蜩[30]。

[译诗]

七月火星向西降,九月妇女缝衣裳。
十一月风吹呼呼响,十二月风吹天气凉。
粗布衣服没一套,漫长寒冬怎么熬?
一月犁具修整好,二月下田耕地忙。
妇女孩子携同好,晌午送饭切莫忘,
田边农官喜洋洋。

七月火星向西降,九月妇女缝衣裳。
三春日里暖洋洋,黄莺枝头欢歌唱。
姑娘手上挎竹筐,沿着小路徐前往,
采摘嫩桑把蚕养。三春日里暖阳照,
白蒿肥嫩采摘忙。姑娘暗自把心伤,
怕那公子把人抢。

七月火星向西降,八月芦苇采割忙。
三月桑树休整好,圆斧方斧齐上场,
高枝长枝都砍掉,轻拉柔条采嫩桑。
七月伯劳声声唱,八月将那麻布纺。
染成黑色染成黄,大红料子最闪耀,
为那公子制衣裳。

四月远志结穗囊,五月蝉儿声声嚷。

八月其获³¹,十月陨萚³²。
一之日于貉³³,取彼狐狸,
为公子裘。二之日其同³⁴,
载缵武功³⁵,言私其豵³⁶,
献豜于公³⁷。

五月斯螽动股³⁸,六月莎鸡振羽³⁹。
七月在野⁴⁰,八月在宇⁴¹,
九月在户⁴²,十月蟋蟀入我床下。
穹室熏鼠⁴³,塞向墐户⁴⁴。
嗟我妇子,曰为改岁⁴⁵,
入此室处⁴⁶。

六月食郁及薁⁴⁷,七月亨葵及菽⁴⁸。
八月剥枣⁴⁹,十月获稻。
为此春酒⁵⁰,以介眉寿⁵¹。
七月食瓜,八月断壶⁵²,
九月叔苴⁵³。采荼薪樗⁵⁴,
食我农夫⁵⁵。

九月筑场圃⁵⁶,十月纳禾稼⁵⁷。
黍稷重穋⁵⁸,禾麻菽麦⁵⁹。
嗟我农夫,我稼既同⁶⁰,
上入执宫功⁶¹。昼尔于茅⁶²,
宵尔索綯⁶³。亟其乘屋⁶⁴,
其始播百谷⁶⁵。

二之日凿冰冲冲⁶⁶,三之日纳

八月谷物收割忙,十月落叶纷纷降。
十一月狗獾遍地跑,猎取狐狸把皮剥,
为那公子做衣裳。十二月大伙聚一堂,
继续打猎漫山跑,小兽留给自己享,
大兽献到公府上。

五月螽斯叫嚷嚷,六月络纬展翅膀。
七月田野鸣欢唱,八月屋檐底下藏,
九月纷纷跳进房,十月蟋蟀床下叫。
把那老鼠都熏跑,把那窗户都封好。
老婆孩子齐唤上,马上就要过年了,
一起住进这间房。

郁李葡萄六月尝,七月葵豆烹调好。
八月枣儿扑打忙,十月谷物进粮仓。
春酒用那新米酿,祈求老爷寿命高。
七月把那葫芦尝,八月摘下有用场,
九月拾麻收藏好。苦菜臭椿拾掇忙,
众多农夫靠它养。

九月建好打谷场,十月谷物进粮仓。
黄米高粱成熟了,粟米麦麻都藏好。
种田人呀事儿忙,庄稼都已入了仓,
宫室尚未修妥当。白天野外割茅草,
夜里搓绳没完了。修葺房屋要赶早,
开春耕种事更忙。

腊月凿冰咚咚响,正月放进冰窖藏。

于凌阴 ⁶⁷。
四之日其蚤 ⁶⁸，献羔祭韭 ⁶⁹。
九月肃霜 ⁷⁰，十月涤场 ⁷¹。
朋酒斯飨 ⁷²，曰杀羔羊。
跻彼公堂 ⁷³，称彼兕觥 ⁷⁴，
万寿无疆!

二月祭祀赶大早，献上韭菜和羊羔。
九月霜降天微凉，十月清扫打谷场。
两壶美酒齐聚享，宰杀羔羊也献上。
大伙欢聚在公堂，牛角酒杯手上扬，
高声齐祝寿无疆!

【注释】 1 七月:农历七月。流:向下行。火:星宿名，又叫"大火"。大火六月居正南方，七月开始偏西下行。七月流火，是说在农历七月天气转凉，黄昏时候，可以看见大火星从西方落下去。 2 授衣:制备冬衣。 3 一之日:一月之日。一月指夏历十一月，周历正月，亦即农历十一月。觱发(bìbō):风寒冷。 4 栗烈:凛冽，寒冷的样子。 5 褐:粗布衣服。 6 卒岁:终岁。 7 于:为，修理。耜(sì):原始翻土农具"耒耜"的下端，最早是木制的，后用金属制，相当于今天的犁。 8 举趾:下田，开始耕地。 9 同:携同。妇子:妇女和孩子。 10 馌(yè):给在田间耕作的人送饭。南亩:泛指农田。南坡向阳，有利于农作物生长，古人田土多向南开辟，所以称为"南亩"。 11 田畯:农官。 12 春日:农历三月。载:开始。阳:天气和暖。 13 仓庚:黄莺。 14 懿筐:深筐。 15 遵:沿着。微行:小路。 16 爰:于是。柔桑:柔嫩的桑叶。 17 迟迟:阳光温暖，光线充足的样子。 18 蘩:白蒿。祁祁:形容采蘩妇女众多的样子。 19 殆:害怕。公子:豳公的儿子。 20 萑(huán)苇:荻草和芦苇。 21 蚕月:养蚕的月份，即农历三月。条桑:修剪桑树的枝条。 22 斨(qiāng):方孔的斧子。 23 远扬:过高过长的桑树枝条。将桑树的大枝砍掉后，能长出更多的新枝，新枝叶子鲜嫩，更好养蚕。 24 猗:通"掎"，拉住。女桑:柔嫩的桑树枝条。猗彼女桑，即拉住柔嫩的枝条采摘桑叶。 25 鵙(jú):伯劳鸟。 26 绩:纺织。 27 载:是。玄:黑色。 28 朱:红色。孔:甚。阳:色彩鲜明的样子。 29 秀:吐穗。葽(yāo):远志，多年生草

本植物,茎细,叶子线形,花绿白色,果实圆形,根可入药。 **30** 蜩(tiáo):
蝉。 **31** 其获:开始收获各类农作物。 **32** 陨:落。萚(tuò):落叶。
33 于:猎取。貉(hé):亦称"狗獾"。外形像狐,穴居河谷、山边和田野间。
34 同:聚合。 **35** 缵:继续。武功:指田猎之事。 **36** 私:个人占有。
豵(zōng):小猪,亦泛指小兽。 **37** 豜(jiān):三岁的猪,亦泛指大兽。公:
公家。 **38** 斯螽(zhōng):即螽斯,褐色昆虫,身长寸许,善跳跃,吃农作
物,雄虫的前翅有发声器,颤动翅膀能发声。动股:古人误认为螽斯以摩
擦大腿发声。 **39** 莎鸡:虫名,又名络纬,俗称纺织娘、络丝娘。 **40** 野:
田野。 **41** 宇:屋檐下。 **42** 户:屋内。 **43** 穹:空隙,缝隙。窒:堵塞。
44 塞向:堵塞北窗。墐(jìn)户:用泥涂塞门窗孔隙,以御寒风。 **45** 曰:
句首语气助词。改岁:换岁,即过年。 **46** 处:居。古时乡中之民春天
开始到田野的草庐中居住,以便生产,冬天则回到屋内。 **47** 郁:郁李,
一种落叶小灌木,似李而形小,果味酸,肉少核大,仁可入药。薁(yù):野
葡萄。 **48** 亨:"烹"的古字。葵:菜名。菽:豆子的总称。 **49** 剥枣:
扑枣,打枣。剥,通"扑"。 **50** 春酒:冬酿春熟之酒。 **51** 介:祈求。
眉寿:长寿。 **52** 断壶:摘葫芦。 **53** 叔:拾取。苴(jū):麻子。 **54** 荼:
苦菜。薪:薪柴。樗(chū):臭椿树。 **55** 食:养活。 **56** 场:打谷场。
圃:菜圃。 **57** 纳禾稼:将谷物收纳入仓。 **58** 黍:黄米。稷:高粱。重:
通"穜(tóng)",早种晚熟的谷物。穋(lù):晚种早熟的谷物。 **59** 禾:粟。
60 同:收集。 **61** 上:通"尚",还得。宫功:修建宫室。 **62** 于茅:取
茅。 **63** 宵:晚上。索:搓。绹:绳。 **64** 亟:急,赶快。乘屋:覆盖屋顶。
65 其始:将要开始。 **66** 冲冲:凿冰的声音。 **67** 凌阴:藏冰的地窖。
68 蚤:通"早",早朝,古代的一种祭祀仪式。 **69** 韭:韭菜。 **70** 肃
霜:霜降之后,万物收缩。 **71** 涤场:将打谷场清洗干净。 **72** 朋酒:
两壶酒。斯:代酒。飨:用酒食招待客人。 **73** 跻:登。公堂:乡民集会
场所。 **74** 称:举起。兕觥(sìgōng):古代酒器,腹椭圆形或方形,圈足
或四足,盖一般呈带角兽头形。

鸱鸮

导读 这是一首借母鸟辛苦筑巢来抒写自我困苦处境的诗。母鸟的巢穴遭猫头鹰洗劫，雏鸟被掠走，窝儿也不成样，母鸟悲痛交加，回想自己养育孩子是多么辛苦，它一面伤心，一面还得把鸟巢重新修好，这样才能抵御外敌，拥有一个安全的港湾。母鸟没日没夜叼树皮，衔干草，修门窗，哪怕脚爪僵麻，喙角磨泡，羽毛焦黄，尾巴干枯，它的窝还是没有修好，高高危悬在树枝上，任凭风吹雨打，又摇又晃。母鸟心惊胆战，它怕鸟巢再次倾覆，更担心恶鸟重返，惊恐之中发出声嘶力竭的尖叫，声声啼血。诗中描绘的情景触目惊心，令人战栗，诗人正是借母鸟的不幸遭遇抒写自身同样凄惨的处境。诗人可能是遭遇灾祸，妻离子散，家庭破碎，但他还是努力重建家园，面对外界的欺凌，他希望自己能够有一个安全的栖息之所，可是天不由人，枉他再辛勤努力还是没能完成自己的心愿。诗中所喻并非诗人个体遭遇，更是当时人们的普遍处境，抒发了人不能把握自己命运的悲慨，同时又隐隐透露出一股生命的顽强与生存的勇气。

原诗

鸱鸮鸱鸮[1]！既取我子[2]，
无毁我室[3]。恩斯勤斯[4]，
鬻子之闵斯[5]！

迨天之未阴雨[6]，彻彼桑土[7]，
绸缪牖户[8]。今女下民[9]，
或敢侮予[10]。

予手拮据[11]，予所捋荼[12]，

译诗

猫头鹰呀太可恶！抓我孩儿真残酷，
不要再毁我巢居。抚养孩儿真辛苦，
日夜操劳是病故！

趁那雨季还未到，把那桑树根皮剥，
窗户房门都缠好。如今树下的人呀，
还有谁敢来滋扰。

双手疲劳已发麻，还要采取茅草花，

予所蓄租 [13]。予口卒瘏 [14]，曰予未有室家 [15]。

积蓄干草垫窝巢。我的嘴巴磨起泡，可惜窝儿未建好。

予羽谯谯 [16]，予尾翛翛 [17]，予室翘翘 [18]，风雨所漂摇 [19]。予维音哓哓 [20]。

我的翅膀焦又黄，我的尾巴成枯槁，我的巢儿悬树上，风吹雨打摇晃晃。我的叫声恐而慌。

注释 1 鸱鸮(chīxiāo)：即猫头鹰，古人认为这是一种恶鸟。 2 子：雏鸟。 3 室：鸟巢。 4 恩：爱。斯：语气助词。恩斯，即含辛茹苦的意思。 5 鬻：通"育"，养育。子：幼鸟。闵：病困。 6 迨(dài)：趁着。 7 彻：剥取。土(dù)：根。 8 绸缪：紧密缠绕。牖(yǒu)：窗户。户：门。 9 女：通"汝"。下民：下面的人。 10 或：有。侮：欺辱。 11 拮据：原指鸟衔草筑巢，这里形容鸟爪因劳累而发僵的样子。 12 所：还要。捋(luō)：摘取。荼：茅草的白花。 13 蓄：积蓄。租：通"苴(jū)"，垫窝的草。 14 卒：通"悴"，疲劳的样子。瘏(tú)：疲劳致病。 15 曰：句首语气助词。予未有室家：意思是鸟巢还没建好。 16 谯谯(qiáo)：羽毛枯黄疏落的样子。 17 翛翛(xiāo)：羽毛凋散残破的样子。 18 翘翘：高而危险的样子。 19 漂摇：即飘摇。 20 哓哓(xiāo)：鸟雀因恐惧而发出鸣叫声。

东山

导读 这首诗抒写了远征士卒还乡途中悲喜交集的心情。诗中征人在外多年，如今终于有机会脱下战袍，换上那身准备已久的家常便服，多年的思乡之情此刻瞬间爆发,诗人喜极而泣。然而,一番激动之后诗人不禁燃起悲情,他一方面马不停蹄地往家赶,一方面又情怯不前,诗人不停地在心里幻想家中是何光景,亲人又过得怎样。归家途中,细雨蒙蒙,天昏地暗,诗人心忧故乡萧条凋散,想那家中因无人打理恐也变得杂草丛生、荒凉不堪。越想诗人的心情越是沉重,但当思及家中亲人的时候,诗人又转悲为喜,终于可以和家中盼夫三年的妻子团圆,当然可乐,想当年妻子刚出嫁的时候是一番多么热闹喜庆的情景呀,如今久别重逢不知又是一番怎样的欢乐场面。诗中描绘的故园景象与家人团聚的情景皆为诗人所想,诗人由喜至悲,由悲至喜,生动表现了征人久别归乡的复杂心情,全诗虚实相生,情感深沉,意境浑融,具有很强的感染力。

【原诗】

我徂东山[1],慆慆不归[2]。
我来自东,零雨其蒙[3]。
我东曰归[4],我心西悲[5]。
制彼裳衣[6],勿士行枚[7]。
蜎蜎者蠋[8],烝在桑野[9]。
敦彼独宿[10],亦在车下。

我徂东山,慆慆不归。
我来自东,零雨其蒙。
果臝之实[11],亦施于宇[12]。
伊威在室[13],蟏蛸在户[14]。
町畽鹿场[15],熠燿宵行[16]。
不可畏也,伊可怀也[17]。

我徂东山,慆慆不归。

【译诗】

自我远征到东山,久滞不归岁月长。
今天我从东山回,细雨蒙蒙雾迷茫。
刚刚踏上归家路,向西而悲心感伤。
家常衣服缝一套,不用含枚上战场。
山蚕蠕动身子缓,栖息野外桑树上。
独睡蜷缩成一团,兵车底下把身躺。

自我远征到东山,久滞不归岁月长。
今天我从东山回,细雨蒙蒙雾迷茫。
栝楼结果一串串,藤蔓爬到屋檐上。
屋内土虱满地爬,门前挂有蜘蛛网。
田舍空地有鹿迹,夜晚萤火闪亮光。
家园凋敝不可怕,越是如此越念想。

自我远征到东山,久滞不归岁月长。

我来自东，零雨其蒙。　　　　今天我从东山回，细雨蒙蒙雾迷茫。
鹳鸣于垤 ¹⁸，妇叹于室 ¹⁹。　　鹳鸟丘上声声叫，妻子屋内叹息长。
洒扫穹室 ²⁰，我征聿至 ²¹。　　清扫屋子再烘房，盼望丈夫早归乡。
有敦瓜苦 ²²，烝在栗薪 ²³。　　团团葫芦已摘取，久久搁在柴堆上。
自我不见，于今三年。　　　　自我夫妻不相见，算来已有三年长。

我徂东山，慆慆不归。　　　　自我远征到东山，久滞不归岁月长。
我来自东，零雨其蒙。　　　　今天我从东山回，细雨蒙蒙雾迷茫。
仓庚于飞 ²⁴，熠耀其羽。　　黄莺空中展翅翔，羽毛熠熠闪亮光。
之子于归 ²⁵，皇驳其马 ²⁶。　　妻子当初做新娘，迎亲骏马色白黄。
亲结其缡 ²⁷，九十其仪 ²⁸。　　娘为女儿结佩巾，仪式繁多喜洋洋。
其新孔嘉 ²⁹，其旧如之何 ³⁰？　新婚夫妇真美好，久别重逢是何样？

[注释]　1 徂：往，到。东山：指诗中主人公远征之地，在今山东省曲阜市，亦称蒙山。　2 慆慆(tāo)：长久。　3 零雨：慢而细的小雨。　4 曰：语气助词。　5 西悲：向西而悲。　6 裳衣：家常衣服。　7 士：通"事"。行枚：古人行军之时将木棍衔在嘴里，避免说话出声，这里指征战之事。8 蜎蜎(yuān)：昆虫蠕动爬行的样子。蠋(zhú)：蝴蝶、蛾等昆虫的幼虫，这里指野蚕。　9 烝(zhēng)：久。　10 敦：蜷缩的样子。　11 果臝(luǒ)：亦称栝(guā)楼，多年生草本植物，茎上有卷须，以攀缘他物，果实卵圆形，橙黄色。　12 施：蔓延。宇：屋檐。　13 伊威：虫名，即土虱，多生于阴暗潮湿之地。　14 蟏蛸(xiāoshāo)：一种蜘蛛，身体细长，脚很长，多在室内墙壁间结网，通称喜蛛，民间认为是喜庆的预兆。　15 町畽(tīngtuǎn)：田舍旁空地。或以为鹿迹。鹿场：野鹿活动的地方。16 熠耀：闪亮的样子。宵行：即萤火虫。　17 伊：是。　18 鹳(guàn)：一种大型水鸟，羽毛灰白色或黑色，嘴长而直，形似白鹤，生活在江、湖、池沼的近旁，捕食鱼虾等。垤(dié)：小土丘。　19 妇：指征人的妻子。　20 洒扫：

打扫。穿窒:堵塞缝隙。　**21**　聿:语气助词。　**22**　敦:团。瓜苦:瓠瓜,葫芦的一种。　**23**　栗薪:堆积木柴。　**24**　仓庚:黄莺。　**25**　于归:出嫁。　**26**　皇:毛色黄白相杂的马。驳:毛色不纯的马。　**27**　缡(lí):古代妇女出嫁时所系的佩巾。古代婚俗,女子出嫁时母亲亲手为女儿将佩巾结在带子上。　**28**　九十:形容结婚礼节繁多。仪:仪式。　**29**　新:新婚。孔:甚,很。嘉:美好。　**30**　旧:指久别重逢。

破斧

导读　这是一首战士凯旋之歌。周武王伐纣胜利后,坐拥天下,封纣王之子武庚于殷地,并将殷地一分为三,派自己的兄弟管叔、蔡叔、霍叔各接管一地,监视武庚。武王死后,其子成王继位,因其年幼,由周公辅政,后来武庚联合管、蔡、徐、奄等国反周,周公带兵东征,历时三年方平定叛乱。在这次东征中,士兵们虽然历经辛苦,但看到自己为四方统一作出了贡献,心里感到光荣而自豪,同时诗中处处流露出了对周公的赞美崇敬之情。

原诗

既破我斧,又缺我斨[1]。
周公东征,四国是皇[2]。
哀我人斯[3],亦孔之将[4]。

既破我斧,又缺我锜[5]。
周公东征,四国是吪[6]。

译诗

战斧破损裂缝长,大斨残缺不像样。
周公率军征四方,天下诸侯皆扶匡。
多少苦难心里熬,却也感到有荣光。

战斧破损裂缝长,铁锯残缺不像样。
周公率军征四方,天下诸侯受感教。

哀我人斯,亦孔之嘉[7]。　　多少苦难心里熬,却也感到很自豪。

既破我斧,又缺我锜[8]。　　战斧破损裂缝长,凿子残缺不像样。

周公东征,四国是遒[9]。　　周公率军征四方,天下诸侯团结好。

哀我人斯,亦孔之休[10]。　　多少苦难心里熬,却也感到很美好。

[注释] 1 斨:方孔的斧子。　2 四国:四方之国,即天下。皇:通"匡",匡正。　3 我人:我们这些人。斯:语气助词。　4 孔:甚、很。将:大。
5 锜(qí):古代兵器,是锯的一种。　6 吪(é):教化,感化。　7 嘉:好。
8 錹(qiú):凿子。　9 遒(qiú):团结。　10 休:美好。

伐柯

[导读] 这是一首答谢媒人的诗。诗以砍取斧柄作比喻,意在说明男子想要找到一位合适的妻子,就好像砍取斧柄一定要用斧头一样,必须通过媒人,懂得了其中的方法程式,才能娶到好妻子,才能热热闹闹的办好婚礼。从诗中可以看出,媒人在男女结合中起着至关重要的作用,诗中男子能够找到合适的姑娘并顺利成婚,当然得感谢奔走中间的媒人,后来把媒人称为"伐柯""作伐",也是从此诗而来。

[原诗]　　　　　　　　　　**[译诗]**

伐柯如何[1]?匪斧不克[2]。　　砍取斧柄该怎样?没有斧头做不到。

取妻如何[3]?匪媒不得。　　要娶妻子该怎样?没有媒人办不好。

伐柯伐柯,其则不远[4]。   砍斧柄呀砍斧柄,手握法则不走样。

我觏之子[5],笾豆有践[6]。   遇见我的好姑娘,办好宴席喜洋洋。

[注释] 1 柯:斧柄。 2 克:能够。 3 取:通"娶"。 4 则:法则、准则。 5 觏(gòu):遇见。之子:指和诗中男子成婚的姑娘。 6 笾(biān)豆:古代祭祀及宴会时常用的两种礼器。笾,竹制,盛果品。豆,木制,盛肉食,形状像高脚盘。践:陈列整齐的样子。

九罭

[导读] 这是一首姑娘想要留住意中人的诗。诗中称"公"的人,身穿锦绣礼服,应该是很有地位的贵族。在《诗经》中撒网捕鱼往往象征求偶,此诗中留公再宿的应为对其倾心的姑娘,而且从"九罭之鱼,鳟鲂"可以看出,姑娘与公的地位相差悬殊。心上人四处游走,姑娘担心他没有住处,很想留下他,同时姑娘又想到,在此一别,可能再也没有相见之日,只愿与之共眠,哪怕只是短暂温存也好。姑娘留人心切,情急中竟藏起了心上人的衣服,以防他匆匆走掉留下自己徒自伤悲。女子热情而大胆的举动反映了她对游历青年贵族用情甚深、难以忘怀,同时也可以从中看出她个性率真,敢于追求爱情。此诗比喻精巧,诗意层层递进,生动刻画了恋爱中女子的心理活动,感情真挚,令人动容。

原诗

九罭之鱼[1]，鳟鲂[2]。
我觏之子[3]，衮衣绣裳[4]。

鸿飞遵渚[5]，公归无所，
于女信处[6]。

鸿飞遵陆[7]，公归不复，
于女信宿[8]。

是以有衮衣兮[9]，无以我公归兮[10]，
无使我心悲兮。

译诗

撒下密网去捕捞，不想捕到大鳟鲂。
遇上我的心上人，锦绣礼服彩下裳。

大雁沿飞沙洲上，怕您归去住不好，
再住两晚怎么样。

大雁沿飞水陆上，怕您一去不回了，
再住两晚好不好。

藏起您的锦绣裳，不要让您去他方，
不要使我徒悲伤。

注释 1 九罭(yù)：捕捞小鱼的密网。九，虚数，指网眼多。 2 鳟(zūn)：鱼类的一种，体型较大，侧扁，形略似鲑鱼，全身有显著的黑点。鲂(fáng)：与鳊鱼相似，银灰色，腹部隆起，也是体型较大的一种鱼。 3 觏(gòu)：遇见。 4 衮(gǔn)衣：古代帝王及上公穿的绘有卷龙的礼服。绣裳：彩色下衣，古代官员的礼服。 5 鸿：大雁。遵：沿着。渚：水中的小块陆地。 6 女：通"汝"。信：住两晚称信。处：住宿。 7 陆：高出水面的陆地。 8 信宿：相当于"信处"，再住两夜。 9 是以：因此。有：持有，藏。 10 无以：不让。

狼跋

[导读] 这是一首讽刺公孙贵族的诗。诗中老狼脖颈下的垂肉严重阻碍了前行,由于行动不利索,后退又被自己的尾巴绊倒,倍显迟缓之态,那位王孙贵族大腹便便,脚上却踩着又弯又翘的大红鞋子,走路一摇一摆,十分可笑,像极了老狼。诗以老狼的进退窘态为喻,揶揄公孙贵族的臃肿体态,令人忍俊不禁,具有强烈的讽刺效果。而诗的结尾写道,这体态不雅的公孙贵族名声倒也不差,可见诗人只是单纯取笑其滑稽的形体,并无过多意指。

[原诗]

狼跋其胡¹,载疐其尾²。
公孙硕肤³,赤舄几几⁴。

狼疐其尾,载跋其胡。
公孙硕肤,德音不瑕⁵。

[译诗]

狼踩颈肉前行缓,后退又被尾巴绊。
王孙公子腹便便,脚上红鞋弯又尖。

老狼后退被尾绊,脚踩颈肉缓行前。
王孙公子腹便便,德行倒也不招厌。

[注释] 1 跋:踩。胡:颈下的垂肉。 2 载:又。疐(zhì):绊倒。 3 公孙:对贵族官僚子孙的尊称。硕肤:大腹便便的样子。 4 赤舄(xì):红色的鞋子。几几:鞋尖高高翘起的样子。 5 德音:声誉。瑕:瑕疵,过失。

雅

诗经

小雅

鹿鸣

导读 这是周代贵族举行宴会所演唱的迎宾曲,表达了主人对宾客的欢迎和赞美。诗共三章,每章以恳诚的鹿鸣起兴,营造出一个轻松、和谐的氛围。在瑟、笙、琴的音乐伴奏声中,宴会热烈而欢快地举行献礼馈赠、饮酒致辞的活动。整首诗在情绪上一章比一章亲切,在气氛上一章比一章热烈,至末章达到"和乐且湛"的高潮,实现了主客沟通感情、安乐其心的宴会目的。

原诗

呦呦鹿鸣,食野之苹¹。
我有嘉宾,鼓瑟吹笙。
吹笙鼓簧²,承筐是将³。
人之好我,示我周行⁴。

呦呦鹿鸣,食野之蒿。
我有嘉宾,德音孔昭⁵。
视民不恌⁶,君子是则是效⁷。
我有旨酒,嘉宾式燕以敖⁸。

呦呦鹿鸣,食野之芩⁹。

译诗

群鹿呦呦相和鸣,呼吃野地嫩青苹。
我有满座好宾客,弹瑟吹笙来助兴。
吹奏笙管振动簧,竹筐盛满好礼品。
诸位宾朋喜欢我,告我正道最欢迎。

群鹿呦呦相和鸣,呼吃野地嫩青蒿。
我有满座好宾客,佳德美誉多显耀。
示范人们不轻佻,君子学习作仿效。
我有美酒甘而醇,邀客宴饮乐逍遥。

群鹿呦呦相和鸣,呼吃野地嫩黄芩。

我有嘉宾,鼓瑟鼓琴。 ┃ 我有满座好宾客,助兴鼓瑟又弹琴。

鼓瑟鼓琴,和乐且湛 [10]。 ┃ 弹琴鼓瑟情意深,宾主和乐且尽兴。

我有旨酒,以燕乐嘉宾之心 [11]。 ┃ 我有美酒甘而醇,以此安乐众宾心。

[注释] 1 呦呦(yōu):鹿鸣叫的声音。苹:即青蒿,蒿的一种。 2 簧:笙管中的簧舌。 3 承筐:用竹筐装上礼品。承,奉上。筐,竹筐。将:赠送。 4 示:告。周行(háng):大道,引申为正道、至道。 5 德音:美好的品德声誉。孔:很。昭:明。 6 视:通"示"。恌(tiāo):同"佻",刻薄,轻薄。 7 是:代词,之。则:法则。效:仿效。 8 式:语气助词,无实义。燕:同"宴",宴会。敖:即"遨",游乐,逍遥。 9 芩(qín):蒿一类的植物。 10 湛(dān):喜乐。 11 燕:安。

四牡

[导读] 这是一首写官吏出使在外,驾着马车奔走在漫长征途而思念家乡和父母的行役诗,表达了主人公因公事繁劳不能归家奉养父母的悲伤心情。全诗五章,基本上都采用赋的手法。每章前三句分别以马和雊,既作为叙事抒情的载体,又形成鲜明有趣的对照。马的苦累是主人公长期奔波在外的真实写照,雊的悠闲则是他向往的居家安稳的生活。然而,"王事靡盬"与"岂不怀归"的矛盾,使他无法在家安居,更遑论孝敬父母,因而极其自然地展现了人物"我心伤悲"的感情世界。

[原诗]

四牡騑騑¹,周道倭迟²。
岂不怀归? 王事靡盬³,
我心伤悲。

四牡騑騑,啴啴骆马⁴,
岂不怀归? 王事靡盬,
不遑启处⁵。

翩翩者雏⁶,载飞载下,
集于苞栩⁷。王事靡盬,
不遑将父⁸。

翩翩者雏,载飞载止⁹,
集于苞杞。王事靡盬,
不遑将母。

驾彼四骆,载骤骎骎¹⁰。
岂不怀归? 是用作歌,
将母来谂¹¹。

[译诗]

四匹公马跑得累,道路遥远又迂回。
难道不想把家归? 王家差事积成堆,
我的心里太伤悲。

四匹公马急驰驱,累得骆马气喘吁,
难道不想家里居? 王家差事多又苦,
哪有空闲在家住!

鹁鸪飞翔无拘束,忽高忽低多舒服。
累了停歇在柞树。王家差事多又苦,
没空回家养老父!

鹁鸪飞翔无拘束,飞飞停停多欢愉,
累了歇在枸杞树。王家差事多又苦,
没空回家养老母!

四骆马车赶行程,车儿急驰马不停。
怎不思念家里人? 将这心事作歌吟,
日夜想念老母亲!

[注释] 1 四牡:四匹公马。騑騑:马不停地走而显得疲劳的样子。 2 周道:大道。倭迟(wēichí):即"逶迤",道路迂回遥远。 3 靡:无。盬(gǔ):止息。 4 啴啴(tān):喘息的样子。骆马:颈上长有黑鬃的白马。 5 遑:闲暇。启处:在家安居休息。 6 雏(zhuī):鹁鸪。 7 苞:茂盛。栩:柞木。 8 将:供养,奉养。 9 载:词缀,嵌在动词前边。 10 载:语首助词,这里含有勉力的意思。骎骎(qīn):马疾速奔跑的样子。 11 谂(shěn):思念。

皇皇者华

[导读] 这是一首写周代的使臣在奉使途中,时刻不忘君主的教诲,以"靡及"自警而博访广求的诗。全诗分五章,第一章先交代出使的时间、对象和使命。后四章,均先写途中马匹和六辔的威仪之盛,再写诹、谋、度、询必咨于周的出使目的,反复见意。既在内容上酣畅淋漓地表现出使臣奉命"每怀靡及"的殷殷之意和忠于职守、忠于明命的品质,又在结构上错落有致,与第一章互相照应。

[原诗]	[译诗]
皇皇者华,于彼原隰[1]。	草木之花真鲜丽,遍布平畴与洼地。
駪駪征夫,每怀靡及[2]。	众多使者奔走急,常作思虑有不及。
我马维驹,六辔如濡[3]。	我的马儿为骏驹,六条缰辔真柔舒。
载驰载驱,周爰咨诹[4]。	风尘仆仆急驰驱,博访广求多参与。
我马维骐,六辔如丝[5]。	我的马儿为骏骐,六条缰辔柔如丝。
载驰载驱,周爰咨谋[6]。	风尘仆仆急驰驱,博访广求多重视。
我马维骆,六辔沃若[7]。	我的马儿为骏骆,六条缰辔真顺妥。
载驰载驱,周爰咨度[8]。	风尘仆仆急驰驱,博访广求多探索。
我马维駰,六辔既均[9]。	我的马儿为骏駰,六条缰辔调均匀。
载驰载驱,周爰咨询。	风尘仆仆急驰驱,博访广求多问询。

[注释] 1 皇皇:色彩鲜明的样子。华:同"花"。原:广平之地。隰(xí):低湿之地。 2 駪駪(shēn):急急忙忙。征夫:行人,出使者。靡及:没

有达到。　**3** 驹(jū):少壮的马。六辔:古代一车四马,马各二辔,其中两边骖马的内辔系在轼前不用,故称六辔。濡(rú):有光泽的样子。　**4** 周:遍及,普遍。爰:于、在。咨诹(zōu):访问商酌,谋划。　**5** 骐(qí):青黑色的马。　**6** 咨谋:讨论商酌。　**7** 沃若:驯顺的样子。　**8** 咨度:咨询,商酌。　**9** 骃:浅黑色间有白色的马。均:调和。

常棣

导读　这是一首宴请兄弟的诗,歌咏了兄弟友爱之情。全诗八章,第一章以常棣之花比兴,引出"凡今之人,莫如兄弟"的主题。其余的章节既从生死、困境、防御三个典型情境,正面对主题进行了具体深入的阐发,又以死丧祸乱与和平安宁,朋友妻子与兄弟关系进行对比,进一步凸显了兄弟友爱的重要性。

原诗

常棣之华¹,鄂不韡韡²。
凡今之人,莫如兄弟。

死丧之威,兄弟孔怀³。
原隰裒矣⁴,兄弟求矣。

脊令在原⁵,兄弟急难。
每有良朋,况也永叹⁶。

兄弟阋于墙,外御其务⁷。

译诗

花儿明艳的常棣,花萼花蒂两相依。
试看如今世上人,没谁比过亲兄弟。

倘遇可畏的死亡,只有兄弟放心上。
倘葬野地乱坟场,只有兄弟找寻忙。

好比鹡鸰困高原,兄弟担忧救急难。
虽有好友情谊笃,徒唤奈何空长叹。

兄弟家里虽争斗,却能携手抗外侮。

每有良朋,烝也无戎[8]。

丧乱既平,既安且宁;
虽有兄弟,不如友生[9]。

傧尔笾豆[10],饮酒之饫[11]。
兄弟既具,和乐且孺[12]。

妻子好合,如鼓瑟琴。
兄弟既翕[13],和乐且湛。

宜尔室家,乐尔妻帑[14]。
是究是图[15],亶其然乎[16]?

虽有好友情谊笃,灾难临头难相助。

死丧灾祸已平定,生活幸福又安宁;
虽有手足亲兄弟,情意反没朋友亲。

碗碟杯盘案前举,开怀宴饮气浮。
一家兄弟齐相聚,融洽笃爱真欢愉。

夫妻和睦情意深,好似琴瑟齐和鸣。
兄弟既已一条心,亲情久长乐融融。

你的家庭事业兴,你的妻儿好心情。
如若深思啥原因,前头确实已言明。

注释 1 常棣(chángdì):亦作棠棣、唐棣,即郁李,蔷薇科落叶小灌木,花或红或白,两三朵为一缀,茎长而花下垂,果实像李子而较小,可食。华:同"花"。 2 鄂不(èfū):花萼和花蒂。鄂,通"萼"。不,同"柎"。韡韡(wěi):光明华美的样子。 3 威:通"畏"。孔怀:很关心。 4 裒(póu):聚集。 5 脊令(jǐlíng):即鹡鸰,水鸟名。 6 每:虽。况:同"怳"(huǎng),失意的样子。永叹:长久叹息。 7 阋(xì):争吵。务:通"侮"。 8 烝(zhēng):众多。戎:帮助。 9 友生:朋友。 10 傧:陈列,摆。笾(biān)豆:古代祭祀或宴会时常用的两种器具。笾用竹制,豆用木制。 11 饫(yù):吃饱喝足。 12 孺:亲睦。 13 翕(xī):合,和顺。 14 帑(nú):通"孥",儿女。 15 究:深思。图:考虑。 16 亶(dǎn):实在,确实。然:这样。

伐木

[导读]　这是一首宴请亲朋好友的诗,体现了诗人对亲情和友情的渴望。诗分三章,第一章以伐木声、鸟鸣声两个意象起兴,有感于好鸟嘤嘤和鸣寻求知音而发出"相彼鸟矣,犹求友声;矧伊人矣,不求友生"的感慨。第二章诗人展示了现实生活中亲友不顾情谊、互相猜忌的不良现象,末章诗人为失去的亲情和友情而振臂高呼,希望亲友之间能相互理解信任、和睦快乐。

[原诗]

伐木丁丁,鸟鸣嘤嘤[1]。
出自幽谷,迁于乔木[2]。
嘤其鸣矣,求其友声。
相彼鸟矣[3],犹求友声;
矧伊人矣,不求友生[4]?
神之听之,终和且平[5]。

伐木许许,酾酒有藇[6]。
既有肥羜,以速诸父[7]。
宁适不来,微我弗顾[8]。
於粲洒扫,陈馈八簋[9]。
既有肥牡,以速诸舅[10]。
宁适不来,微我有咎[11]。

伐木于阪,酾酒有衍[12]。

[译诗]

砍树之声响丁丁,惊动群鸟叫嘤嘤。
鸟儿本栖大深谷,飞来迁住高树丛。
嘤嘤好鸟相和鸣,只为寻求好知音。
看那小鸟为飞禽,还思寻觅好知音。
何况我辈贵为人,怎能不去寻知音?
谨慎听从这道理,才能和乐又安宁。

众人砍树齐声呼,滤酒香浓迎面扑。
备好肥嫩小羊羔,诚心邀请我伯叔。
即使碰巧没能来,不是对我不念顾。
洒扫房屋明又净,摆上佳肴和美酒。
备好肥美公羊肉,诚心邀请众亲友。
即使碰巧没能来,不能说我有错咎。

砍树在那山坡上,清酒甘美多又满。

笾豆有践，兄弟无远¹³。　　碗碟杯盘摆整齐，兄弟之情莫疏远。
民之失德，干糇以愆¹⁴。　　人们为啥失情义？饭菜不周招人怨。
有酒湑我，无酒酤我¹⁵。　　有酒滤清让我饮，没酒请去买一壶。
坎坎鼓我，蹲蹲舞我¹⁶。　　咚咚鼓声为我响，兴致满怀翩翩舞。
迨我暇矣，饮此湑矣¹⁷。　　等到我有空闲时，饮这清酒不含糊！

注释 1 丁丁(zhēng)：砍树的声音。嘤嘤(yīng)：鸟叫的声音。　2 幽谷：幽深的山谷。乔木：高大的树木。　3 相(xiàng)：察看，仔细看。4 矧(shěn)：况且，何况。友生：朋友。　5 神：通"慎"，谨慎。听：听从。6 许许(hǔ)：共同用力伐木的声音。湑(shī)：过滤。藇(xù)：(酒)甘美。7 羜(zhù)：出生五个月大的小羊。速：邀请。诸父：宗族中的长辈。　8 宁：宁可。适：凑巧，恰好。微：无、勿。弗顾：不顾念。　9 於(wū)：叹词。粲：明净干净。馈：食物。簋(guǐ)：古代盛食物的圆形器具。　10 牡：雄性的公羊。诸舅：异姓亲友。　11 咎：过错。　12 阪：山坡。衍：满溢出来。13 笾(biān)豆：古代祭祀或宴会时常用的两种器具。笾用竹制，豆用木制。践：陈列整齐。无远：不要疏远。　14 民：人。失德：失去人与人之间的情义。干糇：干粮，也泛指普通的食品。愆：过错。　15 湑(xǔ)：将酒滤清。酤(gū)：买酒。　16 坎坎：象声词。蹲蹲(cún)：翩翩起舞的姿态。17 迨：及，趁。

天保

导读 这是一首祝愿和祈福君王的诗，体现了诗人对君王的热情鼓励和殷殷期望，以及深沉的爱心。全诗共六章，第一章鼓励君王是天命所佑而江山稳固。接下来两章祝愿君王即位后，上天将保佑王室和国家百业兴旺。末三章则记载了一次祭祀仪式：择吉日，祭祖先，表祝愿。本诗在表现方法上最突出的特点是恰如其分地使用了一些新奇的比喻而组成博喻，使诗人对君王的深切期望与美好祝愿得到了细致入微的体现。

原诗	译诗
天保定尔，亦孔之固 [1]。	上天保佑和庇护，政权安定很稳固。
俾尔单厚，何福不除 [2]？	使您尽善待人厚，何种福禄不相赐？
俾尔多益，以莫不庶 [3]。	使您物产多又丰，人民生活都富庶。
天保定尔，俾尔戬穀 [4]。	上天保佑和庇护，使您安乐又幸福。
罄无不宜，受天百禄 [5]。	万事称心又如意，蒙受天恩享福禄。
降尔遐福 [6]，维日不足。	久远之福降在身，唯恐一天享不足。
天保定尔，以莫不兴 [7]。	上天赐您安且宁，各种事业旺蒸蒸。
如山如阜，如冈如陵 [8]，	恰如起伏的丘陵，又如绵长的山岭。
如川之方至，以莫不增。	更似大河奔流涌，福泽延绵永昌盛。
吉蠲为饎，是用孝享 [9]。	吉日沐浴备酒食，拿来祭祀众祖上。
禴祠烝尝，于公先王 [10]。	春夏秋冬常祭享，敬我先公与先王。
君曰卜尔 [11]，万寿无疆。	祖宗显灵话语传，赐您寿命永久长。
神之吊矣，诒尔多福 [12]。	先君神灵降下土，赐您大运与洪福。
民之质矣，日用饮食 [13]。	人民老实又质朴，有吃有穿就满足。
群黎百姓，遍为尔德 [14]。	不管是民还是官，受您美德的感化。
如月之恒 [15]，如日之升，	您像新月渐充盈，您像旭日正东升
如南山之寿，不骞不崩 [16]，	您像南山寿无穷，江山永固不亏崩
如松柏之茂，无不尔或承 [17]。	您像松柏常茂盛，千秋万代永相承。

[注释] 1 保定:保护和安定。尔:您,指君主。孔:很。固:巩固。 2 俾(bǐ):使。单厚:诚厚,敦厚。除(zhù):赐予,给予。 3 多益:众多。庶:富庶。4 戬穀:福禄。 5 馨:满,全。百禄:多福。 6 遐福:久远之福。 7 兴:兴盛。 8 阜:土山。冈:山脊。陵:大土山。 9 吉蠲(juān):祭祀前选择吉日,斋戒沐浴。馇(chì):酒食。孝享:祭祀。 10 禴(yuè):夏祭。祠:春祭。烝(zhēng):秋祭。尝:冬祭。 11 卜:予,赐给。 12 吊:至,降临。诒:通"贻",赠与,给与。 13 质:质朴。 14 群黎:万民,众民。百姓:百官。为:通"讹",感化。 15 恒:此指月到上弦。 16 骞(qiān):亏损。崩:倒塌。 17 或:语气词,在否定句中加强否定语气。承:奉。

采薇

[导读] 这是一首描写久戍边关的士兵在归途中追忆唱叹的诗。全诗六章,分为三层。前三章为第一层,运用倒叙手法,叙述难归原因。这三章的前四句以"采薇"起兴,形象地将薇亦"作止""柔止""刚止"的生长过程与戍役难归结合起来,喻示了戍役的漫长和思乡的深切。后四句则对原因作了说明,因猃狁之患、战事频繁而王差无穷。前三章构成了全诗的感情基调,即恋家思亲的个人情感与为国赴难的责任感交织在一起。第四、五章为第二层,追述了行军作战的紧张生活:雄壮的军容、高昂的士气、精良的装备和激烈的战斗。至此,全诗情调由忧伤转为激昂,恋家之情与报国责任再一次联系在一起。其中,同仇敌忾、抵御外侮的爱国情绪,令人感奋不已。末章为最后一层,诗人由追忆回到现实,通过今昔对比的写景记时,陷入更深沉的悲伤之中。既实写了归程道路的漫

长,路途的艰难,也隐喻了士卒心路的漫长、内心不尽的哀伤和心灵遭受着的痛苦煎熬。总之,全诗从思乡恋家的悲苦到保家卫国的悲壮再到返家途中的悲伤,体现出了我们的先民对于生命的归宿、价值以及苦难的关怀和感悟,再现了人类生命在寻找栖息家园过程中的失落和痛楚、迷惘和感伤,昭示出了诗人强烈的生命意识。

原诗	译诗
采薇采薇,薇亦作止[1]。	采薇菜啊采薇菜,又见薇菜长出来。
曰归曰归,岁亦莫止[2]。	说回家啊说回家,年终岁末仍在外。
靡室靡家,猃狁之故[3]。	抛舍亲人离家园,只因猃狁兴战霾。
不遑启居[4],猃狁之故。	没有空闲家里待,只因猃狁兴战霾。
采薇采薇,薇亦柔止[5]。	采薇菜啊采薇菜,薇菜如今嫩又柔。
曰归曰归,心亦忧止。	说回家啊说回家,不能归家心烦忧。
忧心烈烈,载饥载渴[6]。	心里忧愁似火烧,又饥又渴真难受。
我戍未定,靡使归聘[7]!	军营流动难驻久,没人回乡捎问候。
采薇采薇,薇亦刚止[8]。	采薇菜啊采薇菜,薇菜变得硬又枯。
曰归曰归,岁亦阳止[9]。	说回家啊说回家,今年十月来得促。
王事靡盬,不遑启处[10]。	王家公事无休止,哪有空闲在家住!
忧心孔疚,我行不来[11]!	忧愁在心真痛苦,我要出征家难顾!
彼尔维何,维常之华[12]。	什么花儿开得欢?是那美艳常棣花。
彼路斯何,君子之车[13]。	什么车儿高又大?是那将帅的兵车。
戎车既驾,四牡业业[14]。	兵车征战已起驾,四匹公马壮又大。
岂敢定居,一月三捷!	怎敢贪图睡床榻,捷报频传把敌杀!
驾彼四牡,四牡骙骙[15]。	驾起四匹好公马,马儿强壮高又大。

君子所依,小人所腓¹⁶。　　将帅乘车作指挥,士卒隐蔽战车下。
四牡翼翼,象弭鱼服¹⁷。　　四匹公马齐步伐,鱼皮箭袋雕弓挂。
岂不日戒,猃狁孔棘¹⁸!　　哪有一天不戒备,抵御猃狁不卸甲。

昔我往矣,杨柳依依¹⁹。　　回想我们出征初,杨柳轻柔随风拂。
今我来思,雨雪霏霏²⁰。　　如今我们出征归,大雪纷飞道路阻。
行道迟迟²¹,载渴载饥。　　归途遥遥慢慢行,又饥又渴真辛苦。
我心伤悲,莫知我哀!　　我的心里好悲伤,满腔哀情向谁诉!

[注释] 1 薇:野豌豆苗,可食。作:初生。止:语末助词。 2 莫:"暮"的古字。岁暮,指岁末,岁终。 3 靡:无,没有。猃狁(xiǎnyǔn):即猃狁,我国古代北方游牧少数民族,在当时周的北部,邻近西周国境。人们多善骑射,民性强悍,战斗力强,经常对周人进行侵犯与掠夺。故:原因。 4 不遑:无暇,没有闲暇。启居:跪和坐,均为古人家居生活行为,泛指安居。 5 柔:柔嫩。"柔"比"作"更进一步生长。 6 烈烈:本指火势盛大,此处形容忧虑之状,忧心如焚。 7 戍:防守。定:固定。使:使者。聘:探问。 8 刚:坚硬。 9 阳:农历十月。 10 靡盬(gǔ):没有止息。启处:安居。 11 孔:很,非常。疚:痛苦,难过。不来:不归。 12 尔:通"薾",花繁盛鲜艳的样子。维何:是什么。常:常棣,棠棣。 13 路:即辂车,古代的一种大车。君子:将帅。 14 戎车:兵车。业业:马高大雄壮的样子。 15 骙骙(kuí):马强壮的样子。 16 依:倚靠。小人:士卒。腓(féi):覆庇,倚庇。 17 翼翼:整齐有秩序的样子。象弭:以象牙装饰末梢的弓。鱼服:鱼皮制的箭袋。 18 日戒:每天警惕戒备。孔棘:很紧急、很急迫。 19 昔:指出征时。依依:轻柔披拂的样子。 20 思:语末助词。雨(yù)雪:下雪。霏霏:大雪纷飞的样子。 21 迟迟:漫长,遥远。

出车

导读 这是一首咏颂周宣王时出征士兵凯旋的诗,赞扬了统帅南仲的英明和赫赫战功,也反映了当时尖锐的民族矛盾。全诗共六章,前三章写战前准备。分别以"出车""到牧""传令""集合"四个动作,"多难""棘""悄悄""况瘁"的心理活动以及"旐""旄""旂""旆"的旗帜仪仗,刻画出出战前的紧急氛围、焦急紧张心理以及军容之盛。后三章写凯旋。运用今昔对比的时空错位,参战士兵从忧到喜的心理转换,水到渠成地完成了对主帅的赞美。

原诗

我出我车,于彼牧矣 [1]。
自天子所,谓我来矣 [2]。
召彼仆夫,谓之载矣 [3]。
王事多难,维其棘矣 [4]。

我出我车,于彼郊矣。
设此旐矣,建彼旄矣 [5]。
彼旟旐斯,胡不旆旆 [6]?
忧心悄悄,仆夫况瘁 [7]。

王命南仲,往城于方 [8]。
出车彭彭,旂旐央央 [9]。
天子命我,城彼朔方。
赫赫南仲,猃狁于襄 [10]。

译诗

赶快出动我兵车,待命在那远郊外。
军令来自天子处,叫我前来不懈怠。
召集驾车的马夫,为我驱车到边塞。
国家此时罹外患,战事紧急把兵派。

赶快出动我兵车,待命在那城郊外。
兵车插上龟蛇旗,再立干旄好气派。
各种旗帜迎风飘,怎不飞扬亮光彩?
操心战事忧虑深,马夫憔悴真无奈。

天子传令给南仲,速往北方筑城防。
兵车众多马雄壮,旌旗明艳亮晃晃。
天子下令给我们,筑城戍守到北方。
威名赫赫的南仲,扫除猃狁上战场。

昔我往矣,黍稷方华[11]。　先前我们出征去,黍稷扬花才夏初。

今我来思,雨雪载涂[12]。　今日我们出征回,大雪纷飞满路途。

王事多难,不遑启居。　国家此时罹外患,哪有空闲在家住。

岂不怀归? 畏此简书[13]。　难道不想把家归? 担心又有急军书。

喓喓草虫,趯趯阜螽[14]。　草虫喓喓地叫鸣,蚱蜢跳跃在草丛。

未见君子,忧心忡忡[15]。　未曾见到君子面,令我担忧心思重。

既见君子,我心则降[16]。　如今见到君子面,石头落地心轻松。

赫赫南仲,薄伐西戎[17]。　威名赫赫的南仲,指挥我们征西戎。

春日迟迟,卉木萋萋[18];　春天太阳暖又明,草木茂盛绿茵茵;

仓庚喈喈,采蘩祁祁[19]。　轻盈黄莺婉转鸣,采蘩女子结队迎。

执讯获丑,薄言还归[20]。　问讯俘虏杀敌寇,得胜归来往家行。

赫赫南仲,猃狁于夷[21]。　威名赫赫的南仲,为国已将猃狁平。

[注释] 1 牧:郊外。　2 所:处所。谓:使。　3 仆夫:驾驭车马的人。
4 维:用于句首,无实义。棘:通"亟",紧急,急迫。　5 设:列置。旐
(zhào):画有龟蛇图案的旗。建:竖立。旄(máo):用牦牛尾装饰旗杆首的旗。
6 旟(yú)旐:泛指旌旗。胡:怎么。旆旆(pèi):旗帜飞扬的样子。　7 悄
悄:忧伤的样子。况瘁:憔悴。况,通"恍"。　8 南仲:周宣王时的大臣。
城:筑城。方:北方。　9 彭彭:马强壮的样子。旂(qí):绘有交龙并杆头
挂有铜铃的旗。央央:鲜明的样子。　10 赫赫:显赫盛大的样子。襄:
通"攘",扫除。　11 方:正值。华:开花。　12 载涂:满途。　13 简书:
周王传令出征的文书。　14 喓喓(yāo):虫鸣声。趯趯(tì):跳跃的样
子。阜螽(zhōng):蚱蜢。　15 忡忡:忧虑不安的样子。　16 降:放下。
17 薄伐:征伐,讨伐。西戎:古代西北少数民族。　18 迟迟:阳光温暖、
光线充足的样子。卉木:草木。萋萋:草木茂盛的样子。　19 仓庚:黄莺。

嗜嗜:鸟鸣声。蘩(fán):白蒿。祁祁:众多,丰盛的样子。 **20** 执讯:对俘虏进行讯问。获丑:俘获敌众。薄言:急急忙忙。还:凯旋。 **21** 夷:平定,铲平。

杕杜

导读 这是一首妻子思念久役不归的丈夫的诗,抒发了女子对丈夫真挚、深切、浓烈的思念之情,也反映出长期服役给人民带来的痛苦。诗分四章,第一、二章的前两句以杕杜起兴,以杕杜果实的浑圆、树叶的茂密反衬女子的孤独、寂寞与凄苦。后几句直接抒发分离的忧伤和对丈夫早日回归的企盼之情。第三、四章为赋体,写女子登北山、采枸杞、望归车、求卜筮等一系列动作和焦急、忧郁、失望和得到安慰的心理活动。

原诗

有杕之杜,有睆其实[1]。
王事靡盬,继嗣我日[2]。
日月阳止,女心伤止,
征夫遑止[3]!

有杕之杜,其叶萋萋[4]。
王事靡盬,我心伤悲。
卉木萋止,女心悲止,
征夫归止!

译诗

孤零甘棠长路旁,浑圆果实挂枝上。
王家差事无休止,孤独时日又延长。
光阴已是十月中,女子思郎心忧伤,
征夫辛劳太匆忙!

孤零甘棠路旁立,繁茂枝叶翠欲滴。
王家差事无尽期,令我伤悲长叹息。
草木茂盛绿萋萋,女子思郎心悲戚,
征夫哪天归故里!

陟彼北山,言采其杞⁵。　　思念郎君登北山,采摘枸杞难展颜。

王事靡盬,忧我父母。　　王家差事做不完,使我父母心不安。

檀车幝幝,四牡痯痯⁶,　　檀木役车破又烂,四匹公马快累瘫,

征夫不远!　　　　　　　征夫归期该不远!

匪载匪来,忧心孔疚⁷。　　没见车子载你还,使我忧愁心病添。

期逝不至,而多为恤⁸。　　归期已过人不见,忧心忡忡肠欲断。

卜筮偕止,会言近止⁹,　　把占卜来把卦算,共说归家已不远,

征夫迩止¹⁰!　　　　　　征夫已近就见面!

[注释] 1 杕(dì):树木孤立的样子。杜:俗称"杜梨",也称"甘棠""棠梨"。睆(huǎn):浑圆的样子。实:果实。 2 靡盬(gǔ):没有止息。继嗣:延续,继续。 3 遑:匆忙不安定的样子。 4 萋萋:草木茂盛的样子。 5 陟(zhì):上、升、登。言:语气助词,无实义。杞:枸杞。 6 檀车:檀木制的役车或兵车。幝幝(chǎn):破旧的样子。痯痯(guǎn):疲惫不堪的样子。 7 匪:非。载:车子载运。孔疚:非常难过,很痛苦。 8 期:约定的期限。逝:过去。恤(xù):忧虑。 9 卜筮:占卜算卦。偕:合,一起。会言:合言,即都说。 10 迩:近。

鱼丽

[导读] 这是一首周代贵族宴会宾客的诗。诗从鱼和酒着笔,以列举法写鱼类之丰富,暗示其他肴馔的丰盛;以复沓法写酒之丰足和甘美,渲染了宴席上宾主尽情欢乐的气氛。在形式上,此诗也颇为特别。前三章采

用四、二、四、三的句式,既有反复赞歌之美,又有参差不齐的音乐节奏。后三章每章只有两句,重在点明主旨,又有一唱三叹之妙。

[原诗]　　　　　　　　　　**[译诗]**

鱼丽于罶,鲿鲨[1]。　　　　　鱼儿落入鱼篓中,鲿鱼鲨鱼真鲜活。
君子有酒,旨且多[2]。　　　　　主人家中有美酒,味儿醇美又盛多。

鱼丽于罶,鲂鳢[3]。　　　　　鱼儿落入鱼篓中,鳊鱼黑鱼摆上桌
君子有酒,多且旨。　　　　　主人家中有美酒,量多味美客满座。

鱼丽于罶,鰋鲤[4]。　　　　　鱼儿落入鱼篓中,鲇鱼鲤鱼真不错。
君子有酒,旨且有[5]。　　　　主人家中有美酒,味儿醇美又盛多。

物其多矣,维其嘉矣[6]。　　　各种佳肴真不少,它是那样的美好。

物其旨矣,维其偕矣[7]。　　　各种佳肴味真美,它是那样的齐备。

物其有矣,维其时矣[8]。　　　各种佳肴多又全,它是那样合时鲜。

[注释]　**1** 丽(lí):通"罹",遭遇,落入。罶(liǔ):捕鱼的竹篓子,鱼进去就出不来。鲿(cháng):黄颡(sǎng)鱼。鲨:吹沙鱼,是一种生活在溪涧的小鱼。　**2** 旨:美味。　**3** 鲂(fáng):鳊鱼。鳢(lǐ):黑鱼。　**4** 鰋(yǎn):鲇鱼。**5** 有:多。　**6** 嘉:善、好。　**7** 偕:齐备。　**8** 时:合时宜的,适时的。

南有嘉魚

[导读] 这是一首周代贵族宴会宾客的诗。全诗分四章,分别以游鱼、樛木、鹁鸪起兴,从水、陆、空三个角度描绘宾客们初饮、宴中、酣饮时的情态,表达了宾主间亲密真挚、和乐美好的情感。

[原诗]

南有嘉鱼,烝然罩罩[1]。
君子有酒,嘉宾式燕以乐[2]。

南有嘉鱼,烝然汕汕[3]。
君子有酒,嘉宾式燕以衎[4]。

南有樛木,甘瓠累之[5]。
君子有酒,嘉宾式燕绥之[6]。

翩翩者鵻,烝然来思[7]。
君子有酒,嘉宾式燕又思[8]。

[译诗]

南国鱼儿肥又美,成群结队水中游。
主人家中有美酒,嘉宾宴饮乐悠悠。

南国鱼儿多又好,群鱼游水摆尾梢。
主人家中有美酒,嘉宾宴饮乐陶陶。

南国樛树长得弯,葫芦瓜蔓串串缠。
主人家中有美酒,嘉宾宴饮乐且安。

天上鹁鸪翩翩飞,成群结队落堂前。
主人家中有美酒,宴饮嘉宾频相劝。

[注释] 1 烝(zhēng):众多。罩罩:鱼游动的样子。 2 式:语气助词。燕:宴饮。以:且。 3 汕汕:鱼游水的样子。 4 衎(kàn):快乐。 5 樛(jiū)木:枝向下弯曲的树。瓠(hù):葫芦。累:缠绕。 6 绥(suí):安。 7 鵻(zhuī):鹁鸪。思:语末助词,无实义。 8 又:通"侑",在筵席旁助兴,劝人吃喝。

南山有台

导读 这是一首贵族宴饮时颂德祝寿的诗。全诗五章,每章六句。各章前两句均以南山和北山上的草木起兴。兴中有比,以草木种类之多,喻国家拥有具备各种美德的君子贤人。后四句是表功祝寿,称被祝贺者为谦谦"君子",赞颂他是"邦家之基""邦家之光""民之父母"并祝愿他延年益寿。全诗结构安排精巧,首尾呼应,回环往复,内容吉祥适用,不愧为一首宴享通用的乐歌。

原诗

南山有台,北山有莱[1]。
乐只君子[2],邦家之基。
乐只君子,万寿无期!

南山有桑,北山有杨。
乐只君子,邦家之光[3]。
乐只君子,万寿无疆!

南山有杞,北山有李。
乐只君子,民之父母。
乐只君子,德音不已[4]。

南山有栲,北山有杻[5]。
乐只君子,遐不眉寿[6]?
乐只君子,德音是茂[7]。

南山有枸,北山有楰[8]。

译诗

南山生着莎草,北山长有野藜。
君子快乐无比,为国树立根基。
君子快乐无比,寿命没有穷期!

南山生着绿桑,北山长有白杨。
君子快乐非常,为国争得荣光。
君子快乐非常,年寿永远无疆!

南山生着枸杞,北山长有李树。
君子快乐无比,人民视作父母。
君子快乐无比,美名必将永驻!

南山生着鸭椿,北山长有菩提。
君子快乐无比,怎不高寿眉齐?
君子快乐无比,美名充塞天地!

南山生着枳椇,北山长有苦楸。

乐只君子,遐不黄耇⁹? ‖ 君子快乐无比,怎不年高长寿?
乐只君子,保艾尔后¹⁰。 ‖ 君子快乐无比,子孙永得保佑!

注释 1 台:草名,即莎草,又名蓑衣草,可织蓑衣。莱:草名,即藜,嫩叶可食。 2 乐只:和美,快乐。只,语气助词。 3 邦家:国家。光:光荣。 4 德音:美好的品德、声誉。已:止。 5 栲(kǎo):常绿乔木,山樗,俗称鸭椿。杻(niǔ):檍树,俗称菩提树。 6 遐:通"何"。眉寿:长寿。 7 茂:盛。 8 枸(jǔ):枳枸,落叶乔木,果可食,又名鸡爪树,拐枣。楰(yú):楸树。 9 黄耇(gǒu):年老。 10 保艾:养育。

蓼萧

导读 这是诸侯在宴会中祝颂周王的诗,表达了诸侯朝见周天子时的尊崇、歌颂之意。全诗四章,各章均以萧艾含露起兴。兴中有比,即周天子恩泽如露,诸侯如萧艾,形象而含蓄地点明了天子恩泽四海,诸侯有幸承宠的诗旨。兴句之后,或写朝圣的感受,或写君臣之谊,或写天子的车马威仪,叙事中杂以抒情,进一步书写出诸侯对周天子感恩戴德和无限景仰之情。

原诗

蓼彼萧斯,零露湑兮¹。
既见君子,我心写兮²。
燕笑语兮,是以有誉处兮³。

译诗

又高又大绿艾蒿,叶上清露圆如玉。
已经见到周天子,我的心情真欢愉。
宴乐笑语满朝堂,众人安乐齐欢聚。

蓼彼萧斯,零露瀼瀼⁴。　　又高又大绿艾蒿,叶上清露晶晶亮。
既见君子,为龙为光⁵。　　我已见到周天子,是那恩宠和荣光。
其德不爽,寿考不忘⁶。　　君子美德永不变,祝愿长寿且安康。

蓼彼萧斯,零露泥泥⁷。　　又高又大绿艾蒿,叶上清露好浓密。
既见君子,孔燕岂弟⁸。　　我已见到周天子,安乐闲适没嫌隙。
宜兄宜弟,令德寿岂⁹。　　和谐犹如亲兄弟,祝愿德与寿等齐。

蓼彼萧斯,零露浓浓。　　又高又大绿艾蒿,叶上清露重又浓。
既见君子,鞗革冲冲¹⁰。　　我已见到周天子,马儿辔勒垂饰动。
和鸾雍雍,万福攸同¹¹。　　和鸾铃声响叮当,祝愿万福归圣躬。

[注释]　1 蓼(lù):高大的样子。萧:艾蒿。零:降落,滴落。湑(xǔ):本指将酒滤清,引申为清澈。　2 写:通作"泻",倾吐,倾诉,抒发。　3 誉处:安乐。　4 瀼瀼(ráng):露水盛多。　5 为:是。龙:通"宠"。光:光荣。6 爽:差错,失误。寿考:年高,长寿。　7 泥泥:露水浓重的样子。　8 孔燕:十分安乐、闲适。岂弟(kǎitì):同"恺悌",和乐平易。　9 令德:美德。寿岂:长寿而快乐。岂,通"恺"。　10 鞗(tiáo):马辔头上的铜质装饰。革:通"勒",马络头。冲冲:马络头的装饰下垂的样子。　11 和鸾:古代车上的铃铛。挂在车前横木上称"和",挂在轭首或车架上称"鸾"。雍雍(yōng):铃声和鸣。攸:所。同:聚。

湛露

[导读] 这是周王宴会诸侯的诗。诗分四章,每章前两句均为起兴,有交代时令、天气、环境和气氛的作用。后两句既描绘了夜饮的热闹与和乐,又有周天子对众诸侯"令德""令仪"的称赞,体现了君臣和乐的融洽氛围。全诗动静映衬、音韵谐美、意蕴深厚,余味无穷。

[原诗]

湛湛露斯,匪阳不晞[1]。
厌厌夜饮[2],不醉无归。

湛湛露斯,在彼丰草。
厌厌夜饮,在宗载考[3]。

湛湛露斯,在彼杞棘[4]。
显允君子,莫不令德[5]。

其桐其椅,其实离离[6]。
岂弟君子,莫不令仪[7]。

[译诗]

清晨露水重又浓,没有太阳晒不干。
宴饮和乐夜未散,不到大醉不回转。

清晨露水重又浓,沾在茂盛芳草梢。
宴饮和乐夜未消,宗庙燕享乐钟敲。

清晨露水重又浓,沾在枸杞与酸枣。
英明诚信君子们,都有美善的德操。

梧桐椅桐满山谷,枝头果实多又密。
和乐平易君子们,都有美好的容仪。

[注释] 1 湛湛:露水浓重的样子。斯:语气助词。匪:非,不。晞:干。 2 厌厌:同"恹恹",和悦。 3 宗:宗庙。载:则,再。考:击,敲。 4 杞棘:枸杞和酸枣树。 5 显:明。允:诚信。令德:美好的品德。 6 椅:山桐子。离离:果实盛多。 7 岂弟(kǎitì):同"恺悌",和乐平易。令仪:美好的仪容、风范。

彤弓

导读 这是一首叙述周天子宴飨有功诸侯并赐弓矢以作奖赏的诗。各章前二句从诸侯接受赏赐的仪式入笔,叙写了彤弓的形态和受赐者的感激心理,有揭示诗旨的作用。各章后四句一方面以"贶""喜""好"三字写出赏赐者对有功诸侯好感的不断增温,另一方面以"飨""右""酬"写出酒宴热烈气氛的不断升级。三章纯用赋法,叙述跌宕起伏,引人入胜。

原诗	**译诗**
彤弓弨兮,受言藏之[1]。	朱红长弓弦松弛,功臣受赐将它藏。
我有嘉宾,中心贶之[2]。	我有这些好宾客,诚心赠物表衷肠。
钟鼓既设,一朝飨之[3]。	钟鼓乐器陈列好,终朝宴饮情意长。
彤弓弨兮,受言载之[4]。	朱红长弓弦松弛,受赐之后装车上。
我有嘉宾,中心喜之。	我有这些好宾客,衷心喜欢伴我旁。
钟鼓既设,一朝右之[5]。	钟鼓乐器陈列好,终朝宴饮劝酒忙。
彤弓弨兮,受言櫜之[6]。	朱红长弓弦松弛,受赐之后用袋装。
我有嘉宾,中心好之。	我有这些好宾客,衷心喜爱伴我旁。
钟鼓既设,一朝酬之[7]。	钟鼓乐器陈列好,终朝宴饮敬一觞。

注释 1 彤弓:漆成红色的弓,天子用来赏赐有功的诸侯或大臣。弨(chāo):(弓弦)松弛。言:句中助词。藏:收藏。 2 中心:衷心。贶(kuàng):赠,赐。 3 一朝:一个上午。飨(xiǎng):设盛宴待宾客。 4 载:装上车。 5 右:同"侑",劝酒,劝食。 6 櫜(gāo):收藏盔甲、弓矢的器具,此指装入弓袋。 7 酬:互相敬酒。

菁菁者莪

导读 这是一首写女子喜逢心上人的诗,真实抒发了女子与爱人邂逅时的惊喜心情。此诗前三章均以"菁菁者莪"起兴,叙述了在长满青青莪蒿的"中阿""中沚"和"中陵",女子三次邂逅一名开朗大方、仪容潇洒的男子而心神荡漾的情景。末章以"泛泛杨舟"起兴,象征两人在人生长河中同舟共济、同甘共苦的愿望。诗歌意境优美,感情真挚,令人心神俱醉。

原诗	**译诗**
菁菁者莪,在彼中阿[1]。	莪蒿嫩绿又葱茏,丛丛长在山坳中。
既见君子,乐且有仪[2]。	已经见到那君子,面色和悦好仪容。
菁菁者莪,在彼中沚[3]。	莪蒿嫩绿又葱茏,丛丛长在那小洲。
既见君子,我心则喜。	已经见到那君子,我的心里乐悠悠。
菁菁者莪,在彼中陵。	莪蒿嫩绿又葱茏,丛丛长在那丘陵。
既见君子,锡我百朋[4]。	已经见到那君子,如赐钱币好心情。
泛泛杨舟[5],载沉载浮。	杨木船儿水中漂,逐流起伏碧波间。
既见君子,我心则休[6]。	已经见到那君子,我的心里真喜欢。

注释 1 菁菁(jīng):草木繁茂。莪(é):莪蒿,多年生草本植物,嫩茎叶可作蔬菜,也叫萝蒿,俗称抱娘蒿。中阿:即阿中,丘陵之中,也指山坳里。 2 仪:仪容,风度。 3 中沚:即沚中。沚,水中的小洲。 4 锡:赐给,赠给。百朋:极多的货币。朋,古代以贝壳为货币,五贝为一串,两串为一朋。 5 杨舟:杨木制的船。 6 休:喜悦,欢乐。

六月

[导读] 这是一首追忆周宣王时期北伐猃狁获得胜利的诗,抒发了对主帅尹吉甫的赞美和叹服之情。全诗六章,前五章追述周宣王五年猃狁入侵、宣王授命到出征、交战直至胜利班师的全过程。末章描绘眼前共庆凯旋的欢宴。诗以追忆开始,以现实作结,在内容上很好地表现了诗歌主旨,通过记叙战争,赞美主帅尹吉甫的文韬武略、指挥若定的才能和堪为万邦之宪的风范;在形式上,时空逻辑被打破,文势由紧张到舒缓,颇为引人入胜。

[原诗]

六月栖栖,戎车既饬[1]。
四牡骙骙,载是常服[2]。
猃狁孔炽,我是用急[3]。
王于出征,以匡王国[4]。

比物四骊,闲之维则[5]。
维此六月,既成我服[6]。
我服既成,于三十里[7]。
王于出征,以佐天子。

四牡修广,其大有颙[8]。
薄伐猃狁,以奏肤公[9]。
有严有翼,共武之服[10]。
共武之服,以定王国。

[译诗]

盛暑六月军情急,各种战车已备齐。
四匹公马强又壮,车上军衣满堆积。
猃狁来势太凶猛,我方边境已告急。
周王命我去征讨,保卫国家驱夷狄。

四匹黑马脚力齐,为合法度常练习。
在这炎炎六月里,已经备好我军衣。
已经穿上我军衣,每日前行三十里。
周王命我去征讨,辅佐天子不停息。

高高大大四公马,宽头大耳真强壮。
同心勉力伐猃狁,建立功勋保周邦。
军容威严又敬肃,共参战事守国防。
共参战事守国防,国家安定得保障。

猃狁匪茹,整居焦获[11]。 　　猃狁剽悍不柔弱,既占焦获作驻防。
侵镐及方[12],至于泾阳。 　　又侵我镐与我方,以至进逼到泾阳。
织文鸟章,白旆央央[13]。 　　旗帜绘绣鸟隼像,白旗飘带明又亮。
元戎十乘,以先启行[14]。 　　大型战车足十辆,先行冲锋敌难挡。

戎车既安,如轾如轩[15]。 　　战车无损都平安,俯仰自如驶向前。
四牡既佶,既佶且闲[16]。 　　四匹公马真雄壮,膘肥体壮技熟练。
薄伐猃狁,至于大原[17]。 　　同心勉力伐猃狁,追亡逐北到大原。
文武吉甫,万邦为宪[18]。 　　能文能武尹吉甫,诸侯效法作仰瞻。

吉甫燕喜,既多受祉[19]。 　　吉甫宴饮喜洋洋,拜受周王丰厚赏。
来归自镐,我行永久[20]。 　　自从镐地征战还,长途行军历时长。
饮御诸友,炰鳖脍鲤[21]。 　　设宴招待众朋友,蒸鳖脍鲤请品尝。
侯谁在矣?张仲孝友[22]。 　　请问座中都有谁?张仲孝悌最贤良。

[注释] 1 栖栖:忙碌紧张的样子。戎车:兵车。饬(chì):修整,整治。 2 骙骙(kuí):马强壮的样子。常服:军服。 3 猃狁(xiǎnyǔn):我国古代北方游牧少数民族,在当时周的北部,邻近西周国境。人们多善骑射,民性强悍,战斗力强,经常对周人进行侵犯与掠夺。孔炽:很猖獗,很嚣张。是用:是以,因此。 4 王:周宣王。但此次并非宣王亲征。于:往,去。匡:救助。 5 比物:齐同马力。物,马之力。骊(lí):深黑色的马。闲:训练。则:法则。 6 服:军服。 7 于:往,去。 8 修广:长且大。颙(yóng):大头大耳的样子。 9 薄伐:征伐,讨伐。奏:成。肤公:大功。 10 严:威严。翼:恭谨。共:共同。武:武事,战争。服:事。 11 茹:柔弱。整居:整军旅占据。焦获:皆地名,在今陕西泾阳县西北。 12 镐:地名,不是周朝的都城镐京。方:地名。 13 织文:旗帜上的纹样。鸟章:鸟形图饰。旆(pèi):旗末端状如燕尾的飘带。央央:鲜明的样子。 14 元

戎：大的兵车。启行：动身，起程，出发。　**15** 轾(zhì)：车向下俯。轩：车向上仰。　**16** 佶(jí)：健壮的样子。闲：通"娴"，熟悉、熟练。　**17** 大原：地名。　**18** 吉甫：尹吉甫，这次出征的大将。万邦：所有诸侯封国。宪：法令，榜样。　**19** 燕喜：宴饮喜乐。祉(zhǐ)：福。　**20** 永久：历时长久。　**21** 御：进，侍。炰(páo)：蒸煮。脍(kuài)：细切肉或鱼。　**22** 侯：语气助词。张仲：周朝名臣，尹吉甫的好朋友。孝友：事父母孝顺、对兄弟友爱。

采芑

导读　这是一首描写方叔南征荆蛮的诗。全诗四章，前三章交代了演习的地点、规模与声势。诗以"采芑"起兴，引出演习地点"新田""菑亩"，为主帅及周军的出场提供了一个广阔的背景。用车马之盛、旗帜之多极言演习规模的宏大和气势的浩大。之后，从人物的仪仗、服饰、佩戴等方面精心刻画方叔气度非凡的形象。第四章义正词严直斥无端滋乱的荆蛮。全诗用笔挥洒，格调激昂，令人振奋。

原诗

薄言采芑，于彼新田，
于此菑亩[1]。方叔莅止，
其车三千，师干之试[2]。
方叔率止，乘其四骐，
四骐翼翼[3]。路车有奭，
簟茀鱼服[4]，钩膺鞗革[5]。

译诗

急急忙忙去采芑，从那郊外的新田，
采到初垦田地里。大将方叔来此地，
战车三千排整齐，众多军士待命立。
方叔率军有威仪，乘坐兵车驾四骐，
四骐驯良又整齐。大车车身涂红漆，
鱼皮箭袋细竹席，缰辔皮革配饰齐。

薄言采芑，于彼新田，
于此中乡 [6]。方叔莅止，
其车三千，旂旐央央 [7]。
方叔率止，约軧错衡 [8]，
八鸾玱玱 [9]。服其命服，
朱芾斯皇，有玱葱珩 [10]。

鴥彼飞隼，其飞戾天，
亦集爰止 [11]。方叔莅止，
其车三千，师干之试。
方叔率止，钲人伐鼓 [12]，
陈师鞠旅 [13]。显允方叔，
伐鼓渊渊，振旅阗阗 [14]。

蠢尔蛮荆，大邦为仇 [15]！
方叔元老，克壮其犹 [16]。
方叔率止，执讯获丑 [17]。
戎车啴啴，啴啴焞焞 [18]，
如霆如雷。显允方叔，
征伐猃狁，蛮荆来威 [19]。

急急忙忙去采芑，从那郊外的新田，
采到乡田的中央。方叔亲临到南方，
战车就有三千辆，龙蛇大旗鲜又亮。
方叔率军气轩昂，皮饰车毂金纹辕，
八只铃鸾响叮当。朝廷官服穿身上，
红色蔽膝亮堂堂，绿色佩玉铿锵响。

鴥鹰振翅飞翔疾，忽然高飞九霄上，
转眼停歇在树桩。方叔亲临到南方，
战车就有三千辆，众多军士操练忙。
方叔率军自有方，钲人击鼓震天响，
列队誓师军容壮。方叔英明又信诚，
军士击鼓声通通，整队班师气势昌。

荆州蛮子太愚蠢，敢与大国结怨仇！
大将方叔为元老，雄才大略有计谋。
方叔率军自有方，问讯俘虏杀敌寇。
兵车众多雄赳赳，车声隆隆动山丘，
势如雷霆震九州。方叔英明又信诚，
曾经北伐克猃狁，荆蛮闻风应低首。

注释 1 薄言：急急忙忙。芑(qǐ)：一种类似苦菜的野菜。新田：开垦两年的田地。菑(zī)亩：初耕的田地。 2 方叔：周宣王时大臣，出征荆蛮的主帅。莅：来临。师干：本指军队的防御力量，后用以指军队。试：用。 3 率：带领。骐：青黑色纹理的马。翼翼：整齐有秩序的样子。 4 路车：大车，古代天子或诸侯贵族所乘的车。奭(shì)：即"赫"，赤色。簟茀(diànfú)：遮蔽车厢后窗的竹席。鱼服：鱼皮制的箭袋。 5 钩膺(yīng)：带有铜质钩饰的马胸带。儵(tiáo)：马辔头上的铜质装饰。革：马络头。　**6** 中乡：乡中。　**7** 旂旐(qízhào)：画有龙蛇旗帜的图案。央央：鲜明的样子。**8** 约轵(qí)：用皮革缠束并涂以红漆的车毂。错衡：用金涂饰成文采的车辕横木。　**9** 鸾(luán)：铃铛。玱玱(qiāng)：玉相击的声音。　**10** 命服：官服。服，穿。朱芾(fú)：红色蔽膝。有玱：玱玱。葱：青绿色。珩(héng)：佩玉上面的横玉，形状像磬。　**11** 欥(yù)：鸟疾飞的样子。隼(sǔn)：鹰、鹞一类猛禽。戾(lì)：至。爰：于。　**12** 钲(zhēng)人：掌管鸣钲击鼓之事的官吏。伐：击、敲。　**13** 陈：陈列。师：二千五百人为一师。鞠：告，即誓师。旅：五百人为一旅。　**14** 显允：英明信诚。方叔：周宣王时的大臣。渊渊：鼓声。振旅：整队班师。阗阗(tián)：兵士众多的样子。　**15** 蠢尔：无知蠢动的样子。蛮荆：即荆蛮，荆州之蛮也。大邦：周邦。　**16** 克：能。壮：宏大，强盛。犹：通"猷"，谋划。　**17** 执讯：对俘虏进行讯问。获丑：俘获敌众。　**18** 啴啴(tān)：众多的样子。焞焞(tūn)：盛大的样子。　**19** 来：相当于"是"。威：畏。

车攻

[导读]　这是一首叙述周宣王在东都会同诸侯举行田猎的诗。全诗八章，第一章总写车马之行的目的，将往东方狩猎；第二、三章点明狩猎地点人欢马叫、旌旗蔽日的情形；第四章专写诸侯来会；第五、六章描述诸侯及士卒射猎的场面。第七、八章写田猎结束、整队收兵。全诗结构完整，艺术地再现了会同诸侯举行田猎的全过程。

原诗 | 译诗

我车既攻,我马既同[1]。
四牡庞庞,驾言徂东[2]。

田车既好,四牡孔阜[3]。
东有甫草,驾言行狩[4]。

之子于苗,选徒嚣嚣[5]。
建旐设旄,薄兽于敖[6]。

驾彼四牡,四牡奕奕[7]。
赤芾金舄,会同有绎[8]。

决拾既佽,弓矢既调[9]。
射夫既同,助我举柴[10]。

四黄既驾,两骖不猗[11]。
不失其驰,舍矢如破[12]。

萧萧马鸣,悠悠旆旌[13]。
徒御不惊,大庖不盈[14]。

之子于征,有闻无声[15]。
允矣君子,展也大成[16]。

我君猎车很耐用,我君驷马已齐同。
四匹公马高又壮,驾车出猎驶向东。

我君猎车性能佳,四匹公马高又大。
东都圃田有茂草,驾车去把猎物抓。

君王夏猎去野郊,清点随从声喧闹。
竖起旗子插上旄,敖山狩猎兴致高。

诸侯驾起四公马,四马从容步不疾。
黄朱鞋子红蔽膝,朝见君王已汇集。

扳指护臂已备齐,强弓利箭正相宜。
射手协作大会合,捡拾野味赖群力。

四匹黄马已驾起,旁边两马不偏倚。
车马驰驱合礼仪,箭无虚发好技艺。

耳听萧萧的马鸣,眼望轻飘的旗旌。
挽夫驭手真机警,君王庖厨野味盈。

君王猎罢踏归程,车马整肃静无声。
真是勇武好天子,会猎胜利大有成。

[注释] **1** 攻:器物精好坚利。同:整齐。 **2** 庞庞:高大壮实的样子。驾:乘车。言:语气助词。徂(cú):往。东:东都洛阳。 **3** 田车:猎车。田,打猎。孔:很,非常。阜:高大。 **4** 甫:即圃田,古泽薮名,在今河南中牟县西,其地多生茂草。行狩:游猎,打猎。 **5** 之子:这个人,此指周宣王。于:往。苗:夏天狩猎。选徒:清点车辆士卒。选,通"算",清点。嚣嚣(xiāo):喧

哗的样子。　　**6** 建:竖立。旐(zhào):画有龟蛇图案的旗。设:列置。旄(máo):用牦牛尾装饰旗杆首的旗。薄兽:即"薄狩"。薄,语气助词。敖:山名。　　**7** 奕奕:从容闲习的样子。　　**8** 赤芾(fú):赤色蔽膝,诸侯之服。金舄(xì):黄朱色的复底鞋,诸侯所穿。会同:古代诸侯朝见天子的通称。有绎:绎绎,盛多且连续不断。　　**9** 决:扳指,多以骨制,套在右手拇指上,用以钩弦。拾:套袖,革制,套在左臂上,用以护臂。伙(cì):排列有序,齐备。调:搭配均匀,配合适当。　　**10** 射夫:弓箭手。同:会合,齐聚。举:猎取。柴(zì):堆积的禽兽。　　**11** 四黄:四匹黄色的马。骖:古代用四匹马驾车,两边的两匹马为骖马。猗:通"倚",依靠。　　**12** 驰:驰驱的法则。舍矢:放箭。如:则。破:射中。　　**13** 悠悠:旗帜飘动的样子。旆旌(pèijīng):泛指旗帜。　　**14** 徒御:挽车、驭马的人。不:语气助词,无实义。惊:通"警",机警。大庖:君王的庖厨。　　**15** 征:行,指狩猎归来。　　**16** 允:确实,果真。展:诚然,确实。

吉日

[导读]　这是一首叙述周宣王在西都田猎的诗。全诗四章,艺术地再现了周宣王田猎时选择吉日祭祀马祖、野外田猎、满载而归宴饮群臣的整个过程。同时重点描绘了群兽的状貌及天子射猎的场面。全诗层次分明,点面结合,更刻画了天子威严的形象,颇有感染力。

[原诗]

[译诗]

吉日维戊,既伯既祷[1]。　　戊日这天好吉利,既行军祭又马祭。
田车既好,四牡孔阜[2]。　　猎车精好又坚利,四匹公马好身坯。

升彼大阜,从其群丑[3]。　　　驱车登上大土坡,追逐群兽马蹄疾。

吉日庚午,既差我马[4]。　　　庚午这天好吉利,良马已经挑整齐。

兽之所同,麀鹿麌麌[5]。　　　群兽惊慌聚一起,雌鹿雄鹿齐汇集。

漆沮之从,天子之所[6]。　　　驱赶野兽到沮漆,天子狩猎正相宜。

瞻彼中原,其祁孔有[7]。　　　看那原野阔无边,地域广大野兽齐。

儦儦俟俟,或群或友[8]。　　　或跑或行或栖息,三五成群结伴嬉。

悉率左右,以燕天子[9]。　　　左逐右赶齐合力,为让天子心欢喜。

既张我弓,既挟我矢[10]。　　　我的弓已拉满弦,我的箭已瞄中的。

发彼小豝,殪此大兕[11]。　　　射中那边小母猪,射死这边大角犀。

以御宾客,且以酌醴[12]。　　　烹调猎物宴宾客,畅饮甜酒乐熙熙。

注释 1 吉日:吉祥的日子。维:是。戊:天干的第五位。伯:通"祃",古代行军在军队驻扎的地方举行的祭礼。祷:通"禂",为马匹等牲畜肥壮而祭祷。 2 田车:猎车。田,打猎。孔:很,非常。阜:高大。 3 阜:土山。从:追逐。群丑:群兽。 4 差:选择。 5 同:聚集。麀(yōu):母鹿。麌麌(yǔ):鹿众多的样子。 6 漆:古水名,渭水支流,今名漆水河。沮:古水名,在今陕西省。从:随,逐。所:处所,地方。 7 中原:原中,原野中。祁:大。孔有:很富有。 8 儦儦(biāo):兽跑动的样子。俟俟(sì):兽行走的样子。群、友:《毛传》:"兽三日群,二曰友。"9 悉:全部,都。率:驱逐。燕:乐。 10 张:拉开弓,引弓。挟:持,拿。 11 发:放,射。豝(bā):母猪。殪(yì):杀死。兕(sì):犀牛。 12 御:招待,进飨。醴(lǐ):甜酒。

鸿雁

[导读] 这是一首流民以鸿雁自比而自怜自叹的诗,反映了当时人民颠沛流离无处安身的痛苦生活。全诗三章,每章均以"鸿雁"起兴,第一章写出行野外,次章写工地筑墙,末章表述哀怨。全诗内容逐层展开,感情深沉,兴中有比,喻意贴切自然。自此,"鸿雁""哀鸿"成为流民的代名词,足见其影响之大。

[原诗]

鸿雁于飞,肃肃其羽[1]。
之子于征,劬劳于野[2]。
爰及矜人,哀此鳏寡[3]。

鸿雁于飞,集于中泽[4]。
之子于垣,百堵皆作[5]。
虽则劬劳,其究安宅[6]。

鸿雁于飞,哀鸣嗷嗷[7]。
维此哲人,谓我劬劳[8]。
维彼愚人,谓我宣骄[9]。

[译诗]

大雁翩翩往南翔,鼓动翅膀沙沙响。
这些流民离家乡,野外劳瘁苦尽尝。
苦痛连及可怜人,鳏寡难免心更伤。

大雁翩翩往南翔,纷纷停在泽中央。
这些流民来筑墙,百堵高墙合力夯。
虽然劳瘁苦尽尝,不知安身在何方?

大雁翩翩往南翔,哀鸣声声好凄凉。
唯有这位聪明人,说我劳累辛苦忙。
唯有那些糊涂虫,说我骄奢太张狂。

[注释] 1 鸿雁:大雁。于:语气助词。肃肃:象声词,鸟羽的振动声。 2 之子:这些人,指被征集的人。劬(qú)劳:劳累,劳苦。 3 爰:语气助词。及:到。矜人:可怜的人,指贫弱者。鳏(guān):老而无妻的男人。寡:死了丈夫的女人。 4 集:群鸟栖息。中泽:沼泽中。 5 垣(yuán):墙,此为筑墙。百堵:众多的墙。作:起。 6 究:究竟,到底。安:何处。宅:居住。 7 嗷嗷:哀鸣声,哀号声。 8 维:只,独。哲人:才智卓越的人。 9 宣骄:骄奢。

庭燎

[导读]　这是一首写周王早起将要视朝的诗,表现了周王急于早朝的心情和对朝仪、朝臣的关注。诗凡三章,每章以设问句起首,呈现出时间上的递进状态,写出了主人公随着时间从深夜渐向天明的推移而产生的微妙心态变化。每章后两句是主人公的想象之词,想象朝臣赴朝路上的景象,始闻其声,而终见其形,似真似幻,妙不可言。

[原诗]

夜如何其? 夜未央¹。
庭燎之光²。君子至止,
鸾声将将³。

夜如何其? 夜未艾⁴。
庭燎晢晢⁵。君子至止,
鸾声哕哕⁶。

夜如何其? 夜乡晨⁷。
庭燎有辉⁸。君子至止,
言观其旂⁹。

[译诗]

夜色沉沉几时许? 夜色蒙蒙天未亮。
庭中火炬发亮光。诸侯赴朝如平常,
远处铃鸾叮当响。

夜色沉沉几时许? 夜色蒙蒙仍未尽。
庭中火炬又明。诸侯驾车赴朝廷,
铃鸾叮当相和鸣。

夜色沉沉几时许? 夜色已退近清晨。
庭中火炬仍有光。诸侯待驾到朝廷,
依稀望见龙旗影。

[注释]　1 如何:什么时候。其(jī):语尾助词,表疑问语气。未央:未已,未尽。　2 庭燎:古代庭中照明的火炬。　3 君子:朝见周王的诸侯。止:语气助词。鸾声:鸾铃鸣声。将将(qiāng):同"锵锵",象声词,多状金玉之声。　4 未艾:未尽,未止。　5 晢晢(zhé):明亮。　6 哕哕(huì):有节奏的铃声。　7 乡晨:天将亮。乡,通"向"。　8 辉:光亮。　9 言:乃。旂:上面画有交龙,杆顶有铃铛的旗子。

沔水

[导读]　这是一首主人公忧虑时局动荡不安,害怕流言蜚语并告诫朋友保持警醒的诗。诗分三章,第一章写因乱不止而忧父母,次章写国事不安而忧不止,末章写忧谗畏讥而告诸友。全诗塑造了一个身处乱世,不随波逐流,爱憎分明,且具有强烈的忧患意识的主人公形象。诗以"流水"和"飞隼"两组比兴开头(末章似脱两句),兴中有比,新颖贴切,增加了诗的艺术表现力。

[原诗]

沔彼流水,朝宗于海[1]。
鴥彼飞隼,载飞载止[2]。
嗟我兄弟,邦人诸友[3]。
莫肯念乱,谁无父母[4]!

沔彼流水,其流汤汤[5]。
鴥彼飞隼,载飞载扬。
念彼不迹,载起载行[6]。
心之忧矣,不可弭忘[7]。

鴥彼飞隼,率彼中陵[8]。
民之讹言,宁莫之惩[9]。
我友敬矣,谗言其兴[10]。

[译诗]

盈盈满满东流水,奔腾到海不复西。
鹰鹞振翅飞翔疾,或在高飞或止息。
嗟叹同乡与好友,还有我的好兄弟。
无人思虑止乱罹,谁人父母能靠依!

盈盈满满东流水,浩荡湍急入海洋。
鹰鹞振翅疾飞翔,高高飞在苍天上。
不依法度人心慌,行坐不安起彷徨。
苦思如潮心中装,哪有一日将它忘!

鹰鹞振翅疾飞行,自由翱翔在山陵。
流言蜚语正流行,无人制止难消停。
告诫朋友多警醒,谗言纷起要小心。

[注释]　1　沔(miǎn):水流满的样子。朝宗:古代诸侯春、夏朝见天子,这里比喻小水流注大水。　2　鴥(yù):鸟疾飞的样子。隼(sǔn):鹰、鹞一类

猛禽。载:词缀,嵌在动词前边。 **3** 邦人:乡里之人,同乡。 **4** 念:考虑。
乱:动乱,战乱。 **5** 汤汤(shāng):水势浩大、水流很急的样子。 **6** 不迹:
不循法度。 **7** 弭忘:忘却。 **8** 率:沿着。中陵:陵中,山陵之中。 **9** 讹言:
流言,假话。宁:为什么。惩:止,制止。 **10** 敬:警惕。兴:兴起。

鹤鸣

[导读] 这是一首用形象的比喻劝谏在位者应招贤纳士的诗。诗共两章,
同分两层。"鹤鸣"至"维萚""维穀"为第一层,其中含有三比:一、鹤比
隐居的贤人;二、鱼在渊在渚,比贤人隐居或出仕;三、檀树比贤人,萚、穀
比小人。它们以并列关系分别直接引出结论,使诗旨更加突出。这个结
论,也就是诗的第二层:"它山之石,可以为错(攻玉)。"这一层,从形式上
看也是个比,内容上是以比喻为结论,说明必须揽求异国他乡之贤者。

[原诗]

鹤鸣于九皋,声闻于野[1]。
鱼潜在渊,或在于渚[2]。
乐彼之园,爰有树檀,
其下维萚[3]。它山之石,
可以为错[4]。

鹤鸣于九皋,声闻于天。
鱼在于渚,或潜在渊。
乐彼之园,爰有树檀,

[译诗]

沼泽幽远仙鹤鸣,鸣声清亮四野传。
鱼儿潜在深水潭,有时游弋到浅滩。
赏心悦目好花园,那有檀树拂云端,
树下落叶已枯干。他方山上有佳石,
可当琢玉的磨盘。

沼泽幽远仙鹤鸣,鸣声清亮上九天。
鱼儿游弋在浅滩,有时潜藏在深潭。
赏心悦目好花园,那有檀树拂云端,

其下维穀⁵。它山之石，　　　 还有楮树在下面。他方山上有佳石，
可以攻玉⁶。　　　　　　　　　 可将玉器打造全。

注释　1 九:虚数,言沼泽极其曲折深远。皋:沼泽,湖泊。野:郊外。
2 渊:深潭。渚:水中的小洲,此指浅水滩。　3 园:花园。树檀:檀树。
萚(tuò):枯落的枝叶。　4 错:琢玉用的粗磨石。　5 穀:树木名,即楮树,
树皮是制造桑皮纸和宣纸的原料。　6 攻玉:将玉石琢磨成器。攻,治理,
加工。

祈父

导读　这是一首周王朝的王都卫士斥责大司马的诗,卫士因外调战场
而备尝离乡背井、无法奉养高堂的痛苦。诗凡三章,主人公"三呼而责
之",直抒胸臆,步步升级地倾泻了满腔怨恨之情。

原诗

祈父! 予王之爪牙¹。
胡转予于恤? 靡所止居²。

祈父! 予王之爪士³。
胡转予于恤? 靡所厎止⁴。

祈父! 亶不聪⁵。
胡转予于恤? 有母之尸饔⁶。

译诗

大司马啊大司马! 我是君王的爪牙。
为何调我上战场? 没有定所远离家。

大司马啊大司马! 我是君王的卫士。
为何调我上战场? 不能安居何日止。

大司马啊大司马! 确实糊涂不聪明。
为何调我上战场? 老母亲自去劳作。

[注释] 1 祈父:周代职掌封畿兵甲的高级武官,即大司马。予:为,是。爪牙:勇士,卫士。 2 胡:为什么。转:辗转,调动。予:我。恤(xù):忧虑。此指可忧的战场。靡所:没有处所。止居:安居,定居。 3 爪士:卫士,禁卫军将士。 4 厎(zhǐ)止:停止,终结。 5 亶(dǎn):实在,确实是。不聪:糊涂,昏庸。 6 尸饔(yōng):主管炊食劳作之事。尸,主持,主管。饔,熟食。郑玄笺曰:"己从军,而母为父陈馈饮食之具,自伤不得供养也。"

白驹

[导读] 这是一首主人留客惜别的诗,体现出主人殷勤好客的热情、真诚以及对友情的珍视。诗共四章,前三章写客未去而挽留,后一章写客已去而相忆。每章均以"白驹"起兴,"白驹"既为诗歌兴咏之物,又可作为诗中客人的坐骑。"絷之维之",是主人苦心留客的方式。除了留客,主人还劝他放弃隐遁的念头,即使分离也要和他保持联系。主客依依不舍的真情溢于言表,令人感动。

[原诗]

皎皎白驹,食我场苗[1]。
絷之维之,以永今朝[2]。
所谓伊人,于焉逍遥[3]。

皎皎白驹,食我场藿[4]。
絷之维之,以永今夕[5]。
所谓伊人,于焉嘉客[6]。

[译诗]

毛色洁白小马驹,吃我园中嫩豆苗。
把它系住把它拴,长留欢情到今朝。
让我牵挂的朋友,你在何处独逍遥?

毛色洁白小马驹,吃我园中嫩豆叶。
把它系住把它拴,长留欢情到今夜。
让我牵挂的朋友,你在何处自怡悦?

皎皎白驹,贲然来思[7]。	毛色洁白小马驹,马蹄嘚嘚跑得疾。
尔公尔侯,逸豫无期[8]。	你是公爵还是侯,为何安乐无尽期?
慎尔优游,勉尔遁思[9]。	悠闲度日宜谨慎,切勿避世图安逸!
皎皎白驹,在彼空谷[10]。	毛色洁白小马驹,在那幽静的山谷。
生刍一束,其人如玉[11]。	青青野草捆一束,我的友人似美玉。
毋金玉尔音,而有遐心[12]。	常捎音信别吝啬,不要疏远离我去。

注释　1 皎皎:洁白光亮的样子。场:场圃,园圃。苗:豆苗。　2 絷(zhí):用绳子系住马足。维:拴,系。永:延长。今朝:今晨。　3 伊人:那个人,此指骑白驹的人。于焉:在何处。逍遥:优游自得,安闲自在。　4 藿(huò):豆叶。　5 今夕:今晚,当晚。　6 嘉客:与"逍遥"同义。　7 贲(bēn)然:马快跑的样子。贲:通"奔"。思:语气助词,无实义。　8 尔:你。公、侯:古代爵位名。逸豫:安乐。　9 慎:慎重。优游:悠闲自得。勉:通"免",打消。遁:隐遁,避世。　10 空谷:空旷幽深的山谷。　11 生刍:鲜草。其人:即伊人。如玉:美好品德如玉。　12 金玉:像金玉般珍贵和美好。音:音信。遐心:与人疏远之心。

黄鸟

导读　这是一首客居他乡者思归之歌。诗以"啄我粟""粱""黍"的黄鸟类比起兴,影射"不我肯穀""不可与明""不可与处"的"此邦之人",体现了客居者在异乡遭遇与该国人互不理解、互不相容的状况,并由此产生了对故国的深切怀念和回归故国的想法。

[原诗]

黄鸟黄鸟,无集于穀,
无啄我粟[1]。此邦之人,
不我肯穀[2]。言旋言归,
复我邦族[3]。

黄鸟黄鸟,无集于桑,
无啄我粱。此邦之人,
不可与明[4]。言旋言归,
复我诸兄[5]。

黄鸟黄鸟,无集于栩[6],
无啄我黍。此邦之人,
不可与处[7]。言旋言归,
复我诸父[8]。

[译诗]

黄雀黄雀求求你,不要楮树上聚集,
不要啄食我小米。这个地方的人啊,
待人不善把我欺。回去回去莫迟疑,
回到亲爱的故里。

黄雀黄雀求求你,不要桑树上聚集,
不要啄食高粱地。这个地方的人啊,
从不与人讲信义。回去回去莫迟疑,
回到故乡找兄弟。

黄雀黄雀求求你,不要柞树上聚集,
不要啄食我黄米。这个地方的人啊,
与他相处不适宜。回去回去莫迟疑,
回我叔伯父那里。

[注释] 1 黄鸟:黄雀。穀:楮树。 2 穀:善待。 3 言:语首助词,无实义。旋:回,归。复:返。邦族:邦国宗族。 4 明:通"盟",讲信任。 5 诸兄:所有同宗之兄弟。 6 栩:柞树。 7 处:相处。 8 诸父:指伯父和叔父。

我行其野

[导读] 这是一首远嫁他乡的女子诉说被丈夫遗弃之后的悲愤和痛苦的诗。诗分三章,每章前二句,以"行其野"所遇"樗""蓫""葍"等恶木劣

菜起兴,既呈现出空旷孤独的画面感,又暗示自己所嫁非人,为人所弃的痛苦心情。每章后四句,具体陈述被弃原因,情绪波动逐层升级,末章发展到高潮戛然而止,给人无限同情、惆怅和遗憾。

原诗	译诗
我行其野,蔽芾其樗[1]。	独自一人郊野行,臭椿枝叶茂生生。
昏姻之故,言就尔居[2]。	因为你我婚姻成,夫唱妇随居安宁。
尔不我畜,复我邦家[3]。	岂料无情不容我,只好返回母家中。
我行其野,言采其蓫[4]。	独自一人郊野行,采摘野蓫在手中。
婚姻之故,言就尔宿[5]。	因为你我婚姻成,夫唱妇随居安宁。
尔不我畜,言归斯复[6]。	岂料无情不容我,只好重回母家中。
我行其野,言采其葍[7]。	独自一人郊野行,无聊采摘野葍藤。
不思旧姻,求尔新特[8]。	不念旧日夫妻情,急急却把新妇迎。
成不以富,亦祗以异[9]。	并非她家真富殷,只因你已早变心!

[注释] 1 蔽芾(fèi):草木茂盛的样子。樗(chū):臭椿。 2 昏姻:即婚姻。言:语首助词,无实义。就:相从。 3 畜:养育。复:返。邦家:家乡。 4 蓫(zhú):草名,俗称羊蹄菜。 5 宿:居住。 6 归:此指大归,即妇女被夫家遗弃,永归母家。斯:语气助词,无实义。 7 葍(fú):多年生蔓草。 8 旧姻:原先的配偶。新特:新的配偶。 9 成:通"诚",确实。祗:只,仅仅。异:异心。

斯干

[导读]　这是一首祝贺周王宫室落成的诗。诗凡九章,大体可分为两个部分。第一至五章为第一部分,主要内容是对建筑本身的外形和建筑过程加以描写和赞美。依次描写了建筑环境、筑室因由、建筑情景、宫室外形及宫室本身。而且每章大体由物及人,写出了家庭和谐、礼敬祖先等文化内涵,显示出物、人互映的艺术表现力。第六至九章为第二部分,主要内容是对宫室主人的赞美和祝愿,即祝愿主人居此室后能寝安梦美、人丁兴旺。诗歌具体生动,层次分明,且具有较为深厚的周代建筑文化内涵。

[原诗]

秩秩斯干,幽幽南山[1]。
如竹苞矣,如松茂矣[2]。
兄及弟矣,式相好矣,
无相犹矣[3]。

似续妣祖,筑室百堵,
西南其户[4]。爰居爰处,
爰笑爰语[5]。

约之阁阁,椓之橐橐[6]。
风雨攸除,鸟鼠攸去,
君子攸芋[7]。

如跂斯翼,如矢斯棘[8],

[译诗]

涧水清清静淌流,南山风物好深幽。
苍翠绿竹满涧沟,茂盛松柏立山头。
同气连枝好兄弟,友好和睦乐悠悠,
不要欺诈生怨尤。

继承祖先的功业,盖起千百间房屋,
向西向南开门户。在此生活与相处,
有说有笑真欢愉。

筑板捆得牢又齐,夯声托托靠重击。
不怕刮风和雨袭,麻雀老鼠也远离,
君子住着正相宜。

宫室端肃如人立,檐角整饬似箭齐,

如鸟斯革,如翚斯飞[9]。
君子攸跻[10]。

好似大鸟展双翼,又似飞翔的锦鸡。
君子登临心欢喜。

殖殖其庭,有觉其楹[11]。
哙哙其正,哕哕其冥[12]。
君子攸宁。

阶前庭院正又平,廊间楹柱高且挺。
白天房间敞又明,夜晚宫室幽而静。
君子住着心安定。

下莞上簟,乃安斯寝[13]。
乃寝乃兴,乃占我梦[14]。
吉梦维何?维熊维罴,
维虺维蛇[15]。

莞席竹席铺得平,君子睡得很安宁。
早早睡下早早醒,赶忙占卜我的梦。
做的好梦是什么?梦见黑熊和棕熊,
还有虺蛇令人惊。

大人占之:维熊维罴,
男子之祥[16];维虺维蛇,
女子之祥。

卜官占卜把梦解:梦见熊罴很吉祥,
预示生个好儿郎;梦见虺蛇也吉祥,
预示生个好姑娘。

乃生男子,载寝之床[17],
载衣之裳,载弄之璋[18]。
其泣喤喤,朱芾斯皇,
室家君王[19]。

如若生了个儿郎,就要让他睡在床,
给他穿上好衣裳,让他玩耍白玉璋。
他的哭声很洪亮,红色蔽膝亮堂堂,
将是周室好君王。

乃生女子,载寝之地,
载衣之裼,载弄之瓦[20]。
无非无仪,唯酒食是议[21]。
无父母诒罹[22]。

如若生了个姑娘,地上铺好竹席睡,
将她包在婴儿被,让她玩耍瓦纺锤。
穿着朴素性柔顺,操持家务办好炊。
莫使父母受苦累。

[注释] **1** 秩秩:涧水清清流淌的样子。斯:此,这。干:涧。幽幽:深远的样子。南山:指终南山。 **2** 如:列举之词,有的意思。苞:茂盛。 **3** 式:句首语气助词,无实义。好:友好和睦。犹:欺诈。 **4** 似续:继承。似,

通"嗣"。妣祖:先妣和先祖。百堵:众多的墙。户:门户。　5 爱:于是,在这里。　6 约:缠束,环束。阁阁:扎缚牢固整齐的样子。椓(zhuó):敲打,捶击。橐橐(tuó):象声词,夯土声。　7 攸:语气助词,无实义。芋:通"宇",居住。　8 跂(qǐ):踮起脚跟。斯:语气助词。翼:端正严肃的样子。矢:箭头。棘:棱角整饬的样子。　9 革:翼,翅膀。翚(huī):一种有五彩羽毛的雉。　10 跻(jī):登,上升。　11 殖殖:平正的样子。有:发语词,无实义。觉:高大而直的样子。楹:柱子。　12 哙哙(kuài):宽敞明亮的样子。正:白天。哕哕(huì):深暗的样子。冥:夜晚。　13 莞(guān):用莞草织的席子。簟(diàn):竹席。寝:睡觉。　14 兴:起床。占:占梦之吉凶。　15 维:是。罴(pí):熊的一种,即棕熊,又叫马熊。虺(huǐ):毒蛇。16 大人:周代占梦之官。祥:吉祥的征兆。　17 乃:如果。载:则,就。寝:睡,卧。　18 衣:穿上。弄:玩耍,把玩。璋:古代的一种玉器,形状像半个圭。　19 喤喤(huáng):形容婴儿哭声洪亮。朱芾(fú):红色蔽膝。斯皇:辉煌。室家:指家庭或家庭中的人。君王:诸侯,天子。　20 裼(tì):包婴儿的被子。瓦:陶质的纺线锤。　21 无非:没有文饰、文采。非,通"斐"。无仪:没有威仪。酒食:酒与饭菜。议:谋虑,操持。　22 诒(yí):给予。罹(lí):忧患,苦难。

无羊

导读 这是一首描绘牧人放牧的诗,既歌咏了牛羊的繁盛,又表现了牧人的辛劳、娴熟的牧技和美好的愿望。诗凡四章,第一章概述牛羊之繁盛,劈头即作惊人之语,以连续两个反诘开篇,突出了本诗的主题。下面四句则以远望之景,巧妙地选择了牛羊最富特征的耳和角,点染出牛羊遍地、一望无际的繁盛景象。第二、三章集中描摹牛羊的静动之态和牧人的牧技。第二章既描绘出牛羊或散步或饮水或卧或醒的静穆和谐的安详境界,及会合奔聚、竞相登高、强壮遒劲的喧嚣躁动境界;又以牛羊之驯顺与强壮,侧面赞颂牧人技艺之高超。人畜浑融,形成一个和谐的整体。末章以牧人的幻梦,寄诗人之祝祷,即岁稔年丰、人丁兴旺的美好祈愿。诗境由实化虚,笔法高妙无痕。

[原诗]

谁谓尔无羊? 三百维群[1]。
谁谓尔无牛? 九十其犉[2]。
尔羊来思,其角濈濈[3]。
尔牛来思,其耳湿湿[4]。

或降于阿,或饮于池,
或寝或讹[5]。尔牧来思,
何蓑何笠,或负其餱[6]。
三十维物,尔牲则具[7]。

尔牧来思,以薪以蒸,
以雌以雄[8]。尔羊来思,
矜矜兢兢,不骞不崩[9]。
麾之以肱,毕来既升[10]。

牧人乃梦,众维鱼矣,
旐维旟矣[11]。大人占之[12]:
众维鱼矣,实维丰年;
旐维旟矣,室家溱溱[13]。

[译诗]

谁说你家没有羊? 三百一群数不清。
谁说你家没有牛? 七尺大牛遍山陵。
你的羊群走来了,羊角簇立咩咩鸣。
你的牛群走来了,耳朵摆动在聆听。

有的牛羊下山冈,有的饮水在池旁,
有的睡着有的狂。你到这里来放牧,
披蓑戴笠把雨防,有时身上背干粮。
牛羊毛色几十样,牺牲齐备品种良。

你到这里来放牧,边砍柴来边割草,
还射天上雌雄鸟。你的羊群走来了,
强健伶俐往前跑,不掉队儿不乱套。
轻轻用手招一招,全部跃奔上山腰。

牧人夜里做个梦,梦见蝗虫化鱼群,
旗上龟蛇变鹰隼。太卜解梦这样说:
梦见蝗虫化鱼群,预兆丰年有粮屯;
旗上龟蛇变鹰隼,家旺人兴事事顺。

注释 1 三百:虚数,形容数量多。维:为,是。 2 九十:虚数,形容数量多。犉(rún):七尺大牛。 3 思:语气助词,无实义。濈濈(jí):聚集的样子。 4 湿湿:牛反刍时耳朵摇动的样子。 5 阿(ē):大山陵,大土山。讹:通"吪",行动,移动。 6 牧:放牧。何:通"荷",披戴。或:有时。负:背。糇(hóu):干粮。 7 物:杂色牛。牲:牺牲,用以祭祀的牲畜。具:通"俱",都,完全。 8 以:将,拿。薪:粗柴。蒸:细柴。雌、雄:指飞禽的雌雄。 9 矜矜:强健的样子。兢兢:强壮的样子。骞(qiān):亏损。崩:散乱。10 麾:通"挥"。肱(gōng):胳膊。毕:全,都。既:完全,都。升:登。 11 众:通"螽",蝗虫。旐(zhào):画有龟蛇图案的旗。旟(yú):画着鸟隼的军旗。 12 大人:周代占梦之官。 13 溱溱(zhēn):盛多的样子。

节南山

导读 这是一首讽刺太师尹氏执政的诗,抒发了诗人强烈的责怨之情。诗凡十章,共分为三层。首二章为第一层,以"南山"起兴,象征权臣尹氏,指斥尹氏不仁且为政不平,终致民望尽失,天人交怨。第三到第六章为第二层,进一步点明尹氏身居高官显位,不亲身理政而委之姻亲,加之天降穷极之乱,而使人民双重遭殃。第七至十章为第三层,言诗人驾车避难,颠沛流离却无处可往,遂将离乱之苦,归咎于统治者内部矛盾所致,决心勇作诵,成此檄文,垂诫后人。

[原诗]

节彼南山,维石岩岩¹。
赫赫师尹,民具尔瞻²。
忧心如惔,不敢戏谈³。
国既卒斩,何用不监⁴!

节彼南山,有实其猗⁵。
赫赫师尹,不平谓何⁶!
天方荐瘥,丧乱弘多⁷。
民言无嘉,憯莫惩嗟⁸!

尹氏大师,维周之氏⁹。
秉国之均,四方是维¹⁰。
天子是毗,俾民不迷¹¹。
不吊昊天,不宜空我师¹²!

弗躬弗亲,庶民弗信¹³。
弗问弗仕,勿罔君子¹⁴?
式夷式已,无小人殆¹⁵。
琐琐姻亚,则无膴仕¹⁶。

昊天不傭,降此鞠讻¹⁷!
昊天不惠,降此大戾¹⁸!
君子如届,俾民心阕¹⁹。
君子如夷,恶怒是违²⁰。

不吊昊天,乱靡有定²¹。
式月斯生,俾民不宁²²。

[译诗]

高峻巍峨终南山,重岩叠嶂危峰立。
声名赫赫尹太师,人人都在看着你。
满心忧虑似火烧,谁也不敢随口提。
国运已衰将要绝,为何监察不得力!

高峻巍峨终南山,峰峦雄伟又壮阔。
声名赫赫尹太师,执政不公是为何!
上天屡次降灾祸,死丧祸乱实在多。
百姓议论口碑差,竟然未被惩戒过!

赫赫有名尹太师,应是周邦的砥柱。
执掌朝政的中枢,四方水土你监督。
天子由你来辅助,使我百姓不迷途。
上天实在不仁慈,让我百姓受荼毒!

政事从不亲过问,百姓对你不相信。
不咨耆老不聘少,岂不蒙蔽君子们?
铲除制止要趁早,避免小人起祸因。
猥琐平庸的姻亲,不该偏袒委重任!

老天真是不公平,降下如此大祸乱!
老天真是不仁惠,降下如此大灾难!
君子如果能执政,民愤平息人心安。
君子如果被排除,反抗怒火处处燃。

上天实在不仁慈,祸乱不息未平定。
摧残生灵害百姓,使得人民不安宁。

忧心如酲,谁秉国成²³？

不自为政,卒劳百姓²⁴。

驾彼四牡,四牡项领²⁵。

我瞻四方,蹙蹙靡所骋²⁶！

方茂尔恶,相尔矛矣²⁷。

既夷既怿,如相酬矣²⁸。

昊天不平,我王不宁。

不惩其心,覆怨其正²⁹。

家父作诵,以究王讻³⁰。

式讹尔心,以畜万邦³¹。

忧心忡忡如酒病,谁来执掌政权柄？

若不亲自掌朝政,苦的还是老百姓。

驾起四匹大公马,马儿高大颈脖粗。

东南西北举目望,无处驰骋太局促！

当你怨怒正盛时,眼瞅长矛似迎敌。

怒火已息嗔作喜,互相劝酒惺惺惜。

老天真是不公平,使我君王心烦乱。

邪心没有被惩戒,劝谏正言反遭怨。

今日家父作诗篇,追究王朝祸乱因。

如能感化君王心,治理万民得安宁。

注释 1 节:高峻的样子。南山:指终南山。岩岩:高大,高耸。 2 赫赫:显赫盛大的样子。师尹:指周太师尹氏。具:通"俱",都。瞻:视,望。 3 惔(tán):火烧。戏谈:嬉笑言谈。 4 卒:尽,完全。斩:断绝。何用:为什么。监:监督,察看督促。 5 有实:实实,广大的样子。猗:同"阿",山坡。 6 谓何:为何。 7 荐:屡次,一再。瘥(cuó):疾病瘟疫。弘多:很多。 8 民言:人民的议论。嘉:善。憯(cǎn):曾,乃,此指竟然。惩:微戒。嗟:语尾助词,无实义。 9 大:太。氐(dǐ):根本。 10 秉:执掌。均:同"钧",一种制造陶器所用的转轮,又称"陶旋轮"。维:维持,维系。 11 毗(pí):辅助。俾(bǐ):使。迷:迷惑。 12 不吊:不仁,不淑。昊(hào)天:苍天。空:穷。师:众民。 13 躬:亲,亲自做事。 14 问:咨询。仕:任用。罔:欺骗,蒙蔽。 15 夷:平除,铲除。已:停止,废止。殆:危殆。 16 琐琐:形容人品卑微、平庸、渺小。姻亚:有婚姻关系的亲戚。膴(wǔ)仕:高官厚禄。膴,厚。 17 傭(chōng):均,公平。鞫讻:极大的灾祸。讻,祸乱。 18 惠:仁惠。大戾(lì):大恶。 19 届:至,到。阕:止息、终了。　**20** 夷:平除,铲除。违:违抗,反抗。　**21** 定:止息。　**22** 式:乃。月:通"刖",折断,扼杀。生:众生。　**23** 醒(chéng):酒醒后神志不清有如患病的感觉。国成:国家政务的权柄。　**24** 卒:通"瘁",劳累,憔悴。**25** 牡:公牛。项:肥大。领:颈项。　**26** 麌麌(cù):局促不舒展。骋:驰骋。**27** 方:正值。茂:盛。恶:憎恶。相:注视。矛:长矛。　**28** 夷:心平气和。怿:喜悦。酬:劝酒。　**29** 惩:惩戒,止。覆:反。正:劝谏的正言。　**30** 家父:作者自呼其名,周大夫。诵:诗歌。究:穷究,追究。**31** 式:语音助词,无实义。讹:改变,感化。畜:养。万邦:所有诸侯封国。

正月

导读　这是一首政治怨刺诗。诗歌既抒写了一位失意官吏忧国哀民、愤世疾邪的情怀,又展示了西周末年政治的黑暗、贫富的对立和统治阶级内部的矛盾。诗凡十三章,将抒情主人公在霜降异时、谣言四起、国家危在旦夕、百姓无辜受害、当权者昏庸享乐、自己却无能为力之时的忧伤、孤独、愤懑情绪一一宣泄出来,很有感染力。

原诗

正月繁霜,我心忧伤[1]。
民之讹言,亦孔之将[2]。
念我独兮,忧心京京[3]。
哀我小心,瘝忧以痒[4]。

父母生我,胡俾我瘉[5]?

译诗

浓霜降在六月中,天气异常忧忡忡。
民间已经流言起,沸沸扬扬正闹腾。
独我一人忧国事,忧思深广何日终?
胆小怕事令我哀,忧愁成病憔悴容。

父母既然生育我,为何使我尽受苦?

不自我先，不自我后。
好言自口，莠言自口[6]。
忧心愈愈，是以有侮[7]。

忧心茕茕，念我无禄[8]。
民之无辜，并其臣仆[9]。
哀我人斯，于何从禄[10]？
瞻乌爰止，于谁之屋[11]？

瞻彼中林，侯薪侯蒸[12]。
民今方殆，视天梦梦[13]。
既克有定，靡人弗胜[14]。
有皇上帝，伊谁云憎[15]！

谓山盖卑，为冈为陵[16]。
民之讹言，宁莫之惩[17]！
召彼故老，讯之占梦[18]。
具曰予圣，谁知乌之雌雄[19]！

谓天盖高？不敢不局[20]。
谓地盖厚？不敢不蹐[21]。
维号斯言，有伦有脊[22]。
哀今之人，胡为虺蜴[23]？

瞻彼阪田，有菀其特[24]。
天之扤我，如不我克[25]。
彼求我则，如不我得[26]。
执我仇仇，亦不我力[27]。

我生不早也不晚，恰逢乱世真无福。
好话出自他的口，坏话也从他口出。
忧思深广神恍惚，因此常常受欺侮。

忧愁郁闷好孤独，不幸的我命真苦。
平民百姓更无辜，都被抓来当奴仆。
哀叹我们这些人，该在哪里领俸禄？
看那乌鸦要栖息，不知落在谁家屋？

远望那边树林中，粗细柴草密丛丛。
百姓正处危难中，上天作哑又装聋。
如果天命已确定，没人抗拒应服从。
伟大光明的上帝，恨意究竟对谁冲！

人说山丘矮又平，实为高山与峻岭。
民间已经流言起，无人制止任横行！
征召旧臣与元老，再向卜官问吉凶。
人人自夸最高明，乌鸦雌雄谁分清！

谁说苍天高又邈？只敢低头又弯腰。
谁说大地深且厚？只敢小步蹑手脚。
高声喊出这些话，句句在理识见高。
哀叹当今世上人，何似蛇蜴将人咬？

远远望那坡上田，禾苗茂盛异平常。
老天这样折磨我，唯恐不能将我降。
周王当初访求我，唯恐推辞入庙廊。
得到却又轻慢我，并不重用晾一旁。

心之忧矣，如或结之²⁸。　　我心忧伤无处说，如绳打结不得解。

今兹之正，胡然厉矣²⁹！　　试看当今的朝政，为何这样的暴虐！

燎之方扬，宁或灭之³⁰？　　熊熊野火正炽盛，难道有谁能扑灭？

赫赫宗周，褒姒威之³¹！　　盛大显赫的西周，因为褒姒国运绝！

终其永怀，又窘阴雨³²。　　忧伤既已深且长，又逢阴雨处境窘。

其车既载，乃弃尔辅³³。　　货物已经装满厢，竟把厢板全抽光。

载输尔载，将伯助予³⁴。　　等到货物掉下来，才叫大哥帮帮忙！

无弃尔辅，员于尔辐³⁵。　　车厢板子不能弃，车轮辐条要增益。

屡顾尔仆，不输尔载³⁶。　　经常照顾你车夫，莫使货物掉落地。

终逾绝险，曾是不意³⁷！　　终于度过极险处，你竟丝毫不在意！

鱼在于沼，亦匪克乐³⁸。　　群鱼虽在池中游，也不快乐和无忧。

潜虽伏矣，亦孔之炤³⁹。　　即使潜藏深水中，水清照样入眼眸。

忧心惨惨，念国之为虐⁴⁰。　　忧思满怀心不安，国政暴虐使人愁。

彼有旨酒，又有嘉殽⁴¹。　　他有香甜的美酒，又摆美味的嘉肴。

洽比其邻，昏姻孔云⁴²。　　朋党会聚多融洽，姻亲裙带乐陶陶。

念我独兮，忧心殷殷⁴³。　　想我孤独无依靠，阵阵心痛似刀绞。

佌佌彼有屋，蓛蓛方有谷⁴⁴。　　卑劣小人有华屋，庸陋之徒有好谷。

民今之无禄，天夭是椓⁴⁵。　　当今百姓不幸福，天降灾祸命真苦。

哿矣富人，哀此茕独⁴⁶！　　富人快乐又舒服，哀叹穷人太孤独！

[注释]　**1** 正月：夏历四月，周历六月。繁霜：浓霜。　**2** 讹言：流言，假话。孔：很。将：大，盛。　**3** 独：独自为国事忧伤。京京：忧愁不绝的样子。**4** 小心：畏忌，顾虑。瘟(shǔ)忧：郁闷忧愁。痒：病。　**5** 胡：为何。俾(bǐ)：使。瘉(yù)：病，此指灾难，祸患。　**6** 莠言：丑恶之言，坏话。　**7** 愈愈：忧

惧很深。是以:因此。有侮:受人欺侮。　8 茕茕(qióng):忧愁而无人理解的样子。无禄:不幸。　9 并:皆。臣仆:奴隶,俘虏。　10 斯:语尾助词,无实义。于:在。从:就。禄:官吏的俸给。　11 瞻:看。爰:语气助词,有"之"的作用。止:止息。于:在。　12 中林:林中。侯:语气助词,无实义。薪:粗柴。蒸:细柴。　13 殆:危险。梦梦:昏乱,不明。　14 既:终。克:能。定:确定。靡:无。弗:不。　15 有皇:光明伟大。伊:发语词。云:句中助词。憎:憎恨。　16 谓:说。盖:通"盍",何,怎么。　17 宁:乃。惩:制止,惩戒。　18 故老:元老,旧臣。讯:问。占梦:占梦之官。19 具:通"俱",都。予圣:自以为圣人,谓自夸高明。　20 局:弯曲不伸。21 蹐(jí):走小碎步。　22 维:发语词。号:号叫,呼喊。伦、脊:道理,条理。　23 虺蜴(huǐyì):毒蛇和蜥蜴。　24 阪田:山坡上的田。菀(yù):茂盛的样子。特:不平常的,超出一般的。　25 扤(wù):折磨。如:唯恐。克:压倒,制伏。　26 彼:指周王。则:语尾助词,无实义。　27 仇仇:缓持,形容拿东西不用力的样子。不我力:不重用我。　28 或:有人。结:打结。29 正:通"政"。胡然:为何。厉:暴虐。　30 燎:放火烧草木。扬:炽盛。宁:岂。或:有人。　31 宗周:西周王朝。威:"灭"的古字,灭亡。　32 终:既。永怀:深忧。窘:困。　33 辅:车厢板。　34 载:第一个"载"为语气助词,第二个"载"为所运载的货物。输:掉下来。将:请。伯:排行大的人,大哥。35 员(yún):增益。辐:插入轮毂以支撑轮圈的细条。　36 顾:照顾。仆:车夫。　37 终:终于。逾:越过。绝险:极险之处。曾:竟。不意:不在意,不放在心上。　38 匪:非。克:能。　39 孔:很。炤(zhāo):同"昭",明显。　40 惨惨:忧虑不安。虐:暴虐。　41 旨酒:美酒。嘉殽:美味的菜肴。殽,同"肴"。　42 洽比:融洽,亲近。邻:亲近的、同一类型的人。昏姻:姻戚关系。云:亲近,和乐。　43 殷殷:心痛的样子。　44 呰呰(cǐ):卑微渺小的样子。蓛蓛(sù):猥琐丑陋的样子。　45 夭夭:天所伤害。椓(zhuó):毁坏,伤害。　46 哿(gě):欢乐。茕独:孤苦伶仃的人。

十月之交

[导读]　这是一首讽刺幽王无道、奸臣弄权,以致灾异频生、人民受难、无辜者受迫害的政治怨刺诗。诗凡八章,分作三层。前三章为第一层,诗人描绘出一幅日食、月食、地震叠现的巨大灾变图,诗人在震惊、恐慌之余认为这是上天对人类的警示。第四至六章为第二层,列举了当今执政者皇父诸党强抓丁役、搜括民财、扰民害民等斑斑罪行。最后二章为第三层,申明自己在天灾人祸面前的立身态度。

[原诗]

十月之交,朔月辛卯[1]。
日有食之,亦孔之丑[2]。
彼月而微,此日而微[3]。
今此下民,亦孔之哀。

日月告凶,不用其行[4]。
四国无政,不用其良[5]。
彼月而食,则维其常[6]。
此日而食,于何不臧[7]!

烨烨震电,不宁不令[8]。
百川沸腾,山冢崒崩[9]。
高岸为谷,深谷为陵[10]。
哀今之人,胡憯莫惩[11]!

皇父卿士,番维司徒[12],

[译诗]

十月时令已来到,初一这天是辛卯。
天上突然现日食,这是很大的凶兆。
那次月亮昏无光,这次太阳光亮消。
如今天下老百姓,无比恐惧悲哀号。

日月预示大凶兆,已改原来轨道行。
普天之下政无方,也因不用忠良臣。
上次月食昏无光,还是常见的情景。
这次太阳光亮消,奈何灾祸正降临!

电光闪烁雷轰鸣,政治黑暗民不宁。
大小江河洪波涌,高山倒塌碎石倾。
险峻山崖变深谷,幽幽深谷成丘陵。
可叹今天这些人,何不制止这暴政!

堂堂皇父是卿士,番氏官职为司徒,

家伯维宰，仲允膳夫 [13]，
棸子内史，蹶维趣马，
楀维师氏 [14]，艳妻煽方处 [15]。

抑此皇父，岂曰不时 [16]？
胡为我作，不即我谋 [17]！
彻我墙屋，田卒污莱 [18]。
曰予不戕，礼则然矣。 [19]

皇父孔圣，作都于向 [20]。
择三有事，亶侯多藏 [21]。
不憖遗一老，俾守我王 [22]。
择有车马，以居徂向 [23]。

黾勉从事，不敢告劳 [24]。
无罪无辜，谗口嚣嚣 [25]。
下民之孽，匪降自天 [26]。
噂沓背憎，职竞由人 [27]。

悠悠我里，亦孔之痗 [28]。
四方有羡，我独居忧 [29]。
民莫不逸，我独不敢休 [30]。
天命不彻，我不敢效我友自逸 [31]。

家伯担任王冢宰，仲允之职是膳夫，
棸子担任内史官，蹶氏任职趣马处，
楀氏掌教官师氏，褒姒势炽众人趋。

哎呀哎呀这皇父，难道真不识时务？
为何派我服劳役，不来商量真可恶！
拆毁我家墙和屋，水淹草长田荒芜。
却说不是我害你，礼法如此不含糊。

皇父手段好高明，要在向邑建都城。
选择亲信做三卿，钱财确实难数清。
旧臣不肯留一名，使他卫王在朝廷。
选择富豪车马乘，迁居向邑起行程。

竭尽全力做公事，不敢向人诉劳苦。
我本无罪又无辜，众口谗言将我诬。
百姓遭受大灾难，不是老天太狠毒。
当面谈笑背后恨，罪责应由小人负。

我的忧伤深且长，日积月累成病恙。
四方之人多富裕，唯我独居多忧伤。
人们生活都安逸，独我辛苦劳作忙。
天道无常难预料，不效我友享安康。

注释 1 交：开始进入。朔月：月朔，初一。 2 有：又。丑：恶。古人迷信，认为日食、月食是不祥之兆。 3 微：不明，昏暗。 4 告凶：预告凶兆。行（háng）：轨道，规律。 5 四国：四方，天下。无政：治政无方，没有政绩。良：忠良。 6 维：是。 7 于何：奈何。臧：善，好。 8 烨烨：

明亮,灿烂,鲜明。震:雷。电:闪电。宁:安。令:善。 **9** 山冢:山顶。崒崩:倒塌,崒,通"碎"。 **10** 高岸:高峻的山崖。 **11** 胡憯(cǎn):为何。憯,曾。惩:戒止。 **12** 皇父:周幽王时的卿士、宠臣。卿士:六卿之长,总管王朝政事。维:是。司徒:六卿之一,掌管土地和人口。 **13** 宰:冢宰,太宰的别称,原为掌管王家财务及宫内事务的官。膳夫:掌管周王食饮膳羞的官。 **14** 聚(Zōu):姓。内史:担任人事、司法的长官。蹶(Guì):姓。趣马:管马的官。楀(Jǔ):姓。师氏:掌管辅导王室、教育贵族子弟以及朝仪得失之事的管。 **15** 艳妻:特指周幽王的宠妃褒姒。煽:炽盛。方:并,并列。处:居,居其位。 **16** 抑:通"噫",叹词。岂:难道。不时:不使民以时。 **17** 胡为:为何。作:服役劳作。即:就,到。谋:商量。 **18** 彻:拆毁,拆下。卒:尽,完全。污:停积不流的水。莱(lái):田中生草,荒芜。 **19** 戕(qiāng):残害,毁坏。 **20** 圣:圣明,高明。向:地名。在今河南济源市南。 **21** 有事:有司。即司空、司马、司徒。亶(dǎn):实在,诚然,信然。侯:维,是。多藏:藏有很多钱财。 **22** 慭(yìn):愿意,肯。遗:留。老:旧臣。俾:使。守:守卫。 **23** 有车马:有车有马的富豪。徂(cú):往,到。 **24** 黾(mǐn)勉:勉力,努力。告劳:向别人诉说自己的劳苦。 **25** 谗口:说坏话的嘴,谗人。嚣嚣(áo):众口谗毁的样子。 **26** 孽(niè):灾害。 **27** 噂(zǔn)沓:议论纷纷。背憎:背地里憎恨。职竞:专事竞逐。 **28** 悠悠:形容忧伤。里:通"悝",忧伤。孔:很。痗(mèi):病,忧思成病。 **29** 羡:富余,足够而多余。居:处。 **30** 逸:安逸快乐。 **31** 不彻:不循常道。效:仿效。自逸:身心安适。

雨无正

导读 这是一首侍御小臣讽刺幽王昏庸、群臣误国的诗。诗凡七章,第一章埋怨天命靡常,致使灾难降临。第二至四章揭示导致灾难的原因:执事大臣或苟且偷安,或花言巧语,国王信谗拒谏、是非不分。第五至六章写诗人面对昏君乱世不知所措的处境和苦恼悲哀的心情。诗歌采用直接咏叹的方式,层层揭示,感情真挚,满腔忧愤令人感喟不已。

原诗

浩浩昊天,不骏其德[1]。
降丧饥馑,斩伐四国[2]。
旻天疾威,弗虑弗图[3]。
舍彼有罪,既伏其辜[4]。
若此无罪,沦胥以铺[5]。

周宗既灭,靡所止戾[6]。
正大夫离居,莫知我勚[7]。
三事大夫,莫肯夙夜[8]。
邦君诸侯,莫肯朝夕[9]。
庶曰式臧,覆出为恶[10]。

如何昊天! 辟言不信[11]。
如彼行迈,则靡所臻[12]。
凡百君子,各敬尔身[13]。
胡不相畏,不畏于天?

译诗

苍天无边广大,施德并不久长。
降下死亡饥荒,残害天下四方。
苍天威虐暴戾,不加考虑思量。
放过罪犯不管,包庇欺瞒罪状。
无罪之人善良,相率牵连遭殃。

宗周已经灭亡,安居没有地方。
上卿各自散处,无人知我辛忙。
三公虽然还在,不肯日夜佐王。
四方封邦君侯,不肯早晚相帮。
希望政令变好,反而更加荒唐。

奈何如此苍天! 法度之言不信。
好比一人远行,没有目的前进。
所有百官群臣,各自谨慎保身。
为何不相畏敬,不畏天命神灵?

戎成不退,饥成不遂 14。
曾我瞽御,惽惽日瘁 15。
凡百君子,莫肯用讯 16。
听言则答,谮言则退 17。

哀哉不能言,匪舌是出,
维躬是瘁 18。哿矣能言,
巧言如流,俾躬处休 19。

维曰于仕,孔棘且殆 20。
云不可使,得罪于天子 21。
亦云可使,怨及朋友。

谓尔迁于王都,曰予未有室家 22。
鼠思泣血,无言不疾 23。
昔尔出居,谁从作尔室 24?

兵灾难以消退,饥荒严重战溃。
为何我这近侍,日日忧伤憔悴。
所有百官群臣,不肯忠言劝告。
顺耳谀词进荐,逆耳忠言废退。

悲哀忠言难进,不是口舌拙笨,
是我憔悴多病。能言博取欢心,
巧言如水流奔,使己享福蒙恩。

要说出去做官,国事非常危急。
如说政令不行,就会得罪天子,
如说政令可行,又遭朋友怨弃。

劝你迁回王都,你说没有家住。
忧至泪尽血出,说话遭人嫉妒。
当初你们离居,是谁营造房屋?

[注释] 1 浩浩:广大无际的样子。昊天:苍天。骏:长,常。 2 丧:死亡。斩伐:残害。四国:四方、天下。 3 疾威:暴虐,威虐。虑:考虑。图:思量,打算。 4 既:尽。伏:隐藏。辜:罪。 5 沦胥(xū):相率牵连。铺:通"痡",病苦。 6 周宗:即宗周,指镐京。止戾:安居。 7 正大夫:上卿,上大夫。离居:散处,分居。勩(yì):劳苦。 8 三事:指三公:太师、太傅、太保。夙夜:早晚,指早起晚归,日夜操劳。 9 邦君:封国之君。 10 庶:希望。式:语音助词。臧:善,好。覆:反而。 11 辟言:合乎法度的言论。 12 行迈:行走不止,远行。臻(zhēn):至,到达。 13 君子:指群臣百官。敬:谨慎。 14 戎:战争。遂:成功,顺利。 15 瞽(xiè)御:近侍。惽惽(cǎn):忧愁的样子。瘁:憔悴,枯槁。 16 讯:劝告,告诉。 17 听言:顺言,顺从之言。答:进用。谮(zèn)言:本指谗言,此指谏言。退:斥退。

18 出:通"拙",笨拙。躬:亲身,自身。　19 哿(gě):快乐。休:吉庆,福禄。
20 于仕:前去做官。于,往。棘:通"亟",急切,急迫。殆:危险。　21 使:从。
22 尔:指正大夫、三事大夫。室家:家室,家业。　23 鼠思:忧思。泣血:
泪尽血出,形容极度悲伤。疾:恨。　24 出居:离居,离开王都到别地去。
从:随从。作:营造。

小旻

[导读]　这是一首揭露周王重用邪僻之徒而致使朝政日非的诗,表达了
作者愤恨朝政黑暗腐败而又忧国忧时的思想感情。诗凡六章,前四章着
重写周王谋策的错误,从王惑于邪谋、不从善言;小人谋策苟合相诋;谋
夫空谈不见成效;谋策违反先民大道而唯听浅言,因而政事不成、暴虐人
民等方面揭露谋策的错误及其所造成的危害。第五章写面对危局,盼望
国王任用贤能,希望圣哲智谋保持清明,不要相率同污。第六章指出邪
政导致的恶果:形势危急,令人战栗,暗期周王临崖勒马,改弦易辙。全
诗结构紧扣主题,层次清晰,还运用了一系列对比句、比喻句,增强其说
理的鲜明性、形象性。

[原诗]

旻天疾威,敷于下土[1]。
谋犹回遹,何日斯沮[2]。
谋臧不从,不臧覆用[3]。
我视谋犹,亦孔之邛[4]。

[译诗]

老天暴虐又凶残,灾难遍布在人间。
朝廷政策都邪僻,哪天停止不再宣?
善谋良策不被用,歪门邪道反称贤。
我看现在的朝政,弊病太多无人砭。

潝潝訿訿,亦孔之哀[5]。　　是非不分真可悲,阳奉阴违更可哀。
谋之其臧,则具是违[6]。　　善谋良策提上来,百般刁难不理睬。
谋之不臧,则具是依[7]。　　错误主张提上来,全部依从即出台。
我视谋犹,伊于胡厎[8]。　　我看现在的朝政,结局如何不难猜。

我龟既厌,不我告犹[9]。　　频繁占卜灵龟厌,政策吉凶不相告。
谋夫孔多,是用不集[10]。　　谋臣策士虽然多,终因空谈不牢靠。
发言盈庭,谁敢执其咎[11]!　　发言的人满庭中,哪个敢把罪责挑!
如匪行迈谋,是用不得于道[12]。　　就像远行问路人,因此目的难达到。

哀哉为犹,匪先民是程,　　可叹执政没头脑,古圣先贤不仿效,
匪大犹是经[13]。维迩言是听,　　常规大道不遵从。只爱听那亲信话,
维迩言是争[14]。如彼筑室于道谋,　　为此争斗闹哄哄。就像造屋问路人,
是用不溃于成[15]。　　很难顺利与成功。

国虽靡止,或圣或否[16]。　　国家面积虽然小,也有圣人与凡俗。
民虽靡膴,或哲或谋,　　人民数量虽然少,有的明智谋略高,
或肃或艾[17]。如彼泉流,　　有的恭谨办事熟。像那流动的清泉,
无沦胥以败[18]。　　不让污浊变陈腐。

不敢暴虎,不敢冯河[19]。　　不敢空手搏老虎,不敢徒步河中行。
人知其一,莫知其他[20]。　　人们只知这危险,不知其他祸患临。
战战兢兢,如临深渊,　　畏惧谨慎我心惊,像面对万丈深渊,
如履薄冰。　　像脚踩一层薄冰。

注释 1 旻(mín)天:老天,苍天。疾威:暴虐,威虐。敷:布。下土:人间。
2 谋犹:计谋,谋略。犹,通"猷"。回遹(yù):邪僻。斯:语气助词。沮:阻止。
3 臧:好,善。覆:反而。 4 邛(qióng):病。 5 潝潝(xī):形容众口附

和。訾訾(zǐ)：毁谤。　**6** 具：通"俱"，全，都。违：违反，违背。　**7** 依：依从。　**8** 伊：发语词，无实义。厎(zhǐ)：至，地步。　**9** 龟：占卜用的龟甲。厌：厌恶，厌烦。犹：吉凶之词。　**10** 谋夫：计谋之士。集：成功。　**11** 执：承担，担当。咎：罪责。　**12** 匪：通"彼"。行迈：远行。是用：是以。不得于道：达不到目的。　**13** 为：掌握，制定。匪：非。先民：古人。程：效法。大犹：大道，正道。经：经营。　**14** 迩言：浅近的话或左右亲信的话。**15** 溃：通"遂"，顺利，成功。　**16** 止：至。圣：圣人。否：平常人。　**17** 膴(wǔ)：盛，多。哲：明智。谋：灵敏，有智谋。肃：恭谨，严肃。艾(yì)：治理，指办事能力强。　**18** 沦胥：相率牵连。　**19** 暴虎：空手和老虎搏斗。冯(píng)河：徒步涉水渡河。　**20** 其他：指种种丧国亡家的祸患。

小宛

导读　这是一首劝诫兄弟免祸的诗，抒发了作者浓重的忧伤之情。诗共六章，章六句。第一章以"鸣鸠"起兴，表示自己曾怀有如鸠般一鸣惊人之志，如今却处于十分忧伤的境地，只能思念先辈和父母的辉煌业绩，以至于夜不能寐。第二章感伤兄弟们纵酒，既有斥责，也有劝诫，暗示他们违背了父母的教育。第三章以"螟蛉"为喻，说自己代兄弟抚养幼子。第四章以"脊令"起兴，比喻自己夙兴夜寐、孜孜不懈地努力于各种事务，以求无辱于父母。第五章则以"桑扈"起兴，喻指自己处境之艰难，不得已而握粟去占卜，以问吉凶。末章以"集于木""临于谷""履薄冰"为喻形容自己戒惧的心情。全诗多用比兴，将沉重忧伤的感情以形象、生动的形式表现出来，是其最大特色。

[原诗]

宛彼鸣鸠,翰飞戾天¹。

我心忧伤,念昔先人²。

明发不寐,有怀二人³。

人之齐圣,饮酒温克⁴。

彼昏不知,壹醉日富⁵。

各敬尔仪,天命不又⁶。

中原有菽,庶民采之⁷。

螟蛉有子,蜾蠃负之⁸。

教诲尔子,式穀似之⁹。

题彼脊令,载飞载鸣¹⁰。

我日斯迈,而月斯征¹¹。

夙兴夜寐,毋忝尔所生¹²!

交交桑扈,率场啄粟¹³。

哀我填寡,宜岸宜狱¹⁴。

握粟出卜,自何能穀¹⁵?

温温恭人,如集于木¹⁶。

惴惴小心,如临于谷¹⁷。

战战兢兢,如履薄冰。

[译诗]

看那小小斑鸠鸟,一飞飞到高空上。

我的心里好忧伤,怀思祖先泪汪汪。

辗转反侧到天亮,思念父母欲断肠。

那些聪明睿智人,饮酒温和又恭敬。

那些愚昧无知人,群饮沉醉更骄横。

各自谨慎重仪容,天命已去难再逢。

原野之中有豆苗,人们采来充饥饱。

螟蛉产下了幼子,蜾蠃把它当子抱。

你们孩子我来教,祖先善德继承好。

看那小小鹡鸰鸟,一边飞来一边叫。

我是天天在外跑,你也月月都辛劳。

起早贪黑不停歇,祖辈英名要守牢!

盘旋飞翔的桑扈,围着谷场抢啄粟。

叹我穷苦无依靠,还吃官司进监狱。

拿把粟米来占卜,怎样才把凶卦除?

宽厚谦和那些人,就像鸟儿集树顶。

忧惧戒慎好警醒,如临深谷万丈深。

畏惧谨慎的样子,就像脚踩薄薄冰。

[注释] 1 宛:小。鸣鸠:即斑鸠。翰飞:高飞。戾(lì):至。 2 先人:祖先。 3 明发:黎明,平明。有:通"又"。二人:父母。 4 齐圣:聪明睿智。温克:指醉酒后能蕴藉自持,仍保持温和恭敬的仪态。 5 昏不知:愚昧无知的庸人。壹:语气助词,无实义。日富:日益骄横自满。 6 敬:警

诚,戒慎。仪:威仪,容貌举止。又:再。　**7** 中原:原中。菽(shū):豆。

8 螟蛉(mínglíng):螟蛾的幼虫。蜾蠃(guǒluǒ):寄生蜂的一种,腰细,体青黑色,常捕捉螟蛉等害虫,为其幼虫的食物,古人误以为是蜾蠃代养螟蛉幼虫,故称人之养子为"螟蛉"或"螟蛉之子"。负:背。　**9** 式:发语词。穀:善。似:通"嗣",继承。　**10** 题:通"谛",视。脊令:即鹡鸰,水鸟名。载:词缀,嵌在动词前边。　**11** 日、月:日日,月月。斯:乃,则。迈、征:远行,行役。而:你们。　**12** 忝:辱,有愧于。尔所生:指父母和祖先。

13 交交:鸟飞旋的样子。桑扈:鸟名,又名青雀、窃脂。率:循,沿。场:打谷场。　**14** 填寡:穷苦无靠。填,通"疹",穷困。寡,寡财。宜:仍。岸:通"犴",监狱。　**15** 粟:一说古人问卜于巫,以粟或贝为报酬。一说古人以粟祀神。穀:善,此指吉卦。　**16** 温温:柔和、谦和的样子。恭人:宽厚谦恭的人。　**17** 惴惴:忧惧戒慎的样子。

小弁

导读　这是一首儿子遭父亲抛弃后抒发哀怨的诗。诗凡八章,章八句。第一章借归飞欢乐的乌鸦反衬漂泊忧愁的弃子,以"何辜于天"的控诉总起全诗。次章写放逐路上的景象和自己忧伤至极的心情。第三章沉痛地抒发失去父母的悲痛。第四、五章以"舟流无届""坏木无枝""鹿奔觅群""雄雉求雌"比喻自己失去亲人后无所归依的痛苦。第六、七章以"逃兔""路死之人"和"伐木析薪"来反衬父亲的残忍,并揭示被抛弃原因。末章进一步叙述自己被弃逐后谨慎小心的心情。全诗赋、比、兴交互使用,泣诉、忧思结合,内容丰富,感情沉重,言辞恳切,感人至深。

[原诗]

弁彼鸒斯，归飞提提 [1]。
民莫不穀，我独于罹 [2]。
何辜于天，我罪伊何 [3]？
心之忧矣，云如之何 [4]！

踧踧周道，鞫为茂草 [5]。
我心忧伤，惄焉如捣 [6]。
假寐永叹，维忧用老 [7]。
心之忧矣，疢如疾首 [8]。

维桑与梓，必恭敬止 [9]。
靡瞻匪父，靡依匪母 [10]。
不属于毛，不离于里 [11]。
天之生我，我辰安在 [12]？

菀彼柳斯，鸣蜩嘒嘒 [13]。
有漼者渊，萑苇淠淠 [14]。
譬彼舟流，不知所届 [15]。
心之忧矣，不遑假寐 [16]。

鹿斯之奔，维足伎伎 [17]。
雉之朝雊，尚求其雌 [18]。
譬彼坏木，疾用无枝 [19]。
心之忧矣，宁莫之知 [20]！

相彼投兔，尚或先之 [21]。
行有死人，尚或墐之 [22]。

[译诗]

那些寒鸦真快乐，徐徐飞回树上窝。
人们生活过得好，唯独我被灾祸磨。
什么地方得罪天，我的罪名是什么？
心中忧伤实在多，对此我又能如何！

又宽又平京都道，长满茂盛的野草。
心中忧伤实在多，忧伤如同棒杵捣。
和衣而卧深深叹，忧伤使我面容老。
心中忧伤实在多，烦热好像发高烧。

望见故乡桑梓树，心中顿生敬重心。
无人不将父亲敬，无人不恋亲母亲。
既没连着衣外毛，又没挨着衣内芯。
老天这样生下我，好的时运去哪寻？

水边杨柳绿荫浓，上有蝉儿嘶嘶鸣。
深深水池碧波荡，茂密芦苇翠青青。
像那漂流的小舟，茫然不知何处停。
心中忧伤实在多，没空打盹心难平。

鹿儿奔跑去觅群，四足疾疾快如飞。
野鸡清晨不住鸣，也知要把雌偶追。
我就像株有病树，萎黄多瘤枝叶颓。
心中忧伤实在多，没人懂我没人陪！

看那兔子被截捕，尚且有人打开笼。
路上碰到了死人，尚且将他埋土中。

君子秉心，维其忍之 ²³。　　父亲大人的居心，这般狠心说不通。
心之忧矣，涕既陨之 ²⁴！　　心中忧伤实在多，泪水涟涟打湿胸！

君子信谗，如或酬之 ²⁵。　　父亲大人信谗言，像那劝酒般开心。
君子不惠，不舒究之 ²⁶。　　父亲对我无仁德，无心深究问原因。
伐木掎矣，析薪扡矣 ²⁷。　　砍树还要绳牵引，劈柴还要顺木纹。
舍彼有罪，予之佗矣 ²⁸！　　放过真正有罪者，加我罪名不由人！

莫高匪山，莫浚匪泉 ²⁹。　　没有高山不高峻，没有深泉不渊深。
君子无易由言，耳属于垣 ³⁰。　父亲发言请谨慎，墙有附耳窃听人。
无逝我梁，无发我笱 ³¹。　　人莫到我鱼坝去，手莫向我鱼篓伸。
我躬不阅，遑恤我后 ³²。　　想我自身尚难保，后事哪有空闲论。

注释 1 弁(pán)：快乐。鸒(yù)：寒鸦。斯：语尾助词。提提(shí)：群飞安闲的样子。 2 穀：善。罹(lí)：忧患，苦难。 3 辜：罪。伊：是。 4 云：发语词，无实义。 5 踧踧(dí)：平坦的样子。周道：大路。鞠(jú)：阻塞，充塞。 6 惄(nì)：忧郁，伤痛。如捣：如杵捣之。 7 假寐：和衣打盹。永叹：长叹。用：而。 8 疢(chèn)：热病。疾首：头痛。 9 桑、梓：古代常在家屋旁栽种桑树和梓树，又说家乡的桑树和梓树是父母种的，要对它表示敬意。后人用"桑梓"比喻故乡。 10 靡……匪：无……不。瞻：瞻仰。依：依靠。 11 属：连。毛、里：以裘设喻。毛，指裘衣外面的兽毛。里，指裘衣里面的里衬。离：通"丽"，附着。 12 辰：时运。 13 菀(yù)：茂盛的样子。鸣蜩(tiáo)：蝉的一种，亦称秋蝉。嘒嘒(huì)：象声词，蝉鸣声。 14 濯(cuǐ)：(水)深的样子。萑(huán)：指芦苇一类的植物。渒渒(pèi)：茂盛的样子。 15 届：至，到。 16 不遑：无暇，没有闲暇。 17 伎伎(qí)：急跑的样子。 18 雉：野鸡。雊(gòu)：雉鸡叫。 19 坏木：萎黄多瘤无枝叶的病树。用：因。 20 宁：乃，却。 21 相：看。投：掩，关闭。尚：犹。先：开放。 22 瑾(jìn)：掩埋。 23 君子：作者的父亲。秉心:持心,用心。维:何。忍:狠心,残酷。 **24** 陨:坠落。 **25** 酬:劝酒。 **26** 不惠:不仁德,无德行。舒:缓慢。究:追究,考察。 **27** 掎(jǐ):伐木时从旁边或后面用力拉住、拖住。析薪:劈柴。扡(chǐ):顺着木纹剖开。 **28** 佗(tuó):加。 **29** 莫……匪:无……不。浚(jùn):深。 **30** 无易:不要轻易。由:于。属:连接。垣(yuán):墙。 **31** 逝:往,去。梁:水中所筑的捕鱼之坝。笱(gǒu):安放在堰口的竹制捕鱼器,大腹大口小颈,颈部装有倒须,鱼入而不能出。 **32** 躬:自己。阅:容,见容于人。遑:何暇。恤:忧虑。

巧言

[导读] 这是一首批判最高统治者听信谗言导致祸乱的诗,揭露了谗佞之人的卑劣行径,体现了诗人忧谗忧谤之心。诗凡六章,章八句。第一章作者面对苍天申辩自己"无罪无辜",情感激愤,无法自抑。第二、三两章,诗人对谗言所起、乱之所生的原因进行了深刻的反省与揭露。第四、五两章,刻画出进谗者阴险、虚伪的丑陋面目。末章具体指明进谗者为何人。全诗直抒胸臆,感情充沛,批判有力,痛快淋漓。

[原诗]

悠悠昊天,曰父母且¹。
无罪无辜,乱如此幠²。
昊天已威,予慎无罪³;
昊天泰幠,予慎无辜⁴。

[译诗]

曾将悠悠老天啊,当作我的爹和娘。
既无罪来又无过,遭此大祸没提防。
老天已经发大威,无罪的我实冤枉;
老天真是太糊涂,我实无辜却遭殃。

乱之初生,僭始既涵⁵。　　当初祸乱刚发生,所有谗言被纵容。

乱之又生,君子信谗。　　如今祸乱又发生,君子居然还听从。

君子如怒,乱庶遄沮⁶;　　君子当初若斥责,祸乱速止不严重;

君子如祉,乱庶遄已⁷。　　君子如能纳忠言,祸乱大概早已终。

君子屡盟,乱是用长⁸。　　君子谗人屡结盟,祸乱因此日滋长。

君子信盗,乱是用暴⁹。　　君子相信谗佞人,祸乱因此势疾狂。

盗言孔甘,乱是用餤¹⁰。　　谗佞的话很甘甜,因此祸乱更高涨。

匪其止共,维王之邛¹¹。　　谗佞哪能忠职守,只能为王添祸殃。

奕奕寝庙,君子作之¹²。　　高大巍峨的寝庙,君子将它兴建成。

秩秩大猷,圣人莫之¹³。　　条理清晰治国道,圣人将它谋划定。

他人有心,予忖度之¹⁴。　　他人如果有坏心,揣度之后肚中明。

跃跃毚兔,遇犬获之¹⁵。　　就像蹦跳的狡兔,碰到猎犬即送命。

荏染柔木,君子树之¹⁶。　　又柔又韧好树木,君子当年亲手栽。

往来行言,心焉数之¹⁷。　　往来传播的流言,心里早已辨明白。

蛇蛇硕言,出自口矣¹⁸。　　浅薄骗人的话语,全从谗佞口中来。

巧言如簧,颜之厚矣¹⁹。　　花言巧语似鼓簧,厚颜无耻怀鬼胎。

彼何人斯,居河之麋²⁰。　　究竟他是何许人,住在河边丰草地。

无拳无勇,职为乱阶²¹。　　自私胆怯无勇力,祸乱主要因他起。

既微且尰,尔勇伊何²²?　　小腿生疮脚又肿,你的勇气在哪里?

为犹将多,尔居徒几何?²³　　诡计多端真可气,你的同党躲哪里?

[注释] 1 悠悠:遥远。昊天:苍天。曰:称,叫。且:语尾助词。　2 怃(hū):大。　3 已:甚。威:畏,可怕。慎:诚,确实。　4 泰怃:太糊涂。怃,怠慢。 5 僭(jiàn):通"谮",谗言。涵:含,容纳。　6 怒:怒斥。庶:庶几,差不

多。遄(chuán)：快，迅速。沮：阻止。　**7** 祉：福，此指任用贤人以致福。已：停止。　**8** 盟：订下盟誓。用：以。长：滋长，增长。　**9** 盗：谗佞之人。暴：迅疾，猛烈。　**10** 孔甘：很甜。餤(tán)：本义为进食，引申为增多或加甚。　**11** 匪：非。止：达到。共：通"恭"，忠于职守。维：为。邛(qióng)：病，劳。**12** 奕奕：高大的样子。寝：宫室。庙：宗庙。作：兴建。**13** 秩秩：有条理，按顺序的样子。大猷(yóu)：治国大道。莫：通"谟"，谋划，制定。　**14** 他人：谗人。忖度：推测，估计。　**15** 跃跃：跳跃的样子。毚(chán)兔：狡兔，大兔。　**16** 荏(rěn)染：柔软的样子。柔木：质地柔韧之木，亦指可制琴瑟的桐、梓等木。树：种植，培育。　**17** 行言：流言。数：计算，辨别。　**18** 蛇蛇(yí)：浅薄而自大的样子。蛇，通"訑"。硕言：大言，虚夸的话。　**19** 巧言：表面上好听而实际上虚伪的话。如簧：比喻善为巧伪之言。簧，乐器中用以发声的片状振动体。　**20** 斯：语尾助词。麋：通"湄"，水边。　**21** 拳：勇壮。职：主，主要。乱阶：祸端，祸根。　**22** 微：通"癓"，足疮。尰(zhǒng)：足肿。伊何：为何，做什么。　**23** 犹：谋，诡计。居：语气助词。徒：徒众，同党。

何人斯

导读 这是一首弃妇诗。女主人公以自述的口吻，讲述了婚后丈夫对自己视而不见，反复无常，行踪莫测的负心表现。而她却极力希望丈夫回心转意，以致心神不宁、辗转反侧，不能入眠。诗歌采用叠章和问句、跳荡不定和迅速转换的画面，展示了她疑惑、惊诧、痛苦和悲哀的复杂心理，刻画了一个哀婉、柔弱，令人无限同情的弃妇形象。

[原诗]

彼何人斯？其心孔艰[1]。
胡逝我梁，不入我门[2]？
伊谁云从？维暴之云[3]。

二人从行，谁为此祸[4]？
胡逝我梁，不入唁我[5]？
始者不如今，云不我可[6]！

彼何人斯？胡逝我陈[7]？
我闻其声，不见其身。
不愧于人？不畏于天？

彼何人斯？其为飘风[8]。
胡不自北？胡不自南？
胡逝我梁，只搅我心[9]！

尔之安行，亦不遑舍[10]。
尔之亟行，遑脂尔车[11]。
壹者之来，云何其盱[12]！

尔还而入，我心易也[13]。
还而不入，否难知也[14]。
壹者之来，俾我祇也[15]。

伯氏吹埙，仲氏吹篪[16]。
及尔如贯，谅不我知[17]！
出此三物，以诅尔斯[18]！

为鬼为蜮，则不可得[19]。

[译诗]

那是什么样的人？心地阴险又可怕。
为啥要去我鱼坝，却不见他走回家？
他会顺从谁的话？凶暴之火常常发。

你我夫妻处多年，是谁造成这灾祸？
为啥又去我鱼坝，却不进门安慰我？
当初可不像现在，说我坏话太刻薄！

那是什么样的人？为啥穿行在堂前？
我只听见他声音，他的身影却不见。
难道人前不惭愧？难道也不畏惧天？

那是什么样的人？好似可怕的暴风。
为何不从北边走？为何不从南边行？
为啥只去我鱼坝，恰要搅乱我的心！

即使你车缓慢行，也无闲暇来停靠。
即使你车急速跑，偏有工夫抹油膏。
人虽回来心不回，叫我忧伤受煎熬。

回家来到我房中，我的心儿多喜悦。
回家却不进我房，两心阻隔有心结。
人虽回来心不回，气我得病情意绝。

大哥吹奏着陶埙，二哥吹响了长笛。
你我之心应相通，可你待我无情义！
神灵面前摆三牲，咒你变心忘往昔！

假若真是那鬼蜮，它的心术难揣测。

| 有觍面目,视人罔极²⁰。 | 你有头脸是人样,做事却是无准则。 |
| 作此好歌,以极反侧²¹。 | 有心作此善意歌,问你反复无常责。 |

【注释】 1 斯:语气助词。孔:很,非常。艰:阴险,险恶。 2 逝:往,去。梁:水中所筑的捕鱼之坝。 3 伊:他。云:语气助词,无实义。暴:凶暴,粗暴。 4 二人:你我二人。从行:随行。 5 唁(yàn):对遭遇非常变故者的慰问。 6 始者:往昔。可:善,好。 7 陈:堂下到门的路。 8 飘风:暴风。 9 只:正,恰。 10 安行:徐行,缓行。不遑:无暇,没有闲暇。舍:止息。 11 亟:急切。脂:涂油使润滑。 12 壹者:其人。盱(xū):通"吁",忧伤,叹息。 13 易:和悦,喜悦。 14 否(pǐ):闭塞,阻隔不通。 15 俾(bǐ):使。祇(qí):通"疧",病。 16 伯氏:长兄,大哥。埙(xūn):古代用陶土烧制的一种吹奏乐器,圆形或椭圆形,有六孔,亦称"陶埙"。仲氏:二哥。篪(chí):古代一种用竹管制成像笛子一样的乐器,有八孔。 17 及:与,和。贯:古代穿钱的绳索。谅:诚,确实。知:友爱,相知。 18 三物:三种物类,指猪、犬、鸡。诅:求神加祸于别人,现泛指咒骂,诅咒。 19 蜮(yù):传说中一种在水里暗中害人的怪物。 20 觍(tiǎn):露面见人的样子。视:通"示",表明。罔极:无极,不公正,无准则。 21 :好歌:善意之歌。极:穷极,深究。反侧:反复无常。

巷伯

【导读】 这是一首怒斥造谣进谗者的诗,抒发了作者对这种人的无比憎恶之情。诗歌成功地刻画了一个典型的"谮人"形象。前四章正面刻画谮人:第一章写其语言,其花言巧语如"萋兮斐兮,成是贝锦"般迷惑人。次章写其肖像,专绘其"南箕"般、令人生厌的大嘴,生动而传神。第三、四章写其如何进谗。作者连用"缉缉""翩翩""捷捷""幡幡"四个叠词,分别从神态、语言、动作等方面细致地刻画谮人进谗的情形。第五章从正侧两方面来刻画谮人。既写小人得志时的喜悦,又写好人失意时的忧伤,通过对比突出谮人的可耻可恶。第六章通过写人们对谮人的态度,从侧面揭示谮人肮脏的本性。末章郑重留下作者的姓名,进一步提醒人们要对进谮者提高警惕。刘熙载说:"正面不写写反面,本面不写写对面、旁面,须知睹影知竿乃妙。"此语正可移用作本诗最突出的特色。

原诗

萋兮斐兮,成是贝锦[1]。
彼谮人者,亦已大甚[2]!

哆兮侈兮,成是南箕[3]。
彼谮人者,谁适与谋[4]!

缉缉翩翩,谋欲谮人[5]。
慎尔言也,谓尔不信[6]。

捷捷幡幡,谋欲谮言[7]。
岂不尔受,既其女迁[8]。

骄人好好,劳人草草[9]。
苍天苍天!视彼骄人,
矜此劳人[10]!

彼谮人者,谁适与谋!
取彼谮人,投畀豺虎[11]!

译诗

各种花纹相错杂,织成贝锦灿若华。
那个可恶造谣人,为人实在太奸猾!

只见一张大嘴巴,像那箕星高空挂。
那个可恶造谣人,谁肯与他共谋划!

唧唧哝哝不间断,一心想着毁谤人。
劝你说话注意点,否则说你不信诚。

花言巧语信口编,一心想着造谣言。
难道没受你诬陷,纷纷避离把你厌。

造谣的人乐陶陶,受害的人却忧劳。
悠悠苍天请明察,勿许骄人乐逍遥,
可怜劳人苦煎熬!

那个可恶造谣人,谁肯与他共商量!
抓住可恶造谣人,丢给猛虎与豺狼!

豺虎不食,投畀有北[12];　　如果豺虎不肯吃,丢到荒寒的北方;

有北不受,投畀有昊[13]。　　如果北方不肯收,扔给渺渺的上苍。

杨园之道,猗于亩丘[14]。　　一条大道到杨园,大道紧靠亩丘旁。

寺人孟子,作为此诗[15]。　　近侍孟子就是我,作首诗歌诉衷肠。

凡百君子,敬而听之[16]。　　诸位君子请慢行,听我伤心把歌唱。

[注释] 1 萋、斐:花纹错杂的样子。贝:指像贝的文采一样美丽的织锦。
2 谮(zèn)人:谗毁他人的人。大:太。　 3 哆(chǐ):张口的样子。侈:大。
南箕:星名,即箕宿。共四星,二星为踵,二星为舌,踵窄舌宽。夏秋之间
见于南方,故称"南箕"。　 4 适:切合,相合。谋:谋议,谋划。　 5 缉缉:
附耳私语的声音。翩翩:花言巧语。翩,通"谝"。　 6 尔:你。指谗人。
7 捷捷:巧言的样子。幡幡:反复的样子。　 8 受:接受。既:既而,不久。女:
通"汝"。迁:迁移。　 9 骄人:得志的小人,此指进谗者。好好:喜悦的样子。
劳人:忧伤之人,此指被谗者。草草:忧虑劳神的样子。　 10 矜:怜悯,
怜惜。　 11 畀(bì):给与。　 12 有北:北方寒冷荒凉的地区。有,词头。
13 有昊:昊天,苍天。　 14 杨园:园名。猗:通"倚",靠在。亩丘:有垄
界的丘地。　 15 寺人:古代宫中的近侍小臣,多以阉人充任。孟子:寺
人之名,本诗作者。　 16 凡:所有的,一切的。

谷风

[导读] 这是一首弃妇诗。诗分三章,第一章先以风雨比兴开头,衬托女
主人公凄苦的心情。接着今昔对比,言往日危困之时,我以诚相助;今处

安乐之时,丈夫却转而抛弃我。次章是第一章的强调,言昔者恩爱有加,今者却无情遭弃。末章道出自己遭弃的原由,即世俗趋利、穷达相弃的薄俗之风致使丈夫忘大德而思小怨。女主人公用凄恻而委婉的语言,怨而不怒地责备了那个只可共患难,不能同安乐的负心人,体现了她善良而柔弱的性格。

[原诗]

习习谷风,维风及雨[1]。
将恐将惧,维予与女[2];
将安将乐,女转弃予[3]!

习习谷风,维风及颓[4]。
将恐将惧,置予于怀[5];
将安将乐,弃予如遗[6]!

习习谷风,维山崔嵬[7]。
无草不死,无木不萎。
忘我大德,思我小怨[8]。

[译诗]

连续不断山谷风,夹杂暴雨两相逼。
当初恐惧飘摇日,只我在旁帮助你。
如今生活已安逸,反而要将我抛弃。

连续不断山谷风,阵阵狂风回旋起。
当初恐惧飘摇日,紧紧把我抱怀里。
如今生活已安逸,竟不念情将我弃。

连续不断山谷风,刮过大山和高地。
刮得花草都枯死,刮得树木皆凋敝。
我的恩德全忘记,专挑我的小错提!

[注释] 1 习习:连续不断的风声。谷风:来自山谷的大风。维:是。 2 将:方,正当。维:只有。与:赞助,赞美。 3 转:反而。 4 颓:从上而下的暴风。 5 怀:怀抱之中。 6 遗:忘记。 7 崔嵬(cuīwéi):山高大、高耸的样子。 8 大德:大功德,美德。小怨:小过失,小缺点。

蓼莪

导读 这是一首悼念父母的诗。凡六章,前四章为第一部分,具体赞颂父母养育之辛劳、养育之功德,表述儿女辜负父母之厚望、不能尽孝、欲报无门等愧疚之心境;第五、六章为第二部分,表达儿女痛失父母的悲怆和凄凉情怀。全诗追思双亲的真挚之情,深沉质朴,可谓字字血泪,感人肺腑。

原诗

蓼蓼者莪,匪莪伊蒿[1]。
哀哀父母,生我劬劳[2]。

蓼蓼者莪,匪莪伊蔚[3]。
哀哀父母,生我劳瘁[4]。

瓶之罄矣,维罍之耻[5]。
鲜民之生,不如死之久矣[6]。
无父何怙?无母何恃[7]?
出则衔恤,入则靡至[8]!

父兮生我,母兮鞠我[9]。
拊我畜我,长我育我[10],
顾我复我,出入腹我[11]。
欲报之德,昊天罔极[12]!

南山烈烈,飘风发发[13]。
民莫不穀,我独何害[14]!

译诗

那高大的是莪蒿?不是莪蒿是青蒿。
悲伤不已我爹娘,生我养我太辛劳。

那高大的是莪蒿?不是莪蒿是牡蒿。
悲伤不已我爹娘,劳累养我受煎熬。

酒瓶倒空见了底,这是酒缸的羞耻。
苦命之人这样活,不如早些选择死。
没有亲爹谁可靠?没有亲娘谁可恃?
出门在外心忧伤,进门冷清双亲失!

爹啊是你生了我,娘啊是你养了我。
爱抚我啊疼爱我,培养我啊教育我,
照顾我啊挂念我,出入家门抱着我。
想报爹娘这恩德,恩德如天报不得!

南山高峻难登攀,狂风迅疾尘土扬。
人人都能养爹娘,为何独我受灾殃。

南山律律,飘风弗弗 ¹⁵， | 南山高峻难登攀,狂风迅疾卷四方。
民莫不穀,我独不卒 ¹⁶！ | 人人都能养爹娘,为何独我难终养。

注释 1 蓼蓼(lù)：长而大的样子。莪：多年生草本植物,嫩茎叶可作蔬菜,也叫萝蒿,俗称抱娘蒿。匪：非。伊：是。蒿：蒿属的一种植物,有白蒿、青蒿等多种。 2 哀哀：悲伤不已的样子。劬(qú)劳：劳累,劳苦。 3 蔚：牡蒿,一种多年生草本植物,全草入药。 4 劳瘁(cuì)：辛苦劳累。 5 罄(qìng)：尽,空。罍(léi)：古代一种小口、广肩、深腹、圈足、有盖的盛酒容器。 6 鲜民：无父母穷独之民。鲜,寡。 7 怙(hù)：依靠,仗恃。 8 衔恤：含哀,心怀忧伤。靡至：无所亲。 9 鞠：养育,抚养。 10 拊：同“抚”,安抚,抚慰。畜(xù)：喜欢,喜爱。 11 顾：顾念。复：返回,不忍离开。腹：怀抱。 12 之：这。罔极：古时特指父母对子女的恩德,以为深厚无穷。 13 烈烈：高峻的样子。飘风：旋风,暴风。发发：风吹迅疾的样子。 14 穀：赡养。何：通“荷”,担。 15 律律：山高峻的样子。弗弗：风迅疾的样子。 16 卒：终养。

大东

导读 这是一首被征服的东方诸侯国臣民怨刺周王室掠夺财物、奴役人民、尸位素餐的诗,展示了东国人民遭受沉痛压榨的困苦图景以及诗人忧愤抗争的激情。诗凡七章,前三章写西周对东国人民繁重的贡赋和劳役剥削。第四章对比东、西人劳逸、贫富、地位的不同,显示了他们的对立以及东人的困苦和怨恨。后三章从现实的人间转入虚幻的天象,用星宿起兴,揭露了周王朝对东国的搜刮,进一步抒发了东国人民的怨愤,并讥讽那些窃据高位的剥削者,徒有虚名而无恤民之实。诗歌交错运用象征、隐喻、对比手法,想象和现实结合,使全诗具有一种傲诡奇幻之美。

原诗	译诗
有饛簋飧,有捄棘匕¹。	盆中食物装得满,酸枣木勺长又弯。
周道如砥,其直如矢²。	大道平如磨刀石,笔笔直直似箭竿。
君子所履,小人所视³。	贵人常在路上行,百姓只能干瞪眼。
眷言顾之,潸焉出涕⁴!	转过头来再看看,潸潸眼泪湿衣衫!
小东大东,杼柚其空⁵。	可叹近东和远东,机上织物全抢空。
纠纠葛屦,可以履霜⁶?	可叹葛草编的鞋,怎能踩入严霜中?
佻佻公子,行彼周行⁷。	安逸轻狂公子哥,驰骋大道显尊荣。
既往既来,使我心疚⁸。	往来不停劫财物,使我忧伤又悲痛。
有冽氿泉,无浸获薪⁹。	流泉侧出清又冷,砍的柴薪勿被浸。
契契寤叹,哀我惮人¹⁰。	忧愁难眠长叹息,可怜我这劳苦人。
薪是获薪,尚可载也¹¹。	把这柴薪劈好后,还得用车来载运。
哀我惮人,亦可息也。	可怜我这劳苦人,也需休息养养神。
东人之子,职劳不来¹²;	东方诸国的子弟,无人慰问只服役;
西人之子,粲粲衣服¹³。	西周贵族的子弟,身上衣服多华丽。
舟人之子,熊罴是裘¹⁴;	西周贵族的孩子,猎取熊罴作嬉戏;
私人之子,百僚是试¹⁵。	下层小人的孩子,干这干那当奴隶。
或以其酒,不以其浆¹⁶。	有人日日饮美酒,有人薄酒没得尝。
鞙鞙佩璲,不以其长¹⁷。	有人瑞玉佩一身,有人长带配不上。
维天有汉,监亦有光¹⁸。	看那天上的银河,犹如明镜泛光亮。

跂彼织女,终日七襄[19]。	织女三星鼎足居,一天七次移地方。
虽则七襄,不成报章[20]。	虽然织女整日忙,依然难织好华章。
皖彼牵牛,不以服箱[21]。	牵牛星儿虽明亮,不能用它驾车辆。
东有启明,西有长庚[22]。	早有启明亮东方,晚有长庚出西方。
有捄天毕,载施之行[23]。	天毕星儿柄弯长,斜挂在天架空网。
维南有箕,不可以簸扬[24]。	南方天空有箕星,不能簸米和扬糠。
维北有斗,不可以挹酒浆[25]。	北方天空有斗星,不能用它舀酒浆。
维南有箕,载翕其舌[26]。	南方天空有箕星,缩起舌头把嘴张。
维北有斗,西柄之揭[27]。	北方天空有斗星,西举长柄朝东方。

注释 **1** 有饛(méng):食物盛满器皿的样子。簋(guǐ):古代盛食物器具,圆口,双耳。飧(sūn):晚饭,亦泛指熟食,饭食。有捄(qiú):又弯又长的样子。棘匕(jǐbǐ):用棘木做的勺匙。棘,酸枣树,茎上多刺。 **2** 周道:大路。砥:磨刀石。矢:箭。 **3** 君子:贵族。履:行走。小人:平民,老百姓。 **4** 眷言:回顾,眷念。言,然。潸:流泪的样子。 **5** 小东:离周京较近之国。大东:离周京较远之国。杼柚:织布机上的两个部件,即用来持纬(横线)的梭子和用来承经(纵线)的筘。柚,通"轴"。 **6** 纠纠:纠缠交错的样子。葛屦(jù):用葛草编成的鞋。履:践踏,踩。 **7** 佻佻:安逸轻狂的样子。周行(háng):大路。 **8** 心疚:内心忧虑不安。 **9** 有冽:寒冷的样子。氿(guǐ)泉:从侧旁流出的泉水。获薪:砍下的柴薪。 **10** 契契:愁苦的样子。寤叹:睡不着而叹息。惮人:劳苦的人。惮,通"瘅",劳苦,病。 **11** 薪是获薪:即把砍下的柴劈好。薪,析薪,劈柴。是,这些。获薪,砍下的柴。 **12** 东人:西周统治下的东方诸侯国之人。职:只。劳:服劳役。来:慰劳。 **13** 西人:西周王朝的贵族。粲粲:鲜明华丽的样子。 **14** 舟人:即周人。罴(pí):棕熊。裘:通"求",追求,求取。 **15** 私人:

小人,下层人。百僚:各种差役奴隶。试:任用。　**16** 或:有人。以:用。
17 鞙鞙(juān):佩玉累垂的样子。佩璲(suì):一种供佩带用的瑞玉。长:
普通的长佩带。　**18** 汉:云汉,银河。监:通"鉴",镜子。　**19** 跂:织
女三星鼎足而居的样子。终日:从早到晚。七襄:谓织女星白昼移位七次。
20 报章:谓杼柚往复,织成花纹。报,往复。　**21** 晥(huǎn):明亮的样
子。以:用。服箱:负载车厢,犹驾车。　**22** 启明、长庚:是同一颗星,即
日出前,出现在东方天空的金星。晨在东方,叫启明,夕在西方,叫长庚。
23 天毕:星名,即毕星,状如田猎时的长柄网。载:则。施:斜行。行(háng):
行列。　**24** 箕:星宿名,有四颗星,形状像簸箕。簸扬:扬去谷物中的糠
秕杂物。　**25** 斗:星宿名,即南斗六星在箕星之北,形似斗。挹(yì):舀,
把液体盛出来。　**26** 翕:闭合,收拢。　**27** 揭:高举。

四月

[导读]　这是一首被放逐到南方的臣子诉说自己哀伤的诗,被后世视为
迁谪诗的鼻祖。诗凡八章,章四句。前三章以赋的手法,描写了从夏到
冬三个不同季节的景象以及自己由怨怒无端到渴望回归再到无尽哀伤
的心路变化。第四、五两章承接上文,借观览山水,申诉自己的清白并对
被逐原因进行反思。第六章以"滔滔江汉,南国之纪"领起,借比以讽喻
朝政日非及不被重任的遭遇。末两章是诗人在反复叙写悲怨后对出路
的思考和选择。最后以"告哀"二字,总括全诗,点明题旨。

原诗

四月维夏,六月徂暑¹。
先祖匪人,胡宁忍予²?
秋日凄凄,百卉俱腓³。
乱离瘼矣,爰其适归⁴?
冬日烈烈,飘风发发⁵。
民莫不穀,我独何害⁶!
山有嘉卉,侯栗侯梅⁷。
废为残贼,莫知其尤⁸。
相彼泉水,载清载浊⁹。
我日构祸,曷云能穀¹⁰?
滔滔江汉,南国之纪¹¹。
尽瘁以仕,宁莫我有¹²。
匪鹑匪鸢,翰飞戾天¹³。
匪鳣匪鲔,潜逃于渊¹⁴。
山有蕨薇,隰有杞桋¹⁵。
君子作歌,维以告哀¹⁶!

译诗

四月已是初夏时,六月暑气将退出。
祖先不是别家人,怎忍要我受苦楚?
秋风萧瑟挟寒凉,众草枯萎树叶黄。
丧乱别离心忧苦,何时才能归故乡?
冬日严寒冷刺骨,狂风迅疾卷四方。
人们生活都很好,独我受灾心悲伤!
山上长有好草木,栗树梅树满山坡。
肆无忌惮为残贼,却不承认是罪过。
看那山泉往下流,有时清冽有时浊。
我却天天遇灾祸,怎么会有好生活?
长江汉水奔流急,南方百川的纲纪。
竭尽心力谋公事,却无赞美和鼓励。
可惜不是雕和鹰,展翅高飞上云天。
可惜不是鲤和鲟,屏息潜藏在深潭。
蕨薇青青满山冈,枸杞赤棟低地长。
我今作首歌儿唱,以诉痛苦和哀伤!

注释　1 维:是。徂暑:"暑徂"的倒文,徂,往。　2 匪人:不是他人、外人。胡宁:何乃,为何。忍予:忍心让我受苦。　3 凄凄:秋风寒凉。卉:草的总称。腓(féi):草木枯萎。　4 瘼(mò):病,疾苦。爰:何。适:往,去到。　5 烈烈:寒冷的样子。飘风:旋风,暴风。发发:风吹迅疾的样子。6 穀:善。何:通"荷",担。　7 嘉卉:美好的花草树木。侯:是。　8 废:

习惯。残贼:指凶残暴虐的人。莫知其尤:不知其罪过。尤,罪过,过错。
9 相:看。载:又。 **10** 日:日日,每天。构:通"遘",遇到。曷:何。云:
语气助词。 **11** 滔滔:形容大水奔流貌。江汉:长江和汉水。南国:古
指江汉一带的诸侯国。纪:百川之纲纪。 **12** 尽瘁:竭尽心力,不辞劳苦。
仕:就任官职。宁:而。有:通"友",亲善,友爱。 **13** 鹑(tuán):雕。鸢
(yuān):老鹰。翰飞:高飞。戾(lì):至。 **14** 鳣(zhān):鲤鱼。鲔(wěi):
鲟鱼。 **15** 蕨薇:蕨与薇,均为野菜,连用指代野蔬。隰(xí):低湿之地。
杞:枸杞。桋(yí):赤楝。 **16** 维:是。告哀:诉说痛苦哀伤。

北山

[导读] 这是一首士子怨刺大夫分配徭役劳逸不均而作的诗,揭露了统治
阶级上层的腐朽和下层的怨愤。诗凡六章,前三章陈述士子工作繁重、朝
夕勤劳、四方奔波,用"大夫不均,我从事独贤"点明题旨,抒发怨愤之情。
后三章十二句,从六个方面对比"大夫不均",奇句写朝中大夫的安乐,偶
句写从事于战争的士子的劳苦。鲜明的对比,突显题旨,让人印象深刻。

[原诗]

陟彼北山,言采其杞[1]。
偕偕士子,朝夕从事[2]。
王事靡盬,忧我父母[3]。

溥天之下,莫非王土[4]。
率土之滨,莫非王臣[5]。

[译诗]

登上高峻的北山,采摘红红的枸杞。
年富力强的士子,从早到晚忙王事。
王家差事做不完,忧思父母无人侍。

普天之下广无垠,每寸土地由王封。
四海之内人繁多,每个都是王的臣。

大夫不均,我从事独贤 ⁶。 ‖ 大夫执政不公正,独我差事苦又重。

四牡彭彭,王事傍傍 ⁷。 ‖ 四匹公马壮又强,王事繁杂奔走忙。

嘉我未老,鲜我方将 ⁸。 ‖ 他们赞我年纪轻,夸我身体正强壮。

旅力方刚,经营四方 ⁹。 ‖ 说我力大血气旺,让我办事走四方。

或燕燕居息,或尽瘁事国 ¹⁰。 ‖ 有人家中享安逸,有人尽心勤王事。

或息偃在床,或不已于行 ¹¹。 ‖ 有人高卧在床榻,有人行路没止息。

或不知叫号,或惨惨劬劳 ¹²。 ‖ 有人不闻民哀号,有人忧虑受劳苦。

或栖迟偃仰,或王事鞅掌 ¹³。 ‖ 有人享福常游乐,有人勤政日忙碌。

或湛乐饮酒,或惨惨畏咎 ¹⁴。 ‖ 有人享乐饮美酒,有人担忧祸临头。

或出入风议,或靡事不为 ¹⁵。 ‖ 有人溜达发空论,有人凡事亲动手。

注释 1 陟(zhì):登上。言:语气助词。杞:枸杞。 2 偕偕:强壮的样子。士子:男子的美称,多指年轻人。从事:办事,办理事务。 3 靡盬(gǔ):没有止息。 4 溥天:遍天下。溥,普遍。 5 率土之滨:犹言普天之下,四海之内。 6 不均:不公平。独贤:独劳。贤,艰苦,劳累。 7 四牡:四匹公马。彭彭:强壮的样子。傍傍:事务繁剧,忙于奔走应付貌。 8 嘉:夸奖,赞许。鲜:称赞。方将:正强壮。 9 旅力:膂力,体力。旅,通"膂"。方刚:谓人在壮年时体力、精神正当旺盛。经营:规划营治,此指操劳办事。 10 燕燕:安适、和乐的样子。居息:安居休息。尽瘁:竭尽心力,不辞劳苦。 11 息偃:躺着休息。不已:不停止。行(háng):道路。 12 叫号:呼叫号哭。惨惨:忧闷、忧愁的样子。劬(qú)劳:劳累,劳苦。 13 栖迟:游息。偃仰:安居,游乐。鞅掌:事务繁忙的样子。 14 湛(zhàn)乐:过度逸乐。畏咎:怕犯错误。咎,罪过。 15 风议:指恣意、任意或自由广泛地发表议论、评论。靡事不为:无事不为。什么劳苦的事都要干。靡,无。

无将大车

导读　这是一首感时伤乱者所作的自我排遣诗。全诗三章,每章以"无将大车"起兴,通过比喻,反复咏唱自己在乱世中那种自求解脱的心情,既安慰自己,又规劝他人。然而,细细体味,则不难发现其旷达的情怀中又深含追悔与怨嗟之意。

原诗

无将大车,祇自尘兮[1]。
无思百忧,祇自疧兮[2]。

无将大车,维尘冥冥[3]。
无思百忧,不出于颎[4]。

无将大车,维尘雍兮[5]。
无思百忧,祇自重兮[6]。

译诗

牛车不要用手推,只会惹上一身灰。
忧虑不要常寻思,只会惹病人倒霉。

牛车不要用手推,扬起尘土灰蒙蒙。
忧虑不要常寻思,只会心神不安宁。

牛车不要用手推,扬起灰尘蔽日光。
忧虑不要常寻思,只会病重久卧床。

注释　1 无:不要。将:扶,此指用手推车。大车:古代乘用的牛车。祇(zhī):只,恰。自尘:扬起灰尘自污。　2 百忧:种种忧虑。疧(qí):病。3 冥冥:昏暗的样子。　4 颎(jiǒng):光明。　5 雍:通"壅",遮蔽,壅塞。6 重:通"肿",此指病重。

小明

导读 这是一位长期奔波在外的官吏自述久役思归、怀念友人并劝勉居上位者的诗。诗凡五章,前三章的前八句皆为作者自述行役的劳苦和内心的忧愁,后四句则是写与自己一样效命王室、忠于职守的友人的眷然怀恋之情。后两章则劝勉"恒安而处"的上位者要勤政尽职。全诗直抒胸臆,将叙事与抒情融为一体,展示了诗人的内心世界和心理变化轨迹,细腻婉转,真切感人。

原诗

明明上天,照临下土[1]。
我征徂西,至于艽野[2]。
二月初吉,载离寒暑[3]。
心之忧矣,其毒大苦[4]。
念彼共人,涕零如雨[5]。
岂不怀归? 畏此罪罟[6]。

昔我往矣,日月方除[7]。
曷云其还? 岁聿云莫[8]。
念我独兮,我事孔庶[9]。
心之忧矣,惮我不暇[10]。
念彼共人,眷眷怀顾[11]。
岂不怀归? 畏此谴怒[12]。

昔我往矣,日月方奥[13]。

译诗

朗朗青天亮又明,普照大地察不平。
自我行役往西行,直到荒野边疆停。
二月初吉就启程,至今已历一年整。
心里充满忧和愁,磨难太多难担承。
想那恭谨尽职人,泪流如雨声气哽。
难道不想回家乡? 怕触法网遭罪刑。

回想我们远行初,新年将到旧岁除。
何时才能回家去? 一年将尽归期无。
想我一人真孤独,差事多得不胜数。
心里真是太忧伤,即使病重无暇顾。
想那恭谨尽职人,无限眷念常思慕。
难道不想回家乡? 怕人谴责与怨怒。

回想我们远行初,天气暖和阳光煦。

曷云其还？政事愈蹙¹⁴。　　何时才能回家去？政事繁忙又急促。

岁聿云莫，采萧获菽¹⁵。　　眼看一年又将尽，忙着采艾收豆菽。

心之忧矣，自诒伊戚¹⁶。　　心里真是太忧伤，自作自受徒悲苦。

念彼共人，兴言出宿¹⁷。　　想那恭谨尽职人，无法安睡思念笃。

岂不怀归？畏此反覆¹⁸。　　难道不想回家乡？害怕世事常反复。

嗟尔君子！无恒安处¹⁹。　　深深叹息那君子，莫图安居享淫逸。

靖共尔位，正直是与²⁰。　　恭谨奉守本职事，亲近正直贤良氏。

神之听之，式榖以女²¹。　　神灵听到这一切，将会赐你好福祉。

嗟尔君子！无恒安息²²。　　深深叹息那君子，莫图安居享淫逸。

靖共尔位，好是正直²³。　　恭谨奉守本职事，爱好正直贤良氏。

神之听之，介尔景福²⁴。　　神灵听到这一切，将会赐你大福祉。

[注释] **1** 照临：从上面照察，比喻察理。下土：大地。　**2** 征：行役。徂：往，前。芃(qiú)野：荒远之地。　**3** 二月：指周历二月，即夏历的十二月。初吉：上旬的吉日。离：经历。寒暑：指一年。　**4** 毒：痛苦，磨难。大：太。　**5** 共人：指敬谨供职的同僚。共，通"恭"。涕零：流泪，落泪。　**6** 罪罟(gǔ)：法网。　**7** 除：除旧，指旧岁辞去、新年将到。　**8** 曷：何。云：语气助词，无实义。其还：将要回去。聿、云：均为语气助词。莫："暮"的古字。　**9** 孔庶：很多。　**10** 惮：通"瘅"，病，劳苦。不暇：没有空闲。　**11** 睠睠：依恋反顾的样子。　**12** 谴怒：谴责。　**13** 奥(yù)：通"燠"，暖，热。　**14** 蹙(cù)：急促，紧迫。　**15** 萧：艾蒿。菽(shū)：豆类的总称。　**16** 诒：通"贻"，留下。伊戚：烦恼，忧患。　**17** 兴言：犹"薄言"，都是语气助词。出宿：不能安睡。一说到外面去睡。　**18** 反覆：变化无常，指不测之祸。　**19** 恒：常。安处：安居，安逸享乐。　**20** 靖共：恭谨地奉守。靖，敬。位：职位，职责。与：亲近，友好。　**21** 式：句首语气助词，无实义。榖：善。以：

与,给予。女:汝。　**22** 安息:安处,安逸。　**23** 好:爱好。　**24** 介:助。
景福:洪福,大福。

鼓钟

[导读]　这是一首描写因聆听音乐而伤今怀古、追慕昔贤的诗。诗中展
示了一场由鼓钟、瑟琴、笙、磬、篪等器乐合奏盛世之“雅”“南”的音乐
盛会,含蓄地表现了身处国运衰微末世的听乐人心绪由慨叹而悲伤的变
化。诗中器乐合奏的喧闹及声势浩荡的淮水水流与人物内心的忧伤情
感形成了鲜明的对照,达到了“以乐景写哀,一倍增其哀乐”的效果。

[原诗]	[译诗]
鼓钟将将,淮水汤汤, 忧心且伤[1]。淑人君子, 怀允不忘[2]。	敲起大钟音锵锵,淮河流水浩汤汤, 我心忧愁且悲伤。好人君子俱已往, 叫人思念诚难忘。
鼓钟喈喈,淮水湝湝, 忧心且悲[3]。淑人君子, 其德不回[4]。	敲起大钟音和谐,淮河流水不停歇, 我心忧愁且悲切。好人君子俱已往, 品行道德不奸邪。
鼓钟伐鼛,淮有三洲, 忧心且妯[5]。淑人君子, 其德不犹[6]。	敲起大钟击起鼓,淮河三洲起歌舞, 我心忧愁难平舒。好人君子俱已往, 美好品德颂千古。
鼓钟钦钦,鼓瑟鼓琴,	敲起大钟音钦钦,弹起锦瑟抚瑶琴,

笙磬同音[7]。以雅以南，	笙簧玉磬妙同音。奏起雅乐和南乐，
以籥不僭[8]。	吹起古籥节拍匀。

注释　1 鼓：敲击。将将：同"锵锵"，象声词，多状金玉之声。淮水：淮河。汤汤：水势浩大、水流很急的样子。　2 淑人：善人。怀：思念。允：信，实。3 喈喈(jiē)：象声词，钟、铃等声音和谐悦耳。湝湝(jiē)：犹汤汤。　4 回：奸邪，邪僻。　5 伐：敲击。鼛(gāo)：一种大鼓。三洲：淮水中的三个小岛。妯(chōu)：因悲伤而心情不平静。　6 犹：已。　7 钦钦：象声词。笙磬(qìng)：笙和磬。磬，乐器，以玉石或金属制成，形状如曲尺。同音：音调相和。　8 以：为，作，指演奏。雅：雅乐，周王畿之乐曰雅，古称为正乐。南：指南方的乐调。籥(yuè)：古管乐器，似排箫。僭(jiàn)：乱，差失。

楚茨

导读　这是一首记载周王祭祀祖先的诗。诗凡六章：第一章为祭祀活动的前奏。写粮食喜获丰收后酿造祭祀美酒。第二、三章为祭祀活动的开端。依次叙写了祭祀前工祝、厨师、主妇、主人所做的一些准备工作，气氛热烈而欢乐。第四章为祭祀活动的发展，写祝官代神祇祭致词，气氛庄严而隆重。第五章是祭祀活动的高潮及完成：礼仪齐备、钟鼓四起、孝孙归位、祝官宣布祭典结束、神尸离开现场、撤去祭品等场景，气氛庄严肃穆。第六章是祭祀活动的结尾，写祭后私宴之欢，气氛融洽欢欣。全诗按时间顺序记载了祭祀的全过程，结构严谨明晰，场景繁多而井然，如同一幅风俗画引人入胜。

[原诗]

楚楚者茨,言抽其棘。
自昔何为[1]?我艺黍稷[2]。
我黍与与,我稷翼翼[3]。
我仓既盈,我庾维亿[4]。
以为酒食,以享以祀。
以妥以侑,以介景福[5]。

济济跄跄,絜尔牛羊,
以往烝尝[6]。或剥或亨,
或肆或将[7]。祝祭于祊,
祀事孔明[8]。先祖是皇,
神保是飨[9]。孝孙有庆,
报以介福,万寿无疆[10]!

执爨踖踖,为俎孔硕[11]。
或燔或炙,君妇莫莫[12]。
为豆孔庶,为宾为客[13]。
献酬交错,礼仪卒度,
笑语卒获[14]。神保是格,
报以介福,万寿攸酢[15]!

我孔熯矣,式礼莫愆[16]。
工祝致告,徂赉孝孙[17]。
苾芬孝祀,神嗜饮食,
卜尔百福[18]。如几如式,
既齐既稷,既匡既敕[19]。
永锡尔极,时万时亿[20]。

[译诗]

丛丛蒺藜长得密,拔除荆棘辟田地。
为何自古这样做?我垦田地种黍稷。
我的谷子多茂盛,我的高粱多整齐。
我的粮仓已堆满,我的谷堆以亿计。
用它酿酒和做饭,用它上供和祭祀。
请神安坐敬上酒,求神赐我大福气。

行步中节貌端庄,洗净你的牛和羊,
用作冬烝和秋尝。有人宰割和蒸煮,
将它摆好端上堂。太祝祭飨庙门内,
祭祀完备又周详。列位祖宗欣然往,
先祖神灵把祭享。孝孙虔诚有福分,
神灵酬报洪福降,赐他万寿永无疆!

厨师恭敬又麻利,盛物器具大无比。
有的烧来有的烤,君妇恭敬又有礼。
盛物器具多无比,招待宾客好客气。
主客敬酒杯交错,合乎规矩切礼仪,
谈笑适度合时宜。先祖神灵已来到,
为报诚心酬洪福,赐他寿福与天齐!

我的态度很恭敬,礼节周到无过失。
太祝传告祖宗话,赐福贤孙与孝子。
香气浓郁的祭品,丰盛美味神爱吃,
赐你众多的福祉。祭祀规矩又及时,
办事恭敬又麻利,态度端正又整饬。
永远赐你大福分,成万成亿传后嗣。

礼仪既备,钟鼓既戒²¹。　　各项礼仪已完备,钟鼓之乐已奏齐。
孝孙徂位,工祝致告,　　　　　孝孙回到原先位,工祝宣告祭礼毕,
神具醉止²²。皇尸载起,　　神灵都已有醉意。皇尸于是起身立,
鼓钟送尸,神保聿归²³。　　敲响钟鼓送皇尸,神灵于是归住地。
诸宰君妇,废彻不迟²⁴。　　诸位厨师和主妇,撤除祭品很敏疾。
诸父兄弟,备言燕私²⁵。　　诸位父老和兄弟,一起宴饮叙情谊。

乐具入奏,以绥后禄²⁶。　　乐队后殿齐演奏,用以安享祭后肴。
尔肴既将,莫怨具庆²⁷。　　这些菜肴味道好,众人无怨乐陶陶。
既醉既饱,小大稽首²⁸。　　已经吃饱又喝足,叩首致谢有老少。
神嗜饮食,使君寿考²⁹。　　神灵爱吃这饭菜,使您长寿永不老。
孔惠孔时,维其尽之³⁰。　　祭祀顺利又圆满,主人确实尽孝道。
子子孙孙,勿替引之³¹。　　但愿后世子孙们,不废祭礼永记牢。

注释 1 楚楚:草木丛生的样子。茨(cí):蒺藜。言:发语词。抽:拔除。棘:刺。指蒺藜。自昔:往昔,从前。 2 蓺:种植。 3 与与:繁盛的样子。翼翼:繁盛整齐的样子。 4 庾(yǔ):露天的谷堆。亿:古代指十万。 5 享:上供,献祭。妥:安坐。侑:劝酒。介:企求。景福:洪福,大福。 6 济济:庄敬的样子。跄跄:走路有节奏的样子。絜(jié):同"洁",洗干净。烝:冬祭曰烝。尝:秋祭曰尝。 7 剥:肢解宰割。亨:"烹"的古字,蒸煮。肆:陈列,陈设。将:端。 8 祝:太祝,司祭祀之人。祊(bēng):古代在宗庙门内设祭的地方。孔明:很完备。 9 皇:往。神保:对先祖神灵的美称。飨(xiǎng):享受祭祀。 10 孝孙:主祭之人。介福:大福。 11 执:执掌。爨(cuàn):烧火做饭。踖踖(jí):恭敬而敏捷。俎(zǔ):古代祭祀时放祭品的器物。硕:大。 12 燔(fán):烧肉。炙:烤肉。君妇:君主之正妻。莫莫:肃敬。 13 豆:古代盛肉或其他食品的器皿,形状像高脚盘。庶:众多。 14 献酬:饮酒时主客互相敬酒。卒:完全。度:法度。获:得其宜,

恰到好处。　　**15** 格:至,来。攸:乃。酢(zuò):报。　　**16** 熯(nǎn):恭敬。式:发语词。愆:罪过,过失。　　**17** 工祝:在祭祀时专司祝告的人。徂:往。赉(lài):赐予,给予。　　**18** 苾(bì)芬:犹芬芳。孝祀:祭祀,享祭。嗜:喜欢,爱好。卜:赐予。　　**19** 如:合。几:通"期",如期。式:法度。齐(zhāi):通"斋",肃敬。稷:通"昃",敏捷。匡:端正。敕:通"饬",严整。　　**20** 锡:赐。极:至,指最大的福气。时:是。　　**21** 备:完备。戒:告。　　**22** 徂位:走向原位。具:通"俱",皆,都。止:语气助词。　　**23** 皇尸:对君尸的敬称。古代祭祀时代表死者受祭的人称"尸"。载:则,就。聿(yù):乃,于是。　　**24** 宰:厨师。废彻:撤除祭品。不迟:不慢。　　**25** 备:都,完全。言:语气助词。燕私:祭祀后的同族亲属私宴。燕,同"宴"。　　**26** 具:通"俱"。入奏:进入后殿演奏。绥:安享。后禄:共享祭后所余的酒肉。　　**27** 将:美好。莫怨:无怨。　　**28** 小大:长的和幼的,指众人。稽首:跪拜礼,叩头至地,是最恭敬的一种礼节。　　**29** 寿考:年高,长寿。　　**30** 惠:顺利。时:善,好。其:主人。尽之:尽其礼仪,指主人完全遵守祭祀礼节。　　**31** 替:废。引:延长。之:祭祀礼节。

信南山

导读　这是一首描写周王室岁末冬祭之时歌唱农事、祭祖祈福的诗。诗凡六章,前四章皆与农事相关。第一章写南山垦荒种地;第二章写雨水充沛百谷长势喜人;第三章写粮食丰收酿酒置食行祭祀;第四章写献上腌渍的瓜果菜蔬来祭祀。后两章写祭祀过程:摆祭品、宰公牛、先祖赐福。诗歌既有对祖先赐福的感恩戴德,也有对自我劳动价值的充分肯定,庄重肃穆之余,生活气息浓厚,别具韵味。

原诗

信彼南山,维禹甸之[1]。
畇畇原隰,曾孙田之[2]。
我疆我理,南东其亩[3]。

上天同云,雨雪雰雰[4]。
益之以霡霖,既优既渥[5]。
既沾既足,生我百谷[6]。

疆埸翼翼,黍稷彧彧[7]。
曾孙之穑,以为酒食[8]。
畀我尸宾,寿考万年[9]。

中田有庐,疆埸有瓜[10]。
是剥是菹,献之皇祖[11]。
曾孙寿考,受天之祜[12]。

祭以清酒,从以骍牡,
享于祖考[13]。执其鸾刀,
以启其毛,取其血膋[14]。

是烝是享,苾苾芬芬,
祀事孔明[15]。先祖是皇,
报以介福,万寿无疆[16]！

译诗

终南山势绵延长,大禹昔辟的地方。
原野田地平又齐,曾孙在此垦殖忙。
划分田界挖沟渠,田陇南北东西向。

冬日天空布阴云,雪花飘落纷纷扬。
转眼蒙蒙小雨降,雨水充沛又足量。
土地潮湿且滋润,使我百谷苗壮长。

田地疆界很整齐,小米高粱多茂盛。
曾孙粮食大丰收,谷物蒸制酒食成。
献给神尸及宾客,赐我健康又长生。

田中有守稼房屋,田埂有瓜果菜蔬。
削皮切块腌渍好,献祭伟大的先祖。
曾孙福寿能永长,全仗皇天的佑护。

先斟清酒于神前,再将赤色公牛献,
各色祭品享祖先。拿起锋利金铃刀,
将那公牛皮毛掀,脂膏取出牛血溅。

美酒牛肉都献上,各色祭品味芳香，
礼仪完备又周详。列位先祖欣然往，
愿赐洪福作酬报，万寿无疆幸福长！

注释 1 信：通"伸"，绵延不断。南山：终南山。在今陕西省西安市南。维：是。禹：大禹。甸：治理。 2 畇畇(yún)：田地经垦辟后平均整齐的样子。原隰(xí)：广平与低湿之地。曾孙：周王对他的祖先和其他的神都自称曾孙。田：耕作。 3 疆：井田边界。理：田中的沟渠。南东：用作动词,指将田陇开辟成南北向或东西向。　　4 同云:天空布满阴云,浑然一色。雨雪:下雨。雾雾(fēn):飘落。　　5 益:加。霡霂(màimù):下雨。优:充足。渥:湿润。　　6 沾:沾湿。足:通"浞",淋,使湿。百谷:谷类的总称。7 场(yì):田界。翼翼:整齐的样子。或或(yù):茂盛的样子。　　8 穑:收割谷物。　　9 畀(bì):给与。尸:祭祀时代表死者受祭的人。寿考:寿数,寿命。10 中田:田中。庐:特指田中看守庄稼的小屋。　　11 是:这。指瓜。剥:切开。菹:腌菜。皇祖:君主的祖父或远祖。　　12 祜(hù):福。　　13 清酒:古代指祭祀用的陈酒。骍(xīng)牡:赤色的雄性牛马等。享:献上祭品。14 鸾刀:刀环有铃的刀,古代祭祀时割牲用。启:分开。膋(liáo):脂膏,牛油。　　15 烝:进献。苾苾(bì)芬芬:香气浓郁。孔明:很完备。　　16 皇:往。

甫田

导读　　这是一首周王祭祀土地神、四方神和农神的祈年乐歌。诗凡四章,第一章开篇就展示了一幅大田耕作图:广袤肥沃的农田、巡视农田的周王、辛劳耕作的农人、茂盛繁密的庄稼以及幻想中的田官献粮。起笔开阔而富有生机,为以下几章展开祭祀作了铺垫。第二章写祭祀仪式,一方面写周王举行隆重的祭祀,一方面写农人因丰收而欢庆,气氛既庄严又热烈。第三章写主祭者周王在祭礼结束后亲自督耕——馌彼南亩。此章生活气息浓郁,各色人物安置得体。末章写丰收景象及对周王的美好祝愿。

原诗

倬彼甫田，岁取十千¹。
我取其陈，食我农人。
自古有年，今适南亩²。
或耘或耔，黍稷薿薿³。
攸介攸止，烝我髦士⁴。

以我齐明，与我牺羊，
以社以方⁵。我田既臧，
农夫之庆⁶。琴瑟击鼓，
以御田祖，以祈甘雨，
以介我稷黍，以穀我士女⁷。

曾孙来止，以其妇子，
馌彼南亩⁸。田畯至喜，
攘其左右，尝其旨否⁹。
禾易长亩，终善且有¹⁰。
曾孙不怒，农夫克敏¹¹。

曾孙之稼，如茨如梁¹²。
曾孙之庾，如坻如京¹³。
乃求千斯仓，乃求万斯箱¹⁴。
黍稷稻粱，农夫之庆。
报以介福，万寿无疆¹⁵！

译诗

那片大田好宽广，每年能收万担粮。
拿出仓中陈谷子，让我农夫填肚肠。
遇上古来好丰年，前往农田走一趟。
锄草培土人人忙，小米高粱长得旺。
等到庄稼成熟后，进献给我放粮仓。

备好祭祀的谷物，还有纯色的羔羊，
以祭土地和四方。今年庄稼获丰收，
农夫欢庆喜洋洋。弹琴鸣瑟敲起鼓，
迎接农神许愿望，祈求好雨适时降，
助我谷物长得壮，把我黎民百姓养。

曾孙周王来巡察，碰上农妇领孩子，
送饭来到农田旁。田官见了好欢喜，
取来身边菜和饭，齐把滋味来品尝。
禾苗茂盛长满田，又好又多势头良。
曾孙周王很满意，农夫勤勉得褒扬。

曾孙庄稼堆得高，高过屋顶和桥梁。
曾孙粮仓装得满，恰似高丘和山冈。
因求粮仓上千座，因求车子上万辆。
黍稷稻粱往里装，农夫欢庆喜洋洋。
神灵回报以洪福，愿王长命寿无疆！

注释　1 倬(zhuō):广阔。甫田:大田。岁:每年。十千:虚指,极言其多。
一说实指,即一万。　2 陈:陈粮。食(sì):养。有年:丰年。适:往,去。

南亩:农田。　**3** 耘:除草。耔:在植物根上的培土。黍稷:黍和稷,为古代主要农作物。薿薿(nǐ):茂盛的样子。　**4** 攸:乃,就。介:成长。止:至。烝(zhēng):进献。髦士:英俊之士。　**5** 齐(zī)明:即粢盛,祭祀所盛谷物。齐,通"粢"。牺羊:古代祭祀用的纯色羊。社:祭土地神。方:祭四方之神。**6** 臧:好。指丰收。　**7** 御:迎接。田祖:神农。甘雨:适时好雨。介:助。穀:养。士女:青年男女,泛指人民、百姓。　**8** 曾孙:周王对他的祖先和其他的神都自称曾孙。来:莅临。馌(yè):给在田间耕作的人送饭。　**9** 田畯:周代农官。攘:取。左右:指田畯两旁农妇送来的菜饭。旨:味美。　**10** 易:茂盛的样子。长亩:满亩。终:既。有:多。　**11** 克:能。敏:敏捷,迅疾。**12** 茨(cí):茅屋顶。梁:桥梁。　**13** 庾(yǔ):粮仓。坻(chí):高丘。京:高冈。　**14** 箱:车厢。　**15** 介福:大福。

大田

导读 这是一首写周王督察秋收、祭祀田祖以祈来年的诗,真实地反映了西周时期的农业生产情况。全诗共四章。第一章写农民对春耕的高度重视与精心准备。第二章写农民在田间除杂草、去虫害等活动。第三章写风调雨顺后庄稼丰收,以及寡妇捡拾遗穗的场景。第四章写曾孙"馌彼南亩"和祭祀祈福。此诗纯用白描,事件繁复而有序,人物虽着墨不多,却真实可感。

原诗

大田多稼,既种既戒,
既备乃事[1]。以我覃耜,
俶载南亩[2]。播厥百谷,
既庭且硕,曾孙是若[3]。

既方既皂,既坚既好,
不稂不莠[4]。去其螟螣,
及其蟊贼,无害我田稚[5]。
田祖有神,秉畀炎火[6]。

有渰萋萋,兴雨祁祁[7]。
雨我公田,遂及我私[8]。
彼有不获稚,此有不敛穧[9];
彼有遗秉,此有滞穗,
伊寡妇之利[10]。

曾孙来止,以其妇子,
馌彼南亩,田畯至喜[11]。
来方禋祀,以其骍黑,
与其黍稷[12]。以享以祀,
以介景福[13]。

译诗

大田辽阔种庄稼,已修农具选种样,
事前准备都妥当。扛起锋利的犁铧,
劳作在那农田上。播下黍稷诸谷物,
苗儿挺拔又苗壮,曾孙见此心舒畅。

庄稼打苞又抽穗,籽粒饱满穗头垂,
没有杂草和空穗。螟螣害虫已除灭,
吃禾蟊贼都摧毁,护我幼禾莫损亏。
农神显灵灭害虫,投进烈火烧成灰。

乌云飘动满天空,降下大雨密又急。
雨点落我公田里,同时洒在私田地。
那有嫩禾没被割,这有禾束没捆齐;
那有禾把落田畦,这有散穗可拾起,
照顾寡妇能得益。

曾孙周王来巡视,碰上农妇领孩子,
送饭来到农忙地,田官见了好欢喜。
曾孙来到逢祭祀,黄牛黑猪摆上席,
还有喷香黍和稷。献上祭品行祭礼,
祈求赐予大福气。

注释 1 大田:即"甫田",面积很大的田地。多稼:多种庄稼,一说庄稼繁多。既:已经。种:选种子。戒:通"械",修理农具。乃事:这些事。 2 覃(yǎn):通"剡",尖,锐利。耜(sì):原始翻土农具,其下端形状像今天的铁锹和铧,最早是木制的,后用金属制。俶(chù)载:开始从事工作。南亩:农田。　3 厥:其。庭:通"挺",挺直。硕:大,苗壮。曾孙:周王对他的祖先和其他的神都自称曾孙。若:顺。　4 方:通"房",指谷粒已生嫩壳,还没有合满。皂:指谷壳已经结成,但还未坚实。坚:籽粒坚实饱满。好:完全成熟。稂(láng):对禾苗有害的杂草。莠(yǒu):一年生草本植物,穗有毛,很像谷子,亦称"狗尾草"。　5 螟(míng):吃禾心的害虫。螣(tè):吃禾叶的害虫。蟊(máo):吃禾根的害虫。贼:吃禾节的害虫。稚:幼禾。6 田祖:农神。有神:有灵。秉:拿。畀(bì):给予。炎火:烈火。　7 有渰:阴云兴起的样子。萋萋:云行弥漫的样子。一说天气清冷的样子。兴雨:降雨。祁祁:盛多的样子。　8 公田:古代井田制度下,把土地划成"井"字形,分为九区,中区由若干农夫共同耕种,将收获物全部缴给统治者,称为"公田"。私:私田,"井"字形中区以外的田为"私田"。　9 获:收割。稚:稚嫩的禾苗。敛:收。穧(jì):割下来没有捆的禾把。　10 遗秉:指成把的遗穗。秉,把。滞:遗留。伊:是。利:好处。　11 来:莅临。饁(yè):给在田间耕作的人送饭。田畯:周代农官。　12 禋祀:古代祭天的一种礼仪,先燔柴升烟,再加牲体或玉帛于柴上焚烧。骍黑:赤色牛和黑色羊、猪。　13 享:献上祭品。介:企求。景福:洪福,大福。

瞻彼洛矣

导读　这是周天子会合诸侯于东都洛阳时,诸侯赞美周王的诗。诗共三章,每章前两句都以洛水起笔,既点明天子会合诸侯的地点,又以深广的水流暗喻天子的睿智圣明。每章后四句依次叙写了天子莅临洛水会合诸侯时的服饰、剑饰,并点明讲武视师"保其家室""家邦"的目的。全诗用赋体写成,亦含比义,起笔阔大,收束有力,虽为短制却意味深长。

原诗

瞻彼洛矣,维水泱泱[1]。
君子至止,福禄如茨[2]。
鞹鞃有奭,以作六师[3]。

瞻彼洛矣,维水泱泱。
君子至止,鞸琫有珌[4]。
君子万年,保其家室[5]。

瞻彼洛矣,维水泱泱。
君子至止,福禄既同[6]。
君子万年,保其家邦。

译诗

远远遥望那洛河,水势深广涌波浪。
君王莅临这地方,福禄聚积厚且长。
皮制蔽膝闪红光,发动六军士气昂。

远远遥望那洛河,水势深广浩荡荡。
君王莅临这地方,玉饰刀鞘真堂皇。
敬祝君王寿万年,保卫国家永兴旺。

远远遥望那洛河,水势深广烟波茫。
君王莅临这地方,福禄齐聚好吉祥。
敬祝君王寿无疆,保卫国家永繁昌。

注释 1 瞻:向远处或向高处看。洛:水名,源于陕西省洛南县,东流经河南省入黄河。维:其。泱泱:水深广的样子。 2 君子:周王。至止:至之。如茨(cí):形容积聚得多。 3 鞹鞃(mèigé):用茜草染成赤黄色的皮子,用作蔽膝护膝。奭(shì):赤色。作:起,兴。六师:周天子所统六军之师。 4 鞸(bǐng):刀鞘。琫(běng):刀鞘上的饰物。珌(bì):刀鞘下端的装饰。 5 家室:犹"家邦",本指家与国,亦泛指国家。 6 同:齐,聚。

裳裳者华

导读 这是一首周天子赞美诸侯的诗。诗凡四章,前三章的前两句均以鲜花起兴,从叶之茂盛到花之艳丽,展示出叶茂花繁的美丽景象,既烘托出众诸侯拱卫周天子的场景,也表现出抒情主人公内心的欢娱之情。接下来,具体从所遇"之子"的外在服饰和车马气势写其如此欢悦的原因。末章更进一步赞美所遇"之子"无所不宜的内在品性和才能。诗歌在内容上先赞美诸侯的外在美,再赞其内在美;在节奏上,前三章结构相似,末章变化有致,收束得当。

[原诗]	[译诗]
裳裳者华,其叶湑兮 [1]。	花朵儿鲜明美丽,绿叶儿繁茂葱茏。
我觏之子,我心写兮 [2]。	我遇见各位贤人,心中烦闷便消融。
我心写兮,是以有誉处兮 [3]。	心中烦闷已消融,于是身处安乐中。
裳裳者华,芸其黄矣 [4]。	花朵儿鲜明美丽,绿叶簇拥众黄花。
我觏之子,维其有章矣 [5]。	我遇见各位贤人,服饰文采令人夸。
维其有章矣,是以有庆矣 [6]。	服饰文采令人夸,于是福庆万事佳。
裳裳者华,或黄或白。	花朵儿鲜明美丽,黄花白花竞芬芳。
我觏之子,乘其四骆 [7]。	我遇见各位贤人,乘坐骆马气轩昂。
乘其四骆,六辔沃若 [8]。	乘坐骆马气轩昂,六条缰绳软又光。
左之左之,君子宜之 [9]。	左边有着左辅相,君子安排他妥当。
右之右之,君子有之 [10]。	右边有着右辅相,君子定取他所长。
维其有之,是以似之 [11]。	倚重贤人用其长,于是祖业得繁昌。

[注释] 1 裳裳:犹"堂堂",鲜明美盛的样子。华:花。湑(xǔ):茂盛。
2 觏(gòu):遇见。写:通作"泻",倾吐,倾诉,抒发。倾泄忧愁后心情舒畅。
3 誉处:安乐。誉,通"豫"。 4 芸其:即芸芸,花叶众多的样子。 5 章:服饰文采。 6 庆:福庆,喜庆。 7 骆:颈上长有黑鬃的白马。 8 六辔:古代一车四马,马各二辔,其中两边骖马的内辔系在轼前不用,故称六辔。沃若:润泽的样子。 **9** 左:左辅,指辅佐的人。之:语气助词。宜:安。 **10** 右:右弼,指辅佐的人。有:取。 **11** 似:通"嗣",继承。

桑扈

导读 这是一首周天子大宴宾客,赞美属臣的乐歌。诗共四章,前两章均以"交交桑扈"起兴,以欢快鸣叫的鸟雀、光彩明亮的羽毛,为以下陈述宴饮营造出了一种明快欢乐的气氛。接下来对"君子"进行了赞美,称其为邦国之屏障和法度,其自上天而赐的福禄与自我克制、不骄奢有关。

原诗

交交桑扈,有莺其羽[1]。
君子乐胥,受天之祜[2]。

交交桑扈,有莺其领[3]。
君子乐胥,万邦之屏[4]。

之屏之翰,百辟为宪[5]。
不戢不难,受福不那[6]。

兕觥其觩,旨酒思柔[7]。
彼交匪敖,万福来求[8]。

译诗

盘旋飞翔的桑扈,有着彩色的翼羽。
诸位大臣真快乐,受天保佑得享福。

盘旋飞翔的桑扈,有着彩色的羽颈。
诸位大臣真快乐,各国靠你作障屏。

为国屏障为辅翼,诸国把你当法度。
克制自己守礼节,享受无尽的洪福。

犀牛酒杯把弯弯,美酒甘甜性不烈。
他不侥幸不骄傲,万福齐聚多和谐。

注释 **1** 交交:鸟飞旋的样子。桑扈:鸟名,又名青雀、窃脂。有莺:有文采的样子。 **2** 君子:指群臣。乐胥:喜乐。胥,语气助词。祜(hù):福。

3 领:颈。　4 万邦:所有诸侯封国。屏:屏障。　5 之:是。翰:辅翼。
百辟:诸侯。宪:法令。　6 不:语气助词,无实义。戢(jí):收敛,克制。
难(nàn):谨慎。那(nuó):多。　7 兕觥(sìgōng):古代犀牛角制酒器。觩(qiú):
角上方弯曲的样子。旨酒:美酒。思:语气助词。柔:指酒性温和。　8 彼:
指贤者。交:侥幸。敖:通"傲",傲慢。万福:多福,祝祷之词。求:通"逑",
集聚。

鸳鸯

[导读]　这是一首祝贺新婚的诗。诗凡四章,前两章以鸳鸯起兴喻夫妻
爱慕之情。第一章以鸳鸯成对飞翔到被捕入网仍雌雄相伴、不离不弃喻
夫妇的患难与共、彼此相惜之情。次章描绘了鸳鸯小憩时相偎相依、安
然温馨的情景。两章一动一静,既是对今后婚姻生活象征性写照,也是
对婚姻的主观要求和美好希望。后两章以铡草喂马起兴,喻结婚迎亲之
礼,充满了对婚后生活的美好憧憬。

[原诗]

鸳鸯于飞,毕之罗之[1]。
君子万年,福禄宜之[2]。

鸳鸯在梁,戢其左翼[3]。
君子万年,宜其遐福[4]。

乘马在厩,摧之秣之[5]。

[译诗]

鸳鸯比翼双飞舞,毕罗网之情亦笃。
敬祝君子寿万年,康健平安享福禄。

鸳鸯双栖在鱼坝,嘴儿插在左翅下。
敬祝君子寿万年,福禄久长命运佳。

四匹马儿在马屋,喂它草料又喂谷。

君子万年,福禄艾之⁶。　　敬祝君子寿万年,福禄相助踏坦途。

乘马在厩,秣之摧之。　　四匹马儿系马槽,喂它谷料又喂草。

君子万年,福禄绥之⁷。　　敬祝君子寿万年,安享福禄同偕老。

[注释] 1 鸳鸯:水鸟,凫类,雌雄相居,永不相离,人得其一,则另一只思而死,故曰"匹鸟"。于飞:一起飞。于,语气助词。毕:古代田猎用的长柄小网。罗:用绳线结成的捕鸟网。 2 宜:安。 3 梁:筑在河湖池中拦鱼的水坝。戢(jí):收敛。一说嘴插在左翼。 4 遐福:久远之福。5 乘马:指四匹马。厩(jiù):马棚。摧:通"莝",铡碎的草。秣(mò):喂马的谷饲料。此处摧、秣皆用作动词。 6 艾:辅助。一说养。 7 绥:安。

颏弁

[导读] 这是一首贵族宴请兄弟、姻亲的诗。诗共三章,每章前六句先以赴宴者戴着华丽的皮帽开端,再以设问句和反问句,交代宴会的丰盛和赴宴者的身份。前两章的后六句用松和茑、女萝的关系比喻赴宴者对主人的攀附之情;末章则用雪、霰比喻人生短暂,表现出他们悲观没落的情绪和及时行乐的心情。此诗在表现上较为灵动,设问、反问、比喻等修辞手法让诗篇增色不少。

[原诗]　　　　　　　[译诗]

有颏者弁,实维伊何¹?　　皮帽尖尖真不错,戴着它的都是谁?

尔酒既旨,尔殽既嘉²。　　您的美酒甘而醇,您的肴馔也美味。

岂伊异人？兄弟匪他[3]。
茑与女萝，施于松柏[4]。
未见君子，忧心弈弈[5]。
既见君子，庶几说怿[6]。

有頍者弁，实维何期[7]？
尔酒既旨，尔殽既时[8]。
岂伊异人？兄弟具来[9]。
茑与女萝，施于松上。
未见君子，忧心怲怲[10]。
既见君子，庶几有臧[11]。

有頍者弁，实维在首。
尔酒既旨，尔殽既阜[12]。
岂伊异人？兄弟甥舅[13]。
如彼雨雪，先集维霰[14]。
死丧无日，无几相见[15]。
乐酒今夕，君子维宴[16]。

难道来的是外人？都是兄弟来相陪。
依依茑草与女萝，蔓延在那松柏上。
未曾见到君子来，我的心里很忧伤。
如今见到君子面，满怀喜悦心舒畅。

皮帽尖尖真好看，戴着它的都是谁？
您的美酒甘而醇，您的肴馔味道美。
难道来的是外人？至亲兄弟来相会。
依依茑草与女萝，蔓延在那松枝上。
未曾见到君子来，心里痛苦又忧伤。
如今见到君子面，满怀喜悦盼君赏。

皮帽尖尖真漂亮，戴在头上很端正。
您的美酒甘而醇，您的肴馔很丰盛。
难道来的是外人？兄弟舅舅和外甥。
如同大雪纷纷扬，冰粒先下雪后融。
不知死亡哪天降，相见无多凉意浓。
不如今夜开怀饮，与君同醉乐无穷。

注释　**1** 頍（kuǐ）：帽顶尖尖（一说前倾）的样子。弁（biàn）：古时的一种官帽，有爵弁、皮弁，后泛指帽子。实：是。维：为。伊：语气助词，无实义。**2** 旨、嘉：美。殽：同“肴”。　**3** 岂：难道。伊：是。异人：外人，别人。匪：非。**4** 茑（niǎo）：落叶小乔木，茎攀缘树上，叶掌状分裂，略作心脏形，花淡绿微红，果实球形，味酸。女萝：植物名，即松萝。多附生在松树上，呈丝状下垂。　**5** 弈弈：忧愁的样子。　**6** 庶几：差不多。说怿：喜爱，喜悦。说：同“悦”。　**7** 何期：即“何其”。期，语末助词，无实义。　**8** 时：善，好。**9** 具：通“俱”，都。　**10** 怲怲（bǐng）：非常担忧的样子。　**11** 有臧：有好处。臧,美,善。　**12** 阜:盛,多,丰富。　**13** 甥舅:外甥和舅舅,亦指女婿和岳父,泛指异姓亲戚。　**14** 雨雪:下雪。集:聚集,密集。维:其。霰:雪珠。　**15** 无日:不知哪一天。无几:没有多久。　**16** 维:只。宴:喜乐,欢乐。

车辖

[导读]　这是一首抒写男子在迎娶新娘途中的赋诗。诗凡五章,第一章由"间关"的车声,写娶妻启程,既写出了新娘的美,又写出主人公无比喜悦之情。第二章写婚车越过平林,由林中成双成对的野鸡比喻未来夫妻生活的美好,并再一次赞美新娘美好教养和品德。第三章是男子对新娘的真情倾诉。第四章写婚车进入高山,主人公以"析其柞薪"比喻,表露出对新娘的喜爱之情。第五章写婚车进入大路。"四牡""六辔"既是实写,与第一章"间关"相呼应,又用"如琴"比喻,写出主人公对婚后美好和谐生活的憧憬和想象。诗中重女德胜好色的婚恋观,影响深远。在艺术上,此诗结构跌宕,赋比兴皆用之;抒情方式多样,或直诉情怀,或情景兼用,是一首优秀的抒情诗。

[原诗]

间关车之辖兮,思娈季女逝兮[1]。
匪饥匪渴,德音来括[2]。
虽无好友,式燕且喜[3]。

依彼平林,有集维鷮[4]。

[译诗]

间关响声车辖发,美丽少女今出嫁。
不因饥渴来会合,新娘品德人人夸。
虽然没有好朋友,宴饮欢乐情融洽。

平原树木密丛丛,野鸡栖息在林中。

辰彼硕女,令德来教 [5]。 新娘善良又健美,品德教养人人颂。

式燕且誉,好尔无射 [6]。 宴饮热闹又快乐,永远爱你两心同。

虽无旨酒,式饮庶几 [7]; 虽然酒水不算美,希望你能喝酣畅;

虽无嘉肴,式食庶几。 虽然饭菜不算好,希望你能吃得香。

虽无德与女,式歌且舞 [8]。 虽然德行难相配,希望歌舞让你爽。

陟彼高冈,析其柞薪 [9]; 登上高高的山冈,劈柞砍柴真是忙;

析其柞薪,其叶湑兮 [10]。 劈柞砍柴真是忙,柞叶茂密长得旺。

鲜我觏尔,我心写兮 [11]。 多么美好遇见您,心中烦恼全已忘。

高山仰止,景行行止 [12]。 雄伟高山须仰望,人行大道多宽广。

四牡骓骓,六辔如琴 [13]。 四匹公马奔驰忙,缰绳齐如琴弦样。

觏尔新昏,以慰我心 [14]。 和你相遇新婚日,相亲相爱心舒畅。

[注释] 1 间关:象声词。车行走时发出的声响。辖:穿在车轴两端孔内使车轮不脱落的键。思:发语词。娈(luán):美好。季女:少女。逝:往。指出嫁。 2 匪:非,没有。德音:美好的品德声誉。括:通"佸",会,聚会。 3 式:发语词。燕:同"宴",宴饮。 4 依:茂盛的样子。平林:平原上的林木。有、维:语气助词。鷮(jiāo):野鸡的一种。尾长,性勇健,善斗。 5 辰:美好善良。硕女:身材高大的美女。令德:美德。 6 誉:通"豫",欢乐。无射(yì):不厌。 7 庶几:希望,但愿。 8 与:相与,相配。 9 陟(zhì):上,升,登。析:劈。柞薪:柞木类的柴薪。《诗经》多以析薪、束薪代婚嫁。 10 湑(xǔ):茂盛。 11 鲜:善,美好。觏(gòu):遇见。写:通作"泻",倾吐,倾诉,抒发。 12 仰:仰望。景行(háng):大路。 13 四牡:四匹公马。骓骓(fēi):马不停地走而显得疲劳的样子。如琴:形容六条马缰绳像琴弦那样整齐调和。 14 昏:同"婚"。

青蝇

[导读] 这是一首揭露谗人害人祸国的诗,将令人厌恶的"青蝇",作为谗人的象征,愤怒之情溢于言表。三章开头皆以"营营青蝇"起兴,其可恶至极、挥之不去、散恶不止的特点,使作者对"青蝇"的厌恶与对谗人的憎恶,感情上形成共通,故"青蝇"得以成为愤怒情感的载体。全诗比喻确切传神,"无信谗言"的规劝和警示有力而发人深省。

[原诗]

营营青蝇,止于樊[1]。
岂弟君子,无信谗言[2]。

营营青蝇,止于棘[3]。
谗人罔极,交乱四国[4]。

营营青蝇,止于榛[5]。
谗人罔极,构我二人[6]。

[译诗]

嗡嗡飞舞的苍蝇,篱笆上面把身停。
平易近人好君子,千万莫把谗言听。

嗡嗡飞舞的苍蝇,酸枣树上叮不停。
谗人说话没准则,搅得四方不太平。

嗡嗡飞舞的苍蝇,榛树丛上叮不停。
谗人说话没准则,害得我俩嫌隙生。

[注释] 1 营营:象声词,拟苍蝇来回飞舞的声音。止:止息,停留。樊:篱笆。 2 岂弟:和乐平易。无信:不相信,不要相信。 3 棘:酸枣树。 4 罔极:没有准则。交:俱,都。四国:四方邻国。 5 榛:榛树,一种落叶灌木或小乔木。 6 构:陷害。二人:作者和听者。

宾之初筵

[导读] 这是一首讽刺统治者饮酒无度、失礼败德的诗。诗共五章,每章十四句。按内容可以分为三部分。第一、二章为第一部分,写合乎礼制的酒宴。第一章前八句极力状写丰盛和乐,典雅庄重的燕饮场面,后六句写燕射。第二章前八句写乐舞声中盛大隆重之祭祀场面,后六句写大射之礼后又归于燕饮,誉美之词溢于言表。第三、四章为第二部分,写违背礼制的酒宴。此二章反复直陈醉酒之态,抓住醉酒者吵吵嚷嚷、弄乱东西、衣冠不整的特征进行描绘。诗中虽无贬斥之语,但与前部分两相对照,美丑自现。第五章为第三部分,劝诫人们不要沉湎于酒。全诗章法结构严谨,修辞手法丰富多彩,其叠词、对偶、顶针、重复等修辞格的运用,产生了奇妙的表达效果。另外,诗中的射礼之饮、祭礼之饮以及酒监、酒史的司职,是我们了解周人礼仪、认识古代酒文化的一扇窗口。

[原诗]

宾之初筵,左右秩秩[1]。
笾豆有楚,殽核维旅[2]。
酒既和旨,饮酒孔偕[3]。
钟鼓既设,举酬逸逸[4]。
大侯既抗,弓矢斯张[5]。
射夫既同,献尔发功[6]。
发彼有的,以祈尔爵[7]。

籥舞笙鼓,乐既和奏[8]。
烝衎烈祖,以洽百礼[9]。

[译诗]

客人来到入宴席,主宾列坐皆敬肃。
竹笾木豆摆整齐,鱼肉瓜果装进去。
醴酒醇和又甘美,同心尽兴把杯举。
钟鼓已经架设好,举杯敬酒有秩序。
大靶已经张挂好,良弓利箭也就绪。
射手已经会聚齐,表演射技获称誉。
发箭射中那靶心,败则罚酒众宾娱。

吹籥起舞敲笙鼓,众乐齐奏音悠扬。
进献乐舞娱祖先,配合礼仪神来享。

百礼既至，有壬有林 10。
锡尔纯嘏，子孙其湛 11。
其湛曰乐，各奏尔能 12。
宾载手仇，室人入又 13。
酌彼康爵，以奏尔时 14。

宾之初筵，温温其恭 15。
其未醉止，威仪反反 16。
曰既醉止，威仪幡幡 17。
舍其坐迁，屡舞仙仙 18。
其未醉止，威仪抑抑 19。
曰既醉止，威仪怭怭 20。
是曰既醉，不知其秩 21。

宾既醉止，载号载呶 22。
乱我笾豆，屡舞僛僛 23。
是曰既醉，不知其邮 24。
侧弁之俄，屡舞傞傞 25。
既醉而出，并受其福 26。
醉而不出，是谓伐德 27。
饮酒孔嘉，维其令仪 28。

凡此饮酒，或醉或否 29。
既立之监，或佐之史 30。
彼醉不臧，不醉反耻 31。
式勿从谓，无俾大怠 32。
匪言勿言，匪由勿语 33。

各种礼仪都齐备，隆重丰盛大排场。
神灵赐你大福气，子孙受益都欢畅。
和乐欢快尽情兴，各献其能求赞赏。
宾客各自选对手，主人加入争弱强。
斟满那个大酒杯，献给中者作奖赏。

客人来到入宴席，态度谦恭又得体。
他们没有喝醉时，举止庄重有威仪。
他们都已喝醉时，举止轻率显无礼。
离开座位乱走动，手舞足蹈不停息。
他们没有喝醉时，谨慎严肃很得体。
他们都已喝醉时，举止轻佻又粗鄙。
因为已经酩酊醉，昏昏不知常规礼。

宾客已经喝醉酒，又是叫喊又是闹。
打翻我的笾和豆，左摇右晃把舞跳。
因为已经酩酊醉，不知过错真可笑。
皮帽歪戴斜一边，疯疯颠颠跳舞蹈。
如果喝醉就离席，宾主得安都称好。
醉酒发疯不离席，这叫败德令人恼。
饮酒本是美善事，只是仪表要美好。

所有这些饮酒人，一些清醒一些醉。
已设酒监来督察，又设酒史来警卫。
醉酒本来不像话，不醉反而心有愧。
不要跟着去劝酒，害他轻慢很狼狈。
别人不问不言语，不合法式不乱对。

由醉之言,俾出童羖 ³⁴。	听从醉汉的胡话,如牢没角公羊喂。
三爵不识,矧敢多又 ³⁵!	限饮三杯都不懂,何况多喝更倒霉!

[注释] **1** 初筵(yán):宾客初入座的时候,指宴饮之始。筵,竹席。古人席地而坐,用筵做坐具,故座席也叫筵席。后常用来借指酒席。左右:席位东西,主人在东,客人在西。秩秩:肃敬又有秩序的样子。 **2** 笾(biān)豆:古代祭祀或宴会时常用的两种器具。笾用竹制,豆用木制。有楚:即"楚楚",排列整齐的样子。殽:同"肴",为豆中所装鱼肉等食物。核:为笾中所装瓜果等食物。旅:陈列。 **3** 和旨:醇和而甘美。孔偕:非常整齐,指同心尽兴。 **4** 酬:敬酒。逸逸:往来有次序。 **5** 大侯:古代的一种大箭靶,用虎、熊、豹三种皮制成。抗:竖起,高挂。张:张弓设箭。 **6** 射夫:射手。同:会齐。发功:发箭射击的功夫。 **7** 有:语气助词。的:靶心。祈:求。爵:古代饮酒的器皿。 **8** 籥(yuè)舞:文舞,吹籥而舞,舞时依照籥声为节拍。 **9** 烝衎(zhēngkàn):进乐。烈祖:开基创业的祖先。洽:配合。百礼:各种礼仪。 **10** 壬:大。林:多。 **11** 锡:赐。纯嘏(gǔ):大福。湛(dān):喜乐。 **12** 奏:进献。 **13** 载:则。手:取,选择。仇:匹,指对手。室人:主人。入又:进入射场又和宾客射箭。 **14** 酌:斟酒。康爵:大酒器。奏:进。时:善,指射中者。 **15** 温温:谦和的样子。 **16** 威仪:仪容举止。反反:慎重、庄重的样子。 **17** 曰:语气助词。幡幡:轻率不庄重的样子。 **18** 舍:离开。坐:座位。迁:移动。仙仙:通"跹跹",舞姿轻盈的样子。 **19** 抑抑:谨慎严肃的样子。 **20** 怭怭(bì):轻佻粗俗的样子。 **21** 秩:常规。 **22** 号:大声喊叫。呶(náo):喧哗。 **23** 僛僛(qī):醉舞歪斜倾倒的样子。 **24** 邮:通"尤",过失,罪过。 **25** 侧弁(biàn):歪戴皮帽。俄:倾斜。傞傞(suō):醉舞失态的样子。 **26** 并:遍。 **27** 伐德:损害德行。 **28** 维:只是。令仪:美好的仪表礼节。 **29** 凡此:所有这些。 **30** 监:酒监。史:酒史。 **31** 臧:善,好。 **32** 式:发语词。从谓:跟着劝酒。俾:使。大怠:太轻

慢失礼。　**33** 匪:非。言:讯,问。由:法式。　**34** 由:听从。醉:醉者。童羖(gǔ):无角的公羊。　**35** 三爵:三杯酒。爵,雀形酒杯。古代君臣小宴礼节,以三爵为度。矧(shěn):况且。多又:又多喝。

鱼藻

导读　这是一首赞美君贤、民乐的诗。全诗三章,每章前两句均以"鱼在在藻"起兴,描绘了一幅群鱼摇头摆尾、自得其乐地相与嬉戏在藻间的情趣图。后两句写王,写王主持的欢乐宴会和王安逸的居所。诗中"鱼"与"王","藻"与"镐"在意象和结构上严格对应。诗人借歌咏鱼得其所乐,实则借喻在王的统治下百姓安居乐业的和乐气氛。

原诗

鱼在在藻,有颁其首[1]。
王在在镐,岂乐饮酒[2]。

鱼在在藻,有莘其尾[3]。
王在在镐,饮酒乐岂。

鱼在在藻,依于其蒲[4]。
王在在镐,有那其居[5]。

译诗

鱼在哪儿水藻藏,大大脑袋好模样。
王在哪儿在镐京,宴会饮酒真欢畅。

鱼在哪儿水藻藏,长长尾巴好模样。
王在哪儿在镐京,宴会饮酒真欢畅。

鱼在哪儿水藻藏,依傍蒲草嬉戏忙。
王在哪儿在镐京,居处安逸把福享。

注释　**1** 颁(fén):脑袋很大的样子。　**2** 镐(hào):西周的国都,在今陕西省西安西北。岂乐:喜乐。岂,通"恺",和乐。　**3** 莘(shēn):尾巴长的样子。　**4** 蒲:蒲草,多年生草本植物,多生池沼中。　**5** 有那(nuó):即"那那",安逸的样子。

采菽

[导读] 这是一首描写诸侯来朝会周天子的诗。全诗分五章。第一章以采豆苗装满方筐、圆筐比兴,定下了全诗欢快、热烈、隆重的基调。接下来以自问自答的形式对周天子可能准备的礼物进行猜测。第二章写诸侯来朝时的隆重场面。先以槛泉旁必有芹菜可采起兴,再绘旗帜和鸾铃声。第三章叙写诸侯朝见天子时服饰合礼,进退得体的情景。第四章以柞枝蓬蓬起兴,比喻天子拥有天下的繁盛局面与诸侯非凡功绩分不开,并对诸侯卓著功勋进行颂扬。末章对诸侯作进一步的赞美。以大缆绳系住杨木船起兴,暗喻诸侯和天子之间的关系是相互依赖的,诸侯为天子定国安邦,天子则给诸侯以丰厚的奖赏。全诗赋比兴兼有,但以赋为主,从未见,到远见,再到近见以及最后对诸侯功绩和福禄的颂扬,叙事脉络清晰、层次井然。

[原诗]

采菽采菽,筐之筥之[1]。
君子来朝,何锡予之[2]?
虽无予之,路车乘马[3]。
又何予之? 玄衮及黼[4]。

觱沸槛泉,言采其芹[5]。

[译诗]

摘大豆啊摘大豆,方圆竹器装满它。
诸侯君子朝周王,周王用啥赐给他?
虽然没有厚赏赐,一辆路车四匹马。
另外还赐了什么? 绣龙礼服加纹花。

涌泉流动清水边,采下嫩绿的水芹。

君子来朝,言观其旂⁶。　　诸侯君子朝周王,遥望龙旗正临近。

其旂淠淠,鸾声嘒嘒⁷。　　龙旗猎猎随风舞,车上鸾铃响声频。

载骖载驷,君子所届⁸。　　三驾四驾大马车,诸侯君子已来临。

赤芾在股,邪幅在下⁹。　　红色蔽膝大腿前,小腿斜缠着裹布。

彼交匪纾,天子所予¹⁰。　　他们不急又不慢,天子理应会眷顾。

乐只君子,天子命之¹¹。　　诸侯君子真快乐,天子赐命不含糊。

乐只君子,福禄申之¹²。　　诸侯君子真快乐,又得洪福和厚禄。

维柞之枝,其叶蓬蓬¹³。　　柞树枝条密丛丛,叶子茂盛绿意浓。

乐只君子,殿天子之邦¹⁴。　　诸侯君子真快乐,镇守邦国立大功。

乐只君子,万福攸同¹⁵。　　诸侯君子真快乐,各种福气都聚拢。

平平左右,亦是率从¹⁶。　　左右亲信善治理,也都恭敬的随从。

泛泛杨舟,绋缡维之¹⁷。　　漂漂荡荡杨木舟,绳索系住才牢靠。

乐只君子,天子葵之¹⁸。　　诸侯君子真快乐,天子思虑很周到。

乐只君子,福禄膍之¹⁹。　　诸侯君子真快乐,厚赐福禄受关照。

优哉游哉,亦是戾矣²⁰。　　生活悠闲好自在,安乐享福多逍遥。

注释 1 菽:大豆。筐:方形的盛物竹器。筥(jǔ):圆形的盛物竹器。 2 君子:诸侯。锡:赐。 3 路车:大车,古代天子或诸侯贵族所乘的车。乘(shèng)马:指四匹马。 4 玄衮(gǔn):绣着卷龙的黑色礼服。黼(fǔ):绣着半黑半白斧形花纹的礼服。 5 觱(bì)沸:泉水涌出的样子。槛泉:喷涌四流之泉。槛,通"滥",泛滥。言:语首助词。芹:芹菜。 6 旂(qí):绘有交龙并杆头挂有铜铃的旗。 7 淠淠(pèi):飘动的样子。鸾声:车上鸾铃鸣声。嘒嘒(huì):象声词,形容声音清亮而中节。 8 载:语气助词。用于句首或句中,起加强语气作用。骖(cān):一辆车驾三匹马。驷(sì):一辆车驾四匹马。届:到。 9 赤芾(fú):赤色蔽膝,诸侯之服。邪幅:

古代缠裹足背至膝的布。 **10** 彼:通"匪",不。交:通"绞",急。纾:缓。
11 乐只:和美,快乐。只,语气助词。命之:策命,赐命。 **12** 申:重复。
13 维:语首助词。柞:树名。蓬蓬:茂盛、蓬勃的样子。 **14** 殿:镇抚,
镇守。 **15** 攸:所。同:聚。 **16** 平平:治理有序。率:率从。 **17** 泛泛:
漂浮、浮行的样子。绋缅(fúlí):绳索和带子。多为挽船、系船所用。维:系。
18 葵:通"揆",度量,揣测。 **19** 腜(pí):厚赐。 **20** 戾:安定。

角弓

[导读] 这是一首劝告王公贵族不要近小人远骨肉,而应该亲爱兄弟和
亲戚的诗。诗共分八章。第一章以角弓不可松弛起兴,暗喻兄弟之间不
可疏远。第二章写疏远王室父兄的危害。第三章以兄弟相处和睦与否
作进一步的说理。第四章则直斥现实生活中的不良现象。第五、六章以
奇特的比喻,从正反两个方面劝导人们改变恶习,相亲为善。末两章以
雪花见日而消融,反喻小人之骄横而无所节制和不可理喻。全诗口吻直
切真挚,气韵贯通,或取譬,或直言,给读者以震撼心魄的力量。

[原诗]

骍骍角弓,翩其反矣[1]。
兄弟昏姻,无胥远矣[2]。

尔之远矣,民胥然矣[3]。
尔之教矣,民胥效矣[4]。

[译诗]

角弓调好弯又弯,弦松就会翻向外。
兄弟骨肉和姻亲,不要疏远要亲爱。

你若疏远亲兄弟,人们都会学你调。
你若这样去教导,人们都会来仿效。

此令兄弟,绰绰有裕[5]。　　如此友善的兄弟,家庭宽裕感情厚。

不令兄弟,交相为瘉[6]。　　兄弟之间不和睦,相互残害如敌仇。

民之无良,相怨一方[7]。　　如今人们不善良,彼此不满怨对方。

受爵不让,至于己斯亡[8]。　　接受官爵不谦让,事关自己廉耻忘。

老马反为驹,不顾其后[9]。　　老马反被当马驹,后果如何全不顾。

如食宜饇,如酌孔取[10]。　　如请吃饭让人饱,如请喝酒要大度。

毋教猱升木,如涂涂附[11]。　　猴子上树哪用教,污泥上面再抹泥。

君子有徽猷,小人与属[12]。　　君子如果有善道,小人自然来傍依。

雨雪瀌瀌,见晛曰消[13]。　　大雪飘落纷纷扬,太阳一出就融化。

莫肯下遗,式居娄骄[14]。　　不肯谦虚来对下,傲慢居高很可怕。

雨雪浮浮,见晛曰流[15]。　　大雪飘落纷纷扬,太阳一出化水流。

如蛮如髦,我是用忧[16]。　　行为粗野如蛮髦,我心因此多烦忧。

[注释] 1 骍骍(xīng):弓调和后呈弯曲状。角弓:用兽角装饰的硬弓。翩:通"偏"。偏其,偏偏,反过来变曲的样子。 2 昏姻:亲家,有婚姻关系的亲戚。胥:相互。远:疏远。 3 胥:全,都。然:这样。 4 教:教导,教化。 5 令:善,指兄弟关系好。绰绰:宽裕的样子。 6 瘉(yù):病。此指诟病、残害。 7 民:人。无良:不善良。相怨:彼此不满。一方:一处。指所居住的地方。 8 受爵:接受爵位。至于己:轮到自己。亡:通"忘"。 9 驹:小马。 10 饇(yù):饱食。酌:喝酒。孔取:多给。 11 毋:语首助词,无实义。猱(náo):猴。升木:上树,爬树。涂:泥。涂附:用泥浆涂在上面。 12 徽猷:美善之道。徽,美好。猷,道。指修养、本事等。与属:依附,依托。 13 雨雪:下雪。瀌瀌(biāo):雪盛大的样子。晛(xiàn):日气,日光。曰:语气助词,无实义。 14 下遗:谦下从人。式:发语词。居:

通"倨",傲慢。娄:通"屡",屡次,多次。 **15** 浮浮:犹"瀌瀌"。流:雪融化后变成流水。 **16** 蛮、髦:即南蛮与夷髦,对西南少数民族的称呼。是用:因此。

菀柳

[导读] 这是一首遭流放的大臣揭露周王暴虐无常、抒发怨怒的诗。诗分三章,前两章以菀柳起兴,起笔突兀又引人疑惑。接下来述说缘由解惑,只因"上帝甚蹈",故将忠心谋国事的我无故放逐到"极""迈"之地。由柳喻人,劝诫似的诉说中包含着悲怆、无奈之情。第三章感情浓度加深,以鸟高飞有际起兴,以置于险境反诘,声泪俱下地控诉声中难掩对周王的怨怒之意。全诗或比拟或劝诫或直白,感情浓烈,引人共鸣。

[原诗]

有菀者柳,不尚息焉[1]。
上帝甚蹈,无自昵焉[2]。
俾予靖之,后予极焉[3]。

有菀者柳,不尚愒焉[4]。
上帝甚蹈,无自瘵焉[5]。
俾予靖之,后予迈焉[6]。

有鸟高飞,亦傅于天[7]。
彼人之心,于何其臻[8]?
曷予靖之,居以凶矜[9]?

[译诗]

碧柳枝多叶茂密,莫到树下去休息。
周王喜怒太无常,不可亲近惹晦气。
当初让我谋国事,其后贬我到边鄙。

碧柳枝多叶茂密,莫到树下去休憩。
周王喜怒太无常,不可亲近惹祸起。
当初让我谋国事,其后贬我远行役。

鸟儿高飞展双翼,最高也不过天际。
周王心思深莫测,他要坏到何田地?
为何让我谋国事,又置我到凶危地?

[注释] 1 菀(yù):茂盛。不尚:含有不可之义。尚:庶几。息:休息。
2 上帝:天帝。蹈:喜怒变动无常。昵(nì):亲近。 3 俾:使。靖(jìng):
图谋,谋议。之:国事。后:其后。极:通"殛",流放,放逐。 4 愒(qì):
休息。 5 瘵(zhài):病,多指痨病。 6 迈:远行。指放逐。 7 傅(fù):
靠近,迫近。 8 彼人:指周王。臻:至。 9 凶矜:指凶危的境地。矜,危。

都人士

[导读] 这是一首自称为"都人士"的男子追求一位"君子女"的恋情诗。
诗凡五章,第一章对"都人士"的衣着、容止和谈吐进行了描写,指出他是
众人心仪的对象。第二至四章先描绘"彼都人士"的帽子、耳饰、冠带之
美,塑造出了一位仪表气度不凡的上层君子形象。再描绘"君子女"或直
或鬈的头发和高贵的姓氏。全诗表达了男子见不到自己心爱的恋人的
失魂伤怀之情。

[原诗]

彼都人士,狐裘黄黄[1]。
其容不改,出言有章[2]。
行归于周,万民所望[3]。

彼都人士,台笠缁撮[4]。
彼君子女,绸直如发[5]。
我不见兮,我心不说[6]。

[译诗]

那位京都的士子,狐皮袍子罩衫黄。
他的容貌如往常,讲起话来吐华章。
将要回到镐京去,正是万民所盼望。

那位京都的士子,黑布帽儿苔草笠。
那位高贵的小姐,头发密直真美丽。
如今我没见着她,心中不快忧不已。

彼都人士，充耳琇实[7]。	那位京都的士子，佩戴充耳和玉石。
彼君子女，谓之尹吉[8]。	那位高贵的小姐，嘉姓出自尹吉氏。
我不见兮，我心苑结[9]。	如今我没见着她，心中郁结难度日。
彼都人士，垂带而厉[10]。	那位京都的士子，冠带下垂风度翩。
彼君子女，卷发如虿[11]。	那位高贵的小姐，发如蝎尾向上卷。
我不见兮，言从之迈[12]。	如今我没见着她，跟她远行也情愿。
匪伊垂之，带则有余[13]。	不是他要把带垂，冠带本来细又长。
匪伊卷之，发则有旟[14]。	不是她要把发卷，头发天生向上扬。
我不见兮，云何盱矣[15]！	如今我没见着她，多么愁闷和忧伤！

注释 1 都人：京都的人。黄黄：形容狐皮袍上的罩衫颜色黄黄的。2 有章：有法度，有文采。 3 行：将。周：指镐京。望：仰慕，盼望。4 台笠：用莎草织成的斗笠。台，莎草。缁撮（zīcuō）：即黑布做成束发小帽。 5 君子女：贵族小姐。绸直：密而直。绸，通“稠”。如：乃，其。6 说：同“悦”，喜悦。 7 充耳：古代挂在冠冕两旁的饰物，下垂及耳，可以塞耳避听，也叫“瑱”。琇：美石。实：坚硬。 8 尹吉：当时两个大姓。9 苑结：即郁结，心中忧郁成结。 10 垂带：下垂的冠带。厉：即裂，绸布的残余，即布条。 11 虿（chài）：蝎子一类的毒虫，行走时尾部向上翘。此形容女子鬈发之美。 12 言：发语词。迈：行。 13 匪：非。伊：表示判断，常与“匪”连用。 14 有旟（yú）：扬起、翘起的样子。 15 盱（xū）：通“吁”，忧伤。

采绿

[导读] 这是一首女子思念外出丈夫并想象丈夫归家后两人恩爱情景的诗。全诗分成两部分:前两章为第一部分,主要描写女子因思念丈夫而无心采绿、采蓝,无意梳妆的现实生活,后两章为第二部分,主要描写妻子想象丈夫渔猎时自己相伴相随的场景。这样一实一虚的描写,相互对照,将思念之情刻画得更加强烈。诗虽写怀思,却无哀苦之调。

[原诗]

终朝采绿,不盈一匊¹。
予发曲局,薄言归沐²。

终朝采蓝,不盈一襜³。
五日为期,六日不詹⁴。

之子于狩,言韔其弓⁵。
之子于钓,言纶之绳⁶。

其钓维何? 维鲂及鱮⁷。
维鲂及鱮,薄言观者⁸。

[译诗]

采摘荩草一早晨,还是不满一大捧。
我的头发卷又蓬,回家洗发把他等。

采摘蓼蓝一早晨,还是不满一围裙。
约好五天即归家,六天还未临家门。

丈夫外出去打猎,我就帮他收箭弓。
丈夫外出去钓鱼,我就帮他理钓绳。

丈夫钓了什么鱼? 是那鳊鱼和花鲢。
是那鳊鱼和花鲢,鱼儿既多又新鲜。

[注释] 1 终朝:早晨。绿:草名,即荩草,染黄用的草。匊(jū):用手合捧。 2 曲局:卷曲。薄言:语气助词。"薄"含有急急忙忙之义。归沐:回家洗发。 3 蓝:草名,可染青,品种很多,如蓼蓝、菘蓝、木蓝、马蓝等。襜(chān):系在身前的围裙。 4 詹(zhān):到。 5 之子:丈夫。言:发语词,无实义。韔(chàng):把弓装弓袋。 6 纶:整理丝线。 7 维:是。鲂(fáng):鳊鱼。鱮(xù):鲢鱼。 8 观:多。

黍苗

[导读] 这是一首周宣王时行役之人赞美召伯营建谢邑之功的诗。全诗分五章。第一章以"芃芃黍苗,阴雨膏之"起兴,言召伯抚慰南行众役之事。第二、三章反复吟唱,既写建筑谢城的辛劳和勤恳,又写工程完毕之后远离故土的役夫和兵卒无限思乡之情。第四章言召伯营治谢城之功。末章言谢城任务的完成对于周王朝的重大意义。本诗具有纪实性质,叙事干净利落,节奏简洁明快。

[原诗]	[译诗]
芃芃黍苗,阴雨膏之¹。	黍苗青青长得旺,好雨及时来滋养。
悠悠南行,召伯劳之²。	南行之路虽迢迢,召伯慰劳暖心肠。
我任我辇,我车我牛³。	你拉车来我来扛,马车牛车运输忙。
我行既集,盖云归哉⁴!	营建谢邑已完工,何不今日回家乡!
我徒我御,我师我旅⁵。	我驾车来你走路,士众成师又成旅。
我行既集,盖云归处⁶!	营建谢邑已完工,何不今日回家去!
肃肃谢功,召伯营之⁷。	谢邑工程很严正,召伯精心来经营。
烈烈征师,召伯成之⁸。	军威雄壮师旅行,召伯用心组织成。
原隰既平,泉流既清⁹。	高地低地已治平,井泉河流已疏清。
召伯有成,王心则宁¹⁰。	召伯治谢有成效,宣王欢喜心安宁。

[注释] **1** 芃芃(péng):草木茂盛的样子。膏:润泽,滋润。 **2** 悠悠:遥远。召伯:姓姬名虎,封于召国,亦称召穆公。周初召公奭之后。周厉王、宣王、

幽王时的大臣。劳:慰劳。 3 任:背负。辇:拉车。车:驾车。牛:牵牛。
4 集:完成。盖:通"盍",何不。云:语中助词,无实义。 5 徒:徒步。
御:驾驭车马。师、旅:五百人为旅,五旅为师。此都用作动词。 6 归处:
归依之处。 7 肃肃:严正的样子,一说快速的样子。谢:谢邑,在今河
南信阳。功:工程。营:经营,治理。 8 烈烈:威武的样子。征师:行役
之众。成:组成。 9 原隰(xí):广平与低湿之地。 10 有成:成功,有
成效。宁:心安。

隰桑

导读 这是一首女子思念所爱之人的诗。前三章前两句均以桑树起兴,
既交代了少男少女的约会之所——幽静浓密的桑林,又以柔润美丽的桑
树枝叶比喻美好的青春。后两句写想象中的情绪,女子完全沉浸在与心
爱之人相会的喜悦之中。这三章展示了纯真大胆、热情奔放的少女情怀。
末章写女子从痴想中清醒过来后的苦恼和心理矛盾。其实现实中的女
子是怯弱羞涩的,虽然深爱着对方,却无可奈何地将爱藏在心底。诗歌
虚实结合、情感热烈真挚,极具感染力。

原诗

隰桑有阿,其叶有难[1]。
既见君子,其乐如何[2]!

隰桑有阿,其叶有沃[3]。
既见君子,云何不乐[4]!

译诗

洼地桑树柔而美,桑叶披拂多茂密。
我已见到心上人,快乐滋味甜如蜜。

洼地桑树柔而美,桑叶茂盛有光泽。
我已见到心上人,怎能叫我不快乐!

隰桑有阿,其叶有幽[5]。	洼地桑树美而柔,桑叶浓密黑黝黝。
既见君子,德音孔胶[6]。	我已见到心上人,情话绵绵意相投。
心乎爱矣,遐不谓矣[7]?	我的心啊爱着你,何不向你表心意?
中心藏之,何日忘之?	思念之情藏心底,哪有一天能忘记?

[注释] **1** 隰(xí):低湿的地方。有阿:垂长柔美的样子。阿,通"婀"。有难:茂盛的样子。 **2** 君子:所爱者。 **3** 沃:丰茂而有光泽的样子。 **4** 云:发语词,无实义。 **5** 幽:通"黝",青黑色。 **6** 德音:善言。此指情话。孔胶:很扎实、牢固。 **7** 遐不:何不。谓:告诉。

白华

[导读] 这是一首贵族女子遭丈夫抛弃后抒写苦痛的诗。第一章四句以白菅、白茅结亲的信物起兴,再感慨丈夫的背弃,将无限美好的回忆与眼前被遗弃的痛苦现实形成鲜明的对照。第二、三章以白云滋润菅茅、池水灌溉农田暗喻女子结亲后曾一度得到丈夫的恩泽,而如今却落得遭嫌弃的地步。第四章以桑薪不得其用喻女子美德不被丈夫欣赏,反被"硕人"取代。第五章以钟声闻于外喻女子被弃之事必然国人皆知,并将女子的善良和丈夫的无情进行了对比。第六章以鹤鸲失所兴妻妾易位,其中一个原因便是"硕人"媚惑丈夫。第七章以鸳鸯的相亲相爱反兴丈夫的无情无义。第八章以扁石被踩喻女子被弃后的悲苦命运。

原诗

白华菅兮,白茅束兮[1]。
之子之远,俾我独兮[2]。

英英白云,露彼菅茅[3]。
天步艰难,之子不犹[4]。

滮池北流,浸彼稻田[5]。
啸歌伤怀,念彼硕人[6]。

樵彼桑薪,卬烘于煁[7]。
维彼硕人,实劳我心[8]。

鼓钟于宫,声闻于外。
念子懆懆,视我迈迈[9]。

有鹙在梁,有鹤在林[10]。
维彼硕人,实劳我心。

鸳鸯在梁,戢其左翼[11]。
之子无良,二三其德[12]。

有扁斯石,履之卑兮[13]。
之子之远,俾我疷兮[14]。

译诗

细长菅草开白花,白茅将它来捆扎。
这个人啊弃我去,使我孤独度年华。

白云轻盈朵朵飘,滋润菅茅多丰茂。
时运不济受煎熬,这人狠心将我抛。

滮池哗哗向北流,灌溉稻田满山丘。
长啸高吟伤心事,美人身影在心头。

上山砍来桑枝柴,我把火炉烧起来。
因为那个大美人,心受折磨难释怀。

宫廷里面敲大钟,铿锵之声传宫外。
想念你啊心忧烦,你却对我太轻慢。

秃鹙鱼坝把鱼擒,白鹤栖息在树林。
因为那个大美人,实在折磨我的心。

鸳鸯双栖在鱼坝,嘴儿插在左翅下。
这个人啊没良心,三心二意太虚假。

这块石头扁又平,踩在上面仍显矮。
这个人啊弃我去,使我病重将我害。

注释 1 华:花。菅:一种多年生草本植物,叶子细长而尖,又名芦芒。束:捆。 2 远:疏远,离弃。俾:使。 3 英英:轻盈明亮的样子。露:滋润。 4 天步:时运,命运。不犹:不可,不以为然。 5 滮(biāo)池:古水名,在今陕西西安市西北。浸:灌溉。 6 啸歌:长啸歌吟。硕人:硕大而美的人。 7 樵:砍柴。桑薪:桑木柴,是最好的薪柴。卬(áng):代词,表

示第一人称,我。烘:烤。煁(chén):古代一种可以移动的火炉。 **8** 维:以,因为。 **9** 闻:传布,传扬。懆懆(cǎo):忧愁的样子。迈迈:轻慢的样子。 **10** 鹜(qiū):一种头颈无毛而性贪馋的水鸟。梁:水中所筑的捕鱼之坝。 **11** 戢(jí):收敛。一说嘴插在左翼。 **12** 无良:不善,不好。二三:不专一。形容三心二意。 **13** 有扁:扁平。履:踩踏。卑:低下。 **14** 痕(qí):病。

绵蛮

导读 这是一首行役之人自陈困苦而思有人周恤和提携的诗。诗每章前四句内容相近,以欢欣鸣叫的黄鸟随意止息,自由停留在"丘阿""丘隅""丘侧"反兴行役之人长途跋涉的辛劳、困顿和苦楚。后四句内容完全相同,反复咏叹希望得他人的体恤和帮助,凄苦之情更加显露无遗。

原诗	译诗
绵蛮黄鸟,止于丘阿[1]。	喳喳鸣叫小黄鸟,停歇山坡幽静处。
道之云远,我劳如何[2]!	漫漫长路真遥远,奔波劳累太无助。
饮之食之,教之诲之。	给他喝来给他吃,给他劝导和教育。
命彼后车,谓之载之[3]。	叫那副车停一停,让他坐上勿多虑。
绵蛮黄鸟,止于丘隅[4]。	喳喳鸣叫小黄鸟,山坡幽静处停息。
岂敢惮行,畏不能趋[5]。	哪敢害怕远行役,只怕慢行来不及。
饮之食之,教之诲之。	给他喝来给他吃,给他劝导和启迪。
命彼后车,谓之载之。	叫那副车停一停,让他坐上勿心急。

绵蛮黄鸟,止于丘侧。	喳喳鸣叫小黄鸟,停歇在那山坡边。
岂敢惮行? 畏不能极⁶。	哪敢害怕远行役,害怕难以到终点。
饮之食之,教之诲之。	给他喝来给他吃,给他劝导和意见。
命彼后车,谓之载之。	叫那副车停一停,让他坐上勿记惦。

【注释】 1 绵蛮:鸟鸣叫的声音。丘阿:山丘的曲深僻静处。 2 云:句中语气助词。如何:奈何,怎么办。 3 后车:副车,侍从所乘的车。谓:叫。 4 丘隅:犹"丘阿"。 5 惮:害怕,畏惧。趋:快速行走。 6 极:至。

瓠叶

【导读】 这是一首主人宴饮宾客的诗,体现了主人的礼节周到、意真情切。诗中主人以瓠叶、兔肉招待客人,原料虽粗简,却是主人亲自"采之""亨之""炮之""燔之""炙之"精心烹调出来的。而且主人对客人殷勤周到,以酒"献之""酢之""酬之"。无疑,宴饮是欢快愉悦的。

【原诗】

幡幡瓠叶,采之亨之¹。	随风摇曳瓠叶秧,把它采来煮菜汤。
君子有酒,酌言尝之²。	君子家中有好酒,斟满一杯请客尝。
有兔斯首,炮之燔之³。	白头野兔味正美,涂上泥巴火上煨。
君子有酒,酌言献之⁴。	君子家中有好酒,斟满敬客喝一杯。
有兔斯首,燔之炙之。	白头野兔味正好,涂上泥巴火上烤。

【译诗】

君子有酒,酌言酢之⁵。	君子家中有好酒,斟满回敬礼节到。
有兔斯首,燔之炮之。	白头野兔味正纯,涂上泥巴火上熏。
君子有酒,酌言酬之⁶。	君子家中有好酒,宾主劝饮把酒斟。

[注释] 1 幡幡:翻动的样子,指瓠叶经风吹动翻卷的样子。瓠:即瓠瓜,又称葫芦,蔬菜名。亨(pēng):"烹"的古字,煮。 2 言:犹"而"。 3 有:发语词。斯:白。首:头,脑袋。炮(páo):用泥巴包裹带毛的动物在火上烧烤。燔(fán):火烤整只的牲畜。 4 献:古时特指主人向宾客敬酒。 5 酢(zuò):客人用酒回敬主人。 6 酬:劝酒。

渐渐之石

[导读] 这是一首征人从军、经历险远而慨叹劳苦的诗。诗分三章,前二章意思相仿。前两句写行军途中所见山势陡峭、高岩林立的状貌。中两句抒发山川悠远,何日到达的感想。末两句点题,交代"武人东征"的主题和事件。末章由物象和星象起笔,与第一章呼应,暗示这是夜行军,因担心夜雨降临,故无暇他顾,一心行军。三章末句意思递进,旅途苦情、忧虑一层深过一层。

[原诗]

渐渐之石,维其高矣¹。
山川悠远,维其劳矣²。
武人东征,不皇朝矣³。

[译诗]

巉岩林立山陡峭,矗立在前多峻高。
山水阻隔一重重,前方之路远迢迢。
将帅士兵向东进,没有闲暇等破晓。

渐渐之石,维其卒矣[4]。	巉岩林立山陡峭,矗立在前多险阻。
山川悠远,曷其没矣[5]。	山水阻隔一重重,前方尽头在何处。
武人东征,不皇出矣[6]。	将帅士兵向东进,没有闲暇谋退路。
有豕白蹢,烝涉波矣[7]。	有群猪儿长白蹄,成群蹚过深水溪。
月离于毕,俾滂沱矣[8]。	月亮靠近宿星毕,大雨滂沱满地泥。
武人东征,不皇他矣[9]。	将帅士兵向东进,其他事情没空提。

[注释] 1 渐渐:山石高峻的样子。渐,通"巉"。维其:何其。 2 悠远:指空间距离的辽远。劳:通"辽",广阔。 3 武人:将帅士兵。不皇:同"不遑",没有时间、空暇。朝:早上。 4 卒:通"崒",山峰高耸险峻。 5 曷:何。没:尽头。 6 出:出险境。 7 蹢(dí):蹄子。烝:众。涉波:渡水。 8 离:通"丽",依附,此指靠近。毕:星名,二十八宿之一。俾(bǐ):使。滂沱:雨大的样子。 9 他:其他的事。

苕之华

[导读] 这是一首饥民因苕华有感而自伤不幸的诗,反映了周代饥荒年月、人自相食的社会现实与深重苦难。诗前两章以苕华起兴,以花之优美绚丽、生机盎然反衬生活的困苦与无望。美好与残酷的落差就这样矛盾地呈现在读者面前。末章以头大身瘦的母羊、空空如也的鱼篓明陆物之萧索、水物之凋耗,最后引出人皆相食的惨象。沉痛的呼号,千载而下,犹令人泫然涕下!

[原诗]

苕之华,芸其黄矣¹。
心之忧矣,维其伤矣²!

苕之华,其叶青青³。
知我如此,不如无生⁴。

牂羊坟首,三星在罶⁵。
人可以食,鲜可以饱⁶。

[译诗]

凌霄花儿正怒放,串串繁花颜色黄。
心里充满忧和愁,多么痛苦和悲伤!

凌霄花儿正怒放,蔓上枝叶好茂盛。
早知生活这样苦,不如当初不出生。

母羊头大身子瘦,三星照着捕鱼篓。
灾荒年月人食人,太少怎么能吃饱?

[注释] 1 苕(tiáo):紫葳科落叶木质藤本,借气根攀附在其他物上。又名凌霄花、紫葳、蔓生草。华:花。芸:黄色深浓的样子。 2 维其:何其。 3 青青:茂盛的样子。 4 无生:不出生。 5 牂(zāng)羊:母羊。坟首:大头。三星:二十八星宿之一,即参星。罶(liǔ):捕鱼的竹篓子。 6 鲜(xiǎn):少。

何草不黄

[导读] 这是一首反映征役不息、征夫愁怨的诗。全诗四章,前两章先用到处都有而听其自生自灭的野草起兴,后两章又用一年到头在旷野荒草中生活的各种兽类打比,说明这些终年奔走于四方的征夫就跟草木禽兽一样,既不能享受正常人应有的待遇,更谈不上过安居乐业的生活。作者把一腔哀怨愤激之情,用极为精练的语言写得淋漓尽致。

原诗

何草不黄,何日不行[1]。

何人不将,经营四方[2]。

何草不玄,何人不矜[3]。

哀我征夫,独为匪民[4]。

匪兕匪虎,率彼旷野[5]。

哀我征夫,朝夕不暇[6]。

有芃者狐,率彼幽草[7]。

有栈之车,行彼周道[8]。

译诗

哪有草儿不枯黄,哪有日子不奔忙。

哪个能不把差当,往来辛苦走四方。

哪有草儿不萎枯,哪人不似老鳏夫。

我们征夫真可怜,不被当人命真苦。

不是犀牛不是虎,常在旷野出和入。

我们征夫真可怜,白天黑夜都忙碌。

毛发蓬松的狐狸,往来出没深草丛。

高高大大出征车,急行在那大道中。

注释 1 行:出行。此指行军,出征。 2 将:犹"行"。经营:往来。 3 玄:赤黑色,指百草枯萎衰败之色。矜(guān):通"鳏",老而无妻的人。 4 匪民:不是人。匪,非。 5 兕(sì):雌性犀牛。率:循,沿着。 6 不暇:没有空闲。 7 芃:兽毛蓬松的样子。幽草:幽深地方的草丛。 8 栈:高大的样子。周道:大道。

大雅

文王

导读 这是一首歌颂周王朝奠基者文王的功业和德行并以"敬天法祖"劝诫成王的诗。全诗共七章。第一章写文王建周是天命所赐。第二章写文王兴国福泽后代。第三章歌颂文王培育了众多人才。第四章写周朝兴盛取代殷商,是因文王德行高尚。第五章从天命出发,歌颂文王开国功业。第六章诗人以史为鉴,劝诫成王要以殷商为鉴,做到敬天修德。第七章从"命之不易"说起,劝诫成王要效法文王。诗中天命靡常、惟德是辅的观念是文王兴周代殷的最合情理的解释。此诗是《大雅》的第一篇,与《生民》《公刘》《绵》《皇矣》《大明》等篇相关联,构成了一组开国史诗。全诗结构完整,连珠顶针修辞手法的运用,使得诗意连贯、韵律和谐。

原诗

文王在上,於昭于天[1]。
周虽旧邦,其命维新[2]。
有周不显,帝命不时[3]。
文王陟降,在帝左右[4]。
亹亹文王,令闻不已[5]。

译诗

文王之灵在昊天,啊,高高在天多显耀。
周虽是那旧邦国,它却受命建新朝。
周朝国势多盛大,上帝意志全遵照。
文王神灵升又降,在帝身旁多荣耀。

勤勉不倦周文王,美好声誉永颂扬。

陈锡哉周，侯文王孙子⁶。　　上帝厚赐兴周邦，子子孙孙永兴旺。

文王孙子，本支百世⁷。　　文王子孙受福泽，本宗支庶百世昌。

凡周之士，不显亦世⁸。　　但凡周邦文武官，累世显贵有名望。

世之不显，厥犹翼翼⁹。　　累世显贵地位高，谋划恭敬又严谨。

思皇多士，生此王国¹⁰。　　美好贤能的才士，生此国度多荣幸。

王国克生，维周之桢¹¹。　　王国因之能荣欣，都是周邦的福庆。

济济多士，文王以宁¹²。　　众多才士济一堂，文王安宁不操心。

穆穆文王，於缉熙敬止¹³。　　仪表堂堂周文王，啊，行事谨慎又光明。

假哉天命，有商孙子¹⁴。　　伟大严峻上帝命，商代子孙要遵从。

商之孙子，其丽不亿¹⁵。　　殷商后代子孙多，人数过亿数不清。

上帝既命，侯于周服¹⁶。　　上帝已经下命令，臣服周朝顺天命。

侯服于周，天命靡常¹⁷。　　殷商称臣服周邦，可见天命并无常。

殷士肤敏，裸将于京¹⁸。　　殷商臣属美而敏，来京灌祭助周王。

厥作裸将，常服黼冔¹⁹。　　看他助祭行裸礼，冠服仍是殷时装。

王之荩臣，无念尔祖²⁰。　　他们都是王忠臣，感念祖荫不要忘。

无念尔祖，聿修厥德²¹。　　祖先荫德不忘记，自身德行勤修砺。

永言配命，自求多福²²。　　常顺天命不相违，才能多求好福气。

殷之未丧师，克配上帝²³。　　殷商未失民心时，也能应命合天意。

宜鉴于殷，骏命不易²⁴。　　应该以殷为借鉴，遵行大命不容易。

命之不易，无遏尔躬²⁵。　　遵行大命不容易，切勿断绝在你身。

宣昭义问，有虞殷自天²⁶。　　宣扬光大好名声，又依天意谨察审。

上天之载，无声无臭²⁷。　　上天行事难猜度，无声无息了无痕。

仪刑文王，万邦作孚²⁸。　　效法伟大周文王，万国诸侯都信奉。

注释 1 文王:周文王昌,姬姓。於:语气词,相当于"啊"。昭:光明。
2 旧邦:旧国。命:天命。维新:反对旧的,提倡新的。 3 有:词头,无
实义。不显:盛大的样子。不,通"丕",大。时:是。 4 陟降:升降,上下。
左右:身边。 5 亹亹(wěi):勤勉不倦的样子。令闻:美好的声誉。 6 陈:
"申"的借字,一再,重复。锡:赐予。哉周:建设周国。哉,通"载",开始,
奠基。侯:乃,是。 7 本支:以树木的本枝喻同一家族的嫡系和庶出子
孙。 8 士:指周朝的百官群臣。亦世:奕世,累世。 9 厥:他,他的。
犹:通"猷",谋划。翼翼:恭敬谨慎的样子。 10 思:发语词,无实义。皇:
美好。 11 克:能。维:是。桢:支柱,主干。一说吉祥福庆。 12 济
济:众多的样子。 13 穆穆:仪容或言语和美。缉熙:指光明,又引申为
光辉。敬:严肃谨慎。止:语尾助词。 14 假:大。 15 丽:数,数目。
不亿:超过亿数,形容其数甚多。 16 侯于周服:为"侯服于周"的倒文。
侯:乃,就。服:臣服。 17 靡常:无常,没有一定的规律。 18 殷士:
殷人,指殷商的臣属。肤敏:优美敏捷。祼(guàn)将:助王举行祼祭之礼。
祼,灌祭,祭礼的一种。将,举行。 19 常:与"尚"通,还是。服:穿戴。
黼(fǔ):古代礼服上绣的半黑半白的花纹。冔(xǔ):殷代冠名。 20 荩
(jìn)臣:王所进用之臣,后引申指忠诚之臣。无念:犹言勿忘,不要忘记。
21 聿(yù):句首助词,无实义。修厥德:修其德行。 22 永:长,常。言:
语气助词,无实义。配命:配合天命。 23 丧师:失去民心。师,众,众庶。
克:能。 24 鉴:借鉴,引以为教训。骏命:大命,指上天或帝王的命令。
骏,大。不易:不容易。 25 遏:阻止,断绝。尔躬:你自身。 26 宣昭:
宣扬,显扬。义问:美好的声誉。有:通"又"。虞:审察,推度。 27 载:事。
臭:气息,气味。 28 仪刑:效法。作孚(fú):信服,信从。

大明

导读 这是一首歌颂周代开国祖先功德的诗,叙述了王季与太任、文王与太姒成亲以及武王一举灭商的史实,具有史诗性质。诗共八章。第一章为全诗总纲,以皇天伟大、天命难测引出商运将亡、周命将兴。第二章写王季与太任成亲,行德政。第三至五章写文王降生、承受天命、德行出众、受任方国、与太姒成亲。第六至八章写武王降生、出兵伐商、牧野誓师、牧野之战。七、八章为全诗重点。此诗为叙事诗,叙述简练而时序井然,详略得当,场面阔大,气势磅礴。

原诗

明明在下,赫赫在上[1]。

天难忱斯,不易维王[2]。

天位殷適,使不挟四方[3]。

挚仲氏任,自彼殷商[4]。

来嫁于周,曰嫔于京[5]。

乃及王季,维德之行[6]。

大任有身,生此文王[7]。

维此文王,小心翼翼[8]。

昭事上帝,聿怀多福[9]。

厥德不回,以受方国[10]。

天监在下,有命既集[11]。

文王初载,天作之合[12]。

译诗

文王美德耀人间,显赫盛大达天上。

天命无常难相信,为君为王不易当。

天立殷纣为君王,却又使他失四方。

挚国任家二姑娘,来自遥远的殷商。

前往远嫁我周邦,来到京都做新娘。

与那王季结配偶,专做好事美名扬。

太任不久有身孕,生下文王好儿郎。

就是这个周文王,行事谨慎又恭良。

勤勉努力奉上帝,带来幸福和吉祥。

德行正直又磊落,各国归附民所望。

上天明察人世间,天命已经聚文王。

就在文王年轻时,上天赐他好对象。

在洽之阳,在渭之涘 ¹³。　　　　新娘住在洽水北,就在渭水河岸旁。

文王嘉止,大邦有子 ¹⁴。　　　　文王开始备婚礼,迎娶莘国好姑娘。
大邦有子,俔天之妹 ¹⁵。　　　　莘国这位好姑娘,美如天上仙女样。
文定厥祥,亲迎于渭 ¹⁶。　　　　订婚之礼很吉祥,文王亲迎渭水旁。
造舟为梁,不显其光 ¹⁷。　　　　连舟结成浮桥状,婚礼隆重显荣光。

有命自天,命此文王,　　　　　　上帝有命从天降,命令传达给文王,
于周于京 ¹⁸。缵女维莘,　　　　在那京都和周邦。美女来自那莘国,
长子维行,笃生武王 ¹⁹。　　　　长女太姒嫁文王,生下武王好儿郎。
保右命尔,燮伐大商 ²⁰。　　　　上帝保佑命武王,协同征伐那殷商。

殷商之旅,其会如林。　　　　　　殷商调动大军队,军旗如林气势强。
矢于牧野 ²¹:"维予侯兴,　　　武王誓师在牧野:"我们才是兴盛邦,
上帝临女,无贰尔心! ²²"　　上帝监视着你们,勿怀二心和妄想!"

牧野洋洋,檀车煌煌,　　　　　　牧野无边地势广,檀木战车亮又光,
驷騵彭彭 ²³。维师尚父,　　　驾车驷马好强壮。三军统帅姜太师,
时维鹰扬 ²⁴。凉彼武王,　　　好像雄鹰在飞扬。督率大军佐武王,
肆伐大商,会朝清明 ²⁵。　　　猛烈迅疾击殷商,一朝开创新气象。

注释　1 明明:光明的样子。赫赫:显赫盛大的样子。　2 忱:相信,信任。斯:语末助词。维:为。　3 位:立。殷适:殷纣王。适,通"嫡",正妻所生之子。挟:拥有。　4 挚:古国名,在今河南省汝南县东南。仲氏:次女。任:姓。自:来自。　5 曰:语首助词。嫔:嫁。京:周京。　6 及:与。维德之行:只做有德行的事情。　7 大(tài)任:即挚仲氏任。大,"太"的古字。有身:怀孕。　8 翼翼:恭敬谨慎的样子。　9 昭事:勤勉地服事。昭,通"劭",勤勉。聿:语气助词。怀:召来。　10 不回:正直,不行

邪僻。回,邪僻。受:承受,享有。方国:四方诸侯之国。　**11**　天监:上天的监视。有命:天命。有,句首助词。　**12**　初载:初年。天作之合:谓文王娶大姒为上天所赐。　**13**　洽(hé):水名,在今陕西合阳县西北。阳:水的北岸。渭:渭水。涘(sì):水边。　**14**　嘉止:指嘉礼,婚礼。大邦:大国,指莘国。　**15**　俔(qiàn):如同,好比。妹:少女。　**16**　文定:订婚。文,礼,纳币之礼。祥:吉祥。　**17**　造舟为梁:连舟以成浮桥。不显:盛大的样子。不,通"丕"。　**18**　有:语首助词。　**19**　缵:通"纉",美好。维:是。莘(shēn):莘国。长子:长女,指太姒。维行:即有行,出嫁的意思。笃:语首助词。　**20**　保右:保佑。命:命令。燮(xiè)伐:协同征伐。　**21**　旅:军队。会:军旗。矢:誓、誓师。　**22**　维:发语词。予:我,我们。侯:乃,才。兴:兴盛。临:监视。女:通"汝",指参加宣誓的士兵。贰:不专一,怀有二心。　**23**　洋洋:广大无边的样子。檀车:用檀木做的兵车。煌煌:明亮耀眼的样子。驷騵:共驾一车的四匹赤毛白腹马。彭彭:强壮的样子。**24**　师:太师。尚父:吕尚的尊称,俗称姜太公。时:是。鹰扬:如鹰之飞扬,形容奋发勇猛。　**25**　凉(liàng):辅佐。肆伐:袭伐,疾伐。会朝:一朝,一旦。清明:指政治有法度,有条理。

绵

导读　这是一首歌颂周先祖太王古公亶父开国功业的诗。全诗共九章,以迁岐为中心展开铺排描绘。第一章以绵延不断的瓜瓞起兴,喻周人生生不息、繁盛不已的历史。以后各章分别叙述了古公亶父率族迁岐、定宅治田、建屋筑庙,以及文王平虞芮之讼、受天命的事迹,反映了周人对

生活的激情、对生命的热爱、对祖先的崇敬,具有史诗性质。在艺术上,
诗歌时空交织,情景事相融,生活气息浓厚,诗意浓郁,感染力强。

[原诗]

绵绵瓜瓞[1]。民之初生,
自土沮漆[2]。古公亶父,
陶复陶穴,未有家室[3]。

古公亶父,来朝走马[4]。
率西水浒,至于岐下[5]。
爰及姜女,聿来胥宇[6]。

周原膴膴,堇荼如饴[7]。
爰始爰谋,爰契我龟[8]。
曰止曰时,筑室于兹[9]。

乃慰乃止,乃左乃右[10]。
乃疆乃理,乃宣乃亩[11]。
自西徂东,周爰执事[12]。

乃召司空,乃召司徒,
俾立室家[13]。其绳则直,
缩版以载,作庙翼翼[14]。

捄之陾陾,度之薨薨[15],
筑之登登,削屡冯冯[16]。
百堵皆兴,鼛鼓弗胜[17]。

乃立皋门,皋门有伉[18]。

[译诗]

大瓜小瓜结成串。周族人民初发端,
杜水迁到漆水畔。太王古公亶父来,
率民挖洞又掘窑,没有房屋洞中钻。

太王古公亶父来,清早策马急出发。
沿着河岸直向西,来到岐山山脚下。
他与妻子名太姜,察看地基营造家。

周原广平又肥沃,堇葵苦菜甘如饴。
于是谋划与商议,刻龟占卜求吉利。
兆示此处宜居息,决定建屋在此地。

于是安心住下来,于是布局西和东。
于是划界整土地,于是开渠又修垄。
从西到东周原地,男女老少全劳动。

召来司空定工程,再召司徒配人丁,
使其开工建新房。绳墨拉得直又长,
竖起墙板筑土夯,兴建宗庙好端庄。

敛土盛土声腾腾,倒土填土声轰轰,
捣土夯土声登登,削土刮土声乒乒。
众多墙面齐动工,人声鼎沸赛鼓声。

于是建起大城门,城门高大又雄壮。

乃立应门,应门将将 [19]。 　　于是建起大正门,正门雄伟又堂皇。

乃立冢土,戎丑攸行 [20]。 　　于是建起大祭坛,众人祭神都前往。

肆不殄厥愠,亦不陨厥问 [21]。 　　虽未灭绝怨恨敌,文王声誉未损伤。

柞棫拔矣,行道兑矣 [22]。 　　栎与白桵都拔尽,道路畅达通四方。

混夷駾矣,维其喙矣 [23]。 　　昆夷败北惊惶逃,一副疲困狼狈相。

虞芮质厥成,文王蹶厥生 [24]。 　　虞芮争执已息平,文王感化其本性。

予曰有疏附,予曰有先后 [25], 　　我有远者来亲附,我有良士佐国政,

予曰有奔奏,予曰有御侮 [26]。 　　我有奔走效力臣,我有良将御敌侵。

[注释] 1 绵绵:连续不断。瓞(dié):小瓜。　　2 民:指周族。土:从《齐诗》读"杜",指杜水。沮:通"徂",到。漆:水名,渭水支流。　　3 古公亶父:文王祖父,初居豳,后被戎狄侵略,迁居在岐山之下,定国号曰周。到武王伐纣定天下,追尊他为太王。陶:通"掏",挖掘。复:窑洞。穴:地洞。家室:房屋。　　4 来朝:清早。走马:骑马疾走,驰逐。　　5 率:沿着。浒(hǔ):水边。岐下:岐山之下。　　6 爰:于是,乃。及:偕同。姜女:姜氏之女,古公亶父之妻,也称太姜。聿(yù):发语词,无实义。胥(xǔ)宇:察看可筑房屋的地基和方向。胥,察看。　　7 周:地名,在岐山南,为周室发祥地。原:广而平的地方。膴膴(wǔ):膏腴,肥沃。堇(jǐn):植物名,花白色,带紫色条纹,全草可入药。荼(tú):苦菜。饴(yí):饴糖,用麦芽制成的糖。　　8 始、谋:谋划。契:用刀刻。龟:指占卜所用的龟甲。　　9 曰:发语词。止:居住。时:是,与"止"义同。　　10 慰:居住。左、右:划定左右区域。　　11 疆:划分田地的界限。理:整治土地。宣:疏通沟渠。亩:治理田垄。　　12 周:普遍,全面。执事:从事工作。　　13 司空:官名,掌管工程。司徒:官名,掌管国家的土地和调配劳力。俾(bǐ):使。立:建筑。　　14 绳:绳尺,绳墨。缩版:以索束夹板。版,筑墙用的夹板。载:竖立。庙:宗庙。翼翼:庄严雄伟的样子。　　15 捄(jū):盛土于筐。陾陾(réng):筑墙声。度(duó):投,

填,将土填到夹板中。薨薨(hōng):象声词,用来模拟填土声。　**16** 筑:捣土使坚实。登登:敲击声。削屡:将土墙隆起的地方刮平。冯冯(píng):刮土墙声。　**17** 百堵:众多的墙。鼛(gāo)鼓:一种长一丈二尺的大鼓。在众人服力役的时候,要打起鼛鼓来催动工作。弗胜:胜不过。　**18** 皋门:古时王宫的外门。皋,通"高"。伉(kàng):高大。　**19** 应门:古代王宫的正门。将将:高大雄伟的样子。　**20** 冢土:大社,天子祭神的地方。戎丑:大众。戎,大。丑,众。攸:所。　**21** 肆:虽然。殄(tiǎn):尽,绝灭。厥:其。愠:怨恨。陨:丧失,失去。问:通"闻",声誉。　**22** 柞棫(zuòyù):栎与白桵树。拔:拔除干净。兑:畅通。　**23** 混夷:古种族名,西戎的一种,又作昆夷。駾(tuì):马受惊奔跑。喙(huì):气短疲困的样子。　**24** 虞芮:周初二国名。质:评断。成:平。指虞芮两国平息纠纷,互相结好。蹶(guì):动,感动。生:同"性"。　**25** 曰:句中助词,无实义。疏附:使疏远者亲附。先后:在王前后的辅佐之臣。　**26** 奔奏:四方奔走,喻德宣誉之臣。御侮:抵御外侮之臣。

棫朴

导读　这是一首写周文王郊祭天神后出兵伐崇的诗。诗共五章,每章四句。前两章写郊祭。诗以茂盛的棫朴起兴,继写伐木行燎祭、献璋瓒及众人陪祭等仪程,为后文张本。后三章写出征。先以"泾舟"起兴,喻六师之众自觉跟随周王出征,再以"云汉"起兴,喻周王以文德服人,故能培育人才、修炼操持、纲纪四方。全诗多用比兴,形象生动地体现了歌颂文王之德的主旨。

原诗

芃芃棫朴,薪之槱之[1]。
济济辟王,左右趣之[2]。

济济辟王,左右奉璋[3]。
奉璋峨峨,髦士攸宜[4]。

淠彼泾舟,烝徒楫之[5]。
周王于迈,六师及之[6]。

倬彼云汉,为章于天[7]。
周王寿考,遐不作人[8]?

追琢其章,金玉其相[9]。
勉勉我王,纲纪四方[10]。

译诗

棫树朴树真茂密,砍下做柴把天祭。
文王恭敬行礼仪,左右跟随行步疾。

文王恭敬行礼仪,左右随从捧玉璋。
手捧玉璋仪容壮,英俊贤士气轩昂。

船儿急行泾河上,众人合力齐举桨。
周王将要去远征,六军云集随君往。

银河迢迢多宽广,星光点点布天上。
周王长寿人爱戴,培养人材思虑长。

精心雕琢那花纹,如金如玉本质良。
勤勉不倦我周王,才能杰出统四方。

注释　1 芃芃(péng):茂盛的样子。棫(yù)朴:白桵和枹木,两种丛生灌木。薪:取以为薪,打柴。槱(yǒu):积木柴燃烧以祭天神。　2 济济:庄敬的样子。辟(bì)王:君王,指周文王。趣:通“趋”,小步快走。　3 奉:捧。璋:即璋瓒,祭祀时盛酒的玉器。　4 峨峨:盛壮、盛美的样子。髦士:英俊之士。攸:所。宜:合适。　5 淠(pì):船行的样子。泾舟:泾水之舟。烝徒:众人,百姓。楫:划船。　6 于迈:出征。六师:周天子所统六军之师。及:随同,跟从。　7 倬(zhuō):宽广,高大。云汉:银河。章:花纹。8 寿考:年高,长寿。遐:通“何”。作人:任用和造就人才。　9 追(duī)琢:雕琢,雕刻。追,通“雕”。相:本质。　10 勉勉:勤勉不倦的样子。纲纪:治理,管理。

旱麓

[导读] 这是歌颂周文王祭祖得福,知道培养人才的诗。诗共六章,章四句。诗以"榛楛济济"起兴,喻周邦之民得君德教。后两句以"岂弟"绘君,揭示其祭祀得福的缘由。其后几章写祭祀仪程,即缩酒、宰杀牺牲、燔柴祭天等。其中,第三章于祭祀现场宕出一笔,写飞鸢与跃鱼,象征优秀人才在君王的培育下能充分发挥聪明才智。诗歌以"岂弟君子"一句作为贯穿全诗的气脉,将祭祀和育才主旨融合无间,首尾均用比兴,章法摇曳多姿。

[原诗]

瞻彼旱麓,榛楛济济[1]。
岂弟君子,干禄岂弟[2]。

瑟彼玉瓒,黄流在中[3]。
岂弟君子,福禄攸降[4]。

鸢飞戾天,鱼跃于渊[5]。
岂弟君子,遐不作人[6]?

清酒既载,骍牡既备[7]。
以享以祀,以介景福[8]。

瑟彼柞棫,民所燎矣[9]。
岂弟君子,神所劳矣[10]。

莫莫葛藟,施于条枚[11]。
岂弟君子,求福不回[12]。

[译诗]

远远遥望旱山麓,密密丛丛榛楛树。
和乐平易的君子,平易和乐求福禄。

圭瓒酒器洁又亮,香甜美酒壶中漾。
和乐平易的君子,大福大禄从天降。

老鹰高飞到青天,鱼儿跳跃在深渊。
和乐平易的君子,何不树人用百年?

洁净清酒已摆好,红色公牛已备齐。
用它上供和祭祀,求神赐我大福气。

柞棫树林好茂密,百姓砍来把天祭。
和乐平易的君子,神灵保佑好福气。

葛藤藤蔓浓又密,蔓延缠绕树枝干。
和乐平易的君子,祈求福禄不邪奸。

注释 1 旱麓:旱山山脚。榛楛(zhēnhù):榛木与楛木。泛指丛生的杂木。济济:众多的样子。 2 岂弟(kǎitì):同"恺悌",和乐平易。君子:指文王。干禄:求福。 3 瑟:洁净鲜明的样子。玉瓒:圭瓒,为玉柄金勺,祭祀时用以酌香酒的酒器。黄流:酒在器中流动。 4 攸:所。 5 鸢:一种凶猛的鸟,俗称老鹰。戾:至,到。 6 遐:通"何"。作人:任用和造就人才。 7 清酒:古代指祭祀用的陈酒。载:陈设。骍牡:红色的雄性牛马等。8 介:求。景:大。 9 柞棫(zuòyù):栎与白桵树。燎:焚烧,此指烧柴祭天。10 劳:慰劳。一说保佑。 11 莫莫:茂密的样子。葛藟:葛藤。施(yì):蔓延。条:树枝。枚:树干。 12 不回:不违。一说不邪。

思齐

导读 这是赞颂周文王善于修身、齐家、治国的诗。诗共五章,前两章每章六句,后三章每章四句。第一章是引子,赞美了三位女性,即"周室三母",揭示文王得其母其妻之助而为圣的原因。后几章赞美文王圣明的具体表现。第二章写文王孝敬祖先、为妻子兄弟率。第三章写文王在家庭与宗庙处时刻不忘修身养德。第四章写文王杰出的治国才能。末章写文王勤于培养人才。诗歌较为成功地塑造了文王这一传统道德典范的形象。

原诗	译诗
思齐大任,文王之母[1]。	大任端庄又恭敬,她是文王好母亲。
思媚周姜,京室之妇[2]。	太姜贤淑又美好,她是王室好妇人。

大姒嗣徽音,则百斯男³。

大姒继承美德音,多子多男兴家门。

惠于宗公,神罔时怨,
神罔时恫⁴。刑于寡妻,
至于兄弟,以御于家邦⁵。

文王孝敬顺祖先,神灵没有怨怒容,
更无伤心与悲痛。文王为妻作典型,
对待兄弟也相同,治理家国都亨通。

雍雍在宫,肃肃在庙⁶。
不显亦临,无射亦保⁷。

家中和睦又融洽,身在宗庙敬且严。
不明之处自省察,保持善性不厌倦。

肆戎疾不殄,烈假不瑕⁸。
不闻亦式,不谏亦入⁹。

西戎祸患已除尽,害人疫病也消停。
听到良策即施行,忠言谏告不看轻。

肆成人有德,小子有造¹⁰。
古之人无斁,誉髦斯士¹¹。

所以成人有德行,年少子弟也有成。
文王育人不厌倦,育出英才美誉称。

[注释] 1 思:发语词,无实义。齐(zhāi):通"斋",端庄、恭敬的样子。大任:即太任,王季之妻,文王之母。 2 媚:美好。周:指太姜,古公亶父之妻,王季之母,文王之祖母。京室:王室。 3 大姒:有莘氏之女,周文王妻,武王母。嗣:继承。徽音:德音,指令闻美誉。百斯男:言生子之多。百,虚数。斯,助词,无实义。 4 惠:孝顺。宗公:宗庙先公,祖先。罔:无,没有。时:所。恫(tōng):悲痛,伤心。 5 刑:通"型",法式,典范,榜样。寡妻:嫡妻,正妻。御:治理。 6 雍雍(yōng):和乐、和洽的样子。宫:家。肃肃:恭敬严肃的样子。庙:宗庙。 7 不显:不显明,不清楚。临:临视,省察。无射(yì):不厌。射,厌。保:保持。 8 肆:故,所以。戎疾:西戎的祸患。不:语气助词,无实义。殄(tiǎn):断绝。烈假:害人的疫病。瑕:远去。 9 闻:听见。式:用。入:采纳。 10 有德:有德行,指道德品行高尚,能身体力行。小子:未成年的人,子弟辈分。有造:有造就。 11 古之人:指文王。无斁(yì):不厌恶,不厌倦。誉:有声望。髦:毛中的长毫,喻英俊杰出之士。斯:这些。

皇矣

导读　这是一首歌颂太王、王季、文王为周部族的发展、周王朝的建立作出具大贡献的颂诗。全诗八章,前三章重点写太王古公亶父经营岐山、打退昆夷的情况;第四章写王季的继续发展和他的德行。后四章重点歌颂周文王,描述了文王伐密、伐崇的事迹和武功。全诗内容丰富,气魄宏大,在广阔的时间跨度里浓缩了周部族的发展史和周王朝的创建史,塑造了三个历史人物的形象,条理分明,详略得当。特别是精彩的战争场面的描绘,以及排比句式、重叠词语的运用,增强了本诗的形象性、生动性及艺术感染力。

原诗

皇矣上帝,临下有赫[1]。
监观四方,求民之莫[2]。
维此二国,其政不获[3]。
维彼四国,爰究爰度[4]。
上帝耆之,憎其式廓[5]。
乃眷西顾,此维与宅[6]。

作之屏之,其菑其翳[7]。
修之平之,其灌其栵[8]。
启之辟之,其柽其椐[9]。
攘之剔之,其檿其柘[10]。
帝迁明德,串夷载路[11]。
天立厥配,受命既固[12]。

译诗

上帝光明又伟大,临照人世皆洞明。
视察全国四方事,及时了解生民病。
想起夏商两国来,政令不当失民心。
想到四方诸侯国,认真思量谁执柄。
上帝经过细考察,有心扩大它疆岭。
于是回头望西方,同住岐山心安定。

砍伐树林清现场,枯枝朽木全扫除。
修剪树干和枝叶,灌木新芽齐簇簇。
挖掘芟除杂树根,柽木椐木一株株。
认真剔除坏树苗,山桑黄桑都铲除。
上帝迁来明德君,战败犬戎心臣服。
上天立他为天子,受命于天政权固。

帝省其山,柞棫斯拔,
松柏斯兑[13]。帝作邦作对,
自大伯王季[14]。维此王季,
因心则友[15]。则友其兄,
则笃其庆,载锡之光[16],
受禄无丧,奄有四方[17]。

维此王季,帝度其心,
貊其德音[18]。其德克明,
克明克类,克长克君[19]。
王此大邦,克顺克比[20]。
比于文王,其德靡悔[21]。
既受帝祉,施于孙子[22]。

帝谓文王:无然畔援,
无然歆羡,诞先登于岸[23]。
密人不恭,敢距大邦,
侵阮徂共[24]。王赫斯怒,
爰整其旅[25]。以按徂旅,
以笃于周祜,以对于天下[26]。

依其在京,侵自阮疆。
陟我高冈[27],无矢我陵,
我陵我阿[28];无饮我泉,
我泉我池。度其鲜原,
居岐之阳,在渭之将[29]。
万邦之方,下民之王[30]。

上帝视察岐山下,柞棫杂树都已拔,
松柏挺直又高大。上帝兴周立君主,
太伯王季始发达。就是这位季历王,
对兄友爱人人夸。友爱两位亲兄长,
他使周邦福庆加,赐他王位显荣光,
永享福禄不消减,拥有天下疆域大。

就是这位季历王,上帝审度他心胸,
将其美名布四方。他能明察是与非,
他能辨别善与恶,胜任师长与君王。
统治这样的大邦,人民和顺民心向。
到了文王当位时,他的德行也高尚。
既受上天的福佑,福泽绵延子孙享。

上帝告知周文王:不要专横又暴戾,
不要存有非分想,先居要津路康庄。
密须国人不恭顺,胆敢对抗周大邦,
侵阮伐共太猖狂。文王闻此勃然怒,
整军誓师去抵挡。控制密人侵莒国,
巩固周国福泽长,以此扬威于四方。

周京将士真强盛,自阮班师休整忙。
登临在那高山上,没人敢占我山冈,
高山大陵好屏障;没人敢占我泉塘,
清泉绿池水汪汪。审察山头和平地,
定居岐山的南方,就在渭水河侧旁。
他是万国的榜样,他是人民好君王。

帝谓文王：予怀明德，
不大声以色，不长夏以革³¹；
不识不知，顺帝之则³²。
帝谓文王：询尔仇方，
同尔兄弟³³；以尔钩援，
与尔临冲，以伐崇墉³⁴。

临冲闲闲，崇墉言言³⁵。
执讯连连，攸馘安安³⁶。
是类是祃，是致是附，
四方以无侮³⁷。临冲茀茀，
崇墉仡仡³⁸。是伐是肆，
是绝是忽，四方以无拂³⁹。

上帝告知周文王：明德之君我欣赏，
不要沉溺于声色，勿将甲兵来依仗；
好像不知又不觉，遵循上帝的法章。
上帝告知周文王：要与邻国多商量，
联合同姓的国邦；用上那攻城钩梯，
临车冲车赴战场，讨伐崇国破城墙。

临冲车队气势盛，崇国城墙高高耸。
所获俘虏连成串，割取敌耳意从容。
祭天祭军求吉利，招降残敌抚民众，
四方不敢来侵凌。临冲车队气势宏，
崇国城墙高高耸。坚决征讨和打击，
一举歼灭扫干净，四方不敢违王命。

注释 1 皇：光明伟大。临：视察。下：人间，下界。有赫：赫赫，明亮的样子。 2 莫：通"瘼"，疾苦，病。 3 维：通"惟"，想到。二国：夏和殷。不获：不得。 4 四国：四方邻国。爰：于是。究：研究。度(duó)：考虑，打算。 5 着：通"稽"，考察。憎：通"增"，增加。式廓：规模，范围。 6 眷：思慕，眷恋。西顾：回头向西方。此：岐周之地。宅：居住。 7 作：砍伐。屏：摈弃，除去。菑(zì)：枯死而未倒的树。翳：通"殪"，树木枯死，倒伏于地。 8 修：修剪。平：治理。灌：灌木。栵(lì)：砍而复生的小树。 9 启：开辟。辟：芟除，排除。柽(chēng)：木名，即柽柳，又名河柳。椐(jū)：木名，即灵寿木。树小，多肿节，古时以为手杖。 10 檿(yǎn)：木名，又名山桑。柘：木名，又名黄桑。 11 迁：迁移。明德：明德之君，即太王。串夷：即昆夷，也称犬戎，古代我国西部少数民族名。载：则，就。路：通"露"，失败。 12 配：配合。受命：受天命。固：巩固。 13 省(xǐng)：察看。山：岐山。柞棫(zuòyù)：栎与白桵树。斯：语气助词，无实义。兑：直立。 14 作：建立。邦：周国。

对:相当,相配。大伯:即太伯,太王的长子。王季:即季历,太王的第三子。太王死后,传位于季历。 **15** 因心:亲善仁爱之心。友:友爱。 **16** 笃:厚。庆:福庆,吉庆。载:则。锡:赐予。光:荣光。一说大位。 **17** 丧:丧失。奄:覆盖。 **18** 貊(mò):通"漠",广大。德音:美名,善誉。 **19** 克:能。明:明辨是非。类:分辨善恶。长:能当人们的师长。君:能做人们的君主。 **20** 王(wàng):统治,称王。顺:和顺。比:使民亲附。 **21** 比于:及至。悔:通"晦",穷尽。 **22** 帝祉:上天或皇帝的福佑。施(yì):延续。 **23** 无:不要。然:语气助词,无实义。畔援:跋扈,专横暴戾。歆羡:爱慕,羡慕。诞:发语词,无实义。先登于岸:比喻占据有利形势。 **24** 密人:指古代密须国人。距:通"拒",抗拒。阮:殷商国名,在今甘肃省泾川。徂:到。共:古国名,在今甘肃省泾川北。 **25** 赫斯怒:盛怒。爰:于是。旅:军队。 **26** 按:控制,抑止。旅:通"莒",古国名。笃:巩固。祜(hù):福。对:扬威,扬名。 **27** 依其:即"依依",茂盛的样子,引申为强盛的样子。京:周京。侵:通"寝",寝息,休整。陟:升,登高。 **28** 矢:陈列,此指陈兵。陵:升,登。阿:大的土山。 **29** 度:计算,推测。鲜:通"巘",小山。原:平原,平地。阳:山的南面或水的北面。将:旁。 **30** 方:法则,榜样。 **31** 怀:归向,趋向。明德:明德之君,此指文王。大:注重,看重。以:与。长:依恃。夏:即夏楚,刑具。革:用皮革制成的甲胄。 **32** 不识不知:不知不觉。顺:顺应,遵循。则:法则。 **33** 询:询问。此指商量、商讨。仇方:友邦,邻国。同:会同,联合。兄弟:同姓诸侯国。 **34** 钩援:攻城的钩梯。临冲:古代的两种战车。崇:古国名,在今陕西西安沣水西。墉:城墙。 **35** 闲闲:强盛的样子。言言:高大的样子。 **36** 执讯:捉到俘虏。连连:接连不断。攸:所。馘(guó):古代战争中割取敌人的左耳以计数献功。安安:徐缓的样子。 **37** 类:古祭名,祭天。祃(mà):古代行军在军队驻扎的地方举行的祭礼。致:招致。附:通"拊",安抚。侮:侵侮。 **38** 茀茀(fú):强盛的样子。仡仡(yì):高耸的样子。 **39** 伐:征讨。肆:侵犯,冲突。忽:灭绝。拂:违背,违逆。

灵台

导读　这是一首歌咏文王修建灵台和游览灵囿、灵沼并欣赏钟鼓之乐的诗。诗共四章。第一章以"经之""营之""攻之""成之"的句式,描绘民情踊跃建造灵台的情景。次章写游览灵囿、灵沼时所见麀鹿、白鸟和跃鱼的情景,描绘简洁生动,充满生机活力。后两章写文王在辟雍聆听钟鼓音乐的情景,四个"於"字既表欣赏者的感叹与赞美,又渲染了游乐的欢快气氛。

原诗

经始灵台,经之营之[1]。
庶民攻之,不日成之[2]。
经始勿亟,庶民子来[3]。

王在灵囿,麀鹿攸伏[4]。
麀鹿濯濯,白鸟翯翯[5]。
王在灵沼,於牣鱼跃[6]。

虡业维枞,贲鼓维镛[7]。
於论鼓钟,於乐辟雍[8]。

於论鼓钟,於乐辟雍。
鼍鼓逢逢,矇瞍奏公[9]。

译诗

文王开始筑灵台,精心测量巧安排。
百姓主动来出力,灵台很快建起来。
当初营建并不急,百姓踊跃建得快。

周王游览大园林,母鹿悠闲正卧伏。
母鹿肥壮皮色好,白鸟洁净美毛羽。
周王游览到灵沼,啊,满池鱼儿正跳逐。

钟鼓木架崇牙竖,挂着大钟和大鼓。
啊,鼓声钟声节奏明,啊,周王离宫正享福。

啊,鼓声钟声节奏明,啊,周王享乐在宫廷。
鼍皮大鼓响嘭嘭,矇瞍奏颂灵台成。

注释　**1** 经始:开始营建。灵台:古台名,故址在今陕西西安西北。　**2** 攻:建造。不日:不几天,不久。　**3** 亟(jí):急,迫切。子来:像子女趋事父母一样,不召自来,竭诚效忠。 **4** 灵囿:苑囿名,古代帝王畜养动物的园林。麀(yōu)鹿:母鹿。 **5** 濯濯(zhuó):肥壮的样子。翯翯(hè):光泽洁白的样子。 **6** 灵沼:池沼名。於:语气词,相当于"啊"。牣(rèn):满。 **7** 虡(jù)业:古时悬挂钟鼓的木架。枞(cōng):崇牙,即虡上端所刻的锯齿,用以悬钟。贲(fén)鼓:大鼓。镛(yōng):大钟,古代的一种乐器。 **8** 论:通"伦",有条理,有次序。辟雍:文王离宫。 **9** 鼍(tuó)鼓:用鼍皮蒙的鼓。逢逢:象声词,常形容鼓声。矇瞍(méngsǒu):盲人,有眸子而无见曰矇,无眸子曰瞍。公:通"功",成功,指灵台落成。

下武

导读 这是一首歌颂周武王、成王能效法先王,世修文德而奄有天下的诗。诗共六章,章四句。第一章写周代世有明主。第二章赞武王美德和成王守信。第三至五章赞成王能效法先人、继承祖德。第六章以四方诸侯来贺作结。全诗结构整饬严谨,运用顶针手法,内容层层递进,韵律流美谐婉。

原诗

下武维周,世有哲王 [1]。
三后在天,王配于京 [2]。

王配于京,世德作求 [3]。
永言配命,成王之孚 [4]。

译诗

周人能继先祖业,世代君王都圣明。
三后在天显威灵,武王应命都镐京。

武王应命都镐京,美德能够配祖宗。
永远顺应上天命,成王守信人人诵。

成王之孚，下土之式[5]。　成王守信人人诵，天下以他作典型。

永言孝思，孝思维则[6]。　永远保持孝敬心，尊亲必须法先人。

媚兹一人，应侯顺德[7]。　人人爱戴周成王，能将美德来承当。

永言孝思，昭哉嗣服[8]。　永远保持孝敬心，后代争气把名扬。

昭兹来许，绳其祖武[9]。　后代争气把名扬，承继祖业多兴旺。

於万斯年，受天之祜[10]。　啊！国祚千载万年长，上天赐福世代昌。

受天之祜，四方来贺[11]。　上天赐福世代昌，祝贺之声来四方。

於万斯年，不遐有佐[12]。　啊！国祚千载万年长，怎无贤臣佐朝纲！

[注释]　1 下武：后人能继先祖。下，后。武，继承。世：代。哲王：贤明的君主。　2 三后：指周的三位先王，太王、王季、文王。王：周武王。配：配天命。　3 世德：祖上及本人均有美德的人。作：为。求：通"逑"，匹配。4 言：语气助词，无实义。成王：周成王，武王子，名诵。孚：信用，信誉。5 下土：四方，天下。式：榜样，典型。　6 思：语气助词，无实义。孝：尊亲的孝心。则：法则。　7 媚：喜爱。兹：这。一人：周成王。应：当，是。侯：乃，是。顺德：顺从道德。　8 昭：昭明，宣扬。嗣服：后进。　9 兹：语气词，哉，呀。来许：后进，后辈。绳：继续。祖武：先人的遗迹、事业。武，足迹。10 於：语气词，相当于"啊"。斯：语气助词。祜(hù)：福。　11 贺：朝贺。12 不遐：即何不。遐，胡，何。佐：辅佐。

文王有声

[导读] 这是赞颂文王、武王迁都丰、镐的诗。诗共八章,前四章写文王伐崇之后在丰邑建都,后四章写周武王伐商后营建镐都。全诗按照时间顺序叙事,但侧重点却不相同,前者重在"武功",文中有武,后者重在"辟雍",武中寓文,构思奇特,引人入胜。

[原诗]

文王有声,遹骏有声¹。
遹求遹宁,遹观厥成。
文王烝哉²!

文王受命,有此武功³。
既伐于崇,作邑于丰。
文王烝哉⁴!

筑城伊淢,作丰伊匹⁵。
匪棘其欲,遹追来孝。
王后烝哉⁶!

王公伊濯,维丰之垣⁷。
四方攸同,王后维翰。
王后烝哉⁸!

丰水东注,维禹之绩⁹。
四方攸同,皇王维辟。
皇王烝哉¹⁰!

[译诗]

文王名声真不赖,赫赫美名传四海。
谋求人民得安宁,终见功成人爱戴。
文王美名传千载。

文王受命封西伯,建有武功声赫赫。
举兵攻克那崇国,迁都丰邑人民乐。
文王美名四海播。

挖掘沟渠筑城墙,与丰规模正相当。
并非急图己欲望,孝敬祖先兴周邦。
君王美名四海扬。

文王功绩真盛大,他像丰邑的城墙。
四方诸侯来归附,君王像那主栋梁。
君王美名四海扬。

沣水向东注入河,大禹功绩不能磨。
四方诸侯来归附,武王是那好楷模。
大王美名四海播。

镐京辟雍,自西自东[11],
自南自北,无思不服。
皇王烝哉[12]!

镐京离宫营建成,从西到东到南北,
四方诸侯来观赏,无人不服我周邦。
大王美名四海扬!

考卜维王,宅是镐京[13]。
维龟正之,武王成之。
武王烝哉[14]!

武王龟卜来决疑,定居镐京最吉祥。
迁都决策神龟定,武王完工很顺畅。
武王美名四海扬!

丰水有芑,武王岂不仕[15]?
诒厥孙谋,以燕翼子。
武王烝哉[16]!

沣水河畔柳枝长,武王治政岂不忙?
留下治国好谋略,庇护子孙万世昌。
武王美名四海扬!

注释 1 声:名誉,名声。遹(yù):句首助词,无实义。骏:大。 2 厥:其。烝:美,美好。 3 受命:受天之命。一说受纣王命被封为西伯侯。武功:军事方面的功绩。 4 崇:古国名,殷商时国君为崇侯虎。丰:周国都名,在今陕西省西安市西南。 5 伊:语中助词,无实义。淢(xù):通"洫",沟渠。匹:匹配。 6 匪:非。棘:通"亟",急切,急迫。追来孝:追行孝道于前人,指敬重宗庙、祭祀等,以尽孝道。来,语中助词,无实义。王后:君王。 7 公:通"功"。濯:盛大。维:是。垣:墙。 8 攸:所。同:会同,归附。翰:通"干",草木的茎干,引申为骨干。 9 丰水:古水名,即沣水。在陕西省西安市西南,注入渭水。绩:功绩。 10 皇王:大王。皇,大。辟:法则,典型。 11 镐京:西周国都,周武王灭商后,自丰徙都于此。故址在今陕西省西安市西南沣水东岸。辟雍:离宫。 12 思:语气助词,无实义。 13 考卜:以龟卜决疑。宅:定居。 14 正:决定。 15 芑:通"杞"。木名,此指杞柳。仕:通"事"。 16 诒:通"贻",留给。孙谋:顺应天下人心的谋略。孙,通"逊",顺。燕:安定。翼:庇护。

生民

[导读] 这是一首周人叙述其民族始祖后稷事迹并予以祭祀的诗。诗共八章。第一章写后稷之母姜嫄的神奇受孕。第二、三章写后稷的神奇诞生以及三弃三获救的灵异性。这几章写后稷的身世显现出神奇荒诞的气氛,很有吸引力。第四至六章生动形象地描绘各种农作物的生长过程,体现出后稷在农业种植方面的特殊天赋和才能。末两章写后稷为了祈求来年能够丰收,创立了祀典。后四章富有浓郁的生活气息,纪实性强。全诗纯用赋法,叙事生动,除首尾两章外,各章都用"诞"字领起,格式严谨。而且诗歌浪漫与纪实兼存,具有极大的艺术魅力。

[原诗]

厥初生民,时维姜嫄 [1]。
生民如何?克禋克祀,
以弗无子 [2]。履帝武敏歆,
攸介攸止 [3]。载震载夙,
载生载育,时维后稷 [4]。

诞弥厥月,先生如达 [5]。
不坼不副,无菑无害,
以赫厥灵 [6]。上帝不宁,
不康禋祀,居然生子 [7]。

诞置之隘巷,牛羊腓字之 [8]。
诞置之平林,会伐平林 [9]。
诞置之寒冰,鸟覆翼之 [10]。

[译诗]

周族始祖何人生?母亲是那姜嫄氏。
怎样生下周人来?虔诚祭天敬上帝,
祓除不孕求子嗣。踩了上帝拇指迹,
神灵保佑总吉利。姜嫄怀孕严守礼,
生下孩子育成器,便是始祖名后稷。

十月已满到产期,头胎生子很顺利。
产门完好生子易,无灾无害母子吉,
显出灵异与神奇。上帝安然享禋祭,
安享禋祭心欢喜,结果平安产贵子。

把他丢在窄巷里,牛羊喂养和护庇。
把他丢在树林中,适逢樵夫又救起。
把他放在寒冰上,大鸟遮护用羽翼。

鸟乃去矣，后稷呱矣[11]。
实覃实讦，厥声载路[12]。

诞实匍匐，克岐克嶷，
以就口食[13]。蓺之荏菽，
荏菽旆旆[14]。禾役穟穟，
麻麦幪幪，瓜瓞唪唪[15]。

诞后稷之穑，有相之道[16]。
茀厥丰草，种之黄茂[17]。
实方实苞，实种实褎，
实发实秀，实坚实好，
实颖实栗[18]。即有邰家室[19]。

诞降嘉种：维秬维秠，
维穈维芑[20]。恒之秬秠，
是获是亩[21]。恒之穈芑，
是任是负，以归肇祀[22]。

诞我祀如何？或舂或揄，
或簸或蹂[23]。释之叟叟，
烝之浮浮[24]。载谋载惟，
取萧祭脂[25]。取羝以軷，
载燔载烈，以兴嗣岁[26]。

卬盛于豆，于豆于登，
其香始升[27]。上帝居歆，
胡臭亶时[28]。后稷肇祀，
庶无罪悔，以迄于今[29]。

大鸟后来飞走了，后稷这才呱呱啼。
哭声又长又洪亮，声音满路人称奇。

后稷才会地上爬，显得乖巧又聪明，
觅食吃饱有本领。不久就能种大豆，
豆苗苗壮很繁盛。种出谷子穗头垂，
麻麦茂盛叶儿青，瓜儿累累布蔓藤。

后稷耕田种地忙，助长五谷有门道。
拔去茂密的杂草，优质良种播种早。
种子渐白绽新芽，禾苗蹿出渐长高，
禾茎拔节穗结实，谷粒饱满成色好，
禾穗沉沉产量高。定居邰地乐陶陶。

上天仁慈赐良种：既有秬秠两黑黍，
又有红苗白苗谷。秬子秠子遍地生，
收割之后堆垄亩。穈子高粱遍地生，
扛着背着运回家，归来忙着祭先祖。

祭祀场面什么样？舂谷舀米着实忙，
然后搓米又扬糠。淘米叟叟声音响，
蒸饭热气向上扬。仔细考虑齐商量，
香蒿牛脂味芬芳。牵来公羊祭路神，
又烧又烤香气漾，祈求来年更兴旺。

我把祭肉盛碗中，木碗瓦盆都用上，
它那异香升屋梁。上帝安然来受享，
祭品气味确实香。后稷开创祭祀礼，
蒙神保佑无灾殃，至今仍是这个样。

[注释] 1 厥初:其初。生民:诞生周人的始祖。时:是。姜嫄:周人始祖后稷之母,帝喾之妻。 2 克:能够。禋、祀:古代祭天的一种礼仪,先燔柴升烟,再加牲体或玉帛于柴上焚烧。弗无子:除去无子的不祥。弗,通"祓",用斋戒沐浴等方法除灾求福。 3 履:践踏。武敏:足迹的拇指印。歆:心有所感的样子。攸:语气助词,无实义。介:通"祄",福佑。止:通"祉",神降福。 4 载:语气助词,无实义。震:通"娠",怀孕。夙:通"肃",肃敬,严肃。生、育:分娩,哺育。 5 诞:发语词。弥:满。厥:其。先生:始生子,第一胎。达:一说滑利。一说小羊。小羊为达,生如达之生,形容极易。6 坼(chè):裂开。副(pì):剖开,裂开。菑:同"灾"。赫:显示。 7 不宁:丕宁,大宁。不康:丕康,大康。居然:安然。 8 腓(féi):庇护。字:哺乳养育。 9 平林:平原上的林木。会:适逢,恰逢。 10 覆翼:用翅膀遮蔽、保护。 11 呱(gū):婴儿哭声。 12 实:是。覃(tán):长,悠长。讦(xū):大。载路:满路。 13 匍匐:手足着地爬行。岐、嶷(nì):形容幼年聪慧。就:求。口食:食物。 14 蓺(yì):种植。荏菽(rěnshū):大豆。旆旆(pèi):茂盛的样子。 15 禾役:禾穗,役,通"颖"。穟穟(suì):禾穗成熟下垂样子。幪幪(méng):茂盛的样子。瓞(dié):小瓜。唪唪(běng):结实累累的样子。16 穑:耕种五谷。相:助禾苗生长。道:方法。 17 莠(fú):拔除,清除。丰草:茂密的草。黄茂:丰美的谷物。 18 实:是。方:谷种开始露白。苞:谷种吐芽,苗将出未出时。种:谷种生出短苗。褎(yòu):禾苗渐渐长高。发:指禾茎舒发拔节。秀:禾初生穗结实。坚:指谷粒灌浆饱满。好:颜色美好。颖:指禾穗末梢下垂。栗:收获众多的样子。 19 即:往,到。有邰:古国名,姜姓,炎帝之后。周代后稷母姜嫄,为有邰氏女。故址在今陕西省武功县西南。有,词头。 20 降:赐给,给予。秬(jù):黑黍。秠(pī):一种黑黍,一壳二米。穈(mén):谷的一种,初生时叶纯赤,生三四叶后,赤青相间,七八叶后,色始纯青。芑:一种白苗的高粱。 21 恒:普遍。获:收割庄稼。亩:堆在田里。 22 任:挑起。负:背起。归:运回去。肇:开始。 23 舂(chōng):把东西放在石臼或乳钵里捣掉皮壳或捣碎。揄

(yóu):从臼中将舂好的米舀出。簸:用簸箕颠动米粮,扬去糠秕和灰尘。蹂:通"揉",用手来回擦或搓。　24　释:淘米。叟叟:淘米声。烝:用蒸汽加热。浮浮:热气上升的样子。　25　载:则。谋:计划。惟:思考,考虑。萧:香蒿。脂:牛油。　26　羝:公羊。軷(bá):祭路神。燔:火烧烤整只牲畜。烈:将肉或别的东西穿起来架在火上烤熟。兴:兴旺。嗣岁:来年,新岁。27　卬(áng):代词,表示第一人称,我。豆:古代盛肉或其他食品的器皿,形状像高脚盘。登:陶制食器,盛肉用。　28　居歆:安然享用。胡臭(xiù):浓重的芳香气味。胡,大。臭,香气。亶(dǎn)时:确实好。亶,确实。时,善,好。　29　肇:开创。庶:幸。

行苇

导读　这是一首写周王和族人燕饮、行射的诗。诗分四章,章八句。第一章以路旁芦苇柔嫩,勿使牛羊践履起兴,喻周王仁厚之心于草木尚如此,待骨肉兄弟当更亲爱。开篇即定下了宴席融洽欢乐的氛围。次章写热闹丰盛、礼仪周到的宴会。分别写了侍者摆筵、设席、授几的忙碌;主客酬酢的殷勤;菜肴的丰盛,烹调方式的多样;歌鼓演奏的热烈。第三章写行射,先后描绘了两次张弓、射箭、列座次的场面。末章写主人向长老敬酒祝福。诗歌场面描写相当成功,既有面有点,又写出了气氛,语言生动而富有感染力。

[原诗]

敦彼行苇,牛羊勿践履 ¹。
方苞方体,维叶泥泥 ²。
戚戚兄弟,莫远具尔 ³。
或肆之筵,或授之几 ⁴。

肆筵设席,授几有缉御 ⁵。
或献或酢,洗爵奠斝 ⁶。
醓醢以荐,或燔或炙 ⁷。
嘉殽脾臄,或歌或咢 ⁸。

敦弓既坚,四鍭既钧 ⁹;
舍矢既均,序宾以贤 ¹⁰。
敦弓既句,既挟四鍭 ¹¹。
四鍭如树,序宾以不侮 ¹²。

曾孙维主,酒醴维醹 ¹³;
酌以大斗,以祈黄耇 ¹⁴。
黄耇台背,以引以翼 ¹⁵。
寿考维祺,以介景福 ¹⁶。

[译诗]

路旁芦苇生得密,别让牛羊踩入地。
苇心含苞初成形,苇叶柔润颜色碧。
相亲相爱好兄弟,不要疏远要亲密。
于是摆上宴酒席,年长客人设茶几。

摆好酒菜铺上席,侍者轮番端上几。
主人敬酒宾客回,洗杯捧盏来回递。
两种肉酱端上席,烧肉烤肉香气溢。
牛胃牛舌味道美,唱歌击鼓人人喜。

彩色雕弓势强劲,四支利箭匀调习;
放手一箭就中的,胜者为贤列上席。
雕弓弓弦已拉紧,四支利箭发弦疾。
四箭中靶皆竖立,排列座次不轻鄙。

周之曾孙是主人,美酒醇厚有香气;
斟上美酒一大杯,敬祝老者寿无期。
黄发老人高寿者,帮扶他们显孝义。
年高长寿最吉利,祈求洪福顺心意。

[注释] 1 敦(tuán)彼:聚集的样子。行苇:路旁的芦苇。践履:踩踏。2 方:始,刚刚,才。苞:含苞未放的样子。体:已成形的样子。泥泥:柔润的样子。 3 戚戚:相亲相爱。远:疏远。具:通"俱",都。尔:通"迩",近。 4 或:则。肆:陈列,陈设。筵:酒席。几:小或矮的桌子。 5 设席:古人饮宴时铺设座席。缉御:侍者连续更替地侍候着。缉,连续。御,侍者。 6 献:古时特指主人向宾客敬酒。酢(zuò):客人用酒回敬主人。洗:洁。爵:古代青铜制酒器,三足。奠:放置。斝(jiǎ):古代青铜制的酒器,

圆口,三足。　**7** 醓(tǎn):带汁的肉酱。醢(hǎi):把肉剁成酱。燔(fán):烧肉。炙:烤肉。　**8** 脾:通"膍",牛胃,俗称牛百叶。臄(jué):牛舌头。咢(è):击鼓。　**9** 敦弓:雕饰之弓,为古代帝王所专用。镞(hóu):古代用于打猎的一种箭,金属箭头,后段以羽毛为饰。钧:调和均匀。　**10** 舍矢:放箭。均:中。序:排列宾客的位次。贤:射中多者为贤。　**11** 句:通"彀",张满弓。挟:指箭与弓弦相接。　**12** 如:而。树:竖立。箭射中靶子依然竖立着。侮:轻慢,不敬重。　**13** 醴:甜酒。醹(rú):(酒味)醇厚。　**14** 斗:盛酒器。黄耇(gǒu):年高长寿的人。　**15** 台背:指寿高的老人。引:引导。翼:辅助。　**16** 寿考:年高,长寿。祺:吉祥。介:祈求。景福:大福。

既醉

[导读]　这是周王祭祀祖先,祝官代表神主对主祭者周王的祝词。诗共八章。前两章总括后面六章,写公尸在庄严肃穆的祭礼中,感受主祭者进献美酒佳肴的诚敬并饱受其所具有的美好德泽,在欣然接受敬飨之时,回报以主祭者神赐的洪福。第三章为过渡段,先总提对君子的期许,再直接点出公尸,开启第四章以后公尸以美言嘉奖君子的具体内容。从尽孝、治家、多仆几个方面进行祝福。在艺术上,运用领字,如开篇的"既"字,以及半顶针修辞格,即上句末一字与下句的第二字重复是此诗的鲜明特色。

原诗

既醉以酒,既饱以德。
君子万年,介尔景福¹。

既醉以酒,尔殽既将²。
君子万年,介尔昭明³。

昭明有融,高朗令终⁴。
令终有俶,公尸嘉告⁵。

其告维何?笾豆静嘉⁶。
朋友攸摄,摄以威仪⁷。

威仪孔时,君子有孝子⁸。
孝子不匮,永锡尔类⁹。

其类维何?室家之壸¹⁰。
君子万年,永锡祚胤¹¹。

其胤维何?天被尔禄¹²。
君子万年,景命有仆¹³。

其仆维何?厘尔女士¹⁴。
厘尔女士,从以孙子¹⁵。

译诗

既畅饮甘醇美酒,又饱尝主人恩惠。
祝愿主人寿万年,赐您大福又大贵。

既畅饮甘醇美酒,又品尝美味佳肴。
祝愿主人寿万年,天赐前程多光耀。

前程远大又光明,美名显耀得善终。
善终自然当善始,神主吉言以相送。

神主吉言是什么?笾豆洁净又美好。
宾朋好友来助祭,祭礼隆重都称妙。

祭礼完美无差错,主人又尽孝子情。
孝子孝心不缺失,上天常赐好章程。

赐你章程是什么?发达家业的根本。
祝愿主人寿万年,天赐福运及子孙。

子孙后代怎么样?上天给您添福禄。
祝愿主人寿万年,天命所归神意附。

天命归附又如何?天赐才女做新娘。
天赐才女做新娘,生育子孙传代长。

注释 **1** 介:佐助。景福:大福。 **2** 将:美。 **3** 昭明:光明。 **4** 有融:即"融融",盛大永长。高朗:高明的声誉。令终:美好的结局。 **5** 俶(chù):开始。公尸:古代代替死者受祭的活人,称为尸。祖先是君主,故称公尸。嘉告:好话。指祝官代表尸向主祭者致嘏辞(赐福之辞)。 **6** 笾(biān)豆:古代祭祀或宴会时常用的两种器具。笾用竹制,豆用木制。静嘉:洁净美好。　**7** 攸:语气助词,无实义。摄:辅助。威仪:古代祭享等典礼中的动作仪节及待人接物的礼仪。　**8** 孔时:很好。时,善,嘉。有:又。**9** 不匮:不竭,不缺乏。锡:赐。类:法则。　**10** 壸(kǔn):本指宫中道路,引申为齐家。　**11** 祚胤(zuòyìn):福运及于后代子孙。祚,福。胤,后代。**12** 被:盖,遮覆,加。　**13** 景命:大命。仆:附着,附属。　**14** 厘:通"赉",赐予。女士:有士人操行的女性。　**15** 从以:随之以。孙子:即子孙。

凫鹥

[导读]　这是周王祭祖次日,行宾尸之礼请其赴宴时所唱的诗。诗共五章,各章前两句均以凫鹥的位置起兴,凫鹥"在泾""在沙""在渚""在潨""在亹",比喻公尸之祭祀与所在,写出了凫鹥的悠游自在以及"公尸来燕"的各种欢愉神态。中间两句补充描述公尸接受燕饮的详情;最后两句则总结公尸接受燕饮后,所传达的祝报之义。全诗在形式上具有整齐之美,但又能在细节描写中穿插些微变化,显出灵动之美。

[原诗]

凫鹥在泾,公尸来燕来宁[1]。
尔酒既清,尔殽既馨[2]。
公尸燕饮,福禄来成[3]。

凫鹥在沙,公尸来燕来宜[4]。
尔酒既多,尔殽既嘉。
公尸燕饮,福禄来为[5]。

[译诗]

野鸭沙鸥在河中,公尸赴宴很宽心。
你的美酒清又亮,你的菜肴香喷喷。
公侯之尸来宴饮,神灵保佑福禄临。

野鸭沙鸥在河滩,公尸赴宴很舒心。
你的美酒好又多,你的菜肴鲜又新。
公侯之尸来宴饮,神灵相助福禄临。

凫鹥在渚,公尸来燕来处⁶。　野鸭沙鸥在河洲,公尸赴宴心欢乐。
尔酒既湑,尔殽伊脯⁷。　你的美酒亮又清,你的肉干软又多。
公尸燕饮,福禄来下⁸。　公侯之尸来宴饮,神灵相助福禄临。

凫鹥在潨,公尸来燕来宗⁹。　野鸭沙鸥在河汊,公尸赴宴尊敬他。
既燕于宗,福禄攸降¹⁰。　设宴摆席在宗庙,福禄就在那降下。
公尸燕饮,福禄来崇¹¹。　公侯之尸来宴饮,福禄绵绵到你家。

凫鹥在亹,公尸来止熏熏¹²。　野鸭沙鸥在峡口,公尸赴宴心欢欣。
旨酒欣欣,燔炙芬芬¹³。　美酒甘甜又醇香,佳肴味美好诱人。
公尸燕饮,无有后艰¹⁴。　公侯之尸来宴饮,今后无难无不幸。

【注释】 1 凫:野鸭。鹥(yī):沙鸥。泾:直流之水。公:君。尸:祭祀时代表死者受祭的活人。祖先是君主,故称公尸。燕:同"宴",宴饮。宁:安慰。 2 馨:芳香,散布很远的香气。 3 来成:前来成就。 4 沙:水边沙滩。宜:安适。 5 为:助。 6 渚:水中的小洲。处:安乐。 7 湑(xǔ):(酒)滤去渣滓而变清。脯(fǔ):肉干。 8 下:降临。 9 潨(cóng):小水流入大水,亦指众水汇合处。宗:尊敬。 10 宗:宗庙。 11 崇:重,指重重的福禄。 12 亹(mén):山峡中两岸相对如门之处。熏熏:欢欣的样子。 13 欣欣:香味四溢。燔炙:指烤肉,亦泛指佳肴。 14 艰:艰难,不幸。

假乐

[导读] 这是群臣称颂赞美周王的诗。全诗四章,第一章开门见山地赞扬周王"显显令德"的德行品格以及能顺应民意、受天之福。第二章赞美周王德荫子孙,不忘旧典。第三章赞美周王的仪容和政令,成为万民"纲纪"。末章写周王宴饮群臣,得到群臣亲近爱戴,周王不懈于位,因而使万民安居乐业。全诗围绕德、章、纲、位四个方面热诚地歌颂了周王,情真意切。

[原诗]

假乐君子,显显令德[1]。
宜民宜人,受禄于天[2]。
保右命之,自天申之[3]。

干禄百福,子孙千亿[4]。
穆穆皇皇,宜君宜王[5]。
不愆不忘,率由旧章[6]。

威仪抑抑,德音秩秩[7]。
无怨无恶,率由群匹[8]。
受福无疆,四方之纲[9]。

之纲之纪,燕及朋友[10]。
百辟卿士,媚于天子[11]。
不解于位,民之攸墍[12]。

[译诗]

令人敬爱的周王,品德昭明又高尚。
德合庶民与贵族,福禄全由上天降。
上帝下令多保佑,多赐福禄国兴旺。

千重厚禄百重福,子子孙孙数难量。
个个正派又坦荡,为君为王理应当。
没有过错不忘本,遵循先祖旧典章。

仪容美好而端庄,政教法令很谐畅。
无人怨恨与厌恶,遵从群臣好声望。
受天福禄无穷尽,四方以您为法纲。

四方以您为法纲,宴请朋友合众望。
诸侯卿士都参加,爱戴君王齐颂扬。
勤于职守不懈怠,万民安居国祚长。

[注释] **1** 假:通"嘉",赞美,嘉许。乐:爱悦。显显:鲜明的样子。令德:

美德。　2 宜:适合。民:庶民。人:指在位的贵族。　3 保右:即保佑。申:反复,重复。　4 干:宜作"千"。　5 穆穆:端庄恭敬的样子。皇皇:光明的样子。　6 愆:罪过,过失。率由:遵循,沿用。旧章:昔日的典章。7 抑抑:通"懿懿",美好的样子。德音:此指政教法令。秩秩:有条不紊。8 群匹:众臣。　9 纲:法则。　10 之:这。燕:同"宴",宴饮,宴请。11 百辟:诸侯。卿士:泛指文武大臣。媚:爱,喜爱。　12 解:通"懈"。塈(jì):休息。

公刘

[导读]　这是一首歌颂公刘由邰迁到豳,开疆创业的诗。诗共六章,均以"笃公刘"发端,表达了对公刘的赞叹之情。第一章写公刘率民出发前的准备,后几章依次写公刘到达豳地后划分疆域、勘察地形、测量土地以定种植、居住、养殖等事情,在人物行动中展示了当时的社会风貌。另外,诗歌在具体的场景中刻画了公刘这一人物形象,他深谋远虑、有杰出的领导才能、深受人民的爱戴和敬仰。

[原诗]

笃公刘,匪居匪康 ¹。
乃埸乃疆,乃积乃仓 ²。
乃裹糇粮,于橐于囊 ³。
思辑用光,弓矢斯张 ⁴。
干戈戚扬,爰方启行 ⁵。

[译诗]

诚实厚道的公刘,不图安逸享安康。
整治田地划田疆,粮食堆满内外仓。
远行前夕备干粮,装进小袋和背囊。
人民和睦争荣光,良弓利箭齐武装。
盾戟斧钺拿手上,开始启程去远方。

笃公刘，于胥斯原[6]。
既庶既繁，既顺乃宣，
而无永叹[7]。陟则在巘，
复降在原[8]。何以舟之？
维玉及瑶，鞞琫容刀[9]。

笃公刘，逝彼百泉，
瞻彼溥原[10]。乃陟南冈，
乃觏于京[11]。京师之野，
于时处处，于时庐旅[12]，
于时言言，于时语语[13]。

笃公刘，于京斯依[14]。
跄跄济济，俾筵俾几[15]。
既登乃依，乃造其曹[16]。
执豕于牢，酌之用匏[17]。
食之饮之，君之宗之[18]。

笃公刘，既溥既长。
既景乃冈，相其阴阳，
观其流泉[19]。其军三单，
度其隰原，彻田为粮[20]。
度其夕阳，豳居允荒[21]。

笃公刘，于豳斯馆[22]。
涉渭为乱，取厉取锻[23]。
止基乃理，爰众爰有[24]。
夹其皇涧，溯其过涧[25]。
止旅乃密，芮鞫之即[26]。

诚实厚道的公刘，前往平原视察忙。
百姓众多紧跟随，民心归顺心舒畅，
没有悲伤和长叹。观察地势上山冈，
转眼下到平原上。身上佩带为何物？
美玉美石真漂亮，玉饰刀鞘明晃晃。

诚实厚道的公刘，前往汪汪泉水旁，
视察平原宽又广。于是登上南山冈，
发现豳是好地方。京城郊外好肥沃，
在此定居建新邦，于是开始造新房，
又说又笑喜洋洋，又笑又说闹嚷嚷。

诚实厚道的公刘，定居京师以生息。
群臣众多有威仪，延请他们入宴席。
座席依几安排毕，先把猪神来拜祭。
圈里捉猪做佳肴，匏樽斟酒礼数齐。
酒醉饭饱皆欢喜，共推公刘主社稷。

诚实厚道的公刘，开垦地头广又长。
既测日影又上山，观察山冈阴和阳，
查明水源和流向。组织军队分三班，
低湿之地测量好，开垦田地来种粮。
又到山西去测量，豳地确实大又广。

诚实厚道的公刘，豳原之地扩宫室。
横流渡过那渭水，取来砺石和锻石。
基地既定治田地，富庶民众纷沓至。
皇涧两岸人住下，面向过涧很舒适。
定居寄居人口密，芮鞫两岸户滋殖。

[注释] 1 笃:忠实厚道。公刘:古代周族的领袖,传为后稷的曾孙,他迁徙豳地定居,不贪享受,致力于发展农业生产。匪:不。居、康:安康,安乐。 2 场(yì):田界。疆:划分田地的界限。积:露天堆积粮食的地方。仓:收藏谷物的仓库。 3 糇(hóu)粮:干粮。橐(tuó)囊:盛粮食的口袋。小而有底曰橐,大而无底曰囊。 4 思:发语词,无实义。辑:和,和睦。用:以。光:光荣。斯:语气助词。张:准备好。 5 干:盾牌。戈:平头戟。戚:古代兵器,像斧。扬:钺,像斧,比斧大。爰:于是。方:始。启行:动身,启程。 6 胥:察看。斯原:这里的原野。 7 既:太,甚。庶、繁:众多。顺:民心归顺。宣:舒畅。永叹:长久叹息。 8 陟:登高。巘(yǎn):小山。9 舟:佩带。瑶:似玉的美石。鞞(bǐng):刀鞘。琫(běng):刀鞘上的装饰物。容刀:作装饰用的佩刀。 10 逝:往。百泉:泉水多的地方。瞻:视察。溥:广大。 11 觏(gòu):看见。京:指豳的地名。 12 京师:京城。野:郊外。于时:于是,在此。处处:定居,安居。庐旅:寄居。 13 言言:欢言。语语:笑语。 14 斯:是。依:定居。 15 跄跄济济:形容步趋有节,多而整齐的样子。俾:使。筵:铺在地上供人坐的垫底的竹席。几:席地而坐时有靠背的坐具。 16 造:告祭。曹:祭猪神。 17 牢:养猪的圈。酌:斟酒。匏:葫芦的一种,一分为二地剖开,可做酒器。 18 君、宗:推为君主、族主。 19 景:"影"的古字,根据日影测定方位。冈:登上山冈察地形。相:观察。阴阳:指山之南北。山南为阳,山北为阴。 20 三单:周代分军为三,以一军服役,他军轮换。单,轮流值班。度:测量。隰(xí)原:低湿之地。彻田:垦治田地。 21 夕阳:指山的西面。允:确实,果真。荒:广大。 22 馆:营建宫室房舍。 23 渭:水名,源出甘肃省,流入陕西省,汇泾水入黄河。为:而。乱:横流而渡。取:采取。厉:"砺"的古字,磨刀石。锻:锻铁用的砧石。 24 止:既。基:基地。理:治理。众、有:形容人多且富有。 25 皇涧:涧名。源出甘肃省,西南流入泾河。溯:面向。过涧:涧名。 26 止:居住。旅:寄居。密:密集,众多。芮鞫(ruìjū):指水湾。水湾之内称芮,水湾之外称鞫。之:是。即:就。

洞酌

[导读] 这是一首歌颂统治者得民心而为其亲附的诗。诗仅三章,每章均以远方流潦之水起兴,以舀来之水可以蒸黍稷,洗酒壶、酒樽,喻周王或诸侯能够关爱人民自然会得到人民的拥护。诗巧妙设喻,也颇含劝诫之旨。

[原诗]

洞酌彼行潦,挹彼注兹,
可以餴饎[1]。岂弟君子,
民之父母[2]。

洞酌彼行潦,挹彼注兹,
可以濯罍[3]。岂弟君子,
民之攸归[4]。

洞酌彼行潦,挹彼注兹,
可以濯溉[5]。岂弟君子,
民之攸墍[6]。

[译诗]

远行去把积水汲,舀回注入盛水器,
可以做饭蒸黍稷。和乐平易的君子,
为民父母顺民意。

远行去把积水汲,舀回注入盛水器,
可以把那酒壶洗。和乐平易的君子,
百姓一心想归依。

远行去把积水汲,舀回注入盛水器,
可以把那酒樽洗。和乐平易的君子,
万民所安万民息。

[注释] 1 洞(jiǒng):远。行潦:路边的积水。挹:舀出。注:灌入。兹:此,指盛水的器皿。餴(fēn):蒸饭。饎(chì):炊黍稷。一说酒食。 2 岂弟(kǎitì):和乐平易。 3 濯(zhuó):洗。罍(léi):古代一种盛酒的容器。 4 攸:所。归:归附。 5 溉:通"概",漆饰酒樽。 6 墍(jì):休息,归附。

卷阿

[导读] 这是一首记周王出游并对其歌功颂德的诗。诗共十章。第一章交代出游地点、时间及人物,领起全诗。第二至六章写周王无拘无束出游的原因:一是周室版图广大,疆域辽阔;二是周王和乐平易,勤于政事;三是贤才良士尽心辅佐,反衬周王有厚德。第七至九章以比喻的手法总括上文对周王的赞美。末章写出游的车马之盛以及群臣争相献诗的情景。诗歌结构完整,首尾呼应,运用比喻,如以凤凰百鸟喻周王贤臣,自然贴切。

[原诗]

有卷者阿,飘风自南¹。
岂弟君子,来游来歌,
以矢其音²。

伴奂尔游矣,优游尔休矣³。
岂弟君子,俾尔弥尔性,
似先公酋矣⁴。

尔土宇昄章,亦孔之厚矣⁵。
岂弟君子,俾尔弥尔性,
百神尔主矣⁶。

尔受命长矣,茀禄尔康矣⁷。
岂弟君子,俾尔弥尔性,
纯嘏尔常矣⁸。

有冯有翼,有孝有德,

[译诗]

蜿蜒曲折大山陵,旋风南来很强劲。
和乐平易的君子,至此游玩且歌行,
大家献诗抒心声。

闲逸自在您出游,悠闲自得您歇休。
和乐平易的君子,使你善性持长久,
继承祖业功千秋。

你的疆土和版图,宽广辽阔望无际。
和乐平易的君子,使你善性长久立,
众神由您来主祭。

你受天命长且久,福禄康宁都享有。
和乐平易的君子,使你善性持长久,
大福厚禄长享受。

贤才良士辅佐您,品德高尚有名望,

以引以翼⁹。岂弟君子，
四方为则¹⁰。

引导辅助在君旁。和乐平易的君子，
天下万民好榜样。

颙颙卬卬，如圭如璋，
令闻令望¹¹。岂弟君子，
四方为纲¹²。

贤臣庄重志气昂，品德高贵如圭璋，
美名赞誉传四方。和乐平易的君子，
天下万民好榜样。

凤皇于飞，翙翙其羽，
亦集爰止¹³。蔼蔼王多吉士，
维君子使，媚于天子¹⁴。

翩翩飞来一凤凰，众鸟相随展翼翔，
凤凰栖止百鸟傍。贤士荟萃周王旁，
任君驱使为智囊，爱戴天子忠家邦。

凤皇于飞，翙翙其羽，
亦傅于天¹⁵。蔼蔼王多吉人，
维君子命，媚于庶人¹⁶。

翩翩飞来一凤凰，众鸟相随展翼翔，
上摩青天凌云扬。贤士荟萃周王旁，
听您命令不彷徨，爱护百姓好声望。

凤皇鸣矣，于彼高冈。
梧桐生矣，于彼朝阳¹⁷。
菶菶萋萋，雍雍喈喈¹⁸。

凤凰鸣叫示瑞祥，栖停在那高山冈。
碧绿梧桐向阳长，生在高冈东面上。
枝叶茂盛郁苍苍，凤凰和鸣声悠扬。

君子之车，既庶且多¹⁹。
君子之马，既闲且驰²⁰。
矢诗不多，维以遂歌²¹。

周王君子备大车，车子既多又华奢。
周王君子备骏马，熟练疾驰很谐和。
群贤陈诗真是多，为答周王以作歌。

[注释] 1 卷(quán)：卷曲。阿：大的山陵，大的土山。飘风：旋风，暴风。
2 岂弟(kǎitì)：和乐平易。矢：陈列。 3 伴奂：闲逸自在的样子。优游：
悠闲自得。 4 俾：使。尔：周天子。弥：终，尽。性：本性，善性。似：通
"嗣"，继承。先公：对天子、诸侯祖先的尊称。酋：成功，功业。 5 土宇：
疆土，国土。昄章：版图。昄，通"版"。孔：非常。厚：广大辽阔。 6 百神：
各种神灵。主：主祭。 7 受命：受天之命。茀(fú)禄：福禄。茀，通"福"。

康:康宁,康泰。　**8** 纯嘏(gǔ):大福。常:长久。　**9** 冯:辅。翼:助。引:引导。　**10** 四方:天下。则:榜样。　**11** 颙颙(yóng):庄重肃敬的样子。卬卬(áng):气宇轩昂的样子。圭、璋:两种贵重的玉制礼器,比喻高尚的品德。令:美好。　**12** 纲:纲维,法度。　**13** 凤皇:即凤凰。翙翙(huì):众多。羽:鸟类。集:鸟类群栖在树上。爰止:指凤凰所停止的地方。爰,于。　**14** 蔼蔼:众多的样子。吉士:善士,贤人。维:是。媚:喜爱,爱戴。　**15** 傅:靠近,迫近。　**16** 吉人:同吉士。庶人:平民,百姓。　**17** 朝阳:山的东面。　**18** 菶菶(běng)萋萋:草木茂盛的样子。雍雍(yōng)喈喈(jiē):鸟和鸣的样子。　**19** 哆:通"侈",车饰侈丽。　**20** 闲:熟练。　**21** 矢诗:陈诗。不:语气助词,无实义。遂:对,答。

民劳

[导读]　这是一首劝告厉王安民防奸的诗。诗共五章,每章皆以"民亦劳止"起始,反映了西周末年民不堪命的现实情景。诗中对统治集团的残暴、丑恶和欺诈行为做了无情的揭露,对人民的苦难与不幸寄予了一定的同情。诗人对执政者从恤民、保京、防奸、止乱几个方面谆谆告诫并寄予希望。

[原诗]

民亦劳止,汔可小康¹。
惠此中国,以绥四方²。
无纵诡随,以谨无良³。

[译诗]

百姓劳苦心愿微,只求稍稍得安康。
惠爱京师老百姓,以安四方诸侯邦。
切莫盲从奸佞辈,无良之人要提防。

式遏寇虐，憯不畏明⁴。 过止残贼凶暴者，不畏国法竟张狂。

柔远能迩，以定我王⁵。 亲善近邻抚远邦，以固国基保我王。

民亦劳止，汔可小休⁶。 百姓劳苦心愿微，只求稍稍得休闲。

惠此中国，以为民逑⁷。 惠爱京师老百姓，安居乐业人人欢。

无纵诡随，以谨惛怓⁸。 切莫盲从奸佞辈，警惕纷争政昏乱。

式遏寇虐，无俾民忧⁹。 过止残贼凶暴者，莫使人民心忧烦。

无弃尔劳，以为王休¹⁰。 切莫抛弃你功劳，以行善政使王安。

民亦劳止，汔可小息¹¹。 百姓劳苦心愿微，只求暂时得休息。

惠此京师，以绥四国¹²。 惠爱京师老百姓，安抚四方边鄙地。

无纵诡随，以谨罔极¹³。 切莫盲从奸佞辈，警惕政乱无法纪。

式遏寇虐，无俾作慝¹⁴。 过止残贼凶暴者，不要作恶太得意。

敬慎威仪，以近有德¹⁵。 恭敬谨慎重容仪，常与贤士多亲密。

民亦劳止，汔可小愒¹⁶。 百姓劳苦心愿微，只求暂时得歇息。

惠此中国，俾民忧泄¹⁷。 惠爱京师老百姓，使民除去忧与戚。

无纵诡随，以谨丑厉¹⁸。 切莫盲从奸佞辈，警惕丑类趁乱起。

式遏寇虐，无俾正败¹⁹。 过止残贼凶暴者，莫使政坏又萎靡。

戎虽小子，而式弘大²⁰。 你虽是个年轻人，作用巨大无人及。

民亦劳止，汔可小安²¹。 百姓劳苦心愿微，只求可以略平安。

惠此中国，国无有残²²。 惠爱京师老百姓，国家安定免摧残。

无纵诡随，以谨缱绻²³。 切莫盲从奸佞辈，警惕结党造祸乱。

式遏寇虐，无俾正反²⁴。 过止残贼凶暴者，莫使政倾蒙灾难。

王欲玉女，是用大谏²⁵。 王啊我想爱护你，因此竭力来规劝。

注释 1 止：语气助词，无实义。汔(qì)：庶几。小康：稍微安康。 2 惠：

爱。中国:京师。绥:安。四方:四方诸侯之国。　3 无:勿,不。纵:听从。
诡随:不顾是非而妄随人意的人。谨:谨慎,小心。　4 式:句首语气词,
无实义。遏:阻止。寇虐:残贼凶暴之人。憯(cǎn):竟然。畏明:畏惧明
法。　5 柔远:安抚远人或远方邦国。能迩:能亲善邻国而与之和睦相处。
6 小休:稍得休息。　7 民逑:人民欢聚安居乐业。逑,聚合。　8 憪
恌(hūnnáo):喧哗争吵。　9 俾:使。　10 尔:指在位者。劳:功劳,功绩。休:
美好,美善。　11 小息:暂时休息。　12 四国:四方诸侯国。　13 罔极:
不中。罔,无。极,中。　14 作慝(tè):作恶。慝,恶。　15 敬慎:恭敬
谨慎。威仪:仪容举止。　16 小愒(qì):稍稍休息。　17 泄:发泄,消
除。　18 丑厉:丑恶之人。　19 正败:国政败坏。正,通"政"。　20 戎:
表示第二人称,相当于"你""你们"。小子:年轻人。式:作用。弘大:巨
大。　21 小安:略微平安。　22 残:害。　23 缱绻(qiǎnquǎn):固结
不解,此指结党营私。　24 正反:政事颠倒。　25 玉女:爱你。女,通
"汝"。是用:因此。大谏:竭力规劝。

板

[导读]　这是一首讽刺周厉王的诗。诗共八章,第一章开宗明义,说明作
诗劝谏的原因和目的。次章既承认周承天命,又强调天命对君王的制约。
第三、四章假托劝诫同僚向周王说明听取谏言的重要性。第五至七章提
出救治乱政的方法,即重视民心,救下民于水火,表现了诗人对人民的极
大关心和同情。末章呼应开篇,再次劝谏周厉王要敬畏天命。诗歌感情
激切,正言直说,诗人忧国忧民,拳拳之心跃然笔端。

原诗

上帝板板，下民卒瘅[1]！
出话不然，为犹不远[2]。
靡圣管管，不实于亶[3]。
犹之未远，是用大谏[4]！

天之方难，无然宪宪[5]。
天之方蹶，无然泄泄[6]。
辞之辑矣，民之洽矣[7]。
辞之怿矣，民之莫矣[8]。

我虽异事，及尔同寮[9]。
我即尔谋，听我嚣嚣[10]。
我言维服，勿以为笑[11]。
先民有言，询于刍荛[12]。

天之方虐，无然谑谑[13]。
老夫灌灌，小子蹻蹻[14]。
匪我言耄，尔用忧谑[15]。
多将熇熇，不可救药[16]。

天之方懠，无为夸毗[17]。
威仪卒迷，善人载尸[18]。
民之方殿屎，则莫我敢葵[19]。
丧乱蔑资，曾莫惠我师[20]。

天之牖民，如埙如篪[21]，
如璋如圭，如取如携[22]。

译诗

上帝乖戾多变端，百姓劳累多病患！
话儿说得不合理，筹谋政令不远瞻。
无视圣贤自决断，不讲诚信是非乱。
筹谋政令无远见，因此竭力来规劝。

老天正在降灾难，不要这样欣欣然。
老天正在降骚乱，不要这样喋喋言。
政令如果谐而缓，百姓齐心政自安。
政令如果散而乱，百姓自然遭忧患。

你我职务虽不同，却是官场的同僚。
我找你们来筹谋，不听善言神气傲。
我言切合治政道，切莫当作是玩笑。
古人有话说得好，应向樵夫去求教。

上天逞威正肆虐，不要忘形地喜乐。
老夫情真意恳切，小子傲慢很不屑。
不是我说糊涂话，你却将我来戏谑。
坏事都被你做绝，无药可救国将灭。

上天正在发脾气，不要逢迎随人意。
君臣礼节都乱套，贤良如尸将口闭。
人民呻吟又叹息，我今怎敢猜其意。
死丧祸乱财物尽，怎可安抚我民黎。

上天诱导我人民，吹奏埙篪声悠扬，
如执圭璋明又亮，如提如携来相帮。

携无曰益,牖民孔易 [23]。
民之多辟,无自立辟 [24]。

培育扶植不设防,因势利导很顺当。
如今人民多邪僻,自立法度用不上。

价人维藩,大师维垣,
大邦维屏,大宗维翰 [25]。
怀德维宁,宗子维城 [26]。
无俾城坏,无独斯畏 [27]。

善人好比篱笆桩,大众好比外围墙,
大国是那高屏障,同族就像那栋梁。
怀有德行国安宁,嫡子就是那城墙。
莫使城墙毁坏了,不要孤立自遭殃。

敬天之怒,无敢戏豫 [28]。
敬天之渝,无敢驰驱 [29]。
昊天曰明,及尔出王 [30]。
昊天曰旦,及尔游衍 [31]。

敬畏上天发脾气,不敢嬉戏太安逸。
敬畏上天变化疾,不敢放纵太恣意。
苍天如镜多明晰,与你出行去游历。
苍天如镜多明晰,与你纵情地游弋。

【注释】 1 上帝:指周厉王。板板:乖戾,反常。下民:百姓,人民。卒瘅 (cuìdàn):劳累多病。卒,通"瘁",劳累。 2 不然:不合理,不对。犹:通 "猷",计谋,谋划。不远:无远见。 3 靡:无。管管:无所凭依、自以为 是的样子。不实:不实行。亶:诚信。 4 是用:因此。大谏:竭力规劝。 5 方:正。难:灾难。无然:不要这样。宪宪:欣欣,喜悦的样子。 6 蹶: 动乱,扰乱。泄泄(yì):喋喋多言。 7 辞:政治教令。辑:和缓协调。洽: 和谐团结。 8 怿:通"致",败坏。莫:通"瘼",病,疾苦。 9 异事:职 司不同。及:与,和。同寮:即同僚,同朝或同官署做官的人。寮,百官,官吏。 后多作"僚"。 10 即:就。谋:商量。嚣嚣(áo):傲慢的样子。 11 维: 是。服:用,治。笑:戏言,笑谈。 12 先民:古代贤人。询:问,征求意见。 刍荛(chúráo):割草采薪之人。 13 虐:凶恶,残暴。谑谑(xuè):喜乐的 样子。 14 老夫:老人,诗人的自称。灌灌:情意恳切的样子。小子:指 周厉王。蹻蹻(jué):骄傲无礼的样子。 15 匪:非。耄(mào):昏乱糊 涂。忧谑:戏谑。 16 熇熇(hè):炽盛的样子。 17 懠(qí):愤怒。夸毗：以谄谀、卑屈取媚于人。　**18** 威仪：君臣间的礼节。卒：尽。迷：迷乱。善人：贤良的人。载：则。尸：祭祀时代表死者受祭的人,终祭不言。**19** 殿屎(xī)：愁苦呻吟。葵：通"揆",审度。　**20** 蔑：无,没有。资：财产,财货。曾：怎。惠：施恩。师：民众。　**21** 牖民：诱导人民。牖,通"诱"。埙：古代用陶土烧制的一种吹奏乐器,圆形或椭圆形,有六孔,亦称陶埙。篪(chí)：古代一种用竹管制成像笛子一样的乐器,有八孔。　**22** 璋、圭：两种贵重的玉制礼器。携：提。　**23** 曰：语气助词,无实义。益：通"隘",阻碍。孔：甚,很。　**24** 多辟：多邪僻。辟,通"僻"。立辟：立法。辟,法律,法度。　**25** 价人：善人。维：是。藩：篱笆。大师：大众。垣：墙。大邦：大国。屏：屏障。大宗：周王同姓的宗族。翰：通"干",草木的茎干,引申为骨干、栋梁。　**26** 怀德：怀有德行。宁：国家安宁。宗子：周王的嫡长子。　**27** 独：孤独。斯：此,这。畏：怕。　**28** 敬：敬畏。戏豫：嬉戏安逸。**29** 渝：改变。驰驱：放纵自恣。　**30** 昊天：苍天。曰：语气助词,无实义。明：光明。出王：出行。王,通"往"。　**31** 旦：犹"明"。游衍：恣意游逛。

荡

导读　这是一首讽刺厉王无道的诗。诗共八章,章八句。第一章揭示上帝"荡"和"疾威"的特点,提纲挈领。后七章均以"文王曰咨"起笔,假托文王慨叹纣王无道的方方面面。第二章斥责纣王重用贪暴之臣。第三章展现贤良遭摒、祸乱横生的局面。第四章讥刺王刚愎自用、恣意妄为,必招大难。第五章讥刺纣王纵酒败德。第六章指出国人对纣王的怨怒已由国内蔓延至荒远之国。末二章对纣王的错误再作申说。全诗构思奇特,明是托为文王叹纣之词,实则"托商以陈刺"斥责厉王,寓意深刻,振聋发聩。

[原诗]

荡荡上帝,下民之辟[1]。
疾威上帝,其命多辟[2]。
天生烝民,其命匪谌[3]。
靡不有初,鲜克有终[4]。

文王曰咨,咨女殷商[5]!
曾是强御,曾是掊克,
曾是在位,曾是在服[6]。
天降滔德,女兴是力[7]。

文王曰咨,咨女殷商!
而秉义类,强御多怼[8]。
流言以对,寇攘式内[9]。
侯作侯祝,靡届靡究[10]。

文王曰咨,咨女殷商!
女炰烋于中国,敛怨以为德[11]。
不明尔德,时无背无侧[12]。
尔德不明,以无陪无卿[13]。

文王曰咨,咨女殷商!
天不湎尔以酒,不义从式[14]。
既愆尔止,靡明靡晦[15]。
式号式呼,俾昼作夜[16]。

[译诗]

上帝骄纵又放荡,他是百姓的君王。
上帝贪心又暴戾,他的政令太反常。
上天生养众百姓,政令多变无信讲。
万事开头都不错,却都少有好收场。

文王一声长叹息,可怜可叹那殷商!
竟然这么多强梁,竟然暴敛又贪赃,
竟然身居高位上,有权有势竟称王。
天降放纵不法徒,为非作歹助邪长。

文王一声长叹息,可怜可叹那殷商!
你若任用善良辈,豪强之徒多怨怅。
流言蜚语道短长,强横侵扰在朝堂。
诅咒贤士害忠良,无尽无休造祸殃。

文王一声长叹息,可怜可叹那殷商!
嚣张跋扈在京师,多行不义自标榜。
你们没有识人智,不辨叛臣与忠良。
你们没有知人明,不知公卿谁能当。

文王一声长叹息,可怜可叹那殷商!
上天未让你酗酒,不宜纵酒而发狂。
行为容止已失当,不分白天和晚上。
大呼小叫不像样,日夜颠倒政事荒。

文王曰咨，咨女殷商！
如蜩如螗，如沸如羹[17]。
小大近丧，人尚乎由行[18]。
内奰于中国，覃及鬼方[19]。

文王曰咨，咨女殷商！
匪上帝不时，殷不用旧[20]。
虽无老成人，尚有典刑[21]。
曾是莫听，大命以倾[22]。

文王曰咨，咨女殷商！
人亦有言：颠沛之揭，
枝叶未有害，本实先拨[23]。
殷鉴不远，在夏后之世[24]。

文王一声长叹息，可怜可叹那殷商！
朝政纷乱如蝉嚷，社会动荡如沸汤。
大小政事近败亡，你却还是照老样。
京师人民怨怒盛，怒火蔓延及远方。

文王一声长叹息，可怜可叹那殷商！
不是上帝不善良，是你不用旧典章。
虽无旧臣在身旁，还有成法可依傍。
竟然如此不听劝，天命倾覆国将亡。

文王一声长叹息，可怜可叹那殷商！
前人有话不可忘：大树倒伏根必扬，
枝叶看似没有伤，实际树根已枯亡。
殷商借鉴并不远，应知夏桀啥下场。

注释 1 荡荡：恣纵、无所约束的样子。上帝：指周王。下民：百姓，人民。辟：君主。 2 疾威：暴虐，威虐。多辟：多邪僻。辟，通"僻"。 3 炽：众多。匪谌：不诚，不守信用。谌，诚。 4 靡：无。鲜：少。克：能。 5 咨：叹息声。女：通"汝"。 6 曾：竟然。是：如此，这样。强御：强横凶暴。掊(póu)克：聚敛，搜括。在位：居于君主之位。在服：在职，居官。 7 滔：放纵，傲慢。女：通"汝"，指不法之臣。 8 而：通"尔"，你。秉：操持，用。义类：善类。强御：豪强，有权势的人。怼：怨恨。 9 流言：没有根据的话。寇攘：劫掠，侵扰。式：于，在。内：指朝廷内。 10 侯：有。作：诅。祝：通"咒"。靡：没有。究：穷。 11 炰烋(páoxiāo)：猛兽怒吼，此形容人嚣张或暴怒。敛：聚集。怨：可恨之人。 12 不明：没有知人之明、不辨善恶。时：所以。无背无侧：不能辨清背叛倾仄之人。 13 陪：辅佐。卿：卿大夫。 14 湎(miǎn)：沉迷。义：宜。从：通"纵"，放纵。式：用。 15 愆(qiān)：罪过，过失。止:容止。晦:夜晚。 **16** 式:句首语气词,无实义。俾昼作夜:把白昼当作夜晚,指不分昼夜地寻欢作乐。 **17** 蜩(tiáo):蝉。螗(táng):一种较小的蝉。沸:沸腾的水。羹:菜汤。 **18** 小大:指大小事。丧:失败。人:指周厉王。由行:照老样子做。 **19** 嘒(bì):怒。覃:延及。鬼方:远方。 **20** 不时:不善。旧:旧的典章制度。 **21** 老成人:旧臣。尚:还。典刑:旧的法度。 **22** 曾是:竟然如此。大命:天命。一说国家命运。 **23** 颠沛:倾倒,此指树木倒下。揭:高举,此指树根翻起。拨:败。 **24** 鉴:古代用来盛水或冰的青铜大盆,此指教训、警诫。夏后:指夏桀。

抑

[导读] 这是一首老臣劝告、讽刺周王的诗。诗共十二章。前三章陈说"靡哲不愚"的普遍道理,从求贤、立德的重要性以及失德的诸种表现作正反两方面的规劝讽谏。第四至九章进一步申述君王该为和不该为之事,特别在对待臣民的礼节态度、出言的谨慎不苟上反复诉说。末三章用"於乎小子"的呼告语气,警告周王当听从箴规,否则有亡国之祸。诗歌结构完整,厚重典雅,情感忧愤急切,语言精练,富有哲理意味,催人警醒。

[原诗]

抑抑威仪,维德之隅[1]。
人亦有言:靡哲不愚[2]。
庶人之愚,亦职维疾[3]。
哲人之愚,亦维斯戾[4]。

[译诗]

仪容严肃且端庄,品行方正又高尚。
有句俗话这样讲:智者无不像愚氓。
常人如果不聪明,是因缺点的影响。
智者如果不聪明,那可真是很反常。

无竞维人，四方其训之 [5]。
有觉德行，四国顺之 [6]。
讦谟定命，远犹辰告 [7]。
敬慎威仪，维民之则 [8]。

其在于今，兴迷乱于政 [9]。
颠覆厥德，荒湛于酒 [10]。
女虽湛乐从，弗念厥绍 [11]。
罔敷求先王，克共明刑 [12]？

肆皇天弗尚，如彼泉流，
无沦胥以亡 [13]。夙兴夜寐，
洒扫庭内，维民之章 [14]。
修尔车马，弓矢戎兵，
用戒戎作，用逷蛮方 [15]。

质尔人民，谨尔侯度，
用戒不虞 [16]。慎尔出话，
敬尔威仪，无不柔嘉 [17]。
白圭之玷，尚可磨也 [18]；
斯言之玷，不可为也 [19]！

无易由言，无曰苟矣，
莫扪朕舌，言不可逝矣 [20]。
无言不雠，无德不报 [21]。
惠于朋友，庶民小子 [22]。
子孙绳绳，万民靡不承 [23]。

视尔友君子，辑柔尔颜，

国力强盛重贤良，四方顺服疆域广。
德行方正又直爽，四国归顺都敬仰。
建国大计定法令，远谋按时告国邦。
行为举止要恭谨，人民以此为榜样。

其人处在当今世，朝政昏聩胡乱来。
你的品德已败坏，沉湎美酒不悔改。
你迷酒色和逸乐，不思祖业怎么来。
先王治道不广求，明法如何作安排？

上苍不再来佑助，如那泉水空流去，
君臣相率要亡卒。早起晚睡勤忙碌，
里外洒扫除尘土，为民表率立法度。
修好你的车和马，备好弓箭和军服，
为防战事准备足，要将南蛮来铲除。

好好安定老百姓，恭谨遵守好法度，
戒慎祸乱备不虞。说话开口要慎重，
仪表举止要端肃，处处妥善又和睦。
白玉上面一点污，尚可研磨而去除；
话语如果被玷污，无法把它收回去。

不要轻率就发言，莫说这是说着玩，
没人把我舌头钳，话既说出难回返。
口出良言有人应，施德总能得恩典。
仁爱朋友及群臣，百姓子弟同等看。
子孙世代不断绝，万民顺服保平安。

看你对待朋友们，神情温和又高兴，

不遐有愆 [24]。相在尔室，
尚不愧于屋漏 [25]。无曰不显，
莫予云觏 [26]。神之格思，
不可度思，矧可射思 [27]。

辟尔为德，俾臧俾嘉 [28]。
淑慎尔止，不愆于仪 [29]。
不僭不贼，鲜不为则 [30]。
投我以桃，报之以李。
彼童而角，实虹小子 [31]。

荏染柔木，言缗之丝 [32]。
温温恭人，维德之基 [33]。
其维哲人，告之话言，
顺德之行 [34]。其维愚人，
覆谓我僭，民各有心 [35]。

於乎小子，未知臧否 [36]。
匪手携之，言示之事 [37]。
匪面命之，言提其耳 [38]。
借曰未知，亦既抱子 [39]。
民之靡盈，谁夙知而莫成 [40]？

昊天孔昭，我生靡乐 [41]。
视尔梦梦，我心惨惨 [42]。
诲尔谆谆，听我藐藐 [43]。
匪用为教，覆用为虐 [44]。
借曰未知，亦聿既耄 [45]。

唯恐过失会发生。当你独处内室时，
不做坏事愧神明。不说这里光线暗，
没人能把我看清。神明随时会降临，
不可揣测其行踪，怎能厌弃不尊敬。

修明善德与懿行，使它美善又端正。
行为举止要谨慎，莫失礼仪的规定。
不犯过失不害人，很少不以为准绳。
别人投赠我甜桃，我用熟李来回敬。
无角公羊说生角，实是小子好欺哄。

又柔又韧好树木，装上丝弦成琴瑟。
宽厚谦恭的人啊，美好品德为内核。
如果你是聪明人，告你善言和嘉话，
顺从实行不打折。如果你是愚笨人，
反说是我错出格，人心各异多隔阂。

唉呀唉呀这小子，你真不分好和歹。
不但用手提携你，教你办事巧安排。
不但当面教导你，提你耳朵劝你改。
假如说你还无知，也已抱有自己孩。
人们如果不自满，哪会早慧晚成才？

辽阔苍天多光明，我生不乐真悲情。
看你糊涂昏聩样，我心愁闷难安宁。
曾经耐心教导你，你却轻视全不听。
不但不当成教令，反而当作是笑柄。
假如说你还无知，也已年老到高龄。

於乎小子,告尔旧止⁴⁶。　　唉呀唉呀这小子,让我告你旧典章。
听用我谋,庶无大悔⁴⁷。　　听从采用我主张,或少悔恨和忧伤。
天方艰难,曰丧厥国⁴⁸。　　时势艰难到这样,只怕国家要灭亡。
取譬不远,昊天不忒⁴⁹。　　我的比方不迂长,苍天赏罚不冤枉。
回遹其德,俾民大棘⁵⁰。　　如果邪僻性不改,就使百姓大遭殃。

注释　**1** 抑抑:缜密的样子。威仪:容止礼节。隅:角落。引申为方正。 **2** 哲:智者,聪明人。 **3** 庶人:一般人,众人。职:主要。维:是。疾:缺点,毛病。 **4** 斯:其。戾:违背,乖谬。 **5** 无:发语词,无实义。竞:强劲。维:由于。人:贤人。四方:四方诸侯之国。训:通"顺",顺服。 **6** 觉:通"梏",正直。 **7** 訏(xū):广大,远大。谟:计谋,策略。定命:审定法令。犹:通"猷",谋略。辰:按时,及时。告:告诫,宣告。 **8** 敬慎:恭敬谨慎。则:法则,标准。 **9** 兴:发语词,无实义。迷乱:昏乱。 **10** 颠覆:败坏。厥:其。荒湛(dān):沉湎。湛,逸乐无度。 **11** 女:汝。湛乐:过度逸乐。从:从事。弗:不。念:思。绍:继承先人传统。 **12** 罔:不。敷:广。克:能。共:通"供",执行。明刑:明法。刑,法。 **13** 肆:发语词,无实义。皇天:对天及天神的尊称。尚:佑,佑助。无:发语词,无实义。沦胥:相率牵连。沦,率。以:而。 **14** 夙兴夜寐:早起晚睡。洒扫:先洒水在地上浥湿灰尘,然后清扫。维:为。章:章法。 **15** 戎兵:军服和兵器。用:以。戒:准备。戎:战事。作:起。遏:治,除。蛮方:南蛮。 **16** 质:安定。俾:句中助词,无实义。度:法度。不虞:指意料不到的事。 **17** 话:言语或政令。柔嘉:柔和妥善。 **18** 玷(diàn):白玉上的斑点。 **19** 斯:其。 **20** 亡:不。易:轻率。由言:说话。苟:随便。扪朕舌:即握住舌头使不能说话。朕,我。逝:及,追。 **21** 雠(chóu):应答,对答。报:报答。 **22** 惠:仁爱。小子:平民百姓。 **23** 绳绳:众多、绵绵不绝的样子。承:顺承。 **24** 视:看待。友君子:朋友。辑柔:和顺,和悦。辑,和。柔,安。颜:神态,表情。不:

发语词,无实义。遐:何。愆(qiān):罪过,过失。 **25** 相:发语词。在尔室:即"尔在室"。屋漏:古代室内西北隅施设小帐,安藏神主,为人所不见的地方称作"屋漏"。 **26** 不显:不显明。莫:不。云:句中助词,无实义。觏:遇见,看见。 **27** 格:至。思:语气助词,无实义。度:揣测。矧(shěn):况且。射(yì):通"斁",讨厌,厌弃。 **28** 辟:修明。俾:使。臧、嘉:美善。**29** 淑慎:使和善谨慎。淑,善。止:行为举止。 **30** 僭(jiàn):差失,罪过。贼:害。鲜:少。则:法则。 **31** 童:牛羊等未生角或无角。而:以。虹:通"讧",惑乱。 **32** 荏(rěn)染:柔软的样子。柔木:质地柔韧之木,亦指可制琴瑟的桐、梓、椅、漆等木。言:语首助词,无实义。缗(mín):安装(弦)。丝:指琴、瑟、琵琶等弦乐器的弦。 **33** 温温:谦和的样子。恭人:宽厚谦恭的人。 **34** 话言:美善之言,有道理的话。 **35** 覆:反而。僭:错。**36** 臧否:好歹,善恶。 **37** 匪:非但。携:提携。言:发语词,无实义。示:指点。 **38** 面:当面。命:教导。提其耳:恳切教导。 **39** 借曰:假如说。未知:无知无识。抱子:生子。 **40** 民:人。靡盈:不盈,不自满。夙知:早知道,早慧。莫成:晚成。莫,"暮"的古字。 **41** 昊天:苍天。孔:很。昭:明。 **42** 梦梦:昏乱不明。惨惨:忧闷,忧愁。 **43** 谆谆(zhūn):耐心引导、恳切教诲的样子。藐藐:轻视而听不进去的样子。 **44** 虐:通"谑",戏谑,开玩笑。 **45** 聿(yù):发语词,无实义。耄(mào):年老。 **46** 旧:旧的典章制度。止:语气助词,无实义。 **47** 听用:听从并予采用或任用。庶:表示希望发生或出现某事,进行推测,但愿,或许。 **48** 天:天运,运道,时势。曰:发语词,无实义。 **49** 譬:比方。不忒:没有差错。 **50** 回遹:邪僻。大棘:巨大的灾难。棘,通"急"。

桑柔

导读 这是周朝大臣芮良夫讽刺厉王失政、好利而暴虐的诗。诗共十六章。前八章为第一部分,总说国家产生祸乱的原因。第一章以茂盛的桑树因捋采而变稀疏起兴,比喻百姓受掠夺之深,因而发出怜悯下民的呼号。第二至四章叙述征役不息、民无定居致使国家动荡不安。第五至八章诗人申述治政之道:谋划要周到慎重、授官要选用贤能、对人民要体恤同情、用人要得当、君主要明于治道等。此部分是诗歌的主体,体现了诗人忧国忧民的悲慨。后八章为第二部分,谴责同僚执政者助纣为虐。第九章以仁兽鹿起兴,反喻同僚互相排挤、陷害的现实。第十至十五章将圣人与愚人、良人与坏人对比,并直斥贪人败类。第十六章指出执政者是致乱的根本缘由,并直陈作诗讽谏的决心。诗歌章法完整,主题突出,直陈己意,不事雕饰而寄意深长。运用比喻、对比、夸张等多种修辞手法,增强了说理的艺术性。

原诗

菀彼桑柔,其下侯旬[1]。
捋采其刘,瘼此下民[2]。
不殄心忧,仓兄填兮[3]。
倬彼昊天,宁不我矜[4]!

四牡骙骙,旟旐有翩[5]。
乱生不夷,靡国不泯[6]。
民靡有黎,具祸以烬[7]。
於乎有哀,国步斯频[8]!

译诗

青青桑叶嫩又密,浓荫下面好休息。
捋采过后枝叶稀,害得百姓无遮蔽。
连绵不绝的愁思,使我久久感悲凄。
光明辽阔的苍天,为何不把我怜惜!

四匹公马很强壮,鸟隼龟蛇旗飘扬。
祸乱兴起不太平,没有一国不遭殃。
万姓死亡人烟少,劫后余生濒绝望。
心中无比的悲伤,国运艰难竟这样!

国步蔑资，天不我将 ⁹。
靡所止疑，云徂何往 ¹⁰？
君子实维，秉心无竞 ¹¹。
谁生厉阶？至今为梗 ¹²。

民穷财尽国运窘，老天不肯来相帮。
没有去处可前往，想走不知去何方？
君子扪心自思量，争权夺利不曾想。
是谁制造祸乱端？至今作梗把灾降。

忧心殷殷，念我土宇 ¹³。
我生不辰，逢天僤怒 ¹⁴。
自西徂东，靡所定处 ¹⁵。
多我觏痻，孔棘我圉 ¹⁶。

心中忧愁又悲伤，思念故居和家乡。
生不逢时世道凉，碰上老天怒火降。
从那西方到东方，居无定所最凄惶。
遭遇祸事一桩桩，又逢寇敌侵边疆。

为谋为毖，乱况斯削 ¹⁷。
告尔忧恤，诲尔序爵 ¹⁸。
谁能执热，逝不以濯 ¹⁹？
其何能淑，载胥及溺 ²⁰。

谋划必须慎思量，才能减轻混乱状。
教导你要为国忧，授官要按序排行。
谁在解除体热时，不用冷水来冲凉？
庸人治国哪能好，都将淹死把命丧。

如彼溯风，亦孔之僾 ²¹。
民有肃心，荓云不逮 ²²。
好是稼穑，力民代食 ²³。
稼穑维宝，代食维好 ²⁴。

好比走路对着风，呼吸困难口难张。
人民虽有上进心，其力难及空惆怅。
爱好耕种和收获，使民辛劳代供养。
耕种收获是珍宝，力耕代禄心舒畅。

天降丧乱，灭我立王 ²⁵。
降此蟊贼，稼穑卒痒 ²⁶。
哀恫中国，具赘卒荒 ²⁷。
靡有旅力，以念穹苍 ²⁸。

天降祸乱与死亡，要灭我们所立王。
降下害虫吃根节，庄稼全都病快快。
哀痛我们中原人，一起连累遭饥荒。
没有人来献力量，哪能感动那上苍。

维此惠君，民人所瞻 ²⁹。
秉心宣犹，考慎其相 ³⁰。
维彼不顺，自独俾臧 ³¹。
自有肺肠，俾民卒狂 ³²。

仁厚爱民的君王，人民衷心地敬仰。
心地明达顺事理，审慎考察择宰相。
不顺事理坏君王，独自一人把福享。
心思怪异费思量，使民眩惑而发狂。

瞻彼中林,牲牲其鹿[33]。　　　　遥望丛林莽苍苍,鹿儿成群多欢畅。
朋友已譖,不胥以穀[34]。　　　　朋友相欺不来往,相互敌对善意藏。
人亦有言:进退维谷[35]。　　　　人们也都这样讲:进退两难令心伤。

维此圣人,瞻言百里[36]。　　　　唯这圣人有眼光,高瞻远瞩百里望。
维彼愚人,覆狂以喜[37]。　　　　唯那愚人不远想,沾沾自喜太狂妄。
匪言不能,胡斯畏忌[38]?　　　　并非我们不能说,为何这般畏忌样?

维此良人,弗求弗迪[39]。　　　　唯有这人心善良,不为名利钻营忙。
维彼忍心,是顾是复[40]。　　　　唯有那人坏心肠,前瞻后顾变无常。
民之贪乱,宁为荼毒[41]。　　　　百姓为啥要作乱,实因暴政太难扛。

大风有隧,有空大谷[42]。　　　　大风疾吹呼呼响,长长山谷真空旷。
维此良人,作为式穀[43]。　　　　唯有这人心善良,所作所为都高尚。
维彼不顺,征以中垢[44]。　　　　唯有那人不顺理,行为污秽太荒唐。

大风有隧,贪人败类[45]。　　　　大风呼呼在疾吹,贪婪小人是败类。
听言则对,诵言如醉[46]。　　　　顺意的话就答对,听到劝谏装酒醉。
匪用其良,覆俾我悖[47]。　　　　根本不用贤良辈,反而视我理常悖。

嗟尔朋友,予岂不知而作[48]。　　唉呀朋友听我说,我岂不知你所作。
如彼飞虫,时亦弋获[49]。　　　　像那天上的飞鸟,有时射中遭擒获。
既之阴女,反予来赫[50]。　　　　已经看透这家伙,如今反来恐吓我。

民之罔极,职凉善背[51]。　　　　百姓言行无准则,凉薄行事叛君王。
为民不利,如云不克[52]。　　　　你做不利人民事,好像还嫌不张扬。
民之回遹,职竞用力[53]。　　　　百姓走上邪僻路,因你施暴太横强。

民之未戾,职盗为寇[54]。　　　　百姓言行不善良,已成盗寇掠夺忙。
凉曰不可,覆背善詈[55]。　　　　诚挚之言你不听,背后反骂我混账。
虽曰匪予,既作尔歌[56]。　　　　虽然被你来诽谤,终将作歌讽君王。

[注释] 1 菀(wǎn)：草木茂盛的样子。桑柔：桑树的嫩叶。侯：是。旬：树荫遍布。 2 捋：手握着桑条向一端抹取。刘：剥落，凋残。瘼(mò)：病，疾苦。 3 不殄(tiǎn)：不断绝。仓兄(chuànghuāng)：亦作"怆恍"，悲怆失意的样子。填：久。 4 倬彼：光明的样子。昊(hào)天：苍天。昊，元气博大的样子。宁：岂，难道。矜：可怜，怜悯。 5 骙骙(kuí)：马强壮的样子。旟旐(yúzhào)：画有鸟隼龟蛇图案的旗。有翩：旗帜飘动的样子。 6 夷：平定。泯：混乱。 7 黎：众多。具：通"俱"，都。以：而。烬：残余，剩余或残迹。 8 国步：国家的命运。步，时运。斯：这样。频：危急，紧急。 9 蔑：无。资：资财。将：扶持，扶助。 10 止疑：停息。疑，通"凝"，定。云：发语词。徂：到，往。 11 君子：指当时贵族们。维：通"惟"，思。秉心：持心。无竞：不争，没有竞争。 12 厉阶：祸端。梗：灾害。 13 殷殷：忧伤的样子。土宇：乡土和屋宅。 14 不辰：不得其时。偁(dàn)：大。 15 定处：固定的居处。 16 覯：遭遇。痻(mín)：困病。孔棘：很紧急，很急迫。棘，急。圉(yǔ)：边境。 17 谋：谋划。毖：谨慎。斯：则。削：减少。 18 忧恤(xù)：忧虑。序爵：按等次授予官爵。 19 执热：解救炎热。逝：发语词，无实义。濯：洗。 20 淑：善。载：则。胥：都。 21 溯风：对着风。溯，逆。僾(ài)：呼吸不畅的样子。 22 肃心：上进之心。荓(pēng)：使。不逮：不及。 23 好：爱好。稼穑：耕种和收获，泛指农业劳动。力民：勤民。代食：以力耕所得代替禄食。 24 维：是。 25 灭我立王：灭我所立之王。指周厉王被国人流放于彘的事。 26 蟊(máo)贼：吃禾苗的两种害虫。蟊，吃苗根的害虫。贼，吃禾节的害虫。卒：完全。瘁：病，受损害。 27 哀恫(tōng)：悲痛。具：通"俱"。赘：通"缀"，接连，连缀。荒：饥荒，饥馑。 28 旅力：出力，尽力。念：感动。穹苍：苍天。 29 惠君：仁厚爱民之君。民人：人民，百姓。 30 宣犹：明达而顺乎事理。犹，通"猷"。考慎：审慎考察。相：辅佐大臣。 31 不顺：不顺理。臧：善，好。 32 肺肠：心思。狂：眩惑而至于狂乱。 33 中林：林野。甡甡(shēn)：众多的样子。 34 谮(jiàn)：通"僭"，相欺而互不信

任。胥:相互。縠:善。　**35** 进退维谷:进退两难。谷,比喻穷困之境。
36 圣人:哲人。瞻言百里:有远见,有远虑。言,语气助词。　**37** 覆:反而。
38 匪言不能:即"匪不能言"。胡:何。斯:这样。　**39** 良人:贤者,善
良的人。弗:不。迪:进。　**40** 忍心:狠心、昧着良心的人。顾:前瞻后顾。
复:反复无常。　**41** 宁:乃。荼(tú)毒:毒害,残害。　**42** 有隧:即"隧隧",
形容大风呼呼疾吹。空大:长大。　**43** 式:句中助词,无实义。　**44** 征:
往。中:隐暗。垢:污秽。　**45** 贪人:贪婪的人。败类:毁害族类的人。
46 听言:顺从心意的话。对:答对。诵言:劝诫进谏的话。　**47** 俾(pì):
通"睥",眼睛斜着向旁边看。悖:违理。　**48** 予:作者自称。　**49** 飞虫:
飞鸟。时:有时。弋获:射中而擒获。　**50** 既:已经。阴:通"谙",熟悉。
女:汝。赫:通"吓"。　**51** 罔极:无法则。职:主张。凉:凉薄。背:背叛。
52 云:句中助词,无实义。不克:不能制胜、不能做到。　**53** 回通:邪
僻。职竞:专事竞逐。用力:用暴力。　**54** 未戾:不善,无良。　**55** 凉曰:
谅直之言。凉,通"谅",诚实,诚信。背:背后。詈(lì):骂,责骂。　**56** 曰:
句中助词,无实义。匪:通"诽",诽谤。既:终。作尔歌:作此歌。尔,此。

云汉

导读　这是一首写周王忧旱的诗,反映了当时旱灾的严重和周王愁苦
焦急的心情。诗共八章,章十句。除首尾章外,其余各章以"旱既大甚"
的慨叹领起,突出现实形势的严峻。前两章写祭神祈雨。第三、四章写
旱灾严重带来的危害以及畏惧旱灾的心理。第五、六章进一步写旱灾肆
虐及对灾难的反思。第七、八章写君臣忧旱的情态以及周王虔诚祭神呼
救。全诗情辞恳切,感人至深。

[原诗]

倬彼云汉,昭回于天 [1]。
王曰於乎,何辜今之人 [2]!
天降丧乱,饥馑荐臻 [3]。
靡神不举,靡爱斯牲 [4]。
圭璧既卒,宁莫我听 [5]!

旱既大甚,蕴隆虫虫 [6]。
不殄禋祀,自郊徂宫 [7]。
上下奠瘗,靡神不宗 [8]。
后稷不克,上帝不临 [9]。
耗斁下土,宁丁我躬 [10]!

旱既太甚,则不可推 [11]。
兢兢业业,如霆如雷 [12]。
周余黎民,靡有孑遗 [13]。
昊天上帝,则不我遗 [14]。
胡不相畏?先祖于摧 [15]。

旱既太甚,则不可沮 [16]。
赫赫炎炎,云我无所 [17]。
大命近止,靡瞻靡顾 [18]。
群公先正,则不我助 [19]。
父母先祖,胡宁忍予 [20]!

旱既太甚,涤涤山川 [21]。
旱魃为虐,如惔如焚 [22]。
我心惮暑,忧心如熏 [23]。

[译诗]

浩瀚银河多宽广,星辰流转多明亮。
周王仰天叹息长,今人为何遭罪殃!
天降祸乱与死亡,接二连三闹饥荒。
没有神灵未祭祀,献祭牺牲很大方。
礼神圭璧已用光,竟不听我诉衷肠!

旱灾已经很严重,酷暑难耐热气烘。
不断祭天求降雨,从那郊外到王宫。
祭天祭地埋祭品,没有神灵不敬奉。
后稷不能止灾情,上帝不降佑众生。
损伤残害下方民,我身遭逢这苦痛!

旱灾已经很严重,无法消除心如焚。
整天小心又谨慎,如对雷霆般惊心。
周地剩余的人民,没有存活一个人。
苍天上帝心好狠,对我从来不恤问。
教人怎么不害怕?祖先坟茔将灭堙。

旱灾已经很严重,没有办法可阻挡。
烈日炎炎干又热,哪有遮蔽的地方。
生命即将要消亡,没有气力前后望。
诸侯公卿众神灵,不肯降临来相帮。
父母祖先在天上,为何忍心看我丧!

旱灾已经很严重,山秃河干空荡荡。
旱魔为害太猖狂,像火焚烧一个样。
长期暑热令人畏,忧心如焚似火烫。

群公先正,则不我闻²⁴。　　诸侯公卿众神灵,不闻不问把我忘。

昊天上帝,宁俾我遁²⁵!　　悠悠苍天和上帝,难道要我去逃亡!

旱既太甚,黾勉畏去²⁶。　　旱灾已经很严重,努力祷请求上苍。

胡宁瘨我以旱?憯不知其故²⁷。　　为何害我把旱降?不知缘故费思量。

祈年孔夙,方社不莫²⁸。　　祈年祭礼举行早,也未延迟祭四方。

昊天上帝,则不我虞²⁹。　　悠悠苍天和上帝,不肯降临来相帮。

敬恭明神,宜无悔怒³⁰。　　一向恭敬诸神明,不该恨我怒气旺。

旱既太甚,散无友纪³¹。　　旱灾已经很严重,饥荒离散无法章。

鞫哉庶正,疚哉冢宰³²。　　贫穷困扰众官长,冢宰脸上忧虑状。

趣马师氏,膳夫左右³³;　　趣马师氏穷又窘,膳夫左右都这样;

靡人不周,无不能止³⁴。　　无人不须人相帮,可是无法止灾荒。

瞻卬昊天,云如何里³⁵?　　绝望之下把天望,何人能除我忧伤?

瞻卬昊天,有嘒其星³⁶。　　仰望苍天忧忡忡,星光微小而亮明。

大夫君子,昭假无赢³⁷。　　公卿大夫众君子,明告神灵没私情。

大命近止,无弃尔成³⁸!　　大限虽近将死亡,不要放弃前日功!

何求为我,以戾庶正³⁹。　　祈雨并非为自己,为求众官的安定。

瞻卬昊天,曷惠其宁⁴⁰?　　仰望苍天求神明,何时赐我民安宁?

【注释】 1 倬彼:倬倬,浩大。云汉:银河,天河。昭回:星辰光耀回转。 2 王:周宣王。於乎:呜呼,叹词。辜:罪。 3 荐臻:接连到来,屡次降临。 4 靡:无。举:祭祀。爱:吝惜。斯:这些。牲:牺牲。 5 圭璧:古代帝王、诸侯祭祀或朝聘时所用的一种玉器。卒:尽。宁:何。 6 大:太。甚:过。蕴:通"煴",闷热。隆:盛。虫虫:灼热的样子。 7 殄(tiǎn):尽,绝。禋(yīn)祀:古代祭天的一种礼仪。先燔柴升烟,再加牲体或玉帛于柴上焚烧。徂:往,到。 8 上:天上。下:地下。奠:设酒食以祭天。瘗(yì):掩埋,埋葬。将祭品埋在地下以祭神。宗：尊奉。　**9** 后稷：周之先祖。相传姜嫄践天帝足迹，怀孕生子，因曾弃而不养，故名之为"弃"，虞舜命为农官，教民耕稼，称为"后稷"。克：能。　**10** 耗斁(dù)：损耗败坏。斁，败。下土：下界，人间。丁：当，遭逢。我躬：本身，我自己。　**11** 推：排除。　**12** 兢兢业业：谨慎戒惧的样子。　**13** 黎民：民众，百姓。孑(jié)遗：遗留，残存。　**14** 昊(hào)天：苍天。遗(wèi)：体恤，恤问。　**15** 先祖：祖先。于：句中助词，无实义。摧：折断，喻灭亡。　**16** 沮：阻止。　**17** 赫赫：炎热炽盛。炎炎：形容夏天阳光猛烈。云：荫，遮蔽。　**18** 大命：天年，寿命。止：停止，指死亡。　**19** 群公：先世诸侯之神。先正：前代的贤臣。　**20** 忍予：对我忍心。　**21** 涤涤：形容草枯水干、山川荡然无存的样子。　**22** 旱魃(bá)：传说中引起旱灾的怪物。为虐：为害。惔(tán)：火烧。　**23** 熏：烧灼，火烫。　**24** 闻：问。　**25** 宁：岂，难道。俾：使。遁：逃。　**26** 黾勉：勉力。　**27** 瘨(diān)：灾害。以：用。憯(cǎn)：竟然。　**28** 祈年：祈祷丰年。孔夙：很早。方社：指四方之神和土地神。莫："暮"的古字，晚。　**29** 虞：助。　**30** 敬恭：恭敬奉事。明神：神明。宜：应该。悔怒：愤恨。　**31** 散：离散。友纪：纲纪。　**32** 鞠(jū)：贫穷。庶正：众官之长。疚：忧虑。冢宰：为六卿之首，如后世宰相。　**33** 趣马：管马的官。师氏：掌管辅导王室、教育贵族子弟以及朝仪得失之事的管。膳夫：掌管周王食饮膳馐的官。左右：周王左右的大臣。　**34** 周：通"赒"，接济，救济。　**35** 瞻卬(yǎng)：仰望。卬，通"仰"。云：发语词，无实义。里：通"悝"，忧伤。　**36** 有嘒：形容星光微小而明亮。　**37** 昭假：向神祷告，昭示其诚敬之心。无赢：没有私心。　**38** 成：成功。　**39** 庆：安定。　**40** 曷：何，什么时候。惠：恩赐。

崧高

导读　这是尹吉甫赠送给申伯的诗,其旨意是歌颂申伯辅佐周王室、镇抚南方侯国的功劳。全诗共八章,章八句。第一章以极具传奇色彩的描述叙申伯降生的奇异,并总写其在周朝的地位和诸侯中的巨大影响力。第二至五章,作者再三渲染,讲述宣王赐命申伯之词以及宣王赏赐丰厚,遣召伯前往代理国家事宜。第六、七章,叙宣王为申伯饯行和起程时的盛况。末章写申伯荣归封地,作者写诗颂功赞美。诗歌采用先追溯,再记叙,最后论赞的结构,层次清晰,脉络顺畅。起笔以"崧高维岳,骏极于天"起兴,将自然景物与称颂对象功勋、品德融为一体,具有崇高的美感。

原诗

崧高维岳,骏极于天¹。
维岳降神,生甫及申²。
维申及甫,维周之翰³。
四国于蕃,四方于宣⁴。

亹亹申伯,王缵之事⁵。
于邑于谢,南国是式⁶。
王命召伯,定申伯之宅⁷。
登是南邦,世执其功⁸。

王命申伯,式是南邦⁹。
因是谢人,以作尔庸¹⁰。
王命召伯,彻申伯土田¹¹。

译诗

名山大岳高又峻,巍峨耸峙接天壤。
大岳有灵神明降,生下甫侯申侯俩。
就是申侯与甫侯,辅佐周朝作栋梁。
侯国以之为屏障,四方以之为围墙。

申伯勤勉本领强,王命他把祖业扬。
分封于谢建新邑,南方诸侯作榜样。
周王下令召伯虎,确定申伯的住房。
建成南方一邦国,子孙守业国祚长。

周王下令给申伯,要作南国的榜样。
依靠这些谢邑人,修筑你的新城墙。
周王命令召伯虎,垦治申伯的田疆。

王命傅御,迁其私人 ¹²。

王命那些治事官,迁其家臣到谢邦。

申伯之功,召伯是营 ¹³。
有俶其城,寝庙既成,
既成藐藐 ¹⁴。王锡申伯,
四牡蹻蹻,钩膺濯濯 ¹⁵。

申伯建邑的事情,全靠召伯来经营。
城墙修得很齐整,寝庙也已建造成,
富丽堂皇很伟雄。周王赐物给申伯,
四匹骏马很壮勇,革带缨饰艳又明。

王遣申伯,路车乘马 ¹⁶。
我图尔居,莫如南土 ¹⁷。
锡尔介圭,以作尔宝 ¹⁸。
往迎王舅,南土是保 ¹⁹。

王遣申伯去谢邦,大车驷马作犒赏。
我已考虑你去处,莫如南方最理想。
赐你珍贵的介圭,作为国宝永珍藏。
去吧尊贵的王舅,南方全靠你保障。

申伯信迈,王饯于郿 ²⁰。
申伯还南,谢于诚归 ²¹。
王命召伯,彻申伯土疆 ²²。
以峙其粮,式遄其行 ²³。

申伯决定起行程,王到郿邑来饯行。
申伯就要去南方,真心实意回谢城。
周王下令召伯虎,申伯疆界要划定。
于是备足路上粮,快快动身不留停。

申伯番番,既入于谢,
徒御啴啴 ²⁴。周邦咸喜,
戎有良翰 ²⁵。不显申伯,
王之元舅,文武是宪 ²⁶。

申伯勇武又强壮,进入谢城摆仪仗,
随从人众列成行。举国人民喜洋洋,
你有辅佐的贤良。高贵显赫的申伯,
王之大舅人敬仰,文武双全好榜样。

申伯之德,柔惠且直 ²⁷。
揉此万邦,闻于四国 ²⁸。
吉甫作诵,其诗孔硕,
其风肆好,以赠申伯 ²⁹。

申伯品德很高尚,温顺柔和又直爽。
安抚万国计谋良,声名闻达于四方。
吉甫作诗来吟唱,歌词美妙篇幅长。
曲调典雅不寻常,赠给申伯表衷肠。

注释 1 崧高:山大而高。岳:高大的山。骏:通"峻",山高而陡。极:至。 2 维:发语词,无实义。甫:国名,此指甫侯。申:国名,此指申伯。

3 翰:通"干",草木的茎干,引申为骨干、栋梁。 4 于:是。蕃:通"藩",藩篱,屏障。宣:通"垣",围墙。 5 亹亹(wěi):勤勉不倦的样子。缵:继承,此处为使动用法。 6 于邑:建邑。于谢:在谢。谢,地名。南国:南方诸国。式:法则。 7 召伯:姓姬名虎,封于召国,亦称召穆公,周初召公奭之后,周厉王、宣王、幽王时的大臣。定:确定。 8 登:建成。南邦:南国,指谢邑。执:守。功:功业,事业。 9 式是南邦:即"南邦是式"。式,榜样。 10 因:依靠。是:这些。谢人:谢邑之人。庸:通"墉",城墙。 11 彻:垦治,开发。 12 傅御:辅佐王或诸侯治事之官。私人:家臣。 13 功:事。营:经营,办理。 14 有俶:即"俶俶",营缮完美的样子。寝庙:古代宗庙的正殿称庙,后殿称寝,合称寝庙。巍巍:华丽的样子。 15 锡:赐。蹻蹻(jué):雄壮勇武的样子。钩膺:马颔及胸上的革带,下垂缨饰。濯濯:光泽鲜明的样子。 16 路车:大车,诸侯贵族所乘的车。乘(shèng)马:驷马。 17 图:考虑,思虑。尔:指申伯。 18 介圭:亦作"介珪",大圭。圭,上尖下方的一种玉。天子圭一尺二寸,诸侯圭九寸以下。 19 迈(jì):语气助词,相当于"啊"。保:保有,占有。 20 信:果真。迈:行。饯:设酒食送行。郿(méi):古地名,春秋周邑,在今陕西省眉县东北。 21 谢于诚归:即"诚归于谢"。 22 土疆:领土,疆界。 23 以:于是,就。峙:储备。粮(zhāng):粮食。式:用。遄(chuán):快,迅速。 24 番番:勇武的样子。徒御:挽车驭马的人。啴啴(tān):人多势众的样子。 25 周邦:举国。咸:都。戎:表示第二人称,相当于"你""你们"。良翰:贤良的辅佐。 26 不:通"丕",大。显:显赫。元舅:长舅,大舅。宪:法式,模范。 27 柔惠:温顺柔和。 28 揉:通"柔",使降顺。 29 作诵:作诗。孔硕:很美。硕,大,引申为美。肆好:极好。

烝民

[导读] 这是一首以赞颂仲山甫美德和政绩为内容的赠别诗。诗共八章,章八句。第一章叙写仲山甫应天而生,特别突出其"懿德",在结构上总领全诗。第二至六章作者利用对比手法分别从德、能、勤、绩等方面突出仲山甫的杰出品德与政绩,塑造出一位德才兼备、忠于职守的名臣形象。第七、八章写仲山甫赴齐的壮丽场面以及尹吉甫临别作诗相赠。诗歌开篇以说理领起,中间夹叙夹议,突出仲山甫之德才与政绩,最后偏重抒情,以送别场面作结,点出赠别主题,章法整饬,表达灵活,是一首成功的赠别诗作。

[原诗]

天生烝民,有物有则¹。
民之秉彝,好是懿德²。
天监有周,昭假于下³。
保兹天子,生仲山甫⁴。

仲山甫之德,柔嘉维则⁵。
令仪令色,小心翼翼⁶。
古训是式,威仪是力⁷。
天子是若,明命使赋⁸。

王命仲山甫,式是百辟⁹。
缵戎祖考,王躬是保¹⁰。
出纳王命,王之喉舌¹¹。

[译诗]

老天降下众生民,自有法则施万物。
人们执守于常道,爱好美德趋似鹜。
上天临视我周朝,仁德昭明已流布。
为保这位周天子,降生山甫来辅助。

若论山甫的品德,柔和美善有原则。
仪容有度好神色,小心谨慎不出格。
效法先王的遗训,尽力做到礼节合。
天子重用仲山甫,颁布政令来贯彻。

周王命令仲山甫,做好诸侯的榜样。
先祖功业要发扬,辅佐天子振朝纲。
受命司令你执掌,作为喉舌代宣讲。

赋政于外,四方爰发 [12]。

颁布命令到各地,施行贯彻到四方。

肃肃王命,仲山甫将之 [13]。
邦国若否,仲山甫明之 [14]。
既明且哲,以保其身 [15]。
夙夜匪解,以事一人 [16]。

王命威严出朝廷,山甫全力来奉行。
国家政事好与坏,山甫明了看得清。
头脑睿智又聪明,善于应付保身名。
日日夜夜不懈怠,侍奉周王很恭敬。

人亦有言:柔则茹之 [17],
刚则吐之。维仲山甫,
柔亦不茹,刚亦不吐。
不侮矜寡,不畏强御 [18]。

前人有话不可忘:柔软东西吃下去,
硬的吐出到一旁。只有这位仲山甫,
柔软东西他不吃,硬的吞下到肚肠。
鳏夫寡妇不欺侮,不惧恶徒与强梁。

人亦有言:德辀如毛,
民鲜克举之 [19]。我仪图之,
维仲山甫举之,爰莫助之 [20]。
衮职有阙,维仲山甫补之 [21]。

前人有话不能忘:品德即使轻如毛,
很少有人能举上。暗自揣摩细思量,
唯有山甫做得棒,爱惜他却无力帮。
天子龙袍有破缺,唯有山甫能补上。

仲山甫出祖,四牡业业,
征夫捷捷,每怀靡及 [22]。
四牡彭彭,八鸾锵锵 [23]。
王命仲山甫,城彼东方 [24]。

山甫出行祭路神,四匹骏马多雄壮,
左右随从急匆匆,王命未达不敢忘。
四马奋蹄彭彭响,八只鸾铃响叮当。
周王委命仲山甫,前去东方筑城墙。

四牡骙骙,八鸾喈喈 [25]。
仲山甫徂齐,式遄其归 [26]。
吉甫作诵,穆如清风 [27]。
仲山甫永怀,以慰其心 [28]。

四匹骏马奔驰忙,八只鸾铃响叮当。
山甫奉命赴齐地,盼他早日返故乡。
吉甫作诗来吟唱,和美如风令人爽。
山甫临行顾虑多,宽慰其心志气昂。

注释 1 烝:众。物:事物。则:法则。 2 秉彝:持执常道。秉,执。彝,常。好:爱。懿德:美德。 3 监:观察。昭假:明告。 4 保:保佑。仲山甫:

人名,樊侯,为宣王卿士,字穆仲。 **5** 柔嘉:柔和美善。 **6** 令:善。仪:仪容,态度。色:神色。 **7** 式:用,效法。威仪:祭享等典礼中的动作仪节及待人接物的礼仪。力:勉力做到。 **8** 若:选择。明命:政令。赋:颁布。**9** 式:法则,榜样。百辟:诸侯。 **10** 缵(zuǎn)继承。戎:表示第二人称,相当于"你""你们"。祖考:先祖。王躬:指周王。 **11** 出纳:传达帝王命令。喉舌:比喻代言者。 **12** 赋政:颁布命令。爰:乃,于是。发:施行。**13** 肃肃:严肃。将:奉行,秉承。 **14** 若:善。否:坏。 **15** 明、哲:明智之意。保其身:顺理以守身。 **16** 夙夜:早晚。匪:不。解:通"懈"。一人:周天子。 **17** 茹:食,吃。 **18** 矜(guān)寡:鳏寡。矜,通"鳏"。强御:豪强,有权势的人。 **19** 德輶如毛:德轻得像羽毛一样。鲜:少。克:能。 **20** 仪图:揣想忖度。爱:爱惜,爱重。 **21** 衮职:君主的职位。衮,天子所穿绣有龙图案的礼服。阙:缺。 **22** 出祖:外出前祭路神。牡:公马。业业:高大雄壮的样子。捷捷:举止敏捷。靡及:没有达到。 **23** 彭彭:盛多貌;强壮有力貌。鸾(luán):铃铛。 **24** 城:筑城。**25** 骙骙(kuí):马强壮的样子。一说马不停蹄的样子。喈喈(jiē):象声词,铃声。 **26** 徂:往。遄(chuán):快,迅速。 **27** 作诵:作诗。穆如清风:和美如清风化养万物。 **28** 永:长。怀:思虑。慰:宽慰,安慰。

韩奕

导读 这是一首尹吉甫赞美韩侯的诗。全诗共六章,章十二句。第一章从大禹开山辟路写起,再写韩侯受封。第二、三章写韩侯领赏、饯别返国。第四章写韩侯迎亲。第五章描述了韩国的地理环境及物产。第六章写韩侯所肩负的镇抚北方诸侯的重任,赞美中寄寓着厚望。诗歌叙述脉络分明,各章重点突出,主人公韩侯的形象突出、性格鲜明。

原诗	译诗

奕奕梁山,维禹甸之,
有倬其道¹。韩侯受命,
王亲命之²:缵戎祖考,
无废朕命³。夙夜匪解,
虔共尔位,朕命不易⁴。
干不庭方,以佐戎辟⁵。

四牡奕奕,孔修且张⁶。
韩侯入觐,以其介圭,
入觐于王⁷。王锡韩侯,
淑旂绥章⁸;簟茀错衡,
玄衮赤舄,钩膺镂锡⁹;
鞹鞃浅幭,鞗革金厄¹⁰。

韩侯出祖,出宿于屠¹¹。
显父饯之,清酒百壶¹²。
其殽维何?炰鳖鲜鱼¹³。
其蔌维何?维笋及蒲¹⁴。
其赠维何?乘马路车¹⁵。
笾豆有且,侯氏燕胥¹⁶。

韩侯取妻,汾王之甥,
蹶父之子¹⁷。韩侯迎止,

高峻梁山巍然立,大禹曾经亲治理,
宽广大道早开辟。韩侯受命于天子,
周王亲自来宣例:继承先祖的功绩,
莫把册命轻抛弃。日日夜夜要勉力,
虔诚恭谨尽职守,册命自然不会易。
匡正不朝王庭者,好好辅佐你君帝。

四匹公马从容样,体态修长又雄壮。
韩侯入觐见天子,手执介圭到朝堂,
恭敬行礼拜周王。周王隆重赐韩侯,
交龙旂饰真漂亮;竹席车篷辕涂金,
黑色龙袍红鞋帮,马饰垂缨金铃装;
亮革毛皮裹车轼,马络车辀闪金光。

韩侯出行祭路神,行至屠地来住宿。
显父设宴来饯行,备有清酒一百壶。
他的佳肴是什么?蒸煮鳖肉新鲜鱼。
他的蔬菜是什么?轻脆竹笋和嫩蒲。
他的赠品是什么?驷马大车好礼物。
盘盘碗碗摆满桌,诸侯宴乐好和睦。

韩侯吉日迎娶妻,妻是汾王的甥女,
又是蹶父女公子。韩侯前去迎娶她,

于蹶之里 ¹⁸。百两彭彭，
八鸾锵锵，不显其光 ¹⁹。
诸娣从之，祁祁如云。
韩侯顾之，烂其盈门 ²⁰。

蹶父孔武，靡国不到 ²¹。
为韩姞相攸，莫如韩乐 ²²。
孔乐韩土，川泽讦讦 ²³。
鲂鱮甫甫，麀鹿噳噳，
有熊有罴，有猫有虎 ²⁴。
庆既令居，韩姞燕誉 ²⁵。

溥彼韩城，燕师所完 ²⁶。
以先祖受命，因时百蛮 ²⁷。
王锡韩侯，其追其貊 ²⁸。
奄受北国，因以其伯 ²⁹。
实墉实壑，实亩实藉 ³⁰。
献其貔皮，赤豹黄罴 ³¹。

来到蹶父的乡里。百辆彩车声彭彭，
八只铃铛响声齐，大显荣耀和瑞气。
众多女弟作陪嫁，犹如天上云霞集。
韩侯行过曲顾礼，满门光彩真欢喜。

蹶父勇武有气魄，没有侯国不曾到。
他为韩姞觅嫁所，韩国最让人称道。
身在韩国很逍遥，山川湖泽很广袤。
鳊鱼鲢鱼大而多，母鹿小鹿齐聚邀，
有熊有罴在山林，还有老虎和山猫。
庆贺处所很美好，韩姞居此乐陶陶。

扩大建筑韩国城，征役燕民已筑成。
用其先祖所受命，统辖蛮地百国民。
王对韩侯来赐封，追族貊族听号令。
北方各国都管辖，因而以他做首领。
城墙筑起壕沟挖，田亩治好税法定。
献上珍贵的貔皮，赤豹黄罴送镐京。

[注释] 1 奕奕:高大的样子。梁山:山名,在今陕西省韩城市境。维:是。禹:大禹。甸:治理。有倬:即"倬倬",显著,大。 2 受命:受爵命,受封。王:周宣王。 3 缵(zuǎn):继承。戎:表示第二人称,相当于"你""你们"。祖考:先祖。废:废弃懈怠。朕:我。 4 夙夜:早晚。匪:不。解:通"懈"。虔共:虔诚恭谨。共,通"恭"。不易:不变。 5 干:正,匡正。不庭:不朝于王庭。方:方国,诸侯国。佐:辅佐。辟:君。 6 牡:公马。奕奕:从容闲习的样子。孔:很。修:高,长。张:大。 7 入觐(jìn):诸侯于秋季入朝进见天子。介圭:亦作"介珪",大圭。圭,上尖下方的一种玉。天

子圭一尺二寸,诸侯圭九寸以下。　　**8** 淑:美,善。旂(qí):绘有交龙并杆头挂有铜铃的旗子。绥章:指旗上图案花纹优美。　　**9** 簟茀:竹席做的车篷。错衡:以金涂饰成文采的车辕横木。玄衮(gǔn):古代帝王及上公所穿的一种绣着卷龙的黑色礼服。赤舄(xì):红鞋。钩膺:马额及胸上的革带,下垂缨饰。镂钖:马额上的金属制装饰品。　　**10** 鞹鞃(kuòhóng):指车轼当中用皮革包裹的把手处。浅幭(miè):用浅毛兽皮做的车轼上的覆盖物。鞗(tiáo)革:马络头的下垂装饰。金厄:以金为饰的车轭。厄,通"轭"。　　**11** 出祖:外出前祭路神。屠:地名。　　**12** 显父:人名,周之卿士。饯之:为韩侯饯行。清酒:古代指祭祀用的陈酒。　　**13** 炰(páo):蒸煮。　　**14** 蔌(sù):蔬菜。蒲:蒲菜。　　**15** 乘(shèng)马:驷马。路车:大车,古代天子或诸侯贵族所乘的车。　　**16** 笾(biān)豆:古代祭祀或宴会时常用的两种器具。笾用竹制,豆用木制。且(jū):多。侯氏:诸侯。燕胥:燕乐。**17** 取:通"娶"。汾王:大王。蹶父:周的卿士。　　**18** 迎止:迎亲。止,通"之"。**19** 百两:百辆车,泛言车辆多。彭彭(bāng):盛多的样子。鸾(luán):铃铛。不显:大显,非常显耀。不,通"丕"。　　**20** 娣:妹妹。祁祁:盛多的样子。顾:回头看。一说曲顾之礼。烂:光彩明耀。　　**21** 孔武:非常勇猛。**22** 韩姞(jí):蹶父之女,姞姓,嫁韩侯为妻,故称韩姞。相攸:择可嫁之所。**23** 讦讦:广大的样子。　　**24** 鲂(fáng):鳊鱼。鱮(xù):鲢鱼。甫甫:大而众多的样子。麀(yōu):母鹿。噳噳(yǔ):众多鹿聚集的样子。罴(pí):熊的一种,即棕熊,又叫马熊。　　**25** 令居:美好居所。燕誉:安乐。誉,通"豫"。**26** 溥:广大。燕师:燕国众民。完:筑完,筑成。　　**27** 时:即"司",掌管,统辖。百蛮:众多的蛮服之国。　　**28** 追(duī)、貊(mò):北方两个少数民族。**29** 奄受:尽受。奄,完全。伯:古代诸侯联盟的首领。　　**30** 实:是。墉:城墙,此为筑城墙。壑:壕沟,此为挖壕沟。亩:田亩,此为治理田亩。藉:通"籍",税收,此为正其税法。　　**31** 貔:传说中的一种野兽。

江汉

导读 这是一首以周宣王命召穆公召虎平定淮夷一事为叙写内容的诗。诗凡六章,章八句。首两章言南征之军的浩大声势和平淮之叛夷的出师目的。第三至五章倒叙征前宣王隆重的策命之礼及对召虎的殷切勉励。末章写平淮凯旋,王命受赏,召虎铭恩纪功,颂扬天子。此诗后半专叙王命及召公对扬之词,在体式上与程式化铭文格式相近为其主要特色。

原诗

江汉浮浮,武夫滔滔[1]。
匪安匪游,淮夷来求[2]。
既出我车,既设我旟[3]。
匪安匪舒,淮夷来铺[4]。

江汉汤汤,武夫洸洸[5]。
经营四方,告成于王[6]。
四方既平,王国庶定[7]。
时靡有争,王心载宁[8]。

江汉之浒,王命召虎[9]:
式辟四方,彻我疆土[10]。
匪疚匪棘,王国来极[11]。
于疆于理,至于南海[12]。

王命召虎,来旬来宣[13]:

译诗

长江汉水起波浪,众多武士多勇壮。
不为安逸和游乐,讨伐淮夷士气昂。
已经出动我兵车,竖起军旗迎风扬。
不为安逸和舒畅,讨伐淮夷令其降。

长江汉水浩荡荡,武士果敢又雄壮。
经略营谋定四方,战事成功告我王。
四方战乱已平定,王国安定国运昌。
这样平靖无战事,周王心宁意安详。

长江汉水边岸处,周王命令召伯虎:
努力开辟四方境,认真治理我疆土。
没有忧病和急患,王国依则来佐辅。
划分田界治土地,延至南海才止步。

周王命令召伯虎,速宣王命并广布:

文武受命,召公维翰[14]。　　文王武王受天命,你祖召公为国柱。

无曰予小子,召公是似[15]。　　莫说为了我缘故,召公遗烈要承续。

肇敏戎公,用锡尔祉[16]。　　尽心竭力建大功,因此赐你大福禄。

厘尔圭瓒,秬鬯一卣[17]。　　隆重赐你玉圭瓒,还有黑黍酒一壶。

告于文人,锡山土田[18]。　　祭告文德昭著祖,赐你山田和沃土。

于周受命,自召祖命[19]。　　前往岐周受封祜,仪式按照你先祖。

虎拜稽首,天子万年![20]　　召虎叩头来拜谢,大周天子万年福!

虎拜稽首,对扬王休[21]。　　召虎叩头来拜谢,答谢颂扬王美意。

作召公考,天子万寿![22]　　特铸青铜召公簋,祝颂天子寿无期!

明明天子,令闻不已[23]。　　勤勉从公周天子,美名流播不停息。

矢其文德,洽此四国[24]。　　施行礼法文治德,协和四方有功绩。

[注释]　1 江:长江。汉:汉水。浮浮:水流盛大的样子。武夫:武士,勇士。滔滔:形容大水奔流的样子。　2 淮夷:古代居于淮河流域的部族。来:语气助词,含有"是"之义。求:通"纠",讨伐。　3 出我车:出动兵车。设:竖起。旟(yú):画着鸟隼的军旗。　4 铺:陈师以伐之。一说止,停止在淮夷的土地上。　5 汤汤:水势浩大、水流很急的样子。洸洸(guāng):坚决勇敢的样子。　6 经营:规划营治。　7 庶:庶几。　8 靡:无。载:则。9 浒:水边。召虎:召伯,姓姬名虎,封于召国,亦称召穆公。周初召公奭之后。周厉王、宣王、幽王时的大臣。　10 式:发语词,无实义。辟:开辟。彻:治。　11 疚:病。棘:通"急"。　12 于:于是。疆:划分田地的界限。理:治理土地。南海:泛指南方近海之地。　13 旬:通"徇",当众宣示。14 召公:召虎之先祖召公奭,姬姓,封于召,助武王灭商有功。翰:通"干",草木的茎干,引申为骨干。　15 无曰:你不要说。予小子:宣王自称。似:通"嗣",继承,嗣续。　16 肇敏:尽心竭力。戎:大。公:通"功"。用:以。

锡:赐。祉:福禄。　**17** 釐:通"赉",赐。圭瓒:古代的一种玉制酒器，形状如勺，以圭为柄，用于祭祀。秬鬯(jùchàng):古代以黑黍和郁金香草酿造的酒，用于祭祀降神及赏赐有功的诸侯。卣(yǒu):有柄的酒壶。**18** 告:告祭。文人:先祖之有文德者。锡:赐。　**19** 自:用。召祖:召虎的祖先，指召公奭。命:册命的典礼。　**20** 稽首:一种跪拜礼，叩头至地，是九拜中最恭敬者。　**21** 对扬:答谢颂扬。休:美好。此指美好的赏赐册命。　**22** 考:通"簋(guǐ)"，古代盛食物器具，圆口，双耳。　**23** 明明:勤勉。令闻:美好的声誉。　**24** 矢:通"施"，施行。洽:协和。

常武

[导读]　这是一首尚武之歌，赞美周宣王亲征徐国，平定叛乱而凯旋。诗凡六章，章八句。首两章叙史实，写宣王委任将帅并部署备战。第三至五章，写宣王亲征进击徐夷。从声威、列阵、阵容等方面突显崇尚武力之旨意。末章写王师凯旋。全诗叙事井然有序，结构完整。尤其是第五章尤为精彩，串联比喻、排比，技巧娴熟，令人叹服。

[原诗]

赫赫明明，王命卿士。
南仲大祖，大师皇父[1]。
整我六师，以修我戎[2]。
既敬既戒，惠此南国[3]。

王谓尹氏，命程伯休父，

[译诗]

多么威严和英明，王命卿士去出征。
太祖庙中召南仲，太师皇父也同行。
整顿六军待命令，积极备战修甲兵。
加强警戒不放松，恩惠延至南国境。

周王诏告尹吉甫，吉甫令程伯休父，

左右陈行,戒我师旅⁴。 左右列队排列好,临战告诫我师旅。
率彼淮浦,省此徐土⁵。 率领军队到淮浦,巡视徐国边境土。
不留不处,三事就绪⁶。 杀其祸首安其民,三卿安心司职务。

赫赫业业,有严天子, 多么高大和雄壮,威重庄严周宣王,
王舒保作⁷。匪绍匪游, 徐缓前行不慌张。不为游乐和舒畅,
徐方绎骚⁸。震惊徐方, 徐国阵容自惊慌。王师神威震徐方,
如雷如霆,徐方震惊。 犹如雷霆气势强,徐国君臣惊惶惶。

王奋厥武,如震如怒⁹。 周王奋发以耀武,如击雷霆如发怒。
进厥虎臣,阚如虓虎¹⁰。 勇猛武士先开路,咆哮怒吼如猛虎。
铺敦淮渍,仍执丑虏¹¹。 陈兵屯驻淮水岸,就此擒获众俘虏。
截彼淮浦,王师之所¹²。 截断敌方在淮浦,这是王师征服处。

王旅啴啴,如飞如翰, 人多势众王师强,迅疾如鸟高高翔,
如江如汉¹³。如山之苞, 声势浩大如汉江。如山环绕可依傍,
如川之流¹⁴。绵绵翼翼, 如水奔腾相激荡。军队连绵又整齐,
不测不克,濯征徐国¹⁵。 不可克胜不可量,大军讨徐不可挡。

王犹允塞,徐方既来¹⁶。 周王谋略确诚信,徐国已经来归从。
徐方既同,天子之功¹⁷。 徐国臣服成一统,这当归于天子功。
四方既平,徐方来庭¹⁸。 四方邦国已平定,徐国入觐上朝廷。
徐方不回,王曰还归¹⁹。 徐国不敢违王命,王说回朝返镐京。

注释 1 赫赫:威严的样子。明明:英明的样子。卿士:周王朝的执政大臣。南仲:人名,周宣王时卿士。大祖:太祖庙。大师:即太师,三公之最尊者。 2 六师:周天子所统六军之师。戎:兵器。 3 敬:警戒。惠:施恩。南国:南方诸国。 4 尹氏:掌卿士之官。一说尹吉甫。程伯休父:

人名,周宣王时大司马。陈行:列队。戒:告诫。师旅:军队。　5 率:循,沿着。淮浦:淮水边。省:巡视。徐土:指徐国。　6 不:语气助词,无实义。留:通"镏",杀。处:安处。三事:三公,三卿。就绪:安心从事其本业。7 业业:高大雄壮的样子。有严:威重庄严的样子。舒:徐缓。保作:安行。8 匪:非。绍:缓。徐方:徐国。绎骚:骚动,扰动。　9 奋:奋发,扬起。厥:其。10 进:进军。虎臣:如猛虎般的武士。阚(hǎn)如:阚然,虎怒的样子。虓(xiāo)虎:咆哮怒吼的虎,多用来比喻勇士猛将。　11 铺敦:陈兵屯驻。濆(fén):水边,高岸。仍:因。执:捉。丑虏:对俘虏的蔑称。　12 截:绝。浦:水滨。所:处所,地方。　13 啴啴(tān):人多势众的样子。翰:高飞。一说鸟名。　14 苞:通"包",包裹,怀抱,引申为环绕。　15 绵绵:连续不断的样子。翼翼:整齐的样子。不测:不可估量、测度。不克:不可胜。濯:大。　16 犹:通"猷",谋略,谋划。允:确实,果真。塞:诚实。　17 同:一致,一统。　18 来庭:来朝,朝觐天子。　19 回:违背。

瞻卬

[导读]　这是一首讽刺周幽王宠幸褒姒,斥逐贤良,以致乱政祸民,国运濒危的诗。诗凡七章,章十句。第一章直斥上天,总言祸乱。第二章以两"反"两"覆"形容混乱、颠倒的朝政。第三章揭露"哲妇""长舌"类女宠是致祸的根源。第四章斥责褒姒进谗,干预朝政,祸国殃民。第五、六章抒发幽王听信谗言,忌贤用佞,以致贤人远离朝堂的悲愤之情。末章自伤生于乱世,以劝诫幽王改悔作结。诗歌感情浓烈,言辞凄楚激越,塑造了一位悯时忧国的诗人形象,具有极强的艺术魅力。

〔原诗〕

瞻卬昊天,则不我惠¹。
孔填不宁,降此大厉²。
邦靡有定,士民其瘵³。
蟊贼蟊疾,靡有夷届⁴。
罪罟不收,靡有夷瘳⁵。

人有土田,女反有之⁶。
人有民人,女覆夺之⁷。
此宜无罪,女反收之⁸。
彼宜有罪,女覆说之⁹。
哲夫成城,哲妇倾城¹⁰。

懿厥哲妇,为枭为鸱¹¹。
妇有长舌,维厉之阶¹²。
乱匪降自天,生自妇人¹³。
匪教匪诲,时维妇寺¹⁴。

鞫人忮忒,谮始竟背¹⁵。
岂曰不极?伊胡为慝¹⁶!
如贾三倍,君子是识¹⁷。
妇无公事,休其蚕织¹⁸。

天何以刺?何神不富¹⁹?
舍尔介狄,维予胥忌²⁰。
不吊不祥,威仪不类²¹。
人之云亡,邦国殄瘁²²。

〔译诗〕

仰望苍天心悲哀,老天对我不惠爱。
人间长久不安宁,降下如此大灾害。
国家没有安定时,士民贫病实难耐。
好比庄稼受虫灾,没完没了真无奈。
刑罪之网不收起,民生疾苦无人睬。

别人有了肥沃田,你却贪婪去侵占。
别人有了众家口,你却无耻去夺占。
这个本是无辜者,你却拘他如罪犯。
那个本是有罪人,你却开脱无忌惮。
男子多谋能兴邦,妇人多谋致祸乱。

唉呀那个聪明妇,如同枭鸟鹞鹰般。
她有长舌善谮言,正是祸乱的根源。
大乱并非降自天,只因此妇工于谮。
君王听不进劝谏,唯此内侍话是瞻。

害人不断多变诡,谮言首尾相违背。
难道凶狠还不够?为何作恶不知悔!
如同商人获厚利,君子察其心术微。
妇人不做分内事,纺织蚕桑都停废。

上天为何把罪究?神明为何不福佑?
放纵大奸和大恶,却把忠良视若仇。
人们遭难不恤问,仪容举止常出丑。
贤良之人都离去,邦国危难令人忧。

天之降罔,维其优矣[23]。	上天降下刑罪网,它们繁多又重厚。
人之云亡,心之忧矣。	贤良之人都离去,我心如煎好忧愁。
天之降罔,维其幾矣[24]。	上天降下刑罪网,它们危殆又急骤。
人之云亡,心之悲矣。	贤良之人都离去,我心悲伤无尽愁。
觱沸槛泉,维其深矣[25]。	泉水喷涌四处流,只因源头很深幽。
心之忧矣,宁自今矣[26]?	我心如煎好忧愁,难道只是始今秋?
不自我先,不自我后。	恶政不在我身前,也不实施我身后。
藐藐昊天,无不克巩[27]。	高远深邃的苍天,万物受控于他手。
无忝皇祖,式救尔后[28]。	不要辱没祖先名,悔过才能救子幼。

[注释] 1 瞻卬(yǎng):即瞻仰。卬,通"仰"。昊(hào)天:苍天。惠:爱。 2 孔:很。填:通"尘",长久。大厉:大恶,大祸害。 3 靡:无。士民:士人与平民。瘵(zhài):病。 4 蟊(máo):吃苗根的害虫。贼、疾:害。夷届:终止,止息。 5 罪罟(gǔ):刑罪之网。罟,网。夷瘳(chōu):疾病痊愈,比喻生民疾苦的解除。 6 女:通"汝",你。有:占有。 7 民人:人民,百姓。覆:反。 8 宜:应当,应该。收:逮捕,拘押。 9 说:通"脱",解脱,赦免。 10 哲夫:足智多谋的男子。成城:兴邦。哲妇:多谋虑的妇人。倾城:倾覆国家。 11 懿:通"噫",叹词。厥:其,那个。为:是。枭:猫头鹰。鸱:鹞鹰。 12 阶:因由。 13 匪:非。 14 教、诲:教导。寺:通"侍",内侍。 15 鞫(jū):穷尽。忮(zhì):害。忒(tè):变。谮(zèn):进谗言。竟:终。背:违背。 16 曰、伊:语气助词,无实义。极:狠。胡:为何。慝(tè):恶,错。 17 贾(gǔ):商人。三倍:获取三倍或多倍利润。三,虚数,多数之称;或为实数。君子:在朝执政者。识:知。 18 公事:即功事,指妇女所从事的纺织蚕桑之事。休:停止。 19 刺:指责,责备。富:福佑。 20 介狄:披甲的夷敌。介,甲,一说大。维:只。胥:相。忌:忌恨。 21 吊:慰问,抚恤。威仪:仪容举止。类:善。 22 人:贤良之

人。云:语气助词,无实义。亡:逃亡。殄(tiǎn)瘁:困病,忧病。 **23** 降罟:加人罪名。罟,同"网",罪网。优:厚,多。 **24** 幾:危。 **25** 觱(bì)沸:泉水涌出的样子。槛泉:喷涌四流之泉。槛,通"滥",泛滥。 **26** 宁:岂,难道。 **27** 克:能。巩:巩固,指约束控制。 **28** 无:勿。忝:辱没,有愧于。式:用。救:挽救。

召旻

导读 这是一首讽刺幽王任用奸小,致使朝政日非、外忧内患严重、行将灭亡的诗。诗共七章。第一章责备上天降下灾荒。第二章斥责幽王昏愦乱政。第三章抨击权奸并感叹自己职卑无力扭转时局。第四章以天灾喻人祸。第五章今昔对比,突显时局危困。第六章以比兴告诫幽王迷途知返,否则国将覆亡。第七章念及前代功臣,希望有贤明之士挽狂澜于既倒。全诗音调凄恻,低回掩抑,悯时哀苦衷肠毕现,令人感喟。

原诗

旻天疾威,天笃降丧 [1]。
瘨我饥馑,民卒流亡,
我居圉卒荒 [2]。

天降罪罟,蟊贼内讧 [3]。
昏椓靡共,溃溃回遹,
实靖夷我邦 [4]。

译诗

老天暴虐威慑强,重大丧乱接连降。
饥馑遍地灾情重,百姓到处在流亡,
国土荒芜真凄凉。

苍天降下刑罪网,蟊贼互轧吵嚷嚷。
谗言乱政不供职,昏乱邪僻太无良,
实是毁灭我国邦。

皋皋訿訿,曾不知其玷 [5]。
兢兢业业,孔填不宁,
我位孔贬 [6]。

欺诈诋毁祸心藏,身有污点不买账。
谨慎戒惧时提防,依然长久心发慌,
职位遭贬更心伤。

如彼岁旱,草不溃茂,
如彼栖苴 [7]。我相此邦,
无不溃止 [8]。

像那大旱之荒年,百草不能茂盛长,
像那枯草焦又黄。看看国家这个样,
溃乱颓败快灭亡。

维昔之富不如时,维今之疚不
如兹 [9]。彼疏斯粺,胡不自替?
职兄斯引 [10]。

昔时富足人享福,今朝贫病多遭殃。
人吃粗饭他细粮,何不引退居朝堂?
贫病丧乱日增长。

池之竭矣,不云自频 [11]?
泉之竭矣,不云自中 [12]?
溥斯害矣,职兄斯弘,
不灾我躬 [13]?

池水干涸非一日,岂不始自水边上?
泉水枯竭已多时,岂不始自水中央?
这场祸害太普遍,贫病丧乱急增长,
怎不延至我身上?

昔先王受命,有如召公。
日辟国百里 [14],今也日蹙国百
里 [15]。於乎哀哉!维今之人,
不尚有旧! [16]

昔日先王承天命,佐臣召公是榜样。
日辟百里扩封疆,如今国土日损伤。
呜呼哀哉令人叹!如今朝中文武官,
谁会奉行旧典章!

注释 **1** 旻(mín)天:泛指天。疾威:暴虐,威虐。笃:厚,多。丧:丧乱。
2 瘨(diān):灾害。饥馑:灾荒,庄稼收成很差或颗粒无收。卒:尽。居:
城中所居之处。圉:边境。 **3** 罪罟(gǔ):刑罪之网。蟊(máo)贼:喻危
害人民或国家的人。内讧:集团内部互相倾轧。 **4** 昏㱮:昏乱逸谤。靡共:
不供职。溃溃:坏乱,昏乱。回遹(yù):邪僻,曲折。靖夷:图谋毁灭。靖,
图谋。夷,铲除,诛灭。 **5** 皋皋:愚顽。一说欺诈。訿訿:诋毁,诽谤。曾:

乃。玷:白玉上的斑点,喻人的缺点、过失。　6 兢兢业业:谨慎戒惧。孔:很。填:长久。我位:我的职位。贬:贬黜。　7 溃茂:繁盛,丰茂。栖苴:枯草偃伏。　8 相:察看。溃:溃乱颓败。止:语气助词。　9 时:是,此,指今时。疚:贫穷。　10 疏:糙米。粺(bài):精米。自替:自请罢去职务。职:主。兄:通"况",滋益,更加。引:延长,增长。　11 频:通"滨",水滨。12 中:中央,中间。　13 溥:普遍,广大。弘:大。不:无实义。灾:殃及。14 辟:开辟。　15 蹙:收缩。　16 於乎:即"呜呼"。尚:尊尚,奉行。旧:旧的章法。

颂

诗经

周颂

清庙

导读 这是周统治者歌颂文王的诗。周文王姬昌，商纣时为西伯，是一位很有作为的君主，他在位五十年间，勤于政务，重视农耕，同时，他也是一位胸怀宽广、道德高尚的君王，他礼贤下士，广纳贤才，德被西岐。西岐在周文王的治理下，国力日渐强盛，他在位期间，虽然没有完成统一中原的大业，但却为他的儿子周武王伐纣灭商奠定了坚实的基础。"对越在天，骏奔走在庙"，祭祀者敏捷而有序地穿梭于庙堂，从他们忙碌的身影可以看出对这次祭典的重视。"济济多士，秉文之德"，参加祭祀典礼的都是能人贤士，他们面容恭敬安详，举止端庄典雅，可见周文王在人们心中的地位是神圣而崇高的。怀着对文王的感恩与崇敬之情，人们由衷地赞美他、歌颂他，并将永远铭记他的盛德。

原诗

於穆清庙[1]，
肃雍显相[2]。
济济多士[3]，
秉文之德[4]。
对越在天[5]，

译诗

啊，那庄严肃静的宗庙，
助祭公卿多么严敬安详。
济济一堂的众多贤士，
都秉承着文王的高尚。
为称颂文王在天之灵，

骏奔走在庙⁶。	积极地奔走于庙堂。
不显不承⁷？	光荣地继承着文王的盛德，
无射于人斯⁸。	人们永远不会将他遗忘。

注释 1 於(wū)：感叹词。穆：庄严肃穆的样子。 2 肃雍：态度严敬和顺。显：显赫。相：助祭的公侯。 3 济济：众多。多士：参加祭典的人。 4 秉：持。文之德：周文王的美德。 5 对越：报答。 6 骏：快速。 7 不：语气助词。显：光荣。 8 无射(yì)：没有厌弃。

维天之命

导读 这是周王祭祀文王的颂词。诗开头两句说文王创周大业乃天命所归，接下来两句便指出文王德配天地故而蒙天盛恩，这种逻辑在当时那个崇尚美德的时代，是十分合理甚至理所应当的，人们对此深信不疑。诗的后四句主要是赞美文王纯正美好的德行以及文王的美德给后代带来的福祉。细细体味，这番热情的赞美中有一种振奋人心的力度，蕴藏着一份真诚而郑重的内心宣示，暗示周王将谨遵文王遗教，顺应文王路线方针，将文王德业发扬光大。同时，也可以捕捉到周王勤政治国稳固基业的决心以及希望周朝能在文王与上天的庇佑下长治久安繁荣昌盛的祈愿。本诗语言古朴，感情真挚，意蕴深远。

[原诗]

维天之命¹，於穆不已²。

於穆不显³，文王之德之纯⁴！

假以溢我⁵，我其收之。

骏惠我文王⁶，曾孙笃之⁷。

[译诗]

想那天道运行有常，庄严肃穆永不停息。

多么显赫多么光明，文王德行纯美无比！

美好仁政能安我心，接受恩惠用心牢记。

遵循文王治国大计，子孙后代力行不已。

[注释] 1 维：句首语气助词。 2 於(wū)：感叹词。穆：庄严。 3 不：语气助词。显：伟大。 4 纯：美。 5 假：嘉，美好。 6 骏惠：同义合成词，遵循的意思。 7 曾孙：后代子孙。笃：厚。

维清

[导读] 这是一首祭祀文王的诗。据《尚书大传》记载，文王在位七年，先后攻破商纣属国邘、密须、畎夷、耆、崇等，削弱了商王朝的势力，为武王伐纣铺平了道路。成王继位之初，周公摄政，专门制礼作乐来纪念文王在位时的功绩。诗首句言如今天下太平，政治清明，都是因为文王善于用兵，表明文王制定的规章制度乃后代学习的典范，武王伐纣灭商，一统天下也是因为遵循文王遗教。"文王之典"为周王朝带来吉祥，乃周王朝立国之本，后代自然对其无限推崇，周王治国当承文王之道。

[原诗]

维清缉熙¹，文王之典²。

肇禋³，迄用有成⁴，

维周之祯⁵。

[译诗]

想我周朝清明辉煌，因为文王用兵良方。

自他开始出师祭天，功成全靠师法文王，

此乃周朝莫大福祥。

注释　**1** 维：句首语气助词。清：清明。缉熙：光明。　**2** 典：法。这里指用行军用兵的方法。　**3** 肇：开始。禋(yīn)：祭天。　**4** 迄：至。成：成功。　**5** 祯：吉祥。

烈文

导读　这是成王即位之初,祭祀祖先时劝勉与祭诸侯的诗。周武王在各方助力下取得了讨伐战争的胜利,灭纣之后,周王朝以分封诸侯的政策来巩固政权,受封的诸侯享有参加周王室祭祀先祖的待遇。从诗的前四句来看,周王对与祭诸侯给予了极高的称赞,不仅表彰了各路诸侯的赫赫战功,同时也表达了周王室从来没有忘记各路诸侯的恩德,这对前来助祭的诸侯来说是一种莫大的光荣,起到了很好的安抚作用。但是,恩威并施向来是天子临朝的门道,周王不可能只停留于对诸侯的安抚,同时还得威震四方,这一点对初登王位的成王来说显得尤为重要。接下来的九句诗便是周王对诸侯的告诫,语气由缓和转为冷硬,几乎是以命令的口吻告诫诸侯好好治国,继承先业,同时牢记先王训令,永远臣服周朝。本诗语言精练,衔接自然,细读之下,不禁对诗的巧妙构思暗暗称赞。

原诗

烈文辟公¹,锡兹祉福²。
惠我无疆,子孙保之。
无封靡于尔邦³,维王其崇之⁴。
念兹戎功⁵,继序其皇之⁶。

译诗

功德兼备助祭诸侯,赐给你们无边殊荣。
只要永远顺从周朝,子孙万代享福无穷。
治理国家没有大罪,我王便会对你尊崇。
感念先辈赫赫战功,继承大业光耀祖宗。

无竞维人⁷,四方其训之⁸。	最强莫过广纳贤士,四方才会竞相顺从。
不显维德⁹,百辟其刑之¹⁰。	先王德行光耀天地,诸侯应当效法尊崇。
於乎! 前王不忘¹¹。	呜呼! 先王典范铭记于胸。

注释 1 烈文:指功德。辟公:助祭诸侯。 2 锡:赐予。 3 封靡:大罪。 4 崇:尊重。 5 戎功:大功。 6 继序:继承之意。皇:光大。 7 竞:强。人:贤士。 8 训:顺从。 9 显:伟大。 10 百辟:助祭诸侯。刑:通"型",效法。 11 前王:即周文王、周武王。

天作

导读 这是周王祭祀岐山的诗。岐山是周王朝的发祥地,古公亶父以此为根据地开创了周朝先业,在周人的观念里,周王朝统一天下的大业就是从古公亶父开始的。古公亶父,周文王的祖父,周武王建立周朝时,追谥为"周太王"。亶父积德行义,受人爱戴,《史记·周本纪》叙述他说"古公亶父复修后稷、公刘之业",在周人发展史上,他是一个承上启下的关键人物。文王继承了亶父的遗业,并将其文德发扬光大,遂有"凤鸣岐山"之说,也就是预示文王将取得天下。可见岐山作为周朝圣地,为周人带来了吉祥福祉,也许,在周人的观念里,只要守住并经营好岐山,周王朝定能永保万年,为此,周武王完成统一大业后自当举行盛典,祭祀岐山,同时感念太王、文王的伟大功德。

原诗

天作高山¹,大王荒之²。
彼作矣³,文王康之⁴。
彼徂矣⁵,岐有夷之行⁶,
子孙保之。

译诗

上天造就巍峨山冈,大王经营土地更广。
自此荒山变成沃土,文王继承蒸蒸日上。
率领民众齐聚山旁,岐山有路宽阔坦荡,
子孙万代永保此方。

注释 1 高山:指岐山,在今陕西省岐山县东北。 2 大王:指古公亶父,周文王的祖父,周武王建立周朝时,追谥为周太王。荒:经营。 3 彼:指大王。作:开始。 4 康:安定。 5 彼:指文王。 6 夷:平坦无阻。行:道路。

昊天有成命

导读 这是纪念周成王一生功绩的诗。诗开头"昊天有成命",言周文王、周武王受命于天,开创了周朝一代伟业,作为周朝的第二代天子,成王肩负起巩固周朝、安定民生的重任,这也是关乎苍生的大事,暗指成王也是天命的延续。创业固然不易,但守业更难,为此,成王丝毫不敢怠懈,"不敢康"之"不敢"二字,道出了成王虽身处盛世但仍如履薄冰的精神状态。"夙夜基命宥密",成王夙兴夜寐,战战兢兢,忙于政务,勤于民生,他心知自己肩负着守住先王创下的历史基业、巩固强大周朝统治的重大使命,为使政治清明,百姓安乐,他励精图治、殚精竭虑。当然,成王的努力获得了历史的肯定,《史记·周本纪》曰:"成、康之际,天下安宁,刑措四十余年不用。"这莫不是对他一生功绩最好的总结。本诗虽为《诗经》中短的篇章之一,但布局构思绝不马虎,尽显先人智慧。

[原诗]

昊天有成命¹,二后受之²。
成王不敢康³,夙夜基命宥密⁴。
於缉熙⁵,单厥心⁶,
肆其靖之⁷。

[译诗]

上天自有成命,二王受命于天令。
成王不敢图享乐,日夜谋政宽且静。
多么辉煌又光明,殚精竭虑保天命,
国家巩固民安定。

[注释] 1 昊天:上天。成命:明确的指令。 2 二后:二王,指周文王、周武王。 3 康:享乐。 4 基:谋划。宥(yòu):宽容。密:仁静,安定。
5 缉熙:光明。 6 单:通"殚",竭力。厥:其,指周成王。 7 肆:巩固。
靖:安康。

我将

[导读] 这是周王祭天,同时配祭周文王的诗。据史料记载,夏、商、周建国之初,为纪念功业,皆创作过一套隆重的乐舞,夏禹作《大夏》,商汤作《大濩》,周武王作《大武》。据《左传·宣公十二年》记载,武王克商后作《武》,"耆定尔功"。《大武》共六篇,以盛大的乐舞叙述了西周统一天下过程中的六件大事,《我将》便是《大武》的第一篇。诗开篇映入眼前的是举行祭典前准备祭品的画面,牺牲陈列,摆放整齐,有牛有羊,虔诚供奉,这是周人出征前举行的祭天大典,以祈求天帝保佑。诗始言祭祀天帝,次言祭祀文王,这当然不仅仅是因为文王乃上一代创业者。文王文治武功,盛名传扬四方,他在位期间已然呈现出统一的大趋势,祭祀文王不仅是感念文王的功德,称赞文王的伟大,更是以文王为讨伐旗帜,表

明自己乃继承文王之命,在天帝的庇佑下完在成文王手中还未完成的事业,这样不仅可以安定现状还可以凝聚更多的力量。全诗以武王的口气叙述,可以清晰地感觉到他希望在文王与上天的佑助下完成伟业、统一天下的强烈决心。

[原诗]	[译诗]
我将我享¹,维羊维牛, 维天其右之²。	煮好祭品虔诚奉上,祭品丰富有牛有羊, 祈求保佑敬告上苍。
仪式刑文王之典³,日靖四方⁴。	效法文王制定规章,日夜祈求安定四方。
伊嘏文王⁵,既右飨之⁶。	伟大先皇周朝文王,请将祭品尽情安享。
我其夙夜,畏天之威, 于时保之⁷。	我要日夜勤祭天皇,崇敬上天无限威望, 这样才能保国安邦。

[注释] 1 将:煮。享:祭献。 2 右:保佑。 3 仪式刑:三字皆为效法之意。刑,通"型"。 4 靖:平定。 5 伊:句首语气助词。嘏(gǔ):伟大。 6 右:通"侑",劝人吃喝。飨:享。 7 时:是。

时迈

[导读] 这是周武王巡守各国诸侯、祭祀山河的诗。《毛诗序》曰:"《时迈》,巡守告祭柴望也。"郑玄笺曰:"武王既定天下,时出行其邦国,谓巡守也。"柴望,即柴祭和望祭,遥望山川而举行祭祀就是望祭。武王克商后,分封诸侯,为安定诸侯,树立新朝威信,武王巡视四方,威加海内。"怀

柔百神,及河乔岳"意在说明武王不仅能威震天下,还能安抚众神,沟通天地,而在周人的观念里,君主最独特受人尊崇之处便是沟通人神,得到百神庇佑。武王以武力征服天下,统一四方,接任文王之位后又以文德治理天下,巩固帝王之业。诗极言武王的武功和文德,赞美武王克商乃天命所归,在最后更是进一步强调武王统一天下、治理大周乃延续天命,虽皆为称颂之词,但这其中的严密的逻辑性与强烈的情感倾向,让人不得不叹服。

原诗	译诗
时迈其邦[1],昊天其子之[2], 实右序有周[3]。薄言震之[4], 莫不震叠[5]。怀柔百神[6], 及河乔岳[7]。允王维后[8]! 明昭有周[9],式序在位[10]。 载戢干戈[11],载櫜弓矢[12], 我求懿德[13],肆于时夏[14], 允王保之[15]。	出巡视察周朝诸邦,上天视我如同儿郎, 保佑周朝国运隆昌。武王发兵讨伐纣王, 天下诸侯莫不惊慌。取悦诸神献上祭品, 山河百神一同共享。天下之主周朝武王! 光明显著照耀四方,依照顺序诸侯受赏。 干戈兵甲从此退场,强弓利箭收入包囊。 我们访求有德贤郎,仁政施行遍布四方, 武王定能保国安邦。

注释 1 时:是,句首语气助词。迈:巡视。 2 昊天:上天。子之:视为儿子。 3 实:的确。右:保佑。序:助。 4 薄言:句首语气助词。震:震慑。 5 震叠:震慑。叠,通"慑",慑服。 6 怀柔:安抚。百神:即天地众神。 7 河:黄河,这里指河神。乔岳:高山,这里指山神。 8 允、维:"是"的意思。王、后:指周武王。 9 明昭:光明显耀。 10 式:句首语气助词。序:依次。 11 戢(jí):收藏。干戈:指兵器。 12 櫜(gāo):古代收藏盔甲弓矢的器具。 13 懿德:美德。 14 肆:陈设。夏:中国,国家。 15 保:指保持天命安定四方的意思。

执竞

导读 这是合祭周武王、周成王、周康王的诗。诗首句赞美武王勇猛强悍,仅"执竞"二字就让人不禁回想起他伐纣灭商,东征西战,开朝立国,拓展疆土的种种英雄事迹,一开篇便将人带入缅怀的情境中。武王功德无人能及,成王、康王也光明显赫,他们开创了周朝盛世,史称"成康之治",周初三位统治者皆为明君,流传史册,这是周人无法言喻的骄傲,诗句中透露着浓浓的自信。缅怀之情还未过去,钟鼓管乐之声便将人带入到了庄严肃穆的祭祀场景中,祭典上曲调悠扬,众演奏者各司其职,井然有序,场面宏大尽显太平盛世的气象。钟鼓齐鸣,磬声嘹亮,在一派其乐融融中祈求神灵赐福,祈求盛世永保万年。诗虽然极力赞美武王、成王、康王之伟大,但又着重强调了神灵对人的赐福和庇佑,因为在周人的观念里,要想成就事业,必须得有神的佑助,若安抚好神灵则会福禄相随,绵长不息。本诗语言精练而流畅,音调铿锵而有力,具有很强的感染力,让人仿佛置身于几千年前热闹而肃穆的盛大祭典中。

原诗

执竞武王[1],无竞维烈[2]。
不显成康,上帝是皇[3]。
自彼成康,奄有四方,
斤斤其明[4]。钟鼓喤喤[5],
磬筦将将[6],降福穰穰[7]。
降福简简[8],威仪反反[9]。
既醉既饱,福禄来反[10]。

译诗

自强不息当数武王,战功赫赫举世无双。
伟大君主成王康王,上帝对其大加赞赏。
自那成、康二王以来,周朝占拥天下诸邦,
明察秋毫威震四方。敲钟打鼓声音洪亮,
击磬吹管乐声锵锵,洪福无边从天而降。
神灵赐福大吉大祥,仪态严肃举止端庄。
神灵酒足饭又饱肠,福禄相报地久天长。

注释 1 执竞:自强不息。 2 竞:争。烈:功业。 3 皇:赞赏。 4 斤斤:明察的样子。 5 喤喤(huáng):形容钟鼓声大而和谐。 6 磬(qìng):古代打击乐器,形状像曲尺,用玉、石制成,可悬挂。笺(guǎn):同"管",竹制管乐器。将将(qiāng):同"锵锵",象声词,形容金石撞击发出的洪亮清越的声音。 7 穰穰(rǎng):众多的样子。 8 简简:盛大的样子。9 反反:慎重、和善貌。 10 反:回报。

思文

导读 这是祭祀周朝始祖后稷的诗。后稷乃周朝始祖,尧舜时期掌管农业之官,因善于经营农业,被尧举为"农师",后又被舜命为"后稷","后"是君王的意思,"稷"则是一种粮食作物,后稷被认为是最早开始种稷和麦的人。《诗经·大雅·生民》叙述了他极具神话色彩的身世以及在农业种植方面的特殊才能,他善于种植各种粮食作物,致力于开发农业生产技术。他留给后代优良的麦种,养育万民,他教民耕种,在全国推广农耕种植技术,正因为后稷创业成功才使万民免于饥饿,才使种族得以延续百年,这对身处农耕社会的人们来说当然意义非凡。周人以稷为始祖,以稷为谷神,以社稷为国家象征,足见后稷在周民族心中的神圣地位。本诗正是追思后稷开创农业的千秋功德,缅怀后稷养育万民的莫大恩泽,其德行确实"克配彼天"。

[原诗]

思文后稷¹,克配彼天²。
立我烝民³,莫匪尔极⁴。
贻我来牟⁵,帝命率育⁶。
无此疆尔界,陈常于时夏⁷。

[译诗]

追思后稷功德无量,德行纯正能配上苍。
养育我们万千百姓,如此恩惠谁能相忘。
赐予我们优良麦种,天命用以定民安康。
农耕何必区分疆界,种植技能全国推广。

[注释]　1 文:文德。后稷:周之先祖。　2 克:能。　3 立:通"粒",谷粒,此处用作动词,有养育之意。烝(zhēng)民:民众,百姓。　4 极:至,此处指至德。　5 贻:赠给。来:小麦。牟:大麦。　6 率:用。育:养育。　7 陈:遍布。常:常规,这里指农政。时:此。夏:中国,国家。

臣工

[导读]　这是周成王举行籍田礼时所唱的乐歌。所谓籍田,是古代天子、诸侯直接拥有的土地,由农奴耕种。籍田礼,就是天子、诸侯带领百官去籍田亲自耕作,以示对农业的重视。每逢春耕前,天子、诸侯都会躬耕籍田,其中也会有祭祀神明的环节,本诗反映的正是这一礼制。诗的前四句乃训勉百官严谨公务,潜心研究农业耕作之法。接下来的四句告诫农官尽忠职守,早筹农事。再接下来的四句是祈求神明,展望秋来丰收。最后三句,周王表示不仅春耕前往籍田,秋收也将前去视察。从全诗来看,周王非常重视农业生产,而且对农业活动也相当熟悉,农事中的众多祭礼也意在祈求农业丰收。周王朝在建国之初就制定了土地方面的法规,即诗中所说的成法,成法涉及土地分配与管理,土地耕种与改良,进一步反映了国家对农业的重视。

原诗

嗟嗟臣工[1]，敬尔在公[2]。
王厘尔成[3]，来咨来茹[4]。
嗟嗟保介[5]，维莫之春[6]。
亦又何求，如何新畬[7]。
於皇来牟[8]，将受厥明[9]。
明昭上帝，迄用康年[10]。
命我众人，庤乃钱镈[11]，
奄观铚艾[12]。

译诗

群臣百官须听好，对待公务要牢靠。
君王赐予耕作法，仔细研读并商讨。
农官你们也听好，而今正是春耕忙。
有何要求要上告，土地经营要思量。
麦苗长势真喜人，秋来定有好收成。
光明无比天上神，下降福泽获丰登。
听我命令耕种人，各样工具要列陈，
遍查农具后行耕。

注释　1 嗟嗟：句首语气助词。臣工：群臣百官。　2 敬：谨慎。　3 厘：通"赉(lài)"，赐予。成：成法。　4 咨：商量。茹：思量。　5 保介：农官的副职。　6 莫：古同"暮"。　7 新畬(yú)：新田熟田。开垦两年的田叫新，开垦三年的田叫畬。　8 於皇：叹词，用于赞美。来牟：小麦和大麦。9 厥：它的。明：收成。　10 迄：至。用：以。康年：丰年。　11 庤(zhì)：备好。钱(jiǎn)：古代铲类农具。镈(bó)：古代锄类农具。　12 奄：尽，全。观：视察。铚(zhì)：古代一种短的镰刀。艾(yì)：古代一种大的镰刀。

噫嘻

导读　这也是一首籍田礼上的颂歌，写的是周成王亲躬田间、督促农夫、告诫农官，与上篇《臣工》是姐妹篇。不过，上篇主要是写籍田典礼的前部分，即举行祈谷之礼，而本篇侧重描写籍田典礼的后部分，即周王率领群臣,亲耕劝农。从诗叙述的内容来看,前四句写成王祷告上苍,沟通神灵之后,举行籍田之礼。后四句写成王直训农官,率领农夫播种百谷,开始全面耕作。本诗虽语言朴实,篇幅短小,但气势宏大,如"十千维耦"便描绘出一幅万人齐心耕种的壮大景象。《噫嘻》与《臣工》提供了窥视周初礼仪典制与农业生产状况的窗口,具有重要文学价值的同时,还具有较高的史料价值。

[原诗]

噫嘻成王¹,既昭假尔²。
率时农夫³,播厥百谷⁴。
骏发尔私⁵,终三十里⁶。
亦服尔耕⁷,十千维耦⁸。

[译诗]

成王祷告声叹息,一片虔诚在内心。
率领农夫齐下地,播种百谷事躬亲。
农耕用具快开启,下地耕耘三十里。
从事耕作须努力,万人耦耕齐同心。

[注释] 1 噫嘻:叹词,表示叹息。 2 昭:明。假:通"格",至。 3 时:通"是",此。 4 厥:其。 5 骏:赶快。发:启动。私:当为"耜",原始翻土农具。 6 终:尽。三十里:在这里指农官的私田。 7 服:从事。 8 十千:一万人。耦(ǒu):两个人在一起耕地。

振鹭

[导读] 这是周王招待来京助祭的夏、商国君后代的乐歌。《毛诗序》曰:"《振鹭》,二王之后来助祭也。"诗中的"客",就是指"二王之后",即"二王"的后代,而"二王"也就是指夏朝国君与商朝国君。周武王伐纣胜利

得天下后,封夏、商二朝的王族后裔于杞地、宋地,用以体现周政权的仁爱之心,以便天朝统治,收服人心。本诗所写周王请夏、商后代来朝助祭并热情款待之事,正是这种怀柔政策的体现。诗的前四句以鹭鸟洁白的羽翼来象征来客高洁的仪容,以示周王对"二王之后"的称赞。接下来的两句是夸赞来客几乎没有失德之举,品性良好。细细品味,此句甚是微妙,暗含周王时时关注夏、商后代一举一动之意,其中"庶几"二字备显周王心意。最后两句则顺其自然地从称赞转为劝勉,希望"二王之后"能勤理朝政,保持美好名声。本诗的语言艺术十分高超,简明而生动地反应了周王的治国策略与周王朝的大国风范。

原诗	译诗
振鹭于飞[1],于彼西雍[2]。	白鹭成群高飞翔,降落西边辟雍旁。
我客戾止[3],亦有斯容[4]。	我有嘉宾喜来到,身着洁白好衣裳。
在彼无恶[5],在此无斁[6]。	本国封地无人厌,周地城邦广颂扬。
庶几夙夜[7],以永终誉[8]。	但愿你们勤理政,众人称赞美名扬。

注释 1 振:群飞貌。 2 雍(yōng):辟雍,西周天子所设大学,校址圆形,围以水池,前门外有便桥。 3 戾:至。 4 斯容:此容,意思是来客有像白鹭一样高洁的仪容。 5 无恶:没有人怨恨。 6 斁(yì):厌倦。 7 庶几:差不多,这里表希望之意。 8 终誉:盛誉。

丰年

导读 这是丰收之后祈天祭祖的乐歌。毛诗序曰:"《丰年》,秋冬报也。"报,就是指秋祭和冬祭。每年秋收之后直至冬天,周王朝都会举行一系列大规模的祭祀活动,报答神明祖宗,祈求来年丰收,丰年的报祭活动则更是盛大。丰收之年,谷物堆满粮仓,在丰收的喜悦中,人们用新粮酿造的美酒进献祖宗,在周人的观念里,先人们也能同他们一样感受到这片丰收的喜悦。同时以美酒祭享天帝群神,既是对神灵已赐恩德的报答,也是对来年好收成的祈求。在诗中所渲染的喜庆气象中,我们看到了周人沟通天地,人神和睦相处的融洽画面。

原诗

丰年多黍多稌¹,亦有高廪²,
万亿及秭³。为酒为醴⁴,
烝畀祖妣⁵,以洽百礼⁶,
降福孔皆⁷。

译诗

丰年谷物堆更高,我们建好大粮仓,
亿万谷粮来储藏。新米酿酒杯千觞,
献给祖先来品尝,配合祭典齐献上,
神灵赐福降吉祥。

注释 1 黍:小米。稌(tú):稻子。 2 高廪:高大的粮仓。 3 亿:周代以十千为万,以十万为亿,以十亿为秭。秭(zǐ):古代数目名,十亿。 4 醴:甜酒。 5 烝(zhēng):进献。畀(bì):给与。祖妣:男女祖先。 6 洽:配合。百礼:祭祀典礼上的各种仪式。 7 孔:很。皆:普遍。

有瞽

导读 这是周王祭祀先祖的乐歌。《毛诗序》曰:"《有瞽》,始作乐而合乎祖也。"在《诗经》时代,音乐具有非常重要的地位,周王室祭祀先祖,自然少不了乐队演奏,这也是先秦时期礼乐并重的文化观念的一种反映。瞽,字面意思作盲人,但在古代特指乐师。据《周礼》记载:周代已有乐官,由春官、地官(职责是掌管礼仪)管辖,其实是礼官的一种。"瞽"就是属于春官,其职责是"掌播鼗、柷、敔、埙、箫、管、弦、歌。讽诵诗,世奠系,鼓琴瑟。掌九德六诗之歌,以役大师"。也就是说这些盲人乐师,以演奏各种乐器为职,同时负责礼仪演出中的声乐部分,并在各种乐器的伴奏下,讽诵诗歌。从本诗描述的内容来看,周王室的这次祭祖典礼,乐师成排,乐器成套,乐声洪亮悠扬,场面十分壮观。

原诗

有瞽有瞽[1],在周之庭。
设业设虡[2],崇牙树羽[3]。
应田县鼓[4],鞉磬柷圉[5]。
既备乃奏,箫管备举。
喤喤厥声[6],肃雍和鸣[7],
先祖是听。我客戾止[8],
永观厥成[9]。

译诗

盲人乐师排列成行,上前齐聚周王庙堂。
钟架鼓架依次摆上,齿牙饰有五彩羽装。
大鼓小鼓齐齐上场,鞉磬柷圉安置有方。
演奏乐器准备妥当,排箫乐管一同奏响。
众乐和鸣声音洪亮,庄严和谐曲调悠扬,
祖宗神灵请来欣赏。我有嘉宾光临到场,
观至曲毕不觉时长。

注释 1 瞽(gǔ):盲人,古代乐师常为盲人。 2 业:古代悬挂钟或磬的横木上的大板。虡(jù):古代悬挂钟或磬的架子两旁的柱子。 3 崇牙:悬挂编钟编磬之类乐器的木架上端所刻的锯齿。树羽:用五彩羽毛来装饰崇牙。　4 应:小鼓。田:大鼓。县鼓:悬挂而击的鼓。县,同"悬"。5 鞀(táo):同"鼗",有柄有耳的摇鼓,俗称拨浪鼓。磬(qìng)、柷(zhù)、圉(yǔ):均为古代打击乐器。　6 喤喤(huáng):形容钟鼓声大而和谐。7 肃雝:形容乐声和谐。　8 戾止:来到。　9 永:一直。成:指乐曲演奏完毕。

潜

导读　这是一首以鱼祭祖的乐歌。以鱼为祭品祭祀先祖是中华民族延续千年的传统习俗,"鱼"与"余"谐音,寄托着人们美好的愿望,周人以鱼祭祖,祈求洪福绵延。本诗虽然篇幅短小,但却提到了鳣、鲔、鲦、鲿、鰋、鲤六种鱼,可见周人对鱼类品种十分熟悉,对鱼类养殖也有一定经验。据史料记载,周人常将柴草置于水底以吸引鱼群栖宿,这样不仅有利于鱼的养殖,同时也给捕鱼带来了很大的便利,这些都反映了周代生产力的发展与进步。

原诗

猗与漆沮[1],潜有多鱼[2]。
有鳣有鲔[3],鲦鲿鰋鲤[4]。
以享以祀,以介景福[5]。

译诗

漆沮汤汤润周土,鱼儿繁多藏柴木。
鳣鱼鲔鱼不可数,鲦鲿鰋鲤成群舞。
鲜美鱼儿祭先祖,诚心诚意求洪福。

注释　1 猗与:赞叹词。漆沮:河流名。即漆水和沮水。　2 潜:堆放水中供鱼栖息的柴木。　3 鳣(zhān):鲟鳇鱼的古称。鲔(wěi):指鲟鱼。

4 鲦(tiáo):鲦鱼,体小,呈条状。鲿(cháng):黄鲿鱼。鰋(yǎn):鲇鱼。 **5** 介:求。景:大。

雍

[导读] 这是一首撤祭诗,是周王祭祀完父母之后,撤去祭品时所演奏的乐曲。诗的开头写的是天子主祭、诸侯助祭的情景。与祭诸侯往来从容,排列整齐,天子居中,诚敬盛美,场面庄严肃穆,尽显大国风范,这种形式极大地宣示了周天子的绝对权威以及四方诸侯的衷心臣服,是周王室兴盛的标志。丰盛祭品依次陈列,天子诸侯齐声祷告:愿先祖神灵赐予福祥,保佑周朝安定,子孙福寿无疆。此番众星拱月,高声祈颂的场景再一次彰显了周天子的赫赫威仪,同时传达了周统治者希望周王朝永盛绵延的强烈追求。"既右烈考,亦右文母",在祭典将要结束的乐声中告慰先祖英灵,同时,劝侑先祖,撤去祭品,点明了本诗的实质。

[原诗]

有来雍雍¹,至止肃肃²。
相维辟公³,天子穆穆⁴。
於荐广牡⁵,相予肆祀⁶。
假哉皇考⁷,绥予孝子⁸。
宣哲维人⁹,文武维后¹⁰。
燕及皇天¹¹,克昌厥后¹²。
绥我眉寿¹³,介以繁祉¹⁴。
既右烈考¹⁵,亦右文母¹⁶。

[译诗]

一路走来和睦安详,到达庙堂容止端庄。
列国诸侯相助祭享,主祭天子肃穆端庄。
壮硕公牛虔诚进上,助我祭祀陈列庙堂。
光明伟大天上先皇,保佑孝子安定四方。
贤才能臣济济一堂,伟大君主举世无双。
定国安邦德感天皇,能佑子孙繁盛永昌。
赐福于我万寿无疆,上天佑助福禄永享。
保佑先父光明吉祥,保佑先母文德恒昌。

注释 1 雍雍:和睦的样子。 2 肃肃:恭敬的样子。 3 相:助祭。辟公:诸侯。 4 穆穆:端庄肃穆的样子。 5 荐:进献。广:大。牡:指公牛。 6 相:助。肆:陈列。 7 假:大,美。皇考:对亡父的尊称。 8 绥:安好。 9 宣哲:明哲,明智。人:指人臣。 10 后:君主。 11 燕:安定。 12 克:能。 13 绥:赐予。 14 介:助。繁:多。祉:福祉。 15 右:保佑。烈考:光明的先父。 16 文母:有文德的先母。

载见

导读 这是周成王初登王位,诸侯来京朝见、助祭的乐歌。《毛诗序》曰:"《载见》,诸侯始见乎武王庙也。"可见此次祭祀的对象是周武王,也就是诗中所说的"昭考"。新王即位,总存在一些不安定因素,诸侯们的离心则是统治者忧心的关键,朝拜周武王,一来是以先王的赫赫武功震慑群臣,另一方面也表明,成王遵循先王遗诏,会以同样的方式善待群臣并且委以重任。因此,诸侯前来朝拜并执行助祭工作,从统治者的角度来说,是打消诸侯们的疑虑,稳定政权,而从诸侯们的角度来说,则是暗刺虚实,探求天朝新政。然而,本篇在文学手段上的积极调动,极大地掩盖了它浓郁的政治色彩,诗在描写祭祀场面的时候体现了鲜明的文学性,这在颂诗中是十分难得的。高高飘扬的龙旗,叮当作响的车铃,金光闪闪的铜饰,在一片热闹壮观的场景中,周王朝的磅礴气势仿佛就在眼前。

原诗

载见辟王[1],曰求厥章[2]。
龙旂阳阳[3],和铃央央[4],
鞗革有鸧[5],休有烈光[6]。
率见昭考,以孝以享[7],
以介眉寿。永言保之,
思皇多祜[8]。烈文辟公[9],
绥以多福[10],俾缉熙于纯嘏[11]。

译诗

诸侯来京朝见新王,请求赐予法制规章。
龙旗鲜明迎风飘扬,车铃晃动叮当作响,
马缰装饰闪耀金光,朝见队伍威武雄壮。
率领诸侯祭祀武王,手持祭品进献先皇,
祈求赐予福寿绵长。神灵保佑四方安康,
英明成王洪福无疆。列国诸侯治理有方,
神明赐福安乐吉祥,辅佐君王使作明光。

注释 1 载:始。辟王:君王。 2 曰:句首语气助词。章:典章。 3 旂(qí):古代指画有交龙并杆头挂有铜铃的旗子。阳阳:色彩鲜明貌。 4 和铃:古代车铃。和在轼前,铃在旗上。央央:和谐的声音。 5 鞗(tiáo):马缰绳。有鸧(qiāng):金饰美盛貌。 6 休:美。 7 孝、享:皆为献祭之意。 8 思:发语词。皇:指成王。祜(hù):福。 9 烈文:武功文德。辟公:指助祭诸侯。 10 绥:赐予。 11 俾:使。缉熙:光明。纯嘏(gǔ):大福。

有客

导读 这是一首周成王为客饯行的诗。《毛诗序》曰:"《有客》,微子来见祖庙也。"可见本诗是写殷商后代宋微子来朝助祭,成王热情招待并为其设宴饯行。商人崇尚白色,诗开头两句强调来客所驾白马,一是揭示来客身份,二是表达对来客的尊重,暗指其高洁品性。接下来两句写宋微子随从人员的谨慎安详以及微子的端庄有礼,呼应前句。据史料记载,宋微子广施仁德,很受殷商遗民的拥戴,同时又尊奉周天子,故而很受周王重视。微子来朝助祭,受到了热烈欢迎,虽然已经住了两晚,但是主人还是舍不得他走,强烈要求他再住几晚,为此,主人甚至想到用绳索拴住马儿以达到留客目的,可见礼遇之隆。客人终须远去,主人令群臣百官为之饯行,再次凸显了微子所受的厚待。结尾乃点睛之笔,表明尊奉天朝定当荣宠不衰,神灵也将赐福保佑。

原诗	译诗
有客有客,亦白其马。	我有客人来自远方,驾车骏马纯白雄壮。
有萋有且[1],敦琢其旅[2]。	随从人员谨慎安详,彬彬有礼举止端庄。
有客宿宿[3],有客信信[4]。	客人已至留宿我方,盛情款待再宿我朝。
言授之絷[5],以絷其马。	真想用那粗长绳缰,拴马留客表我心肠。
薄言追之[6],左右绥之[7]。	客人将去送别饯行,左右大臣安抚得当。
既有淫威[8],降福孔夷[9]。	客人深蒙天子盛德,神灵赐福大吉大祥。

注释 1 有萋有且(jū):谨慎的样子。 2 敦琢:形容随从有礼有节的样子。 3 宿:住一夜。 4 信:住两夜。 5 絷(zhí):绳索。此处用作动词,拴。 6 薄言:句首语气助词。追:饯行。 7 左右:周王左右臣子。绥:安抚。 8 淫威:大德。 9 夷:大。

武

导读 这是一首叙述武王克商的诗,歌颂其平定天下的功劳。《左传·宣公十二年》曰:"武王克商,作《武》,其卒章曰'耆定尔功'。"据《礼记·乐记》记载，"《武》乐六成"，其中五篇断定为《武》《酌》《赉》《般》《桓》，并无异议，还有一篇《我将》也被认为是其中的一篇，但目前尚无定论。本篇乃《大武》乐章中的一章，是对周武王继承周文王遗志完成克商大业的赞美。诗开头两句热情歌颂武王，称赞其功业乃举世无双，接下来两句笔锋一转，上溯文王之德，指出武王能开创伟业离不开文王打下的坚实基础。诗的后三句复而赞美武王克商的功绩，同时诗句中又夹杂着对文王的追思，可见伐纣克商确实是一番不朽的伟业，它经历了两代人的不懈努力，同时又是顺应人心之举，永远留在人们的记忆中。全诗吞吐自如，虽为祭祀颂词，但显现出了高超的艺术技巧。

【原诗】

於皇武王¹，无竞维烈²。
允文文王³，克开厥后⁴。
嗣武受之⁵，胜殷遏刘⁶，
耆定尔功⁷。

【译诗】

光明辉煌伟大武王，伐商功业举世无双。
文德昌盛英明文王，能把后代功业开创。
承受遗业嗣子武王，平定杀戮战胜殷商，
完成大业功绩辉煌。

【注释】 1 皇：光明显耀。　2 竞：争。维：其，他的。烈：功业。　3 允：确然。文：文德。　4 开：开创。　5 嗣：后嗣。　6 遏：遏止。刘：杀戮。7 耆(zhǐ)：致，达到。尔：指武王。

闵予小子

【导读】 这是周成王遭周武王之丧，于祖庙祭告先祖、表明决心的诗。成王年幼继位，由周公辅政，本诗极有可能是周公托为成王之词，因此本诗的真正作者可能是周公。诗的前面三句抒发了成王的丧父之痛,点出了成王孤独无援的艰难处境,诗句中暗示成王年幼继位但无依无靠,急需群臣的支持与辅佐。此三句营造了忧伤的情感氛围,容易引发人的同情怜悯之心。接下来的两句写成王感念先皇武王,将终生恪守孝道。百善孝为先,古人极重孝道,成王此举无疑能在最短的时间内以最有效的方式博得群臣的好感。第六、七句追思先祖文王选贤任能致使国运昌隆,一方面暗示旧臣应当感念文王的提拔之恩继续辅佐新君,另一方面也在告知群臣,成王也将遵循先祖遗教继续提拔贤能之士。第八、九句写成王日夜勤政,以求守住先皇开创的辉煌大业。这两句主要是强调成王的自我努力,有力塑造了勤勉谨慎的新君形象。最后两句则是成王表明决心,发誓将祖业永远铭记于心,全诗至此陡生一股朝气,让彷徨犹豫的群臣们看到了希望,也增添了信心。本诗开头煽情,叙述婉转,收尾有力,并非简单的歌功颂德之作,越是细细品读,越是让人倍感巧妙,同时也让人不禁感叹在背后运作的周公的用心良苦。

[原诗]

闵予小子[1],遭家不造[2],
嬛嬛在疚[3]。於乎皇考[4]!
永世克孝[5]。念兹皇祖[6],
陟降庭止[7]。维予小子,
夙夜敬止[8]。於乎皇王[9]!
继序思不忘[10]。

[译诗]

可怜我这幼小孩童,家中遭难万分悲痛,
孤苦无依忧心忡忡。英明辉煌先父武王!
克礼尽孝终身不忘。想我祖父伟大文王,
选贤任能国运隆昌。年幼即位内心惶惶,
日夜勤政治国守邦!英明神武天上先皇!
继承祖业岂敢相忘。

[注释] 1 闵:同"悯",怜悯。予小子:周成王自称。 2 不造:不善,即不幸。造,善。 3 嬛嬛(qióng):孤独哀伤、无依无靠的样子。疚:哀伤。 4 皇考:对已故父亲的尊称,这里指周武王。 5 永世:终生。克:能。 6 兹:此。皇祖:对已故祖父的尊称,这里指周文王。 7 陟降:上下,升

级降职的意思。庭：正直，公正。止：语气助词。　**8** 敬：勤谨。止：语气助词。　**9** 皇王：先代君王，这里兼指文王、武王。　**10** 继：继承。序：绪，事业。思：语气助词。

访落

导读　这是周成王于祖庙祭告武王商讨国事的诗。《毛诗序》曰："《访落》，嗣王谋于庙也。"嗣王，也就是成王。成王继位之初，于庙堂告慰先王，这是一次披着祭祀外衣的政治活动。武王去世后，周朝面临权力接替的微妙时期，各路诸侯虎视眈眈，伺机出动，再加上成王年幼，阅历未丰，时局变得更加严峻，虽有周公辅政，主持大局，但无疑又引出了另一个更加尖锐的君权问题。因此，在诗开头，成王便宣称，国家的路线方针政策全部遵循先皇武王，这是嗣王初登朝堂、稳定局面、主持国事的必然举措。诗中成王极言自己尚且年幼，阅历不丰，唯恐有失妥当，让人仿佛看到一位忧心忡忡、举足难安的少年天子形象。同时家国多难，这对毫无经验的成王来说，无疑雪上加霜，虽每日辛勤理政，但终不能稳固全局。因此，成王只能向先皇求助，遵循武王庭训，效仿武王选贤任能、清肃朝纲，诗言至此终有一丝威慑之力。全诗感情真切，叙述动人，让人读罢也不得不感慨成王的处境艰难，对这位少年天子施以怜悯之情。

原诗

访予落止[1]，率时昭考[2]。
於乎悠哉[3]，朕未有艾[4]。

译诗

即位之初举国商讨，遵循先王治国之道。
先王道行实在精妙，阅历未丰领悟不到。

将予就之 [5]，继犹判涣 [6]。	虽有群臣殷勤相告，继续谋划恐失妥当。
维予小子，未堪家多难。	年幼登位经验缺少，家国多难难以担当。
绍庭上下 [7]，陟降厥家 [8]。	继承父祖治国之道，任用群臣井井有条。
休矣皇考 [9]，以保明其身 [10]。	英明神武伟大先王，佑我光明永享安康。

[注释] 1 访：谋划，商讨。落：始。止：语气助词。 2 率：遵循。时：是，这。昭考：相当于"皇考"，是对已故父亲的尊称，这里指武王。 3 悠：远。4 艾：阅历。 5 将：助。就：接近。 6 继：继续。犹：谋划。判涣：分散。7 绍：继承。庭：公正。 8 陟降：指提升和降级之意。厥家：群臣百官。9 休：美。 10 保明：保佑。

敬之

[导读] 这是周成王告诫群臣并自我警诫的诗。前面六句，成王以天子的气势居高临下，强调周王室乃天命所归，自己也是顺应天命，成为周朝的新一代君王，暗示群臣百官也应顺从天意，诚心服从周王朝的统治，言语间透着强大的威慑力。接着成王进一步强调，苍天在上，明察秋毫，周朝的一切事物尽在其督察之中，再一次暗示群臣当尽忠职守，不得有任何越轨行为。接下来的六句，笔调突转，着重表达成王严格自律的决心。成王自述年幼继位，缺少经验，但一定会加倍努力，相信经过长时间的勤奋学习能够逐步成熟，肩负周朝伟业，同时成王在这里也表达了希望群臣既不要轻视自己，也不要对自己失去信心的意图，当然，言语间也暗示自己任重道远，需要群臣的支持与辅佐。本诗一开篇便形成了强大的震慑力，用力之猛，足见成王掌管朝政统摄群臣的决心，同时，这位年轻君

王的执政能力也初步显露。全诗表述婉转,语意双关,君王的掌控手段可见一斑。

原诗

敬之敬之[1],天维显思[2]。
命不易哉[3]!无曰高高在上。
陟降厥士[4],日监在兹[5]。
维予小子,不聪敬止[6]。
日就月将[7],学有缉熙于光明[8]。
佛时仔肩[9],示我显德行[10]。

译诗

处事谨慎于心牢记,皇天在上天道显明。
行之有常难改天命!休要再言天道冥冥。
升黜百官张弛有力,日日督察不受蒙蔽。
想我年幼缺少阅历,为人处事自当警惕。
勤奋学习日月奉行,日积月累以致光明。
任重道远责任天定,明示美德永铭于心。

注释 1 敬:警诫。 2 显:显明。思:语气助词。 3 命:天命。易:更改。 4 陟降:指提升和降级之意。厥士:群臣百官。 5 日:每天。监:督察。兹:此。 6 敬:勤谨。止:语气助词。 7 就:久。将:长。 8 缉熙:逐渐积累以致光明。 9 佛:同"弼",辅弼。时:是。仔肩:责任。 10 示:指示。显:美好。

小毖

导读 此诗表达了周成王惩前毖后的决心。《毛诗序》将《闵予小子》《访落》《敬之》和本篇看成是组诗,这四首诗的内容一脉相承,语气如出一辙,叙述了成王从年幼稚嫩走向成熟独立的过程。从诗的具体叙述来看,前三篇应作于周公归政前,而《小毖》应作于归政后。本诗的开篇便点名主旨,成王自称必须深刻地吸取教训以免除后患,这说明此时的成王已初理朝政,但由于经验未丰遇到了一系列烦恼与危机。接下来成王总结经验教训并陈述自己将怎样做到惩前毖后。首先,成王表示,"莫予荓蜂",杂草虽微却能泛滥成灾,蜜蜂虽小却能施人以蜂毒,在这里成王是提醒自己不要轻视小人小事所带来的危害。接着,成王表示,"肇允彼桃虫",那小巧柔顺的鹪鹩只是一时的表象,谁也想不到它转眼即可化为凶恶狠毒的大鸟,遭受过祸端的成王已经深知其中的厉害,他将不再轻信谗言,被表象迷惑,从而遭受蒙蔽。此时的成王无比清醒,经历了管叔、蔡叔、武夷之乱的他已经对朝堂之事有了初步的体验。结尾成王自叹不堪重负,又陷入了另一番恼人的困境,看似自述苦闷,实则正是成王逐步成熟,深入思考,关注时局,决心独立主持国事并逐步清理朝政的表现。

原诗

予其惩[1],而毖后患[2]。
莫予荓蜂[3],自求辛螫[4]。
肇允彼桃虫[5],拚飞维鸟[6]。
未堪家多难,予又集于蓼[7]。

译诗

追悔前非记忆犹深,谨防后患严肃朝政。
勿要轻视杂草狂蜂,稍有不慎自得苦痛。
当初轻信小小桃虫,转眼化为凶恶大鹏。
家国遭难社稷不稳,陷入困境忧怨倍生。

注释 1 惩:警诫。 2 毖:谨慎。 3 荓(píng):一种草,又叫铁扫帚,多年生草本植物,掌状复叶,形状狭小。蜂:细蜂。 4 辛:蜜蜂蜇过的麻痛。螫(shì):蜜蜂以毒针刺人叫螫。 5 肇:始。允:信。桃虫:鸟名,即鹪鹩(jiāoliáo),尾羽短,体型小,羽毛赤褐色,善鸣唱,因为筑巢精巧,故又俗称巧妇鸟。 6 拚(fān):通"翻",鸟飞的样子。 7 蓼(liǎo):一年生草本植物,生长在水边或水中,茎叶味辛辣,故古人常以蓼喻辛劳困顿。

载芟

导读 这是周王籍田时祭祀社稷（土神、谷神）的乐歌。农业是周民生存发展的根基，周天子对其格外重视，每年春耕时节天子都要举行籍田礼，祭祀社稷神，亲劝农耕。诗前四句描写的是开垦的情景：除草、砍树、松土，千万农人遍布田野各处，映入眼帘的是集体生产的画面。接下来的六句写男女老少全体出动参加春耕。强壮的青年，温顺的妇女，耕作声，吃饭声，交汇成一幅生动的图景。周朝实行的是以国有为名的贵族土地所有制，全部土地归周王所有，分配给庶民使用，领主不得买卖和转让土地，定时缴纳一定的贡赋，庶民们每年都要在领主的大田上进行集体耕种，这种土地分配制度在诗句中也反映出来了。第十一到十八句写播种百谷和谷物生长。庶民选取优良的种子，精耕细作，禾苗当然越长越茂，谷穗当然又沉又长，看着这生机勃勃的景象，人们心里充满了喜悦与期望，这是诗的第一部分。诗的第二部分展望秋收，写谷物获丰，堆满粮仓，在丰收的喜悦中，人们用新粮酿造的美酒进献祖宗，报答神明，祝福老人，语中尽是自豪之情，举目尽是和乐之景。本诗描写了从春耕到秋收的情景，涉及内容广，全面记录了周代的农事活动，生动反映了周代的农业生活，在极具文学价值的同时还具有很高的史料价值。

原诗

载芟载柞[1]，其耕泽泽[2]。
千耦其耘[3]，徂隰徂畛[4]。
侯主侯伯[5]，侯亚侯旅[6]，
侯强侯以[7]。有嗿其馌[8]，
思媚其妇[9]，有依其士[10]。

译诗

开始除草又伐木，下田垦地又松土。
千万农夫齐耕耘，前往洼地与小路。
田主携同长子来，子弟后辈跟一路，
壮汉雇工握农锄。田间吃饭声音响，
美丽温柔好姑娘，年轻小伙真强壮。

有略其耜¹¹，俶载南亩¹²。　　犁头锋利闪锐光，开始耕田地向阳。
播厥百谷，实函斯活¹³。　　百谷种子齐撒上，颗粒饱满有亮光。
驿驿其达¹⁴，有厌其杰¹⁵。　　芽儿破土生气旺，壮苗先出头高扬。
厌厌其苗¹⁶，绵绵其麃¹⁷。　　新苗嫩绿真漂亮，谷穗低垂随风扬。
载获济济¹⁸，有实其积¹⁹，　　果实累累收成好，硕果成堆储满仓，
万亿及秭²⁰。为酒为醴²¹，　　亿万谷粮难计量。新米酿酒杯千觞，
烝畀祖妣²²，以洽百礼²³。　　献给祖先来品尝，配合祭典齐献上。
有飶其香²⁴，邦家之光。　　祭品美味飘其香，为我周邦添荣光。
有椒其馨²⁵，胡考之宁²⁶。　　椒酒进奉诚祭享，祈佑老人享安康。
匪且有且²⁷，匪今斯今，　　并非此时才这样，亦非今年始开创，
振古如兹²⁸。　　自古就有这风尚。

[注释] **1** 载：开始。芟(shān)：除草。柞(zé)：砍伐树木。　**2** 泽泽(shì)：土松散的样子。泽，通"释"。　**3** 耦：两人一起耕种叫作耦。耘：除草。**4** 徂：往。隰(xí)：低湿的地方。畛(zhěn)：田地间的小路。　**5** 侯：句首语气助词，相当于"维"。主：一家或一国之长，这里指家主。伯：长子。**6** 亚：第二，这里指老二老三等。旅：幼小晚辈。　**7** 强：强壮有余力的人。以：雇用。此指雇工。　**8** 噂(tǎn)：众人吃东西的声音。馌(yè)：给在田间耕作的人送饭。　**9** 思：句首语气助词。媚：美好。　**10** 依：壮盛的样子。士：指强壮的小伙子。　**11** 略：形容犁头锋利的样子。耜(sì)：犁头。　**12** 俶(chù)：开始。载：翻草。南亩：向阳的田地。　**13** 实：种子。函：被泥土覆盖。活：生气勃勃的样子。　**14** 驿驿：接连不断的样子。达：出土，这里指禾苗破土而出。　**15** 厌：美好，这里用以形容禾苗苗壮的样子。杰：特出，指壮苗。　**16** 厌厌：禾苗茂盛的样子。　**17** 绵绵：茂密的样子。麃(biāo)：《鲁诗》作"穮"，指谷穗上的芒。此指谷穗。　**18** 获：收获。济济：谷物众多的样子。　**19** 实：满。积：堆积。　**20** 万亿：周代以十千

为万，以十万为亿，以十亿为秭。秭(zǐ)：古代数目名，十亿。　**21** 醴：甜酒。　**22** 烝(zhēng)：进献。畀(bì)：给予。祖妣：男女祖先。　**23** 洽：配合。百礼：祭祀典礼上的各种仪式。　**24** 馤(bì)：食物的香气。　**25** 椒：用椒浸泡酒，或以为指酒香醇厚。　**26** 胡考：老年人。宁：安康。　**27** 匪：非。且：此。　**28** 振古：自古。

良耜

导读　这是周王秋收后祭祀社稷（土神、谷神）的诗，与前一篇《载芟》是姊妹篇，不过前篇侧重写春耕祭祀社稷神，而本篇侧重写秋收报答社稷神，《毛诗序》云："《载芟》，春籍田而祈社稷也。""《良耜》，秋报社稷也。"诗的开头十二句写松土、耕地、播种、送饭、翻土、除草，应是回写春夏耕作的情景，以此引出下文对秋收的礼赞。第十三到十九这七句描写丰收的情景。挥镰收割，镰刀声此起彼伏，看着一筐又一筐运往谷场的粮食，人们干劲十足，此处仿佛能看到周民们挥汗如雨但笑容满面辛勤收割的场景。望着那堆如城墙的粮食，妇女小孩都感到非常心安，这沉甸甸的粮食让他们放下了心中的秤砣，今年应是一个温饱之年。有什么比大获丰收更让人们高兴的呢？于是大伙喜气洋洋，开始隆重布置报答祖宗神灵的祭典。献上一头大公牛，向神明们虔诚祷告，祈求来年又是风调雨顺喜获丰收的好年成！本诗以轻松明快的节奏开篇，又以喜悦绵长的节奏收尾，读之心旷神怡，犹如走进一幅古风浓郁的农耕图。

原诗

畟畟良耜[1]，俶载南亩[2]。
播厥百谷，实函斯活[3]。
或来瞻女[4]，载筐及筥[5]，
其饟伊黍[6]。其笠伊纠[7]，
其镈斯赵[8]，以薅荼蓼[9]。
荼蓼朽止[10]，黍稷茂止。
获之挃挃[11]，积之栗栗[12]。
其崇如墉[13]，其比如栉[14]，
以开百室[15]。百室盈止，
妇子宁止[16]。杀时犉牡[17]，
有捄其角[18]。以似以续[19]，
续古之人[20]。

译诗

犁头锋利闪锐光，开始耕田地向阳。
百谷种子齐撒上，颗粒饱满有亮光。
田头有人来探望，背负圆篓手提筐，
热乎饭菜里头装。戴上草编圆斗笠，
手握锄头来除草，杂草统统都铲掉。
杂草腐烂在地里，庄稼生长更有利。
锄头镰刀齐作响，庄稼堆积满谷场。
谷堆高高像城墙，鳞次栉比并排靠，
欢天喜地开百仓。家中仓库堆满粮，
妻儿子女把心放。宰杀那头大公牛，
一双牛角弯又长。不断祭祀福祉旺，
继承先祖好风尚。

注释 1 畟畟(cè)：形容犁头锋利快速入土的样子。耜：犁头。 2 俶(chù)：开始。载：翻草。南亩：向阳的田地。 3 实：种子。函：被泥土覆盖。活：生气勃勃的样子。 4 或来瞻女：有人来看你。女，通"汝"。 5 载：背。筐：盛物的方形竹筐。筥(jǔ)：盛物的圆形竹筐。 6 饟：通"饷"，这里指送来的饭食。伊：是。 7 笠：用竹篾或棕皮编制的遮阳挡雨的帽子。纠：缠绕，这里是编制的意思。 8 镈(bó)：古代锄类农具。赵：锄地铲草。 9 薅(hāo)：拔除。荼蓼(liǎo)：泛指田间的杂草。 10 朽：腐烂。止：语气助词。 11 挃挃(zhì)：收割声。 12 栗栗：众多的样子。 13 崇：高。墉：城墙。 14 比：排列。栉：梳子和篦子的总称，比喻像梳齿那样密集排列着。 15 百室：众多粮仓。 16 妇子：妇女和孩子。 17 时：此。犉(chún)牡：大公牛。 18 捄(qiú)：角上方弯曲的样子。 19 似：通"嗣"，与"续"同义，继续。 20 古之人：指先祖。

丝衣

[导读]　这是一首绎祭乐歌。《毛诗序》曰："《丝衣》,绎宾尸也。"郑玄笺云:绎,又祭(又祭者,今日祭,明日再祭,故曰又祭)也。天子诸侯曰绎,以祭之明日。卿大夫曰宾尸,与祭同日。古代祭祀有时进行两天,第一天是正祭,次日续祭称"绎祭"。按孔颖达的疏解,"绎宾尸"应该是第一日正祭接近尾声时,将神尸(古代祭祀时代死者受祭的人)从神位上请下来,再举行酬谢他的宴会活动。诗首句写神尸的丝衣洁白鲜亮,用以衬托神尸的神圣与高洁。第二句描写神尸头戴皮制礼帽,神态温顺恭谦,侧面反映神尸扮演者不仅有高洁的外表,同时由内而外散发着神圣的美德。接下来描写宴会的摆设以及上呈的祭品,活动井然有序,有条不紊,宴会的气氛也是融洽温和,不吵不闹,一切都是那么合乎礼仪。

[原诗]

丝衣其紑[1],载弁俅俅[2]。
自堂徂基[3],自羊徂牛。
鼐鼎及鼒[4],兕觥其觩[5],
旨酒思柔[6]。不吴不敖[7],
胡考之休[8]。

[译诗]

祭服洁白色彩鲜,头戴皮帽多恭谦。
从那庙堂到门槛,壮牛肥羊来进献。
大小鼎器勤清检,兕角酒杯曲且弯,
酒浆柔和味甘甜。轻声细语不傲慢,
保佑长寿人心安。

[注释]　1 丝衣:丝质祭服,这里指神尸所穿的白色丝衣。紑(fóu):洁白鲜明的样子。　2 载:通"戴"。弁(biàn):皮帽。俅俅(qiú):恭顺的样子。3 基:通"畿",门槛。　4 鼐(nài):大鼎。鼒(zī):小鼎。　5 兕觥(sìgōng):古代酒器,盖一般呈带角兽头形。觩(qiú):角上方弯曲的样子。　6 旨酒:

美酒。思:语气助词。柔:指酒的口感绵柔。　7　吴:大声说话。敖:傲慢,骄慢。　8　胡考:长寿。休:吉祥。

酌

[导读]　这是《大武》乐章中的一章,歌颂周武王伐商之功以及周公、召公镇守天下的业绩。此诗深奥难懂,极具古韵,传达着颂诗的普遍主题:美王侯,劝有功。

[原诗]

於铄王师¹,遵养时晦²。
时纯熙矣³,是用大介⁴。
我龙受之⁵,蹻蹻王之造⁶。
载用有嗣⁷,实维尔公允师⁸。

[译诗]

王师英勇又辉煌,攻破昏庸商纣王。
光明形势喜来到,殷勤辅佐助周王。
我今有幸受天命,英勇归功周武王。
先王功业有继承,周公召公守四方。

[注释]　1　铄:通"烁",光明辉煌。　2　遵:率领。养:攻破。晦:晦暝,晦暗。3　纯:大。　4　是用:是以,因此。介,助,辅佐。　5　龙:通"宠",荣宠,光荣。6　蹻蹻(jiǎo):勇武的样子。造:成就。　7　嗣:继承。　8　公:指周公、召公。允:通"统",统率。

桓

导读 这是歌颂武王定国安邦的诗。周武王伐纣胜利后,周邦臣服,四方安定,风调雨顺,丰收连年,百姓安居乐业,举国上下皆是一派欣欣向荣之景,这让久经战乱的人们感到无比欣喜,无比满足,周王朝也自然成为民心所向。周王君临天下,威震四方,同时又安抚百姓,治国有方,这一切似乎都在预示周王乃天命所归。诗着重赞美武王英明威武,克定四方,齐家治国,光辉在天,表明武王自有上天庇佑,注定代商为王。本篇文辞豪迈但风格典雅,节奏明快但气象威严,言语间有一股生机勃发之气,体现了周人的自足与自信。

原诗

绥万邦¹,娄丰年²,
天命匪解³。桓桓武王⁴,
保有厥士⁵,于以四方⁶,
克定厥家⁷。於昭于天⁸,
皇以间之⁹。

译诗

安抚天下守四方,连年丰收福气旺,
天命不懈行有常。武王威武又辉煌,
拥有英勇好兵将,用武天下定国邦,
周室安定永繁昌。功德无量呈上苍,
君临天下代商王。

注释 1 绥:安定。万邦:指各诸侯国。 2 娄:通"屡"。 3 解:通"懈",懈怠。 4 桓桓:威武的样子。 5 保:拥有。士:兵将。 6 于:于是。以:用。后面省略介词宾语"武力"。 7 克:能。家:指周王室。 8 於:感叹词,表示赞美之情。昭:光明,显耀。 9 皇:君王。间:代替。之:指商王。

赉¹

[导读] 这是周武王伐纣胜利后,于京祭祀文王、分封诸侯的诗。文王一生勤勉,德业辉煌,武王致力于继承先父文德,拓展祖宗基业。为巩固统治,周王分封诸侯,也就是说诸侯受封乃周王恩赐,这就是"赉"的真正含义,周王希望诸侯牢记皇恩,安分守己,各司其职。本诗语气诚恳,表现了武王的深谋远虑以及对诸侯的谆谆教诲。

[原诗]

文王既勤止²,我应受之³。
敷时绎思⁴,我徂维求定⁵。
时周之命⁶,於绎思⁷。

[译诗]

文王在位勤社稷,德业辉煌我承继。
拓展基业永不停,伐纣只求天下定。
诸侯受封承周命,沐浴圣恩须牢记。

[注释] 1 赉(lài):赐予。 2 止:语气助词。 3 我:武王自称。 4 敷:布,拓展。时:是。绎:连续不断。思:语气助词。 5 徂:往。 6 时:承受。 7 於:感叹词。

般¹

[导读] 这是周武王祭祀山川、答谢神灵的诗。武王伐纣胜利后,在班师回朝的途中,祭祀山川,以答谢神灵。登上巍峨山顶,俯瞰壮丽河山,一

股豪迈之气油然而生。如今战乱平息,天下安定,这自然是莫大的快乐,
故而题曰"般"。本诗虽篇幅短小,但气势宏大,场面壮阔,展示了周武王
一统天下的雄伟气魄以及即将到来的新王朝的恢宏之势。

[原诗]

於皇时周[2],陟其高山[3]。
隋山乔岳[4],允犹翕河[5]。
敷天之下[6],裒时之对[7],
时周之命[8]。

[译诗]

周朝壮丽又辉煌,登上高山放眼望。
大山小山绵延长,沈沈合流水汤汤。
普天之下诸侯王,齐集此地助祭享,
大周受命永繁昌。

[注释]　1 般(pán):般乐,盛大的快乐。　2 於:感叹词,表示赞美之情。皇:
辉煌,伟大。时:是。　3 陟(zhì):登上。　4 隋(duò):狭长的山。乔岳:
高山。　5 允:通"沇(yǎn)",济水的别称。犹:通"沇",河名。翕(xī):合。
6 敷:通"溥",普。　7 裒(póu):聚集。对:配。　8 时:承受。

鲁颂

驷

导读 本诗通过写马来赞颂鲁僖公乐育贤才、治国有方。诗描写了各种各样的马,这些马儿高大健壮,品种纯良,奔驰于广阔的原野,这万马奔腾之势犹如僖公治理下的鲁国。在古代,国家军事力量的强弱直接反映在兵车数量上,兵车需要马匹拉动,所以国力强弱和马匹数量密切相关,各国对马政都十分重视,故而大国素有"千乘之国"的称号。从诗的叙述来看,鲁僖公十分重视养马,并且将马群牧于郊野,不占田地,无碍农业生产,百姓对此赞不绝口。同时,马历来又是人才的象征,鲁国马匹种类丰富,品种纯良,也就意味着鲁国人才济济,贤才辈出。《毛诗序》云:"《驷》,颂僖公也。僖公能遵伯禽之法,俭以足用,宽以爱民,务农重谷,牧于坰野,鲁人尊之。于是季孙行父请命于周,而史克作是颂。"郑笺云:"季孙行父,季文子也。史克,鲁史也。"诗中以"思无疆""思无期""思无斁""思无邪"来反复赞美鲁僖公,再现了僖公深谋远虑、谋无止息、毫不倦怠、计无偏颇的英明形象。本诗开篇描写群马奔驰于广阔无边的原野,生机勃勃,气象恢宏,而对马具体形象的描绘既生动又传神,虽然所写之马品种众多,但丝毫不显枯燥烦琐,呈现出流畅自然之态,可见叙述技巧纯熟,境界高远。诗篇中描写的马品种丰富,有些马的名称甚至闻所未闻,无怪乎孔子曰:"《诗》可以兴,可以观,可以群,可以怨,迩之事父,远之事君,多识于鸟兽草木之名。"

[原诗]

驷驷牡马[1],在坰之野[2]。
薄言驷者[3],有骄有皇[4],
有骊有黄[5],以车彭彭[6]。
思无疆,思马斯臧[7]。

驷驷牡马,在坰之野。
薄言驷者,有骓有驸[8],
有骍有骐[9],以车伾伾[10]。
思无期,思马斯才。

驷驷牡马,在坰之野。
薄言驷者,有驒有骆[11],
有骝有雒[12],以车绎绎[13]。
思无斁[14],思马斯作。

驷驷牡马,在坰之野。
薄言驷者,有骃有騢[15],
有驔有鱼[16],以车祛祛[17]。
思无邪,思马斯徂。

[译诗]

群马高大又健壮,放牧遥远郊野上。
要问都有什么马,骄马皇马色相杂,
骊马纯黑黄马黄,用来驾车显更壮。
鲁公深谋又远虑,所饲马匹皆纯良。

群马高大又健壮,放牧遥远郊野上。
要问都有什么马,骓马驸马毛带白,
骍马赤黄骐青黑,用来驾车闯前方。
鲁公谋虑无止息,所饲马匹真优良。

群马高大又健壮,放牧遥远郊野上。
要问都有什么马,驒马青黑骆马白,
骝马赤红雒马黑,用来驾车真快当。
鲁公思虑无倦怠,所饲马匹精神旺。

群马高大又健壮,放牧遥远郊野上。
要问都有什么马,骃马灰白騢赤红,
驔马黑黄鱼眼白,用来驾车真强壮。
鲁公计谋无偏颇,所饲马匹跑四方。

[注释]　1 驷驷(jiōng):马肥壮的样子。　2 坰(jiōng):离城远的郊野。
3 薄言:句首语气助词。　4 骄(yù):股间白色的黑马。皇:毛色黄白相
杂的马。　5 骊(lí):纯黑色的马。黄:黄赤色的马。　6 以车:以之驾车。
彭彭:强壮的样子。　7 思:句首语气助词。臧:善,好。　8 骓(zhuī):
青白杂色的马。驸(pī):毛色黄白相杂的马。　9 骍(xīng):赤色的马。骐:
有青黑色纹理的马。　10 伾伾(pī):疾行有力的样子。　11 驒(tuó):
毛色呈鳞状斑纹的青马。骆:黑鬣的白马。　12 骝(liú):红身黑鬣的马。

雒(luò):白鬣的黑马。　**13** 绎绎:跑得快的样子。　**14** 斁(yì):倦息。
15 骃(yīn):浅黑杂白的马。騢(xiá):毛色赤白相杂的马。　**16** 驔(diàn):黄色脊毛的黑马。鱼:两眼周围长有白毛的马。　**17** 祛祛:强壮的样子。

有驷

导读　这是写鲁僖公宴饮群臣的诗。此诗由三幅生动热闹的君臣宴饮图组合而成,其间醉酒起舞、君臣狂欢的场面在颂诗中是比较少见的。诗开头两句写车马繁忙,意在引出"夙夜在公,在公明明",原来,马车奔跑不停是因为臣僚们每天忙于公务,频繁地奔波于家里与官府之间。为了犒劳群臣辛苦为公,鲁僖公邀请他们一同宴饮。宴会上,手持鹭羽的舞者翩然而至,给整个宴会增添了不少欢乐。鼓声咚咚,这振奋人心的节奏让醉酒的人们忘情起舞,全然忘却了平日的礼节与束缚,整个宴会的气氛也在君臣狂欢中走向高潮,这是第一幅图所呈现的情景。鼓声渐息,悠远绵长,舞者们飘然散去,宴会在一片欢声笑语中接近尾声,臣僚们身姿跟跄,陆续归家,这是第二幅图呈现的情景。当然,这并不仅仅是一次君臣宴饮,还是一场祭祀活动,祈颂年年都有好收成,祝福子孙后代永享安康,这是第三幅图呈现的情景。从此诗可以看出,鲁僖公不仅善用人才,同时优待臣僚,颇能凝聚人心。

原诗

有駜有駜[1],駜彼乘黄[2]。
夙夜在公[3],在公明明[4]。

译诗

马儿高大又肥壮,四匹拉车毛发黄。
早晚出入于公堂,政务繁多事儿忙。

振振鹭⁵,鹭于下⁶。　　　　白鹭群飞展翅翔,俯身降落水泽旁。
鼓咽咽⁷,醉言舞⁸。　　　　　鼓声咚咚齐作响,乘醉而舞身姿晃。
于胥乐兮⁹。　　　　　　　　满座宾客多欢畅。

有駜有駜,駜彼乘牡¹⁰。　　　　马儿高大又肥壮,公马拉车气势强。
夙夜在公,在公饮酒。　　　　　早晚出入于公堂,办完公事饮酒浆。
振振鹭,鹭于飞。　　　　　　　白鹭群飞展翅翔,盘旋空中扶摇上。
鼓咽咽,醉言归。　　　　　　　鼓声咚咚齐作响,乘醉而舞身姿晃。
于胥乐兮。　　　　　　　　　　满座宾客多欢畅。

有駜有駜,駜彼乘駽¹¹。　　　　马儿高大又肥壮,黑马拉车气昂昂。
夙夜在公,在公载燕¹²。　　　早晚出入于公堂,办完公事饮欢畅。
自今以始¹³,岁其有¹⁴。　　　现在开始来计量,年年丰收好景象。
君子有穀¹⁵,诒孙子¹⁶。　　　君子有德福气旺,泽被后代享安康。
于胥乐兮。　　　　　　　　　　满座宾客多欢畅。

注释　1 駜(bì):马肥壮强健的样子。　2 乘黄:驾车的四匹黄马。古
代四马一车为一乘。　3 夙夜在公:意思是早晚忙于公家之事。公,官府,
公堂。　4 明明:犹勉勉,勤勉的样子。　5 振振:群飞的样子。鹭:白鹭。
古人常用白鹭的羽毛做成舞具。　6 鹭于下:白鹭飞翔而下。　7 咽咽:
形容有节奏的鼓声。　8 醉言舞:酒醉而起舞。言,相当于"而"。　9 于:
通"吁",感叹词。胥:全,都。　10 乘牡:驾车的四匹公马。　11 駽(xuān):
青黑色的马。　12 载:则。燕:同"宴"。　13 自今以始:从现在开始。以,
而。　14 岁其有:年年都有丰收。有,丰收。　15 穀:善。　16 诒:留。
孙子:即子孙。

泮水

导读 这是赞美鲁僖公文德武功的诗。诗并没有一开始就描写鲁侯，而是以龙旗高扬，銮铃阵阵，百官拥随的威严场面暗示鲁侯的到来，也正是因为他的光临，泮水岸边才会如此快乐热闹。诗的第二章正式描写鲁侯来临的情景，他的乘马肥壮强健，声音洪亮有力，从这里侧面烘托鲁国兵强马壮，君侯气势威仪。然而，正是这位威仪赫赫的尊贵国君，此时满脸春风，面容和蔼，没有怒颜，只是柔和宣教，鲁侯文德初步显露。第三章写君臣畅饮美酒，欢庆鲁侯征服淮夷，此乃歌颂鲁侯武功。第四、五章热情赞美鲁侯端庄谨慎、勤奋不懈、德行远播、为民楷模，他能文能武，效法先人，修明德行，攻克叛乱，故祖宗神灵赐福无疆，永保吉祥。第六、七章写鲁国军队在英勇征讨、清除叛乱的过程中也能发扬鲁侯的仁德之心。他们军容整齐，不骄不躁，既不高谈阔论也不争相邀功，他们坚持不懈，严格遵守鲁侯的决策，淮夷被攻克后虔诚归降，温顺投诚，此乃以文德训化敌人的结果。最后一章写淮夷归顺后的表现。诗中以鸮鹰比喻淮夷，他们虽然是凶狠的恶鸟，但如今却成群降落泮水树林，他们曾啄食我们的桑葚，但此时却为我们带来美妙的音乐，淮夷在鲁侯的教化下，幡然觉悟，献来珠宝特产以报盛恩。本诗所写之事多为想象之辞，但不能否认，此诗结构严谨，条理清晰，叙述流畅，文采飞扬，洋洋洒洒，气势浩荡，艺术成就很高。

原诗

思乐泮水¹，薄采其芹²。
鲁侯戾止³，言观其旂⁴。
其旂茷茷⁵，鸾声哕哕⁶。

译诗

泮水那边喜洋洋，芹菜繁多采摘忙。
鲁侯即将要来到，旗上绣纹挂铃铛。
龙旗飘飘迎风扬，銮铃叮当齐作响。

无小无大 [7]，从公于迈 [8]。 不论小官与大官，跟随鲁公向前闯。

思乐泮水，薄采其藻 [9]。 泮水那边喜洋洋，水藻繁多采摘忙。
鲁侯戾止，其马蹻蹻 [10]。 鲁侯即将要来到，他的马儿真强壮。
其马蹻蹻，其音昭昭 [11]。 他的马儿真强壮，他的声音高又响。
载色载笑 [12]，匪怒伊教 [13]。 面色温和脸带笑，从不发怒只宣教。

思乐泮水，薄采其茆 [14]。 泮水那边喜洋洋，莼菜繁多采摘忙。
鲁侯戾止，在泮饮酒。 鲁侯即将要来到，泮水旁边饮酒浆。
既饮旨酒 [15]，永锡难老 [16]。 美酒醇香饮欢畅，天赐福祉寿无疆。
顺彼长道 [17]，屈此群丑 [18]。 沿着漫漫长征道，制伏淮夷定国邦。

穆穆鲁侯 [19]，敬明其德 [20]。 鲁侯恭敬又端庄，德行仁厚不张扬。
敬慎威仪 [21]，维民之则 [22]。 严肃谨慎威严貌，为民做个好榜样。
允文允武 [23]，昭假烈祖 [24]。 文武兼备人称道，功德能及众先皇。
靡有不孝 [25]，自求伊祜 [26]。 效法祖先万事畅，求得上天降福祥。

明明鲁侯 [27]，克明其德。 鲁侯勤勉公事忙，能修品行德显扬。
既作泮宫，淮夷攸服 [28]。 修建宫殿泮水旁，淮夷纷纷来归降。
矫矫虎臣 [29]，在泮献馘 [30]。 三军将帅真勇壮，泮宫献耳把功报。
淑问如皋陶 [31]，在泮献囚 [32]。 法官善断如皋陶，泮宫献俘审问详。

济济多士，克广德心 [33]。 人才济济多贤良，鲁侯仁德广颂扬。
桓桓于征 [34]，狄彼东南 [35]。 军队威武去征讨，制伏敌人东南方。
烝烝皇皇 [36]，不吴不扬 [37]。 军队浩大气势壮，无人喧哗无人嚷。
不告于訩 [38]，在泮献功。 无人争辩无人吵，泮水宫中战功报。

角弓其觩 [39]，束矢其搜 [40]。 角弓弯弯退战场，束束利箭捆扎好。
戎车孔博 [41]，徒御无斁 [42]。 作战兵车真宽敞，步兵驭手不疲劳。
既克淮夷，孔淑不逆 [43]。 东南淮夷已攻克，投诚归顺不叛逃。

式固尔犹⁴⁴,淮夷卒获⁴⁵。

翩彼飞鸮⁴⁶,集于泮林。

食我桑黮⁴⁷,怀我好音⁴⁸。

憬彼淮夷⁴⁹,来献其琛⁵⁰。

元龟象齿⁵¹,大赂南金⁵²。

坚持计谋难不倒,淮夷终将被扫荡。

鸱鹰翩飞高空翔,栖落泮水树林上。

吃罢桑葚不远逃,回报我们把歌唱。

想那淮夷醒悟早,献上珍宝表衷肠。

大龟象牙真不少,金银财宝来呈上。

注释 1 思:句首语气助词。泮水:鲁国水名。或以为古代学官前的水池,形状如半月。 2 薄:句首语气助词。芹:菜名,一年或二年生草本植物,茎可食,亦称水芹。古代常用来比喻贡士或有才学之士。 3 鲁侯:即鲁僖公。戾:临,至。止:语气助词。 4 言:句首语气助词。旂(qí):画有交龙并杆头挂有铜铃的旗子。 5 茷茷(pèi):旗帜飘扬的样子。 6 鸾:古代一种车铃。哕哕(huì):有节奏的铃声。 7 无小无大:指官职不论大小。 8 迈:行走。 9 藻:水草名,即芹藻。 10 蹻蹻(jiǎo):勇武的样子。 11 其音:指鲁僖公说话的声音。昭昭:指声音明快爽朗。 12 载色载笑:又谈又笑。载,又。色,指表情和悦。 13 匪:非。伊:是。教:教导。 14 茆(mǎo):即莼菜,多年生水草植物,叶片椭圆形,浮水面,茎上和叶的背面有黏液,花暗红色,嫩叶可做汤菜。 15 旨酒:美酒。 16 永:长。锡:赐予。难老:不容易老,即长寿。 17 顺:遵循。长道:正道。 18 屈:制伏。群丑:指淮夷,为古代居于淮河流域的部族。 19 穆穆:端庄恭敬的样子。 20 敬明其德:努力谨慎修养美德。敬,努力。 21 敬慎威仪:指举止谨慎有威仪。 22 则:典范。 23 允文允武:文武兼备。允,确实。 24 昭:光明,显著。假:通"格",至。 25 孝:通"效",效法。 26 祜(hù):福。 27 明明:犹勉勉,勤勉的样子。 28 攸:语气助词。 29 矫矫:勇武的样子。虎臣:指猛将。 30 馘(guó):古代战争中割取敌人的左耳以计数献功。 31 淑:善。皋陶:传说虞舜时的司法官,据说特别善于断案。 32 囚:指俘虏。

33 广:发扬。　34 桓桓:威武的样子。　35 狄:通"剔",剪除,制伏。东南:指居住东南的淮夷。　36 烝烝:兴盛的样子。皇皇:庄严浩大的样子。　37 吴:大声说话。扬:高声。　38 不告于讻:不会因争相邀功而相互争吵。讻,争辩。　39 角弓:用兽角装饰的弓。觩(qiú):角上方弯曲的样子。　40 束矢:一束箭。五十支为一束。搜:多。　41 戎车:战车。孔:很。博:宽大。　42 徒:指步卒。御:指驾车的人。敕:疲惫,倦怠。　43 逆:反叛。　44 式:句首语气助词。固:坚持。犹:通"猷",计谋,谋划。　45 淮夷卒获:淮夷最终被击倒。　46 鸮(xiāo):指鸱鹰。　47 黮(shèn):通"葚",桑果。　48 怀:回馈。好音:美妙的歌声。　49 憬:醒悟。　50 琛(chēn):珍宝。　51 元龟:大龟,古代用于占卜。　52 赂:赠送财物。南金:产自南方的黄金。

闷宫

导读　这是歌颂鲁僖公文德功业的诗,作者是与鲁僖公同时的公子奚斯(亦名公子鱼)。闷宫,是僖公新修的供奉先祖的神庙,它成为了诗人美赞僖公的窗口,同时又是诗人寄寓希望的依托。诗人首先从庙中供奉的先祖说起,对周民族史上的几个重要人物进行逐一叙述。姜嫄德行纯正,承天之佑而生后稷,后稷培育谷物,授人农艺,以养万民,功德显著;后稷嫡孙,古公亶父,迁岐山之南而建周城,文王武王发扬其传统,克服殷商,一统天下。于是成王命叔父周公择立长子,封于鲁地,开阔疆土,辅佐周朝,这就是鲁国的由来。诗人追溯周业之所成、鲁国之所封意在表明,鲁侯与周王同祖同宗,乃周王室的正脉,而鲁国则是诸侯中最尊荣的大国。

层层铺垫与夸饰之后,诗人便着重从祭祀与武功这两个方面对鲁侯不遗余力地夸赞,歌颂其恢复旧业的成就。鲁国至僖公时代逐渐衰弱,失去往日诸侯中第一大国的尊荣,但僖公恢复礼制,收复失地,鲁国威望有了一定的提升。僖公的功业深受鲁国人民的称颂,而他新修闷宫供奉先祖之举尤其触动了周公后裔的感情,此诗也就成为他们表白内心的必然之作。本诗乃鸿篇巨制,是《诗经》中最长的一篇,但结构完整,脉络清晰,叙述有条不紊,声势浩大,不仅承载了诗人充沛的感情,同时表达了一个衰落宗族对过往辉煌的追忆与迷恋,寄托了鲁国人民复兴旧业重塑辉煌的强烈愿望。

[原诗]

闷宫有侐[1],实实枚枚[2]。
赫赫姜嫄[3],其德不回[4]。
上帝是依[5],无灾无害。
弥月不迟[6],是生后稷。
降之百福,黍稷重穋[7],
稙稚菽麦[8]。奄有下国[9],
俾民稼穑[10]。有稷有黍,
有稻有秬[11]。奄有下土[12],
缵禹之绪[13]。

后稷之孙,实维大王[14]。
居岐之阳[15],实始剪商[16]。
至于文武,缵大王之绪。
致天之届[17],于牧之野[18]。
无贰无虞[19],上帝临女[20]。

[译诗]

女祖神庙肃穆清静,殿堂高大雕刻细密。
圣母姜嫄显赫无比,品性纯正德行专一。
上天庇佑下赐福祉,无痛无害灾祸未至。
怀胎十月不曾延迟,顺利产下先祖后稷。
上天赐予各种福气,早熟晚熟黍稷不一,
早种晚种豆麦有异。坐拥天下四海归一,
百姓耕种皆赋农艺。稷子黄黍满野遍地,
稻子黑黍种植有力。拥有天下各国土地,
继承大禹辉煌功绩。

后稷有位后代子孙,正是周朝先君太王。
迁居来到岐山山阳,就此筹划铲除殷商。
时间推至文王武王,继承太王未了理想。
秉承天命出兵讨伐,牧野远郊一战克商。
专志一心没有过错,上天自会赐予吉祥。

敦商之旅²¹,克咸厥功²²。
王曰叔父²³,建尔元子²⁴,
俾侯于鲁。大启尔宇²⁵,
为周室辅。

乃命鲁公,俾侯于东。
锡之山川²⁶,土田附庸²⁷。
周公之孙²⁸,庄公之子²⁹。
龙旂承祀³⁰,六辔耳耳³¹。
春秋匪解³²,享祀不忒³³。
皇皇后帝³⁴,皇祖后稷。
享以骍牺³⁵,是飨是宜³⁶。
降福既多,周公皇祖,
亦其福女³⁷。

秋而载尝³⁸,夏而楅衡³⁹。
白牡骍刚⁴⁰,牺尊将将⁴¹。
毛炰胾羹⁴²,笾豆大房⁴³。
万舞洋洋⁴⁴,孝孙有庆⁴⁵。
俾尔炽而昌⁴⁶,俾尔寿而臧⁴⁷。
保彼东方,鲁邦是常⁴⁸。
不亏不崩,不震不腾⁴⁹。
三寿作朋⁵⁰,如冈如陵。

公车千乘,朱英绿縢⁵¹,
二矛重弓⁵²。公徒三万⁵³,
贝胄朱綅⁵⁴,烝徒增增⁵⁵。

大军出征治服殷商,完成大业功呈上苍。
成王说道尊敬叔父,请立长子伯禽为王,
封于鲁国贵为君长。大力发展开土扩疆,
镇守东方辅佐周王。

伯禽承命封为鲁公,建立侯国周朝之东。
赐他广阔山川土地,更有小国作为附庸。
周公后代而今鲁侯,庄公之子而今僖公。
龙旗之下主持祭祀,六条缰绳手中挥动。
春秋大祭不敢懈怠,未有差池祭祀慎重。
上帝在天光明辉煌,始祖后稷英明神通。
赤色公牛虔诚进贡,开怀畅饮尽情享用。
幸福吉祥蒙天盛宠,伟大光明先祖周公,
也将佑你福运昌隆。

秋天行祭是名为尝,夏天设栏把牛饲养。
白猪赤牛虔诚献上,牺牛酒杯撞声锵锵。
生烤小猪熬制肉汤,盛满笾豆装入大房。
场面盛大万舞洋洋,贤孝子孙承天福疆。
让你永享兴旺富强,让你永葆长寿安康。
神灵保佑东方国邦,鲁国江山地久天长。
既不亏损也不崩塌,既不翻腾也不动荡。
三寿比并齐作友朋,巍峨绵延犹如山冈。

鲁公拥有兵车千乘,矛有红缨弓有绿绳,
士兵齐配二矛二弓。鲁公拥有步卒三万,
头盔饰贝红线相缝,大军密密奋勇前冲。

戎狄是膺 [56]，荆舒是惩 [57]，
则莫我敢承 [58]。俾尔昌而炽，
俾尔寿而富。黄发台背 [59]，
寿胥与试 [60]。俾尔昌而大，
俾尔耆而艾 [61]。万有千岁 [62]，
眉寿无有害。

泰山岩岩 [63]，鲁邦所詹 [64]。
奄有龟蒙 [65]，遂荒大东 [66]。
至于海邦 [67]，淮夷来同 [68]。
莫不率从，鲁侯之功。

保有凫绎 [69]，遂荒徐宅 [70]。
至于海邦，淮夷蛮貊 [71]。
及彼南夷 [72]，莫不率从。
莫敢不诺 [73]，鲁侯是若 [74]。

天锡公纯嘏 [75]，眉寿保鲁。
居常与许 [76]，复周公之宇 [77]。
鲁侯燕喜 [78]，令妻寿母 [79]，
宜大夫庶士 [80]，邦国是有 [81]。
既多受祉，黄发儿齿 [82]。

徂来之松 [83]，新甫之柏 [84]。
是断是度 [85]，是寻是尺 [86]。
松桷有舄 [87]，路寝孔硕 [88]。
新庙奕奕 [89]，奚斯所作 [90]。
孔曼且硕 [91]，万民是若 [92]。

狄戎受击损失惨重，荆舒小国也将严惩，
有谁胆敢上前交锋。让你国家永远昌盛，
让你长寿永远富兴。白发变黄背上生纹，
长寿无比人中龙凤。让你强大而又昌盛，
让你长寿有如青松。千岁万岁仙寿永恒，
长寿无害永享天恩。

泰山巍峨雄伟高耸，鲁国百姓瞻仰尊崇。
我们拥有龟山蒙山，疆土到达周朝极东。
沿海诸邦皆为附庸，淮夷纷纷前来会同。
无人胆敢不相顺从，都是鲁侯治理有功。

鲁国拥有凫山绎山，徐戎居地为我所有。
沿海小邦对鲁俯首，东南淮夷治理不愁。
南方蛮夷臣服我国，竞相顺从前来相投。
来人无不喏声称诺，有谁胆敢叛逆鲁侯。

天赐鲁公大吉大祥，健康长寿保有鲁邦。
居住本国常地许地，恢复周公原有封疆。
鲁侯设宴欢庆吉祥，贤妻寿母也将到场，
君主群臣喜气洋洋，鲁国保有兴旺安康。
承蒙上天无限福祥，白发转黄牙齿新长。

徂徕山上青松蓊蓊，新甫山头翠柏苍苍。
砍下大木将其劈开，几寻几尺细心丈量。
松树做椽又粗又壮，殿堂宽敞气势辉煌。
新庙雄伟大放光芒，奚斯作诗为其颂扬。
内容丰富篇幅又长，顺应民意万人景仰。

注释 1 閟(bì)官:这里指供奉周朝始祖后稷生母姜嫄的神庙。侐(xù):清静的样子。 2 实实:广大的样子。枚枚:细密的样子。 3 赫赫:光明显耀。姜嫄:周人始祖后稷的生母,帝喾的妻子,传说她在郊野履大人足迹怀孕而生后稷。 4 不回:指姜嫄德行纯正。回,邪,不正。 5 依:助。 6 弥月:满月,指怀胎十月期满而生子。 7 重(tóng):通"穜",先种后熟的谷物。穋(lù):同"稑",后种先熟的谷物。 8 稙(zhí):庄稼种得早或成熟得早。稚(zhì):庄稼种得晚或成熟得晚。菽:豆类作物。 9 奄:尽,遍。下国:天下。 10 俾:使。稼穑:农事的总称。春耕为稼,秋收为穑,即播种与收获,泛指农业劳动。 11 秬(jù):黑黍。 12 下土:天下。 13 缵(zuǎn):继承。绪:功业。 14 大王:太王,指周文王的祖父古公亶父,武王克商后追尊为太王。 15 居岐之阳:古公迁居岐山之下,在岐山南面建立周城。岐,山名,在今陕西省。 16 剪:除掉。 17 致:奉行。届:征伐。 18 牧之野:即牧野,在今河南淇县西南。 19 贰:二心。虞:过失。 20 临:临视,保佑。 21 敦:治服。 22 咸:完成。 23 王:指周成王。叔父:指周公旦。 24 建:立。元子:长子,指周公长子伯禽。 25 启:开辟。宇:疆土。 26 锡:赐予。 27 附庸:附属小国。 28 周公之孙:指鲁僖公。 29 庄公:指鲁庄公,鲁僖公的父亲。 30 龙旂:画有交龙并杆头挂有铜铃的旗子。在古代,此乃诸侯之旗,举行祭祀活动的时候用这种旗。 31 六辔:古代一车四马,马各二辔,其两边骖马之内辔系于轼前,驭者只执六辔。辔,马缰绳。耳耳:众盛的样子。 32 解:通"懈",懈怠。 33 忒(tè):差错。 34 皇皇:光明的样子。后帝:上帝。 35 骍(xīng)牺:祭祀用的赤色的牺牲。骍,赤色。 36 飨:用酒食祭神。宜:列祖几陈牲以祭。 37 女:通"汝"。 38 尝:秋祭名。 39 福(fú)衡:加在牛角上的横木。用以防止损伤牛角。 40 白牡:白色公猪。骍刚:赤色公牛。 41 牺尊:古代酒器。作牺牛形,背上开孔以盛酒。将将:同"锵锵",形容金属碰撞发出的声音。 42 毛炰(páo):将牲畜连毛投置火中去毛烤炙致熟,这里指烤熟的小猪。羹(zì)羹:肉汤。

43 笾(biān)豆：古代祭祀及宴会时常用的两种礼器。竹制为笾，木制为豆。大房：古代祭祀时盛牲畜的用具。　**44** 万舞：古代的舞名。先是武舞，舞者手拿兵器；后是文舞，舞者手拿鸟羽和乐器。　**45** 孝孙：指僖公。**46** 炽：盛。　**47** 臧：善，好。　**48** 常：恒常，有永守的意思。　**49** 震：震动。腾：动荡。　**50** 三寿：指上寿、中寿、下寿。古时候称上寿百二十岁，中寿百岁，下寿八十。　**51** 朱英：装饰在矛上的红缨。绿縢：束弓套用的绿绳。　**52** 二矛：古代战车上一长一短的两支矛，用于不同距离的交锋。重弓：士兵携带的两张弓，一张为常用，一张为备用。　**53** 徒：步卒。　**54** 贝胄：镶有贝壳的头盔。朱绶(qīn)：红线。　**55** 烝：众。增增：众多的样子。　**56** 膺：讨伐，打击。　**57** 荆：楚的别称。舒：楚的属国。**58** 承：抵挡。　**59** 黄发台背：指长寿的老人。黄发，指老年人头发由白转黄。台背，指老年人背上生斑纹如鲐鱼背。台，通"鲐"。　**60** 胥：相。试：比。　**61** 耆、艾：指老年长寿。　**62** 有：又。　**63** 岩岩：高大，高耸。**64** 詹：通"瞻"，瞻仰。　**65** 龟蒙：二山名。龟山在今山东新泰市西南，蒙山在今山东平邑县东北。　**66** 荒：有。　**67** 海邦：指鲁国东边的近海小国。　**68** 同：会同。　**69** 凫绎：二山名。凫山在今山东邹城市西南，绎山在今山东邹城市东南。　**70** 徐宅：古代徐戎所居之地，指徐国。在今淮河中下游。　**71** 蛮貊(mò)：指东南方的少数民族。　**72** 南夷：南方少数民族或者南方边远地区。　**73** 诺：顺从。　**74** 若：顺从。　**75** 嘏(gǔ)：福。　**76** 常、许：鲁国二地名。　**77** 宇：疆域。　**78** 燕喜：宴饮喜乐。**79** 令：美好，善。　**80** 宜：善。　**81** 有：保有。　**82** 儿齿：老人牙齿掉落后又生新牙，象征年老长寿。　**83** 徂来：即徂徕山，在今山东省泰安市东南。　**84** 新甫：山名，坐落泰山旁。　**85** 度：通"剫(duó)"，砍伐。**86** 寻、尺：均为古代的长度单位，一寻等于八尺。寻、尺在这里皆用作动词。　**87** 桷(jué)：方形的椽子。舄(xì)：大。　**88** 路寝：古代天子、诸侯的正厅。　**89** 奕奕：高大的样子。　**90** 奚斯：鲁国大夫。　**91** 曼：长。**92** 若：顺。

商颂

那

导读 这是殷商后代祭祀先祖成汤的乐歌。《毛诗序》云:"《那》,祀成汤也。微子至于戴公,其间礼乐废坏,有正考甫(即正考父)者,得《商颂》十二篇于周之大师,以《那》为首。"殷商后裔宋大夫正考父得到了以《那》为首的《商颂》,请周司乐大师考校,后经孔子删定为今存的《那》《烈祖》《玄鸟》《长发》《殷武》五篇,这五篇都是殷商后裔祭祀先祖的颂歌。本篇是祭祀成汤,着重表现音乐歌舞。诗中出现了鞉鼓、管、磬、镛四种不同的乐器,描写了鼓声、管声、磬声等各种不同的乐声,诗人巧妙地以"简简""渊渊""嘒嘒""穆穆"这些叠声词将不同的乐声描绘得丝丝入扣,同时又将它们有机地融汇在一起,既再现了乐声的此起彼伏之势又给人以曲调和谐之美感。乐声齐鸣,在隆隆的镛鼓声中万舞洋洋,整个祭祀场面声势浩大且井然有序,乐舞表演一气呵成。乐声"既和且平",祭者"温恭朝夕",前后呼应,诗意连贯,成一体之势。此外,本诗出现了鞉鼓、管、磬、镛等乐器,以及应乐而来的祭祀舞蹈——万舞,这对研究古代音乐、舞蹈史颇有史料价值。

原诗

猗与那与[1],置我鞉鼓[2]。
奏鼓简简[3],衎我烈祖[4]。

译诗

多盛大啊多美好,竖立摇鼓在堂上。
鼓声奏起声音响,令我先祖多欢畅。

汤孙奏假⁵，绥我思成⁶。　　商汤后代祈上苍，赐我太平民安康。
鞉鼓渊渊⁷，嘒嘒管声⁸。　　摇鼓声声其作响，管乐之声真清亮。
既和且平，依我磬声⁹。　　曲调和谐且平正，磬声一响众乐消。
於赫汤孙¹⁰，穆穆厥声¹¹。　　商汤后代真显赫，乐队和美又端庄。
庸鼓有斁¹²，万舞有奕¹³。　　钟鼓齐鸣声铿锵，万舞盛大又浩荡。
我有嘉客¹⁴，亦不夷怿¹⁵。　　众多宾客远来到，欢乐喜庆聚一堂。
自古在昔，先民有作。　　上溯前代至远古，先民就有此风尚。
温恭朝夕¹⁶，执事有恪¹⁷。　　早晚恭敬性温良，处事谨慎有规章。
顾予烝尝¹⁸，汤孙之将¹⁹。　　秋冬二祭请赏光，商汤后代诚祭飨。

【注释】　1 猗、那：均为美好盛大的样子。与：同"欤"，叹词。　2 置：通"植"，竖立。鞉(táo)鼓：两旁缀耳的小鼓，执柄摇动时两耳击鼓发声。　3 简简：形容鼓声洪大。　4 衎(kàn)：快乐。烈祖：建功立业的先祖，古代多称开基创业的帝王。这里指商汤。　5 汤孙：商汤之孙。奏假：祭祀祈神。　6 绥：赐予。思：语气助词。成：太平的意思。　7 渊渊：鼓声。　8 嘒嘒(huì)：象声词，形容清亮的声音。　9 依：跟随。磬：古代一种打击乐器，用玉、石制成，可悬挂。　10 於(wū)：感叹词。赫：显耀。　11 穆穆：和美的样子。　12 庸：通"镛"，大钟。斁：形容乐声盛大的样子。　13 万舞：古代的舞名。先是武舞，舞者手拿兵器；后是文舞，舞者手拿鸟羽和乐器。有奕：即奕奕，盛大美好的样子。　14 嘉客：指前来助祭的诸侯。　15 夷怿(yì)：愉快，喜悦。　16 温恭：温和恭敬。　17 执事：做事。恪：恭敬，谨慎。　18 顾：光顾。烝尝：秋冬二祭，冬祭为烝，秋祭为尝。　19 将：祭飨，奉献。

烈祖

导读 这也是殷商后代祭祀先祖成汤的乐歌。前篇重在表现音乐,此篇重在描写食物。诗开头四句热情赞叹伟大先祖洪福齐天,其恩泽绵延至今,后代受用无穷,点明了祭祀的缘由,为此次祭祀活动做了情感铺垫。接下来八句写主祭者献上清酒,调好肉羹,希望这甘美的食物能愉悦祖宗神灵,众人无声祷告,在一片庄严肃穆的祭祀场面中期待神灵"降福无疆"。再接下来八句写主祭者坐着华丽的马车,带领庞大的祭祀队伍浩浩荡荡来到宗庙,进一步祈求福寿安康。本诗先静后动,张弛有度,将整个祭祀场面描写得既生动又庄重,同时用词典雅,音调和谐,读之很有颂诗的绵长平和之感。

原诗

嗟嗟烈祖 ¹,有秩斯祜 ²。
申锡无疆 ³,及尔斯所 ⁴。
既载清酤 ⁵,赉我思成 ⁶。
亦有和羹 ⁷,既戒既平 ⁸。
鬷假无言 ⁹,时靡有争 ¹⁰。
绥我眉寿 ¹¹,黄耇无疆 ¹²。
约軧错衡 ¹³,八鸾鸧鸧 ¹⁴。
以假以享 ¹⁵,我受命溥将 ¹⁶。
自天降康,丰年穰穰 ¹⁷。
来假来飨 ¹⁸,降福无疆。
顾予烝尝 ¹⁹,汤孙之将 ²⁰。

译诗

伟大先祖功业辉煌,大吉大利天降福祥。
反复赏赐恩泽无限,福禄遍及后世封疆。
祭祀祖宗清酒呈上,赐予我们幸福安康。
精心调制美味肉汤,五味齐备口味适当。
集众祷告严肃端庄,祭礼前后无人争嚷。
愿神赐我长命百岁,万寿无疆永保福祥。
皮革束毂横木错金,八个銮铃鸣声锵锵。
来到祖庙虔诚祭祀,承天之命又久又长。
上天降下幸福安康,丰收之年谷物满仓。
各路神灵前来受享,承蒙庇佑赐福无疆。
秋冬二祭请神赏光,商汤后代虔诚奉上。

[注释] **1** 嗟嗟:叹词,表示赞美。烈祖:建功立业的先祖。 **2** 有秩:即秩秩,形容福大的样子。祜:福。 **3** 申锡:反复赏赐。申,再三。 **4** 斯所:此处。 **5** 载:陈设。酤(gū):清酒。 **6** 赉(lài):赐予。思:语气助词。成:太平的意思。 **7** 和羹:调制而成的羹汤。 **8** 戒:齐备。 **9** 鬷(zōng)假:集众祷告。 **10** 争:喧嚷。 **11** 绥:赐予。眉寿:长寿。 **12** 黄耇(gǒu):年老。 **13** 约:束。軝(qí):车毂两端有皮革装饰的部分。错:错金。衡:车前横木。 **14** 八鸾:八个鸾铃。鸧鸧(qiāng):铃声。 **15** 假:格,至。 **16** 溥:大。将:长。 **17** 穰穰(ráng):丰盛的样子。 **18** 飨:指祖宗神灵享用祭品。 **19** 顾:光顾。烝尝:秋冬二祭,冬祭为烝,秋祭为尝。 **20** 汤孙:商汤之孙。将:祭飨,奉献。

玄鸟

[导读] 这是祭祀殷高宗武丁的乐歌。武丁是盘庚之弟小乙之子,成汤的第九代孙,后世称为高宗。相传武丁少时生活在民间,能体味民生疾苦,即位后,重用傅说、甘盘为大臣,发展经济,南征北战,力求巩固统治,复兴旧业,是殷商后期颇有作为的一位君王,本诗就是歌颂他的辉煌功业。诗先从商朝始祖说起,以简狄吞燕卵怀孕而生商代祖先契的神话表明商朝乃受天之命,然后追叙成汤秉承天命,征伐天下,占拥九州的辉煌功业,如此层层铺垫引出后代武丁也是天命所归,他继承遗业,复兴殷商,是光明显耀的贤君。诗接下来写在武丁的治理下,国力强盛,粮食富足,疆域辽阔,百姓安康,商朝重现车水马龙、四方朝拜的昌盛之势。结尾再次强调殷王乃受命为王,自当福禄绵长。本诗前后呼应,结构严谨,

诗中字字流露出诗人勃发激扬的豪情,虽然诗中所写并非全为历史事实,但却深刻地反映了殷商之民复兴殷商的强烈愿望,以及对武丁中兴的无比自豪。

原诗

天命玄鸟[1],降而生商[2],
宅殷土芒芒[3]。古帝命武汤[4],
正域彼四方[5]。方命厥后[6],
奄有九有[7]。商之先后[8],
受命不殆[9],在武丁孙子[10]。
武丁孙子,武王靡不胜[11]。
龙旂十乘[12],大糦是承[13]。
邦畿千里[14],维民所止[15]。
肇域彼四海[16],四海来假[17],
来假祁祁[18]。景员维河[19],
殷受命咸宜[20],百禄是何[21]。

译诗

神燕受命于上苍,简狄生契建立商,
住在殷土地宽广。上帝授命于成汤,
征伐天下守四方。昭命下达各侯王,
殷商占拥九州邦。商朝各位先君王,
不怠天命治国忙,裔孙武丁贤无双。
后代武丁是贤王,战无不胜业辉煌。
大车十乘龙旗扬,酒食常奉呈上苍。
疆界千里地宽广,百姓居住好地方。
拥有四海疆域广,诸侯来朝拜商王,
车水马龙人熙攘。景山周围黄河绕,
殷商受命人称道,上天赐福呈吉祥。

注释 1 玄鸟:燕子。玄,黑色。相传有娀氏之女、帝喾之妻简狄,吞燕卵怀孕而生商祖先契。 2 商:指商的祖先契。 3 宅:居住。芒芒:即茫茫,宽广的样子。 4 古帝:上帝。武汤:即成汤,汤号为武也。 5 正:通"征"。域:有。 6 方:广,遍。后:君主,指各诸侯。 7 奄:尽,遍。九有:九州。 8 先后:先王。 9 殆:通"怠",懈怠。 10 武丁:殷高宗,汤的第九代孙。 11 武王:即成汤。 12 旂:画有交龙并杆头挂有铜铃的旗子。在古代,此乃诸侯之旗,举行祭祀活动的时候用这种旗。 13 糦(chì):酒食。承:供奉。 14 邦畿(jī):疆域,疆界。 15 止:居住。 16 肇域:开始拥有。 17 来假:来到。 18 祁祁:众多的样子。 19 景:

景山,商都城所在,在今河南省商丘市。员:周围。　**20**　咸宜:意思是说人们都认为很合适。　**21**　何:通"荷",承受。

长发

导读　这是以歌颂成汤为主祭祀商朝先王的乐歌。诗先从商朝始祖说起,追述先王功业,再强调成汤承天之命执政九州的辉煌功绩。追述商朝历史,当然要从有娀氏之女生子开始。第一章先写上古洪水茫茫,大禹平治天下,夏朝幅员辽阔,其实是为了引出商朝历史悠远,有娀氏之女受天命生契,而契受天命建立商,这恰好呼应诗开头所说"浚哲维商,长发其祥",商一直承天福祥。第二章写玄王商契威武刚毅,无论大国小国皆治理得当。当然,玄王治国不仅善于用武,同时,他遵循礼法,体察民情,诗中虽未以德称之,但从诗人的叙述中可以得知玄王治国,文武并举。商契之孙相土也毫不逊色,他开拓疆土,战功赫赫,商朝逐渐发展兴盛。从第三章开始,诗歌转而叙述成汤事迹,歌颂成汤功业。第三章写成汤的降生同样是受天之命,他明智谨慎,虔诚敬天,日夜不怠,因而受天命执政九州,成为天下典范。第四章写成汤沐浴天恩,统摄诸侯,歌颂其施政宽和,进退有度,刚柔相济,乃诸侯表率,故而蒙天之福。第五章写成汤勇武刚毅,庇护诸侯,战功硕硕,处事泰然,意在突出成汤神威,能保天下安宁,英武坚强,为诸侯所依靠,故而得天赐百福。第六章叙述成汤出兵征战,讨伐夏桀,最终一统天下的历史事迹,歌颂成汤的赫赫武功与辉煌战绩。第七章追叙商朝中期,辉煌鼎盛,成汤为君,威震四方,再一次强调成汤"允也天子"。自古有明君必有贤相,上天授予成汤辉煌的使命,当然也会赐给他贤能的卿相,宰相伊尹就是成汤的左膀右臂,辅佐其建功立业。本诗语言精练,内容集中,叙述生动,主次分明,句式整齐,结构严谨,实乃精工细琢之作。

[原诗]

浚哲维商[1],长发其祥[2]。
洪水芒芒,禹敷下土方[3]。
外大国是疆[4],幅陨既长[5]。
有娀方将[6],帝立子生商[7]。

玄王桓拨[8],受小国是达[9],
受大国是达。率履不越[10],
遂视既发[11]。相土烈烈[12],
海外有截[13]。

帝命不违,至于汤齐[14]。
汤降不迟[15],圣敬日跻[16]。
昭假迟迟[17],上帝是祇[18],
帝命式于九围[19]。

受小球大球[20],为下国缀旒[21],
何天之休[22]。不竞不绒[23],
不刚不柔,敷政优优[24],
百禄是遒[25]。

受小共大共[26],为下国骏厖[27],
何天之龙[28]。敷奏其勇[29],
不震不动,不戁不竦[30],
百禄是总[31]。

[译诗]

英明睿智商朝祖先,永远兴发幸福吉祥。
远古时代洪水茫茫,大禹治水安定四方。
远方大国为其封疆,幅员广阔持续增长。
有娀氏女风华正茂,上帝令其生契建商。

始祖商契威武刚强,接受小国政令通达,
接受大国治理得当。遵循礼法没有差错,
视察民情施政有方。相土功绩显赫辉煌,
四海之外莫不归降。

不违天命听从旨意,成汤之时上下齐一。
成汤降生恰逢时宜,智慧谨慎与日增进。
祷告上苍长久伫立,敬奉神灵真诚专一,
执政九州承天之意。

汤王授玉小球大球,以此作为诸侯榜样,
承受上苍所赐福祥。既不竞争也不急躁,
既不太柔也不太强,施政温和宽厚得当,
汤王盛德福禄无疆。

汤王授玉小珙大珙,作为诸侯庇护恩公,
承受上苍所赐荣宠。施展他的刚强英勇,
既不震惊也不摇动,既不慌乱也不惊恐,
汤王威武福禄汇总。

武王载旆³²，有虔秉钺³³。
如火烈烈，则莫我敢曷³⁴。
苞有三蘖³⁵，莫遂莫达³⁶。
九有有截³⁷，韦顾既伐³⁸，
昆吾夏桀³⁹。

昔在中叶⁴⁰，有震且业⁴¹。
允也天子⁴²，降予卿士⁴³。
实维阿衡⁴⁴，实左右商王⁴⁵。

武王成汤扬旗出征，威风凛凛手握大斧。
军威如火熊熊燃烧，进军神速有谁敢阻。
树干长有三根枝丫，不能任其继续长粗。
四海九州归于一统，韦国顾国已被伐诛，
昆吾夏桀也将铲除。

遥想昔日成汤掌朝，威震天下功业辉煌。
上天之子实乃汤王，贤明卿士从天而降。
英明相国伊尹是也，辅佐汤王治国有方。

【注释】　1 浚哲：深邃的智慧，明智。浚，深。商：指商的祖先。　2 长：常，久。发：兴发。　3 敷：治理的意思。下土方：即下土四方，天下四方的意思。　4 外大国是疆：意思是夏朝将远方的诸侯国也纳入其疆土。外大国，夏统治以外的区域。大国，指夏。疆，疆土，此处用作动词。　5 幅陨：即幅员。　6 有娀(sōng)：古国名，故址在今山西省永济市。殷商始祖契的生母简狄，即有娀氏之女。将：大。　7 帝：指传说中的上古帝王帝喾高辛氏，简狄的丈夫。子：指简狄。商：指契。　8 玄王：指契。传说契由玄鸟而生，故称玄王。桓：威武。拨：英明。　9 达：通达。　10 率履：遵循礼法。越：逾越。　11 视：视察。发：施行。　12 相土：契的孙子。烈烈：威武的样子。　13 有截：即截截，整齐的样子。　14 齐：齐一。　15 降：出生。　16 圣：高尚智慧。敬：谨慎。日跻：天天增进。跻，升。　17 昭假：向神祷告，表明诚心。迟迟：久久不停。　18 祗(zhī)：敬，恭敬。　19 帝：天帝。式：执法，执政。九围：九州。　20 受：通"授"，授予。球：一种玉器。成汤授予诸侯国玉器作为信物。　21 下国：指商统治下的诸侯国。缀旒(liú)：表率，榜样。　22 何：通"荷"，承受。休：福。　23 絿：急躁。　24 敷政：施政。优优：宽和的样子。　25 遒：聚。　26 共(gǒng)：通"珙"，古代一种玉器，圆璧。　27 骏厖(máng)：庇护。一说笃厚。　28 龙：

通"宠",恩宠。　**29** 敷奏:施展。　**30** 戁(nǎn)、竦:都是恐惧的意思。
31 总:聚集。　**32** 武王:指成汤。载:始。旆(pèi):旌旗,这里用作动词,
扬旗出征的意思。　**33** 有虔:即虔虔,形容士兵英武的样子。钺(yuè):
古代作战兵器,青铜制的大斧。　**34** 曷:通"遏",阻止。　**35** 苞:树之
根本,树干,指夏桀。蘖:旁生的枝丫,指韦、顾、昆吾三国,都是夏桀之党。
36 遂、达:都是形容草木生长的样子。　**37** 九有:九州。　**38** 韦:夏
的盟国,在今河南省滑县东南。顾:夏的盟国,在今山东省鄄城县东北。
39 昆吾:夏的盟国,在今河南省许昌市东。　**40** 中叶:中期,指成汤时。
41 有震:即震震,威严壮盛的样子。业:大。　**42** 允:确实。天子:指成汤。
43 降予:上天赐予。卿士:执政大臣,总管王朝政事,这里指商汤大臣伊
尹。　**44** 阿衡:商朝官名,伊尹曾任此职,故以指伊尹。　**45** 左右:辅
佐之意。

殷武

导读　这是歌颂殷高宗武丁中兴业绩的乐歌。关于殷高宗武丁,《史
记·殷本纪》记载曰:"帝武丁即位,思复兴殷。"本诗《殷武》,就是写武
丁为了复兴商朝,实现统一大业,英勇伐楚,臣服四方,发展农业,励精图
治的一系列事迹。从最后一章来看,本诗是通过高宗武丁的寝庙落成仪
式来歌颂其赫赫战功的。纵观全文,可以说本诗再现了一幅武丁兴兵伐
楚的历史画卷。第一章写武丁英武神勇,兴师讨伐,深入敌方,横扫荆楚,
最后王师大捷,楚兵被俘,楚国也因此得以整治,此章重在宣扬武丁伐楚
的武功。第二章写在武丁的统治之下,商朝恢复了"莫敢不来享,莫敢不

来王"的辉煌局面,商朝国力渐盛,版图也逐步扩大,中兴之势令人大涨志气,此章重在告诫楚人"曰商是常"。第三章先追叙分封诸侯的历史传统,然后引出武丁命令所属诸侯国发展农业以解决百姓衣食之忧的英明决策。相传武丁少时生活在民间,能体味民生疾苦,即位后非常注重发展生产,此章重在反映武丁勤治农事。第四章写武丁受上天之命治理天下,万民之行尽在殷王眼中,故而天下百姓应当恭敬端庄,处事谨慎,恪守礼法,勤奋努力,此章重在强调在武丁的治理下天下有序,四方信服。第五章夸饰商朝国都繁荣昌盛,乃天下榜样,言语间洋溢着浓浓的自豪感,此章重在侧面反映武丁治理有方,商朝重铸辉煌。第六章写工匠精选木料,雕琢加工,修建高宗寝庙的情景,重在突出高宗威仪,万民敬仰,辉煌业绩,永世不忘!武丁紧随成汤步伐,励精图治,开疆拓土,遂"天下咸罐,殷道复兴"(《史记·殷本纪》),其辉煌功绩载入史册,乃成汤之后的一代中兴之主。作为《商颂》以及《诗经》的最后一篇,本诗具有高超的艺术技巧,全诗六章,紧密相连,环环相扣,而每章又各有侧重,叙述生动,节奏感强,颇具情感张力。

[原诗]

挞彼殷武[1],奋伐荆楚[2]。
罙入其阻[3],裒荆之旅[4]。
有截其所[5],汤孙之绪[6]。

维女荆楚[7],居国南乡[8]。
昔有成汤,自彼氐羌[9],
莫敢不来享[10],莫敢不来王[11],
曰商是常[12]。

天命多辟[13],设都于禹之绩[14]。

[译诗]

殷王武丁英明神武,兴师讨伐南国荆楚。
深入楚国险要之处,众多士兵皆为俘虏。
整治楚国全部疆土,成汤子孙功劳显著。

荆楚实乃偏僻之邦,长期居住我国南方。
遥想昔日商王成汤,强悍有如西北氐羌,
谁敢不来上前进享,谁敢不来朝见我王,
九州天下殷商执掌。

上天命令各路侯王,建都大禹治水之方。

岁事来辟 15,勿予祸適 16。
稼穡匪解 17。

诸侯应当按时来朝,如此就能免受责罚,
农业事务不可轻忘。

天命降监 18,下民有严 19。
不僭不滥 20,不敢怠遑 21。
命于下国 22,封建厥福 23。

上天指令殷王治国,天下百姓恭敬端庄。
既不越礼也不放荡,既不懈怠也不闲晃。
上天降旨下方殷商,努力建设大吉大祥。

商邑翼翼 24,四方之极 25。
赫赫厥声 26,濯濯厥灵 27。
寿考且宁,以保我后生 28。

商朝都邑繁荣整饬,天下四方美好榜样。
武丁有着赫赫声望,他的神灵光明辉煌。
愿神赐福长寿安康,保佑后代繁荣兴旺。

陟彼景山 29,松柏丸丸 30。
是断是迁 31,方斫是虔 32。
松桷有梴 33,旅楹有闲 34,
寝成孔安 35!

登上景山放目远望,松树柏树高大粗壮。
将其砍断搬回城中,又砍又削雕琢得当。
松树椽子高大修长,楹柱成排圆溜粗壮,
寝庙建成神灵安享。

【注释】 1 挞(tà):英武的样子。殷武:殷高宗武丁。 2 荆楚:即楚国。荆为楚之旧称。 3 罙:"深"的古字。阻:险要的地方。 4 裒(póu):俘虏。旅:士兵。 5 截:治理。其所:指荆楚。 6 汤孙:指成汤后代子孙武丁。绪:功业。 7 女:通"汝"。 8 国:指商朝。南乡:南方。 9 氐(dī)羌:我国古代少数民族氐族与羌族的并称,居住在今西北一带。 10 享:进贡。 11 王:朝拜。 12 常:长。 13 多辟:众诸侯。 14 禹之绩:大禹治水之地。绩,通"迹"。 15 岁事:指诸侯每年朝见天子之事。来辟:来朝。 16 祸:通"过",过错。適:通"谪",谴责。 17 稼穡:农事的总称。春耕为稼,秋收为穡,即播种与收获,泛指农业劳动。解:通"懈",懈怠。 18 监:掌管,主管。 19 有严:即严严,庄严的样子。 20 僭:越礼。 21 怠:懈怠。遑:闲暇。 22 下国:指商朝。 23 封:大。建:立。 24 翼翼:整齐繁荣的样子。 25 极:表率。 26 声:名声。 27 濯濯:光明的样子。灵:神灵。　**28** 后生:后代子孙。　**29** 陟:登。景山:山名,在今河南省商丘市。　**30** 丸丸:高大挺直的样子。　**31** 断:砍断。迁:搬迁。　**32** 方:是。斫(zhuó):用刀、斧等砍。虔:削。　**33** 桷(jué):方形的椽子。有梴(chān):即梴梴,树木修长的样子。　**34** 旅楹:众多的楹柱。有闲:即闲闲,粗大的样子。　**25** 寝:寝庙。

图书在版编目（CIP）数据

诗经/吴广平,彭安湘,何桂芬导读注译. —长沙:岳麓书社,2021.4
（2023.11 重印）

ISBN 978-7-5538-1449-0

Ⅰ.①诗…　Ⅱ.①吴…②彭…③何…　Ⅲ.①《诗经》—诗歌研究

Ⅳ.①I207.222

中国版本图书馆 CIP 数据核字（2020）第 236186 号

SHIJING

诗经

导读注译:吴广平　彭安湘　何桂芬

责任编辑:孙世杰

责任校对:舒　舍

封面设计:罗志义

岳麓书社出版发行

地址:湖南省长沙市爱民路47号

直销电话:0731-88804152　0731-88885616

邮编:410006

版次:2021 年 4 月第 1 版

印次:2023 年 11 月第 3 次印刷

开本:890mm×1240mm　1/32

印张:16.25

字数:469 千字

ISBN 978-7-5538-1449-0

定价:49.00 元

承印:长沙超峰印刷有限公司

如有印装质量问题,请与本社印务部联系

电话:0731-88884129